对诗歌的反叛

阅 读 即 行 动

# RÉVOLTE CONTRE LA POÉSIE

# 对诗歌的反叛
## 安托南·阿尔托文集

ANTONIN ARTAUD

[法] 安托南·阿尔托 著

尉光吉 主编 尉光吉 等 译

四川人民出版社

图书在版编目（CIP）数据

对诗歌的反叛：安托南·阿尔托文集 /（法）安托南·阿尔托著；尉光吉译 . — 成都：四川人民出版社，2022.10

ISBN 978-7-220-12726-7

Ⅰ . ①对… Ⅱ . ①安… ②尉… Ⅲ . ①现代文学—作品综合集—法国 Ⅳ . ① I565.15

中国版本图书馆 CIP 数据核字（2022）第 103147 号

DUISHIGEDE FANPAN ANTUONAN AERTUO WENJI

**对诗歌的反叛：安托南·阿尔托文集**

| | |
|---|---|
| 著　　者 | 〔法〕安托南·阿尔托 |
| 主　　编 | 尉光吉 |
| 译　　者 | 尉光吉 等 |
| 出 版 人 | 黄立新 |
| 出 品 方 | 新行思 NeoCogito |
| 策 划 人 | 杨全强　谭　笑 |
| 出版统筹 | 王其进 |
| 责任编辑 | 晓　风 |
| 特约编辑 | 唐　珺 |
| 内文设计 | 傅红雪 |
| 封面设计 | 少　少 |
| 出　　版 | 四川人民出版社 |
| 网　　址 | http://www.scpph.com |
| E - m a i l | scrmcbs@sina.com |
| 发　　行 | 北京联合天畅文化传播公司 |
| 照　　排 | 北京大观世纪文化传媒有限公司 |
| 印　　刷 | 北京启航东方印刷有限公司 |
| 开　　本 | 889mm×1092mm　1/32 |
| 印　　张 | 30 |
| 字　　数 | 700千字 |
| 版　　次 | 2022年10月第1版 |
| 印　　次 | 2023年2月第2次印刷 |
| 书　　号 | ISBN 978-7-220-12726-7 |
| 定　　价 | 180.00元 |

# 编选说明

安托南·阿尔托，正如他对自己的称呼，一个"被遗忘了的诗人"，一个"戏剧的敌人"，一个"身体的反抗者"，用他爆炸的神经和野兽的怒吼，给这个时代的文学、艺术和思想，留下了属于他的癫狂、叛逆又残酷的独一印记。在其痉挛的一生中，阿尔托，受困于虚弱的病躯和俗世的炼狱，通过他所执迷的鲜血的戏法，把手中的笔变成了一道照亮灵魂黑夜的闪电；其如阵痛来袭般频繁的写作，则以诅咒凝结的冰雹之密度，为这个仍睁着异化之眼的人世，预备了一场审判的风暴。面对其留下的无边卷帙，这部《文集》怀着无以倾尽全力的缺憾，只是做出了一番迎接大气振动的浅尝小试。

《文集》根据波勒·泰芙楠（Paule Thévenin）汇编的《作品全集》（*Œuvres complètes*），参照艾芙莉娜·格罗斯芒（Évelyne Grossman）的《作品集》（*Œuvres*）和苏珊·桑塔格（Susan Sontag）的《文选》（*Selected Writings*），按创作的时期和主题，收录了阿尔托在二十世纪二十年代至四十年代写下的诗歌、散文、评论、剧本、宣言、书信和手记，包含了《与雅克·里维埃尔的通信》《灵薄狱之脐》《神经称重仪》《艺术与死亡》《赫利俄加巴路斯》《钦契家族》《傻子阿尔托》《长眠于此》《梵·高》《清算上帝的审判》等生前发表的重要作品。透过这一层层交织着争辩与独白、狂热与清醒、激昂与沉默的文本纱布，或可察觉到一个悲剧生命的悸动伤口如何在这位圣徒道成的肉身上流出灵感的血脉。

《文集》的翻译历经数载，由多位译者的时光汇成，他们为这具陌异的语言之躯注入了各自的声调，其形成的混响如同阿尔托自己分裂出的重影在他曾渴望的异域土地上跳起的力量之舞。但任何

 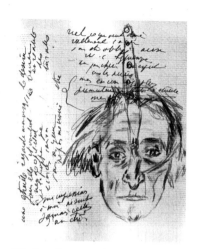

阿尔托,《自画像》,素描,1946 年      阿尔托,手记,1947 年

舞步都难免迷失于戏台上影子的路线。阿尔托无疑是戏场幕后的大师。其晚期的写作,经历疯狂的高烧和电击的灵魂出窍,已在文字间布满急转和断裂的陷阱,其异乎寻常的文法,甚至自创的言词,无一不在召唤迷误的可能。这当然是译者必须承担的风险。但既然阿尔托的审判要求健康对病态的接受,译者亦不惜把如此风险带给每一位读者,不求医治话语的恶疾,而是如这位疯人脸上敞开的空虚,给自视不朽的语言献上一份至高的礼物。

# 目　录

## 二　与雅克·里维埃尔的通信（1923—1924）

## 三　超现实主义写作（1925）

## 四　灵薄狱之脐（1925）

## 五　神经称重仪（1925）

# 六　地狱日记残篇（1926）


# 七　被束缚的木乃伊（1925—1927）

# 八　艺术与死亡（1925—1927）

爱的窗口　　　　　　　　　　　　　　　　　　　183

## 九　漫漫长夜或超现实主义的虚张声势（1927）

## 十　贝壳与牧师（1927—1928）

## 十一　阿尔弗雷德·雅里剧团（1926—1929）

## 十二　病情通信（1927—1933）

## 十三　关于电影（1929—1933）

## 十四　新戏剧计划（1931—1933）

## 二十二　爱尔兰之旅（1937）

## 二十三　罗德兹书信与写作（1943—1946）

## 二十八　感叹词（1946—1947）

## 二十九　梵·高，被社会自杀的人（1947）

## 三十　清算上帝的审判（1948）

# 三十一　残酷戏剧（1948）

导言

# 纪念安托南·阿尔托 *

莫里斯·萨耶 文　尉光吉 译

---

\* 《纪念安托南·阿尔托》( In Memoriam Antonin Artaud ) 是法国作家和批评家，阿尔托的生前友人，莫里斯·萨耶 ( Maurice Saillet )，在阿尔托去世后不久写的一篇回顾其文学和艺术生涯的文章。原文题为《安托南·阿尔托》( Antonin Artaud )，发表于1948 年 5 月，《法兰西信使报》( *Le Mercure de France* )，第 1017 期，第 102—113 页。

阿尔托,《拿破仑》剧照,1927 年

阿尔托,《圣女贞德蒙难记》剧照,1928 年

安托南·阿尔托死于 1948 年 3 月 4 日，终年五十二岁。让我们把这个日期铭记为一次可怕的新生：当这个身体和这个灵魂，从把它们钉在一起的漫长折磨中挣脱时，安托南·阿尔托的真正生命才开始。他思想的石雨砸向我们；而他的神经在世界的虚空中成了竖琴。文学和艺术的几个短命的形式已步入死地。

1922 年，当他的早期诗歌在《法兰西信使报》上发表时（它们题为《潮》[La Marée]、《海》[Marine] 和《夜》[Soir]），安托南·阿尔托还是克洛德·奥当－拉哈（Claude Autant-Lara）的影片《社会新闻》（*Fait-divers*）的慢镜头中那个被人刺杀的"温柔天使"。他的面容和他的诗句流露出一个陷于天堂和地狱之间的灵魂所具有的这份不安的柔情，他只能在其自身的毁灭里找到意义和完美的结局。在他为梅特林克（Maeterlinck）的《十二首歌》（*Douze Chansons*）所写的序言里，明显有对灵魂和一些"黑暗事物"的象征性崇拜。此外，他还赞美了伯麦（Bœhme）、诺瓦利斯（Novalis）和吕斯布鲁克（Ruysbroek）：就在其创作神秘主义诗作和《天空的十五子棋》（*Tric-Trac du Ciel*）的时期。同时，他也是杜兰（Dullin）剧团里的一名演员，并受后者的委托导演了《人生如梦》（*La vie est un songe*）。他研究伊丽莎白时代的戏剧，给自己崇高又朦胧的诗歌抱负泼上了一层黄金和鲜血。他似乎找到了自己的路。他写道："戏剧是精神的最高形式。它位于深刻之物的碰撞、结合与演绎的本质当中。行动是生命的原则。"[1]

---

1 阿尔托，《莫里斯·梅特林克》，出自《十二首歌》。（全书注解如无说明，均为编译者所加。）

　　如同波德莱尔，他无疑认出了一些给其生命打上印记的"神圣毒药"。1923 年，他给某人看了薄薄一本诗册，因为他知道那人正关注一些新的表达方式的探索。这些全部或几乎全部赞美吗啡的诗或许也被他寄给了《新法兰西杂志》（*Nouvelle Revue Française*）的主编，引出了后来的《与雅克·里维埃尔的通信》（*Correspondance avec Jacques Rivière*）：那是我们现代文学的一份重要证词，它拉开了安托南·阿尔托的戏幕。

　　显然，他没选错知己。凭借其对存在的秘密才能的非凡直觉，一种至死保持的直觉，他预感到雅克·里维埃尔的"极度敏感"，及其精神"几乎病态的敏锐"。所以他才向里维埃尔吐露了自己的作家之心。同时，他还询问其诗作的"根本可接受性"和"文学存在"，并把自己呈现为一个名副其实的精神病例，呈现为"精神之脆弱性"的一个证明。

　　"一种精神疾病折磨着我。我的思想在每个阶段上都抛弃了我。从思想的简单事实到思想在文字中物质化的外部事实。词语，句子的形态，思想的内在方向，精神的简单反应——我持续不断地追求我的智性存在。"[1]

　　这封信模棱两可，既是文学的一番讨教，也是意识的一次审视（后续的信同样如此），在通信的性质上迷惑了雅克·里维埃尔。就像对绝大多数迫切渴望发表的年轻诗人一样，里维埃尔劝他耐心，专注地探索自身的秉性——如此他就能写出"完全有条理的、和谐的"诗。

　　但安托南·阿尔托，或许是无意识地，超出了纯粹的文学形式的问题。如果他一心想要发表，那至少是为了在其思想的产物而不是其原初的价值上，打消自己的疑虑。几个月后，他觉得有必要继续他的告白，以步入——如果可能的话——其内心的最深处。甚至

---

[1] 1923 年 6 月 5 日阿尔托致里维埃尔的信。

在最彻底的放任中，他也保持着一种惊人的高度——"为了治愈别人对我的评判，我始终让我和我自己保持距离"[1]。按他的说法，其诗歌的散乱和缺陷揭示了其"灵魂的中心崩溃"，其思想的"一种既本质又瞬息的侵蚀"[2]。并且他恳求雅克·里维埃尔做他的拯救者或绝对评判者——为他准备一个脱身之计："我是一个饱受精神之苦的人，因此我有权谈论。我清楚精神中发生了什么。我已永久地屈服于我的低卑……"[3]

雅克·里维埃尔没有因这声呼喊的悲苦中夹杂的得意而变得不知所措。他真诚地试图把阿尔托的追求定位在瓦莱里的《与泰斯特先生共度的夜晚》（Soireé avec Monsieur Teste）所确定的"我们思想机制的这一自治性"的绝妙演绎和新兴的超现实主义诱惑之间：

"有一整套文学——我知道它既吸引了你，也迷住了我——是直接的，可以说，是兽性的精神运作的产物。它表现为一片广阔的废墟；那些尚未倒下的柱石，只凭运气支撑。运气主宰那里，还有一种沉闷的多样性。"[4]

里维埃尔反对这种留给精神的过度自由——"绝对正是失调的根源"——同时也防止思想操练的目的或障碍的缺失所引发的种种危险："为了紧张起来，精神需要一个边界，它需要遭遇经验那福佑的幽晦。唯有事实的天真能治愈疯癫。"[5]

里维埃尔似乎准确地说出了阿尔托在专注于一个对象上的无能。其通信者自知与其他不少人（他给出了特里斯唐·查拉 [Tristan Tzara]，安德烈·布勒东 [André Breton]，皮埃尔·勒韦迪 [Pierre Reverdy] 的例子）共有的这一疾病，"是否真的成了时代的

---

1　1924 年 1 月 29 日阿尔托致里维埃尔的信。

2　同前。

3　同前。

4　1924 年 3 月 25 日里维埃尔致阿尔托的信。

5　同前。

大气，一个空中飘浮的神迹，一个邪恶的宇宙奇观，或一个新世界的发现，一次现实的真正扩张"[1]。但不同于他的同时代人，阿尔托觉得自己的灵魂"受到了生理上的伤害"。他不受生命和诗歌的约束。并且顺理成章地，他得出了这样一个质疑，预示着一种从未有人赞成过的最悲惨的自我抛弃：

"无法触及事物，这是所有文学的特点，而对我来说，则是无法触及生活。至于我自己，我真的可以说我非人世中人，这么说不只是一种精神态度。"[2]

如同里维埃尔基督徒式的仁慈和文学的正直，安德烈·布勒东的理论也能维系或抑制安托南·阿尔托的天命。对此天命的彻底体验如今正审判着超现实主义并给它定罪——简言之，超现实主义不过是精神态度的某一种汇聚，更一般地说，就是态度的汇聚。作为超现实主义研究局（Bureau de Recherches Surréalistes）的负责人，以及《超现实主义革命》（*Révolution Surréaliste*）第 3 期上发表的致教皇和东方宗教人士信件的主要作者，阿尔托全身心地投入了这场运动，而与他志同道合者只是在其中优雅地玩火。为此，只须比较一下其令人赞叹的《致信女通灵者》（Lettre à la voyante）和超现实主义书籍或杂志上充斥的类似文本便知。或者，读一读他就麻醉剂法令所写的信，读一读他对梦境的说明，以及他对有关自杀的各类调查的回应。他想让自杀成为先行的，也就是说，能让我们"从生存的另一头，而不是从死亡的那头"[3]折返。

---

1　1924 年 5 月 25 日阿尔托致里维埃尔的信。
2　同前。
3　阿尔托，《问卷调查》，载《超现实主义革命》，1925 年第 2 期。

阿尔托与超现实主义的关系无疑只让文学小史感兴趣。这些关系必定如"暴风骤雨一般"（如同此类阵线里发生的一切），并且断断续续。值得注意的是，阿尔托从未参与自动写作（écriture automatique）这一学院实践：它往往能让最擅长此道的人释放出一种无可否认的诗性兴致——但它也成了最轻而易举、最千篇一律的成规惯例。阿尔托是那代人里为数不多的试图认真地砍断"执笔之手"的人，他要同这套学院派的或超现实主义的秘诀决裂，因为不费吹灰之力就写满一页纸或一本书，那不叫写作。为此，他以一种戏谑的凶猛吐露了心声——这仍须从字面上理解：

> 一切写作皆猪粪。
>
> 那些脱离了昏昏，好让其思想中发生的不论什么事情得以昭昭的家伙们，是一群猪猡。
>
> 整个文学界就是一猪圈，尤其是今天。
>
> 所有在精神中，我是说，在头的某一侧，在其脑袋的确定部位，做好了标记的人，所有主宰了其语言的人，所有认为词语是有意义的人，所有相信存在着灵魂之海拔和思想之潮流的人，所有化身为时代之精神的人，所有命名了这些思想之潮流的人，我想到了其精细的活计，想到了其精神在每一阵风中散布的这自动木偶的嘎吱声响，——都是猪猡。[1]

在他与里维埃尔的通信里，我们已经看到，阿尔托如何告别一种本然意义上的精神生活——但未失去"用精练有力的词语"表达自己的希望。一旦他放弃把自己的精神视为一个自主的器官，他就以最自然的方式在世上实现了这点。在《灵薄狱之脐》（*L'Ombilic des Limbes*）、《神经称重仪》（*Le Pèse-nerfs*）和《艺术与死亡》

---

[1] 阿尔托，《一切写作皆猪粪……》，出自《神经称重仪》。

(*L'Art et la Mort*) 这些"身体状态的描述"里，他脱离了但又存身于这与肉体完全融合的精神，这混杂着神经网丛的精神——这"经由腹部打开"的精神："在它下面，堆积着黑暗的、无以言表的学问，充满地下的潮汐，凹陷的石块，寒冷的湍流。"他还特意补充道："不要误以为这是想象。它亟须化身为一种可恶的知识。"[1]

自此，安托南·阿尔托见证着安托南·阿尔托。其作品是他自身的一份存录（因为他把一切都归于他自己那受精神火焰折磨的身体——不管是写阿伯拉尔 [Abélard]，乌切洛 [Uccello]，还是写安德烈·马松 [André Masson] 的画），同时也是他向自己传达的一条无尽的讯息。一个体验其四肢和头脑至如此地步的人已不在乎同其他人打交道，而这样的疏远在阿尔托身上一年比一年严重，直至他回应了癫狂的召唤。

出于对那一召唤的畏惧，他奋力抵抗在自身面前体会到的这阵眩晕："我估计，我足以令人厌烦了，由于我精神限额的解释，我严重的心灵饥荒，我认为他们有权从我身上期待其他东西，而非我无力的喊叫，我无能的列举，或者我应当保持沉默。"[2]他还试图用戏剧的手段，来摆脱其自身的表达。

他转身面对公众，成了一个怪异的电影人物：他出演了阿贝尔·冈斯（Abel Gance）的《拿破仑》[*Napoléon*]（他扮演的抑郁又桀骜的马拉 [Marat] 至少给我们留下了被夏绿蒂·科黛 [Charlotte Corday] 刺杀后的形象——他阴森又绝美的脑袋，就依靠在浴缸边缘）；其最引人注目的银幕创造是《圣女贞德蒙难记》[*La Passion de Jeanne d'Arc*]（卡尔·德莱叶 [Carl Dreyer] 神奇地拍下了其扮演的诱惑者僧侣的美丽面容，他与其说是来听贞德的告解，不如说

---

1　阿尔托，《关于我自己的新书信》，载《超现实主义革命》，1925 年第 5 期。
2　同前。

是为了获得她对异端的供认）；在帕布斯特（Pabst）的《三分钱歌剧》（*L'Opéra de quat'sous*）里，他是家中加入乞丐团伙的那个儿子。阿尔托似乎不是一直自己选择角色：从 1919 年到 1932 年，他参演了不少"商业"电影；这让人觉得，他主要把电影当成一种谋生的手段。他还写了两部剧本：《贝壳与牧师》（*La Coquille et le Clergyman*），1926 年由谢尔曼·杜拉克（Germaine Dulac）拍成了电影；以及《屠夫之乱》（*La Révolte du Boucher*）。在这些电影计划里，他试图实现一种主观化的视觉电影的想法，"其中动作吞没了心理本身"[1]。

这一动作的吞没，这一身心耗费的需求，正是其多次戏剧尝试的特点。而首要的尝试，则是同罗歇·维特拉克（Roger Vitrac）一起，创立了阿尔弗雷德·雅里剧团（Théâtre Alfred Jarry）。从 1927 年到 1929 年，他在剧团里上演了斯特林堡的《一出梦的戏剧》（*Songe*），《正午的分界》（*Partage de Midi*）第三幕（改编成了闹剧），罗歇·维特拉克的几部剧，他自己的一部音乐诙谐剧，以及马克斯·罗布尔（Max Robur）出于"故意挑衅的目的"创作的《吉戈涅》（*Gigogne*）。

事实上，阿尔托对戏剧的梦想要远远多于他作为演员和导演所实现的。尽管 1935 年，他创作并上演的《钦契家族》（*Les Cenci*）——他自己根据司汤达和雪莱改写的一部残忍又堕落的文艺复兴戏剧——展现了其全部的天赋和努力，可多年来他仍置身于戏剧运动之外，无缘剧场和演出。但也不是一无所成：他创作了1938 年出版的《戏剧及其重影》（*Le Théâtre et son Double*）收录的一篇篇宣言。

第一篇宣言，致力于一个"残酷剧团"（Théâtre de la Cruauté）的概念，以如下简练的句子开场："戏剧的理念不容人们继续糟蹋，

---

1　阿尔托，《电影与现实》，载《新法兰西杂志》，1927 年第 170 期。

其价值在于同现实、同危险的一种神奇的、残酷的联系。"[1] 这道出了他的忧虑。阿尔托不是想要革新，而是意图彻彻底底地颠覆戏剧艺术。他蔑视一切为表演写下的文学（《弃绝杰作》[En finir avec les chefs-d'œuvre]），蔑视西方传统（《论巴厘戏剧》[Sur le Théâtre Balinais]，《感情田径运动》[Un athlétisme affectif]），甚至蔑视文明（《戏剧与瘟疫》[Le Théâtre et la Peste]）。他一心打破语言形式和社会准则，以恢复戏剧的生命，并让演员和观众"如受火刑者一般在柴堆上画着符号"[2]。

在跟随阿尔托踏上另一段征途（戏剧也许只是其主动的托辞）之前，有必要为他在幕间写下的两部作品展开一段题外话。在这两部狂暴的小说里，阿尔托述说了安托南的前世，正如波德莱尔通过翻译马图林（Maturin）的《梅莫斯》（*Melmoth*）来讲述自己的故事。第一部作品其实是刘易斯（Lewis）的黑暗小说《修道士》（*The Monk*）的法语"复述版本"。在这超自然的斑斓世界里，阿尔托看到了**永恒的生命**并立誓彻底地信奉它："我醉心于江湖郎中、整骨医师、占星家、魔法师和手相家，因为所有这些都存在，因为，在我看来，表象既无界限，也无定形；终有一天，上帝——或**我的精神**——会认出自己的表象来。"[3] 更重要也更独特的是第二部作品，《赫利俄加巴路斯》（*Héliogabale*）。那是伪安托南的一生，他以精液为摇篮，又以粪坑为坟墓。阿尔托尊他为加冕的无政府主义者，也就是"在宗教狂热、离经叛道和刻意癫狂上登峰造极者的全身画像，一切人性矛盾和根本冲突的缩影"[4]。

如果这两部挥洒着毒药的作品必须被视为苦痛的空缺，而非完满的功成，那么，《塔拉乌玛拉地区游记》（*Le Voyage au Pays des*

---

1 阿尔托，《残酷剧团（第一次宣言）》，出自《戏剧及其重影》。
2 阿尔托，《戏剧与文化》，出自《戏剧及其重影》。
3 阿尔托，《修道士》序言。
4 阿尔托，《赫利俄加巴路斯》。

*Tarahumaras*）则明显不同。这个充满真正魔力的文本从他之前所写的一切中脱颖而出。它叙述了阿尔托在墨西哥旅居期间的两段插曲。1936 年，他无疑被那儿血腥的阿兹特克传说、粗犷的美景、纯净的人脸——还有佩奥特仙人掌——所吸引。塔拉乌玛拉印第安人间的旅程无疑在他心中代表了一种救赎的方式。他的苦难，他的内心撕痛，从未如此地吻合其外在的视见。被他称为"符号之山"的那片风景似乎映照着他饱受折磨的生活。交缠的线条，岩石的缝隙，勾勒出他自身的曲折，允许他接近他所渴望的石化：可以终结其生理和形而上的悲苦，并让他变得和一个自然现象无异。

在这叙述的第二部分《佩奥特之舞》（La Danse du Peyotl）里，印第安人为他锉碎了佩奥特，而在他们的舞蹈仪式里，他见证了"其身体所是的动乱"。安托南·阿尔托的精神升到了安托南·阿尔托的身体之上。他历经分裂的全部痛楚，乃至于冀求烈焰的净化，火刑的极苦：

"我明白我肉体的命运已无可挽回地受缚于此。我准备好迎接一切灼烧，我等待灼烧的首次收获，盼望着一场四处蔓延的焚燃。"[1]

在这儿，安托南·阿尔托让位给了他自己如此亲切地称呼的"傻子阿尔托"（Artaud-le-Mômo，在他的老家马赛，"le mômo"意味着"疯子"）。借用炼金术士推崇的术语，阿尔托从"白色时期"走向了"黑色时期"。跨过门槛，改变世界或改变生命：这些贫乏的隐喻并未说明安托南·阿尔托如何继奈瓦尔和波德莱尔、荷尔德林和尼采之后，在1936年的某一天，忍着其同伴所不知的痛苦，

---

1　阿尔托，《塔拉乌玛拉地区之旅》。

迈到了人不该跨越的界线另一头。

　　正是在爱尔兰之旅的返程途中，他从都柏林被强行带上船，而船上的军医和船长的关照似乎给他的名字贴上了疯人的可怕标签。这标签保留了九年，其间，他先后在索特维勒莱鲁昂（Sotteville-lès-Rouen）、圣安妮（Sainte-Anne）、维勒-埃夫拉尔（Ville-Evrard）、谢扎邦瓦（Chezal-Benoît）和罗德兹（Rodez）的精神病院里度过。他甚至失去了其诗人的名字。不知为何，《塔拉乌玛拉地区游记》在 1937 年 8 月 1 日的《新法兰西杂志》上发表时并无署名；直到两年后，阿尔托致阿德里安娜·莫尼耶（Adrienne Monnier）的信得以公开，人们才知他是作者。在其几乎没有中断的拘禁期间，他留下的唯一讯息是 1937 年由德诺埃尔出版社（Éditions Denoël）出版的同样没有署名的《存在的新启示》（Les Nouvelles Révélations de l'Être）。它以这首重影（Double）之诗开篇，我在此引用了其开头和结尾：

　　　　我说出我已看见并相信的东西；谁要是说我还未看见我已看见的，我现在就把他的脑袋扯下来。

　　　　因为我是一个不可宽恕的野人，并且我会如此，直至时间不再是时间。

　　　　天堂或地狱，即便存在，也无法做任何事情来抵抗它们强加于我的这一野蛮，或许是为了让我侍奉它们……谁知道呢？

　　　　无论如何，为了把我从中撕离。

　　　　存在的东西，我确信地看到了。不存在的东西，如果必要，将由我创造。

……………………………………………………………………………

……………………………………

　　　　跟你说话的是一个真正的疯子，他从不知道在世上存在的幸福，直到他离开了，与世界绝对地分离了。

　　其他人死了，却还未分离。他们仍围着他们的尸体打转。

　　我没有死，但我已经分离。[1]

　　在这塔罗牌的占卜里，阿尔托预言了全面的毁灭，"但它充满了意识和反叛"。其整个"黑色时期"特有的这狂暴的表述令人印象深刻。这全新的精神领域，遍布着炽热或冰冻的杂音，构成了一部未知仪式的戏剧。但堆积的怒浪席卷而来，天谴般的爆裂令人胆战。

　　1945 年致亨利·帕里索（Henri Parisot）的《罗德兹书信》（Lettres de Rodez）让我们步入了受启示者的真实生活（帕里索让阿尔托极为欣慰地看到了《塔拉乌玛拉地区游记》的最终出版）。阿尔托觉得自己成了某些咒语和法术的牺牲品，他因此陷入悲惨的搏斗。即便那些咒语和法术没有击中我们，我们仍会不由自主地被其言语的狂暴运动吸引，它直接地抓住了我们有意识的存在。既然闪电已经落下，在他和我们之间就只有这扇隔窗，由我们已然失去的天真和我们从未有过的体验构成。——这么多年来，本该有另一种"分离"。如此的想法令人羞愧。

　　1946 年，安托南·阿尔托回到我们中间。朋友们热情地欢迎他归来。别忘了萨拉－伯恩哈特剧院（Théâtre Sarah-Bernhardt）举办的致敬活动。在有心到场的众多人士里，我只记得夏尔·杜兰（Charles Dullin）、科莱特·托马（Colette Thomas）、罗热·布兰（Roger Blin）、让·维拉尔（Jean Vilar）和让－路易·巴罗（Jean-Louis Barrault）的名字。似乎与之"分离"的其他所有人都在用我们所谓的成就、健康、文学抱负或巴黎雄心，向他道贺——但没有一个人通过了安托南·阿尔托亲历的作品所代表的那一纯洁性

---

1　阿尔托，《存在的新启示》。

的筛选。

　　在罗德兹精神病院的释放和另一场他拒绝用死亡来称呼的"解脱"之间，阿尔托随性地完成了大量素描和写作。他知道，短短几日内，他就要离开：他留给我们的作品或许也知道。在杂志或秘密发行的小书上随处可见的碎片，不允许我们从总体上进行预判。不用说，它们十分重要：这样一场风暴的范围及其破坏的效力只能用时间来衡量。

　　由于本文仅限于提供直接的了解，我会列出安托南·阿尔托最后几篇宣言——那也是我们敬爱之人最后的消遣。

　　在给《南方手册》（*Cahiers du Sud*）的"洛特雷阿蒙不满百岁"专题所写的文章结尾处，他宣称，从爱伦·坡直到他本人的这样一个精神群族拒绝充当"所有人思想的漏斗"。[1]

　　在老鸽巢（Vieux-Colombier）剧院的会上，他朗诵了《傻子阿尔托的归来》（Le Retour d'Artaud le Mômo）、《母中心和猫老板》（Centre Mère et patron Minet）、《印第安文化》（La Culture Indienne）、《对无条件者的羞辱》（Insulte à l'Inconditionné）——然后以这样一种令安德烈·纪德（André Gide）难忘的方式述说自己，使得纪德在《八四》（84）杂志上写道："我们刚看见一个可怜的人，被神灵忍残地折磨，就像在一座深穴的入口处，在容不得一丝亵渎的西比勒秘洞里，或者，就像在诗意的迦密山上，一位先知，被呈献、供奉给了闪电和凶残的秃鹫，既是祭司又是祭品……我们已无颜面回归一个妥协求安的世界。"[2]

　　他同梵·高的"相遇"——时值橘园（Orangerie）美术馆的大展——被他记入了《梵·高，被社会自杀的人》（*Van Gogh le suicidé*

---

1　阿尔托，《论洛特雷阿蒙的信》，载《南方手册》，1946 年第 275 期。
2　纪德，《安托南·阿尔托》，载 1948 年 3 月 19 日《论争报》和《八四》，1948 年第 5–6 期。

*de la société*）这本小书，而让他俩一起发狂的太阳就在书中盘旋。

在皮埃尔画廊（Galerie Pierre），他举办了自己的肖像画展。他的肖像画不是艺术作品，而是表达人脸上封存的"人类古老历史"的尝试。

在罗热·布兰、马丽亚·卡萨雷（Maria Casarès）和波勒·泰芙楠（Paule Thévenin）的协助下，他录制了广播节目《清算上帝的审判》（*Pour en finir avec le Jugement de Dieu*）。

最后，是一首如墓门般敞开的诗，《长眠于此》（Ci-Gît）的出版；一同出版的还有《傻子阿尔托》（Artaud-le-Mômo），它不是一首诗，而是一阵"吐出现实"的无边的"低声呼喊"——或许也预示了一种新的健康。

阿尔托很想看到其全集首卷的面世。离世前夕，他还等着这本大书的校样送来（一年半以前，他就把稿子寄给出版方了）。

此外，多达三百页的《帮凶与哀求》（*Suppôts et Suppliciations*）收录了其"黑色时期"的主要作品；还有《塔拉乌玛拉人》多个篇目的一份补遗，以及"残酷戏剧"的一篇新论。阿尔托留下了大批手稿笔记，还有许多书信，它们显露并加深了其作为雅克·里维埃尔之通信者的形象。

他昔日最忠实的朋友——我想到了波勒·泰芙楠、炼金术士、罗热·布兰、阿蒂尔·阿达莫夫（Arthur Adamov）——知道并会说出安托南·阿尔托是什么样的人。而我，只是亲近过他，他的目光并未离开我。我感到其深刻的敏锐，其存在的奈瓦尔式优雅，流溢出来，又因受启示者悲剧性的坚信，而显得愈发令人心碎。

（1948 年 3 月）

# 序 *

尉光吉 译

---

\* 这篇《序》( Préambule ) 是 1946 年 8 月 12 日阿尔托为计划中的作品全集写给加斯东·伽利玛 ( Gaston Gallimard ) 的一份开场白。后被收入 1956 年出版的《全集》第一卷。

阿尔托，1946 年（丹尼丝·科隆拍摄）

这里，既然关乎我全集的编选，就该收录我第一部书的文本，《天空的十五子棋》：1922 年在我的朋友、出版人和画商坎维勒（Kahnweiler）的关照下出版的诗集。[1]但考虑再三，我更愿将之放弃。这本小诗册事实上绝不代表我。并非书中偶拾的诗句一无是处，也非它们傲气凌人。

以这四行诗为证：

> 伊人睡我床上
> 共享我屋空气
> 桌上玩得色子
> 我精神的天堂

但它们有一丝陈旧的文学气息，源于玛丽·罗兰珊，迪尼蒙，于特里约，弗朗西斯·卡尔科，安德烈·萨尔蒙，劳尔·杜飞。[2]这样一种，我相信，曾由马蒂斯开创的不是风格的风格组成的一幕幕滑稽戏，就像是一种忿激之无能的招供，就像是一个封堵住袖口的花花公子，只给其衣领留下一具断头的躯干。

它们还流露出另一场大战末期开始浮现的一种令人不安的矫

---

1　实际的出版时间应为 1923 年。
2　玛丽·罗兰珊（Marie Laurencin, 1883—1956），安德烈·迪尼蒙（André Dignimont, 1891—1965），莫里斯·于特里约（Maurice Utrillo, 1883—1955），劳尔·杜飞（Raoul Dufy, 1877—1953），均为法国画家，受立体派或野兽派的影响；弗朗西斯·卡尔科（Francis Carco, 1886—1958），安德烈·萨尔蒙（André Salmon, 1881—1969），均为法国诗人、作家和艺术批评家。

饰风格。那是 1914—1918 年的大战，早在最近这场大战爆发之前，它就消匿至远，沦入忘川了。

如此的风格，我在意识里将其自命为一首诗的可接受性，即可被《法兰西信使报》、《艺术手册》(Cahiers d'Art)、《行动》(Action)、《社交》(Commerce) 接受，尤其是可被雅克·里维埃尔主编的那神圣的《新法兰西杂志》接受。但雅克·里维埃尔没有在诗歌的某个（我会说）维米尔或达·芬奇式的立场上妥协。不是一种风格，而是一种精神。

不，雅克·里维埃尔没有那样的毛病：关于诗之为诗的构成，他并不追求笔法的首要性，这是他的诗学，尽管他偏好一些字句优美的干瘪诗作。词语的骨骼掀开了长袍，在一种难求又易毁的语言的破烂大衣上敞露。诗歌缺乏情感或意义，这，我想，他不太关心，但他很喜欢让精神颤动的小玩意儿，舌头所碾碎的苦味杏仁的小玩意儿。

这是约 1923 年 9 月，我收到的时任里维埃尔秘书的让·波朗的信件内容：

> 亲爱的先生：
> 这是您的诗，我发现它们有一种巨大的魅力。雅克·里维埃尔觉得这样的魅力还不够稳定，也不够可靠。

由于这封信，我又花了一个月时间来写一首在言语上，而不是在语法上，成功的诗。

然后我放弃了。对我来说，问题不是弄清什么能顺利地潜入成文的语言框架，

而是潜入我命中的灵魂之网。

由此词语进来如刀刃切入持留的肉色，

一种在断头台灯笼的孤岛式火焰的跨度间死灭的肉色。

我的意思是，其肉红亮，晦暗又倔强，鼓胀着空虚，增生出用益，诱人地发酸。

由此词语我能进入这晦晚之肉的肌理（我说**睟睨**，TORVE，意即含混，但希腊语里又有 *tavaturi* 和 *tavaturi*，意即嘈杂，等等）。

肉会在锤击下流血，

会被人用刀砍刮除。

所以我没法把我的网引入这些流产的诗，

没法把我的灵魂嵌入其词语，哦，不是我的灵魂，而是我的压力，我先天紧张的幽暗，我枯燥的过分抑郁的幽暗。

我是一个天生的生殖器，细细琢磨，这意味着我从未实现过自己。

有些蠢货自视为存在，天生的存在。

我，我是这样的人，为了存在，就必须痛打其天生性。

天生的人应是一个存在，也就是说，总该痛打这类否定性的狗窝，哦，不可能性的母狗。

所以这本失败之书里的诗就是雅克·里维埃尔为《新法兰西杂志》拒绝的那些诗的内容，为此我给他写了后文的信。

我不是布吕内蒂埃（Brunetière）或邦雅曼·克雷米厄（Benjamin Crémieux）那样的批评家，没法评价我以写信的方式实现的那类工作，也不确定诗歌灵感及其言词的问题

（及其言词。那么，其言词是什么？它被称为一种诗律学，就像人们说的）

是否真的在如此的写作中由我解决了。

（这最后一句是用苍蝇的粪写下：

苍蝇：鼻炎或滑液 [synovie]；无意识会说塞哥维亚 [Ségovie]，因为它与文字合韵。句子如一缕鼻烟从一个正在分娩的学究鼻子里落下，后者未对它做过暗示，但我已在他身上将之轻声念出，对那时的他来说，诞生还未熠熠发光。）

灵感不过是个胎儿，言词也不过是个胎儿。我知道，当我想写作时，我就错过了我的词语，仅此而已。

我只知道这么多。

我才不管我的句子听起来像法语还是巴布亚语。

但如果我插入一个暴力的词语，如同一枚钉子，那么，我就希望它像千疮百孔的瘀斑一样在句子里化脓。人们不会因一个秽语的淫秽而指责作家，除非它毫无缘由，我的意思是，平淡乏味，缺乏符咒。

语法底下的思想，是一种更难战胜的耻辱，一个无比泼辣的贞女，如此泼辣，若被当成一个天生的事实，就更难逾越了。

因为思想是个主妇，她不一直存在。

但让我生命所鼓胀的词语活在文字的叽叽中，然后以此独自肿大吧。正是为了文盲们，我才写作。

一个诗人发出呼喊，这或许是献给无限的美味烤肉，但烤肉必须被烧熟于——等等，等等。

被碾碎的苦味杏仁下有一个死人的尸首。这死人名为雅克·里维埃尔，朝向一个陌异生命的开头：我的生命。

雅克·里维埃尔就这样拒绝了我的诗，但没拒绝我用来摧毁它们的信。书信发表后没多久，他就死了，这总让我觉得十分奇怪。

因为有天我去拜访他，并告诉他，在这些信的底部，在写作者安托南·阿尔托的骨髓深处，有什么。

我还问他，人们是否明白了。

我感到他的心在这难题前如炸裂般腾起

他告诉我，人们还不明白。

如果那一天，黑囊在他体内打开，使其背离生命，比疾病更甚，我不会觉得惊讶。

言语是一摊烂泥，它被苦痛而不被存在照亮。

我，作为诗人，倾听种种不再属于观念世界的声音。

因为我所在之处，没有什么要思考的。

自由不过是陈词滥调，比奴役更难忍。

而残酷是一个观念的运用。

塌陷意志的软骨上骨质意志肉化成了肉色，我的声音不叫蒂坦尼娅，

奥菲莉娅，贝雅特丽丝，尤利西斯，莫雷娜或丽姬娅，

埃斯库罗斯，哈姆雷特或彭忒西勒亚，[1]

它们拥有敌意石棺的一次碰撞，焦味肉块的一次煎炸，

那岂不是索尼娅·莫塞[2]。

我身后有两三具棺材，如今我再也不会原谅任何人，正如我不会原谅罗马教会违背我的意愿给我洗礼。

如果我说我否认我的洗礼，那么，我否认它不仅是因为洗礼，更是因为一种观念的可怕手淫。

直直坠入肉体，放弃唤留残酷，残酷或自由。

剧场是断头台，绞刑架，战壕，焚尸炉或疯人院。

残酷：遭屠杀的身体。

在有一日治愈了我思想的黑囊里痛斥。

我有三个曾被勒死的女儿，她们会从黑囊里归来：

热尔梅娜，伊冯娜和内内卡。

热尔梅娜·阿尔托[3]，七个月大就被勒死，从马赛的圣皮埃尔公墓里看着我，直到1931年的那一天，在蒙帕纳斯的大教堂中间，

---

1　蒂坦尼娅（Titania），莎士比亚的戏剧《仲夏夜之梦》（A Midsummer Night's Dream）中的妖精女王。奥菲莉娅（Ophélie），莎士比亚的悲剧《哈姆雷特》（Hamlet）中丹麦王子的未婚妻。贝雅特丽丝（Béatrice），但丁的长诗《神曲》（Divina Commedia）中的神圣少女。莫雷娜（Morella），丽姬娅（Ligeia），出自爱伦·坡的同名小说《莫雷娜》和《丽姬娅》。彭忒西勒亚（Penthésilée），希腊神话中的亚马逊女王。

2　索尼娅·莫塞（Sonia Mossé），与阿尔托相识于1935年的巴黎，年仅18岁。1943年，她死于马伊达内克集中营的毒气室。

3　热尔梅娜·阿尔托（Germaine Artaud），阿尔托的妹妹，出生七个月后夭折。

我感觉她就在我身旁看着我。

伊冯娜·阿朗迪[1]死时脖子上还留着勒痕，肚子就像真的溺了水，但身旁并无河流经过。

内内卡·希莱[2]死时脖子上有些可疑的瘀斑，一只肩膀还奇怪地歪斜着。

《存在的新启示》的手杖已坠入黑囊，连同短剑。

另一根手杖已准备就绪，它将陪伴我的全集，投入一场肉搏战，不是同观念，而是同跨骑观念的猴子：在我意识的全范围内，在我被其蛀蚀的有机体里，它们不停地跨骑。

因为在我性欲里扑通扑通的不是观念，而是存在。我决不容忍普遍的性欲防护我，从头到脚排干我。

我的手杖会是这部忿怒的书，由一些今日已死的古老种族唤起，他们在我的纤维里露着黑斑，就像被挫伤的女儿。

安托南·阿尔托

---

1　伊冯娜·阿朗迪（Yvonne Allendy），阿尔托的精神医生勒内·阿朗迪（René Allendy）的妻子，参与创建了阿尔弗雷德·雅里剧团。她在 1935 年死于癌症。
2　内内卡·希莱（Neneka Chilé），阿尔托的外婆，1911 年在伊兹密尔去世。

一

# 早期写作（1921—1924）*

## 王振 译

<hr />

\* 1920 年，为医治从童年起就困扰他的精神病苦，阿尔托在家人陪同下来到巴黎，接受著名的精神病学家爱德华·图卢兹（Édouard Toulouse）医生的照料。图卢兹医生也是一位文学和艺术的爱好者，很快就发现了阿尔托的创作天赋，并鼓励阿尔托在他创办和主编的刊物《明天》（Demain）上发表诗作和文章。阿尔托的文学生涯就此开始。

在初到巴黎的短短几年里，阿尔托广泛结识了诗歌、戏剧、电影和绘画领域的朋友，如诗人马克斯·雅各布（Max Jacob），画家安德烈·马松（André Masson），演员费尔曼·热米埃（Firmin Gémier）和吕涅－坡（Lugné-Poë）等。这些领域的潮流和作品成为阿尔托关注和评论的主要对象。尤其是 1921 年，经由热米埃的引荐，阿尔托加入了戏剧导演夏尔·杜兰（Charles Dullin）的 "戏剧车间"（Théâtre de l'atelier，或译 "工间剧团"），这对他的戏剧之路产生了重要的影响。

"早期写作" 选取了阿尔托 1921—1924 年间完成的部分诗歌和艺术评论。其中，未发表的《黑色花园》（Jardin noir）一诗和《保罗·鸟或爱情的所在》（Paul les Oiseaux ou la place de l'amour）均有其他版本。《黑色花园》的另一版本发表于 1922 年，《巴黎影像》（Images de Paris），第 34 期；《保罗·鸟》的另一版本则被收入后来出版的《灵薄狱之脐》。

阿尔托，约1920年

阿尔托，《自画像》，素描，约1920年

阿尔托，《图卢兹医生肖像》，素描，约
1920年

## 魏尔伦醉酒

街角上总会有一些妓女，
迷途的贝壳搁浅在一个
既非此处，也非尘世的
蓝色黄昏的星岸，那里
出租车像甲虫般打着转。

但我脑中的晕眩更严重
苦艾绿翡翠沉没于杯中
我畅饮毁灭，接受审判
天雷焦灼我赤裸的灵魂

啊！街道轴线错综复杂
辗转编织男与女的命运，
仿佛有一只织网的蜘蛛
运用着捕获灵魂的丝线。

(1921 年，《行动》)

## 绘画的价值与卢浮宫

绘画的价值，于我们，首先是一个形而上学问题。我们的首要
责任是发现艺术品必以其为基础的基本原则，也就是适用于每一件

现存艺术品的基本原则。从当今诗歌的立体主义趋势中，我们能够
获得某种关于立体派艺术的新看法。

那些诗人无法发明或发现任何能够在我们内心宝库中占有一席
之地的东西。

为了深入无关联的不同层面来说明我们意识状态的分配比例，
他们实行了一种分割主义，产生了一种基于非理性紊乱的无意识
图像的马赛克——毕竟，真的可以说，它们之间存在一个关联吗，
那些状态难道不是随意结合的吗，仿佛它们相互产生，而意识就
以此方式发生了作用？在最明显的精神混乱的时刻，我具有相似
的观念。

我们的判断带有感官冲动的污点（或多或少与我们所受的感
官教育有关）。例如，正在观看一幅德太耶[1]作品的鞋匠体验到的
情绪，浓厚且强烈，正如我们在奥迪伦·雷东[2]的某幅画作前感
受到的那样。（鉴于时间的影响，鉴于光线的，记忆的，悲伤的，
消化不良的，心情的因素，所谓的绝对情况，难道只是一般情
况？）

如果绝对事物由自身而存在，那么我们难道不是有权摆脱感觉
条件来寻求艺术吗？一种新艺术，它将完成感觉与理性的分离（一
种几何艺术），只允许一个纯智力范畴（如果存在这样的范畴）的
感觉：与我们的感觉毫不相干，换言之，与我们的神经毫不相干。

因此，卢浮宫内的艺术典范只具有作为原则的价值，它们都基
于原则被创造出来，其价值恰恰是让我们再度怀疑。

必须指出，标准总是必要的。我们于平面上工作，运用线条，
因此永远无法将我们自己与某种配合、与某种可读性分开，即便是

---

1　爱德华·德太耶（Édouard Detaille，1848—1912），法国学院画家，擅于军事题
材的创作。
2　奥迪伦·雷东（Odilon Redon，1840—1916），法国象征主义画家。

在面对纯粹理性时。因为，作为人类，我们只能在我们感官无法识别的平面与线条间创造出假想的关联。

最后，超出感官提供给理性的形式，我们无法想象任何可察觉的事物，我们将被迫回到绘画与诗歌，但会更严密地关注理性的要求。

（1921 年，《作品剧场简报》）


## 黑色花园

它们盛开自死亡国度
长梦锻造的这些花朵
涌出，同骨灰，同一丛
黑色鸢尾的离奇烟雾
一朵接一朵，
如黑暗的时间，
穿越严冬的潮流，
堕入黑色的水中。
发光时刻的缓慢钻石，
闪烁着，一颗灭日的，
奇异光芒。
百合殆尽，巨浪压顶
美丽花园的黑暗部族
你圣殿的精钢铁骨
已摇摇欲坠，挺住！
看黑夜，献出她

　　号角之门的钥匙，
　　获释的灵魂出发。

（1921—1922 年）

## 夏尔·杜兰的戏剧车间

　　通过创立戏剧车间，夏尔·杜兰担起了净化并重振法国剧场之风俗精神这一大事。至于法国剧场当前的低迷无须赘述。除老鸽巢剧院（Théâtre du Vieux-Colombier）外，当今时代无剧场可言。人们能想到的唯有作品剧场（Théâtre de l'Œuvre），因为它在商业上提升了北欧悲剧的品质。

　　首要任务，重中之重，是形成一个训练有素的演员小团体，演员们应当完全清楚他们职业要求的内容，他们要有完美的意识。这是杜兰开创的戏剧新方法的趋势，首次发明或运用于法国。即兴创作是这些方法中最重要的，它迫使演员从自己的灵魂，而非从动作，来思考他们的表演。理论与实践的完美结合是这有趣团体的特点，且已有独特的个性，男演员和女演员，正从中脱颖而出。这些演员给我们提供了现时代全体演员能够成为的一个理想形象，接近日本演员的永恒典范，后者将自己身体和心灵的修养发展到了一个顶点。

　　完全净化习俗与信念。首先，杜兰要求其学生尊重他们的艺术。因为戏剧车间不是一门生意，而是一间实验室。其次，这里允许犯错。对职业的热爱促进了他们的力量。最后，灵光乍现是它的奖赏。因此戏剧车间充满了出人意料的情况，根据爱伦·坡的说法，这是艺术的基础。

不可否认，虽然杜兰在避免过度的个人特质，但他给予我们的剧场，仍高度协调了他的品味和表现方式。一个在霍夫曼式的情绪中，潜藏着野蛮的剧场。这是因为，我们知道骨子里他不仅是演员，而且是一位杰出的戏剧人，在他自己的美学，甚至舞台奥秘的问题上，他清醒，且深思熟虑。在杜兰心里，文化等同于知觉，一个出发点。这一切使得戏剧车间不只是一项事业——它是一个理念。

(1921—1922 年，《行动》)

## 戏剧车间

有些人去剧场如去妓院。鬼祟的欢愉。于他们，戏剧只是片刻的兴奋。剧场就像是他们需求的垃圾场，他们用全部的肉体和精神去体验快感。娱乐剧场的过度膨胀已然创造出一个规则简易的游戏，它是当今剧场的准则，掩盖了剧场自身的理念，它并驾甚至凌驾于古典戏剧之理念。所以可说存在两种戏剧：假戏剧，它是骗人的，简单的，中产的，为士兵的，为资产阶级的，为商人的，为红酒商的，为水彩画教师的，为冒险家的，为妓女及罗马大奖的，如萨沙·吉特里[1]，林荫道的小剧场，法兰西喜剧院（Comédie-Française）上演的那些剧目。但有另一种戏剧，无论何时它都能演出，这种戏剧被视为最纯粹的人类欲望之成就。在各个地方，小群年轻人相聚一堂，怀着炽热或单纯充沛的信仰，尝试复兴莫里哀、莎士比亚或卡尔德隆[2]。在他们中，戏剧车间最热情，声势也最浩大，但见解最为精确。一年前夏尔·杜兰创立了戏剧车间，它脱胎于艺术剧场（Théâtre des Arts）、老鸽巢剧院、热米埃工作室及他自己的工作室，这个剧场已经上演了莫里哀的《守财奴》（L'Avare），梅里美的《机会》（L'Occasion），勒尼亚尔的《离婚》（Le Divorce），以及卡尔德隆、洛佩·德·鲁埃达、弗朗西斯科·德·卡斯特罗、崔斯坦·贝尔纳、库特利纳[3]（为何会有他的剧目？）、马克斯·雅各布的戏剧，还有最令人印象深刻的卡尔德隆的戏剧，《人生如梦》（La vie est un songe），那是一场胜利。

---

1　萨沙·吉特里（Sacha Guitry, 1885—1957），法国演员、剧作家，"林荫道戏剧"的代表人物。

2　卡尔德隆，即卡尔德隆·德·拉·巴尔卡（Calderón de la Barca, 1600—1681），西班牙黄金时代的戏剧家和诗人，戏剧车间1922年上演了他的代表作《人生如梦》。

3　让-弗朗索瓦·勒尼亚尔（Jean-François Regnard, 1655—1709），法国剧作家，莫里哀讽刺喜剧的继承者。洛佩·德·鲁埃达（Lope de Rueda, 1510—1565），西班牙戏剧家，黄金时代文学的先驱。弗朗西斯科·德·卡斯特罗（Francisco de Castro, 1672—1713），西班牙剧作家和喜剧演员，巴洛克戏剧的代表人物。特里斯坦·贝尔纳（Tristan Bernard, 1866—1947），法国剧作家和小说家，以妙语见长。乔治·库特利纳（Georges Courteline, 1858—1929），法国剧作家和小说家，继承了狄德罗和和左拉的自然主义传统，擅长幽默和讽刺。

ROSAURA (Mme Francine Mars).

ESTRELLE (Mlle Genica Athanasiou).

SIGISMOND (M. Charles Dullin).

A L'ATELIER

# LA VIE EST UN SONGE

*TROISIÈME JOURNÉE.* — De droite à gauche : CLARIN (M. L. Arnaud). — PREMIER SOLDAT (M. Raimbourg). — DEUXIÈME SOLDAT (M. Bourdin) — CLOTOLD (M. Jean Mamy). — SIGISMOND (M. Dullin). — ROSAURA (Mme F. Mars).

*DEUXIÈME TABLEAU.* — De gauche à droite : ESTRELLE (Mlle Athanasiou). — ASTOLFE (M. Louis Allibert). — CLOTOLD (M. Jean Mamy). — BAZILE (M. Antonin Artaud). — CLARIN (M. L. Arnaud). — SIGISMOND (M. Charles Dullin).

*DERNIER TABLEAU.*
M. Raimbourg. M. Allibert. Mme F. Mars.
Mme Manavou. M. Artaud, M. Dullin. M. J. Mamy.

Photo Le Divan.

《人生如梦》剧照，载《剧场与喜剧画报》，1922 年 7 月第 7 期

　　戏剧车间不打算发明任何东西；它只是想为戏剧好好效劳。爱德华·戈登·克雷及阿皮亚[1]的成就，所有这些戏剧解放者的成就，最终会找到一个它们能在法国演出的场所。确切地说，不会向老剧场、老把戏、过时的舞台做丝毫的妥协，不会有丝毫的门户之见，阉割剧场活力。戏剧车间甚至超过了它的先驱，它想要重新发现所有的剧场，过去的剧场和未来的剧场。

　　本文的作者自己就是一名与戏剧车间有关的演员，让他去评价戏剧车间的作品，有违公平，但他能够分析戏剧车间的趋势。戏剧车间有自己的工作方式。例如，室外排练和团体连续工作；此外每一个演员都变成了杜兰教导下的一名学员。真演员的目标应当是，以真实的方式去感受，去生活，去思考。长期以来，俄国人使用着一种即兴创作法，这一方法迫使演员用自己最深的感性来表演，借由即兴及当场发明的词语、姿态和心理反应，外化这种真实和个人感性。对于个性而言，探索声调是一种巨大的危险。这些即兴练习会让真正的个性脱颖而出。在人自身中铸成声调，随着熊熊燃烧的情感之力，喷薄而出，这非模仿所能达成。杜兰发展了这种方法，并使之成为一种根深蒂固的手段。他像其他人那样即兴创作。在很小规模的私人观众前，戏剧车间的艺术家们已参与即兴的表演。他们以寥寥数语、些许姿态、微微表情表现自己，令人惊奇的是，他们能够饰演人类本性的特点和风格，甚至是抽象的情感，自然的力量，例如风、火、植物，或纯粹的精神创造，梦想，畸形，所有表演都当场进行，没有剧本，导演，或排练。

　　戏剧车间已遭受批评的炙烤。但我们大可无视马内戈

---

1　爱德华·戈登·克雷（Edward Gordon Craig，1872—1966），英国戏剧实践者，现代剧场理论的先驱，提出了"超级木偶"理论。阿道夫·阿皮亚（Adolphe Appia，1862—1928），瑞士建筑师和舞台设计家，以对瓦格纳歌剧的舞台设计而闻名，其理论也影响了戈登·克雷和雅克·科波。

（Manégat）的精神贫乏，以及亨利·比杜（Henry Bidou）掉书袋的博学，其修养显然没能给他思想家的风格。

马赛会接受戏剧车间吗？戏剧车间听从马赛的邀请。在这座钟情商业的城市里，还有许多热爱美的人。

（1922 年，《拍卖》，第 17 期）

## 《寻找作者的六个剧中人》

开场时，按部就班。没有任何表演。我们看着舞台后方，正对舞台的最后面。幕布已经升起。整个剧场是一个巨大的舞台，那里观众将观看一场正在进行的排练。但，是一场关于什么的排练？没有剧本。剧本将在我们的眼前创造出来。每个人忙于应付自己的琐事。然而，渐渐地，演员们齐聚。于是一个沉浸于悲伤的家族从香榭丽舍喜剧院（Comédie des Champs-Élysées）的升降机中走了出来。他们面如死灰，仿佛一场梦的流产死胎。

这些就是"寻找作者的六个剧中人"。如今这六个剧中人想要成真。他们想要做一场梦。他们比你们，剧场的导演，或你们，令人作呕的蹩脚演员，要更加真实。他们都是真实的，他们将证明这点。你们自己的真实包含什么，你们都不是想象的角色，而是有血有肉、有父有母、有出生证明的人物。除去你们自己不确定的肉体现实，你们和你们自己的关系是什么，啊，导演，啊，蹩脚的演员？

一幅画，最多不过是你往昔欲望的图画。你未来幻觉的织物破了，现在化作了灰烬，啊，活生生的你。但我们就是我们，一个固定的理念，确定的大纲，正如你始终描绘的我们。我们自己

《寻找作者的六个剧中人》剧照，1923 年（A.R.T. 收藏）

的真实被永恒地更新着，其粗糙的轮廓不断地重生着。脱胎于精
神，我们的既定规则就是无尽地活下去，无尽地未完成。因此，释
放我们吧，导演。

　　因此，虚构与现实逐渐地模糊，彼此充分地融合，以至于我
们，观众，再也无法说出何处是虚构的终结，何处是真实的开始。
这些幽灵在我们的世界里做什么，在台上，随舞台工作人员走来走
去，与表演者们发生争执？舞台布景提升了这部作品，加强了幻
觉。天空是道具的天空，树木都由帆布制成，没有人会当真，正在
排练的演员们不会，我们也不会，寻找霉菌的蛆虫们更不会。那
么，戏剧性是什么呢？**他们**，他们是活生生的人，他们宣称他们
是真实的。他们让我们相信了这点。但我们是什么呢？"六个剧中
人"仍是由演员来演！在此，戏剧的全部问题都提了出来。正如光
在镜面上运动，最初的影像被吸收，然后不断地反射，使得每一次
反射的影像都比最初的影像更为真实，且不断地更新这一谜团。而
最后的影像清除了所有其他的影像，并撤销所有的镜面。以同样的

方式，六个鬼魅面容的剧中人，如干尸般排成一队，在目送中，乘升降机缓缓上升，消失于真实舞台的顶棚，直至下一场演出。

多数人会赞美这个或那个演员。然而乔治·皮托耶夫[1]才是此剧中唯一的"人物"。他赋予主要人物一张面具和幻想的姿态。那是他唯一值得一提的事，仅此而已，无有更多。柳德米拉·皮托耶夫和卡尔夫（Kalff）都非常美丽，但保持着人性，我指的是她们的血肉之躯，简言之，我指的是女演员们。一个扮演天真少女，另一个扮演母亲，她们都非常厚重：但只是身体上的，而不是精神上的。我留下其余的人，经理和跳梁小丑，好让愚蠢的评论家轻易发起猛攻。

（1923年，《拍卖》，第24期）

## 问卷调查的答复

1. 你喜欢什么类型的电影？
2. 你希望看到哪些类型的电影问世？

1. 我喜欢电影院。

我喜欢任何类型的电影。

但所有类型的电影都还有待创作。

我相信电影院只能允许某些类型的电影：在此类型的影片中，

---

[1]　乔治·皮托耶夫（Georges Pitoëff）是《寻找作者的六个剧中人》这场戏的导演。阿尔托于1923年加入了乔治·皮托耶夫和柳德米拉·皮托耶夫（Ludmilla Pitoëff）的戏剧公司，并在同年上演的萧伯纳的《安德鲁克里斯和狮子》（*Androclès et le lion*）里扮演了角斗士。

所有可用于电影院的感官行为的手段，都将得到利用。

电影院涉及价值的完全颠覆，光学、透视法、逻辑的完全革命。比启明星更令人激动，比爱情更有魅力。通过采用那种能够中和其效果的主题，真正属于剧场的主题，人无法持续不断地摧毁它那火花四溅的力量。

2. 因此我迫切要求变化不定的电影，诗性的电影，在诗性一词精确的、哲学的含义上，心灵感应的电影。

它既不排除心理学，也不排除爱情，更不排除任何人类情感的呈现。

但电影中，存在着一种人心和精神的捣碎物、重组物，为的是赋予它们一种尚待发现的电影的性质。

电影要求过分的主题，以及一种细节化的心理学。它要求速度，但首先，它要求反复，坚持，重述。人类灵魂的各个方面。在电影中，我们都是（　　）[1] 并且残酷的。电影的节奏，它的速度，它远离生活的特性，它的幻觉方面，近距离放映的要求，及其所有元素的提炼，都是此艺术的优越性及其强大的法则。这就是为何它需要特别的主题，精神的高潮，一个幻觉氛围。电影是一个出色的兴奋剂。它直接作用于人脑的灰质。当电影艺术的特色与它含有的通灵成分以足够的比例混合时，它将远远超越戏剧，于是，我们就将戏剧和我们的记忆一同束之高阁。因为剧场本质上是一种背叛。我们去剧场，更多是看演员，而非戏剧，至少，是演员首要地影响了我们。在电影中，演员只是一个活的符号。他独自提供舞台背景、作者的想法及事件的片段。这就是为何我们不会去思考他。卓别林（Chaplin）表演卓别林，璧克馥（Pickford）表演璧克馥，费尔班克斯（Fairbanks）表演费尔班克斯。他们都是电影。没有他们我们无法设想电影。他们万众瞩目，

---

1　原稿空缺。

至无人之境。这就是他们不存在的原因。在作品与我们之间，没有介入任何东西。总的来说，电影具有一种毒药的力量，它是无害的，直接的，看一次电影好比注射一次吗啡。这就是为何电影的主题不会逊于它的效力——这就是为何它必须有一种魔法的力量。

(1923 年，《剧场与喜剧画报》，第 15 期)

## 灵魂出窍

用内力的音乐
银色火盆，舀出灰烬
灰烬舀空，释放，灰屑
忙于献出它的世界。

精疲力尽，探索自我
超越自身的洞见
啊！将冰的柴堆
与构思它的精神结合。

古老的追问深不可测
在享乐中奔流而出
感官肉欲，灵魂出窍
在于真正悦耳的水晶。

哦！墨黑的音乐，音乐

埋葬煤的音乐
轻柔，沉重
用它神秘的磷光，释放我们。

（1923 年，《比尔博凯》，第 1 期）

## 音乐家

看，你的面具燃烧起来
音乐家，你的蜡制血脉
用炽热的音调
点亮乡野村夫。

你驾驶着新的大船
闪电劈开它的底部
用你在洞府里的苍穹
造给我们一个小地狱。

你挥霍的星辰
你创造的珠宝
组成我们熟悉感觉的
快节奏神庙。

刚刚最美丽的大教堂
敞开了它的深渊沟壑
千百次描绘的美丽教堂

只有魔鬼居住。

（1923 年，《比尔博凯》，第 2 期）

## 木棚

风琴没有助产士
但木棚噼啪作响
我母亲是女房主
在那我陷入纠缠。

轻盈的火苗鸽子
射出其絮状的火焰
华而不实的胸脯上
梦将我紧紧绑住。

但后来新娘撕开
透明织物的薄膜
膜内狭窄的遮阳棚
囚禁我们所有嬉戏。

（1923 年，《比尔博凯》，第 2 期）

# 兰波与现代人

思想中的新事件，激荡，关系的活力——不是感觉的关系，不是一内在感觉与另一内在感觉的关系，而是与外在感觉的关系，其位置的关系，其地位的关系，一感觉之重要性与另一感觉之重要性的关系，一思想的外在象征价值与另一思想的关系——他对这些事物之反应的活力，其内心对它们的接受，它们的迂回，它们的曲折——这是兰波的贡献。

兰波教给我们一个新的存在方式，在事物中维持我们自身的一个新的方式。

现代人劫掠了兰波，为了获得他的晦涩，为了获得他所发明的关系之互动，而非他所探讨的事物之本质——至于事物的本质，兰波自己只是从外部来对待（外在地感受这个外部），即使他深究事物，那也不过是为了取出另外的表面；于他，现象的内在精髓总是保持未知——而现代人不会保持这些现象，但会保持讨论它们的方式。拉瓦尔，费伦斯[1]及其他的追随者不都是这样吗？另一精神，处在当代风格的某种抽搐的源头，不久将会过时，如同所有颓废的造作：我指的是《游逸》的作者马拉美。[2]

兰波，用他的热情，将意义的全部负载交托给每一个词语，他分类词语，仿佛它们都是无价之宝，存在于限定它们的思想之外，表演这些奇异的语法倒置，其中的每一个音节似乎都被客体化，成为基调。但面对他的思想，马拉美是艰难的。保尔·费伦斯仅仅对那些阅读他的人来说是艰难的，并且带来一个毫无意义的主题。我

---

1　马塞尔·拉瓦尔（Marcel Raval）、保尔·费伦斯（Paul Fierens）和阿尔托普在几期刊物上一同发表过诗歌。

2　参见马拉美的文集《游逸》（*Divagations*）中收录的《阿蒂尔·兰波》（Arthur Rimbaud）一文。

要赶快说，保尔·费伦斯写过一些无可挑剔的小诗，我发现其成功地说明了当代思想。我只是反对他的评论。

（1923年，《比尔博凯》，第2期）

## 一位精神画家

在未成气候的流派中，保罗·克利（德国人）组织了一些有趣的幻象。

我更为青睐保罗·克利的梦魇，他的精神综合法具有建筑的结构（或者说他的建筑结构具有一种精神的质地），在他的某种宇宙综合法里，万物所有隐秘的对象性都被制成了可知物，远胜于格奥尔格·格罗兹[1]的综合法。当两位艺术家被放到一起思考时，他们灵感中的深刻差异就出现了。格罗兹屏蔽世界，把世界还原为他的幻象；在克利那里，世间万物都有组织——他似乎只是跟着其口令写下它们。幻象的组织，形式的组织；思想的固定、稳定，图像的归纳与演绎，还有从中得出的结论。图像的组织，对某个图像的潜在意义的研究，心灵幻象的清晰化：这些，在我看来，成就了那一艺术。这些有组织的幻象，保留着其幻象的外表和精神客体的质地，在它们面前，格罗兹的枯燥与精确变得尤为明显。

（1923年，《比尔博凯》，第2期）

---

1　格奥尔格·格罗兹（George Grosz，1893—1959），德国艺术家，柏林达达和新客观派的重要成员。

## 毕加索的展览

"我在未来绘画。我在时代将授勋的风格中创作。我超前三个世纪。我描画未来的景象。我用未来之眼描画。我赋予它们风格，我希望它们在未来占有一席之地。"

但目前，毕加索为我们唤醒的只是过去。他的艺术是一种残渣，一种绘画的"腹泻"。与其说它是方法性的，不如说它的目的极富个性。毕加索，在可分类的、确定的形式中，紧张地思考着。为了未来，他给它们分类。他定义自己多于表达自己。沉思自己的同时，他表达着自己。他当前的艺术属于过去。他最近的立体主义绘画非常触动我们。它们都是其自身的样式。它们只定义它们自己，定义它们按喜好重建的那一小部分世界。鲜有人能立刻理解它们，它们将渐渐揭示出它们的秘密。从它们稠密的线条中，一股庞大的生命力噼啪作响；在一个未知且深刻的现实中，灵魂识别出它自己。

来自深渊的，毕加索。

(1924 年，《拍卖》，第 27 期)

## 保罗·鸟或爱情的所在

保罗·乌切洛[1] 热衷思考自己，思考自己和爱情。何为爱情？

---

1　保罗·乌切洛（Paolo Ucello，1397—1475），意大利文艺复兴早期画家，因喜欢画鸟而被称为"保罗·鸟"或"鸟人保罗"（Paul les Oiseaux）。《保罗·鸟》是阿尔托在阅读了法国作家马塞尔·施沃布（Marcel Schwob）的故事集《想象的生活》（Vies imaginaires）后，试图为乌切洛这一角色创作的"精神戏剧"（drame mental）的稿本。

何为精神？何为我自己？

我们可以随心所欲地想象他，他站着，于窗前，于画架前，甚至没有任何的外形，没有完整的躯体，那似乎是他想要的存在形式。空间中的任何一点都无法标记他的精神坐标。

他钻研一种不可思议的问题：他下决心，但下决定的人似乎不是他自己。他用精神之眼看自己，但那尚未成为他的精神之眼。借由远离个人判断的最具个性的东西，他保持个人判断的优势。他凝视自己，却未意识到，凝视他的人正是他自己。但，这种对他自己的审视，应在他面前扩展，成形，像一幅可测且并合的风景图。

他不懈追求，然问题回避他。时而，他是容器，时而，他是内容。他是**当前的**，我是指，当前于我们，1924 年的人类，且他是他自己。他是保罗·乌切洛，他是他的神话，他羽化为**保罗·鸟**。

（同一事情，但不重要。我借此指出，"保罗·乌切洛"这个名字是他的真名，历史上的名字，**人们**对他的称呼，而他听见的"保罗·鸟"这个名字，是超越其时代的我们对他的召唤。）

他由此缔造了自己的传奇，他一点点地脱离自己。回答，在他心里，在时间之外，纵横交错。如果他的目光转移片刻，沉浸于美妙的音色，厄运将降临于他。他是保罗·鸟。萨法佳，他创造了这个萨法佳，如人所描述的她，或是，她征服了他，不是吗？但此刻，他的想法混乱了。我站在窗口，抽着烟。我现在是保罗·鸟。夜色迷人，天空深沉，每一次呼气，街道和词语的庞大居所在眼前展开。号角怒吼。空中长袍撕成碎片。所有女性无形于心。我是荣耀。我的世界。非此世界。而是灵魂中的立锥之地。

她坐着，她凋谢。美丽的神话，美丽的设计：描绘形式的消逝，不是包围所有其他人的线条，而是正开始消失不见的线条。

你爱我，萨法佳：

不过，说实话，我没在思考爱情。但，对我来说，爱情存在于某个地方，在我附近。爱情何在？

　　我的精神是一个炽热的数字，两个理念在那里相遇：爱情，精神。很久以前我舍弃为人。我成了她的祭品。我配得上她的超然。我，换言之，曾经的保罗·乌切洛，让她死于饥饿。

　　然而，我观察她的死亡。多纳泰罗，布鲁内莱斯基，协助我。我知道她在死亡，但她的死亡只在精神上触及我，在此，她显然不再是死亡。我正触及难以触知的线条。**精神的诗句**。

　　此刻：布鲁内莱斯基谩骂我。我们正讨论一个问题，关于真实的特性。（萨法佳的超然是争论的焦点，简言之，她的超然令她为他而死，但她自己与这种超然毫不相干。）

　　**我**——她降临我，不知不觉。

　　她不晓得她的超然。

　　在此超然的无意识上，保罗·乌切洛营造了一整栋虚幻灵性的建筑物。他将她置于生活之上。某处有超然，但她没有，因为她不晓得超然。而我，保罗·乌切洛，同样远离她，远离我自己的超然。布鲁内莱斯基十分公允地反驳了我的做法：她是活生生的人，独自生活让她超然物外。而你，你杀了生活，保罗·乌切洛，你摆布生活。

　　**我**——我是精神。精神在生活之上。

　　**布鲁内莱斯基**——啊！同归于尽吧，废除全部问题吧。

　　灭亡吧，徒劳的空话。

　　每一次呼吸都是空虚的呼吸。

　　精神不在我们的胸腔之外。

　　鸟先生，您同样是血肉之躯。

　　这戳到了我的痛处。我拒绝回答：

　　**我**——我再也听不到了，我再也听不到了。

　　我是血肉之躯，无疑，我是血肉之躯。但，此时此刻，我自己看不到我自己。我不认为我活着。我不像我造出来的人，这就是全部。

然而，造他自己的人是他。而且，你会看到。他继续：

是的，布鲁内莱斯基，思考的人是我。

此刻，你在我身体里说话。

你正是我想要的人。

讨论继续……很长时间，从一个主题快速地换到另一个主题。突然，保罗·乌切洛发表了一段关于艺术在精神中地位的论述，大而无当，多愁善感，先入为主。他说话的声音，不可思议地微弱、苍老、先天痴呆。

——骸骨室，你雕塑的不过是骸骨室。你赋予谎言一副假面。你巩固谎言，骗子，在时间的永恒中，你划定谎言的界限，王孙公子般行事，你更像一个骗子。

（这是精神戏剧的首次试验。）

我将此视为一种剧场戏剧，但它只在精神中上演。这就是为何我心心念念于我人物的物质真实性。此外，作品的秘诀不在远方；写作时，我试图在我身上实行一种精神活动，类似于我指派给我人物的精神活动。因此，显而易见的混乱比比皆是。确切地说，我试图将它和保罗·乌切洛的神话一起熔化。

我沉浸于那个神话。

我真是保罗·鸟。

我的精神再不能尝试丝毫偏差，无论左右。

我，正如我看到的自己。

此令作品统一。

有时我在生活之中，有时我在生活之上。我类似一个有能力思索自己的剧中人物。有时我是纯粹的抽象，简单的精神创造，有时我是此精神造物的发明者和发起者。在世时，他有能力否认他的存在，有能力回避对手的强迫。他，仍旧是他自己，由始至终，一个整体，只从他的角度看待问题。

这是我优于布鲁内莱斯基之处。

是的，但这一切当中，爱情何在？

——它具有保罗·乌切洛精神中的普遍超然，在他生前可能还带给他一些滋养。它赋予他诞生的冲动。仍是一个不可触及的地点。

不过让我们继续钻研这问题吧。

所以，布鲁内莱斯基就这样摆出一副掌握生活的姿态。

**布鲁内莱斯基**——我雕塑了生活，我，布鲁内莱斯基。

我将一个形式赋予生活的形式。

我完成了那些风景画。

无须告诉你们，布鲁内莱斯基爱着保罗·鸟的妻子。他尤其指责保罗·鸟让她活活饿死。（人能在精神中活活饿死吗？）

对此，同样在场的多纳泰罗，反驳道：布鲁内莱斯基，你不懂真正爱情的语言。

讨论变成了一出好戏。

因此，让我们描述那些人物吧；赋予他们身体样貌，声音服饰。

保罗·鸟，声音细若游丝，走路像虫子，长袍宽大，极不合身。

布鲁内莱斯基，有一副真正的舞台嗓音，洪亮圆润，貌似但丁。

多纳泰罗介于两者之间：圣痕出现前的阿西西的圣方济各。

表演在三个平面上开始。

# 附记

设想一下，一个精神的剖面，在事物的矛盾中，嗡嗡作响。精神恣意地将自身固定于一个主题，固定于一个结果，主题要求基础坚实，词语要求铿锵有力。精神中不会多出一个声音。而我，让我自己回到精神之中。"保罗·乌切洛"，这个绞尽我脑汁的主题，这个转瞬即逝的主题，它的矛盾不断重现，深入灵魂的底面。然而，我是我自己。我没有丢失我的密度。自我与精神，面对面，彼此测量。精神的恶棍。我不会将自己固定于一个主题。全部的主题从我心里经过。我必须去往我自己的最深处。我凝思我和我的主题。我通过主题之口说话。我向我召唤所有的生活。天空美丽，妻子迷人，街上号角怒吼。我感到天空在我头上爆裂。但，保罗·乌切洛召唤我，他的问题前后不一。我必须在我体内熔化它们，这就是生活，这就是生活。每一个瞬间的所有生活。精神中忙碌的一切，所有层面、所有特征、所有趋势。恶劣，荒谬，无能，昏迷。

——那么（　　）[1] 不引起我们的关注。

——显然，它引起我们的关注。一切真实的东西引起我们的关注。《凡尔赛条约》引起我们的关注，《南特法令》或《瘾君子自白》（*Les Confessions d'un mangeur d'opium*）。把这当作被诅咒者的（　　）[2]。

我崩溃在每一个转折上，我的分路不计其数。好吧！一个时代的宇宙剧痛不经过这些薄薄的纸张，但一个人的精神剧痛经过了他的精神失常。此外，我们能识别一种所谓的文学主题，以及，尽管十分琐碎，一些对风格的顾虑，一些现实化的意象。我已说明，所有层面、所有特征、所有趋势，均于此遭遇。这如同一个精神的剖面，具有

---

1　原稿空缺。

2　原稿空缺。

无力的突然跳跃，细致入微的记录。然而，感觉处处相同。

在此尝试中，何为关键？

夸张的事物应是真的。

在精神中，我们可以做一切事情，可以用任何音调说话，甚至是不被允许的音调。不存在所谓的文学音调，更不存在不可使用的主题。如果我愿意，我会用日常谈话的音调说话。我可以立即放弃那种效果。我可以放弃所有的印象。只有一个东西创造了艺术：人类意图的可触知性。

意识创造真理。

（1924 年）


## 布景的演变

我们必须无视舞台布景与剧场。

所有伟大的戏剧家，典范戏剧家，都在剧场之外思考。

看看埃斯库罗斯、索福克勒斯、莎士比亚。

用另一理念之尺度，看看拉辛、高乃依、莫里哀。这些人废除或几乎废除了外部的舞台。但他们永在探索内心的场景变化，那种角色灵魂的永不停歇的来来往往。

屈从作者，依从文本，一个多么悲哀的传统！每一个文本有着无尽的可能。精神，而不是文本的文字！文本需要的不只是分析与感悟。

必须重建作者精神与导演精神之间的磁性吸引。导演必须将自己的逻辑和理解放置一旁。时至今日，那些宣称只依据文本的人，或许成功地摆脱了对某种传统的虔诚模仿，但未能超越剧场和他们自己的理解。他们用某种来自俄国或其他地方的新传统替代了某些莫里哀或奥德翁的传统。尽管他们寻求摆脱剧场，但他们永在思考剧场。他们用舞台、布景和演员来安排他们的作品。

他们带着剧场思考每出戏。剧场的再戏剧化。这是他们最新的怪物之吼。但剧场必须被推回到生活中。

这并非意味剧场应模仿生活。仿佛我们只能笨拙地模仿生活。我们需重新发现剧场的生活，在其全部的自由中。

这样的生活完整地存在于伟大悲剧作家的文本中，若我们用其全部的色彩去听它们，若我们用其全部的维度和层面去看它们，用它们的音量、它们的视角，它们的特殊密度去关注它们。

对于神秘主义我们无能为力。一个不习惯审视自己内心的导演，一个不知进退，不知自我解放的导演，有何用处？如此训练必不可少。唯有净化我们的心灵并忘却自己，我们才能重获我们原初反应的纯粹。我们必须学会赋予每一个戏剧动作其不可或缺的人性意义。

此刻，让我们先寻找一下戏剧，戏剧如生活的一个变体。一个人去剧场是为了逃避自己，或，换一个说法，重新发现自己，不见得是自己最佳的品质，但一定是那些最罕见、最谨慎筛选的品质。剧场百无禁忌，空洞平庸除外。再来看看绘画。当下一些年轻画家重新发现了真正绘画的意义。他们将下棋或玩牌的人画得如上帝一般。

为何我们现代世界会被马戏团和音乐厅如此吸引？如果我不觉得"幻想"一词是淫贱的，至少如我们今日理解的那样，如果它不必然将人引向剧场之再戏剧化这一当代理念的战斗号角，那么我会乐意使用这个词。不，我更想说的是我们必须把剧场理智化，将人物的情感和动作置于他们最罕见、最本质的意义层面上。剧场的氛围必须更加不可思议。这不是故弄玄虚。一如马戏团的前车之鉴。而只是精神价值的不可思议。这将废除至少四分之三的流行作品，把它们扔出剧场，但这会拯救剧场，让它回归本源。为了拯救剧场，我甚至要驱逐易卜生，因为所有那些哲学观或道德观的讨论，丝毫没有感化其主人公的灵魂，倒是损害了我们的灵魂。

索福克勒斯、埃斯库罗斯、莎士比亚，用一种神圣的恐怖来掩饰一种有点太过平淡无奇的灵魂剧痛。对于他们剧中人物所承受的这种神圣的恐怖，今日的观众更有感触。

我们在完全神秘的方面失去的东西，我们能在智力方面创造出来。

但为此，我们必须重新学习神秘，至少在某种意义上，集中于文本，忘却自己，忘却剧场，等待并捕捉我们身上乍现的、赤裸的、自然的、层出不穷的灵光，自始至终追随这些理念。

我们必须摆脱自己，不仅要摆脱所有的真实，所有貌似的真实，甚至要摆脱所有的逻辑，如果我们还能在如此不合逻辑的末尾略微看见生活。

实践中，我们毕竟需要规则，以下是一些具体的想法：

毋庸置疑，剧场中明显虚假的一切导致了我们正在遭受的错误。看看小丑们。他们用流转的目光来建立一个场景。舞台上唯有真实存在。但所有这些，前人已经说过。观众不会容忍三维的演员戴着面具在平面上移动。对于前排观众，幻觉并不存在。要么将舞台后移，要么摆脱演出的整个视觉部分。

此外，为了让精神层次更加可感，必须在莎士比亚与我们自己之间建立一座物质的桥梁。演员的戏服只是将他置于日常生活之外，而未把他置于角色之中，因此演员同样可以在不参演的情况下观察戏剧。一个戴着礼帽的角色，不上一点儿妆，其外表足以令他与众不同。剧场的结构必须改变，这样，舞台就可根据演出的需要而移动。同样必须严格地消灭演出的场景。人们来剧场，与其说是为了观看，不如说是为了参与。

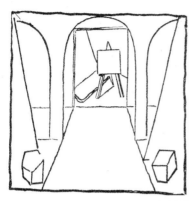

阿尔托，为《爱情的所在》设计的两张建筑草图

　　观众必会感到他们能做演员所做之事，无需特别的训练。

　　我能给出的只是这些规则，余下的全仰仗导演的才华，他必会发现暗示与风格的原理，最适合召唤作品氛围与幻象的舞台结构或基本台词。

（1924 年，《喜剧》）

二

# 与雅克·里维埃尔的通信(1923—1924) *

## 王振 译

———————————

\* 1923 年，阿尔托向当时法国最重要的文学刊物《新法兰西杂志》( *La Nouvelle Revue Française* ) 的主编雅克·里维埃尔 ( Jacques Rivière ) 寄了几首诗以求发表。里维埃尔拒绝了这一请求，但同意发表他们之间为此进行交流的书信。这就是 "与雅克·里维埃尔通信" 的由来，它让阿尔托正式步入了法国文坛。

阿尔托与里维埃尔的通信首先发表于 1924 年，《新法兰西杂志》，第 132 期，题为《一场通信》( Une correspondance )。后又于 1927 年 10 月，收入《新法兰西杂志》推出的 "一部作品，一幅肖像丛书" ( Une œuvre, un portrait )，以单行本的形式出版，题为《与雅克·里维埃尔的通信》( *Correspondance avec Jacques Rivière* )，并配有让·德·博谢尔 ( Jean de Bosschère ) 为阿尔托画的肖像。

让·德·博谢尔，《阿尔托肖像》（《与雅克·里维埃尔的通信》插画），1927 年

阿尔托，1924 年

一

**雅克·里维埃尔致安托南·阿尔托**

1923 年 5 月 1 日

亲爱的先生：

很遗憾，我无法在《新法兰西杂志》上发表您的诗作。可是，它们饶有趣味，令我想结识它们的作者。周五的四点至六点间，您若有空便可来访我们的办事处，我衷心盼望与您一见。

雅克·里维埃尔敬上

**安托南·阿尔托致雅克·里维埃尔**

1923 年 6 月 5 日

亲爱的先生：

冒昧打扰，请允许我回顾一下此次午后谈话的某些内容。

因为这些诗歌的资格问题，既关系到您，也关系到我。当然，我要讲一下它们为何根本上是可接受的，它们为何是一种文学存在。

一种精神疾病折磨着我。我的思想在每个阶段上都抛弃了我。从思想的简单事实到思想在文字中物质化的外部事实。词语，句子的形态，思想的内在方向，精神的简单反应——我持续不断地追求我的智性存在。因此，一旦我能够捕捉到一个形式，虽不完美，我仍紧握它，唯恐失去所有思想。我贬低自己，我知道，我为之感到痛苦，但我接受它，因为我害怕完全的死亡。

上述之言，糟糕透顶，甚至会在您评断我的过程中插入一种危险的误解。

　　因此，为了尊重那种指引我诗歌的核心感觉，尊重我能够找到的那些强大的意象或形象，我坚持将这些诗作呈献给这个世界。我感受到这些言语的形象，我接受了这些您所指摘的粗陋表达。记住：我不会质疑它们。它们源自我思想的深深的不确定。我非常庆幸这种不确定没有被一种绝对的非存在所替代，那种非存在时常令我感到痛苦。

　　说到这儿，我害怕您又会误解。我希望您能明白，问题并非通常被人称为灵感的那一存在的程度之大小，而是一种完全的缺席，一种真实的损耗。

　　这就是为何我会告诉您我已经一无所有了，将来也不会有作品了，我所呈递的寥寥无几的诗作，将成为我勉强从绝对的空虚中挽救出来的思想遗迹。

　　对我来说极为重要的是，我已能够赋予自己的精神存在，其寥寥无几的显现，由于其所包含的瑕疵和粗陋表达，不会像非存在那样被解散。

　　我呈递给您的这些诗歌，在我看来，它们的瑕疵与参差不至于会破坏它们的整体印象。

　　请相信我，先生，我不是一个鼠目寸光的人，我只求解决一个绝望的难题。

　　因为我无法指望时间或辛勤的努力能挽救这些隐晦或失败之作。这就是为何我要如此坚定又焦虑地宣称自己拥有这一夭折的存在。而我要提出的问题是：莫非您认为，比起一首形式完美但缺少内在振荡的诗歌，一首虽不完美但充满强大美妙之物的诗歌，其文学上的本真性和有效性会显得更少吗？我承认《新法兰西杂志》这样的刊物要求一定的形式标准和内容的高度纯净，但即便如此，我思想的实体如此混乱不堪，其中散落的杂念和犹豫又令其整体之美失去效力，以致一败涂地，从文学的角度看，它们会有活路吗？关键正是我思考的整个难题。在我看来，问题无非是要弄清我是否有

艾利·拉斯科，《天空的十五子棋》插画，1923 年

权继续思考，以诗歌或散文的形式。

　　未来的某个周五请允许我冒昧献上坎维勒先生刚刚出版的一册诗集，题名《天空的十五子棋》[1]，以及"当代人"系列所收录的一本小书《十二首歌》[2]，作为我的一份心意。届时，您可告知对于我诗歌的最后评定。

安托南·阿尔托

## 雅克·里维埃尔致安托南·阿尔托

1923 年 6 月 23 日

---

1　《天空的十五子棋》（*Tric Trac du Ciel*）是阿尔托的第一本书，1923 年由艺术收藏家达尼埃尔 - 亨利·坎维勒（Daniel-Henry Kahnweiler）出版，并配有艾利·拉斯科（Elie Lascaux）的版画。
2　《十二首歌》（*Douze chansons*）是 1923 年由"斯托克"（Stock）出版的比利时剧作家莫里斯·梅特林克（Maurice Maeterlinck）的诗集，阿尔托为它写了一篇序言。

亲爱的先生：

　　我仔细拜读了您善意十足的回复，由衷地说，您尽可打消在您信中流露的顾虑，由于您将我视为知已，我深受感动。首先我要说，您的诗作确有笨拙之处，怪异而令人惶惑。但在我看来与其说它们是您无法掌控念头的结果，不如说它们反映了您慎重的努力。

　　显然，您通常未能创造出一种充分统一的印象（正是这个原因让我无法在《新法兰西杂志》上发表您的任何一首诗作）。但在审稿方面我经验丰富，能感受到您的天赋如此集中于一个朴素的诗歌目标，完全不受您的脾气秉性支配。耐心一些，稍做修改，去掉某些歧出的意象或用笔，您必能写出完全有条理的、和谐的诗歌。

　　我始终乐意见到您，与您聊天，拜读您所惠赠的一切。我是否应当返还您带给我的诗作副本？

　　谨启。

雅克·里维埃尔

二

## 安托南·阿尔托致雅克·里维埃尔

1924 年 1 月 29 日，巴黎

亲爱的先生：

　　理所当然您已将我忘记。去年五月，我略微向您坦白了我的精神。我向您提过一个问题。今日请您允许我完成我的坦白，继续我的坦白，直至我内心的最深处。我并不试图为我自己向您辩解，别人怎么看我，我毫无所谓。为了治愈别人对我的评判，我始终让我和我自己保持距离。请不要将我的坦白视为蛮横无理，它是一种真诚的告解，痛苦地供认一种令人烦忧的精神状态。

　　我愤恨于您的回复已有一段时日。我如疯子般，如真实的通灵异人般向您呈现我自己，而您的回复则是一种关于诗作的文学判断，那是我并不看重的东西，我无法看重的东西。我曾因您未能理解我而自鸣得意。如今看来可能是我说得不够详细，也请您海涵原谅我的疏漏。

我料想自己必能得到您的青睐，即便我诗句的矫揉造作无法让您另眼相看，至少我精神的某些现象稀世罕见。因此，我的诗句其实没有别的可能，尽管我内心确有能力令其尽善尽美。一段自负的陈述，我言过其实了，但有意为之。

说实话，我的质问可能华而不实，但我将这个问题提给了您，是您而非其他人，因为您的心灵极度敏感，它的敏锐几近病态。我曾沾沾自喜于带给您一个病例，一个特别的精神病例，因为我相信您会对任何形式的精神异常，对所有能够摧毁思想的障碍产生兴趣，由此，我希望将您的关注引向我思想的真实价值，我精神生产的最初价值。

我的诗歌散乱不堪，形式缺陷不全，我的思想持续衰退，但一定不是由于练习不足，方法失度，智力停滞；而是由于我的灵魂中心崩溃，由于使我的思想遭受一种既本质又瞬息的侵蚀，由于我发展的物质利益暂时无法被占有，由于我思想的构件发生异常的分离（思考的冲动，在思想的每一个终端层上，经过每一阶段，穿过所有的思想分支与形式分支）。

有某种东西毁灭了我的思想；它并未阻止我成为我可能成为的存在，但它让我，可以说，悬而不决。某种鬼祟之物劫走了我所发现的言词，降低了我精神的张力，在其实体中渐渐毁灭我思想的实质，甚至，抢走了我记忆中的习语，让我无法表达我自己，无法转述最不可分离、最为具体、最具活力的思想之扬抑。我不会详细说明。我不需描述我的状态。

我不会就此说太多，但至少能让您相信我，理解我。

请您相信我。我请求您，承认这些现象的真实，承认它们的鬼

祟，承认它们的无尽复发，承认如果我不是处于这种状态就不会给
您写这封信。因此我再次提出我的问题：

您是否知道精神有多微妙，多脆弱？难道我说的还不足以证明
我有一个精神，它文学地存在，就如字母 T，E，S，或 M？恢复我
精神力量的聚集，恢复它所缺失的凝聚力，令其张力持久，使其实体
坚固。（而这一切客观来说微不足道。）那么请告诉我，我的诗歌（旧
作）失去的东西是否无法瞬间复得？

您是否相信，在一个健全的精神中，领会总伴随着极端的虚
弱，而人在感到惊讶的同时会陷入失望？最后，尽管我已完全了解
我的精神，但我评定其作品只能根据它们在一种快乐的无意识里与
精神融合。这将是我的标准。

因此，综上所述，我将我精神的最新产物寄给了您。于我自身
而言，它无足轻重，但聊胜于无。它是一种权宜之计。但我的问题
是想知道写这种东西是否好过什么都不写。

您将给出答复，或接受，或拒绝，这个目光短浅的尝试。您
当然会从一种绝对的视角来评判它。但我应告诉您，即便我未完
全达到我自己，达到我自己的高大、厚实、宽广，只要想到我仍
可以是某种存在，我就十分欣慰。因此，先生，请真正做到纯
粹。评判这散文，不带任何倾向，任何原则，任何私人品味，用
您灵魂的仁慈判断它，用您精神特有的清醒衡量它，用您的心再
深思熟虑一番。

它很可能透露了一个精神，一个活的灵魂，理当得到重视。为
了此灵魂的可感扩张，不要弃之一旁，除非您的意识强烈抵制。但
如果您有所疑虑，请为我而打消。

我服从您的评判。

安托南·阿尔托

## 一封探讨雅克·里维埃尔的某些文学原则的信件附言

您会告诉我：就类似的问题给出一个意见，需要另一种精神的凝聚力，另一种敏锐。是的，我脆弱荒唐，不惜一切代价想要写作，想要表达我自己。

我是一个饱受精神之苦的人，因此我有权谈论。我清楚精神中发生了什么。我已永久地屈服于我的低卑。但我不是一个傻瓜。我知道不可能有比我思考得更远的思考，或许存在不同的思考。我只能等待我的大脑发生改变，它的绑带松开。或许明天，甚至一小时后，我就改变了我的想法，但此刻的思想存在着，我不允许我失去它们。

A. A.

## 喊叫

天国的年轻诗人
打开他心灵的百叶窗。
天空相互冲撞。遗忘
赶走交响。

马夫，疯房
给你守护的群狼
它猜不透我们头上
悬着的穹顶大凹室里
阴燃的狂怒。

因此沉默与夜
缄口所有不洁。
天空跨着大步
迈向喧嚣的十字路。

星辰吃个不停。倾斜的天空
翱翔至巅
夜一扫而光
我们饱餐后的剩饭。

一只蛞蝓地上行进
万只白手热烈欢迎
蛞蝓所爬之处
大地已经消失。

有些天使平静归来
非污言秽语所唤
当呼唤他们的精神
升起真实的声音。

太阳比白昼更低
将整片海洋化成蒸汽。
一场奇异但清晰的梦
诞生自疯狂的大地。

迷惘的年轻诗人
离开他天国的位置
一个超凡脱俗的念头

压迫他如麻的心。

*

两个传统相遇
但我们被禁锢的思想
缺少必要的空间，
有待重复的试验。

A. A.

## 安托南·阿尔托致雅克·里维埃尔

1924 年 3 月 22 日

我的信至少理当有一个回复。请归还信件及手稿，先生。

我很想深思熟虑，向您清楚表明什么让我们产生了分歧，但又有什么用呢。我的精神尚未成形，如一个傻子：随您怎么看我。

安托南·阿尔托

## 雅克·里维埃尔致安托南·阿尔托

1924 年 3 月 25 日，巴黎

亲爱的先生：

是的，我完全赞同您，您的信理当有一个回复。我只是一直未能给您回信，仅此而已。请您原谅。

有一事令我印象深刻：您的自我诊断非同一般地精准，而您的那些尝试之作，即便不含糊，至少也杂乱无形，两者之间反差巨大。

无疑，在去年寄给您的信中，我错误地试图安抚您，想尽所有办法：我的所作所为如那些精神病院的医生，他们宣称要想治愈疯人就不要相信疯话，不要认为疯病独一无二，只要强迫就能正常。这是一种危险的手段。我后悔使用了它。

即便我没有其他证据，您的笔迹——痛苦，颤抖，崩溃，仿佛被无形的涡流包围吞没——也充分证明您所控诉的精神"侵蚀"的现象真实存在。

但当您试图详细说明您的病症时，您又如何完全逃脱了它们？是不是因为当您自己不牵涉其中时，您的焦虑就把您所缺失的力量与清醒赋予了您？或是因为您试图掌握的东西临近了，让您能够突然牢牢地抓住它们？无论如何，您在分析自己的精神时，达到了完全的、引人注目的成功，这必然会增添您对此精神的信心，因为它也是助你取得成功的工具。

其他的思考可能也有助于您，或许，并不指望痊愈，但至少耐心地忍受您的病痛。它们具有一种普遍的性质。在您信中的某处，您提到了"精神的脆弱性"。虽然精神病学对精神错乱的研究和分类充分证明了此种脆弱性，但所谓的正常思想在何种程度上是由偶然机制产生的，或许迄今未有确切的说明。

精神是一种独立的存在，它自给自足，在个体中发展，自私自利，毫不关心个体与世界是否保持和谐。这一点当下似乎无人再会质疑。保尔·瓦莱里（Paul Valéry）以一种令人惊叹的方式在他的名著《与泰斯特先生共度的夜晚》（*Soireé avec Monsieur Teste*）中表现了我们思想机制的这一自治性。就其本身而言，精神是一种溃疡；它自我繁殖，持续向四方扩散。您自己也曾提及，"思想的每一个终端层上，思考的冲动"，乃是您的痛苦之一。精神拥有数量无限的出口；没有什么想法能堵塞它；没有什么想法能令它疲惫或满意。就连我们的身体机能在运作过程中发现的那些暂时的松懈，也不被它承认。思考之人将完全耗尽自己。除了浪漫，唯有死亡能逃离纯粹的思想。

有一整套文学——我知道它既吸引了你，也迷住了我——是直接的，可以说，是兽性的精神运作的产物。它表现为一片广阔的废墟；那些尚未倒下的柱石，只凭运气支撑。运气主宰那里，还有一种沉闷的多样性。人们会说这是每个人体内潜藏之怪物最精确也最直接的表达，但往往人会本能地试图用事实与经验的绳索来束缚它。

但您会说，这真的是"精神脆弱性"的意思吗？当我抱怨虚弱时，您向我描述了另一种疾病，它源自一种力量的过剩，一种力量的充溢。

这是我的进一步想法：精神是脆弱的，因为它需要藩篱——并非它自设的藩篱。不然，它会误入歧途，毁灭自己。在我看来您所谓的精神"侵蚀"，这些内在的偷窃，思想"在其实体中"发生的这一折磨您精神的"毁灭"，都是您放任精神过度自由的结果。绝对的自由正是您精神失调的根源。为了紧张起来，精神需要一个边界，它需要遭遇经验的福佑的幽晦。唯有事实的天真能治愈疯癫。

一旦您接受了精神的层面，您也就接受了所有的困扰，尤其是所有精神的委顿。如果用思想来指创造，正如您多数时候所见，它总会不惜一切地保持在有限状态；唯有让精神参与某物，人才能感到安全，稳定，力量。

我知道：在精神纯粹发散的瞬间，在精神川流直接从大脑中涌出，并遭遇大量空间，大量它要散布其中的阶段和层面的时刻，产生了一种陶醉的感觉。而我们的"超现实主义者"试图用诗歌的第四维度学说来传达的，正是这一获得彻底自由，甚至获得彻底的智性放纵的全然主观的印象。但对此思想翱翔的惩罚近在咫尺：普遍的可能性变成了具体的不可能性；落网的幻象，出于报复，找到了二十个幻象，使我们瘫痪，并吞噬我们精神的实体。

这是否意味着，精神的正常运作必须奴隶般模仿既定事实，而思考不过是复制？我不这么认为。我们必须选择我们想要"表达"的东西，不只是某些可定义、可认知的东西，必定还有那些未知的东西。为了让精神发现其全部的力量，具体必须充当神秘。每一个引人注目的"思想"，每一个令人难忘的言辞，凭其作者得以追认，总是两方面折中的结果，一方面聪慧源源不断，另一方面无知接踵而来，构成一种惊奇、一种阻碍。一个表达的适当性总包含一个假设的遗迹。一个无声的对象，我们的理性尚未理解，而语言必已将其撞见。但对象、阻碍完全缺失之处，精神继续前进，坚定不移又精疲力尽；一切将在无限的偶然中崩溃瓦解。

或许在评判您的过程中，我的观点太抽象，太先入为主了。然而，在我看来，我所列举的那些有点烦琐的理由很大程度上能说明您的问题，且您的问题也符合我试图定义的一般模式。一旦您让您的智识力量倾注入绝对，它就会在涡流中痛不欲生，在无助中千疮百孔，在狂风中粉身碎骨。但只要痛苦让您返回您自己的精神，而您又把它引向这个熟悉又难解的对象，它会不断聚集，越来越激烈，越来越有用，越来越敏锐，并带给您积极的益处；意即，真理将得到全面表达，变得可以向其他人传达，并被理解。简而言之，某种东西超越了您的痛苦，您的存在，某种东西扩展了您，巩固了您，赋予了您唯一的现实：人能够合理地希望靠其自身的力量来征服的现实，他人之中的现实。

总体来说我不是一个乐观派；但我拒绝放弃您。我对您深表同情。久未回信是我的过失。

我一直保存着您的诗作。请把您写下的作品都寄给我。

谨致问候。

雅克·里维埃尔

## 三

**安托南·阿尔托致雅克·里维埃尔**

1924 年 5 月 7 日，巴黎

敬爱的先生，

为了回归此前的讨论，只须暂时地意识到，我无能于表达自己，也无能于人生最基本的需求，无能于最紧迫的危急——及相继而来的痛苦，只须明白，我放弃自己并不是因为我缺乏斗志。我不受诗歌的约束。我没有实现自我，只是由于那些外在于我真实可能性的偶然环境。我只求某人相信我具备让事物在恰当的形式和词语中结晶的潜力。

一直以来我不得不等待机会写此短笺，显然我词不达意。您能从中得出明显的结论。

您信中提及一事，令我有些许不明：我寄给您的诗歌，您欲如何处置？您已认清我自身的某一方面。文学，确切地说，我兴趣不大。但如您碰巧认为我的诗歌有发表的价值，能否寄我校稿，我非常忐忑，想修改几个词语。

诚挚祝愿。

安托南·阿尔托

**雅克·里维埃尔致安托南·阿尔托**

1924 年 5 月 24 日

亲爱的先生：

一个想法闪现我的脑海，我已抗拒多时，却被之深深吸引。我想请您予以考虑。希望您会喜欢。无论如何，它还有待落实。

为何不发表信件，或您寄给我的信件呢？我刚刚又读了一遍您写于 1 月 29 日的信。真是非同凡响。

只须稍做变换。我的意思是我们会用虚构的地址和笔名。或许我可以根据我寄给您的信件草拟一个更正式、更客观的答复。或许我们还可收录您的一些诗歌，或您关于乌切洛的散文？其整体会构成一部相当不同寻常的书信体小说。

请告诉我您的意见。谨启。

雅克·里维埃尔

**安托南·阿尔托致雅克·里维埃尔**

1924 年 5 月 25 日

亲爱的先生：

为何要说谎，为何要将生命的呼喊置于文学的层面？为何要把一个虚构的外表赋予灵魂不可根除的实质构成的如现实之哀嚎一般的东西？是的，您的想法令我开心，令我欣慰，令我感动，但我们必须给读者一个印象，即他面对的不是胡编乱造。我们有权说谎，但不能妄言事情的本质。我并不坚持实名发表。但绝对有必要让读者感到他手里拿的是一个真实故事的素材。我的信件必须全部出版，从第一封到最后一封，为此，必须回到 1923 年 6 月。读者必须得到讨论的全部材料。

一个人在瞬间掌握自我，甚至当他掌握自我时，他也未完全达到自我。他未实现其力量的持久统一，而没有力量的统一，所有真正的创作都不可能。但这个人真实存在。我是说他具有一种显著的现实，这一现实挽救了他。仅仅因为他只能给出他自己的碎片，就应当宣判将他遗忘吗？您本人不会这么认为，证据是您重视这些碎片。一直以来，我有意暗示您将它们结集。但我一直没有明示的胆量。如今您的信回应了我的期望。也就是说，对您所提的想法，我抱以十分的满意。

　　我很清楚我诗歌中那些突然的停顿和开始，它们和灵感的本质有关，因为我一直无法将精神集中于一个物体上。这是一种生理的缺陷，它影响了一般所谓的灵魂之实质，影响了神经力量的散发在物体周围凝结。整个时代深受其苦。例如：特里斯唐·查拉（Tristan Tzara），安德烈·布勒东（André Breton），皮埃尔·勒韦迪（Pierre Reverdy）。但他们的灵魂没有受到生理上的伤害，并未伤及实质。但灵魂只要触及其他事物，就必然受到损害，其损害不在思想之外；那么，这缺陷从何而来？这是否真的成了时代的大气，一个空中飘浮的神迹，一个邪恶的宇宙奇观，或一个新世界的发现，一次现实的真正扩张？虽然如此，事实上他们仍不是受害者，而我是，不仅我的精神，就连我的肉体，我的灵魂，也日复一日地痛苦着。无法触及事物，这是所有文学的特点，而对我来说，则是无法触及生活。至于我自己，我真的可以说我非人世中人，这么说不只是一种精神态度。我最近的诗作，在我看来，显示了巨大的进步。它们真的没法整体发表吗？但没关系，我宁愿展示真实的自己，展示我的非存在，展示我的无依无靠。总之大部分片段能够发表。我认为绝大多数诗节，单独来看，都不错。仅仅将它们放在一起，才摧毁了它们的价值。您要亲自挑选这些片段，您会编排信件。这方面我无法再加评价。但我最关心的是，我用以自辩的种种现象之本质不会产生任何误解。读者必须相信一种真实的疾病，而非一种时代的现象；这疾病触及存在的本质，及其核心的表达可能性；这是适用于一生的疾病。

　　这疾病侵袭灵魂的至深现实，感染了灵魂的显现。存在的毒药。名副其实的瘫痪。这疾病剥夺了你的言语、你的记忆，将你的思想连根拔起。

　　我认为，我所说的足以令人理解，请发表这最后一封信。收尾之际，我个人觉得它可以充当讨论的澄清和总结。

　　衷心感谢。

安托南·阿尔托

## 安托南·阿尔托致信雅克·里维埃尔

1924 年 6 月 6 日

亲爱的先生，

· · · · · · · ·

　　我的精神生命填满了琐碎的怀疑以及言辞清晰、条理分明、无可改变的确信。我的缺陷结构上更不稳定，它们自身含糊，表达不清。它们拥有鲜活的根系，剧痛的根系，触及生命的核心。但它们并非生命动乱的根源，从中我们感觉不到一个根基已被撼动的灵魂的无限气息。其所属的精神无法思考自身的缺陷，不然它会用精炼有力的词语表达出来。先生，这就是全部问题：在自身之中拥有不可剥夺的现实和具体清晰的感觉，拥有它们直到它们不得不被表达；拥有丰富的语言，熟练的措辞，它们能够共舞并游戏；在灵魂准备组织其财富、其发现、其启示的时刻，在这一触即发的无意识瞬间，一种高级的邪恶意志如一股浓酸攻袭灵魂，攻袭词语和影像的总体，感觉的总体，而我仿佛在生命的门口喘气。

　　现在，想象一下我所感到的意志，它经过我的身体，令我剧烈颤抖，仿佛一股电流，突如其来，意想不到，重复不断。想象一下我思考的每一时刻，在某些日子，被这些深渊的风暴所震颤，却不外露任何迹象。告诉我，是否所有的文学作品都能与这样的状态相容？什么样的精神能忍受它们？什么样的性格不会因此崩溃？要是我有这等力量，我会不时地纵情享受一场精神试验，让任何一位著名的思者，任何一位正在创作且影响不凡的青年或老年作家，服从一种如此急剧的惨痛之苦行，看他还剩什么。不要急着去评判人，而要信任他们，信任至荒谬的地步，信任其仅有的糟粕。这些莽撞的作品，在您眼中，往往出自一个尚未掌握自己的精神，或许它永远无法掌握自己，但谁知道这些作品隐藏了什么样的灵魂，什么样的生命力，什么样的精神热度，唯有境遇能降低这一热度。说够了我自己及我未来的作品，我只求您来感受我的精神。

安托南·阿尔托

## 雅克·里维埃尔致安托南·阿尔托

1924 年 6 月 8 日，巴黎

亲爱的先生，

也许我有点草率，用我的想法、我的偏见代言了您的痛苦、您的独特。也许我有点喋喋不休，我理当理解您，同情您。我想要宽慰您，治愈您。我的做法无疑源自一种狂热，我个人总是狂热地回应生活。我同生活搏斗着，我不允许自己投降，直至停止呼吸。

在您最近的信里，您多次用"灵魂"一词替代"精神"一词，强烈地唤起了我的同情，但也令我更加局促不安。我感觉到，我触及了一种深沉私密的苦难；在我只能隐约瞥见的痛苦面前，我进退两难。但相比此前有理有据的态度，我如今的困惑不解也许更有助于您，给您信心。

可是！我完全无法理解您所受的折磨吗？您说"一个人在瞬间掌握自我，甚至当他掌握自我时，他也未完全达到自我"。这个人就是您；但我可以告诉您，我也是如此。您提及的"风暴"，"从外攻袭灵魂"的"邪恶意志"，及其表达的力量，诸如此类，我一无所知。然我偶尔感到的自卑，虽更为普遍，减弱了痛苦，却同样清晰。

为了说明我所经历的交替状态，如您，我拒绝接受灵感的廉价符号。这里谈论的东西，要比那阵从我精神深处向我或未向我吹来的和风，更深刻、更"实质"——如果我可以曲解这个词的意思。这里谈论的是我在自身之现实中经历的那些阶段。唉，情非得已！但纯属偶然。

显而易见，我从未如您观照自身一般，严肃地质疑过我存在的事实。我自己总留下某些东西，但多半破破烂烂，粗鄙丑陋，有气无力，令人疑窦丛生。在这样的时刻，我并未失去我完整现实的全部想法；但偶尔我会感到绝望，认为无法重获现实。它如我头上的屋顶，凭一种神力悬在空中，而我没有办法够及。

我的感觉、我的想法——一如寻常——从我身上经过，虚无缥缈。它们如此微弱，如此不可靠，似乎属于纯粹的哲学思辨，但它们仍在那里，它们注视着我，仿佛要我赞美它们的缺席。

普鲁斯特描述过"心脏的间歇"；如今应当描述存在的间歇。

显然，这些灵魂的衰退有生理的原因，时常难以诊断。您将灵魂视为"我们神经力量的凝结"。您说灵魂能受"生理损伤"。我同意您的说法，灵魂的确非常依赖神经系统。然而灵魂的危机反复无常，这就是为何，人们会不禁寻求一种神秘的解释，如您所为，称一种"邪恶的意志"从外部猛烈地缩减灵魂。

无论如何，我相信，事实上，整整一类人屈服于存在层面的动荡。多少次我们机械地接受一种惯常的心理学看法，却突然发现灵魂超越了我们，或不知不觉中我们已和灵魂不平等了！多少次我们最习以为常的个性突然在我们面前变成人造物，甚至虚构品，因为理当滋养它的精神或"本质"能量缺失了！

我们的存在，被迄今为止所有的心理学假定为一个恒量，它去了哪里，又从何处归来？一个几乎无解的问题，除非求助于一种宗教学说，例如神的恩宠。我惊讶地发现，我们的时代（我想到了皮兰德娄，想到普鲁斯特，他们身上隐含着这个问题）已敢于提出这个问题，并使之悬而未决，限于焦虑。

"一个生理受伤的灵魂。"这是一份可怕的遗产。可是我相信，从某种观点，从某种洞察的眼光看，它同样能成为一种特权。这是我们略微了解自己的唯一手段，至少我们可以看清我们自己。一个不知沮丧的人，从不会感到灵魂受身体侵蚀，被其虚弱侵犯，他察觉不到任何关于人之本质的真理。我们必须深入存在，着眼根底；

为了准确观察，必须丧失前行、希望和相信的能力。若不暂时丧失我们的智力或道德机制，我们又如何识别它们？那些以此浅尝死亡的人，其慰藉必定在于，唯有他们略知生命如何构成。

另外"一种如此急剧的惨痛之苦行"消弭了他们身上虚荣的荒谬阴霾。您在信中写道："为了治愈别人对我的评判，我始终让我和我自己保持距离。"这就是"距离"的作用：它"治愈别人对我们的评判"；它防止我们为收买那种评判而做任何事情，防止我们顺从评判；它让我们保持纯粹，尽管现实起伏动荡，它仍确保更高程度的同一。

当然，健康是唯一可接受的理想，是任何一个被我称作人的存在有权渴望的唯一理想；但出生时就身体健康的人，只能看见一半的世界。

不知不觉，我又允许自己再度安慰起您，试图让您看到，甚至在生存方面，所谓的"正常状态"也有多不稳定。我衷心希望，我描述的层层梯级，您亦可以通达，不论是上升还是别的方向。毕竟，若您已有勇气渴求，充实的时刻、自信的时刻为何将您拒之门外？没有绝对的危险，除非自己抛弃自己；没有完全的死亡，除非自己品尝死亡。

请相信我深有同感。

雅克·里维埃尔

# 三

# 超现实主义写作（1925）<sup>*</sup>

## 王振　译

---

\* 阿尔托与里维埃尔的通信引起了当时正在兴起的超现实主义运动的领袖安德烈·布勒东（André Breton）的注意，后者于 1924 年 10 月邀请阿尔托加入超现实主义团体。1925 年，阿尔托成为该团体的活跃分子，开始在皮埃尔·纳维尔（Pierre Naville）、邦雅曼·佩雷（Benjamin Péret）和布勒东主编的刊物《超现实主义革命》（ *La Révolution surréaliste* ）以及《新法兰西杂志》上发表一系列超现实主义文章。其中，1925 年第 3 期的《超现实主义革命》由阿尔托主编，他贡献了大部分内容，并将主题定为"1925：基督教时代的终结"（ 1925: Fin de l'ère chretienne ）。

《十八秒》( *Les Dix-huit seconds* ) 是阿尔托创作的第一部电影剧本，于其死后的 1949 年发表在《七星诗社手册》( *Les Cahiers de la Pléiade* ) 第 7 期。

## 《爱情的秘密》

罗歇·维特拉克（Roger Vitrac）实行着惊人的、生机的手术。他真正懂得精神的配置。他成功地用一个理性定理来说明了神秘的非逻辑活动。感情，知觉，行动，它们的普遍意义，人性意义，它们的生命魔法，都乱了步伐。在他重振精神的同时，他震颤了实体。他的作品具有一种启示的性质。它不是手段，而是说明的行动。如此方式的行动，在解释自身的同时，会远离各种可能的虚拟现象的混淆，并活跃起来。

《爱情的秘密》（Les Mystères de l'amour）是一种爱情炼金术，正如《死亡的知识》（Connaissance de la mort）是一种生命与精神的炼金术。两者有所区别。《爱情的秘密》是戏剧，是一种爱情炼金术，若干人的爱情，被完美操纵的木偶，不可能搞混，但也无法和抽象分开。我们将尝试尽可能地调和这两个术语。

然而，这些木偶具有肉体的存在，或不如说物体的存在。它们是表象，状态，意象，但也是存在。它们如同地狱里的魔鬼，无法用咒语将它们召唤出来。然而，它们是真实的，可感知的，现象的。爱情和精神、和死亡保持着种种它自己未意识到的联系，但罗歇·维特拉克的精神已渗入它们。在他精神的边境感觉这样一部作品真是太好了，在那里真实的逻辑被排除，每一个感觉被持续不断地转变成行动，精神的每一个状态用它即刻的图像铭记自己，用一种闪电的速度取得形状。那些抽象的木偶变成具体，保持感觉，但没有取得物质。仿佛它们只能忍受戏服。此外，在这部作品里，影射，确切地说，寓言，并不存在。此木偶戏演出，实际上占有了历史，在这些羽衣木偶的血液里，历史现实持续输液。当罗歇·维特拉克招魂墨索里尼时，我们能信服，那是墨索里尼本人，千真万确，他自投行动的罗网，否则他的戏剧没有存在的理由；这至少是我们应当看待它的方式。

罗歇·维特拉克完全意识到毁灭的手段，用它反对爱情，而它以自动书写的名义，出现在他的面前，一种实现其精神之本真的超现实主义手段。从未有人在思想上将超现实主义视为一种行动模式，仅仅通过自动书写的作用就能实现解放。超现实主义可以和一种精神的清晰达成完美的调和。一种高级的逻辑参与这种清晰，引导我们选择潜意识推荐的元素，被系统逻辑所排斥的一定量元素。以此工序，它追随新的道路，比普通理解的道路更加高级，并走向这理解的毁灭。

（1925 年，《新法兰西杂志》，第 144 期）

## 问卷调查

人活着，人死去，在这一切中意志的作用是什么？人们自杀恍如做梦。我们将要提出的问题不是一个道德问题：

## 自杀是一种解决之道吗？

不，自杀仍旧是一个假设。我要求有权质疑自杀，我质疑自杀，正如我质疑所有剩余的现实。目前，直至另行说明为止，自杀有必要接受质疑的考问，任何人都有质疑的能力，不是质疑存在本身，而是质疑其内部的振动和万物的、行动的、现实的深刻感性。我什么也不相信，我只相信我重新结合的事物，借由思想纽带的敏锐，如流星闪过，但行动中我太缺少流星雨。构建的存在，能感觉到的存在，每一个人的存在，于我都是一个负担，我决然厌恶所有现实。自杀只是深思熟虑之人难以置信、遥不可及的胜利，但我无法理解自杀状态。神经衰弱的自杀没有丝毫表现价值，而一个决意自杀之人的精神状态，那些物质环境，以及释放的绝妙瞬间，却拥有这种价值。关于事物的现实，我一无所知，对于人类的状态，我一无所知；世界丝毫不为我转动，或在我体内转动。我活着，但只感到恐怖的痛苦。我无法触及任何状态。可能我已死了很久，我已经自杀。他们自杀了我，可以这么说。对于一次先行的自杀，你会说些什么：它让我们追溯自身的足迹，但要从生存的另一头，而不是从死亡的那头来追溯。只有这种自杀对我会有价值。对于死亡我没有渴望，我渴望不存在，渴望从未堕入此愚蠢的、弃权的、鸡肋的中场休息，迟钝的不期而遇，它们是安托南·阿尔托的自我，比他更加脆弱。这个游荡残疾的自我，不时表现出它自己很久前唾弃过的魅影；这个跛行的自我，这个名义上的、不可能的自我，却在现实中发现了自己。没有人像他那样强烈地感受到它的脆弱，这根本的、本质的人性脆弱。要毁灭，而不是生存。

（1925 年，《超现实主义革命》，第 2 期）

## 论自杀

自杀前，我要求得到某种生存的真实保证，我想要确定死亡。于我，生命似乎只是一种认同，认同事物之表面的可读性，及其在精神中的持续性。我不再觉得自己像万物不可化简的十字路，死亡疗法，通过将我们和自然分离来疗愈；但假如我不是任何东西，不过是一条河渠，运载痛苦，而非货物，会怎样呢？

若我自杀，那不会毁灭我自己，而是重建我自己。于我，自杀只是一个暴力再征服我自己的手段，一个野蛮入侵我生存的手段，一个预期不可预期的上帝之来临的手段。借由自杀，我在本性中重新引入我的设计。我第一次将我意志的轮廓赋予事物。从器官的条件反射中，我释放了自己，它们都极不适应我内在的自我。于我，生命不再是一场荒谬的事故，凭什么我的思考要听命于他人。但现在，我选择我的思想，我官能的方向，我的倾向，我的真实。我将自己置于美与丑，善与恶之间。我将自己置于半空，脱离先天的倾向，保持中立，善恶诱惑之间一种平衡的状态。

因为生命本身不是答案，不是那种可选择、可同意、可自决的存在。它仅仅是一系列渴望与逆力，一系列微不足道的矛盾，依据一个可恶的运气状况继续或流产。恶，如天才，如疯狂，在每一个人心里被不平等地分配。善，如恶：环境的产物，一个活化剂的产物，或多或少。

无疑，诞生与活着是卑鄙的，而在那些最渺小的陋室里，在其不归宿命的那些未经思考的分叉中感受自己，也是如此。毕竟，我们都是树，总有一天，我会杀死我自己，而这很可能记录在某个地方，或我家谱的某个弯曲处。自杀的自由，这个强烈的想法，坍塌了，像一株砍倒的树。我不创造自杀的时间、地点和环境。我甚至不会发明自杀的想法；当它根除我时，我会感觉到它吗？

可能，在那一刻，我的生存会溶解；但假如它保持完整呢？我损坏的器官将如何反应？我要用怎样非存在的器官记录自杀的裂伤？

我感到死亡迫近我，如激流，如雷电猝发，它的力量超乎我的想象。我感到一个载满愉悦的死亡，一个晕头转向迷宫般的死亡。我存在的想法在其中的何处？

但，上帝突然出现，如一只拳头，一柄割断闪电的镰刀。我自愿将自己从生命中割断，我想要彻底逆转我的命运！

上帝将我置于荒谬的点上。他让我活在一个否定的虚空中，活在我自己狂怒的放弃里；他毁灭我内心的一切，直至有意识、有感觉的生命的最细颗粒。他迫使我沦为一具行尸走肉，但可以发觉无意识自我的破裂。

我想要证明我活着，我想要重新接触事物共鸣的现实，我想要砸碎我的宿命。

对此，上帝会说些什么？

对于生命，我没有感觉，所有道德理念如我血脉中干枯的管道。于我，生命没有目标或形式，它变成了一系列的合理化。但这些空转的合理化，这些不转的合理化，在我体内就像可能的"模式"，我的意志没法将其固定。

但，要达到这一自杀状态，我必须等待自我的回归；我必须自主我存在的全部表述。上帝将我置于绝望之中，如置于一个光芒寂灭的星群，其辐射在我体内达到了峰值。我求生不能，求死不得，我无法求生或求死。全人类都如我这般。

（1925 年，《绿烛》，第 1 期）

## 劣质梦游者

我的梦多半是一种液体。我浸没在各种作呕的水中，血红胶片翻来覆去。我从未达到某一影像的高度，无论是在梦中，还是在真实生命里。我从未定居于我的连续。我的梦没有出路，没有强大的城堡，没有城市的地图。一种真实的断肢恶臭。

此外，我太过顺从我的思想，以至于对其中发生的任何事情都不感兴趣。我只求一件事情：将我永远锁在我的思想里。

至于我梦的物理表象，我告诉你：一种液体。

（1925 年，《绿烛》，第 3 期）

# 晚餐就绪

抛弃存在的洞穴。来吧。精神在精神之外呼吸。告别你家的时候到了。服从普遍的思想。惊奇是思想的核心。

我们来自精神之内，头脑之内。理念，逻辑，秩序，真理（首字母大写），理性：我们将它们统统抛入死亡的虚无。瞧瞧你的逻辑，先生，瞧瞧你的逻辑吧，你不知道我们对逻辑的仇恨会领我们走多远。

只有通过一种生命之流的改道，一种强加于精神的麻痹，人才能将生命固定于它所谓的真实地貌，但真实不在这地表下。所以我们渴望一种超现实的永恒，我们很久前就已停止在当下考虑自己，宛如我们都是自己的真影子，我们不允许你到我们的精神里烦恼我们。

无论谁评判我们，他并未生于我们想要体验的精神中。我们所谓的精神，外在于你称呼的精神。你不能太过关注那条锁链，它把我们束缚于精神的僵化愚蠢。我们的手已放在了一头新野兽上。天堂回应我们的麻木荒谬。你回避问题的这一习惯，阻止不了指定之日天堂的开放，及一个新语言在你愚蠢算计中的扎根。我们说的是你思想的愚蠢算计。

思想露出了征兆。我们对荒谬和死亡的态度，是最易感受的态度。透过一个从此无法存活的现实之裂隙，言说一个慎重晦涩的世界。

(1925 年，《超现实主义革命》，第 3 期)

1925 年，《绿烛》，第 1 期封面，"论自杀"

N° 3 — Première année                    15 Avril 1925

# LA RÉVOLUTION SURRÉALISTE

## 1925 : FIN DE L'ÈRE CHRÉTIENNE

### SOMMAIRE

ABONNEMENT,
les 12 Numéros :
France : 45 francs
Étranger : 55 francs

Dépositaire général : Librairie GALLIMARD
15, Boulevard Raspail, 15
PARIS (VII°)

LE NUMÉRO :
France : 4 francs
Étranger : 5 francs

1925 年,《超现实主义革命》,第 3 期封面,"1925：基督教时代的终结"

# 致信佛教学者

　　您不是肉体凡胎之人，您知道，在其肉欲轨迹和无意义往来的哪个点上，灵魂发现了绝对的言语，崭新的词汇，内心的陆地。您知道，我们如何返回我们的思想，精神如何从自身中得救。您内在于您自己，您的精神不再处于肉体的层面：这儿有许多手，对于它们，获取不是一切；精神，超越屋顶的森林，立面的花丛，转轮的国度，火与大理石的行动。让它们来吧，此钢铁的国度，此光速写就的词语，让性器来吧，以弹头的力量，朝向彼此；灵魂的小径上，什么将被改变？在心脏的痉挛里，在精神的不满中。

　　您须将他们抛入海洋，所有前来的白人：精神渺小，灵魂顺服。我们得让这些狗东西明白，我们没在谈论人性的痼疾。我们的精神苦于别的需求，而非生命固有之需。我们苦于一种腐烂，理性的腐烂。

　　在两个极端的锤击间，逻辑的欧洲无尽地撕扯着精神，它打开精神，只是为了将之再度封闭。但现在，窒息登峰造极。重轭下我们窒息太久。精神比精神更大，生命的变形多种多样。如您，我们拒绝进步：来吧，拆毁我们的房屋。

　　让枪手们继续写上片刻，让新闻记者继续闲言碎语，让评论家们继续谬论迭出，让犹太人继续打家劫舍，让政客们继续慷慨陈词，让合法的刺客在和平中密谋他们的罪恶。我们知道生活到底像什么。作家、思想家、医生、白痴，共谋毁灭生活。让所有这些捉刀人都来责骂我们吧，让他们责骂吧，由于他们的习性与癫狂，让他们责骂吧，由于他们的精神宫刑，由于他们无能捕捉细微差异，无能到达那些玻璃质的冲积层，那些公转的行星，人类的崇高精神就在上面无止境地更新着自身，我们已赢得最优秀的思想。来吧，将我们从这些恶鬼的手中救出。设计我们新的家园。

（1925 年，《超现实主义革命》，第 3 期）

## 超现实主义研究局的活动

发生于事物中的一场超现实主义革命，适用所有精神状态，
所有人类行动类型，
所有精神世相，
所有既定道德事实，
所有思想阶层。

此革命目标：普遍的价值贬值，思想贬值，废除金科玉律的不证自明，重新开始绝对永久的语言混乱，
一种思想的崎岖。

它旨在打破逻辑，取消其资格，它会一直追击下去，直至连根拔起其最古老的防御。

它旨在重新分类事物，一个自发的重新分类，根据一种更深刻更细微的秩序，无法用一般理由来说明，但仍是一种秩序，可用某种未知的感觉来感知……但仍是可感知的，一种不完全属于死亡的秩序。

世界与我们自身的断裂已经形成。为了让人理解，我们沉默不语。我们只在心里说，用剧痛的犁头，用凶猛刚愎的刀口，我们推翻思想，使它崎岖。

超现实主义研究局正全力投入这种生活的重新分类。

一种整体的超现实主义哲学，或一种能够取代哲学的东西，将被创立。

严格地说，这不是一个建立清规戒律的问题，而是：

1. 在超现实主义思想中发现超现实主义调研的方法；

2. 设立地标，勘测其航道和岛屿的方法。

达到一定程度，我们能够且应当承认一种超现实主义的神秘，某种信仰的秩序：它回避普通理性的秩序，但定义明确，涉及精神中的明确位置。

超现实主义记录某种排斥的秩序而非信仰。

超现实主义首先是一种精神状态，它不倡导公式。

首先要将人自己置入正确的精神框架。

没有一个超现实主义者处于人世之中，或在当下思考自己；如马刺的精神，如断头台的精神，如审判的精神，如医生的精神：超现实主义者不会相信此类精神的效用，他会坚决避而远之。

超现实主义者审判精神。

他没有属于自己的感觉，他无法识别自己的任何思想。其思想不会为他形成一个让他有理由赞同的世界。

他绝望于达到精神。

但他仍在精神当中。他从内心审判自己，相比于他的思想，他所面对的世界无足轻重。但在某次丧失，某次自我背离，在某次精神瞬间吸回的间隙里，他会看到白兽的出现，玻璃般的白兽，正思考着。

这就是为何他是一名首领，唯一现于当前的首领。以他内心的自由为名，他需要平和，需要完美，需要纯粹，以此为名，他唾弃你，世界，因为你埋头于枯竭的理性，埋头于禁锢的时代之模拟；在超现实精神，唯一足以根除我们的精神里，建造词语房屋并订立清规戒律的世界最终必然爆炸。

安托南·阿尔托

此记录是一个范例，是我所谓的言语混乱的一个首要方面：蠢人将从严肃的观点去评价，智者会从语言的观点去判断。它被献给精神混乱的人，舌头麻痹无法言说的人。但此记录是意图的核心。其中，思想失效了，精神露出了它的骨架。这是愚蠢的记录，原始的记录，正如他人所言，"在其思想的衔接处"。但这是真正细致入微的记录。

此记录鄙视语言，唾弃思想。其中，怎样清醒的头脑不会发现一种永久的语言修订，一种缺失后的紧张，一种偏离目标的知识，一种对恶劣表达的接受？

然而，一种用人类立场恶劣地构造的思想，一种不均衡地具体化的思想，在它们的断层间，闪烁着一种对意义的欲望。一种揭露尚未完善的事物曲折原委的欲望，一种对信念的欲望。

此刻，某种信仰进入了，

但让所有满嘴喷粪的人，所有哑口无言的人，总之，所有被剥夺语言，被剥夺词语的人，思想的贱民们，听我说。

我只说给他们听。

（1925 年，《超现实主义革命》，第 3 期）

## 致法兰西喜剧院经理

1925 年 2 月 21 日

先生：

您蹂躏新闻够久了。您的妓院贪得无厌。是时候停止骚扰我们的耳朵了，一种过时艺术的代理人。悲剧不需要劳斯莱斯，也不需要妓女才会佩戴的珠宝。

够了，在你的官办妓院里来来往往。

我们要超越悲剧。你的屋棚毒气冲天，破旧简陋，我们要超越它的地基。你的莫里哀是个笨蛋。

但不只是悲剧。我们否定你的营养机能，你无权表演任何戏剧，不论过去、未来或现在。

由于皮埃拉、索雷尔、塞贡－韦伯、亚历山大及其他人，法兰西喜剧院沦为一家妓院，全都是性！从未有戏剧理念的任何迹象。

开除西尔万，开除费诺，开除迪弗洛，开除每一个人——同样的小丑，同样的亚历山大，同样的老爷车，同样的老丑悲剧演员照旧重返戏剧巅峰。

不要更新你自己，法兰西喜剧院啊！不管是你的"西穆"波尔谢，你的"铁道"普瓦扎，这些奄奄一息的悲剧小角色，还是你新近的让·可可，都不能有所作为，使你免于沦为陈迹。

你的所有烂杂烩，所有浑身酱汁的股东，如今需要某个警察来"敲门"，让你瞧瞧，你的莫里哀能领你去何处。

你的嗜血科尔内耶，我们拒绝支持他的仪式，他将子嗣献祭给他们的父亲，为某种爱国神话设定基调，事关心脏的至高需求。

至于拉辛：用格兰瓦调味汁、西尔万调味汁、兰伯特调味汁或酸豆酱煮了他。他尚未被你演出来。

你是个笨蛋。你的真实存在是一种侮辱。国民白痴的基本需求，其表现，其大量涌现，少不了你的支持。情感的力量足够强大，不允许它沦为娼妓。

剧场没你照样行。它由一种不寻常的物质构成，不同于你的卑劣组织。法国剧场，你说呢？与其说你是法国人，不如说你是卡菲尔人。你最多属于 7 月 14 日。

剧场是火焰的大地，天国的盐湖，梦想的战役。剧场是庄严。

你在庄严的脚下留下粪便，好比金字塔下的阿拉伯人。给戏剧一条活路吧，先生，给全民的戏剧一条活路，它满足于无限制的精神领域。

（原定发表于 1925 年，《超现实主义革命》，第 3 期）

## 致信欧洲各高校校长

先生们：

在你们谓之"思想"的狭窄罐槽里，精神的光辉如陈年稻草般腐烂。

够了，词语游戏，句法诡计，套话杂耍。当前我们必须发现心灵的大法则，这个法则不是一种法律（一座监狱），而是一个指引，为迷失于自身迷宫的精神指明出路。比科学将要触及的东西更遥远，此迷宫存在之处，理性的光辉冲击云层，生命的所有力量和终极的精神血脉聚于一个焦点。在墙壁不断变化的移动迷宫中，在所有已知的思想形式外，我们的精神激荡起来，等待其最隐秘自发的运动：带着启示的性质，一股气流，从别处而来，从天空而降。

但，先知灭族了。欧洲渐渐顽固，在其边界、工厂、法院和大学的包裹下，缓缓给它自己防腐。在包围它的矿层间，冰冻的精神碎裂。错在你霉变的体制，错在你"2+2=4"的逻辑。错在你们，各位校长，困于三段论的罗网。你们，工程师、裁判官、医生，对于躯体的真正奥秘或宇宙的存在法则，一无所知。冒牌学者盲目于世界之外，哲学家谎称重建精神。比起形而上学，最低限度的自发创造活动是一个更复杂也更具启示的世界。

对于精神你们一无所知，你们意识不到它最隐秘本质的分支，你们意识不到那些化石印记如此接近我们的起源，那些偶能发现的足迹，就深藏于我们从未探测过的精神沉积。

　　先生们，以你们自身逻辑的名义，我们告诉你们，生活散发恶臭。好好看看你们自己，好好想想你们的产品。整整一代憔悴迷惘的年轻人正经过你们毕业证书的筛孔。你们是世间的瘟疫，先生们，对于世界这再好不过，但让世界少在人性的高处思考自己吧。

　　我们需要扰乱视听的能手，而非积极向上的专家。

　　　　　　　　　　　　　（1925年，《超现实主义革命》，第3期）

## 致信精神病院的医务主任们

先生们：

　　法律和风俗让你们有权去评估人类精神。你们必须明察秋毫，行使这种至高无上、令人生畏的审判权。如果我们哈哈大笑，你们不要介意。文明人盲目自大，学者、行政官员用无限超自然的智慧资助精神病学。你们是职业讼棍，事先得知判决。我们无意讨论你们的科学有效与否，也无意质疑精神疾病存在与否。但，因为数以百计夸张的病理诊断，将精神与物质搞得一片狼藉，因为数以百计的病理分类，只有最含糊的还在继续使用，你们中有多少人试图高尚地接近精神世界，并下定了决心？在你们的囚犯中，无数人生活于精神的世界。例如，你们中，有多少人精神分裂、白日做梦、异想天开、疑神疑鬼？其实不过胡言乱语。

　　发现你们力有不逮，我们并不吃惊，因为几乎无人命中注定能担此任。但我们不遗余力反对将此权利归于某些人，无论我们是否心胸狭窄，我们决不准许他们在精神领域内肆意妄为，审判并监禁生命。

　　恐怖的监禁！我们知道——不，这尚未广为人知——精神病院，不光精神病院，乃是骇人的监狱，拘押无数人，提供了源源不断的自由和实用劳动力，在那里野蛮就是法律，野蛮就是你要忍受的全部。一所精神病院，在科学与正义的包装下，堪比军营、监狱，或殖民地。

我们不谈任意拘禁的问题。你们只要仓皇否定，便可高枕无忧。开门见山，我们要谈为数众多的因犯，按官方定义，彻底疯掉的人，也就是被武断拘禁的人。我们反对任何形式的干预，阻碍谵妄的自由发展。谵妄是合法的，同任何类型的人类理念或行为一样，合情合理。意图压制反社会反应，如同妄想一般，在原则上不可接受。所有个体行为都反社会。疯人毕竟是社会专制的个体受害者。以人所特有的个体之名义，我们要求释放那些感官犯人。我们要告诉你们，法律固然强大，但无力禁锢所有思想之人，行动之人。

无须强调，某些疯人的表现，具有完美的灵性，至于他们，我们完全能够重视，我们只须承认，他们的现实观及其产生的所有行为完全合法。

听好了，明早，在你们巡视时，在你们想要和他们说话时，虽然你们听不懂他们的语言，但你们必须承认，你们凌驾于他们的唯一优势，是暴力。

（1925 年，《超现实主义革命》，第 3 期）

## 关于我自己的新书信

亲爱的……

此时此刻，在我看来，是一个卑鄙龌龊的时代。此外，在我看来，鉴于我所处的状态，每一时代都令人作呕。你无法想象，我的思想被剥夺到何等地步。我的想法甚至无法与我的肉体保持一致，与作为物质动物的我保持一致，既不服从事物，也不在它们的多样接触中喷溅而出。

精神动物不在讨论之内。我赞美的，我渴望已久的，都为智性的动物所追求，但它不会为了追求而追求。活的动物。意识的集合不能崩溃。我嘲笑人类，所有人类，因为他们无法想象其意识集合的崩溃。无论他们参与何种精神活动，他们都对精神的集合深信不疑。这集合填满他们每一个最细小的缝隙，填满他们最毋庸置疑的活动，在启蒙和进化的某些阶段，这些活动将抵达精神。不是那样，从来不是。因为如果我们必须始终思考我们的思想，那么我们将无法思考，难道不是吗，我们无法献身于比思想本身更加高级的精神活动。不是渗出物，精神的分泌物，而是此渗出物的机能。我估计，陈述我精神有限的配额，心灵严重的饥荒，让人们感到足够厌烦了，我认为他们有权从我身上期待其他东西，而非我无力的喊叫，我无能的列举，或者我应当保持沉默。但，问题恰恰是，我是活生生的人。有些事物能让人脱离他的领地，那些精神凝结的领地就禁锢在他的圈子里；这些事物在思想的领域之外，严格地说，对我，它们都高于精神中的各种关系。在这些想法中，我如同一个盲人。我被禁止得到任何假设。那不是一份笔录，甚至不是已知现象的简单讨论。灾厄迫在眉睫，而我看不到革新，确切地说，看不到对于智力活动的需求。在我面前出现的精神，源自一个理念，换言之，一个改头换面的力量火焰，它不可撼动。

我达到这样一个境界，不再将理念感觉为理念，如精神事物的相遇，自身具有磁性、幻术、完全灵性的闪光，而是如物体的简单结合。我不再感觉它们，不再看见它们，同样它们也不再能唤醒我，这很可能就是为何我让它们经过我的精神，而不认得它们。我意识的集合崩溃了。我感觉不到精神，感觉不到任何能被准确思考的东西；我体内的漩涡如一个完全失控的系统，然后返回它的阴影。

不久，感觉黯然了。某种东西飘浮着，如微小思想的碎片，一束描述世界的光。什么样的世界啊！

在此无名的悲惨中，傲慢占据一席之地，它同样具有意识的面容。这是穷举而来的知识，如果你愿意，一声卑贱的喊叫：它下降，而不上升。经由腹部，我的精神打开了，在它下面，堆积着黑暗的、无以言表的学问，充满地下的潮汐，凹陷的石块，寒冷的湍流。不要误以为这是想象。它亟须化身为一种可恶的知识。无论谁人的目光，我只恳求沉默。但那是智性的沉默，如果我能放肆地说，它如同我急切不安的等待。

安托南·阿尔托

(1925 年，《超现实主义革命》，第 5 期)

## 肉体的地位

我思索生命。我能构建的所有体系都比不上我的喊叫，一个忙于重造其生命的人发出的喊叫。

我想象一个体系：让整个人参与，人及其肉体，其高度，其精神的智性喷发。

我首先要思考那不可理解的人之磁性，由于没有一种更具穿透力的表达，我必须召唤出它的生命力。

这种无形的力量纠缠着我，终有一日，我的理性将接受它们，终有一日，它们将取代高级思想。这些力量来自外部，具有一种喊叫的形式。那是智性的喊叫，源自骨髓的微妙。这就是我称为肉体的东西。我不会把我的思想与我的生命分开。伴随我舌头的每一次震颤，我追溯我肉体中思想的全部路径。

只有剥夺人的生命，剥夺其存在的神经辐射，剥夺其神经的意识整体，他才能认识到，每一思想的感觉与知识，就隐藏于骨髓的神经活力，而那些唯独信赖理智或绝对理智的人是多么错误。首先，这是神经的整体，包含所有意识，及肉体中精神的秘密路径。

但，我与此肉体的理论，更确切地说，存在的理论，有何关系？我是一个失去生命的人，我穷尽手段让生命归于正位。某种程度上，我是自己生命力的发动机：于我，生命力比意识更珍贵，因为，于其他人，生命力充其量是其存在的方式，于我，它是全部的理性。

在秘密探索我意识之灵薄狱的途中，我认为我发觉了一种爆炸，如魔法石的剧烈震动或火焰的突然石化。火焰如不可测的真理，不可思议地活了。

但在死亡的石路上，人必然步伐迟缓，对于一个无法理解词语的人，尤为如此。这是一种无法形容的知识，它在缓慢的推力中爆炸。无论谁拥有它，都不能理解它。哪怕是天使。因为，所有的真理都是晦涩的。清晰的精神是一种物质的属性。我指的是，在既定时刻，精神是清晰的。

但，我必须审视肉体的这一意义，它赋予我一种存在的形而上学，及对生命的最终理解。

于我，肉体一词，首先，是恐惧，是毛骨悚然。肉体裸露，揭示出此纯肉景观的全部知识深度，其感觉的全部结果，即情感的全部结果。

情感意味着直觉，即直接的认知，由内而外的沟通，由内而来的启示。肉体中存在一个精神，一个快如闪电的精神。肉体的焦躁具有精神的高度物质性。

肉体也是感性。感性即同化，但那是我自身痛苦的一种亲切的、秘密的、深度的、绝对的同化，由此产生了这痛苦的一种孤独且独特的知识。

## 清晰语言宣言

*献给罗歇·维特拉克*

如果我既不相信恶，也不相信善，如果我感到一股如此强烈的毁灭倾向，如果在我有理由同意的原则的秩序中什么也没有，其根本原因在于我的肉体。

我摧毁，因为在我看来，源自理性的一切皆不可靠。我仅相信刺激我骨髓而非诉诸我理性的事物留下的痕迹。在神经的领域里，我发现了等级。我觉得我现在能评估这些痕迹。在我看来，纯肉体领域的痕迹和理性的痕迹毫无关系。理性和心脏的永恒冲突被决定于我真实的肉体，但，那是我神经灌溉的肉体。在无形的激情领域里，我的神经提供的图像，取得了最高级的智力形式，我拒绝除去其智力的品性。于是我看着一个概念形成，其自身包含事物的真正闪电。这概念，随一阵创世的声音，降临于我。没有图像能满足我，除非它同时是*知识*，除非它自身具有实质，而且清晰。我的精神，厌倦了话语的理性，想要卷入一个新的、绝对重力的车轮。于我，它如一次至高的重组，唯有不合逻辑的法则才能参与其中，并成功地发现一个新的意义。这意义已然迷失于药物的混乱。睡梦里，它将一件深刻的智性外衣赋予否定的幻影。这意义是精神对其自身的胜利，虽然理性无法简化它，但它存在，且只存在于精神的内部。它是秩序，是智慧，是混沌的意义。但，它不接受诸如此类的混沌，它解释混沌，因为解释，所以失去。它是不合逻辑的逻辑。然而，这是人能说的全部。我清醒的错乱不惧怕混沌。

我丝毫不拒绝精神的东西。我只想把我的精神，它的法则、它的器官，运输到别处。我不会屈服于精神的性欲机能，但另一方面，在此机能内，我试图隔离清醒的理性所无法提供的发现。我屈服于梦的狂热，但只是为了从中得到全新的法则。谵妄中，我寻求多样，寻求微妙，寻求智慧之眼，而非莽撞的语言。这是一柄我并未忘记的匕首。

但，它是一柄中途入梦的匕首，我将它留在体内，不让它前往清醒感觉的前沿。

凡属图像领域的事物，理性皆无法化简，它必停留于图像之内，或被消灭。

但，图像中，存在一个理性；在充满生命力的图像世界中，存在更清晰的图像。

在精神的即刻攒集中，存在一个形式多样且令人眼花缭乱的野兽之暗示。这无法感知的思维尘埃，根据其自身内部得出的法则，在清晰的理性之外，在贯穿其间的意识或理性之外，被组织起来。

在图像的高级领域里，幻觉，确切地说，物质错误，并不存在，更别提知识的幻觉了；但，这更有力地说明了，为何一种新知识的意义能够且必然深入生命的现实。

生命的真理在于物质的冲动。概念囚禁了人的精神。不求他满足，只求他平静，只求他相信他发现了自己的归宿。但唯有疯人真正平静。

（1925 年，《新法兰西杂志》，第 147 期）

## 十八秒（电影剧本）

街角，夜晚，路灯下，一名着黑衣的男子，面容僵硬，在玩弄手杖，他左手挂一只表，指针显示秒数。

手表特写，显示秒数。

秒数在银幕上经过，无限缓慢。

当指针到十八秒时，此剧终。

将在银幕上展开的时间，是此人大脑中的时间。

非正常时间。正常时间为十八秒，实际秒数。将要看到的，接二连三出现在银幕上的事件，由此人脑中的图像构成。此剧的全部趣味在于：事件实际上发生于十八秒内，而描述这些事件，投到银幕上，则需要一个或两个小时。

观众会看到这些图像在他面前展开，在一个既定时刻，图像开始经过此人的脑海。

此人是一名演员。他即将成名，或可说至少有些名气，他快要赢得爱慕已久之人的芳心。

他患上了一种奇怪的疾病，深受折磨。他无法触及他的思想；他完全保持清醒，但不论产生了什么思想，他再无法赋予思想外部的形式，即，再无法将思想转化成恰当的姿势和言辞。

那必不可少的言辞抛弃了他，它们不再应答他的召唤，他落魄地看着图像的游行，数量巨大，充满矛盾，彼此间无明确联系的图像。

　　由此，他无法参与其他人的生活，或投入任何的行动。

　　此人在诊所的景象。他双臂交叉，双手牢牢抓着双臂。医生在他头顶上。医生宣布了他的诊断。

　　再度，我们发现此人在路灯下，对于自己的状态他似乎产生了一种强烈的意识。他诅咒上帝，他想：正当我的人生即将开始！就要赢得爱慕之人的芳心，她拒绝了我这么久。

　　他倾慕的女士的景象，非常美丽，谜一般的女人，脸庞严肃紧绷。

　　那位女士的灵魂景象，正如此人对自己描绘的那样。

　　风景，鲜花，奢华的灯光。

　　此人诅咒的动作：

　　啊，成为张三李四！成为那个每晚卖报的悲摧驼背报贩，但真正拥有完整的思想，是真正的思想主人，简单地说，真正地思想！

　　抓拍街上的报贩。在房间里，他双手抱头，仿佛抱着这个世界。他真正拥有了他的思想。此人至少真正拥有了他的思想。他有望去征服这个世界，他有权去想：总有一天，他会真正成功征服这个世界。

　　因为他同样具有**智慧**。他不知道其存在的限度，他有望拥有一切：爱情，名望，权力。在此期间，他工作，他探索。

　　报贩在他窗口用手势交流的景象：城市在他的脚下移动、摇晃。再度，在他的桌子上。有几本书。他的手指伸开。空中一群女人。一堆宝座。

　　如果他能发现的只是核心问题，所有其他问题都取决于这个问题，那么他有望征服世界。

　　如果他没能发现核心问题的解决办法，只发现了这个核心问题是什么，由什么组成，如果他能发现如何去陈述这个问题。

　　是的，但他的驼背怎么样了？他的驼背甚至可能会消失。

　　报贩在一个水晶球中心的景象。伦勃朗的闪电。在一个光点的中心。水晶球变成了地球。地球变得浑浊。报贩消失在球的中间，突然驼着背跳出，如一个玩偶盒。

我们看到，他投入地研究这一问题。我们发现他在烟气弥漫的小房间里，在一群人中间，他们在寻找某种理想或其他东西。仪式化的聚会。人们发表了激烈的演说。驼背男人在桌边听着。摇晃着他的脑袋，有所领悟。在人群中，一个女人。他认出了她：是她！他惊叫到：啊！抓住她！她是一个奸细，他说。

骚动。每个人都起身。女人逃跑了。他被打了，扔到街上。

我做了什么？我背叛了她，我爱她！他说。

女人在家中的景象。在她父亲的脚下：我认识他。他是疯子。

他继续旅程，继续探索。男人在公路上带着手杖的景象。在他的桌旁，浏览书籍。特写镜头，一本书的封面：《卡巴拉》。突然，传来一阵敲门声。进来几个警察。他们逮捕了他，给他穿上了紧身衣；他被带去了疯人院。他发疯了。男人摇晃铁栏杆的景象。我一定会发现核心问题，他大喊大叫，所有其他问题都挂在这个问题上，像一串葡萄，然后：

不要疯癫，不要世界，不要思想，总的来说，不要任何东西。

但一场革命扫清了监狱，疯人院，疯人院的大门打开了：他被释放了。就是你，神秘人，他们对他喊道，你是我们所有人的主人，来吧。他谦虚地拒绝了。但他们拖着他。成为君主吧，他们告诉他，登上宝座。战栗着，他登上了宝座。

他们退下，留他独自一人。

巨大的沉默。不可思议的惊奇。突然，他想：我是一切的主人，我能拥有一切。

他能拥有一切，是的，一切，除了拥有他的思想。他仍旧不是他思想的主人。

但实际上，思想是什么呢？由什么组成？如果只有人能成为人之肉体自我的主人。拥有所有的力量，能够用双手，用身体去做任何事情。同时，书籍堆积在他的桌子上。他将头放在书上，睡着了。

这场精神的白日梦被一场新的梦打断。

是的，能够做任何事情，成为一名演说家，一名画家，一名演员，是的，但他不已是一名演员了吗？是的，他是一名演员。现在，他看到自己，在舞台上，驼着背，在他情妇的脚下，戏里的情妇。他的驼背也是假的：那是人造的。情妇是他真实的情妇，他生命里的情妇。

富丽堂皇的大厅，挤满了人，国王在他的包厢里。但同样由他扮演国王一角。他是国王，同时他听舞台上的自己，看舞台上的自己。而包厢里的国王没有驼背。他发现：舞台上的驼背男人只是他自己的一个模仿者，一个拐走他妻子、夺走他思想的叛国者。他起来，喊道：逮捕他。骚动。巨大的混乱。演员们挑衅他。那个女人对着他大吼大叫：根本就不是你，你没有驼背，我不认识你。他是疯子！然后两个角色在银幕上融为一体。整个房间，柱子，大烛台，一同晃动。晃动变得越来越暴烈。在这晃动的背景下，所有的图像经过，同样晃动着，国王的图像、报贩的图像、驼背演员的图像、疯人的图像、疯人院的图像、人群的图像，而他回到路灯下的人行道，他左手挂着表，以同样的方式玩弄他的手杖。

刚好十八秒；对着悲惨的命运，他望了最后一眼。然后，没有犹豫或激动，从口袋里，他掏出一把左轮手枪，将一颗子弹放入自己的脑袋。

（约 1925 年）

# 四

# 灵薄狱之脐（1925）<sup>*</sup>

## 尉光吉　译

*　《灵薄狱之脐》（*L'Ombilic des Limbes*）是阿尔托的第二本书，由《新法兰西杂志》于1925年7月23日出版，收入"一部作品，一幅肖像丛书"，并配有安德烈·马松为阿尔托画的肖像，共印了793册。

　　该书由十三篇文本构成，包含了诗歌、书信、散文、艺术批评和戏剧等多种类型。其中的两首诗，《雄犬之神伴我左右……》（Avec moi dieu-le-chien…）和《黑暗诗人》（Poète noir），最早发表于同年的《绿烛》（*Le Disque vert*）杂志，第3期；《一个瘦长之肚……》（Un ventre fin…）是对马松的油画《人》（*L'Homme*）的评论；短剧《血流如注》（*Le Jet de sang*）很可能是对阿尔芒·萨拉克鲁（Armand Salacrou）于1924年第28—30期《意图》（*Intentions*）杂志上发表的独幕剧《玻璃球》（*La Boule de verre*）的戏仿。

安德烈·马松，《阿尔托肖像》(《灵薄狱之脐》插画)，1925 年

阿尔托，电影《格拉齐耶拉》(*Gra-ziella*) 拍摄期间，1925 年（皮埃尔·埃斯托佩收藏）

在别人呈献其作品的地方，我声称只展示我的精神。

生命在于点燃一个个问题。

我无法设想作品与生命相分离。

我不喜欢分离的创造。我也无法设想精神与其自身相分离。我的每一件作品，我自身的每一幅示图，我内心灵魂的每一次冰河花开，都流涎于我。

在一封用来解释我存在的内部狭缩和我生命的无意义阉割的书信里，同样，在一篇外在于我且在我看来是我精神的一次随遇受孕的文章中，我再度找到了自己。

我苦于精神不在生命当中而生命并非精神，我苦于精神成了器官，精神成了转译，精神成了万物之威吓：好让它们进入精神。

我在生命中悬托此书，以期它被外物噬袭，首先是被一切正在撕剪的颠颤，被我未来之自我的一切抖搐。

所有这些纸页如浮冰一般在我精神中打转。原谅我绝对的自由。我拒绝区分我自身的任何时刻。我不承认精神的任何构造。

必须摆脱精神，正如必须摆脱文学。我说精神和生命在所有层级上交流。我要写一部令人不安的大书，它会如一扇敞开的大门，把人领向他们不曾同意前往之处，简单地说，一扇连接现实的大门。

这并非一本书的序言，更像是为之立标划界的诗作，或对一切病痛之狂暴的计数。

这只是一块同样卡在喉咙里的冰。

　　一股巨大的热情，攒挤着思想，如饱满的深渊，负载我的灵魂。一阵肉风呼啸回荡，扇起硫烟滚滚。风中遍布细须微根，如一张血脉之网，其交织闪闪发光。可测的空间嘎吱作响，却无可以捉摸的形貌。一阵阵爆炸拼成了其中心的马赛克，一把宇宙硬锤，重得变了形，不停地落下，如空间里一道眉额，发出一阵似乎蒸馏过的噪音。此噪音棉絮般的蒙裹投来一只活眼的迟钝恳求和敏锐洞察。没错，空间正吐出其完全的精神填料，其中没有什么思想一目了然或重装上了其已卸下的对象。但，渐渐地，块体翻转如一阵黏滑而强烈的恶心，一场植物的血液大汇流，伴着隆隆雷鸣。在我精神之眼的边界颤动的细须微根，以眩晕的速度，从收缩的风之块体中脱离。整个空间震动如性器遭到炽热的天球洗劫。似有一个真实的鸽喙啄破了诸样态的含混块体，全部深邃的思想在此刻分层、消解，变得透明和简约。

　　现在，我们需要一只手，它会成为把握的器官。整个植物块体又翻转了两到三次，每一次，我的眼睛都移向一个更确切的位置。黑暗变得愈发充沛而无目的。整片凝胶变得清晰。

　　　雄犬之神伴我左右，
　　　其舌如箭刺穿那片
　　　让他发痒的土地的
　　　双重拱形顶的外壳。

　　　而在这里水的三角
　　　以臭虫的步伐前行，

但炭烧的臭虫底下
它翻转似刀子戳刺。

丑恶的大地乳房下
躲藏起了雌犬之神，
大地的乳房和冻水
腐蚀了她空心的舌。

而在这里锤质处女
要捣碎一个个地穴
从中星犬颅骨发觉
恐怖平面正在升起。

医生：

我想强调一点：那就是你的针头对准的东西的重要性；我之存在的这种根本的松懈，我之精神水位的这种下降，它并不像人们所想的那般意味着我之道德（我之道德灵魂）甚或我之理智的任何缩减，而是，如果您愿意的话，意味着我之实用智力，我之思维能力的衰退，它更多地和我自己对自我的感觉有关，而不是和我向别人展示的东西有关。

思想的这一悄无声息、形态多样的结晶，在一个既定的时刻选择了它的形式。在一切可能的形式当中，在一切思想的模式里头，有一种自我瞬间的、直接的结晶。

尊敬的医生，既然您很清楚我身上可以企及（且用药治愈）的部位，很清楚我命中引发争议的时刻，我希望您能够给我分量十足的精妙液体、致幻药剂、精神吗啡，来抬高我的落点，平衡坠物，统一分离，重建废墟。

我的思想向您致敬。

## 保罗·鸟或爱情的所在

保罗·乌切洛正挣扎于一张巨大的精神之网，在那里，他迷失其灵魂的所有道路，乃至于形容消损，现实罔顾。

丢掉你的舌头，保罗·乌切洛，丢掉你的舌头，我的舌头，我的舌头，该死，谁在说话，你在哪里？那边，那边，精神，精神，火，火之舌，火，火，吃掉你的舌头，老狗，吃掉他的舌头，吃掉，等等。我扯掉我的舌头。

**是的。**

与此同时，布鲁内莱斯基和多纳泰罗像遭了诅咒的人一样相互撕扯。争论的沉重支点无论如何是保罗·乌切洛，但他居于另一平面。

还有安托南·阿尔托。但这个安托南·阿尔托在分娩，在所有精神之窗的背面，他竭尽全力不在那里思考他自己（例如，在安德烈·马松的家中，马松有一副和保罗·乌切洛一样的容貌，昆虫或白痴的层叠的容貌，像苍蝇一样被困在画中，他的画中，那画因此也是层叠的）。

此外，正是在他（安托南·阿尔托）身上，乌切洛发觉了自己，但当他发觉自己时，他不再真的在他身上了，等等，等等。浸泡其窗镜的那团火已化作一张曼妙的织布。

而保罗·乌切洛继续这绝望撕扯的令人瘙痒难忍的活动。

关键是向安托南·阿尔托的精神提出一个难题，但安托南·阿尔托不需要难题。他受够了他自己的思想，尤其是面对着自己，他发现他是一个蹩脚的演员，比如，昨天，在影院里，在《叙尔库夫》[1]中，没让小保罗的鬼魂过来吃掉他的舌头。

他建造并思考剧场。他四处插置拱廊和平面，让他的所有角色像狗一样在那儿东奔西跑。

有一个平面是给保罗·乌切洛，有一个平面是给布鲁内莱斯基和多纳泰罗，还有一个小小的平面是给萨法佳，乌切洛的妻子。

两个，三个，十个难题，突然与其精神之舌的蜿蜒曲折，与其平面的星际位移，纵横交错起来。

帷幕升起，萨法佳奄奄一息。

保罗·乌切洛进来，问她感觉如何。这问题尤能激怒布鲁内莱斯基，后者挥出紧握的一拳，结结实实，打破了戏剧的全然精神的氛围。

**布鲁内莱斯基**——疯猪。

**保罗·乌切洛**，连打三个喷嚏——蠢货。

但先描述一下角色。赋予其一副形容样貌，一派口吻语调，一套奇装异服。

保罗·鸟，声音细若游丝，走路像虫子，长袍宽大，极不合身。

布鲁内莱斯基，有一副真正的舞台嗓音，洪亮圆润，貌似但丁。

多纳泰罗介于两者之间：圣痕出现前的阿西西的圣方济各。

---

1　1924年，阿尔托参演了吕特-莫拉（Luitz-Morat）导演的影片《叙尔库夫》（*Surcouf*）。

表演在三个平面上开始。

无须告诉你们，布鲁内莱斯基爱着保罗·鸟的妻子。他尤其指责保罗·鸟让她活活饿死。人能在精神中活活饿死吗？

因为我们只在精神中。

戏剧发生于多个平面且拥有多个面相，它既表现为一个愚蠢的问题，即保罗·乌切洛最终是否具备足够的人性怜悯，给萨法佳一些吃的东西，也在于弄清三或四个角色里谁会在自身的平面上待得最久。

因为保罗·乌切洛代表了精神，虽不完全纯粹，却超然物外。

多纳泰罗是高尚的精神。他不再注视地面，但双足仍与大地相连。

布鲁内莱斯基完全扎根于大地，并以一种世俗的、性欲的方式渴望着萨法佳。他只想着交配。

保罗·乌切洛虽不无视性，但他眼中的性，如涂了釉，似灌了汞，寒若以太。

至于多纳泰罗，他已停止对性的怀念。

保罗·乌切洛，长袍之下，一无所有。他只有桥，而没有心。

在萨法佳脚下，有一株不该出现的植物。

突然，布鲁内莱斯基感到他的阳具肿胀、增粗。他遏制不住，于是，一只巨大的白鸟从中飞出，如精液在空中飞旋、翻转。


亲爱的先生：

您不觉得是时候试着把电影和大脑深处的现实联系起来了吗？我给您寄来一部剧本的若干节选，希望您会喜欢。您会看到，其精神的层面，其内在的观念，让它在书面的语言中占有一席之地。而为了让转化显得不那么唐突，我又写了两篇文章作为前言，它们会逐渐地——我的意思是，随着其进展——分解为一个个越来越相关的影像。

这部剧本受到了一本书微小的启发，那无疑是一本有毒的、破旧的书，但我仍要感激它让我找到了些许影像。由于我并不讲述故事，而只给出一连串影像，没有人会介意我只提供其中的片段。此外，我还奉上了两三张纸，在那上面，我尝试抵达超现实，让它交出灵魂，喷出神奇的毒汁。那些文字可以充当整体的序言，您若有兴趣，我会即刻寄来。

谨启。

## 一种身体状态的描述

一阵急剧灼热的感觉遍及四肢，

肌肉扭曲，如遭剥皮，玻璃体质，一触即碎，惧怕运动，躲避噪音。步伐，姿势，动作：惶惶分不清楚。意志终日紧绷，举止单一至极，

放弃单一的举止，

一阵疲劳翻江倒海，直击中心，一种气喘吁吁的疲劳。动作需要重新组织。死亡的疲劳，精神的疲劳，劳于实现肌肉最为简单的拉伸，拿取的姿势，牢牢抓住某物的无意识之举，

须由专注的意志来维持。

一阵创世以来就有的疲劳，一副要人时时背负的皮囊。难以置信的脆弱感，成了撕心裂肺的痛，

一阵疼痛麻木的状态，一种局限于皮肤的麻木，不阻碍任何运动，却改变了四肢的内部感受，让简单的直立，也为其凯旋付出代价。

很有可能局限于皮肤，但觉着就像缺胳膊少腿，只向大脑呈现纤细绵软的四肢图像，遥不可及且格格不入。一种整个神经系统的内在崩溃。

一阵变动的眩晕，一种闪闪躲躲的目眩，陪伴每一次努力。热量凝结，笼罩整个头颅，或支离破碎，热斑四处游移。

一阵头痛加剧，一股尖锐压迫神经。颈背痛不欲生，鬓角化作玻璃变作石，颅中万马踏过。

此刻，必须谈论现实的去肉身化，谈论那一崩溃，它似下了决心，要在外物和外物作用于我们精神——其所属之域——的感受之间繁衍自身。

万物在精神细胞中的这一瞬间归类，与其说遵循其逻辑的秩序，不如说依照其情绪或感发的等级

（后者不复出现）：

万物不再有气味，不再有性别。但其逻辑的秩序也不时地断裂，恰恰是因为缺乏情感的臭气。词语在大脑的无意识召唤中腐烂，所有词语，概莫能外：不论它们用于何种精神的活动，尤其是那些触发了最惯常、最活跃的精神弹簧的活动。

一个瘦长之肚。一个细末之肚，如在这幅画中。肚子底下，一枚石榴爆炸。

石榴展开絮状的循环，血液循环升起，如同火舌，一团寒冷的火。

循环抓住肚子，使之翻转。但肚子并不转。

这是醇酒之血的脉管，血中混含藏红花粉与硫磺，但硫磺被

水冲淡。

肚子上方是可见的乳房。再往上，在深处，在精神的另一平面，一个太阳熊熊燃烧，但它以如此的方式燃烧，以至于有人认为燃烧的就是乳房。而在石榴底部，有一只鸟[1]。

太阳投来一道目光。但此目光也注视着太阳。目光就是一个锥体，颠倒于太阳的表面。整个空气如同凝固的音乐，但这音乐广博深远，齐整且隐秘，布满冰冻的支流。

所有这些，皆由圆柱砌成，以一种建筑师的水彩，连接起肚子与现实。

画布凹陷并层积。绘画被完好地封闭于布面。恰似一个闭合的圆环，一道飞旋的裂口，从中间断成了两半。恰似一个精神打量自身，凿空自身，它被精神的千百双僵硬的手不停地揉捏、加工。然而，精神播撒它的磷。

精神可靠无疑。它立足于世界。石榴，肚子，乳房，皆如现实的检验证明。有一只死鸟，有一列列圆柱的叶簇。空气里充满了铅笔的涂画，如刀劈斧砍，如神奇指甲的抓痕。空气已被充分地搅动。

就这样，它在细胞内排列，从中长出一粒非现实的种子。细胞各居其位，形成扇状，

环绕肚子，面对太阳，越过鸟儿，包围这硫水的循环。

但建筑对细胞无动于衷，它支撑而不说话。

每个细胞都怀着一颗卵，其中又有怎样的胚芽闪闪发亮？在每个细胞内，突然生出一颗卵。各处都有一场非人却透彻的群聚，一个停下脚步的宇宙在分层划级。

每个细胞都怀着它的卵并向我们呈献；但卵毫不在乎它被选中或被排斥。

并非所有细胞都怀着一颗卵。在有些细胞里，诞生了一个螺

---

1　这里疑似阿尔托笔误，鸟是在太阳下方的。

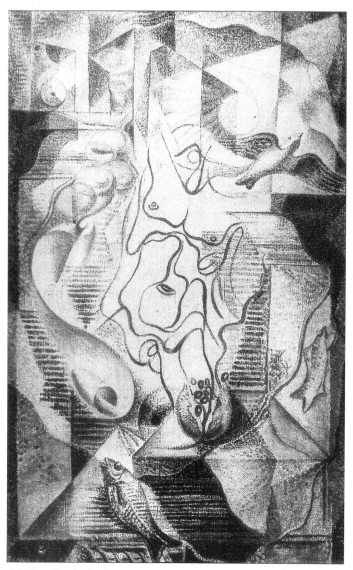

安德烈·马松,《人》,油画,1924 年

旋。而空中悬着一个更大的螺旋，但似乎已经过硫化，甚或饱含着磷，并被非现实所包夹。此螺旋的意义完全不逊于最强大的思想。

肚子让人想起诊疗室和停尸房，工地，公共广场和手术台。腹中之肉似由花岗岩，或大理石，或硬化了的生石膏构成。有一块区域留给了一座山。天空的白沫在山体周围形成一道清爽的、半透明的圆圈。山的四周是洪亮、虔诚、传奇、禁忌的空气。山无路可达。但灵魂中有山的一席之地。那是某个无尽后撤之物的地平线。它让人发觉永恒的地平。

而我，我已用泪水描绘了这幅画，因为它触动了我的心。从中，我感到我的思想像在一个理想而绝对的空间中展开，但此空间的形式可被引入现实。我从天空坠入那里。

我的每一根纤维都伸直并找到了其在注定区域中的位置。我返回那里如返回我的源头，从中我感到了我精神的场所和布局。作这幅画的人是世上最伟大的画家。致安德烈·马松，他实至名归。

## 黑暗诗人

黑暗诗人，处女的乳房
纠缠着你，
苦怨的诗人，生活沸腾，
城市燃烧，
雨水湮没天宇，你的笔
挠写生命的心。

森林，森林，眼球攒动
于千万粒松子；

一头暴雨秀发，诗人
跨着狗儿，骑起了马。


怒目圆睁，语舌卷曲，
苍天奔涌入鼻
吮似蓝色母乳；
妇人，烈醋心肠
我正悬于尔等嘴上。


## 致信药物法案的立法者


立法者先生：

　　针对药物的 1916 年法案，以及补充的 1917 年 7 月法令的立法者，你是个蠢蛋。

　　你的法案只能让全世界的药贩子心生烦恼，而丝毫不会降低一个民族的上瘾程度，

　　因为：

　　1．靠药贩子的供应度日的成瘾者，其数目可以忽略不计；

　　2．真正的成瘾者并不靠药贩子的供应度日；

　　3．靠药贩子的供应度日的成瘾者全都患了病；

　　4．相比于寻欢作乐的成瘾者，患病的成瘾者的数目可以忽略不计；

　　5．对药物的剂量限制绝不会妨碍寻欢作乐的、有组织的成瘾者；

　　6．总会有非法的销售者；

　　7．总会有因恶习、因激情而染上药瘾的人；

　　8．患病的成瘾者拥有一种不可剥夺的社会权利，即他们应该

得到安宁。

这首先是一个关乎意识的问题。

药物法案把人类痛苦的支配权交到了公共健康的审查员－篡位者手上。现代医学所特有的一个主张就是给每个人的意识授予它自己的职责。一切官方执照的胡言乱语都无力反驳这一意识的事实：我主宰着我自身的痛苦，更甚于主宰死亡。关于一个人能够如实地承受多大程度的生理痛苦甚或精神空虚，每个人都是他自己的法官，并且是专属的法官。

不论我清醒与否，总有一种清醒是任何疾病都无法从我身上夺走的，它支配了我肉体生命的感觉。[1]如果我失去了清醒，那么，

---

1　我充分地认识到人格上存在着一些严重的混乱，它们甚至会导致意识丧失其个体性：意识仍然完好，但不再认得自己就是自己（并且也不在任何平面上认得自己）。

有一些混乱不那么严重，或者不那么根本，但对于个体，则更为痛苦也更为重要，而且在某种程度上，它们更能破坏生命力。当其发生之时，意识就把一系列摧毁其物质性的错位和精力消解的现象据为己有，真正地当作其自身的现象。

这正是我要说的混乱。

但关键恰恰是要知道，只保留了一小片意识的生命因思想的解体遭到的损伤，是否多于那些严格保存其思想的生命通过投影这种意识到一个无法定义的别处所遭到的损伤。关键不是这一思想弄虚作假，而是它无理性；关键是它得以产生；关键是它火花四溅，哪怕疯疯癫癫。关键是它存在。我坚持认为，众人之中，我，没有思想。对此，我的朋友哈哈大笑。

然而！

因为我所谓的有思想，并不是指看得准，甚至说，想得对。对我而言，有思想就是维持思想，能够向自己展现思想并且能让思想回应感觉和生命的一切境况。但首要的是让它回应自身。

因为这里是一个难以定义的混乱的现象，而要让任何人，尤其是我的朋友理解它，则令我绝望（确切地说，还要让我的敌人理解，那些把我当作我自身之影子的人；——而他们可以说并不思考，他们：双倍的影子，因为他们，也因为我）。

至于我的朋友，我从不觉得他和我一样舌头悬空，精神止步，太可怕了。

不错，我的思想认识自己，而它如今对抵达自己感到绝望。它认得自己，我的意思是，它怀疑自己；它无论如何不再察觉自己。——我在谈论肉体的生命，思想的物质生活（正是在这里，我回到了我的主题），我在谈论最低限度的原始状态的思维生活——它尚未进入语言，却能够在需要之时来到口中——无此，灵魂将无法继续生活，而生命也恍若离世。那些抱怨人类思想不够充分，哀叹自己无法满足于其所谓之思想的人，混淆了思想与形式明显分异的状态且将其置于同一平面，其最低的状态莫过于（转下页）

医学只有一件事要做，那就是给我一种物质，允许我恢复对此清醒的使用。

　　你们，法国药学院这些道貌岸然的独裁者，一群没种的书呆子。你们最好考虑一件事：药物就是那种不可剥夺的、迫切需要的物质，它允许这些失去了灵魂之生气的不幸儿有机会重获新生。

　　有一种奉药物为至尊的病痛，这种病痛就叫作苦恼，它具有精神的、医学的、生理的、逻辑的或药物的形式，如你所愿。

　　让人发疯的苦恼。

　　让人自杀的苦恼。

　　让人下地狱的苦恼。

　　医学所不知的苦恼。

　　你的医生所不理解的苦恼。

　　损害生命的苦恼。

　　掐住生命脐带的苦恼。

　　通过你那极不公道的法案，你把我的苦恼，我身上细如地狱里一切罗盘指针的苦恼的支配权，交到了这些我绝不信任的家伙手上：学医的蠢蛋、臭烘烘的药贩、玩忽职守的法官、医生、助产士、呆头呆脑的审查员。

　　不管是肉身还是灵魂在颤动，都不存在一台人体测震仪允许某个注视我的人在我痛苦的估量精度上超过我自己精神的电闪雷击。

　　一切碰运气的人类科学并不高于我对自身之存在的直接认识。

───────────────

（接上页）言语，而最高的则是精神。如果我拥有据我所知乃是我之思想的东西，那么，我或许已写下了《灵薄狱之脐》，但我用完全不同的方式来写。有人告诉我，我在思考，因为我没有完全停止思考，因为我的精神不顾一切地在某一平面上维持自身，并不时地给出其存在的证据，而没有人愿意承认这些证据脆弱不堪、无足轻重。但对我而言，思绝不意味着气未断绝，它意味着时刻与自身重聚，意味着在其内部的存在中，在其生命的朦胧块体中，在其现实的物质中，不曾有一刻停止感受自身。思意味着未从自身中发觉巨大的漏洞，致命的缺席；它意味着始终发觉其思想等于其思想，而不论一个人能够赋予它怎样不充分的形式。但我的思想，在我身上，因其虚弱，因其数量，而负罪累累。我总以一种低下的速率思考。——原注

我是我体内存在之物的唯一法官。

　　滚回你们的老窝，学医的臭虫，还有你，软骨头的立法者，你胡说八道不是出于什么爱人之心，而是因为由来已久的弱智。你对人施加限制的愚蠢行径，只可与你对人是什么的无知相提并论。愿你的法案，也落到你的父亲、你的母亲、你的妻子、你的儿女、还有你的全部后代头上。现在，让你享用个够。

　　　　诗人高举的手中
　　　　颤动着鲜活的酸液，
　　　　桌上偶像的天空
　　　　撑立，精妙性器

　　　　让冰冻之舌浸入
　　　　天空的前行留下的
　　　　每一个点，每一个孔。

　　　　土地受污于灵魂
　　　　和阴户标致的女人
　　　　其袖珍的尸体
　　　　展开了一具具木乃伊。

　　有一阵尖酸混浊的苦恼，锐如一把刀，其凌迟沉重似大地。一阵闪电的苦恼，它的标点就是一道道深渊，臭虫般拥挤，虱蚤般林立，其全部的运动皆已凝止。在苦恼中，精神自缢，它伤残自己——它杀死自己。

它只消耗属于它的事物，它诞生于其自身的窒息。

它是骨髓的冻结，它是精神火焰的缺席，它是生命循环的失败。

但鸦片的苦恼呈现另一番色彩，它没有这种形而上学的嗜好，这种语气上不可思议的缺陷。我想象它充满了回声和洞穴，迷宫和转折；充满了滔滔不绝的火舌，行动的精神之眼，以及饱含理性的黑暗霹雳的隆隆雷鸣。

但我还想象灵魂位居正中，却无限地可分，像存在之物那样易于运送。我想象灵魂有情有感，既在抗争，也在屈从，它朝各个方向转动舌头，繁衍它的性器——它杀死自己。

必须认得真正纤细的虚无，不再有任何器官的虚无。鸦片的虚无如有一道沉思之眉的形状，它确定了黑洞的位置。

我在说洞的缺席，我在说一种寒冷的受难，没有图像，没有感知，如同一次不可描述的流产的撞击。


# 血流如注


年轻人：我爱你，一切多美好。

女孩，声音中带着强烈的颤动：你爱我，一切多美好。

年轻人，用一阵更低的声音：我爱你，一切多美好。

女孩，用一阵更低的声音：你爱我，一切多美好。

年轻人，突然转过身：我爱你。

一阵沉默。

年轻人：转过来面对我。

女孩，同样转过身面对他：好了。

年轻人，用一阵亢奋、尖锐的声音：我爱你，我高大，我清醒，我完满，我厚实。

女孩，用同样尖锐的声音：我们爱彼此。

年轻人：我们多热烈。啊，世界多完美。

一阵沉默。听着像是一个巨大的轮子在转动并鼓风的声音。一阵飓风分开了俩人。

与此同时，两颗星星撞到一起，一连串肉色鲜活的腿肢掉了下来，还有脚，手，头皮，面具，柱廊，门廊，庙宇，蒸馏器，它们坠落，但越来越慢，仿佛是在真空当中。然后，三只蝎子落下，一只接着一只，最后是一只青蛙和一只甲虫，它们慢慢吞吞地着陆，慢得让人抓狂，慢得让人恶心。

年轻人，竭尽全力喊叫：上天已经疯了！

他看着天空。

年轻人：我们快点离开这里。

他把面前的女孩推开。

一个身披巨大盔甲的中世纪骑士进来，后面跟着一个双手托着乳房的奶妈，肿胀的乳房让她气喘吁吁。

骑士：别管你的奶子了。把我的文件给我。

奶妈，发出极其尖锐的叫声：啊！啊！啊！

骑士：妈的，你什么毛病？

奶妈：咱们的姑娘在那里，和他在一起。

骑士：闭嘴，哪有姑娘！

奶妈：我告诉你，他们搞上了。

骑士：他们搞没搞上关我什么事？

奶妈：乱伦呐。

骑士：臭婆娘。

奶妈，把双手伸进和她的乳房一样大的口袋：造孽。

她把文件迅速扔给他。

骑士：菲奥特，让我吃吧。

　　　奶妈跑开了。

　　　骑士站起来，并从每张纸当中抽出一大块格鲁耶尔干酪。

　　　突然，他开始呛咳。

骑士，嘴巴塞得满满：呸。呸。给我看你的奶子。给我看你的奶子。她到哪里去了？

　　　他跑开了。

　　　年轻人返回。

年轻人：我看到了，我知道了，我明白了。这里是中央广场，神父，补鞋匠，卖菜的摊位，教堂的门槛，妓院的灯笼，正义的天平。我受够了！

　　　一个神父、一个鞋匠、一个教堂执事、一个妓女、一个法官，还有一个卖菜的女贩，像影子一样进入舞台。

年轻人：我失去了她，把她还给我。

所有人，用不同的声音：谁，谁，谁，谁？

年轻人：我的妻子。

教堂执事，非常高傲：您的妻子，哼，开玩笑！

年轻人：开玩笑！那没准儿是您家的！

教堂执事，拍了拍额头：说得也是。

他跑开了。

神父从人群里走出，搅住年轻人的脖子。

**神父，像在聆听忏悔**：您最常提到她身体的哪一部位呢？
**年轻人**：上帝。

这个回答让神父仓皇失措，他马上用一种瑞士腔说话。

**神父，用一种瑞士腔**：但这行不通了。我们再也不这样想了。你不得不向火山和地震讨教那个。至于我们，我们满足于人在告解室里吐露的肮脏的小秘密。好啦，就是这样，这就是生活！

**年轻人，恍然大悟**：啊，是啊！这就是生活！哦，世界一团糟。

**神父，仍用瑞士腔**：当然。

夜幕突然降临。大地震动。雷声隆隆，之形闪电四射，而在闪电的火光中，可以看到所有角色四处跑动，他们彼此相撞，倒地，又爬起来像疯子一样乱跑。

在一个特定的时刻，一只巨大的手抓住了妓女的头发，头发着火并醒目地膨胀。

**一阵响亮的声音**：贱人，瞧瞧你的身子！

在变得透明的衬衣和裙子下，妓女的身体显得绝对赤裸和丑陋。

**妓女**：别管我，上帝。

　　　　她咬上帝的手腕。一股巨大的血流喷溅出来，撕破了舞台，可以看到神父在一道无比明亮的闪电的火光中画着十字。

　　　　当电光再次出现的时候，所有角色都死了，他们的尸体四处躺着。只有年轻人和妓女留了下来。他们正饥渴地看着对方。

　　　　妓女落入年轻人的怀中。

**妓女**，呻吟着，仿佛达到了高潮：跟我说说，这是怎么发生的。

　　　　年轻人用手捂住了脸。

　　　　奶妈回来了，她胳膊下抱着女孩像抱着一只包裹。女孩死了。奶妈任她落到地上。女孩塌陷，扁得像块薄饼。

　　　　奶妈的乳房没了。她的胸口完全扁平。

　　　　这时，骑士出现，并扑向奶妈，猛烈地摇她。

**骑士**，用一种可怕的口吻：你把它们放在哪儿了？把我的格鲁耶尔干酪给我！

**奶妈**，欢快地：给你。

　　　　她掀起裙子。

　　　　年轻人试图逃走，但他像一个石化了的牵线木偶一样一动不动。

**年轻人**，仿佛悬在空中并且用腹语说话：不要伤害妈妈。

**骑士**：该死的女人！

　　　　他惊恐地遮住了脸。

这时，一大群蝎子从奶妈的裙子下面爬出来，开始在她的私处聚集，私处膨胀并破裂，变得像玻璃一样透明，太阳一样闪亮。

年轻人和妓女像做了脑科手术一样逃走了。

女孩，晕乎乎地醒来：处女！啊，这就是他要找的。

幕落。

# 五

# 神经称重仪（1925）<sup>*</sup>

### 尉光吉　译

---

\* 《神经称重仪》（*Le Pèse-Nerfs*）于 1925 年 8 月 1 日由莱伯维茨（Leibowitz）首次出版，收入路易·阿拉贡（Louis Aragon）在《新法兰西杂志》主编的丛书"献给你美丽的眼睛"（Pour vos Beaux Yeux）。封面采用了安德烈·马松的设计，共印 65 册。第二版增加了《地狱日记残篇》，于 1927 年 3 月 9 日由马赛的《南方手册》（*Les Cahiers du Sud*）杂志出版，收入"批评"（Critique）丛书，配有安德烈·马松的插图，共印 553 册。

　　这本书同样包含多种文体。其中的三封"家信"是写给阿尔托当时的恋人，来自罗马尼亚的女演员——热妮卡·阿塔纳西欧（Génica Athanasiou）。

安德烈·马松，《神经称重仪》封面，1925 年

阿尔托，1926 年（曼·雷拍摄）

· · · · · · · · · · · · · · · · · ·

　　我真的觉得您划破了我周围的大气，您清出道路让我前行，把一个不可能的空间之所在，献给我身上尚且只是潜能状态的东西，献给一整个潜在的萌发，而它必将诞生，被自身显现的位置所吸纳。

　　我常把自己置于这不可能的荒谬状态，以期在我身上催生出思想。在这个时代，我们中的一些人企图刺杀外物，从体内创造生命的空间：那些并不存在的空间，那些似乎在现实中找不到位置的空间。

　　我总震惊于精神的此等顽固，它欲用维度和空间来思考，且为思考而固着于事物的任意状态，它思考于碎片和晶体之中；如此，存在的每一模式就在起点处静止不动，而思想也不和事物进行即刻的、无间断的交流了。但这一固着，这一静止，这一类型的灵魂立碑，可以说，**在思想面前产生**。这显然是创造的良好条件。

　　但我更震惊于那种坚持不懈，那种流星的幻觉，它为我们吹来这些命中注定、界线清晰的思维建筑，这些结晶的灵魂碎片，它们仿若一页可塑的无边白纸，渗透着一切剩余的现实。而超现实就如同渗透的微缩，一种交流的反转。我根本不把它视为控制的减弱，相反，我视之为更强的控制，但这控制并不主动出击，而是提防守护，它阻止了同日常现实的一次次照面，并允诺更微妙、更精纯的联系，这些联系细化成丝，丝绳着火却绝不会断。

　　我想象一个灵魂饱受折磨，仿佛因这些联系而浸硫含磷，成了唯一可以接受的现实状态。

　　但我不知是怎样无可名状的未知的清醒给了我其语调和呼喊，令我亲身体验它们。我在某个无可化解的整体中体验它们，我的意思是，此情此感不受任何质疑的攻袭。而我，面对这些骚动不安的联系，处于岿然不动的状态，我愿你想象一片静止的空虚，一个葬于某处的精神块体，变为虚拟。

　　人们看一位演员仿佛是透过层层水晶。

　　分阶的灵感。

　　不能对文学太客气。

　　我只追求灵魂的钟表，我只记录调校流产的痛苦。

　　我是彻头彻尾的深渊。有些人相信我会陷入完全的痛苦，美妙的痛苦，饱满的肉体之苦，那是各对象的混合，是诸力量的欢腾捣碎，而非一个悬点

　　——但它充斥着动荡不息、连根拔起的驱力，源于我的力量同这些显露的绝对深渊的对峙，

　　（源于各力量在厚重容积中的交锋），

　　——且只有庞大的深渊，静止和寒冷——

　　因此，那些人授予我更多的生命，认为我处于自身堕落的低级阶段，相信我身陷一阵折磨的噪音、一片暴力的黑暗，并苦苦

挣扎其中，

　　——他们都迷失于人的阴影。

　　睡梦中，神经绷紧了大腿的全长。

　　睡梦源于信念的出走，压力松懈，荒谬踏上我的足尖。

　　必须明白，全部的理智只是一种巨大的偶然，人可以失去它，不是如死了的疯子一般，而是作为一个活生生的人，在生命中感到它（不是生命，而是理智）对自己的吸引和冲击。

　　理智的微微发痒和各方的这一突然翻转。

　　理智半途上的词语。

　　逆向思考和突然痛斥思想的这一可能性。

　　思想中的这场对话。

　　吸收，一切的打断。

　　还有火山上这突如其来的水滴，精神的纤薄缓慢的下坠。

发现自己重又处于一种极度震颤的状态，被非现实所朗照，真实世界的碎片，堆于自我的一隅。

思索着，没有丝毫的打断，没有思想的陷阱，没有那些突然消失的把戏，我的骨髓习惯了它们，如同电流的发送器。

我的骨髓时而在这些游戏里消遣，时而在这些游戏里自娱，它自娱自乐于我思想的脑袋所支配的这些鬼鬼祟祟的诱拐。

我偶尔只需要一个单独的词语，一个无关紧要的简单渺小的词语，好让自己变得伟大，用先知的口吻说话，一个作证之词，一个精确之词，一个微妙之词，一个浸透了我骨髓的词，它从我体内出来，伫立于我之存在的尽头极限，

而在所有旁人看来，它什么也不是。

我即证词，我即我自己的唯一证词。这层词壳，我思想的这些喃喃低语的难以察觉的变形，我思想的这颗微粒，我宣告了其表达，其流产，

我是度量其界域的唯一法官。

现实的正常平面上一种持续的损耗。

在骨骼和皮肤的这层外壳之下，在我的这颗头颅之内，有一阵持久的苦恼，不像一个道德的穴位，不像一种不着边际的推论——无论它在傻傻地吹毛求疵，还是携载着登峰造极的不安之酵母——而是像一种内在的

（滗析），

像剥夺了我生命的实体，

像从肉体和本质上失去了

（我想说从本质的方面失去了）

一种意义。

无力使自主性的断裂点在任何程度上不知不觉地结晶。

困难在于，找到自己的位置，并恢复同自身的交流。一切取决于外物的絮凝，取决于所有这些精神宝石在一个恰好有待发现的点周围的集聚。

那么，这，就是我对思想的看法：

**灵感确实存在。**

有一个磷光散发的点，那里找得到一切现实，但这现实已经换貌，已经易形——因为什么？——此乃万物的魔力运用之点。我相信精神的陨星，相信个体的宇宙起源。

您可知感性的悬置意味着什么，这一分为二的惊人活力，这存在不复企及的必要黏合点，这恐吓之地，这溃退之所。

亲爱的朋友们：

你们错认了我的作品，那不过是我自己的废屑，是不受常人欢迎的灵魂残渣。

我不关心我的疾病是否痊愈或好转，我只关心我精神的痛苦，其持久的晕厥。

我在这里回到了 M……我重又发现了麻木和眩晕的感觉，那种对沉睡的突然且疯狂的需要，那种精力的骤然丧失，以及一阵无边的痛感，一瞬间的糊涂。

这有一个人，其精神没有一处硬化，他未蓦然发觉其灵魂就在左侧，在心脏一侧。这有一个人，对他来说，生活就是一个点，而灵魂没有侧边，精神了无开端。

我痴呆，只因思想的压迫，思想的畸变；我空洞，只因我舌头的麻木。

一定数量的这些玻璃微粒发生畸变，混聚，而你如此不经考虑地使用它们。你不知这一使用，你从未见证这一使用。

对我而言，我选择用于思考的所有术语（termes），都是基于词语的本义，意即，名副其实的末端（terminaisons），我精神的临界，受我之迫而服从我之思想的一切状态的临界。我真的被我的术语**定位**，而如果我说我被我的术语**定位**，我的意思是，我不承认其在我思想中的有效性。我真的被我的术语，被一系列的末端麻痹。而**不管**我的思想此时此刻会在**何处**，我都只能用这些术语使之出现，哪怕它们如此地自相矛盾，如此地平行，如此地歧义，因中断我思考的这些时刻而遭罚受惩。

要是人能够品尝他的虚无，要是人能够在他的虚无中安息，要是这一虚无并非某种存在，但也不完全是死亡。

不复存在，不复存身于某物，是如此困难。真正的痛苦是感受思想在体内移转。但思想作为一个定点当然无苦可言。

我已到了不再和生活接触的地步，但我体内充满了存在的一切欲念，其持续的搔痒。我只有一份消遣：重造我自己。

我缺乏符合我瞬间之心境的词语。

"但这很正常啊，谁都有词穷的时候，您太苛求自己了，为了听您说话，没人会这么想，您用法语完美地表达了自己，您太看重词语了。"

你们这些蠢蛋，不管慧根深浅，不管目光锐钝，你们都是蠢蛋，我是说，你们这群狗啊，在巷子里乱吠，压根不打算理解。我了解我自己，这对我就够了，而且也应该够了，我了解我自己，因为我在看自己，我在看安托南·阿尔托。

——你了解自己，但我们也看到了你，我们清楚地看到你在做什么。

——没错，但你们看不到我的思想。

在我思维机器的每一阶段，都出现过漏洞，发生过停机，请好好理解一下，我说的不是在时间里，我说的是在某一类空间中（我知道我在说什么）；我说的不是一个长久的思想，我说的不是一个以思想的期限来衡量的思想，我说的是一个思想，唯一的一个，一个**内在**的思想；但我说的不是帕斯卡尔的思想，哲学家的思想，我说的是扭曲的固恋，某一状态的僵化。接受吧！

我在我的细枝末节中考虑我自己。我准确地指出缺陷的位置，不曾言明的滑坡的所在。因为精神比你们自己更像爬行动物，先生们，它像蛇一样溜走，它溜走直至谋害我们的语言，我是说它让我们的语言悬而未决。

我最为深切地感受到了我的语言相对于我的思想所陷入的惊人紊乱。我最为精确地标出了与我内心至亲至切的分分秒秒，标出了最难以察觉的沉陷发生的瞬间。我在我的思想中遗失了自己，其实就像是做梦，就像是突然返回思想。我知道遗失的隐秘角落。

一切写作皆猪粪。

那些脱离了昏昏，好让其思想中发生的不论什么事情得以昭昭的家伙们，是一群猪猡。

整个文学界就是一猪圈，尤其是今天。

所有在精神中，我是说，在头的某一侧，在其脑袋的确定部位，做好了标记的人，所有主宰了其语言的人，所有认为词语是有意义的人，所有相信存在着灵魂之海拔和思想之潮流的人，所有化身为时代之精神的人，所有命名了这些思想之潮流的人，我想到了其精细的活计，想到了其精神在每一阵风中散布的这自动木偶的嘎吱声响，

——都是猪猡。

那些认为某些词语和某些存在方式是有意义的人，那些定了这么多条条框框的人，那些给感情分门别类并为其可笑分类的某一等级而争论不休的人，那些还相信"术语"的人，那些煽动时代所流行的意识形态的人，那些为妇人所津津乐道的人，以及这些能言善道且大谈特谈时代之潮流的妇人，那些尚且相信精神之定向的人，那些循规蹈矩的人，那些夸夸其谈的人，那些大肆宣扬书本的人，

——是最卑劣的猪猡。

你很不讲理啊，年轻人！

不，我在想满脸胡子的批评家。

并且我告诉你们：没有作品，没有语言，没有词语，没有精神，什么也没有。

只有一台美妙的神经称重仪。

一块难以理解的停驻之地，就在万物正中，在精神里头。

别指望我命名这一切，说出它分成了多少块，别指望我告诉你们其分量，别指望我会上当，讨论起这一切，且在讨论中迷失我自己，别指望我会因此不知不觉地开始**思考**——别指望它会明朗，别指望它会活过来，别指望它会用诸多词语装点自己，哪怕那些词

语，全都涂满了意义，千差万别，能够明白地吐露一切态度，以及一种十分敏锐和透彻的思想的一切玄机。

啊，这些从未有人命名过的状态，这些卓越的灵魂处境，啊，这些精神间歇，啊，这些成为我岁月之日用面包的微小失败，啊，这攒动着既成事实的民族——我总在用相同的词，我的确没有在思想上取得长足进步的样子，但我其实比你们走得更远，你们这些留着胡子的蠢驴，名副其实的猪猡，谎话连篇的大师，肖像商人，专栏写手，底层俗夫，杂草学家，我舌头上的溃疡。

我告诉你们，我已失去我的语言，但这不是你们坚持说话，不是你们执意开口的理由。

够了，我会在十年内被那些做着你们今日所做之事的家伙们理解。然后，人们将知道我的间歇泉，将看见我的浮冰，将学会掺杂我的毒药，将识破我灵魂的游戏。

然后，我全部的毛发，我全部的精神血管，将沉没于石灰，然后，我的动物图鉴将被察觉，而我的奥秘将成为一顶帽子。然后，人们将看到石头的关节冒烟，而精神之眼的树形花束将结晶成词典，然后，人们会看到石头流星陨落，然后，人们会看到绳索，然后，人们会明白一种无空间的几何学，人们会懂得精神的构形是什么，人们会明白我如何失去了精神。

然后，人们会明白我的精神为何不在这里，然后，人们会看到一切语言干涸，一切精神枯萎，一切舌头皱缩，一切人的形象扁平，泄气，像被吸进干燥的火罐，而这润滑的薄膜会继续飘在空中，这润滑和腐蚀的薄膜，这双倍厚度的薄膜，这层层叠叠、裂隙无数的薄膜，这忧郁和透明的薄膜，但它如此敏感，如此贴切，如此擅于增殖和分裂，随同裂隙，感官，毒品，以及无孔不入的有毒灌溉的闪烁而翻转，

然后，这一切会统统被人发现，

而我就没有什么要多说的了。

热妮卡·阿塔纳西欧，1926 年（曼·雷拍摄）

# 家信

　　你的每一封信都在精神的不解和封闭上越行越远，和所有女人一样，你用你的生殖器，而不是你的思想，做出判断。就凭你的那些理由，我会心烦意乱？你可别开玩笑了！让我感到气愤的是，当我的论证显然引领着你的时候，却眼见着你重新投向那些只会让我的论证作废的理由。

　　你所有的推论，你所有喋喋不休的争辩，只会让你对我的生活一无所知，并基于其细枝末节对我说长道短。如果你是一个通情达理、四平八稳的女人，我甚至不需要在你面前为我自己辩解，可你心神不安，就因为你胡思乱想，因为你大惊小怪，结果你对真相视而不见。根本没法和你商量。我只剩一件事要对你说：那就是，我的精神总有这般紊乱，我的身体和灵魂总有这般粉碎，我的全部神经总有这般紧缩，其发作的周期或长或短；如果几年以前，那时还没有人怀疑我染上了你所指责的那一恶习，你就遇到了我，你现在一定不会对这些现象的反反复复感到惊讶。再说了，如果你认定，如果你觉得它们的反复是因为这个，那我显然无话可说，毕竟一个人没法反抗感觉。

　　不管怎样，我在我的疾苦中再也不能指望你了，因为你拒绝关心我身上病得最重的部分：我的灵魂。另外，和所有女人，和所有傻子一样，你对我的判断从来只是基于我的外表，可我内在的灵魂才是饱受摧残、备遭蹂躏的啊；对此，我无法原谅你，因为我的不幸在于，我不始终表里如一。而且，我不许你再提此事。

## 家信其二

我身边需要一个单纯、稳重的女人，而一个慌乱不安的灵魂只会无尽地滋长我的绝望。最近，我见你没有一刻不怀着一种恐惧和不安的情绪。我很清楚，你的爱让你担忧起我，但恰恰是你那颗和我一样患病且反常的心，激化了你的不安，败坏了你的气血。我不想在你身边继续担惊受怕地过日子了。

我还要说，我需要一个只属于我的女人，一个我可以随时在家找到的女人。我因孤独而绝望。要是我晚上回家，到了房间，独自一人，身边没有任何生命的慰藉，我会受不了。我需要一个家，我需马上有个家，还有一个时时刻刻在关心我，无微不至地照顾我的女人，因为我没法照料任何事情。一个像你这样的艺术家有自己的生活，做不到这个。我说的一切极其自私，但就是如此。这个女人倒不一定要多漂亮，我也不指望她智力超群，她首先不能考虑太多。对我来说，她迷恋我，这就够了。

我想，你会欣赏我对你的开诚布公并给我如下的理智证明：你一定明白，我所说的一切和强大的温柔无关，和我拥有且将誓死地拥有的对你的绵绵爱意无关，但这情感本身也和生活的日常进程无关。生活还是要过的。有太多东西把你我紧紧联系起来，我无法请求分手，我只求你改变我们的关系，让我们各自过不同的生活，但不要把我们拆散。

## 家信其三

整整五天，我活不下去，全怪你，怪你那些愚蠢的信，那些用生殖器而不是精神写成的信，那些充满了生殖反应，毫无清醒推论可言的信。我的神经已经耗尽，我的理智已经枯竭；你没有体谅我，你在凌辱我，你凌辱我因为你不知好歹。你从来不知好歹，你总是用女人身上最低级的感性来评判我。你拒绝接受我的任何理由。但我，我没有更多理由，没有更多借口了，我不打算和你争论。我了解我的生活，这对我已经足够。一旦我开始返回我的生活，你就逐渐侵蚀我，让我再度绝望；我越是给你希望、耐心和容忍的理由，你就越是热衷于蹂躏我，让我失去我已获得的优势，而你对我的痛楚也越不手软。你对精神一无所知，你对疾病一无所知。你的判断全是基于外部表象。但我，我了解我的内心，不是吗；我大声告诉你，在我的体内，在我的人格中，没有一样不是苦厄的成果，而那苦厄，在我自己，在我的意志之前，早就存在着；在我最为丑陋的反应里，没有一样不是只拜疾病所赐，没有一样不可归咎于疾病；可你又回到了你那些不着边际的可怜推论上，你又开始兜售你的破理由，纠缠于我的细枝末节，逮着鸡毛蒜皮对我说三道四。但不管我对我的生活做了什么，那都没有阻止我再次缓缓地潜入我的存在，并日复一日地安家于此。潜入这个被我的疾病夺走的存在，潜入这个被生活的潮起潮落一点点带回的存在。如果你不知道我为了遏制或消除此等难以忍受的离别之苦而投身于何物，你就会容忍我的失衡，我的顶撞，我的喜怒无常，我肉体的这一坍塌，这些缺席，这些粉碎。你凌辱我，你威胁我，你逼疯我，你甚至用你愤怒的双手，洗劫我大脑的材料，因为你假定这些全是我服用某一东西所致，如此的念头让你丧失理智。没错，你让我同我自己作对，你的每一封信都把我的精神撕成两半，把我扔进荒诞的死路，用绝望，用狂怒，把我打得千疮百孔。我受不了了，我求你住手。求你别用你的生殖器思考了，总之多吸收生活吧，全部的生活，迎接生活，体察事物，也体察我，不要固执，让生活稍稍松开我，让它在我身上、在我面前平息。别再凌辱我了。够了。

　　对感性，对物质而言，网格是一个可怕的时刻。

六

# 地狱日记残篇（1926）*

## 王振　译

* 《地狱日记残篇》（*Fragments d'un Journal d'Enfer*）最早发表于 1926 年春的《社交》（*Commerce*）杂志，第 7 册。《社交》由保尔·瓦莱里、莱昂 - 保尔·法尔格（Léon-Paul Fargue）和瓦列里·拉尔博（Valery Larbaud）主编。次年，该文又附在《神经称重仪》之后，由《南方手册》出版。

阿尔托将这篇文章献给了他的好友，《南方手册》的创立者之一，来自马赛的年轻诗人，安德烈·加亚尔（André Gaillard）。

*献给安德烈·加亚尔*

　　我的喊叫，我的狂热，皆不属于我。我次要的力量，思想与灵魂的隐藏元素，它们在解体，您只须试想它们的持久。

　　这事物，位于我典型氛围之颜色与我现实之绝顶的中途。

　　我急需的不是食物的滋养，而是基本的意识。
思想的发射附着于这生命的结。
一个中心窒息的结。

　　只是将自己固着于一个清晰的真理，即一个单刃的真理。

　　我的自我衰弱这一问题，不再仅仅由痛苦产生。我感到一些新的因素在介入我的生命，让我的生命变性。我的内心泄漏出一种新的意识。

　　色子一掷，冒险肯定某个直感的真理，无论多不确定，我都于此行为中，看见我活着的全部理由。

　　在一个念头、一个声音的印象下，我徘徊了数小时。时间中我的情感没有发展，未得到任何的时间序列。我灵魂的潮起潮落与我精神的绝对理想达成完美的和谐。

　　直面我为自己创造的那一形而上学，以我内心带有的这片空
虚为凭依。

　　这痛苦，如一枚楔子，强行打入我至纯现实的核心，感觉的核
心，精神与肉体在那儿结为一体。借由错误的暗示，我学会了分
心，不再关注痛苦。

　　在谎言的幻觉所维持的短暂瞬间，我策划了一次逃亡，冲向一
条由我的鲜血提示的错误道路。我闭上我的智慧之眼，让我心中未成
形的事物言说，我给予自己一个体系的幻觉，我找不到相关的术语。
但此后，我挥之不去地感到自己从未知处掠得了某种真实。我相信
自发的咒语。在鲜血引领我的道路上，终有一日我会发现一个真理。

　　瘫痪突袭我，越发阻碍我回到我自己。我不再有任何支持，任
何基础……我四处寻找自己。我的思想不再能去往感情的所在，而
影像在我的内心涌现，引导我的思想。我感到被阉割了，甚至在我
最轻微的冲动里。最终我设法去看白日之光，但要越过我自己的障
碍，完全抛弃理智与情感。必须明白，在我体内受害的是一个活生
生的人。这令我窒息的瘫痪，就在我普通人的核心，而不在我宿命
感的核心。我注定脱离生命。我的痛苦苦涩又精妙。为了成功地找
出我的病因，我必须疯狂地想象，加倍地努力，因为这令人窒息
的瘫痪紧抓不放。而如果我坚持这般追求，又须一次性解决那窒
息状态……

　　你无疑误解了这威胁我的瘫痪。它确实威胁我，且日益明显。
它早已存在，仿佛恐怖的现实。可以肯定，我尚能控制我的四肢
（能多久呢？），但是我已很久无法控制我的精神。我的无意识用冲
动支配我，它们源于我神经狂怒的深渊，我鲜血的漩涡。一闪而过
的图像，对着我的精神说话，只是些愤怒的言辞和盲目的仇恨。它
经过，快如匕首刺入，或乌云电闪。

　　一个迫在眉睫的死亡始终非难着我，在我看来，真实的死亡没有丝毫恐怖。

　　各种恐怖的形状在逼近我，我感到它们带来的绝望如此鲜活。绝望刺入这生命的结，而永恒的路在它之后展开。这是真正永恒的分离。绝望的匕首刺入中心，我从那儿发觉自己的人性。它切断生命的纽带，让我无法参与清晰真实的梦。

　　首要的绝望形式（真正性命攸关），
　　分离的十字路，
　　我肉体意识的十字路，
　　我肉体所抛弃的，
　　每一个可能的人类情感所抛弃的。
　　我只能将它比作此类状态：在一场重病高烧所引发的谵妄抽搐里，人发现了自己。

　　我内心简易而世界艰难：我将死于这二律背反带来的折磨。

　　时间会流逝，世间的社会动荡会摧毁人的理想。一切笼罩在现象中的想法不会影响我。将我留给我熄灭的云朵，留给我永恒的无能，留给我不切实际的希望。但要明白，我不会放弃我的过错。如果我犯错，那也是我肉体的错，但唯有这些光是我的肉体：精神允许它们滤过，一小时接一小时，其鲜血就裹在闪电中。

　　他对我谈起自恋。我反驳，我谈论的是我的生命。我崇拜的，不是自我，而是肉体，可触意义上的肉体。万物不会触动我，除非它们影响我的肉体，符合我的肉体，乃至于唤醒肉体，除此无他。唯有直达我肉体的事物，才能触动我，引起我的兴趣。现在他谈论"自身"。我反驳，"自我"（Moi）与"自身"（Soi）是两个完全不同的术语，不能混淆，而且显然，这两个术语，彼此制约，维持身体平衡。

我感到我思想的基础崩塌了，我被迫考虑我所使用的术语，虽然我使用它们，但它们的内在意义和独特基质并不支持我。不仅如此，这基质与我生命的连接点还突然变得异常可感与可能。在我的观念里，存在一个无法预见的固定空间，一般来说，运动、交流、干涉和传递是那里的全部。

但这侵蚀攻击我思想的基础。在它和理智、和精神本能的最迫切的交流中，它不发生于一个唯有最高智慧才能参与的抽象且无法感知的领域。这侵蚀破坏并改变思想的神经通路，而不影响精神——尽管钩刺林立，它仍完整无缺。在四肢和血液里，这样的缺失和停滞格外明显。

恐怖的寒冷，

残酷的禁戒，

骨骼肌肉的灵薄梦魇，胃功能啪啪作响，如一面旗帜，在暴风中闪着磷光。

恶鬼显灵，似有一根手指在推动，与任何实体无关。

我手足健全，五脏俱在，我的胃将我和生命的腐烂重新扭结。

有人提及词语，但这不是词语的问题，而是精神持续的问题。

剥去词语的外壳，必然意想不到灵魂不含其中。生命与精神并列。人在圈子里，精神绕着圈子，周而复始；与之绑定，千丝万缕……

不，所有肉体的灭亡，所有肉体活力的衰朽，还有这身不由己的不适，这肉体所受的泰山压顶，在硬木板上动弹不得，都无法等同于肉体知识和内心平衡丧失的痛苦。灵魂抛弃语言，语言抛弃灵魂，这一决裂将在感觉的领域里耕出一道绝望和鲜血的巨大犁沟。那是一种剧痛，它侵蚀的不是人之内里骨髓，而是躯体的**原素**。人定会失去其感觉到的这飘忽不定的火花。**它曾是**一道深渊，包围可能世界的全部范围，而一种徒劳感，如死亡的绳索，让人毫无招架之力。这徒劳就如这深渊，这极度茫然的精神色彩，而肉体的色彩，正是七窍所飞流的鲜血之味。

用不着告诉我这死亡陷阱就在我体内。我是生命的参与者，我，代表命中注定的劫数，世间的一切生命不可能在一既定的时刻以此盘算我，因为本质上，劫数威胁生命的本原。

某些事物高于一切人类活动：例如十字架上单调乏味的受难，在这样的受难里，灵魂无尽地迷失了自己。

我让这根绳索穿透占据我的理智，穿透滋养我的无意识：在其树状组织的核心里，它显露越来越多精细的纤维。一个新的生命诞生了，一个越来越深刻、雄辩、根深蒂固的生命。

这扼杀自己的灵魂无法提供任何精确的信息；因为酷刑杀了它，一丝丝地凌迟它，在精神可及之下，在语言可及之下；因为创造灵魂并在精神上维持它的那一联系，在生命召唤它去实现一贯的清醒时，恰好崩溃了。清醒从不关注这受难的激情，这轮回的、根本的殉道。灵魂虽活着，但它的延续服从暗蚀：飞逝之物和固定之物，混沌之物和敏锐之言，在其中永久地混合，而语言的清晰难以持久。这诅咒，对它所占据的深渊具有高度的教益，但世界不会理解它的教导。

情感在等待形式的孵化，等待我的心绪适应一种短暂言说的可能。这，在我看来，除我行动的满足外，还有别的价值。

它是某些精神谎言的试金石。

当意识凝视精神，寻求生命的情感时，精神后退了。这情感就在精神探寻它的定点之外，具有新铸的形式，丰富的密度，这情感把不可抗拒的物质声音还给精神——整个灵魂涌向了它，穿过其炽热的火焰。但真正夺人心魄的，不是烈火，而是这物质的清澈、灵巧、质朴和冰冷的坦率：它过于新鲜，同时散发着冷和热。

灵魂知道这物质的出现意味着什么，而它的诞生又以多少暗中屠杀为代价。这物质是一种虚无的标准，未知的虚无。

当我思考我自己，我的思想就在一个新空间的以太里寻找它自己。我在月亮上，正如其他人在阳台上。在我精神的裂缝里，我参与行星引力。

生命将继续，事件将展开，精神冲突将得到解决，而我不会参与。我不指望任何东西，无论是思想的，还是肉体的。对我来说，存在永久的痛苦与黑暗，灵魂的黑夜，而我没有声音，我无法叫喊。

远离这失去知觉的肉体，去挥霍你的财富，因为它感觉不到四季，无论是精神的，还是肉体的。

我选择痛苦黑暗的王国，正如别人选择光辉富饶的世界。

我不在任何领域的疆界内劳作。

我劳作于独一无二持续的时刻。

# 七

# 被束缚的木乃伊（1925—1927）*

王振、吴铭哲　译

---

\* 这里的三篇和木乃伊有关的文本仍是阿尔托超现实主义时期写作的产物，其中未发表的《被束缚的木乃伊》（La Momie attachée）的打字文稿由热妮卡·阿塔纳西欧保留。《致信无人》（Lettre à personne）则继续探讨了阿尔托在 1925 年的《超现实主义革命》和《绿烛》上回应的自杀问题。

## 被束缚的木乃伊

门前摸索，死的眼睛，
回转于此尸体，
这焦黑的尸体
由你悚然的沉默清洗。

黄金举起，激烈的
沉默投向你的身躯
还有你仍支撑的树
还有走向前的死人。

——看，纺锤飞转
于猩红心脏的纱织，
心脏巨大，天空爆裂
黄金浸没你的骸骨——

背后干硬的风景
你走来，它显露
永生超越你
因你无法过那桥。

（1925—1926 年）

# 乞灵木乃伊

肉体与骨的鼻孔
创始的绝对黑暗
你所闭上的唇彩
像一道斑斓幕布

梦里金子滑落到你
生活剥光你的骨，
虚假目光的花朵
你借此与光重聚

木乃伊，纺锤样的手
翻转你的内脏，
这些手的可怕影子
扮演鸟的形状

这一切点缀着死亡
如一场侥幸的仪式，
如影子之间的闲聊，
你黑色的肚肠泡入金子

由此我加入了你，
沿着静脉的石灰路，
你的金子我的痛苦

恶劣确凿的见证者

（1926 年，《超现实主义革命》，第 7 期）

## 木乃伊通信

此肉身不再和生活接触，

此舌头不再能伸出它的硬壳，

此声音不再能通过声音之路，

此手不只是忘了如何把握，它不再能测定空间，完成把握，

最后，此脑子不再能用它的思路来决定，

这一切制成了我的活体木乃伊，给上帝一个虚空的理念，存在的必然已将我置于其中。

我的生命并不完整，但我也没有挫败死亡。

肉体上，我死了，因为这个面目全非、残缺不全的身体，不再能滋养我的思想。

精神上，我毁灭自己，我不再承认我是活人。我的感觉和石头相当，跟毛毛虫或废弃遗址的臭虫差不多。

但，此死亡精炼许多，此倍增的死亡，我自己的死亡，是我肉体的一种稀化。我的智慧毫无血色。梦魇乌贼射出它全部的墨汁，阻塞了精神的出路，此血液早已丧失它的静脉，此肉体麻木于刀片的锋刃。

但，虚拟之火，周而复始，从上到下，此皱巴巴的、不结实的肉体。清醒点燃它的火炭，一小时接一小时，生命和它的花朵重聚。

苍穹密顶下有名字的万事万物，有容貌的万事万物——皆是呼吸的结，震颤的带，这一切进入一个火的螺旋，弹回肉体自身的波

动。但此软弱困苦的肉体，终有一日会高高升起，如一场鲜血的大雨。

在现象的交汇处，你是否看到了那直挺挺的木乃伊，此无知的、活着的木乃伊，无视其空虚的全部边界，惊骇于其死亡的搏动。

此有意识的木乃伊反抗了，所有的真实围着它移动。意识，如一个煽动者，跑遍它被迫潜伏的整个领域。

此木乃伊里，有一种肉体的丧失，在其智慧肉体的阴郁言说中，有一种彻底的无能，无力祈求此肉体。此感觉奔流过此神秘肉体的静脉，其中的每一次惊跳都是世界的一个风格和另类创作，在一场错误虚无的熊熊大火中，它迷失殆尽它自己。

啊！成为此猜疑的养父，此创作和此世界的倍增器，在它的娱乐中，在它花朵的结果中。

但，此全部肉身只是开始，只是缺席，缺席……

缺席。

（1927年，《新法兰西杂志》，第162期）

# 致信无人

亲爱的先生：

我寄给了您一系列意涵紧凑的句子，试图进一步阐释轻生这一想法，但实际上以一无所获而告终。事实是，我对于自杀丝毫不知。我承认，我们与生活，与事物的这种必然的杂乱及我们自我的本质，猛烈地分离，但事实本身，这一解脱的冒险特质，我却难以理解。

长久以来死亡并未唤起我的兴趣。我不太明白我们何以能够摧毁自我意识：即便是自愿死亡。在我们的存在里，有一种上帝的强行闯入，我们须用此存在摧毁它。有种东西触及了此存在，并成为其实质的一个构成部分，却不同它一道死去。其中有生命不可磨灭的玷染，有自然的入侵，它通过一场反思和神秘妥协的游戏，比我们自己更好地渗透了我们生命的法则。无论我从何种角度来看我自己，我都会觉得，我的任何动作，我的任何想法，都不真正属于我。

我只感到人生的延迟，这延迟让我绝望般地把人生变得似有还无。

在我弃让的每一个思想里，我已经自杀了。即使在虚无之中也有太多有待破坏之物。我相信我放弃了死。我没有将死亡设想、感觉为一场冒险，我感觉我正在死，而这样的死，没有冲撞，没有话语，亦无重心，仅有一种缓慢，一种一成不变的撕裂。

我只能想象进入我脑海的东西。死亡只能属于那数以千计的毛骨悚然之物，属于万物之爪的模糊挠搔，它影响到了我自己的记忆。万物真的不再有生命的光泽：我觉得我已经历了一切，如果我转向了死亡，好让我摆脱这思考、感受、生活的奴役……

但死亡中最令我恐惧的，并不是与神达成的这一和解，这对我中心的返回，而在于最终回到我自己以终结这一痛苦的需要。

我无法让自己摆脱生命，我无法让自己摆脱某种东西。

我想要确定，思考、感觉和生活都是在上帝之前就存在的事实：这样一来自杀便具有了一种意义。

但上帝，愚蠢的死亡，更可怕的生命，这三者构成了自杀并未触及的一个难以解决的问题。

敬启。

（1926 年，《南方手册》，第 81 期）

八

# 艺术与死亡（1925—1927）*

王振　译

---

* 《艺术与死亡》（*L'Art et la Mort*）汇集了阿尔托参与超现实主义运动期间所写的一系列文章，其中，除《谁，沉沦在剧痛中……》（Qui, au sein…）未发表之外，其余多数文章都曾刊于《超现实主义革命》杂志。这部文集直到阿尔托脱离超现实主义团体后才面世。它由罗贝尔·德诺埃尔（Robert Denoël）的"三叟图书馆"（Trois Magots）于 1929 年 4 月 17 日出版，并配有让·德·博谢尔的插图，共印了 800 册。该书的书名也是 1928 年 3 月 22 日阿尔托在索邦发表的一场演讲的题目。

让·德·博谢尔，《艺术与死亡》插画，1929 年

阿尔托献给德诺埃尔夫人的亲笔题词:"致罗贝尔·德诺埃尔夫人 / 黄金远去石头来 / 在大地的眼皮下 / 无物颤抖如死亡——安托南·阿尔托。"

## 谁，沉沦在剧痛中……

　　谁，沉沦在剧痛中，在梦的深底，会不知死亡惊涛裂岸，会将它混同于其他精神范畴？必有人体验过这剧痛高潮，精疲力尽。它淹没你，鼓胀你，如一只恼人的风箱。剧痛，时而进，时而退，一次比一次汹涌，一次比一次沉重，一次比一次充盈。躯体达到了自身强度与压力的极限，却只能继续下去。它是一个灵魂的吸盘，其腐蚀性如浓硫酸蔓延至你感觉的最边界。灵魂甚至无力爆炸。因为这一膨胀本身是假的。死亡无法轻易满足。这肉体范畴的膨胀像是一个收缩的倒像，占据灵魂，遍及整个活体。

　　断气了，这是最后一口气，真是最后一口气。算总账的时候到了。这一刻来了，如此令人畏惧，如此令人害怕，如此梦幻。真的，有人要死了。有人在观察他，有人在检查他的呼吸。无垠的时间在一次解决中完全展开，达到它的极限，消失无痕。

　　死亡，贱骨头。显然，你的思想尚不完整，尚未完成，某种意义上，即便你改弦易辙，你仍未开始思考。

　　恐惧砍杀你，让你四分五裂，粉身碎骨。但这无关紧要。你很清楚你必要去往死亡的彼岸，虽然你毫无准备，甚至这具躯体，尤其这具躯体，你将告别它，但你不会忘记它的实体，它的密度，它那无法想象的窒息。

　　死亡看似会像一场噩梦，你会魂魄出窍，躯体被拖到远处。你痛苦不堪，而它则用震耳欲聋的印象启示着你。死亡的疆域，或比你大，或比你小，你自古有之的尘世方向感，在那儿不起作用。

　　那是死亡，那永远是死亡。是什么在喊叫，像一条狗在梦里狂吠，令你毛骨悚然，令你悲伤惶恐，无以名状，陷入一种疯癫，溺人的狂乱。不，不是真的。那不是真的。

但最最不济，那是真的。与此同时，这一令人绝望的真实感，让你觉得你要再死一次了，你要死第二次了（你对自己说，你说你要死了。你要死了：我要死第二次了）。此时来了不明的湿气，或源自铁之湖，或源自盐之湖，或源自风之湖，其凉爽不可思议，慰藉你的精神。你流动，你创造自己，通过流入死亡，流入你新的死亡状态。这流水是死亡，那一刻你凝视你自己，带着平静，你记录你新的感觉，大同一开始了。你死了，但在这儿，你重获生命，——**唯独这一次，你独自一人**。

刚刚我描述了一种剧痛感，一种梦之感，剧痛悄然入梦，几乎如我所料，剧痛必然滑入，并最终高潮于死亡。

无论如何，这般的梦都无法说谎。它们不说谎话。这些死亡的感觉首尾相连地摆开：这窒息，这绝望，这悲痛，这昏沉，这沉默，在一场梦的巨大悬空里，我们难道看不到它们，并发觉新现实的一副面孔正永远地躲在自身后面？

但在死亡的深底，或梦的深底，剧痛再度发作。这剧痛就像一根拉长的皮筋突然崩断，猛弹你的咽喉，既不未知，也不新鲜。死亡潜入你，而你毫无意识，你蜷缩身体，成一个球。此头颅——它必须经过，一如既往地包纳生命与意识，因此还有至高的窒息，因此还有至高的撕痛——同样，它必须经过可能的最小开口。但它的剧痛达到毛孔的极限，而这个头颅，经过恐怖地来回摇晃，获得了一个模糊的想法，一个肿胀的感觉，其恐怖已然取得一个形状，并在皮下的疹子里爆发。

毕竟死亡不足为奇，恰恰相反，人尽皆知，那么，经过这内脏蒸馏之后，我们难道不该描述一下我们所体验到的恐惧吗？此强烈的绝望之力似乎复苏了某种童年状态，死亡变得清晰可见，仿佛一场持续不断的混乱。孩童知道精神的突然觉醒，思想的强烈延伸，年龄越大，失之越多。在某些恐惧，例如童年的恐惧里，一些重大的、毫无理由的恐怖都潜伏着一种超出人类的威胁，毋庸置疑，那

是死亡来临，

像撕开一层邻近的薄膜，像掀开一层世界的面纱，尚未成形，尚不稳定。

谁不记得一种完全精神的现实秩序的放大？它们非同一般，并不令人惊讶，对我们童年感觉的丛林来说，它们都是礼物，真正的礼物。这些延伸充满一种完美的知识，精通一切事物的，晶莹、永恒的知识。

但它强调的奇异思想是什么，它用来重组人类原子的崩碎流星是什么。

孩童看到清晰可辨的先辈队伍，并从中发觉人与人之一切已知相似的起源。表象世界蔓延泛滥至无感觉、不可知的领域。生命的暗无天日降临了，因此这类状态再也不会发生，除非借由一种绝对反常之清醒的恩赐，例如麻醉剂。

在解放并提升精神方面，药物的效用颇为巨大。从一种不解药物巨大价值的现实观点来看——这现实转瞬即逝，乃无限可辨之现实的沧海一粟，它和物质相当，又与物质同亡——无论它们是否皆为谎言，从精神的观点来看，药物重获一种崇高地位，和死亡亲密无间，相辅相成。[1]

----

1　我肯定——我坚持这一看法：死亡不在精神领域之外，而在某些已知的界限之内，借由一种感性，便可认知，接近。

　　在写作秩序中抛弃清晰有序的知觉领域的一切做法，试图颠倒表象的一切做法，对精神图像的相对位置进行怀疑的一切做法，挑起混乱但不摧毁思想冲击力的一切做法，赋予垮台的思想一种更大的忠实和暴力来推翻万物关系的一切做法：所有这些都提供了一个通向死亡的入口，将我们置入更精妙的精神状态，死亡的自我表达就沉沦于其中。

　　这就是为何，那些做梦而不哀叹其梦的人，那些潜入一片丰饶的无意识而不带回一阵强烈乡愁的人，都是猪猡。梦是真的。所有的梦都是真的。我感到粗粝，感到雕刻一般的风景，感到一段起伏的大地，冰凉的沙子覆盖着它，这意味着：

　　"悔恨，幻灭，抛弃，分离，我们何时重逢？"

　　爱情无可比拟，除非某片风景召唤，似曾相识于梦中，丘壑环绕，似一肉泥，根据思想捏塑成形。（转下页）

在戴着镣铐的死亡里，灵魂挣扎，试图重获一种状态，至少完整，透得过气：

那里一切不受冲击，而一种谵妄的混乱所具有的敏锐会在自己身上无尽地推理，纠结于一种既无法忍受，又悦耳动听的混合织物中，

那里一切不会得病，

那里即便最小的席位也不会始终留给最大的饥饿，即，对绝对空间的饥饿，对确定时间的饥饿，

那里一种新层面的感觉会突然穿透疾病晚期的压力，

那里来自不明混合物底部的灵魂，在跨越它再也不知是何的障碍后，会气喘吁吁、激动不已地感到，一个更清晰的世界可能觉醒，恍如梦中——它会在一道闪光中发现自己，最终舒展四肢，那里世界的分割似乎无限脆弱。

它可以重生这灵魂，但它没有；因为尽管灵魂得到抚慰，但它觉得它仍在做梦，仍不习惯那种梦的状态，无法与之达成同一。

在其凡人白日梦的瞬间里活着的人，走到不可能同一的绝境，野蛮地撤退他的灵魂。

是他，在一片无底的光中，被抛回到一个感知的光面。

在神经波动的无限悦耳之外，暴露于无边大气的饥饿，暴露于绝对的寒冷。

· · · · · · · · · · · · · · · · · · · · · · ·

（约 1927 年）

---

（接上页）我们何时重逢？你唇上的尘土味何时再来轻触我灵魂的焦灼？这尘土如一股凡人嘴唇的旋风。生活在我们面前挖出深坑，全部消失的爱抚重见天日。站到我们这边的天使，从未向我们显灵，我们可对他做些什么？难道我们的所有感觉会永葆智慧？难道我们的梦无法点燃一个灵魂？灵魂的激情有助于死亡。这死亡是什么，让我们永远孤独，让爱情无法指路？——原注

〔这条注释原为一个独立的文本，题为《狡黠的马刺，奔马的重影》[L'Eperon malicieux, le double-cheval]。后发表于 1952 年，《暗仓》[Botteghe Oscure]，第 7 册。〕

# 致信女通灵者

献给安德烈·布勒东[1]

夫人：

您居于陋室，混入生活。在您窗口，休想听见天国细语。既非您的外表也非您的姿态区分您与我们，但某种幼稚，比经验更深刻，驱使我们无尽地划破并诋毁您的形象，甚至放弃伴随您的生活。

我的灵魂，撕心裂肺，清誉尽毁，在您面前，我不过是个亡魂，但我并不惧怕这可怖的知识。我知道，您即我生命的中枢，比我的母亲更亲。在您面前，我仿佛赤裸。全身赤裸，不知羞耻，直挺挺地站着，我仿佛成了一只鬼，但我并不羞耻，因为您的眼睛令人晕眩地驰过我的神经。恶实则无罪。

前所未有地，我感到如此清晰，如此一体，如此自信，甚至超越顾虑，超越所有恶意，无论那恶意源自他人还是自我，而且如此通灵。您把火的舌尖，星的舌尖，加给我犹豫不决、微微颤动的神经。既不接受判断，也不自我判断，无为而整全，浑然而天成。除却生活，即是幸福。最后，无须担心，我的舌头，我笨重的舌头，我微小的舌头，会不会分叉。我几乎不须刺激我的思想。

当我步入您的房间，我既不害怕，也无最平常的好奇。您是女主人，神谕的传达者，在我看来，您就是我的灵魂，是我骇人命运的神。能看得见，并告诉我！在您美丽平静的眼睛前，所有醒醍的，或秘密的，终将大白天下，所有被埋藏，终将重见天日，所有被压抑的，终将公之于众，您能做出绝对纯粹的判断。有人明辨决断，但他甚至不知他能彻底压倒您。

在完美柔和的光中，我们不再受灵魂之苦，但邪恶将肆虐横

---

1　由于阿尔托后来被驱逐出超现实主义团体，1929 年出版的文集取消了这条题献。

行。一道没有炭气或激情的光，只显露孤单的氛围，宿命的氛围，安详，虔诚，珍贵。是的，来您这里，夫人，我不再害怕我的死亡。死或生，我只看到一个巨大平静的宇宙，而我命运的黑暗就消逝于其中。我很安全，远离一切悲惨，就连未来的悲惨，我都觉得甜蜜：倘若未来，机缘巧合，我还有悲惨可畏惧。

我的命运，对我来说，不再是这隐蔽的小路，只能藏匿邪恶。这命运让我永远忧心，它虽尚在远处，于我却近在眼前，从始至终，我感到它一直潜藏在我体内。猛烈的逆流还未淹没我的神经，我已饱受厄运折磨，被它吞没。现在我的神经只是一个巨大的、柔软的、均匀的块体。我不关心最恐怖的门在我的面前打开，我把恐怖置于身后。我将临的未来，尽管恶劣，仍触动了我，只如一种不和的和谐，如一座座山峦在我体内，颠倒，变钝，同化。只有您，夫人，能够预言我人生最终的风平浪静。

但令我安心的，首先不是这深刻的确信，与我肉体联姻的确信，而是所有事物的统一感。一种宏大的绝对。我无疑学会了接近死亡的方法，这就是为何，所有的事物，甚至最残酷的事物，如今只以完全无关意义的方式，对我显现其平衡的一面。

但还有别的东西。这意义，其对我个人的直接影响无关紧要，仍饱含某种善意。我满怀乐观，来您这里。乐观并非我精神的天性，而是源于对一种平衡的深刻认识，我整个的生命都浸没在这平衡里。我往昔的恐怖，平衡了我未来的人生，让它平缓地流入死亡。我预先懂得我的死亡，如同完成一种最终级的生命，比我最美好的回忆更加甜蜜。在我眼前，现实增大，扩张为至高的知识，而当前生活的价值，则在永恒的锤击下，崩溃于其中。永恒再无可能为我自己的猛烈牺牲向我复仇。我眼下的未来，从我第一次步入您圈子的那一刻，就开始了，这未来同样属于死亡。至于您，从一开始，您的外貌给我留下了良好的印象。

　　知识的激情受制于一种存在的无限温柔感。[1]您用蓝色的目光凝视我，审视我的命运，不会带给我丝毫损害。

　　整个生命对我变成极乐的风景，梦境飘忽，向我们呈露自我的面容。绝对认知的理念，混同着生命与我意识之绝对相似的理念。而从这双重的相似里，我预感到有什么即将诞生，尽管与我的命运无关，但您是善良宽容的母亲。在此非同一般的通灵事实中，我看不到任何神秘，我存在的姿态，过去未来，都描述给您，带着其警示和关联的巨大意义。至于这些警示的形象，我感到我的精神已开始与您沟通。

　　但您到底怎么了，夫人，通过太不可思议的氛围把戏，这突然钻入您体内的火焰寄生虫是什么？因为您毕竟看到了，而同样辽阔的空间包围着我们。

　　恐怖，夫人，就在于这些墙壁和这些事物的静止，在于您周围家具和您占卜道具的亲密，在于您和我一样投入的清静冷漠的生活。

　　而您的服饰，夫人，这些服饰，谁看着都会感动。您的肉体，

---

1　我情不自禁。在她面前我情不自禁。生活美好，因为这个女通灵者的存在。对我来说，这个女人的存在就像鸦片，更纯更亮的鸦片，虽然比不上鸦片实在，但更深，更广，且在我精神的蜗居里，打开了另一扇大门。此活跃的精神沟通状态，此邻近微小之世界的灾变，此无限生命的临近：这个女人为我开启了一个前所未有的景象，最终为我指明了生命的出路，活着的理由。因为人不能接受生命，除非地位显赫，除非看破红尘，两者间至少有那么一些。扩张的力量，对事物的一定控制力，没有这些，生活就说不过去。这世上只有一件事情令人兴奋：与精神力量接触。但在这个女通灵者面前，一种相当矛盾的现象发生了。我不再感到需要变得强有力，或显赫。她施加于我的那种诱惑比我的傲慢更强烈;此刻一定的好奇足矣。在她面前我准备好放弃一切:傲慢，意志，智力。尤其是智力。我的智力是我全部的骄傲。当然，我没在谈论一定的精神逻辑之敏锐，快速思考之能力，或在记忆的边缘迅速创造图示的能力。我在谈论一种对于世界和事物的潜在理解，一种需要深思熟虑的理解，它不会为了令人满意而采取物质形式，它会把深刻的领悟指示给精神。在相信此通灵的问题上——它站不住脚，常常没有真凭实据（我自己不具备这种能力）——我始终要求人们给予我信任，即便他们必须等待一百年，其余时间我只有沉默来满足他们。我知道在什么样的灵薄狱里重获这个女人。我所深究的这个问题让我靠近黄金，接近所有微妙的物质，这个问题如痛苦般抽象，没有形式，一旦触及，便会颤动，化为乌有。——原注

也就是您全部的官能。我不认为您服从空间和时间的状况，我不认为您受迫于肉体的必然性。对于空间，您必是太过轻盈。

此外，我眼中的您，如此明艳，如此优雅，如此仁慈，又如此日常。我期待，如您般美丽的任何女性，给予我面包和痉挛，将我推向肉体的极限。

在我精神的眼中，您无边无界，绝对深邃，无法理解。因为您有通灵的天赋，要如何适应凡人的生活？您的灵魂迈过漫漫坦途，如一名走钢丝者，而在这路上，我会认真阅读我死亡的未来。

是的，仍有人懂得从一种感觉到另一种感觉的距离，懂得在欲望里创造层阶和停顿，懂得摆脱欲念和灵魂，然后将之召回，佯装得胜。而有些思者痛苦地圈闭思想，引得虚伪入梦，这些见风使舵、曲解法律的学者！

而您，虽受辱受气，但超然物外，您点燃生命。看啊，时间之轮：烈焰突起，爆裂苍穹。

您得到我，微不足道的我，弃如敝屣的我，四处碰壁的我，绝望如您自己的我。您将我举起，将我带离此处，这虚伪的世界，您不会屈尊其中，造作生活，因为您已抵达您安息的胎膜。此眼，此凝视我的眼，此孤单凄凉的凝视是我存在的全部，您颂扬它，令它重回自身。一种萌动发光，造极乐而灭暗影，重生我，如秘法琼浆。

（1926 年，《超现实主义革命》，第 8 期）

## 爱洛伊斯与阿伯拉尔

在他眼前生命渐渐散去。整个头脑渐渐腐烂。此现象已知，却不简单。阿伯拉尔未将其状态呈现为一个发现，但他终于写道：

亲爱的朋友：

我是巨人。我激动，我是一个至巅，在我这儿，最高的船桅须用乳房做帆，而女人们觉得她们的性器官变得硬如卵石。就我而言，难免感到由于时间与精神的推动，所有这些蛋在石榴裙下颠簸不已。生命往来，愈愈渺小，横跨乳房的行道。一分钟后，世界容颜顿改。在手指周围，环绕灵魂及其云母的裂片，而阿伯拉尔步入这些云母，因为精神的消磨高于一切。

所有男性死者咧嘴大笑，笑掉牙齿也在所不惜，穿过其洁白牙齿的拱门，或穿过饥饿的牙齿，污秽的牙齿，仿佛那是阿伯拉尔精神的构架。

但此刻阿伯拉尔陷入沉默。他体内只有食道还在工作。显然，不是食管的欲望，饥饿的压力，而是绚烂笔直的银树，其血管纵横交错，用于呼吸，周围尽是飞禽的叶饰。简而言之，生命麻木褶皱，我们的双腿机械行走，我们的思想高船收帆。那肉体的通道。

干瘪的精神挣脱出来。生命极度紧绷，高高抬起它的头颅。大融化最终会来吗？飞鸟会从舌口冲出，胸口会长出枝条，小嘴会重回它的位置吗？母树会穿破手的坚硬花岗岩吗？是的，一朵玫瑰在我手中，而我的舌头凭空转动。啊！啊！啊！我的思想多么轻盈。我的精神骨瘦如柴。


但爱洛伊斯也有一双腿。她的双腿最美不过。她也有这个六分仪似的东西，所有魔法绕着它转，啃食它，这东西如一柄入鞘的剑。

但首先，爱洛伊斯有一颗心。一颗美丽正直的心，遍布分支，紧绷不动，满是颗粒，由我编织，我乐极生悲，全身僵硬！

她有一双手，纤指扣书。她有一对鲜肉的乳房，如此娇小，但压力令人疯狂；她的乳房是一座思路的迷宫。她有一个属于我的思想，一个阴险扭曲的思想，抽丝剥茧的思想。她有一个灵魂。

在她的思想里，我是一闪而过的针，是她的灵魂接受了这针，认可了这针。有了我的针，我便优于一切高枕之人。因为床榻上，我周游她的思想，推敲我的针，在她梦茧的蜿蜒里。

这无限的爱情，这洒满世界的爱情，沿着它的线索，我总能重回她身边。在我手里，它生出火山口，生出乳房的迷宫，爆炸的爱情，那是我的生命从睡眠中收获的战利品。

但经由怎样的恍惚，怎样的发作，怎样的连续转变，他才达到了这个令其精神愉悦的想法？因为此刻，阿伯拉尔正在享受他的精神。他完全地享受着。对于自己，他不再思考，无论向右还是向左。他在这里。其体内发生的一切都属于他。此刻，在他体内，一些事物正在发生。因为这些事物，他不必寻找自己。这是重点。他无须再稳定他的原子。它们自身结合，排成一个点。他的整个精神变成了一系列的升降，但下降总是位于中心。他拥有事物。

他的思想是美丽的叶子，表面平滑，内核连续，接触密集，他的智慧滑行其间，毫不费力：它前行着。这就是所谓的智慧：绕着自身行走。或机敏，或浅薄，或倦鸟知返，或拥抱，或拒绝，或分离：我们不再会有这样的问题。

阿伯拉尔在这些状态间滑行。

他活着。事物在他体内翻腾，如簸箕中的谷粒。

爱的问题变得简单。

他是少，或是多，有何紧要？因为他能动来动去，能滑行，能变化，能发现他自己，能存活下去。

他已重新发现爱的游戏。

但他的思想和梦境之间，有多少书籍！

多少丧失。与此同时，他用心做着什么？太神奇了，他居然没有心。

它真在那儿。它在那儿，如一枚活生生的大奖章，如一堆石化的金属。

瞧它，那根本的结。

至于爱洛伊斯，一袭裙子，秀外慧中。

他从体内感到根源的兴奋，沉重而世俗的兴奋，他立足于旋转的大地，感受苍穹茫茫。

而阿伯拉尔变得如死人一般，感到骨骼碎裂，变成了玻璃，他大声喊叫，站在震源，站在其力量的至巅：

"此处是上帝被出卖的地方，对我来说，如今是阴道的平原，肉体的石头。不要宽恕，我不求宽恕。你的上帝不过是一个冷冰冰的铅块，身体的粪堆，眼睛的妓院，腹部的处女，天空的乳品厂！"

如今这个天空乳品厂得意扬扬。他感到恶心。

在他体内，肉体翻动它那鱼鳞般的淤泥，他感到头发冲冠，肠胃堵塞，阳具化水。夜屹立着，播撒着针；用一把刀，**他们**灭了他的男性威风。

另一边，爱洛伊斯掀起裙子，完全赤裸。她的头颅，洁白如乳，她的乳房，邋里邋遢，她的双腿，又细又长，她的牙齿，咯咯作响。她是蠢人。她是阉人阿伯拉尔的妻子。

（1925 年，《新法兰西杂志》，第 147 期）


## 透明的阿伯拉尔


天国的骨架窃窃私语，留下迹象，在他精神的窗口，总是同样的心如鹿撞，同样的两情相悦，也许会令他脱离苦海，倘若他同意斩断情丝。

他必须屈服。他再也抵抗不住。他屈服了。律动的沸腾压迫着他。他性欲搏动：一阵恼人的风，嗡嗡嗡嗡，它的声响高过天堂。河流卷走女人的尸体。那是奥菲利娅，贝雅特丽丝，劳拉吗？不，墨水，不，风，不，芦苇，堤坝，河岸，泡沫，絮团。再也没有闸门了。从他的欲望中，阿伯拉尔造了一道闸门。在惊涛骇浪与悦耳波澜的交汇处。朝着他，翻滚着，被卷走的，正是爱洛伊斯——**而她完全是自愿的。**

看，天空中伊拉斯谟的手播撒疯癫的黑芥籽。啊！奇异的收获。大熊座的运动将时间固定于天空，又将天空固定于时间，从世界的颠倒面，天空露出它的面容。无边的再度整平。

因为天空有一张面孔，所以阿伯拉尔有一颗心，从中，无数星辰至高萌生，令他阳具勃起。在形而上学的末路，爱情全由肉体铺成，全由宝石燃烧，在播撒了这么多疯癫黑芥后，诞生于天际。

但，阿伯拉尔追逐天空，如一只只青蝇。奇异的溃逃。逃向哪里？神啊！快，一个针眼！太细的针眼，阿伯拉尔没法穿过它找到我们。

真是出奇的好天气。因为此时天气必须得好。从今天起，阿伯拉尔不再贞洁。狭隘的教条被打破了。他放弃了神所准许的贞洁的交媾。

交媾，多么甜蜜的事！甚至是人的交媾，甚至是享受女人的肉体，多么纯洁亲密的欢乐！在尘世范围内，天国逊色不少。他指甲里嵌着天堂。

但，天体之光的召唤，甚至登上塔的顶尖，都不及女人双腿的空间。阿伯拉尔这个修士，爱情对他如此透明，难道不是吗？

交媾，多么透明，原罪，多么透明！如此透明。怎样的胚芽，如长着迷人性器的花朵，多么甜蜜，如快感的头颅，多么贪婪，如享乐的尽头，快感播撒它的罂粟。其声音的罂粟，其光的罂粟，音乐的罂粟，拍着翅膀，如被磁力吸走的鸟。薄梦的刀口上，快感奏出一段锋利神秘的乐章。啊！此梦里，爱情同意再度打开她的眼睛！是的，爱洛伊斯，带着我所有的哲学，漫步于你心间，在你身上，我抛弃我的光彩，作为回报，我给予你人性，其精神就在你体内颤动并闪光。——让精神赞美自己吧，因为女人终会赞美阿伯拉尔。让这泡沫喷向那深邃发光的峭壁。那些树。阿提拉的植物。

　　他得到她。他拥有她。她扼杀他。每一页张弓并前进。在这书里，人翻动头脑的纸页。

　　阿伯拉尔自断双手。何等的交响乐，堪比那惊魂的纸页一吻。爱洛伊斯吞吃火焰。打开一扇门。爬上楼梯。有人鸣钟。她柔软扁平的乳房开始肿胀。她乳房上的肌肤越发白皙。她身体洁白，但有污迹，因为没有一个女人腹部干净。她们的肌肤，霉菌斑驳。她们的腹部，外表金玉，其中败絮。世世代代，谁不梦寐以求这个肚子。身为男人，阿伯拉尔拥有一个。盛名的肚子。是这个，也不是这个。咀嚼稻草，吞噬火焰。那一吻打开了她的洞穴，其中的海洋渐渐死去。看，这阵痉挛里，天空交会。一场精神的联合涌向了它。**这联合来自我**。啊！我觉得自己只是内脏。在我之上没有精神的桥梁。毫无神奇的意义，毫无附加的秘密。她与我。我们真在这里。我抱着她。我亲吻她。一个极强的压力，阻止我，冻结我。我感到双腿间教会在阻止我，它在控诉。它会令我瘫痪吗？我要撤退吗？不，不。我要推倒最后的壁垒。阿西西的圣方济各，我性事的前导师，靠边去。圣女布里奇撬开我的牙齿。圣奥古斯丁松开我的腰带。锡耶纳的圣凯萨琳让上帝睡觉去。结束了，真的结束了，我不再是个处子。天国的城墙已被推翻。世界的疯狂战胜了我。我攀登我的享乐，达至以太的顶点。

　　但现在圣爱洛伊斯倾听他。之后，无限久之后，她倾听他，对他说话。一种夜充满他的牙。咆哮，入他的颅穴。她蝼蚁般的手掀开他墓穴的盖子。梦里她的嗓音像一只母山羊。她在颤抖，但他抖得更强烈。可怜的男人！可怜的安托南·阿尔托！真是他，这个阳痿的废人，他丈量星辰，试用他的脆弱对抗元素的基点。他，试从自然的每一细微或凝固的外表中，创作一个坚定的思想，一个屹立的图像。倘若他能创造这么多元素，提供至少一种灾难的形而上学，那么原初将会崩溃！

爱洛伊斯悔于没有一道高墙，在她腹部的地方，无法阻挡阿伯拉尔淫秽尖枪的刺伤。至于阿尔托，贫困是死亡的序幕，他所欲望的死亡。但，一幅多么美的图像：一个阉人啊！

（1927—1928 年，《自由纸页》，第 47 期）

## 乌切洛，那头发

献给热妮卡 [1]

乌切洛，我的朋友，我的幻兽，你和这魔发共存。这月之巨手的暗影，助你记录你脑中的怪物，永不会触及你耳朵的植被，随你心中阵阵微风，转动并蜂拥于左边。头发在左边，乌切洛，梦在左边，指甲在左边，心在左边。在左边，所有的影子开放，像教堂的中堂，像人体的七窍。你的头颅，躺于人性彻底覆灭的桌子，你看到了什么，除了头发的巨大暗影？一片头发，如两座森林，三块指甲，一片睫毛的草场，一根天国草地的钉耙。世界窒息并悬空，永远摇摇晃晃，在你沉重头颅倚靠的这扁桌的平原上。当你追问那些围着你的面孔，你看到了什么？不过是分支的循环，静脉的网络，一道皱纹的细小痕迹，一片头发之海的印花图案。一切转动着，一切颤动着，而剥光了睫毛的眼睛，其价值何在？洗，洗掉那些睫毛，乌切洛，洗掉那些线条，洗掉那些头发和皱纹的抖颤痕迹，在

---

1　由于阿尔托后来与阿塔纳西欧分手，1929 年出版的文集取消了这条题献。

死人高挂的面孔上，它们看着你，似一颗颗蛋，而你畸形的掌中月光满溢，如一只发光的脾脏，这里，你头发的尊贵痕迹带着它们的线条出现，美好如你沉溺之人的脑中梦。从一根头发到另一根头发，多少秘密，多少外表。但两根头发，紧靠彼此，乌切洛。头发的理想线条，妙不可言，重复两次。皱纹始终绕着脸庞奔跑，延伸至脖子，但头发之下也尽是皱纹，乌切洛。同样，你能周游这蛋，它悬于石头与星辰之间，独占眼睛的双倍活力。

　　当你在一张精心设置的画布上画你的两位朋友和你自己，你在画布上留下了某种东西，类似于一个奇怪棉绒的暗影，虽然光照不佳，保罗·乌切洛，但我仍从中察觉你的悔恨和悲伤。皱纹是圈套，保罗·乌切洛，但头发是语言。在你的一幅画里，保罗·乌切洛，我从牙齿的磷光阴影中，看到一条舌头微微闪光。借此舌头，你在死气沉沉的画布上重获生机的表达。我就这样活着，完全裹在胡子里的乌切洛，正是你预先理解了我，定义了我。祝福你，你拥有岩石和泥土对深度的痴迷。你与此理念共生，如中了鲜活的蛊毒。你永久挣扎于这理念的圆圈，而我跟随你，在黑暗中摸索我的路，沿循舌头的光明，它从奇迹口腔的底部呼唤着我。泥土和岩石对深度的痴迷：在任何层面，我都缺乏根基。你真认为我会堕入此低贱的世界，嘴会张开，精神会无休止地惊讶？你真在尘世和语言的全部意义上想象过这阵尖叫，像出于一团疯狂纠结的线？皱纹的长久耐心，将你救出过早的死亡。因为我知道，你的精神生来如我一般空洞，但这精神，你能将它固定于一些比睫毛的痕迹和根部还要小的东西。凭借一根头发的宽度，你保持平衡，于万丈深渊之上，然而，你已永远与之分离。

　　但我同样祝福，乌切洛，小男孩，小鸟，撕裂的微光，我祝福你得体的沉默。除了你脑中萌发的那些线条，如讯息的叶簇，你只剩紧闭长袍的沉默和秘密。空中有两三个符号。什么人声称自己比这三个符号更有活力，而在覆盖他的漫漫时辰里，有望从他身上得到的，还不只是其前后的沉默？我感到全世界的石头，空间的磷光，被我的经过吸引，穿越了我。在我头脑的牧场里，它们形成了黑色音节的词语。你，乌切洛，你在学习成为一根线条及一个高级的秘密。

（1926年，《超现实主义革命》，第8期）

## 力量的铁砧

流液不尽，恶心不停，皮带条条：它们开动了火焰。舌头的火焰。大地的闪光里，火焰织成舌头的绳线。开口的大地如一个待产的子宫，它有蜜与糖的内脏。这柔软的肚子，其整个淫秽的伤口微微张裂，但火焰在它之上探出扭曲的火舌，熊熊燃烧，伸向其看似干渴的出气口。清澈的水中，这火焰如云彩般缠绕，而一旁的光芒，勾勒出一条直尺和许多睫毛。大地四处半开半裂，露出干涸的秘密。秘密就像表面。大地及其神经，及其史前的孤独：原始地质中的大地。那里，煤黑的阴影里，世界的地层一览无遗。——冰火之下，大地创造生命。看，三道射线中的火焰，戴着鬃毛的冠冕，眼睛蠢蠢欲动。数以万计的眼睛千足虫。这火焰的中心，炽热痉挛，仿佛苍穹至巅，雷电矛头碎裂。痉挛的白热中心。力量交战下，完美的爆炸。力量的恐怖矛头，在一阵全蓝的喧嚣中粉碎。

三道射线成一扇状，其辐条垂直落下，汇于同一中心。这中心是乳白的圆盘，覆着黯然的螺旋。

在天国高耸石堡的曲折路上，黯然的影子形成一堵墙。

但天空之上是双重马。回想当时，它浸于力量之光，背靠一面破墙，收紧了缰绳。其双重胸膛的缰绳。其中，一个比另一个奇特。光辉集中于第一个，第二个只是其沉重的影子。

　　比墙影更低处，马的头颅和胸膛形成了一道影子，仿佛世间所有的水涌上一个井口。

　　张开的扇子支配巅峰的金字塔，至巅的巨大和谐。一个荒漠的念想笼罩这些巅峰，它们之上，一颗狼藉的星辰飘浮，可怕地，说不清地悬着。悬着，如人心中的善，或人际交往中的恶，或生命中的死亡。星辰回旋的力量。

　　但，在这绝对的幻象背后，在这植物、星辰和裂骨大地的体系背后，在这萌芽的激烈絮凝背后，在这研究的几何学，这巅峰的回旋系统背后，在这植入精神的犁铧和这露出纤维、揭开沉淀的精神背后，在这印压其坚硬拇指并勾勒其摸索的人手背后，在这操纵和智力的混合背后，在这些灵魂通感的深井背后，在这些现实的洞穴背后，

　　立起了围墙巩固的都城，极高的都城，整个天空都不足以做它的顶棚，那里植物以星辰喷射的速度逆向生长。

　　这洞穴和围墙的都城，在绝对的深渊上投下实心的拱门和地窖，如一座座桥梁。

　　人们多想在这些拱孔和这些桥洞里，插入一个无比巨大的肩头，一个鲜血流淌的肩头。并把其安息的身体，其满是梦的头脑，置于这些巨大檐口的边缘，那里的天空层层叠叠。

　　因为白云飘动的《圣经》天空高高在上。但云的威胁软弱无力。但暴风雨。它们让这西奈山的火花刺穿。但大地投下的阴影，震耳欲聋的白垩闪电。但阴影化形为山羊，最后化形为这只公羊！星丛的安息日。

　　一声呼喊召集这一切，一根舌头将我从中吊起。


　　所有潮起潮落，从我开始。

　　给我看大地的插闩，我精神的铰链，我指甲的惊世开端。一

个块体，一个虚假的巨大块体，让我远离我的谎言。而这块体，涂着人所爱的任何色彩。

世界流过它，像泥石的海，而我与爱的潮汐相伴。

狗崽子们，在我灵魂上，滚完了你们的卵石没有。我。我。推动岩石的页面。我也期盼天空的砾石与无垠的海滨。这团火必须从我开始。这团火，这些舌头，还有我构思的洞穴。让回程的冰山，在我牙下搁浅。我头脑粗笨，但灵魂顺滑，我的心由残骸构成。我缺乏流星，缺乏火热的风箱。我在喉咙里寻找名字，还有物体震颤的睫毛。虚无的气息，荒谬的恶臭，整个死亡的粪便……轻盈稀薄的心境。我也只等待风。或称为爱，或称为悲，它定能让我搁浅于骸骨的海岸。

（1926 年，《超现实主义革命》，第 7 期）

## 私人自动机

致让·德·博谢尔

他说他看见我心里有一种对于性的全神贯注。但性器紧绷并肿胀，如一物。一种金属物，沸腾的熔岩物，布满根系，布满空气捕获的桠枝。

生殖器，平静令人震惊，充满无数碎铁片。空气，围聚于这些碎片。

而上方，一阵炽热的生长，一片瘦弱蓬乱的牧草，扎根于这苦涩的腐殖土。它以蚂蚁的重力生长，一个蚁丘叶簇，不断地挖向大地更深处。这极黑的叶簇，生长，下挖，而随着它的挖掘，大地似乎越来越远，仿佛万物的理想中心围聚于一个日益衰微的点。

　　但这身体的全部颤动，与所有器官一同展开，还有双腿，手臂，玩弄其自动的排布，浑圆的臀部包裹紧固的性器，环绕着它们。自洞穴外，射来一支飞箭，对准这些性欲增长且无尽蔓延的器官。正如我精神的分支里，有这肉体和性器的阻碍，它在那儿就像一张撕开的书页，像一块从肉上剥下的皮，像一道雷电在天空光滑的壁板上击出的窟窿。

　　但别处，是这个女人，从背后看，像极了女巫的传统身形。

　　但她的体重不成体统。阴影中，她飞了起来，像一只野鸟。她把阴影拢到周围，当作一面披风。

　　披风起伏强烈，如一个有力的手势，挥动着，足以指明女巫及其起飞的黑夜。这黑夜，凸显又深入，占据眼睛发出的视线，一副神奇的纸牌散落，仿佛悬于一个池子。深处的光抓住纸牌的四角。而数量惊人的三叶草漂浮着，像黑色昆虫的翅膀。

　　基底尚不稳定，阻止不了任何坠落的念头。它们如同一次理想坠落的第一阶段，其底部已被画作本身隐藏。

　　有一场眩晕，其回旋从黑暗中艰难地浮现。一次贪婪的下沉，吞没于某个黑夜。

　　仿佛为把全部的意义赋予这场眩晕，赋予这阵旋转的饥饿，一只嘴张裂，半开，似要加入四方天际。一只嘴，如生命的印记，要消除黑暗与坠落，把一条光芒四射的出路赋予这欲将一切引向底端的迷惘。

　　群集的黑夜来临，带着其下水道的队列。这就是绘画所处的地方：下水道的排污管。

　　微风低吟，摇动所有这些迷路的亡魂，而黑夜将它们聚于闪光的图像。我们感到一次闸门重击，一种恐怖的火山震动，驱散了白日的光。而在一股比突如其来的巨浪更具生机的推力下，所有强大的影像，均从这阵碰撞，从这场两大原则的撕裂中诞生。

　　这幅画中是否有那么多东西？

这是一场固执的梦的力量，硬如昆虫的外壳，长满了空中四处乱爬的脚。

而在基底的这阵痉挛中，在强光和所有黑夜金属的这场联合里，升起了私人自动机庞大淫秽的身影，突显如那朦胧色欲的图像。

一堆巨块，一声响屁。

它悬于线上，但只有接点准备就绪，而大气悸动，激活其余下的身躯。黑夜将之围聚，如一片草场，如一片黑色枝桠的树林。

此处是秘密的对比，它像一次手术的疤痕。借着一把剃刀的锋刃，悬停于灵魂的颠倒领域。

但让我们翻页。

脑袋是更高的一层。而瓦斯的绿色爆炸，似一根巨型火柴，在脑袋不在之处，劈砍并撕扯着空气。

我找回了自己，就像在世界的镜子里看见了自己，相似于房子或桌子，因为一切相似皆在别处。

如果我们能绕到墙后，我们会看见怎样的撕裂，怎样的静脉大屠杀。开肠破肚，尸积如山。

整个，高如一盘虾。

怎样的轮廓能产生这么多的精神。

而且说来无人会信，因为我最终以怎样的目光打量着性器，我对它的欲念还未死去。

经过这么多推演和失败，经过这全部剥了皮的尸体，经过黑色三叶草的警告，经过女巫的旗帜，经过无底坠落中一张嘴的这声呼喊，经过我向高墙的冲撞，经过星辰的这阵回旋，根系与头发的这场混乱，我还未厌倦这一切剥夺我的体验。

体验的险峻高墙无法让我放弃我的根本乐趣。

在革命与风暴的喧嚣底部，在我脑袋的这阵重击底部，在欲望和问题的这道深渊里，尽管有这么多问题，这么多畏惧，但我仍在我头脑最宝贵的部分里，保持着这对于性的专注，正是性令我石化并抽掉了我的血液。

要是我有滑动的钢铁之血，泥沼之血，要是瘟疫和抛弃蛰刺我，退化和恐惧感染我，袭击我，一个钢铁性器提供的柔软铠装仍然有效。我用铁铸造它，用蜜填满它，而苦涩的山峦起伏间，总是同一个性器。性器里，激流相汇，饥渴沉没。

我的激流，怒不可遏，无法平息，无法宽恕，变得越来越汹涌并沉没。而我增添了更多的威胁，及星辰和苍穹的坚硬。

这幅画，如一个鲜活的世界，一个赤裸的世界，充满纤维和条带：那里怒火的力量划破内心的苍穹，撕开智慧的裂口，那里原始的力量扩张，那里无以命名的状态，在其最纯粹的表达，最无可置疑的真实合金中出现。

意识的硫化生命重见天日，带着其微光和其星辰，其巢穴和其苍穹，

还有纯粹欲望的活力，

还有其对邻近复活薄膜的恒常死亡的召唤。

女人的身体就在那里，在其淫荡的展览中；在其木头的骨架上。封闭的，不变的木头。这木头属于亢奋的欲望，并被其激化冻入其外科手术的干燥裸体。首先是臀部，而到了后面，则整个是巨大厚重的臀部，在那儿就像一只野兽的后腿，而脑袋无足轻重。脑袋在那儿就像一个脑袋的理念，像一个可以忽略且被人遗忘的部位的表达。

右边和底下，背景中，保留着似十字符号的极点。

我是否要描述画作的其余部分？

在我看来，这身体的单纯出现确定了它的位置。在这干枯的平面上，在表面的花朵中，有一种仅存在于精神的理想透视的全部深度。于此我们发现，一道折断的闪电在大地上留下了伤痕，而一张张纸牌则在其周围飞舞。

在上方和下方，女占卜者，女巫，似一类天使，一类温柔的龙，长着扭曲的面容。所有精神的蜗牛都在啃食其抽象的面孔，它们的回转似一根编织的绳。

在上方和下方。上方是其木乃伊般干瘪的面容。而下方是其主体，其轮廓清晰的厚重身躯。她在那儿，如一面夜墙，结实，迷人，展示着硫磺纸牌的火焰。

许多心脏，许多三叶草，如这么多符号，这么多呼唤。

我有一件大衣吗，我有一件长袍吗？

地牢的黑夜，满墨的黑暗，展开了其黏合的劣质围墙。

（1927 年，《艺术手册》，第 3 期）

## 爱的窗口

我想要她的闪光花朵，她腋下悬附的闪光火山，尤其是她挺直的身体中心，那苦涩的胆囊熔岩。

还有一道眉毛拱顶，整个天空从其下经过。一个充满了强暴、诱拐、熔岩的真正天空；一个风暴狂怒的天空，简言之，是一个绝对神学的天空。这天空，似一蠢立的拱，似末日的号角声，似醉梦的铁杉树，这天空被装入死亡的所有小药瓶，它是阿伯拉尔之上爱洛伊斯的天空，一个为爱自杀的天空，一个拥有爱情全部狂怒的天空。

这天空是抗议者的原罪，唯有忏悔才能克制，它压迫着神父们的良知，真正的神学之罪。

而我爱她。

她是一名女仆，在一家霍夫曼式的小旅店里，只是一个衣衫褴

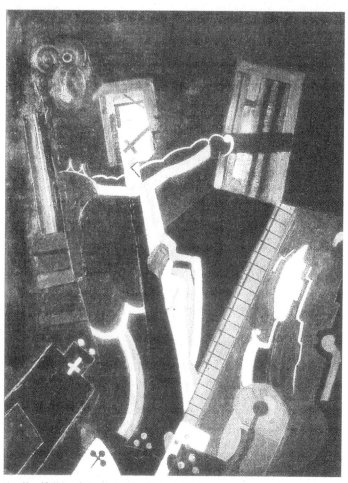

让·德·博谢尔,《私人自动机》,油画,1927 年

楼、邋里邋遢的女佣，一个邋里邋遢又不洗澡的女佣。她收拾盘子，清扫垃圾，整理床铺，打扫房间，抖了抖床上的遮棚，在她的阁楼的窗前褪去衣衫，如同霍夫曼故事里所有的女仆。

当时，我睡在一张凄惨的床上，床垫每晚都会翘起，面对噩梦回潮中涌出的老鼠，它蜷成一团，而太阳升起它又变平整。我的床单，散发着烟草和停尸间的气味，而当我们集中精神闻嗅，这怡人又恶心的味道就弥漫我们的身体。简言之，这是爱欲学徒的真正床单。

我钻研一部长篇累牍、结结巴巴的论文，关于人类精神在其从未抵达的灵魂所穷竭的阈值上遭遇的失败。

但，比起万物的过度唯名论的一切幻象，那个女仆的想法更能吸引我。

我看见她，透过天空，透过我房间裂开的玻璃窗，透过她自己的眉毛，透过我所有古老情人的眼睛，透过我母亲的金色头发。

现在是新年前夜。雷鸣电闪，大雨将至，梦茧吟啼，池蛙呱鸣，简言之，夜正忙碌。

现在我必须找到一种接触现实的方法……接触万物的黑暗共振还不够，例如，去听火山说话，例如，把所预见的通奸的全部魅力授予我爱情的客体，或者，将它投入所有与爱的理念相关的恐怖、肮脏、淫秽、犯罪、欺诈。我只是不得不找到一个手段去直接地接近她，也就是，首先，跟她说话。

窗突然打开。在房间的一个角落里，我看见一枚巨大的象棋棋子，反射着许多不可见的灯光。一些无身的脑袋跳起环舞，相互撞击，倒下，像九柱戏。有一个巨大的木头骑士，一个吗啡皇后，一座爱的城堡，一个即将到来的时代。霍夫曼的手移动棋子，每一个棋子说：**不要去那里找她**。而天使在天空中，拒绝扇动翅膀。我停下脚步，望着窗外，希望看到我心爱的小女仆。

就在房间上方，我发觉脚步即将完全踩碎行星的水晶。热情的叹息刺穿了楼板，而我听见某个柔美的东西猛然粉碎。

这一刻，尘世所有的碟盘摔落地面，世间所有餐馆的顾客，动身追求霍夫曼的小女仆。而女仆出现了，奔跑着，似被诅咒，然后是荒诞的修鞋匠皮埃尔·马科·奥尔朗[1]经过，将独轮车推倒在路上。在他之后，霍夫曼来了，握着一把伞，然后阿希姆·阿尔尼姆[2]来了，而后刘易斯[3]横着走过来了。最后，大地打开，钱拉·德·奈瓦尔出现了。

他比其他人都要伟大。还有一个小人物，我。

"你没在做梦，提醒你，"奈瓦尔说道，"此外，这位是议事司铎刘易斯，他对此事略知一二。刘易斯，你是否敢持反对意见？"

"不，一切悉听白痴们的便。"

我觉得，他们都蠢，何必把他们视为伟大的作家呢。

"所以你看，"奈瓦尔说，"这一切都有关联。你把她拌成凉菜，蘸着油来品尝，不要再三思量，去了她的皮，那女仆是我妻子。"

我认为，他甚至不知道词语的分量。

"原谅我，价值，词语的价值，"我的大脑轻声跟我说，似乎它对此也略知一二。

"闭嘴，大脑，"我说，"你还不够透亮。"

霍夫曼对我说：

**让我们言归正传。**

我说：

"我不知道如何才能跟她在一起，我不敢啊。"

---

1　皮埃尔·马科·奥尔朗（Pierre Mac Orlan，1882—1970），法国作家，以都市题材的幻想或冒险小说著称。

2　阿希姆·阿尔尼姆（Achim Arnim，1781—1831），德国诗人和小说家，浪漫派文学团体"海德堡派"的代表人物。

3　马修·格雷戈里·刘易斯（Matthew Gregory Lewis，1775—1818），英国小说家和戏剧家，阿尔托普把其代表作，哥特小说《修道士》（The Monk），转译成法语。

"好吧，你不必害怕，"刘易斯答道，"你会**转弯抹角地**赢得她。"

"转弯抹角，为何要这样呢？"我反问，"眼下，正是她，不断地穿过我的脑海。"

"但，我们跟你说了，爱情是离经叛道的，生活是误入歧途的，思想是转弯抹角的，一切都是不正当的。**当你不再想着她时，你就拥有她了。**"

听，上方。你听不到那柔软甲板的阴谋，那神奇的可塑星团的相遇吗？

我头痛欲裂。

我终于明白了，关键是她的乳房。我明白了，它们正在汇合。我的小女仆，她的胸部，呼出所有那些叹息。我还明白了，为了靠近我，她躺在了地板上。

雨一直下。

街上传来愚蠢难听的歌：

> 美人怀中躺
> 繁缕咽得香（唱两遍）
> 只因是比翼
> 只因是连理
> 美人怀中躺
> 白鸽立廊上
> 腋间汗淋漓
> 难得心荡漾
> 结出黄香李。

"蠢猪，"我吼道，站起来，"你们毁了爱情的精神。"

街空荡荡。唯有月球继续其水一般的低吟。

何种饰物最美好，何种珠宝最动人，何种杏仁最可口？

对此想法，我微微一笑。

"我不是魔鬼，如你所见！"她告诉我。

啊，不，她不是魔鬼。我的小女人在我怀里。

"我渴望你，"我对她说，"渴望了这么久，这么久。"

我们告别漫漫长夜。月球重新升上天空，霍夫曼躲进他的地窖，所有餐馆老板关上了他们的店门，除了爱情，什么也没有：披着大衣的爱洛伊斯，戴着三重冕的阿伯拉尔，缠着蝰蛇的埃及艳后，所有阴影的舌头，所有疯癫的星辰。

爱，似海，似罪，似生，似死。

爱在拱廊下，爱在水池中，爱在床笫间，爱似常春藤，爱似怒潮汹涌。

爱似传说般伟大，爱似艺术，爱似存在的一切。

这一切都在如此娇小的女人体内，在如此干瘪的心脏里，在如此有限的精神中，但我的爱，为我俩而思考。

从深不可测的迷醉底部，一位画师捕捉到突然绝望的晕眩。但夜晚，无比可爱。所有学徒返回他们的房间，艺术家画完他的柏枝。末日之光越来越弥漫我的思想。

不久，只有巨大的冰山遗留，冰山上金发悬荡。

(1925 年，《欧罗巴杂志》，第 29 期)

# 九

# 漫漫长夜或超现实主义的虚张声势（1927）*

## 王振 译

---

\* 1927 年 5 月，由于立场分歧，路易·阿拉贡、安德烈·布勒东、保尔·艾吕雅（Paul Éluard）、邦雅曼·佩雷和皮埃尔·于尼克（Pierre Unik）在一本题为《朗朗白日》（*Au grand jour*）的小册子上签名，宣布将阿尔托和菲利普·苏波（Philippe Soupault）驱逐出超现实主义团体。对此，阿尔托写下了《漫漫长夜或超现实主义的虚张声势》（*À la grande nuit ou le bluff surréaliste*）作为回应。该文于 1927 年 6 月由印刷和出版总会（Société Générale d'Imprimerie et d'Édition）制成小册子，共印 500 册。

《朗朗白日》封面，1927 年

《漫漫长夜》封面，1927 年

时至今日，或是超现实主义者们驱逐了我，或是我因他们怪诞拙劣的模仿而决定走，这早就不再是我和他们之间的问题。[1] 我退出，因为我受够了一团和气。此外我十分确定，在他们所选择的新框架内，正如在其他框架内，超现实主义者将一事无成。时间与事实注定会证明我的观点。

对于本时代之风俗理念，超现实主义所产生的影响微乎其微。所以，不论是超现实主义与革命步调一致，抑或是革命必然发生于超现实主义冒险之外，对于世界都没有差别。

此外，是否尚存一种超现实主义冒险，或那日超现实主义幸存了下来？当时布勒东和他的专家团决意参加共产主义运动，要在事件和直接物质领域中探索一种行动的高潮，一般来说，那种行动只能在人脑最深区域内发展成形。

当我谈论一种人类灵魂内在状态羽化的时候，他们认为他们能

---

1　超现实主义者无法摧毁我，他们能想到的最好办法就是用我的作品来攻击我。那些用来摧毁我行动基础的注脚来自《朗朗白日》第6页及第7页，那只是一个廉价的复制品，一个软弱无力的赝品，从我寄给他们的手稿中抽出的片段。在这些手稿中我还原了他们行动的真实色彩。他们卑劣的憎恶及短命的冲动充满那些行动。为了这些杂碎，我收集了一些材料，写了一篇文章，我投了两三家杂志社都被拒了，其中就有《新法兰西杂志》，由于太过妥协。在告密者的协助下，我的文章落到了他们的手里，这不重要。重要的是他们发现它后，惶惶不可终日，认为必须出面抵消它的影响。至于那些我直接针对他们的指控，及后来他们反过来针对我的指控，孰是孰非，知我者自有公论，手段卑劣的超现实主义者休想染指。围绕"革命"一词反反复复，构成了整个事件的基础，激化了我们的争吵。

为所欲为地嘲笑我了。[1] 似乎我同他们一样，把灵魂看作是令人作

---

1　似乎经历过自己行动局限的人，在意识上相信这些局限的人，不愿超越这些局限的人，都不值一提，与其说他们有革命性观点，不如说他们成天臆想大喊大叫。他们和我们同在一个令人窒息的世界，一个封闭的、永恒静止的世界，为了在行动和姿态之间取舍，他们会将责任分配给某种造反状态，不过每个人都清楚他们不会真刀真枪地干。

这正是超现实主义令我作呕的原因：这些正人君子先天阳痿，思考无力，肉体羸弱，形成鲜明对比的是，他们成天夸夸其谈，他们的威胁随风而逝，他们的亵渎烟云过眼。如今他们在做什么呢？不过是一再炫耀他们的阳痿，他们无法治愈的绝育。超出我自我的，我不表态；在我周围，我要求沉默；在思想和行动上，我忠于我所感到的我最深的东西，我最无药可医的无力。因此，这些正人君子们认为我的出现令他们有所不便。我判定我的局限，拒绝任何人的染指，我坚持生活自由，行动自主，在他们看来，这极为轻狂傲慢，不可饶恕。如果我知道我将残留于无尽苦痛悲衰，残留于我自己的骸骨所内，对我来说世上所有革命有何意义呢？每个人都是如此：不是感受最深的，不是自我最深处的，就不会去思考。对我来说，这就是完全革命的观点。唯独那些有益于我，或有益于类似我的人的革命，才是好的革命。任何运动的革命力量都在于推翻事物的当前基础，改变看待现实的角度。

在一封写给共产主义者的信中，他们承认他们毫无准备，仓促上阵。更有甚者，他们被要求从事的行动与他们自己的思想难以调和。

不论他们有何看法，在这一点上我们达成了一致，至少部分一致，我们本性相似，精神压抑，尽管比起他们，我的问题更加严重，原因更加复杂。最终，他们承认，我一直拒绝尝试的那些事情，他们也无力为之。至于超现实主义行动本身，在我看来不足为虑。他们所能之事，不过筹备。记录，再记录他们内心活动的确切状态，像某个司汤达，这些革命的爱弥儿们。对于他们来说，革命理念只不过是一个理念，毫无害处，也毫无用处，即便经年累月。

难道他们没有看到他们正在暴露超现实主义本身的徒劳无用吗：过于贞烈的超现实主义？当他们感到有必要中断它的内在发展，它真正的发展时，借由原则上或事实上依附法共，难道就能支持它了吗？这运动是否反叛，这是否点燃了真实的整个基础？为了保持活力，超现实主义需要在一个真实的叛乱中体现自己，融入到诸如此类的迫切要求中吗：关注八小时工作日问题，或薪资谈判，或反对高成本生活？他们的灵魂多么可笑，他们的灵魂多么卑鄙。他们无疑会这么说，加入法共是超现实主义理念发展的逻辑结果，它唯一的意识形态卫士！！！

我不认为超现实主义的逻辑发展会将它引向泾渭分明的革命形式，那种马克思主义旗帜下如火如荼的革命。我始终认为一个独立的运动，例如超现实主义运动，不应当服从普通的逻辑程序。但这个二律背反不见得会给超现实主义者们造成很大的困扰，它轻易就可解决，因为他们不会忽视任何有利于他们的东西，或任何暂时对他们有用的东西。跟他们谈逻辑，他们会答之非逻辑，但跟他们谈无逻辑、无秩序、无条理或自由，他们会答之必然性、法律、义务、严格。他们的阴谋诡计都建在根基如此恶劣的信仰上。

呕的。似乎从绝对存在的角度来看，观察世间社会的结构变化，资产阶级与无产阶级的权力交替，毫无价值可言。

倘若这是超现实主义者们真正追求的东西，至少你可以原谅他们了。虽然他们的目标陈腐狭隘，但至少他们可以苟延残喘。然而，即便最为狭隘的目标他们都没有，他们如何开始行动呢？他们何曾在乎过制定目标呢？

即便有目标他们就是在行动了吗？即便有动机他们就是在行动了吗？莫非超现实主义者们认为，借由他们所意识到的一丁点儿事实，就能证明他们的期望吗？期望不是一种精神状态。倘若你饱食终日，自然无失败之险。此问题不必多加讨论。

我非常厌恶生活，所以不愿思考表象领域中发展成形的任何类型的变化，其可能以任何方式改变我的糟糕状况。超现实主义者有多么热爱生活，我就有多么厌恶生活，这促使我离开他们。他们一有机会就享乐，他们每个毛孔里都是享乐。他们所痴迷的核心就是享乐。但禁欲难道不是一个真正魔法的必要部分吗，甚至是最恶心、最黑暗的部分？酒池肉林也有禁欲的一面，某种苦行的精神。

我不是在谈论他们的写作，从他们提出的观点来看，他们的写作华而不实。我在谈论他们的基本态度，他们作为整体的生活样式。我不憎恨作为个体的他们。我否定并指责作为整体的他们，我会完全尊敬、甚至赞美他们中的每一个人，因为他的作品或他的精神。无论如何，我不会像他们那样孩子气地彻底翻脸，当他们与我恩断义绝之时，我不会否定他们，否定他们的全部天赋。所幸，这不是大事。

世界精神的轴线在移动，各种表象在崩溃，超现实主义曾努力实现的可能性在变容，这是大事。精神出轨，物质始现。或听天由命，或随机应变，都是一种伤风败俗的态度，一种形而上学的投机。从未有人理解过任何事物，超现实主义者们自己不理解，且无法预见他们的革命意志会将他们带往何处。无法想象、无法构想一场未在无望的物质框架里发展成形的革命，他们听天由命，求助于一种偶然的衰弱及他们特有的阳痿，以此解释他们的惰性，他们永久性的思想绝育。

对我来说，超现实主义不过是一个新魔法，从来就没有意义。想象，梦境，这种无意识的强烈释放就是为了让惯于隐藏于灵魂深处的东西上升到灵魂的表面，一定要在表象的范围内，意义的价值中，创造的象征价值里，引入一种深度转化。实物从整体上变化它的外表，它的外壳，不再和同种的精神姿态保持一致。未知之物，不可见之物将代替实物。世界将崩溃。

于是，我们可以开始鉴别幻觉，消灭假装。

神秘学的厚墙彻底倒塌吧，压死这些阳痿的聒噪者，他们在斥责中耗费光明，虚张声势，压死这些革命者，他们在空无中大张旗鼓。

这些禽兽迫不及待地改造我。无疑我需要改造。但至少我承认我脆弱污浊。我渴望另一种生活。总的来说，我宁愿步履维艰，而不愿与他们同道。[1]

超现实主义的冒险还剩下什么呢？除了巨大的失望外，微乎其微。但在文学领域里，他们可能贡献了某些新东西。写作中对事物这种一泻千里的愤怒及尖刻的厌恶，倒是形成了一种丰饶的态

---

1 我提及的兽性，令他们厌恶至极，但也是区分他们的最佳办法。他们喜爱直接的快感，即物质快感，这令他们迷失了最初的方向，那种壮丽的逃逸力量，我们相信他们正在向我们所有人揭示它的秘密。一种混乱的精神，吹毛求疵，驱使他们相互争执，四分五裂。由于厌恶他们所做的全部事情，昨日我和苏波离开了。此前他们驱逐了罗歇·维特拉克，这是他们最肮脏的诡计之一。

在他们的角落里他们或许在吠叫，说事实并非如此。对此我的回答是，对我来说，超现实主义始终是一个阴险的扩张，不可见的扩张，无意识的扩张，近在咫尺。无形无意识的丰富多彩变为有形，用一个简单的冲动，直接控制言说。

在我看来，吕斯布鲁克（Ruysbroek）、马蒂内·德·帕斯夸利（Martinez de Pasqualis）、伯麦（Bœhme）等人都是我观点的充分理由。任何精神行动，如果它是正确的，当需要时就会实现。那灵魂的内在状态！但他们身披真实行动的石质法袍。这是一个既定的事实，不证自明的事实，无药可救的事实。——原注

度，不日可能有所用处，此乃后话。文学得到了净化，且更加接近精神的本质真理。但仅此而已了。并没有文学及意象之外的积极收获，这就是超现实主义值得一提的事实。正确使用梦境可能诞生一种指导人之思想，与表象共鸣的新方式。心理学真理被剥掉了全部寄生无用的赘物，变得比从前更易于掌握。无疑我们都是大活人，但有可能"摒弃真实只能走向虚幻"是一条精神法则。我们处在有形领域的狭窄框架内，压迫、教唆来自四面八方。失常主导了革命者们，让他们直接抛弃了他们所在的最高境界，将"功利""实践"等意义附加于"革命"一词，然而"社会"才是其唯一正当的意义，这是显而易见的，因为人不想受词语的蒙蔽。人会奇特地反思，奇特地平衡。

仅提出一个精神态度就足够了吗，谁会这么认为，如果这个态度整体上具有惰性呢？超现实主义的内在精神带领其走向革命。这是积极因素。这是唯一有效的结论，可能的结论（正如他们会说的）。不过大多数超现实主义者拒绝确认这一结论。其他超现实主义者会如何？投身革命的回报如何呢？代价如何呢？即便如此他们也不会进步丝毫。据说革命取决于一种生成伦理，然而在我自己的封闭圈里，我从未感到这种伦理的必要性。我自己的真实迫切需要逻辑，我将这种需要置于一切物质需要之上。这似乎是唯一于我有效的逻辑，而非某些更高级的逻辑，唯当它们触及我的感觉时，它们的启发才能影响我。没有我必须服从的纪律，无论推论多么严密，也别想诱骗我接受纪律。

在我看来，臣服未必安全，两三个生死原则才更加重要。对我来说，所有逻辑始终都只是借来的。

\*

超现实主义死于愚蠢的门户之见，死于它的专家团。它留下一个超现实主义者自己都无法命名的杂种。永久停留于表象的边缘，无法为生命找到立足之地，超现实主义仍然在寻找一个解决之道，在它自己的轨迹中标记时代。无力选择，无力决定，或完全赞成谎言，或完全赞成真理（虚幻教权的真谎言，即关于真实的假真理，它是即时的，而又不堪一击）。超现实主义搜索真实的裂隙，将撬棒插入其中，其深不可测，难以形容，那曾有力的撬棒如今落入阉人之手。众所周知，我精神萎靡，胆小怕事，倘若一种剧变只影响真实的外部方面，直接可感知的方面，我拒绝对其关注分毫。在我看来，外部形变只是某种额外之物。对我来说，社会层面或物质层面，不过是一个无用的、显而易见的幻觉，而超现实主义者们带着可怜的企图心，永远不会有效的憎恶，朝向了它们。

我知道，在这场争端中，所有自由人都会与我同在，所有真正的革命者都会认为个人自由是一种至善，高于一切征服所得，或在一个相对层面上的所得。

＊

面对所有实际行动，我迟疑了吗？

这些迟疑都是绝对的，它们分为两类。严格地说，它们都基于一个根深蒂固的感觉，在我看来所有的行动，无论是自发的，还是非自发的，都是徒劳的。

这是一个完全悲观主义的观点。但一种悲观主义的形式具有它自己的清醒类型。绝望的清醒、感觉的清醒都加剧了，仿佛在深渊的边缘。任何人类行为都具有恐怖的相对性，与此同时，这种无意识的自发将驱使人行动，不顾一切。

同样，在深奥晦涩的无意识领域里：征兆，展望，顿悟，一个整体的生命在成长，人凝视它时会发现，它仍在继续扰乱人的精神。

那么，这是我们共同的顾虑。但超现实主义者似乎用对行动的热衷化解了这些顾虑。可一旦这种行动的必要性得到承认，他们就会迫不及待地宣称他们无力为之。由于他们的精神构造，他们将永久远离行动的领域。这不就是我一直告诉我自己的事情吗？虽然我的生理心理有些极不正常的情况，但对我有利，而他们不懂得如何利用自己的不正常情况。

# 十

# 贝壳与牧师 (1927—1928) *

## 王振 译

---

* 《贝壳与牧师》( *La Coquille et le Clergyman* ) 是阿尔托唯一被拍成了电影的剧本（电影译名为《贝壳与僧侣》）。该剧本最早在 1927 年 4 月 16 日被提交给电影作者协会（ Société des auteur des films ）。随后由女导演谢尔曼·杜拉克（ Germaine Dulac ）拍成影片，热妮卡·阿塔纳西欧担任了女主演，阿尔托并未参与。由于和导演的分歧，阿尔托在同年 11 月的《新法兰西杂志》上发表了《电影与现实》( Cinéma et réalité ) 一文，作为剧本后加的导言。

影片于 1928 年 2 月 9 日在巴黎的乌苏林影厅（ Studio des Ursulines ）首映。当晚，阿尔托伙同罗贝尔·德斯诺（ Robert Desnos ）等人来到现场试图阻挠影片放映，但被轰出了影厅。

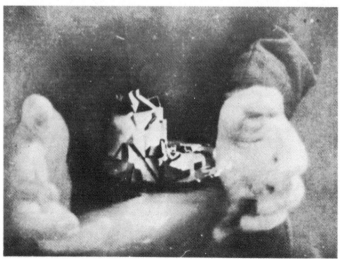

《贝壳与牧师》剧照，1927年

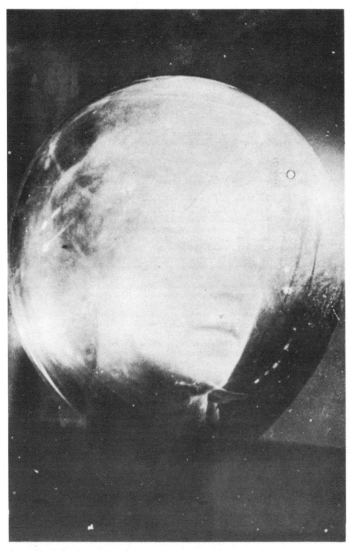

《贝壳与牧师》剧照，1927 年

## 贝壳与牧师（电影剧本）

　　镜头中，一名黑衣男子正忙着把一种液体倒入大大小小、容量不一的玻璃瓶。他把液体盛在一个牡蛎壳里，并在用完玻璃瓶后摔碎它们。他身旁烧瓶堆积，数量惊人。这时候一扇门开了，出现了一名相貌堂堂的军官，趾高气扬，挂满勋章。他身后拖着一把巨大的佩剑。他看起来像一只蜘蛛，时而在黑暗的角落里，时而在天花板上。每打碎一只烧瓶，他就跳一次。此刻这位军官站在黑衣男子后面。他从黑衣男子手中夺过牡蛎壳。他惊讶地看着它。拿着贝壳，他在房间里绕了几圈，然后，突然拔剑，猛击贝壳，贝壳破碎。整个房间摇晃起来。灯光闪烁，在每一次晃动的反光里，刀尖乍现。军官沉重地走了出去，黑衣男子看上去很像牧师，跟着军官，匍匐出去。

　　牧师沿着人行道匍匐。银幕上街角切换。突然，一辆四骑马车出现。军官坐在车内，同一名美貌的白发女子。躲在街角处的牧师看着马车经过，跟在后面，全力追逐。马车在一座教堂前停下。军官和美女下车，进入教堂，走向一间忏悔室。就在这时，牧师跃起，扑向军官。军官面目开裂，变成碎块，散发光芒。牧师抓住的不再是一名军官，而是一名神父。白发女子似乎也看到了这名神父，但表情不同。一组特写表现神父的面容：对女子，显得巴结，逢迎；对牧师，则粗暴，痛苦，狰狞。夜突然降临。牧师举起神父，紧紧抱住他；周围的大气变得纯净。牧师发现自己站在山顶上，他的脚下叠加着河流和平原。神父挣脱牧师的手臂，如一颗子弹，如一枚软木塞，突然爆炸，在空中散落。

　　忏悔室里，女子和牧师都在祈祷。牧师的头如一片叶子般摇曳，突然似乎有什么东西在他体内说话。牧师卷起衣袖，对着忏悔室的墙壁，轻轻地、滑稽地敲了三下。女子起身。然后牧师用拳头敲墙，像一个狂热者那样打开了门。女子站在他面前，看着他。他扑向女子，撕扯她的胸衣，似乎想撕裂她的乳房。但她胸口是一副贝壳胸甲。他扯下贝壳胸甲，当空挥舞，胸甲微光闪闪。他疯狂地摇晃胸甲，场景变成一个舞厅。伴侣们进场，一些伴侣神神秘秘，踮脚走路，另一些行色匆匆。枝状大烛台似乎随着伴侣们的动作跳起舞来。所有女子穿着短裙，秀出美腿，挺着胸脯，留着短发。

一对皇室伴侣进场：军官与女子。他们在一个讲台上就坐。伴侣们大胆地相互拥抱。角落里，一名男子独自一人，置身一片空旷的场地。他手里有一只贝壳，他被这只贝壳吸引，充满好奇。可以逐渐发现，他就是那个牧师。但，这同一个牧师，势不可当地上场，抓着那副胸甲，他玩胸甲玩疯了。他把胸甲举到空中，仿佛想用它拍打一对伴侣。但一瞬间所有的伴侣都定住了，白发女子和军官凭空消失，而房间另一头，一扇刚刚打开的门框里，白发女子再度出现。

这现身似乎吓到了牧师。他放开胸甲，胸甲碎了，生出一团巨大火焰。然后，他似乎被一种突然的羞耻感压垮，想拉起衣服裹住自己。但当他抓住其外衣尾部，拉至大腿周围时，它们变长了，形成了一条巨大的黑夜之路。牧师和女子冲进黑夜。

追逐场面被女子不同表情的一连串镜头打断：时而她露出巨大肿胀的脸颊，时而她吐出其伸至无限的舌头，像是悬吊着牧师的绳子。时而她的胸膛恐怖地膨胀。

追逐结束时，牧师进入一条走道，女子跟在后面，像在某片天空中游泳。

突然我们看到一扇嵌铁的门。一双无形的手推开门，牧师倒退着行走，招呼他面前某个没有过来的人。他进入一个大房间。房间里有一只巨大的玻璃球。牧师后退着接近它，仍向无形的身影示意。

我们感觉那个身影靠近了他。牧师高举双手，似乎在拥抱一个女人的身体。然后，当他确定抓住影子，那无形的幽灵时，他扑向她，掐死她，一副疯狂施虐的表情。他好像把扭断的头放到了球里。

他重新出现在走廊上，看起来无忧无虑，挥动手中一把大钥匙。他穿过走廊。走廊尽头是一扇门，他用钥匙开门。门后又一走廊，这条走廊的尽头有一对伴侣，他认出是那名女子和挂满勋章的军官。

追逐开始。但许多拳头从四面八方敲门。牧师发现自己在船舱里。他下了床铺，走上船桥。军官也在那里，身上戴着镣铐。然后牧师似乎在整理思绪并祈祷。但当他抬起头时，两张嘴与其双眼齐平，似乎在接吻：女子出现了，刚才她不在那里，现在她在军官身边。女子的身体水平地停在空中。

然后他陷入一阵发作，颤抖起来。他全部的手指似乎都在摸索一个脖子。但手指间出现了天空，磷光闪闪的风景——而他面色全白，像鬼魂一样，独自驾船行驶在钟乳石洞中。

船在远处一片银色海水里的镜头。

牧师面孔的特写，他躺倒，喘气。

从他半开的嘴巴底端，从他的睫毛之间，浮现出一道闪光的蒸汽，并在银幕的一角聚集，形成了一种城镇的布景，或发光的风景。脸最终完全消失了，而房子、风景和小镇相互追逐，打结又松开，重塑为一片不可思议的苍穹，包括天国的潟湖和白炽钟乳石的洞穴。洞穴下面，云朵之间，潟湖当中，船的黑影来来回回，衬着小镇的白色背景，而白色布景突然变黑。

但门窗四处开着。光涌入房间。哪个房间？有玻璃球的房间。女仆和主妇们涌入房间，带着扫把，提着水桶，冲到窗口。她们到处用力洗刷，疯狂又热情。一位严厉的女家庭教师，一身黑衣入场，手持一本《圣经》，站在窗边。当她的脸能被看清时，她原来是那个漂亮女子。外边小路上，一名神父行色匆匆。远处有个女孩，穿连衣裙，持网球拍。她正和一位陌生的年轻男子游戏。

神父入室。仆人从四方赶来，排成一列，气势不凡。但为了清洁房间，必须挪开玻璃球，它只是个装满水的花瓶。它被手手相传。不时地有一张脸似在球中移动。女家庭教师呼叫花园里的孩子们，神父也在那里。孩子们变成女子和牧师。似乎他们正准备结婚。但这时，银幕的每一个角落，都出现了从熟睡的牧师脑中经过的影像。一艘巨轮出现，把银幕分成两半。船消失了，但降下了一把梯子，似乎通向天空。牧师来了，没有头，手持一个纸包裹。一进入众人聚集的房间，他就拆开纸包，拿出玻璃球。所有人都被迷住。然后他弯下腰，打碎了玻璃球：他取出一个头，那正是他自己的头。

这头做了一个丑陋的鬼脸。

他把头像帽子一样拿在手里，放到一个牡蛎壳上。他举起贝壳，举到唇边，头化成一种黑夜液体，他闭上眼睛，一饮而尽。

（1927 年 4 月）


## 巫术与电影


据说电影尚处幼年，而我们只听见它的初啼。我承认我不明白为什么。电影已达到人类思想的高级阶段，并从中获益。毋庸置疑，电影是一种表达手段，尽管它尚未尽善尽美。通过某些方式，举例而言，电影能得到它所不具有的稳定和高贵。有朝一日，电影可能是三维的，甚至彩色的。但这些都是辅助发明，对电影的基础不能有巨大增进。电影是一种语言，也是音乐、绘画和诗歌。在电影中，我总能看到秘密运动和影像物质所特有的一种性质。电影有意想不到和神秘莫测的一面，而其他艺术形式里，未有相同的发现。即便最枯燥平庸的图像，一旦投到银幕上，也会发生令人惊奇的变化。最微小的细节，最无关紧要的物体，都承担了一种只属于图像的意义和生命，它们独立于图像本身的意义价值，独立于图像所诠释的观念和图像所构成的象征。这些物体在孤立中获得它们自己的生命，一种愈发独立的生命，它们由此脱离了其寻常的意义。一片叶子、一个瓶子、一只手，诸如此类，过着一种近乎动物的生活，只求得到使用。因此存在着摄影机的失真，那是它对其所记录之物的出乎意料的使用。恰当影像消逝之际，一个逃避我们注意的特定细节，就带着独特的力量复苏，与所寻的印象背道而驰。还有一种肉体的兴奋，影像的转动把它直接传递给大脑。精神的震颤超出了一切再现。影像的这一潜在力量，将在精神的深处，探索迄今未用的种种可能性。本质上，电影揭示了一整个神秘的生命，它让我们直接接触这一生命。但我们必须知道如何揣摩这一神秘的生命。有许多方法可以比一场迭印游戏更好地揣摩这些意识之深度的秘密。一部粗制的，被如其所是地归为抽象的电影，散发出一丝这恍惚的气氛，极有助于进行某些揭示。用它讲故事，作为一个外在的举动，无异于舍弃了其最好的一个资源，错失了其最深刻的目标。这就是为什么，我认为电影首先是用来表达精神的物质，内心的意识，不是通过影像的游戏，而是通过某种用其直接的质料为我们复原它们的更不可估量的事物，既无介入，也无再现。电影已抵达了人类思想的一个转折点，在这一刻，语言失去了其象征的力量，而精神厌倦了再现的游戏。清晰的思想还不足够。它确定了一个已被彻底耗尽的世界。凡清晰之物，皆触手可得，但触手可得者，仅生活之皮毛。我们很快就意识到，这一烂熟的生活，失去了其所有的象征，并非生活之全部。而今是一个巫师与圣徒的时代，千载难逢。一种无法察觉的实质正在成形，渴望光明。电影带领我们接近这一实质。如果电影不是用来释梦，或转述一切在清醒状态下属于梦境的东西，那么，它就不存在。电影和戏剧之间没有任何差别。但电影是一种直接又快速的语言，它无须一种缓慢沉闷的逻辑用于生存和繁盛。它必须越来越接近幻想，接近一种显得比一切现实更为真实的幻想，否则它就不存在。否则电影就变得和绘画一样，和诗歌一样。可以肯定，绝大多数的再现形式都有过它们的辉煌。有段时间，一流绘画只用来表现抽象之物。所以，这不只是一个选择的问题。不存在一部电影表现生命，而另一部表现精神运作。因为生命，我们所谓的生命，已变得越来越难以和精神分离。某一深邃的领域想要浮出表面。电影比其他任何艺术都有能力解释这一领域，因为愚蠢的秩序和惯常的清晰都是它的宿敌。

《贝壳与牧师》就属于这种对隐秘生命的细微研究，而我已试着让它显得貌似可信，同其他研究一样，貌似可信且真实。

为了理解此部影片，我们只须深入观察我们自己。要投身于对内心自我的这样一种顺从、客观、专注的审视，迄今为止，那还是"光照派"独占的领地。

(1927 年 7—8 月)


## 电影与抽象


纯粹电影是一个错误，正如在任何艺术中，试图达到那一艺术的本原，不惜毁灭其再现的客观手段是错误一样。世俗的信条认为，事物作用于精神只能靠一定的物质状态，起码是充分实化的实体形式。可能存在一种免除了客体的抽象画，但它产生的愉悦留有一定的假设性质，的确，精神会因此而满足。电影摄影的思想基础似乎是利用人们借以说出一切的现有客体和形式，因为自然的配置真正深邃，真正无穷。

《贝壳与牧师》摆弄创造出来的自然，试图让它交出其最秘密之组合的一点神秘。因此，我们切勿尝试从中寻觅万物所不含的一个逻辑或一个序列；我们必须解释那些相继出现的影像，按照它们内在的本质意义，一种由外而内的内在意义。《贝壳与牧师》不讲故事，而是发展一系列的精神状态，一个状态产生另一个状态，正如一个思想产生另一个思想，但这一思想并不再现事件的合理序列。客体与动作相互冲撞产生真实的心理境况，把精神逼入绝境；精神被迫寻找某种微妙的逃脱手段。一切只能依据形式、体积、光线、气氛而存在——但首先是依据一种超然无遮的情感，它在影像铺就的道路间移动，达到一个天国并突然盛开。

剧中角色仅是大脑和心脏。剧中女性展示其动物的欲望，她具有其欲望的形状，具有其本能的鬼火，她的本能在其反复的变形中驱使她成为一个持续不同的人。

热妮卡·阿塔纳西欧成功融入了一个完全本能的角色，在该角色身上，一种非常怪异的性欲从中获得一种超越人类角色的宿命感，并且达到了普遍层面。同样，我不得不赞美亚历克斯·阿兰（Alex Alin）和吕西安·巴塔耶（Lucien Bataille）。最后，我想向谢尔曼·杜拉克致以非同一般的感谢，感谢她能够赏识一部试图深入电影之本质，而不关注任何艺术之影射或生活之暗示的剧本。

（1927 年 10 月 29 日，《世界画刊》，第 3645 期）

## 电影与现实

当前似有两条路在电影面前，哪一条都不正确。

一方面是纯粹电影或绝对电影，另一方面是一种轻微混杂的艺术。后者坚持在多少有点合格的影像中表达那些完全适合舞台，适合书页，但不适合银幕的心理境况，因为心理境况只是某个世界的反映，其材质和意义取决于他物。

显然，我们迄今在所谓的抽象电影和纯粹电影中看到的一切远未满足电影表面的基本要求。因为尽管人类精神能够设想并接受抽象，但对纯几何的线条没有人能做出反应，它们自身并无意义价值，且不属于银幕之眼能够辨识或归类的任何感觉。我们探究精神，无论深度如何，在每一情绪，甚至一种理智情绪的底部，我们都发现一种神经等级的情性感觉。它包含一种或许初步的，但至少可感的认识，承认某种实质之物，承认某种震颤，不断唤起已知或想象的状态，它们具有真实或梦幻之本质的众多形式。因此，纯粹电影的意义在于一定数量的此类形式的复原，在于一种运动，并跟随此艺术所特别贡献的一个节奏。

在纯粹线性的视觉抽象（一场光影之戏如同一场线条之戏）和讲述戏剧故事的根本心理化的电影之间，留有尝试一部真正电影的余地。目前为止的任何电影都没有指明真正电影的实质或意义。

在讲故事的影片里，情绪与心情只取决于文本，排斥了影像。除了极少数例外，一部影片的所有想法都在它的字幕里，甚至在无字幕的影片中，情绪也是口头的：它要求文字说明，或字词支持，因为场面、影像、表演都围绕着一个清晰的意义。我们必须在纯粹视觉的情境中寻找一部影片，其戏剧性力量源于一种对眼睛的冲击，这样的冲击可说源自目光的实质，而非对一个文本进行视觉转述的话语性质的心理遁词。关键不是在视觉语言中发现文字语言的对等物，把视觉语言仅仅当作其劣质的诠释，而是揭示语言的本质，并提升动作的层级，让一切诠释变得无用，让动作几乎直观地作用于人脑。

在后面的电影剧本中，我试着实现这一视觉电影的想法，其中动作吞没了心理本身。无疑，该剧本并未实现绝对影像在此方向上能做的一切；但起码有所预告。不是说电影必须抛弃一切人类心理：这不是它的原则。相反，电影必须赋予心理一种更具生机、更为活跃的形式，并摆脱那些关联，它们试图用一种绝对愚蠢的观点来揭示我们行为的动机，而不是向我们展现其原初的野蛮和深奥的残暴。

此剧本不是一场梦的复制品，也不能被视为一场梦。我不会用梦的肤浅遁词为其明显的前后不一辩解。梦不只有逻辑。梦还有生命，一种睿智又阴暗的真理就在梦里出现。此剧本在影像中寻找精神的阴暗真理；影像只由影像产生，其意义并不取自其得以发展的情境，而是来自一种强烈的内在需求，要把它们投入无情的显在光芒。

万物的人皮，现实的肌肤：这是电影的首选原材料。电影增强物质并向我们揭示其深刻的精神性，揭示它同产生它的精神的关系。影像作为影像都是一个诞生出另一个，一个推断出另一个，它们推行一种比任何抽象还要透彻的客观综合，其创造的世界不向任何人或任何物索求什么。但从表象的这场纯粹游戏里，从元素的这一变质中，诞生了一种无机的语言，它能用渗透打动精神，无须任何词语的移置。由于它摆弄物质本身，电影从客体、形式、排斥、吸引的单纯碰撞中创造出一个个情境。它不脱离生活，而是重新发现了万物的原初秩序。在此意义上最成功的影片都由一定的幽默主导，例如，巴斯特·基顿（Malec）的早期作品，或毫无人性的卓别林作品。一部由梦点缀的电影，赋予我们纯粹生命的肉体感觉，在最极端的幽默中赢得成功。客体、形式和表达所引起的一定兴奋只能被转译成现实的痉挛和惊讶，它似用一种令精神极端发出尖叫的讽刺来毁灭自身。

（1927 年 11 月，《新法兰西杂志》，第 170 期）

## 区分基本前卫与形式前卫

　　关注真正电影的大众，都在期待一部打破商业电影常规，使电影制作走上新道路的作品；他们意识到了目前为止，唯一以全新和完全深刻的理念制作的电影的存在：

《贝壳与牧师》

　　迄今为止各种狭隘的或个人的利益已阻碍了公众观看此部影片。巴黎有两三家名为"工作室"的影院，其设立似乎就是为了放映全新的、强大的、真正原创的作品，但它们的经理，屈服于种种高度隐晦或可能过于分明的威胁，经过数次胆小的尝试和暧昧可疑的交易，拒绝放映这部作品。

　　但第一次，所有的利益联盟和邪恶势力必已投降，而公众将从……到……，在阿迪亚尔放映厅，看到一部意义非凡的作品，其原创性不在于众多技术发明，不在于外部和表面的形式游戏，而在于它深刻地更新了影像的可塑物质，对精神的所有黑暗力量，实现了一次绝不危险，但又复杂而精确的真正释放。

（1927 年 11 月）

## 《贝壳与牧师》

　　《贝壳与牧师》，在成为一部影片前，是一次尝试，或一个观念。创作《贝壳与牧师》的剧本时，我认为电影具有一种它自己的元素，一种真正魔法的、真正电影摄影的元素，而从未有人想过把它孤立出来。此元素，不同于每一类附属于影像的再现，具有震动的特质，它是深刻的无意识的思想之源。

它暗中挣脱影像，并从其关联、其震动、其碰撞，而非其逻辑的连贯意义里，浮现。我觉得可以写一个不顾知识、不顾事实之逻辑关系的剧本，它会超出这一切，在神秘的诞生，在感觉和思想的轨迹里，寻找深层的动机，寻找我们所谓的清醒行为的活跃而隐晦的冲动，它们始终在诞生和显现的领域里维持其演化。例如，我要表明，此剧能在何等程度上相似于一场梦的机制，并与之结盟，而又不真的变成一场梦本身。我要表明此剧能在何等程度上复原思想的纯粹工作。因此，精神听任于自身和影像，无限地敏锐，专注地保存微妙思想的种种灵感，准备找回其原初的功能，找回其伸向无形之物的触角，准备从死亡开始另一场复活。

这至少是此剧情背后的雄心壮志，它无论如何超越了单一叙事的结构，超越了电影所惯有的音乐、节奏或审美的难题，以在其全部领域和全部范围内，提出表现的难题。

（1928 年 10 月，《比利时手册》，第 8 期）

# 十一

# 阿尔弗雷德·雅里剧团（1926—1929）*

## 曹雷雨、王振 译

* 1926 年，阿尔托与剧作家罗歇·维特拉克，出版人罗贝尔·阿隆（Robert Aron）一起，创建了阿尔弗雷德·雅里剧团（Théâtre Alfred Jarry）。剧团名称来自超现实主义的先驱，《愚比王》（*Ubu Roi*）的作者阿尔弗雷德·雅里。剧团得到了阿尔托的精神医生，勒内·阿朗迪（René Allendy）及其妻子，伊冯娜·阿朗迪（Yvonne Allendy）的支持，并由后者担任业务经理和总监。阿尔托则是导演和舞台设计。

1926 至 1929 年间，阿尔弗雷德·雅里剧团共进行了八次演出。而阿尔托也发表了一系列宣言和声明，传达他在这个剧团上寄托的理念。

1930 年，阿尔托与维特拉克联合起草了宣言《阿尔弗雷德·雅里剧团与公众的敌意》（Le Théâtre Alfred Jarry et l'hostilité publique），陈述了剧团面临的种种困境，标志着阿尔弗雷德·雅里剧团的终结。

# 阿尔弗雷德·雅里剧团

　　所有艺术形式都相继声名扫地，戏剧也在所难免。人类的一切价值观念都处于混乱、缺席和扭曲的状态，我们在如此痛苦的不确定之中来思考这种艺术或那种形式的脑力活动的必要性或价值，就会发现戏剧观很可能深受其害。在每天都有的形形色色的演出中，我们要搜寻某种绝对纯粹的戏剧观，是没有什么意义的。

　　如果说戏剧是一种娱乐活动，那么有太多的严肃问题需要我们加以注意，戏剧中没有一丁点儿可视为转瞬即逝的东西。如果说戏剧不是一种娱乐活动而是真正的现实，那么我们怎样才能恢复它作为现实的地位并且使每场演出都变成一个事件呢？这正是我们必须解决的问题。

　　我们总是难以相信，不能接受幻觉。在我们看来，戏剧观不再具有继续以文学或绘画中某些观念为特征的某种独一无二、绝无仅有、完整无缺的辉煌和感染力。当我们提出纯粹戏剧观并试图赋予它具体形式之时，我们必须面对的首要问题就是能否找到能够给予我们最基本的信任，简而言之，能够与我们共同合作的观众。因为与作家和画家不同的是，没有观众我们就一事无成。的确，观众是我们的事业不可或缺的组成部分。

　　戏剧是世界上最不可能得到拯救的东西。一门完全以不可能获得的幻觉力量为基础的艺术除了灭绝之外别无选择。

　　文字要么有要么没有幻觉力量。它们具有自身的价值。然而，布景、服装、姿态和假哭决不会取代我们所期待的现实。这正是症结所在：对一个现实的创造，一个世界空前的喷发。戏剧必须给予我们这个转瞬即逝却又实实在在的世界，一个与客观现实相切的世界。要么戏剧变成这个世界，要么我们没有戏剧照样能活。

有什么比警察行动更不值得一顾同时又更不祥可怕的场面吗？社会熟知这些演出，这些演出的基础便是社会控制人民的生活和自由所采用的宁静安详。警察准备突袭时，他们的行动就像一场芭蕾舞中的舞蹈。警察来来去去。凄厉的警哨声划破长空。所有行动都呈现出一种令人痛苦的庄重。包围圈渐渐形成。这些乍看起来似乎无足轻重的行动逐步显现出意义，正如当前已成为关键的空间问题一样。那是一座普普通通的房子，房门突然全部打开，一群女人从屋内鱼贯而出，就像是去屠宰的牲畜。情节变得更复杂了：警网仅仅是为对付一群女人，并非是为追捕一伙罪犯而设。我们的情绪和惊诧都到达了顶点。没有什么比如此结局的舞台布景更能给人以深刻印象了。我们肯定同这些女人一样有犯罪感，而且与这些警察一样冷酷无情。这的确是一场完美的演出。对，这就是理想的戏剧。这种剧痛、这种犯罪感、这种胜利、这种满足感就是观众离开我们的剧场时被赋予的心境和情感。他将为演出的内在动力所震撼并与之对抗，这个动力将与他整个生活的忧思与牵挂直接发生关系。

幻觉不再仰仗于行动的可能或不可能，而是取决于它的交际能力和真实性。

现在，我们的意思清楚了吗？我们要说的是：我们推出的每场演出都是一场严肃的游戏，我们努力的一切目的就在于这种严肃性。我们所针对的并非是观众的心智和感官，而是他们的全部存在。他们的存在和我们的存在。我们把自己的生命全部押在舞台上所展现的演出中。如果我们没有如此清楚而深刻地意识到我们生命的基本组成部分与那场演出息息相关，我们就看不到进行实验的意义何在。来看戏的观众知道自己将经受一次真正的手术，不仅是他的心智而且他的感官和肉体都处于危急关头。从此以后，他将以去看外科大夫或牙科医生的方式看戏。当然，他以同样的心态知道自己不会死去，但这是一桩严肃的事情，他不会毫发无损地全身而退。如果我们不相信自己会尽可能深入地触动他，我们就不能认为自己胜任于最基本的职责。他必须深信我们能够使他尖声惊叫。

（1926 年，《新法兰西杂志》，第 158 期）

## 阿尔弗雷德·雅里剧团

第一年

1926—1927 季

戏剧的传统手法已经过时。如同今天，我们不可能接受蒙蔽我们的剧场。我们要的是眼见为实。每晚都以与昨晚全然相同的仪式不断自我重复的演出再也不能赢得我们的支持了。我们正在观看的演出必须是独一无二的，它必须让我们感到它如同生活中的任何行动、环境造成的任何事件一样史无前例和无法自我重复。

简而言之，我们借助这样的剧场重新与生活建立联系而不是与之隔绝。如果我们没有如此清楚地感到自己的部分内在生命卷入了舞台上所展现的行动之中，那么观众和我们都不会正视自我。不管是喜剧还是悲剧，我们的演出迟早都会成为迫使观众微笑的那种。这就是我们事业的目的所在。

这就是观众离开我们剧场时必须感受到的人类的剧痛。他将被眼前展现的演出的内在动力震撼并与之对抗。这个动力将与他整个生活的忧思与牵挂直接发生关系。

这就是我们唤起的命运，而演出将成为命运本身。我们试图制造的幻象并不依赖于行动逼真的程度，而是取决于它的交际力和现实性。每场演出必将成为一种事件。观众必须意识到眼前上演的是自己生活中的一个场景，而且是一个重要的场景。

总之，我们要求我们的观众密切参与、深度介入。谨小慎微并非我们的关心所在。我们的每场演出都是一场严肃的游戏。如果无论我们的规则会把我们引向何方，我们都下不了决心去遵循，那么我们就感受不到这场游戏值得一玩。来看戏的观众知道自己将经受一次真正的手术，不仅是他的心智，而且他的感官和肉体都处于危急关头。如果我们不相信自己会尽可能深入地触动他，我们就无法认为自己胜任于最基本的职责。他必须深信我们能够使他尖声惊叫。

实际上，我们必须尽可能真实和活泼，这足以表明我们对一切戏剧手法的鄙视，因为那一切构成了所谓传统的演出，如灯光、布景、服装等。有一个别致的景象可供我们安排，但这与我们所关注之事无关。要我们返回蜡烛时代不费吹灰之力。在我们看来，戏剧的本质在于其无法衡量性，这使它无法与进步相符合。

我们的演出是否被赋予现实性和清晰性往往取决于某些难以察觉的发现，它能够在观众心目中制造最大的幻觉。就演出和规则本身而言，我们勇敢地把自己托付给机会，只要说这一句就够了。在我们想创建的剧团中，机会将成为我们的神明。我们不怕失败，不怕灾难。假如我们不相信会出现奇迹的话，我们就不会踏上这样一个危险的航程。然而，只要有一次奇迹就足以回报我们所付出的努力和耐心了。我们指望着这个奇迹。

不依照任何规则而是凭借自己的灵感工作的导演可能会也可能不会发现我们需要的东西。凭着他不得不搬演的剧目，他可能会也可能不会获得出类拔萃的创作，他可能会也可能不会找到令人不安的元素，这种元素能够将观众投入预期的怀疑状态。我们的成功全部取决于这一抉择。

　　然而，我们显然要同具体的文本打交道；尽管如此，我们要搬演的作品属于文学。我们如何才能使自己对自由独立的渴求与遵循某些文本所强加的指示的需要并行不悖呢？

　　就我们试图为戏剧提供的这个定义而论，只有一个东西对于我们来说似乎是不可否认的，只有一个东西似乎是实实在在的：那就是文本。但是，作为一个独立实体的文本，它独立存在，自给自足，这不是就我们少有尊敬的它的精神而论，仅仅是就发音换气而言的。这就是我们关心的全部内容。

　　我们感到戏剧中极具约束力并且首先从根本上可破坏的东西就是把戏剧艺术与绘画艺术以及文学区分开来的东西，那台把一个剧本变成一场演出而非继续保持文字、意象和抽象概念的可憎而累赘的机器。

　　我们希望将其缩减到小得不能再小，并在其行动的严肃和不安宁的特性下掩藏起来的，就是这台机器。

（1926 年）


# 一个失败剧团的宣言


　　　　在我们生活的这个混乱的时代，在这个充满诽谤和无边无际否定的时代，在这个一切道德价值甚至于艺术价值观似乎都在化为从前难以想象的深渊的时代，我竟然认为自己能够创造一种戏剧，至少可以开始尝试去振兴普遍遭到蔑视的戏剧价值，这真是愚蠢之极。但是，有些人的愚蠢以及其他人的欺诈与卑劣使我未能完成此举。

　　此次尝试只留下这篇宣言。

1927 年 1 月……，阿……剧团即将推出它的第一场表演。[1] 剧团的创办人都深知组建这样一个剧团意味着何等的绝望。他们做出这一决定并非无怨无悔。大家不要误会了。正如大家所料想的那样，戏剧并非是一桩生意，但它却是一群有才华者倾全力投入的一次尝试。我们不相信，我们也不再相信这个世界上还会有什么东西可以称作戏剧，我们看不到与这个称号相称的实体。有一个可怕的混乱状态成为我们生活的负担。从精神角度来看，我们生活在一个关键时期，没有人想否认这点。我们相信一切不可见的威胁，而我们与之斗争的正是不可见本身。我们完全耽于发掘某些秘密，而我们想揭示的恰恰是大量的欲望、梦想、幻象和信仰，它们导致我们不再相信的这一谎言，也就是似乎通常被人嘲弄地称作戏剧的东西。我们想复兴某些并非确定有形、未受无穷的幻灭污染的形象。如果我们创建剧团，不是为了演戏，那就是为了达成这样一个目的：把头脑中一切晦暗隐蔽的东西以一种客观有形的投射显现出来。我们没有试图像人们以往那样、像戏剧所特有的那样提供不存在之物的幻象，而是要把能直接激发思想的某些场景、某些不可磨灭和否认的形象呈现在人们的眼前。人们会通过直觉而无需任何转换去理解即将出现在舞台上的物体、道具甚至布景，人们不会再把它们看作它们所表现之物，而是看作它们真正所是。严格地说来，我们只能把演出即演员的行动看作是一种不可见或秘密语言的可见符号。每一个戏剧姿态的背后都包含着一切宿命和神秘梦遇。生活中一切预言性和神性的东西，一切符合预感或出自头脑中一个丰富的谬见的东西，迟早都会出现在舞台上。

---

1　事实上，阿尔弗雷德·雅里剧团的首演是 1927 年 6 月 1 日晚，在格勒内勒剧场（Théâtre de Grenelle）上演了三部短剧：阿尔托的《烧焦的肚子或疯狂的母亲》（Le Ventre brûlé ou la mère folle），维特拉克的《爱情的秘密》（Le Mystères de L'amour），阿隆以马克斯·罗布尔（Max Robur）笔名创作的《吉戈涅》（Gigogne）。

　　显然，我们的事业由于期望太高而愈发危险。然而，重要的是我们不怕一无所获，人们能够理解这点。我们相信，根本就没有人的思想无法填补的空白空间。显而易见，我们承担了一项艰巨的任务。我们的目标就是回到戏剧的源头，不管是人类的还是非人类的，并且使它起死回生。

　　具有梦幻般的晦暗和魅力的一切，萦绕在我们脑海中的那些黑暗的意识层面，我们都想看到它们在舞台上光彩夺目、获得成功，即使它们带给我们的是毁灭，因惨重的失败而遭受众人的耻笑，我们也不怕会付出多大的努力。

　　我们把戏剧看作是真正具有魔力的表演。我们的注意力不再投向观众的眼睛和直抒胸臆，我们正在努力创造某种能够展示内心深处动机的心理情感。

　　我们认为不应该去再现生活本身，这个目标不值得追求。

　　我们自己正在盲目地探索这种理想戏剧。我们仅仅在材料层面上知道做些什么和如何去做，但我们相信机遇和奇迹将会给我们展现未知的一切、给我们坚持揉捏的贫乏材料赋予高深的生命。

　　不论我们的演出成功与否，那些参加者将会明白自己参与了一次神秘的实验，思想和意识领域中重要的一部分肯定会因此得以保存或丧失。

安托南·阿尔托<br>1926 年 11 月 13 日

　　附：这些厕纸般的革命者，这些肮脏的渣滓想让我们相信，如今创办剧团是反革命行动（好像文学就值得费心，就很重要，好像我们从未在别处安身立命），好像革命是从来都碰不得的禁忌。

　　可我认为没有什么想法可视为禁忌。

　　在我看来，革命并非仅仅是政权的转移。我认为，以关心生产必需品为主并且因此坚持不懈地依靠机械化手段改善工人际遇的革命是阉人的革命。我从那个谷粒中没有得到任何营养。恰恰相反，我认为我们患病的主要原因之一在于暴力疯狂外化和无限增生，在于一个不容我们的思想有生根发芽机会、进入人类关系的异乎寻常的设施。在每个沉思默想的阶段，我们都被机械化逼上了绝路。然而，真正的病因还很深，要分析清楚得用整整一本书。现在，我只能说最迫切需要的革命就是时间的倒退。让我们回到中世纪的心态甚或是生活方式中去，然而这的确要靠一种质变，此后我才会认为我们已经完成了唯一值得谈论的革命。

如果我们要去摧毁点什么，那就是大多数现代思维习惯的根基，无论是欧洲的还是别处的。我向你们保证，正是由于这些习惯，超现实主义者们比我矫揉造作得多，他们对人形物体的敬重和对革命的尊崇都是最好的明证。

如果我要创造一种戏剧的话，我所要做的事情将会与众所周知的戏剧大异其趣，正如淫秽下流的演出与古代神秘剧毫不相干一样。

A. A.

1927 年 1 月 8 日

（1927 年，《南方手册》，第 87 期）

# THÉATRE
# ALFRED JARRY

PREMIER SPECTACLE

1ᵉʳ et 2 Juin 1927

::: A 21 HEURES :::

阿尔弗雷德·雅里剧团首演的宣传册封面，1927 年

# Théâtre ALFRED JARRY

## Ventre brûlé
## ou La Mère folle

Pochade musicale, par ANTONIN ARTAUD
avec la collaboration de MAXIME JACOB

## GIGOGNE

par MAX ROBUR

## Les Mystères de l'Amour

par ROGER VITRAC
Mise en scène d'ANTONIN ARTAUD
Maquettes de JEAN de BOSSCHÈRE

———————— joués par ————————

### GENICA ATHANASIOU

JACQUELINE HOPSTEIN, JEAN MAMY
EDMOND BEAUCHAMP, RAYMOND ROULLEAU
RENÉ LEFÈVRE

les MERCREDI 1er JUIN
et JEUDI 2 JUIN, à 21 heures

## au THÉATRE DE GRENELLE

53, Rue de la Croix-Nivert

MÉTRO : Lignes 5 (Station Cambronne) et 8 (Station Commerce)
AUTOBUS : X (Vaugirard-Gare Saint-Lazare), Y (Javel-Porte
Saint-Martin), Z (Place Beaugrenelle-Place Voltaire) - TRAMWAYS :
18 (Porte de Saint-Cloud-Saint-Sulpice), 25 (Auteuil-Saint-Sulpice),
26 (Cours de Vincennes-Mairie du 15e), 28 (Montrouge-Gare du
Nord), 89 (Clamart-Hôtel de Ville).

La Location est ouverte au THÉÂTRE DE GRENELLE
et au THÉÂTRE DE L'ATELIER, Place Dancourt.

阿尔弗雷德・雅里剧团首演的节目单封面，1927 年

# 斯特林堡的《一出梦的戏剧》

　　斯特林堡的《一出梦的戏剧》[1] 可列入理想戏剧的剧目之一，正如一出样板戏一样，它的上演对于一名导演来说是他事业的顶峰。这部作品所表达的情感无边无际。我们从中可以看到丰富多彩、栩栩如生的思想的内部和外部。最重大的问题在此通过既神秘又具体的形式得以表现或再现。恰恰是思想和生活的普遍性以其磁性震撼力在我们最具人性之处打动了我们。成功地上演这类戏剧必然使导演受益。阿尔弗雷德·雅里剧团认为有必要上演这出戏。这个新剧团存在的理由和创建原则众所周知。阿尔弗雷德·雅里剧团打算把留存在思想深层的某种真理观而非生活观重新纳入戏剧。在真实的生活和梦幻生活之间，存在着姿态或事件由于联想和相互关系而产生的某种相互影响。以上姿态或事件能够被转变为行动，而这些行动恰好构成了阿尔弗雷德·雅里剧团着手振兴的戏剧现实。人们早已丧失了对于戏剧真实现状的感受。戏剧观已经从人们的头脑中被抹去，但它仍然存在于现实和梦幻的中间地带。戏剧将永远岌岌可危，除非它以其最纯粹和最丰富的完整性被重新发现。如今的戏剧所要表现的是生活，它试图通过运用多少有点现实主义的布景和灯光为我们再现普通的生活真理，要不然就培养幻象——这再糟糕不过了。没有什么比现代舞台所推出的虚假道具、硬纸板和手绘天幕更能使我们上当受骗了。人们必须做出选择，不要试图将其与生活相媲美。只有在展示真实世界的物体之中，在物体间的结合和秩序之中，在人声和灯光的关系之中，才会有一个自给自足的、无须依靠其他现实生存的完整现实。正是这个不真实的现实构成了戏剧，

---

1　1928 年 6 月 2 日和 9 日，阿尔弗雷德·雅里剧团在林荫道剧院（Théâtre de l'Avenue）上演了斯特林堡的《一出梦的戏剧》（Le Songe）。

《一出梦的戏剧》剧照，1928 年

我们必须培养的正是这个现实。

　　搬演《一出梦的戏剧》无须为观众的眼睛提供什么，我们不能像演员那样直接利用观众的眼睛。人们会看到三维的人物在道具、物体之间活动，整个现实同样是三维的。不真实寓于真实之中：这就是对此次演出的完美定义。生活中普普通通的物体和事件被赋予了一个意义，一个新的精神秩序的功能。

（1928 年）

## 阿尔弗雷德·雅里剧团

1928 季

　　雅里剧团的设立是为了所有那些把剧场视为一个目标而非手段

的人，是为了所有那些担忧剧场所代表之现实的人。雅里剧团会竭力通过其随机的表演来重现这一现实。

从雅里剧团开始，剧场不再是一个封闭物，不再被限制于舞台的禁区，而将真正地旨在生成行动，服从情境的全部吸引和全部变形，让随机的事件恢复它们的权利。一部作品，一出戏，将永远未经确认、易于修改，以至于不同的观众会在不同的夜晚看到不同的演出。雅里剧团将因此和剧场决裂，但它也会服从一种内在的需求，让精神发挥主导的作用。不仅剧场的外在限制，就连其根本的原则，也遭到了废除。雅里剧团的每一场演出都如一次赌博，令人兴奋，如同一次纸牌游戏，和所有观众对赌。

雅里剧团将竭力表达生活所遗忘、所隐藏或无力陈述的东西。

从精神的丰富妄想和感官幻觉中生产的一切，在物质的密度上打动我们的万物和感觉的交锋，将从一个非凡的角度，在其纯粹的残酷，其残渣，其恶臭中，得以展现，并且一旦出现，就被大脑记住。

无法如实地再现的东西，需要虚假配景来营造幻觉的东西，要用人工颜料来迷惑感官的东西，这些将统统和舞台隔绝。在我们舞台上出现的一切会被人直接地、朴实地理解，绝不会有任何貌似布景的东西。

雅里剧团不欺骗生活，不模仿生活，不扮演生活。它旨在拓展生活，成为一种魔法活动，欢迎一切演化。它由此回应了观众在其内心深处发觉的一种隐秘的精神需求。这不是一个宣讲现代魔法或实用魔法的地方，但它确实和魔法有关。

一出戏如何成为一场魔法活动，它如何回应那些超越它的需求，如何将观众灵魂的最深处卷入其中？人们会看到这些，只要他们相信我们。

无论如何，我们的志向是我们唯一的标志。对所有关注精神剧痛的人，对所有留心时代氛围中一切凶险的人，对所有想要参与正

《维克托或小孩掌大权》剧照，1928 年

在酝酿的革命的人来说，我们的存在至关重要。他们将为我们提供生存的方式，而我们也指望着他们。

此外，我们上演节目，是为了比一切理论更好地揭示我们的意图。

去年我们上演了罗歇·维特拉克的《爱情的秘密》。在今年要上演的剧目中，首当提及《小孩掌大权》，作者同样是罗歇·维特拉克。[1]

运思构想之前，罗歇·维特拉克，如同任何优秀的剧作家，脑中一直注视舞台，同时紧贴自己的思路。这是他的标志。从其寡言少语的表达中，我们感到他的精神，他的头脑，正在开动。

在《小孩掌大权》中，他的想法已经成熟。仅标题就表明了对

1　1928 年 12 月 24 日和 29 日，以及 1929 年 1 月 5 日，阿尔弗雷德·雅里剧团在香榭丽舍喜剧院上演了维特拉克的三幕剧《维克托或小孩掌大权》（ *Victor ou les enfants au pouvoir* ）。

《维克托或小孩掌大权》海报，1928 年

一切现存价值的缺乏尊重。此剧以炽热而又僵硬的姿势表现了现代思想的瓦解及其替换……被什么替换？无论如何，大致来说，此剧所要回应的问题是：我们用何思考？还剩什么？不再有任何普遍的价值尺度或天平了。还剩什么？这一切都用一种生动形象、完全不是哲学的方式表达出来，令人兴奋，如一场赛马，一次象棋比赛，或白里安[1]同教会的秘密交易。

其次，西里尔·图尔纳（Cyril Tourneur）的《复仇者的悲剧》（*La Tragédie de la vengeance*）。我们不是哲学家或重建者。我们都是普通人，尝试弹奏我们的灵魂，并让其他人的灵魂和我们的灵魂协奏。如果我们不再相信戏剧是消遣或散心，如同猪圈和蠢话，那么我们就相信它是一种净化，是精神和思想得以锻炼的高级层面。我们相信，继《小孩掌大权》这样一口熔化并再铸一个时代的戏剧坩埚之后，一台像《复仇者的悲剧》这样喧嚣、宏伟、令人激动的庞大机器，在成为一部公认之杰作的同时，还完全地符合我们的感觉、我们的意志。因此我们要上演它。

所有作品万古不变。不存在特别现代的或古代的剧目，否则便是失败之作。《复仇者的悲剧》和我们的忧虑，和我们的反抗，和我们的渴望密切相关。

最后，在一部单人表演的个人剧——其中，演员表达他自己在此情形下恰好怀有的相当普遍和重要的想法——之后，在一部满足了某种表演观念的炽热的、客观的剧作之后，

会出现我们称之为非个人剧的东西，一种合作编写的、主观的宣言式剧作，其中，每个人都将抛弃其严格个人的观点，让自己与时代同步，并获得一种适应时代需求的普遍性，其中，每个人都将充分地抛弃他自己，以表达尽可能多的渴望，其中，一切都会被涉及。

---

1 阿里斯蒂德·白里安（Aristide Briand，1862—1932），法国政治家，曾多次出任法国总理。

这样一部剧，将综合所有的欲望和所有的痛楚，

如同一口叛逆的坩埚，它将从戏剧上，把最大化的表达和最大化的勇气结合起来，

它将展示一切可能的演出方法，

它将在最小的时间和空间中集中最多的情境，

其中，三个面对面的思想，试图再次发现思想的普遍共性，

其中，同一戏剧情境的不同方面将以其最明显地客观的面貌出现，

其中，我们会试着在一部剧里表达我们所认为的戏剧的全部特征，

其中，我们会看到一部为了用直接的对象和符号来重新发现比现实更加真实的现实而拒绝一切做作把戏的作品是什么样的。

阿尔弗雷德·雅里剧团的创立是为了使用剧场，而不是为了服务剧场。以此为目标聚集起来的作家们对作者或文本不怀任何敬意，他们并不打算遵从作者或文本，不论是以怎样的代价或名义。

如果他们收到任何能在绝对主旨上新颖地说明其所追求的精神状态的剧本，他们会优先采纳。

但如果没有，那么对落到他们口中或脚下的某位莎士比亚、某位雨果或某位西里尔·图尔纳来说就太糟糕了。

（1928 年）

## 阿尔弗雷德·雅里剧团

阿尔弗雷德·雅里剧团成立于 1927 年春。第一部戏是罗歇·维

特拉克的《爱情的秘密》，当年 6 月 2 日和 3 日在格勒内勒剧场上演。

第二部戏于 1928 年 1 月 15 日在香榭丽舍喜剧院上演。该戏由保尔·克洛岱尔（Paul Claudel）的《正午的分界》（*Le Partage de midi*）的第三幕构成，其排练高度保密，演出未经作者许可。同一日，普多夫金（Pudovkin）的影片《母亲》（*La Mère*）在巴黎首映。1928 年 6 月，斯特林堡的《一出梦的戏剧》上演。最后，1928 年 12 月，罗歇·维特拉克的《维克托或小孩掌大权》上演（演了三场）。

雅里剧团自成立起就不得不与之搏斗的种种困难并不广为人知。每一部新戏都可算毅力之成就，坚持之奇迹。更不必说，这些演出，毋庸置疑，引发了巨大的仇恨和嫉妒。

《爱情的秘密》只有一次舞台排练，那还是演出的前夜。《一出梦的戏剧》只有一次排练使用了服装和布景。《正午的分界》只在舞台上预演过一次，那是演出日的早晨。

至于《小孩掌大权》，情况则更糟。我们甚至没机会在试演前看此剧在舞台上完整地排练。

所有这些困难缘于雅里剧团既无团体也无场地的事实。但这些持续不断、反反复复的阻碍最终只能摧毁其尝试的最基本意图。剧团一次只能上演一部戏，且必须摆脱那些可怕的困难，到目前为止，它们已妨碍了剧团取得完全的成功。为此，剧团需要确保它自身的场地，以及一个自主支配、自由安排的团体，即便是表演单人剧。剧团需要场地和团体维持两个月，也就是，一个月用来排练，然后场地和团体预定三十场演出的日程。这是最低限度的需要，否则剧团无法进步并在商业上发展其可能取得的任何成功。

今年，雅里剧团将上演一场《愚比王》，它已根据当前环境做了改编，而不因循守旧。同样上演的还有罗歇·维特拉克的一出名为《拱廊》（*Arcade*）的风格坦率的新戏。

成立雅里剧团既是为了反对戏剧，也是为了把音乐、诗歌或绘

《阿尔弗雷德·雅里剧团
与公众的敌意》封面，
1930 年

画所拥有的全部自由还给戏剧，时至今日，戏剧已与这些自由离奇地隔绝。

我们想和那个被视为独立体的剧场决裂，并带回古老的戏剧理念，说到底，就是那些从未实现的戏剧理念，总体戏剧的理念。没有这一理念，戏剧当然会随时被误认为音乐、哑剧、或舞蹈，尤其会被误认为文学。

在图像以有声电影的形式取代词语，使最佳的观众远离一种已然混杂的艺术的时代，我们忍不住对总体戏剧的方案重燃兴趣。

我们坚决反对把剧场视为一座存放杰作的博物馆，无论它们是多么优秀和人性化。任何不服从现实原则的作品，都对我们毫无用处，或者，我们相信，对剧场也无价值可言。感受和关注的现实性，不只是事件的现实性。生活通过当前的敏锐感重新成形。对时间敏感，也对地点敏感。我们会始终坚持，如果不属于某种局部化的精神状态的话，任何作品都没有价值，选择一部作品，不因为它的优点或缺陷，而纯粹是因为它的相对性。我们不想要艺术或美。我们寻觅的是**投入的**情绪。一种和词语、和姿势相结合的易燃的力量。要从两个方面观看现实。要把幻觉选作戏剧的主要方法。

（1929 年）

《阿尔弗雷德·雅里剧团与公众的敌意》插图，1930 年

# 十二

# 病情通信（1927—1933）<sup>*</sup>

## 尉光吉 译

* 和爱德华·图卢兹一样，勒内·阿朗迪也是阿尔托一生中遇到的重要医生。作为一位知名的精神分析师，勒内·阿朗迪的病人还包括超现实主义诗人勒内·克雷维尔（René Crevel）和女作家阿娜伊丝·宁（Anaïs Nin）。勒内·阿朗迪不仅资助了阿尔托的雅里剧团，他对炼金术、星相学和卡巴拉的兴趣，以及对顺势疗法的支持，都深深地影响了阿尔托。

通过勒内·阿朗迪，阿尔托还认识了汉学家乔治·苏利耶·德·莫朗（George Soulié de Morant），并在1932年2月接受了后者的治疗。乔治·苏利耶·德·莫朗曾随法国外交使团在中国工作了数年，是中医的针灸疗法在法国的推广者，其针灸治疗还一度改善了阿尔托的身体状况。

阿尔托致勒内·阿朗迪和乔治·苏利耶·德·莫朗的这几封信是他与雅克·里维埃尔的通信之后再次探讨思想与疾病之关系的重要文献。

## 致勒内·阿朗迪医生

1927 年 11 月 30 日，巴黎

亲爱的朋友，

　　我是否跟您说过，我最终同意接受的精神分析治疗在我心中留下了一道难忘的印记？您很清楚，我与您相识时，我对这种治疗模式流露出了怎样本能的和神经的厌恶。您成功地让我改变了主意，但不是出于智性的考虑，因为在这样的好奇心里，在一种陌生的理智对我的意识发起的这一渗透中，有一种灵魂的出卖，一种我总要拒斥的厚颜无耻，我改变主意是因为从实验的角度看，我注意到了我从中获得的种种好处，必要的话，我会容许自己再做一番类似的尝试。但从心底里，我继续逃避精神分析，我总要逃避它，就像我逃避一切用训诫或公式，用任何语言组织来勒紧我意识的企图。我要不顾一切地证实您的治疗在我身上引起的变化。然而，这是我给您写信的原因：在我身边，尤其是在您身上，有一种倾向认为我已痊愈，认为我已重返日常的生活，而我的病已不再归医学管。并非如此。我仍有强烈的需求，我从根本上需要某个像您一样的人，因为您愿意更正您对我的病情做出的诊断。我清楚地看到，人们倾向于认为我已好转，认为我正处于生命的辉煌阶段，认为命运眷顾我，带给我各种礼物和恩惠。确实，表面上一切都好像在证明这点。从物质及道德和精神的角度看，我像是受到了众神的祝福。然而，我身上有某种东西在腐烂，我内心有一种根本的缺陷阻止我享受命运对我的馈赠。我告诉您这个是因为您未对我坐视不管，因为您相信我仍需要您的帮助。我达到了前所未有的彻底清醒，但我的清醒缺乏一个对象，一种内在的实质。这比您所想的还要严重，还要痛苦。我想要克服此刻的缺席和空虚。如此原地踏步让我变得软弱，低人一等，什么也不如。我没了生命，我没了生命！！！我内心的沸腾死了。我失去它已有数年，我不再拥有这拯救我的文思泉涌。这承载我的心像自生。我的人格就在那儿得以找回，得以环游。发现其密度，其宝贵的回声。一种颓丧独占了我的精神。我已找到的一切影像和观念，可谓是侥幸所得，只是一段东拼西凑的回忆，毫无新生的面貌——及感受它的能力。这并非一种想象，一种印象。这是一个事实，即我不再是我自己，我的真正自我已经沉睡。我走向我的影像。我缓缓揪出一把，但它们并未过来，它们不再到我跟前。在此情况下，我不再有任何标准。这些以真实性为价值的影像，不再有任何价值，它们只是肖像，只是之前就反复考虑过的思想的倒影，或者是被别人反复考虑，不是在当下，而是私下里**想过**。理解我吧。这甚至不是影像或思想之性质的问题。这是闪闪发光的活力、真理和现实的问题。不再有生命了。生命并未伴随，并未照亮我的所思所想。我说**生命**。我没说生命的色彩。我说的是真正的生命，本质的明照：存在，点燃一切思想的原初火光——那个核心。我感到我的核心死了。而我在忍受。我在精神的每次呼吸中忍受，我忍受它们的缺席，忍受我的全部思想必然从中经过的潜在状态，在那里，**我的思想**，遭到稀释并偏离正道。总是同样的苦恼。我没法思考了。请您理解这空洞，这强烈和持久的虚无。这植物人化。我正可怕地变成一个植物人。我进退不得。我被固定住，总围着我的书所传达的同一个点打转。但现在我已把我的书留在了身后。我没法超过它们。因为若要超过它们，就必须首先活着。而我顽固地拒绝活着。我已试着让您明白这如何可能。因为我的思想在时空中不再发展。我什么也不是。我没有自我。因为面对任何事物，任何概念或环境，我都什么也不思考。我的思想未向我提出任何东西。我努力也是徒劳。而无论是在智性方面，还是在情感或纯粹想象方面，我都一无所有。我没有任何保留。没有任何可能。

　　追寻影像没有任何意义。我**知道**我永远找不到我的影像。在我身上，精神的刚硬，内心的紧缩，绝不会达到那个让我遇见自我、找回自我的程度。只要我还未找回我个人的闪电，视见的强度，以及一系列轻巧诞生的观念——我说诞生，而不是凭空激发和捏造——我所有的作品就都靠不住，因为它们会在错误的条件下诞生，而除我之外，没有人知道。我所写的一切，都不算创造出来，未经任何的创造，它们看似一个权宜之计，虽非东拼西凑而成，却无任何必然可言，总是缺三短四。我对您发誓，亲爱的朋友，这很严重，这十分严重。我正在最糟糕的精神怠惰中变成植物人。我从不工作。我身上结出的果实像是偶然摘得。我能写下或说出或思考的东西，完全不是我在说或在想的事情，但它们把我表现得一样好。也就是一样糟。也就是压根没有。我不在那儿。我再也不在那儿，我从不在那儿。这很严重，因为它关乎的并非毫无缘由的写作，也非为了影像的影像，而是关乎绝对的思想，也就是生命。说到生命里不论怎样的境遇，同样的空虚都占据着我。总是致里维埃尔的信件的故事。我很清楚，我招所有人厌烦，我激不起任何人的兴趣——但既然活着，我该怎么办。除了死亡，别无出路。我要死吗，或者您理解了我，知道我当前这个愚弄了那么多人的生命的微不足道的价值，您会找到一个让我脱身的医学方法吗。

　　敬启。

您的朋友
阿尔托

　　附：感谢您的药剂，但十五天前我就已经用完。现在我需要它们帮我在戛纳熬过三周。我需要至少四十剂强效药，因为如您所料，我再次严重地依赖上了阿片 [酊]。

　　唉！！！！

**致爱德华·图卢兹医生**

1930 年 1 月 11 日，巴黎

亲爱的医生和朋友，

　　我得知目前有一种治疗全身瘫痪的新方法，也就是疟疾疗法。我不认为自己得了全身瘫痪，虽然我刚刚在全身瘫痪的状态中度过了整个夏天。事实上，我恶化了一年的状况，在去年快到六月时，十分急剧地变成了某种绝对**令人疯狂**的东西。"坎比"看似忙活了一段时间，到头来也没对我做更多，那已是一场溃败。我再次落入了思想的缺席，言语的困难使我无法表述最简单的事物。我只能结结巴巴、嘟哝不清地说话。我陷入**巨大的**苦痛，在真实的窒息发作下，整日忍受，通宵达旦。我喘不过气。身体受了支配。这是感性的一次名副其实的吸入！我四肢都麻木了，得花数个小时才能找回一条胳膊、一只手的感觉。些许迟钝顺着我的胸口、我的后背移动，直达脸部、脖子。压迫剧烈又恐怖。它持续了三个月，从七月到十月。十月之后，又反反复复。我总有一种连续的剧痛，精神的肉体，颤动，全部神经突然受到压迫，然后崩溃，毅力极度松懈，持续数日、数周，令我口齿不清，精神含混，难以恢复镇定。而我的努力只会导致强烈的疼痛，头颅的可怕收缩。病情时不时稍有好转，就像我给您写信这会儿。然后一切又开始了。怎么办？您能为我做些什么？我能见您吗。

　　亲切问候。

安托南·阿尔托

**致爱德华·图卢兹医生**

1930 年 1 月 26 日，巴黎

亲爱的医生和朋友，

　　十五天前我决定给您写信时，我已同我病情的可怕复发斗争了一年多。

　　我今天得知我的血检呈阴性，不会得到任何认真的对待。但我再也受不了了。我所遭受的痛苦是毁灭性的。今天上午回家后，紧张的哭泣让我浑身发抖，窒息又把我折成两半。

　　我越来越执迷于自杀的念头，而更可怕的是，对我来说，这是唯一**合理的**出路。

　　如果我没有置身死地，那么精神上我已身处死亡。

　　我请求您，十五年前据说已在所有这些疾病里找到了一种特殊的根源，从那时起，我就恳求您，对我施以有效的、决定性的治疗，就像医治所有那些以神经紊乱为特殊根源的疾病。

　　痛苦令我惊慌不安，无能为力，饱受折磨；这一年来，我的生活成了一场说不出的噩梦。医学完全是经验主义，既然我的状况无人问津，我就请求您根据经验尝试一下类似病例的成功疗法，因为我正有意识地戏仿着这类瘫痪的症状。

　　您向您保证，我已精疲力尽，我决心用尽一切手段寻找一条出路。

　　您肯定能理解我。您既是我的医生，也是我的知己。

　　全听您的。

安托南·阿尔托

**致乔治·苏利耶·德·莫朗医生**

　　　　　　　1932 年 2 月 17 日，周四上午

亲爱的先生，

　　您猜测我状态的方式令我惊讶并赞叹，您精准又无比确切地辨别出了长久以来折磨我的种种令人消沉和沮丧的深刻不安，同时我

也羡慕您能以一种综合的方式，在正确的角度下，将它们呈现出来，您如其呈现的那般在其位置上**感觉**到了它们，如此的能力是我完全缺乏的。

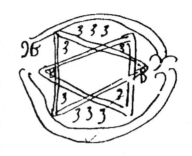

因此我给您写信，只是苦恼于自己还是忘了一个典型的事实，它能让您更深刻也更清楚地看到我的可怕状态。这可怕地残酷的状态，我其实无法用言语来描述，因为犹豫不定的我在自己身上看不见也觉察不出任何明确的东西，无论我的状态如何，我都不确定

1. 我内在的感知和观察，

2. 我用来界定和表达它们的手段的有效性。

如果精神患了病，它当然就在所有情形下，在所有程度上患病。

况且，在我看来，没有什么比对现实的怀疑，比对我控诉的种种现象之本质的怀疑，更令人憎恶和痛苦，更令人焦虑不安的了。

人们有时觉得我过于出色地表达了我的不足、我的深刻缺陷和我所控诉的无能，以至于难以相信它们并非想象，并非凭空捏造。

人们并不怀疑我的主观混乱的现实和我所陷入的痛苦状态，人们怀疑的是其客观性，尤其是其程度。

但，我再怎么坚持这点都不为过：我忍受着无限起伏的状态，从最坏的境况转向一种相对的改善。在这些改善的状态里，我又变得能在一定程度上思考、感受和写作，此外也请您相信，我若没有实现几分康复，是不会着手写这样一封信的，正如人们往往没有意识到，当我说话并描述我的病痛时，它其实已消退了一部分。

这一切都是基本道理，我当然不是为了您才说，但通常我必须坚持不懈地说。

正如我告诉您的，我一直以来都比我目前病得还要重，我遭受着意识的可怕粉碎和分裂，我最基本的知觉都真正迷失了方向，我没法集中任何东西，没法在我身上召集任何东西，更不用说传达任何东西了，因为我什么也保存不下来。

心理的崩溃就像肠胃什么也保存不住时生理的崩溃。而生理上，我发觉自己受着一种疯狂粉碎的打击，在神经的绝对空虚感和同样登峰造极的磁性压缩感、灼热沉重感之间，四分五裂。

在这双重的感觉，这多重的感觉之间，精神无所适从，同样发现自己丧失了其内在生命的连续性，以至于一个又一个影像，在潜意识连接起它们并将自动为之赋形的时刻，诞生出来，这些影像，这些再现，这些形式，它们也以逗弄精神为乐，通过过早地消失或崩坏，让试图抓住它们的精神发疯。

目前我的状态遵循同一路线，只有强度和程度不同。此外还有一个事实：虽然这些病痛，这些独特的现象开始之时，我觉得自己彻底陷入消沉，但我仍注意到，我偶尔也能做些什么，而现在，当我没法表达自己时，折磨就更剧烈了。

这带着降低的强度反复出现的一成不变的粉碎和身体压缩的状态（愿神明保佑，我熟知的一些发热状态别再回来了），又因我自己的身体疏离感而加剧，仿佛我再也没法控制我的四肢，我的反应，我最自发的机械反射，它还结合了另一种我说话时舌头僵硬且生理疲劳的可怕感觉，思想的努力总对我整个的肌肉系统产生肉体的影响，而我在各种程度上忍受的结巴有时会完全消失，令我疲乏不堪（我自幼 [六至八岁] 便注意到，在平静并完美地安逸了一段时间后，就是结巴以及面部神经和舌头发生可怕的生理收缩的阶段），而让这一切变得更复杂的是十九岁左右才轰然出现的各种相应的生理紊乱。

在脸部的神经里有某种空虚的感觉，但我敢说，这是一种活跃的空虚，它在身体上表现为面容前部的一种眩晕的磁化。这不是想象，而应被几乎认真地看待。因为这肉体的眩晕可怕地令人苦恼，而我描述的这一感觉在我的病痛发作两三年后达到了极点。这感觉有时会被一种精神的痉挛所取代，那是一种剧烈的苦恼，它像器官失调的巨浪一般把我卷起，而不论我身在何处，它都让我不是想要流泪，而是想要在战栗中呜咽，在绝望中吼叫。幸而这一切很久以来未再发作，现在身体上仍有一些游移不定或部位确定的痛苦，意识的深刻的神志模糊定期地控制着我，夺走了我内在的表达和观念，让我丧失了我已形成的智力系统的优势。

我现在忍受的痛苦主要是

1．一方面，智力上的，

2．另一方面，感觉和情感上的。

1．精神的自动机制已在其连续性中遭到摧毁，我只能支离破碎地思考。如果我在思考，我个人创立的绝大部术语和词汇储备都无法使用，它们生锈并被遗忘在某处，但术语一出现，深层的思想就消失，联系被突然切断，深层的神经感发不再回应思想，自动机制已被破坏，而这就是我思考时的情形！！！如果我没在思考，则没有必要求助于我的个人词汇。所以，要么是某个人刺激我，要么是我自己注意到我的空虚并努力从中产生思想，好戏才上演，而在这出智力的好戏里，我永远落败。

因为我觉得自己不可能无话可说，此外我知道自己曾在某种意义上拥有一种个人的思考方式，诸多的概念对我显得含混，但如果我试着把它们弄清，试着让某物变得具体，我就会倒霉。我好像甚至忘了思考的方式。是的，我要彻底地阐明这个人智力空虚的观念。在我看来，它是我状态的突出特征。没人愿意和我分享这样的东西，和我一起拥有这思想形式的遗忘。这就是特征。而连同思想的形式，一个人自身，其智力的或精神的感性，其在观念面前的感性，也遭到了遗忘。同样，这些状态还意味着遗忘精神的理智内容，打断同思想底部明摆着的所有事实的联系。

另外

2. 我刚刚提到的感觉或情感的混乱，和这样的逃逸，和这高度的灾难紧密相关，因为很显然，那个让精神脱离矿质并夺走其明摆事实的毁灭元素并不在意精神是否会出于其个人的使用而保存它的烦恼，或者它会不会把这些烦恼用于某件和个人更无关系的事情，只须换个环境，它们就能创建某一作品，结出一个产物！谁也不清楚到底是什么让精神下定决心去创造。毕竟，同样的思想，同样的意志倾向，只能用来鼓胀自我，更密切地滋养它，提高其内在的密度，而对作品和创造来说则更糟糕，因为从精神上看，结果是一样的，但在我这里，意识和思想的高级部分所遇到的这一晦暗不清，这一连根拔起，不幸地适用于生命的一切环境，如果我的大脑在理智上变得无效，再也无法运作，那么，我被这样的空虚占据的时刻，我心中充满苦恼和烦忧的时刻，我感到我的生命迷失且无用的时刻，就同样具有一种情感的价值，它们在灵魂中表现为虚无的一种着色，表现为自我影像内部形成的全部黑暗的一种感发，但如此的感发，另一方面，也是其共振的缺乏，其凝结 [1]

## 致乔治·苏利耶·德·莫朗医生

*Nunc salmavat* [2]

1932 年 2 月 19 日，周五晚

亲爱的医生：

有个东西几乎从我观察的范围内消失且不再构成我状态的特征，那就是难以置信的劳累和彻底精疲力尽的印象，这般精疲力尽似乎在所有层面和所有方向上瓦解了存在的抵抗和运动的完好。而这可怕又巨大的疲劳感，这头顶和颈背前所未有的强大压迫——其

---

1　这封信并未写完。

2　疑为拉丁文 "nunc me salvat"（此刻 [他／她] 救了我）的误写。

力量，其尺度，让人觉得整个世界的重量都落到了肩上——伴随着不知怎样广阔的情感，结合了触觉的敏锐及星体间交流的无边感触，其证据就是，躺在床上休息时，感觉远未消失，反而加剧，变成了一种机械劳作的痛苦空虚的印象，它作用于四肢和整条脊椎，缠住了骨盆。在这样的状态里，仍活着许多无意识的影像，它们并未患病，可一旦它们具有了意识，一旦它们注入了感性、情绪、意志，疾病似乎就显现出来。只要一种理性的意志介入，允许任何一个影像或观念获得形式并由此具化，只要人试着清楚明白地念出精神所不停组装的这内在言语中的一句，疾病就显现了它的在场，它的持续。可以说，精神一旦想享受一个内在的观念或影像，就足以把这样的享受从自己身上夺走，说出来的影像定期地夭折，而要把这样的观念或这样的影像外化则更为困难，只会以一种醒目的方式更加迅速地暴露持续性的缺失，暴露我当前人格所依赖的神经密度的匮乏。

我状态的起伏往往表现为，或多或少，我必须时不时地哀叹如此夭折了的思想！——然后是该思想之分层和演变或发展的程度，裂隙就从中产生。

也就是说：

既然每个观念或影像在无意识中苏醒并随着意志的介入构成了一种内在的话语，那么，关键就是弄清裂隙在其构成的哪一刻产生，而意志的介入或显现是否一定是烦恼的由来和裂隙的成因，并且这一裂隙是否会进入此刻或随后的思想。

为了让裂隙只进入随后的思想，表达裂隙的思想或句子必须极度简洁，因为我所处的状态不允许我在任何思想上逗留哪怕片刻。

所以，我状态的一个本质特征就是，我的思想缺乏连续，缺乏拓展，缺乏持久。但意识的无关紧要的显现所透露的这一持久性的缺失也在或多或少平凡且无趣的思想中出现，它阻止我有效且持久地意识到我之所是，我之所思，以及我能从中得出的任何意义上的判断，它还阻止我让一些符合我个人情感与表达的影像类型一直呈现于精神，并由此一直意识到我自己——要是我独自一人时一种个人的、沉默的、静止的联想，外部的一个场景，或别人所提的一个问题，我听到的一场谈话，我参与的一场争论，唤醒了我的活力和我潜在的清醒，那么，我便知道，我从未走得太远，而裂隙、中断、停止一定会出现。它们根据我所处的日子、心境、阶段，或快或慢地出现，并让我或多或少地说话，它们不可避免且极其反常，我的意思是，可以肯定，它们是明显病态的，因为常有人反驳我说，思想的这些中断，理智显现的这些阻碍，就像他们说的，也在每个人身上发生，没错，但，首先，这一点也不寻常，其次还有性质和程度的差别：意识和显现并不在同等程度上受停止的影响，同样，在我身上，缺了一根针线，就是缺了整个织物，瞬间的中断摧毁了全部的意识，而在别人身上恢复的大脑自动运行对我并不适用，因为受损的是其行为本身，而停止的则是其机能。关于这个话题，还须注意：形成或继续思想的这一不可能性，从某种程度上看，类似于结巴，几乎每当我想说话的时候，它就控制了我外部的发音。似乎每当我的思想想要显现出来时，它就收缩了，而正是这样的收缩从内部关闭了我的思想，使它像陷入痉挛一样僵硬。思想，表达，停止了，因为喷涌过于激烈，因为大脑想说太多它同时在想的事情，十个而不是一个想法冲向了出口，大脑看见了一整个思想及其所有的环境，它还看见了它能采纳的所有观点以及能赋予它们的所有形式，这是所有概念的巨大并置，每一个看起来都比其他任何一个还要必然，也还要可疑，而句法结构的所有细枝末节都不足以传达或展示它们。但若对此类状态加以准确分析，那么，在这些时刻，意识的缺陷不在于太多，而在于不足，因为那一拥挤的并置，首先就不稳定且在运动，是一种错觉。追根溯源，没有什么并置，因为在意识的每一状态里，似乎总有一个主导的内容，而如果精神没有自发地决定其主导的内容，那是因为虚弱，因为此刻没有什么占据主导，因为意识领域内的任何呈现都没有足以被记录下来的力量和连续性。所以，问题不是太多或过度，而是过于不足，不是某一精确的思想在其显现中发现了裂隙，而是存在着松懈，混乱，脆弱。

　　附带说一下，这样的松懈，这样的混乱，这样的脆弱，以无数方式表达出来，并且符合无数新的印象和感觉，其中最典型的就是明显事实的一种革除或脱矿（或泄气），例如它甚至让我寻思，为什么红（颜色）被我视为红，并作为红影响我，为什么一个判断作为一个判断而不作为一种痛苦影响我，为什么我感觉到一种痛苦，并且为什么是这种我感觉到了却没有理解的痛苦，为什么我要如此强烈、如此苦涩地继续忍受它，以至于我拼命地分析它，试图把它从我身上剥下，因为说到底，没道理让一种单纯反常且败坏的存在和感受方式成为我不幸状态的起因。人们无疑会做出愚蠢又粗鲁的反应，面对他人的痛苦，张口便说：别想它了，这话有道理吗，它在形而上的层面上有道理，但他们并不知道，也未曾料想，要让其感性以及这一感性在附加的自我影像里的反思经过怎样陌异的道路，才能实现另一句哲学格言所暗示的那一剥离，它说：

　　"痛苦，你不过是个词语。"

　　总而言之，在我有话要说的时候，一种反常的仓促让我拘束不安，但我有话要说的时候本身并不常见。此外也必须停止从理智上考虑思想，就好像你思想的每一对象都得是一部成文的作品一样。这不应妨碍你以一种罕见的方式思考，罕见的方式，也就是本质的，比别的方式更精挑细选的方式。

　　但你所控诉的状态并非表达上的拘束不安，亲爱的先生，和您认为的相反，受损的其实是思想，并且不只是思想，还有人格，存在，因为我不仅必须在这个或那个点上，怀着我最感兴趣的念头，永远地寻找我之所思所想，而且我的紊乱使得我往往没法传达最简单的印象，例如表现我自己对天气的反应，这听起来多么难以置信。如果天冷，我还能说天冷，但有时我就说不出这话：这是事实，因为从感受的角度看，我体内的某个东西坏了，要是有人问我为什么说不出来，我会回答，我的内在感知在这个琐碎且平凡的点上并不符合我应说出的那两个简单的字眼。所以，在一种生理的感觉和对该感觉的情感意识以及理智意识——只要得出天冷这一显而易见之事实的那一系列迅速的、几乎瞬间的运作能被这般粗略地概括和综合——之间，一致性的缺失，由于它既不选择其对象，也不放过任何东西，就在其扩大中产生了与之完美一致的巨大紊乱，导致了人格的丧失。因为现在，我希望，人们清楚地看到，这一丧失由何构成。内在的感知不再符合任何的感觉影像，无论该感觉适用于即刻的、当前的、真实的对象，还是记忆所承载或人为所虚构的遥远的、影射的、想象的对象，结果都是一样，它导致了整个内在生命的消除。一个完好的逻辑，一旦施用于那些耗尽的对象，或施用于对象的绝对丧失，就只能不起作用并丧失效力，但另一方面，对精神运作的这一笛卡儿式的描述既简陋又错误，因为如此无效的逻辑恰恰在不展开中开始。

无论如何，在我最感兴趣的点上，既没有影像，也没有感知，单从我自然人格的角度看，一种持续的巨大烦恼占据了我，这烦恼在身体上表现为一种痛苦，一个纽结，而在其所处的点上，精神召唤着自身，或只是痴迷于一种空虚的可怕感觉，无力唤起任何影像、任何表达。我还知道，每当我想唤回我自己的理智记忆的宝藏时，我就首先遇到了这个纽结，在它之后，一切的比较对我而言都不可能。

我坚持这表达的苦恼，它传达了一种正常活力的缺失，阻止我追随我的想法，同时也阻止我随心所欲地回顾我的观点、我的判断，它阻止我同他人一起进行深度的分析。

对于善与恶，好与坏，我已从实质和性质上，丧失了一切比较的点，感觉的点！！！！！

十三

# 关于电影（1929—1933）<sup>*</sup>

王振、马楠　译

---

* 　继《贝壳与牧师》之后，阿尔托还在二十年代后半期创作了《三十二》（ Les 32 ）、
《屠夫之乱》（ La Révolte du boucher ）等电影剧本，并在三十年代前后参演了卡尔·德
莱叶（ Carl Dreyer ）的《圣女贞德蒙难记》（ La Passion de Jeanne d'Arc ）、莱昂·波
瓦里埃（ Léon Poirier ）的《凡尔登，历史的幻影》（ Verdun, visions d'histoire ）、马塞
尔·莱尔比耶（ Marcel L'Herbier ）的《金钱》（ L'Argent ）和雷蒙·贝尔纳（ Raymond
Bernard ）的《木十字架》（ Les Croix de bois ）等影片。
　　这里选取了同一时期阿尔托反思电影制作、电影表演和电影技术的书信与评论。

阿尔托，电影《流浪的犹太人》（*Le Juif errant*）拍摄期间，1926 年

阿尔托，电影《拿破仑》拍摄期间，1927 年

L'INTELLECTUEL
(composé par Antonin Artaud)

阿尔托，电影《凡尔登，历史的幻影》拍摄期间，1928 年

阿尔托，电影《塔拉卡诺娃》（*Tarakanova*）拍摄期间，1929 年

阿尔托，电影《金钱》拍摄期间，1928 年

阿尔托，电影《哀痛的母亲》（*Mater Dolorosa*）拍摄期间，1932 年

## 致伊冯娜·阿朗迪

1929 年 3 月 26 日，尼斯

亲爱的朋友，

1. 拍摄一部有声电影，不论是现在还是将来，对我来说，都是一个坏主意。美国人对有声影片投资巨大，正在自掘坟墓，所有打着畅销的借口生产劣质影片的公司也是如此；有声电影是一桩蠢事，荒唐透顶。它是对电影的否定。我承认，有人可能成功地给一片风景配上喧嚣之声，给一个因其纯粹的视觉品质而被选中的场景配上嘈杂之音，并且，我很清楚人们能在此方向上做些什么。但这与一支乐队的仿声表演没有任何区别。声音由一个扬声器、一张唱片，而不是由一支乐队发出，但价值上并无区别。因为不管配音多么出色，它都不来自银幕，不来自银幕在我们面前展开的那个潜在的绝对空间。不管他们做什么，我们的耳朵总在影院内听见，而我们的眼睛则在影院外看见银幕上发生的事情。

人们将不得不发明一面完全的声幕，它能创造出三维的声效，就像银幕能为眼睛创造出透视。但这是科学，而我并不感兴趣。

如果我有一个包含了声音或音乐之可能性的影片的想法，且将予以考虑，我会与您沟通。**但我不会倾注任何言词。**

2. 尼斯，乃至目前的**法国**，都没有一位可靠的导演，能让我把剧本托付给他。所以您只能把我将要寄给您的一份剧本交给巴黎的那位先生。

3. 这将是我要考虑的头等大事。但您也知道，写一部商业剧本会毁了我。甚至会成为一桩劣迹。妥协的害处在于，它会从根本上抑制和贬低一个人，因为这个人要违背其本性，故而也违背其精神的运行。像《孤独》和《地下世界》[1]这样的美国影片所取得的巨大成功并不同于人们对商业电影的通常理解。

**最后**

我在康复之前应该什么都做不了。

我已不再相信自己病了，尽管**完全清醒**，但头脑和脊柱顶端的可怕压迫，胸口的收缩，鲜血和杀人的念头，麻木，无名的虚弱，我同一个根本上健全的精神共同深陷其中的普遍恐惧，又让那一精神变得无用。

您知道我早就接受了宿命，要是那一切没有在其平庸又微不足道的**现实**里成为一个**绝对**阻碍，我本可以不再愤世厌俗。

致以最美好的祝愿！

阿尔托


## 《波兰犹太人》在奥林匹亚


哈里·博尔在《波兰犹太人》中大获成功，[2]尤其是这样的成功甚至延及低能盲从的公众的高贵阶层（！），足以表明，从艺术的角度，正如从其他任何重要的角度看，一个早就说出其临终之言的时代已经耗竭。

我坚持认为，哈里·博尔在《波兰犹太人》中的表演是一部低能杰作。

---

1　《孤独》（*Solitude*）是 1928 年上映的帕尔·费耶什（Pál Fejös）导演的喜剧片；《地下世界》（*Les Nuits de Chicago*）是 1927 年上映的约瑟夫·冯·斯登堡（Josef von Sternberg）导演的犯罪片。

2　法国演员哈里·博尔（Harry Baur）1931 年主演了让·克姆（Jean Kemm）根据卡米尔·埃朗热（Camille Erlanger）的同名戏剧改编拍摄的影片《波兰犹太人》（*Le Juif polonais*）。

你一定见过哈里·博尔：大腹便便，双手晃荡，肩膀直挺，脑袋侧斜，目光呆滞，令人捧腹，实现了陈腐姿态和老套表情的愚蠢使用所能达到的喜剧巅峰。在紧张而不自然的表演构成的这场不大可信的混乱里，我始终没弄明白，哈里·博尔被何种疯狂折磨，或者他到底是不是一名罪犯。但我知道，如果我是负责调查的警察，面对其罪恶昭彰的姿态，我会毫不犹豫地将他逮捕。

你必会看到，他转眼珠，嘴张开如十字架上的人，倒酒时颤颤巍巍，特写镜头下手在发抖，不是轻微地，而是地震般地，动不动就抖，毫无缘由。你必会看到，一个姿势，一句在他身边说出的无关痛痒的话，如何使其脑袋肌肉扭曲，骇人的抽搐用如此的暴力和夸张破坏了他的面容，以至于哈里·博尔的恐怖表情呈现了一次无害牙痛的短暂而愚蠢的价值！

你必会看到，哈里·博尔畏畏缩缩，费尽力气设想一种本质的滑稽，这样的滑稽未能达到目的。你必会看到，他的脸，突然间，一下子陷入恐怖的肌肉扭曲，似是偶然，似只是一场简单的肌肉表演，在苦难、悔恨、执念和恐惧的某一道德表达中，他的肌肉似万马奔腾。在整部影片里，哈里·博尔还为我们呈现了一些因其猛烈——又不合时宜——的悲剧而显得荒唐可笑的神情。

在应当成为悲剧的纯然道德的恐怖氛围和此种恐怖借以表现自身的粗鲁手段之间，有着如此的差距，以至于整部影片的制作似乎就是为了让哈里·博尔表现他的欺诈、他的夸张、他的不诚。

当生命到了一种悲情表达的程度，它会发出声音，发出彻底野性的怒吼，而不是恬然自得、有条不紊地转向外界。真正的戏剧表演不是粗略有限的表情组成的万花筒，抽搐阵阵，叫声连连。在《波兰犹太人》中，哈里·博尔只让我觉得滑稽透顶，而丝毫没有忏悔的冲动。

（《新法兰西杂志》，1931 年，第 218 期）

## 致让·波朗

1932年1月22日，星期五

亲爱的朋友：

我希望您能对我绝对坦诚。印象里，您最终对我的讲演[1]表现出一丝失落。与让·科克托（Jean Cocteau）不同，我不会害怕公正合理的意见，相反，我很乐意了解自己的错误或疏漏以便下次改正，而不是以往往并不存在的品质来欺骗自己。所以我希望您可以开诚布公地回答我的问题，这也是我们友谊的体现。

我想当您自己阅读我的讲演稿时，它给您留下的印象应该不如在索邦现场那般强烈和深刻。

我仍觉得这次讲演极佳，从某些角度来说甚至颇为重要。但我猜想，我在讲演时成功加以掩饰的一些偶尔刺眼且为数不少的形式瑕疵，在您私下阅读时变得更为明显，并让您分心了，对吗？如果不是这样，您又如何解释，这次演讲，您说过要将其作为《新法兰西杂志》的戏剧宣言发表出来，结果并没有在刊物的开篇出现？确实，您如何解释这个事实呢？您甚至犹豫要不要在二月的期刊上登载我的讲演，但索邦讲演的第二天，是您自己问我，二月份见刊对我来说是不是太快了，您当时看上去很着急。请您理解我向您提出这些问题时的心情。它们都缘于某种焦虑，一个不确定自己作品价值的作者流露的焦虑。

啊！事实上，我写作的过程也并不顺心。我之前遇到的障碍尚未完全克服。我所写的一切都是同自我做斗争的结果。这是一种痛苦的内心挣扎，我的精神一直难以占上风。您曾告诉我，每个诗人都要经历这些！但您一定知道，事实并非如此，至少不全像我这

---

1　1931年12月10日，阿尔托在索邦发表了一场题为"舞台调度与形而上学"（La Mise en scène et la métaphysique）的讲演。讲演文本后来以《画》（Peinture）为题，发表于《新法兰西杂志》，1932年2月1日，第221期。

样，不至于到我这种程度。如您所知，我的内心患病了。

　　健康人的内心不会出现这种斗争。一个了解自己语言的健康大脑不会突然经历这些空白。这些反复的停歇从本质上讲是不可修复的，因为纠正它们需要对思想本身进行彻底的重新检查。所以请对我说实话吧，让·波朗。我不会因为这点小事对您抱有成见。如果有人不得不用超现实主义者的卑劣精神对真诚公正的批评怀恨在心，那是因为他们所谓的骄傲不过是自身弱点和恐惧引发的内心退却。有朝一日，我会针对这种糟粕心理写一篇文章。因为没有什么会像一群早已精疲力竭、无话可说的家伙们持续不断的活动那样，带给我如此剧烈的恶心，内心的恶心。这种站不住脚的活动，这种固执的谎言，这种绝望的决心，想让精神，思想的器官，保持一个非人的姿态，早就不再符合内心领域或生活世界里的任何东西。科克托和超现实主义者之间由来已久的争论是荒谬的。因为他们在根本上是一样的，而且我敢保证，凡是没有意识到其琐碎争吵的人，都会把《黄金时代》[1]这样的影片和《诗人之血》[2]这样的影片视为同级，归为一类，因为二者都毫不切题且缺乏重点。科克托对我一直很友好，因此，我不该公开说出我对其电影的看法，至少现在不行。所以我恳求您在一切交情中切勿说出此事。此乃机密。但在所有这些电影里，我认为《贝壳与牧师》直接影响了其他影片，它们隶属于同一精神脉络。但 1927 年让人感兴趣的东西——《贝壳与牧师》是同类电影的第一部，也是极具历史意义的影片——到了1932 年，或五年之后，就不再引人注意。

　　我不相信人能做到公正，心智诚实不过是今天的一个词，一个让我们感到不舒服的肮脏的词，但在一切公正的批评里，如果还有

---

1　《黄金时代》（ *L'Âge d'or* ），1928 年上映的由路易斯·布努埃尔（Luis Buñuel）导演的影片。

2　《诗人之血》（ *Le Sang d'un poète* ），1930 年上映的由让·科克托导演的影片。

公正的批评的话，它会不得不承认所有这些影片的亲缘关系，并指出它们**都**源于《贝壳与牧师》，当然，精神除外，因为它们全都绕过了。——这类影片，甚至尤其是那些在无眠状态下创作的影片，都属于冷静且神秘的梦之逻辑，但它们绕过了智性的流动，绕过了这些梦之影像的有机原则，后者的必要性只有通过这一有机潜流的力量，才能在脑海里留下深刻印象。仅需指出，它们必须像音乐一样被理解。音乐的反面是随心所欲、愚蠢呆笨和无端无由。但无论分开来看的单个影像有多么漂亮——《诗人之血》里有一些漂亮的影像，正如《黄金时代》里到处都有漂亮的影像——但它们的价值和意义（说到意义，人们不能把它理解为某种可被清楚阐明的重要性，而应理解为其存在的理由，其相似和区分的力量）来自它们被整合的方式，以及它们与一种智性的背景音乐相联系的方式。而那样的音乐在《黄金时代》和《诗人之血》里完全缺席了！不能像钓鱼甩钩那样随意地在电影中安插画面！这些顺从的影像，到了一部根据无意识的黑暗而神秘的法则构建起来的影片里，就成了必然的影像，专横且专断的影像，而我们无论如何距此尚远。

不管怎样，我觉得这种智力操练的时代早已结束！——暂且可以借助不寻常的、过度的、任意的方法，原始的、直接的、精练的、圆滑到骨子里的方法，重新发现永恒诗歌的法则，但这些法则总是一样，而诗歌的目标绝不是简单地玩弄构成它的法则。但在过去的十年里，它却成了电影，还有文学、绘画，以及一切艺术所关注的核心。正因为在精神分析的帮助下，游戏规则变得无比清楚，正因为诗歌技艺揭示了它的秘密，关键才不是显示我们有多么绝顶聪明，或我们深谙从事之道。关键最终是生产出这种无意识诗歌的典型作品。我把这类深刻相似的诗歌称为"无意识诗歌"，因为我找不到更合适的术语，但这是唯一可能的诗歌，是具有形而上学倾向的唯一真正且可能的诗歌，而《诗人之血》这样的影片已毅然决然地转身背离了它。《黄金时代》，以及目前的所有超现实主义诗歌，都是如此。对这一切，还有很多的要说。等哪天我的内心摆脱了深度无意识的干扰，获得自由时，我会试着把自己的想法都写下来。因为我的内心无时无刻不陷入困境并受到羁绊；当其挣脱了一点时，我就用这些时不时的表达中断，这些形式上的难题，写出一些东西，比如我此次关于戏剧的讲演，它们暗示了一种扭曲并毒害着我整个生命的深刻且可怕的疾病的持存。我迫不及待想要收到您的回信，请把您关于我的讲演及其他作品的真实想法统统告诉我。

谨启。

安托南·阿尔托

附：您之前向我索要关于《三分钱歌剧》[1]的文章，我还没有寄给您，原因如下：

1．首先，我没时间。

2．我要到周三下午才能腾出时间看这部影片。那太晚了。

3．我想说的话太过于重要，难以在一页纸内说清。因为，用电影的行话来说，在"观影"之后，我觉得这部影片引发的思考太过于重要，以至于一份普通的评论不足以说明白。于我而言，这些思考是最为重要的，因为这样一部影片质问的正是电影的生命和存在的理由。鉴于它已取得非凡的成功，问题会是舆论的一般价值，或所谓的舆论，以及当今时代的智识水准，它证实了其卑贱和彻底的迷失。我坚持使用这个词。迷失。失去路标。人们真的迷失了方向感。当然，我是指理智上。

---

1　《三分钱歌剧》（*L'Opéra de quat'sous*），奥地利导演格奥尔格·威廉·帕布斯特（Georg Wilhelm Pabst）于 1931 年根据布莱希特的《三毛钱歌剧》（*Die Dreigroschenoper*）拍摄的法语影片，阿尔托也在其中扮演了角色。

4．我自己也出演了这部我想要批评的影片，而且我打算对其进行十分严肃的批评。在其他情况下，如果我谈论别的什么，我会把这样的批评称为指控。但由于我在其中也有出演，所以这事就很微妙。只有获得了正式的权限，例如，成为一份杂志或报纸的专栏批评家，我才能进行有效的批评。我仿佛可以看到您对我身上意外发现的小小野心的勃发露出笑容和惊讶的神情。但毕竟，《新法兰西杂志》没有关于电影的定期专栏。是否有可能开设一个专栏，每月刊登一些电影评论呢？这个专栏会紧跟潮流。当然，没有哪部影片值得每月一评，但开设定期专栏可以提供一个机会来展现一些关于电影现状的有趣想法。当然，我会保持绝对独立，畅所欲言。无疑，我的演艺生涯会受到影响，但我不在乎。我早已放弃在一个烂透了的领域里以表演为职业了，哪怕是出于经济方面的考虑。如果我说电影的行业和世界已经烂到了超乎想象的地步，这对我和大家来说都是件振奋人心的好事。一个实际的细节也会对我有用：这样的专栏写作能让我得到一张记者证，并免费出席所有影片的放映和重要首映了。另外，我觉得，从商业角度看，如果人们知道《新法兰西杂志》开设了定期的电影专栏，这对杂志也有好处。因为一大批热爱优秀电影却不知从何处获取信息的观众都会订购刊物。您可能会说已经有《电影杂志》（*Revue du Cinéma*）了，但它们不一样。可以说，《新法兰西杂志》的观点更为文艺，而《电影杂志》则更为技术；但这些话请不要告诉别人！

回到《三分钱歌剧》。我发现这部影片这么多月来一直激发着人们（并且都是有教养的民众，而非平庸普通之辈）的热情。就连影片从中获益的那则禁令，也加剧了我的不满，因为当它与**我们自己的时代**如此不相干时，它所讲述的咸苦的人性故事里就没有什么可以证明那种直接且过度的严酷性的合理。在我看来，无论是那些认为这部影片有害的审查人员，还是那些抗议审查人员的愚蠢决定，自以为在捍卫一部高质量的道德和智性作品的文学和艺术精

英，他们都采取了可笑、不当且毫不相干的态度。十八世纪英国的
《乞丐歌剧》（*The Beggar's Opera*），和这部独一无二的作品的德国
改编版《三分钱歌剧》一样，当然配得上全部的热情和全力的捍
卫，但帕布斯特的电影版不是。

*

　　辩证法是从一切想得到的角度考虑观点的艺术——它是分配观
点的方法。

## 电影的早衰

　　人们试图在两三类电影之间，建立一种基本的区别，一种本质
的区别。

　　一方面，存在着戏剧的电影，其中，偶然，也就是无法预见的
事物，即诗意，在原则上遭到了抑制。没有一个细节不是源自一种
绝对有意的精神之选择，不是基于一个固定且确切的结果建立起
来。诗意，如有任何的诗意，也属于智性的范畴；在可感物与电影
发生接触的那一刻，它只是顺势利用了它们所特有的共鸣。

　　另一方面——对那些不顾一切地信仰电影的人来说，这是最后
的救药——存在着记录的电影。在这里，重头戏留给了摄影机和现
实之方方面面的自然且直接的发展。物的诗意，因其最纯真一面，
因其与外界的相连，而得以充分的发挥。

　　只此一次，我想要谈论电影本身，研究其有机的功能，观察其
与真实发生接触时如何运转。

\*

镜头刺入物的核心，创造出它自己的世界，从而电影有可能取代人眼的地位，它会为眼睛思考，为眼睛过滤世界。通过此协同性的、机械化的消除工作，它只留下最佳的世界。最佳的世界，也就是值得保留的世界，那些漂浮于记忆表面的万物碎片，镜头似乎自动地滤出它们的残骸。镜头分类生活，消化生活，它给感觉、给灵魂提供现成的滋养，并把我们留在一个干枯的、完结的世界面前。而且，无法确定在值得记录的东西里，它是否只公布最重要、最完美的元素。因为须注意到，它对世界的看法支离破碎，而它在物体间成功创造出的旋律，无论多么有效，可以说，都是一柄双刃剑。

一方面，它服从随意性，服从长着顽固之眼的机器的内在法则；另一方面，它是特定的人类意志的结果，那是一种精确的意志，但也有随意的一面。

因此，可以说，只要电影单独面对物，它就给物强加一个秩序，一个被眼睛视为有效的秩序，且符合记忆和精神的某些外在惯习。由此出现的问题是，这一秩序是否仍然有效，如果电影试图深入钻研经验，不仅给我们提供眼睛和耳朵所识别的某些日常生活的节奏，还让我们隐晦且缓慢地遇见事物底下隐藏的一切，遇见精神深处匍匐的那些被压迫、被蹂躏，或松弛、或紧张的影像。

但电影无需语言或惯例使我们同物接触，它无论如何不取代生活；恰恰是客体的碎片，外观的残影，万物的未解之谜，被它永远地结合在了一起。而无论我们怎么想，这都非常重要，因为我们必须认识到，电影给我们呈现的是一个不完全的世界，它只表现世界的某个方面——而世界恰巧也被永远置于其未完成的状态；因为由此被拍摄并在银幕上分层的物体，如果通过某种奇迹，能够移动，那么，我们就不敢思考虚无的形象，不敢思考它们会在表象中成功创造的裂隙。我想说，一部影片的形式是确定的，不可撤销的，即便它被允许在影像呈现之前进行挑选和选择，它也会阻止影像改变或战胜自己。这点毋庸置疑。没人能说某一人类姿态完美无缺，已无可能提升其动作，其波动，其交流。电影世界是一个死寂的、虚幻的、碎裂的世界。它不仅不围绕事物，未进入生活的核心，仅保留形式的皮毛，保持闭塞的视角，还阻止了一切重滤和一切重演，也就是，魔法行为和感性撕裂的核心条件。生命无法再造。活的波动，被刻入许多永远固定的共振，从此成了死的波动。电影世界是一个封闭的世界，同生存没有任何关系。其诗意不在别的方面，而在于影像。当它撞向精神，其游离之力就会破裂。在镜头周围，确实有过诗意，但随后又被镜头过滤，被铭刻于胶片。

此外，自有声电影出现以来，言语的说明就阻止了影像的无意识的、自发的诗意；用言语来阐释并完成某个影像的意义，这表明电影存在诸多局限。一种持续的视觉嘈杂产生了所谓的机械魔法，它无法闪避言语的猛攻，以至于那一机械魔法就像是一种针对感官的纯粹生理奇袭的产物。我们很快就厌倦了电影的偶然之美。用突如其来、意想不到的影像交迭——其展开，其机械的显现，逃脱了思想的法则和结构——或多或少幸福地摩擦自己的神经，这会取悦一些欣赏晦涩和难以表达之物的美学家，他们系统地寻求这些感觉，但从不确定它们会出现。这些偶然和意外的元素属于电影对精神施展的微妙又阴暗的魔咒。这一切，以及别的一些更精确的性质，我们都期望从中发现。

我们清楚，电影最具特色、最为显著的品质，始终是，几乎始终是偶然效应，也就是一种神秘效应，其致命性我们还无法解释。

在此致命性里，有一种有机的情绪，其中，放映机客观而稳定的咔咔声，夹杂着既意外又精确的影像的滑稽显现，但也与之形成对立。我说的不是强加于真实客体之表面的节奏替换；而是，以其自身之节奏流逝的生命。我认为，电影的幽默，有部分就源自这种背景节奏的安全感，它（在喜剧影片里）点缀着一种或多或少不规则且猛烈的运动的所有幻想。至于别的，除了那种生命的合理化（其波动和其图案，可以说，已清空了它们的充实、它们的密度、它们的广度、它们的内部频率），由于机器的随意性，电影还保留了对真实的一种破碎的（如我所言）、分层的、冻结的占有。所有涉及慢镜头或快镜头之使用的幻想，都只适合一个封闭的振荡世界，一个无法靠自己丰富并滋养自己的世界；影像的愚蠢世界，如在无数的视网膜里陷入圈套，绝不会完善我们从中得到的影像。

因此，无法摆脱这一切的诗意，都只是一种临时的诗意，只是可能存在之物的诗意，而我们不能指望电影把人及今日生活的神话归还我们。

（《黄色手册》，1933年，第4期）

## "配音"的痛苦

有声电影见证了种种异行的诞生。"配音"就是良好品味所厌恶的这些杂种行为（之一），它既不悦目，也不悦耳，但美国人把它强加给他们的影片，而多数法国观众接受了。

在时间顺序上，"配音"接替了简单的同期录音。有声电影使用普通配音的频率远远超出我们的认识。它自认为找到了声音和影像的完美同步，但就在两者一起呈现的时刻，它又让我们频频看到两者突然彼此分开，证实其已失败。它事后把声音用于影像，要求演员情景再现，要求绝对同步，没有场景，只有麦克风。普通的同期录音，已被使用和滥用。在各种语言的有声电影里——哪怕其语言带有重音，迫使演员沉迷于令人惊异的面部体操——已有人尝试运用朗诵，始终如一的法式朗诵。如此单调的朗诵，渐渐给人留下一只大风琴嗡嗡作响的印象。

彼时的法国电影公司朝生暮死，招摇撞骗的老电影贩子尚在某些牲畜集市拍摄，购买数千尺胶卷，由（一些）从未离开过郊区的乡村明星完成同期配音。

当德国或美国女星因嘴巴被堵而大声叫嚷时，扩音器里会发出一阵响亮的咒骂。当她噘起双唇，轻吹口哨时，我们会听到一阵空洞的低音，一阵喃喃声，或别的什么。如果这样一部影片在林荫道上映，观众一定会喝倒彩，而且理直气壮。有声电影从一开始就充满嘈杂。

但电影从错误中吸取教训，变得狡猾精明。几乎没有人想过在法国制作优质影片：法国没有这一传统。但美国有传统和技术。没法以法国人不懂英语这样的借口去拒绝美国有声电影。另一方面，观众再也看不到近似的译制，其中，一个语言文本简单地转到了另一个语言文本。就在那时，美国人有了一个狡猾的想法，一个全新的想法：他们发明了"配音"。"配音"，也就是译制，但要用等同的声音，用等同的朗诵。多简单！我们都想过。但不得不这么做，而美国人早就做了。

从那时起，演员们的面部肌肉就在拍摄期间被细心地管控。配音语言的面部表情必须和原语言的口部运动相一致。而这是喜剧的发端。喜剧，不是银幕的喜剧，而是生活的喜剧：各式各样的演员一拥而上，他们都想要配音因为（　　）[1]，这是配音的无能、不幸和荒谬构成的喜剧。

首先是米高梅（Metro Goldwyn）、环球（Universal）或福克斯（Fox）的悲喜剧，他们以一周125至150美元的可怜薪水雇演员，三周后把他们开除。这些演员是谁？他们都是失败者？根本不是。他们只是不走运？也许吧！他们都是冒险者？有些是。一些著名的

---

1　原稿空缺。

女演员，并不受惠于时代或演出，她们的暴脾气不再适合我们的剧场，剧场的对象是来自外省的窥淫者，或缺乏想象力的退休施虐狂，以及带着一箱全新礼服坐二等舱去美国的游客。她们把自己的法国腔放入玛琳·黛德丽（Marlene Dietrich）的大嘴，放入琼·克劳馥（Joan Crawford）的娇嘴，放入葛丽泰·嘉宝（Greta Garbo）的马嘴。对一个惯于用身体来表演的女人而言，对一个用整个身体，以及她的头脑或嗓音来思考和感受，并把体态、魅力和"性感"视为几乎一切的女演员而言，这是相当大的牺牲。但有些事情更加恐怖，在我看来非常凶恶，那就是给真人演员配音。美国电影公司的导演们，尤其是巴黎米高梅公司的阿朗·贝尔（Alan Beer）先生（我曾就此问题采访过他），都不愿承认这一点。但这一问题关于个性，甚至可以说关乎灵魂，而高度发达的"美利坚"文明宁可予以否认。更确切地说，当它不符合美国人自身的利益时，它就被否认；但当它涉及大众所追捧的某位明星的一种或多或少捏造的个性时，其他的一切考量都在这个性的祭坛上被付之一炬。美国人觉得，这样的个性，这新的摩洛神 [1]，吞没一切，完全合情合理。

(约 1933 年)

---

1 摩洛〔Moloch〕，古代迦南人祭拜的神明，和孩童献祭有关。参见《旧约·利未记》，18：21："不可使你的儿女经火归与摩洛，也不可亵渎你神的名。"

《修道士》封面，1931 年 *

---

\* 1931 年，阿尔托用法语重述的英国作家马修·格雷戈里·刘易斯的小说《修道士》
（*Le Moine*）由德诺埃尔和斯特勒（Denoël et Steele）出版社出版。阿尔托亲自拍摄了一系
列照片作为配图。

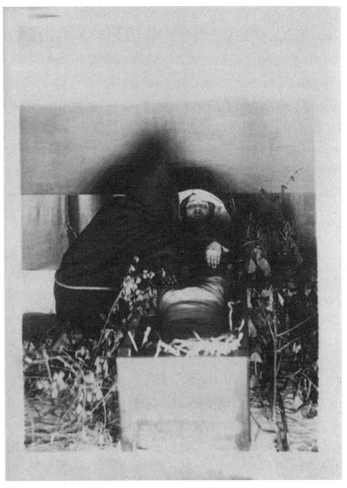

《修道士》配图，1931 年

《修道士》配图，1931 年

L'EMPOISONNEMENT

《修道士》配图，1931 年

LES SUPPLICATIONS INUTILES

《修道士》配图，1931 年

《修道士》配图，1931 年

LA SÉDUCTION INTÉRESSÉE

《修道士》配图，1931 年

# 十四

# 新戏剧计划（1931—1933）<sup>*</sup>

马楠　译

---

\* 二十世纪三十年代初，随着阿尔弗雷德·雅里剧团的解散，以及戏剧界的寥寥反馈和回应，阿尔托开始考虑创建一种新的戏剧。为此，他给许多朋友和熟人写了大量书信，向他们说明自己的设想。其最初的目标是获得让·波朗（Jean Paulhan）主编的《新法兰西杂志》以及安德烈·纪德（André Gide）、朱利安·邦达（Julien Benda）、阿尔贝·蒂博代（Albert Thibaudet）在内的知名作家和时任香榭丽舍喜剧院剧场总监的路易·茹韦（Louis Jouvet）等戏剧工作者的道义支持和资金赞助。"残酷戏剧"（Théâtre de la Cruauté）的想法正是在这一过程中形成。

## 致路易·茹韦

1931 年 4 月 15 日，巴黎

皮加勒大街 45 号，圣夏尔酒店

亲爱的先生，

阿尔弗雷德·雅里剧团已经结束，丢下了苟活着的我，这种日子可想而知该有多痛苦。我迫切地需要一份工作，先生您一定不忍坐视不管吧？我过去的电影工作可以让您明白我能够胜任哪类角色，但这封信里我想谈别的事。

您知道——因为您曾严厉地批评过——我身为一位导演的努力！人们怎么看并不重要，这些努力无非是想演示某种当代的精神状态，类似于我在自己的写作中传达的。这样的精神状态存在着，它在过去的十年里一直主导并滋养着各类文学。我不是求您提供办法让我在您的剧院里演一出剧，使用这些因过于现代而遭到诟病的技术。我只求有机会在一个有限的领域内施展我的舞台经验。关于操作层面，我是这样想的。我不打算以导演身份在您的剧院里上演戏剧。说到这，我仿佛已看到您耸耸肩，露出不屑的笑容。现在的我只想先填饱肚子。长期没有行动让我内心不堪重负，只能做演员对我而言是一种极其可怕的打击：我会接受您指派给我的任何角色，但我也确信，只要您有心，就一定会在您的剧院里为我找到一份有趣的差事。您可以让我去一线，从事那些基础的戏剧工作。然后，彩排期间，我可以提供有用的意见，可以动用批评的才能，它们有助于作品的最终成形。当然这只是我的建议。所以，为了让您了解我的能力，我给您寄来了：

a）斯特林堡的《鬼魂奏鸣曲》（*La Sonate des spectres*）的排演提纲。

b) 一个短篇的对话舞剧[1]。这部舞剧已经卖给别人，不在我手上，虽然我是作者，但它迄今还未发表，我希望有机会把它搬上舞台。我觉得它恰到好处地表达了我对戏剧的设想，而不是对舞剧的认识。相信它会成为一部有趣的揭幕之作。

盼复，若有可能，还望尽早考虑我的恳求。谨启。

安托南·阿尔托

附：希望您能仔细阅读我发给您的大纲，并将您的反馈意见告诉我。

请您理解我给您写信的初衷。我在请求您帮助我，让一种我敢说不无重要意义的才能获得用武之地，而鉴于我还有话要说，请允许我结结巴巴地开始说。我其实并不像人们说的那样不知变通，我只是希望得到理解。最后，请您相信我真的非常需要帮助。无论如何，万分感谢。

## 致让 - 里夏·布洛克

1931 年 4 月 23 日

尊敬的先生，

请您认真思考一下，看能否想出什么办法来落实建立一种新型的剧场。我仔细地阅读了您的书《戏剧的命运》[2]，并发现在许多要点问题上，我们彼此的看法非常接近。请您不要通过我在阿

---

1　这是阿尔托在 1931 年 4 月之前刚刚完成的剧本《哲人石》(La Pierre philosophale )。该剧本后来发表于 1949 年春，《七星诗社手册》，第 7 期。
2　法国作家让 - 里夏·布洛克 (Jean-Richard Bloch ) 的著作《戏剧的命运》(Le Destin du théâtre ) 于 1930 年由伽利玛出版。1931 年 12 月 8 日，阿尔托还参加了一场名为"戏剧的命运"的讨论。

尔弗雷德·雅里剧团里利用粗糙的现成资源匆忙编排的即兴舞台演出来评价我。从纯粹专业的角度来看，这些表演没能准确地传达我关于戏剧的真实意图和想法。我的性情促使我关注"内在剧场"，它是梦想的化身，能将思想以纯粹不受限制的状态投射到舞台上。我的意思是它不会暗示或显露其来源！！！这种剧场拒绝生活，拒绝现实，它既无边界限制，也没有任何可见的转换内容。这种剧场不以人为基础，亦不以人物的通常心理为基础，它可以发生在任何阶段下，任何场景中：在这里，心理状态在人与物之间得以划分；在这里，冲突在肉体的力量，在提升至真实人物之地位的情感，在与人持续斗争的有机的、客观化的幻觉的同时碰撞中，得到了解决。总之，在这样的剧场里，精神的自由能够在所有可能的形式上得到绝对的扩张：古代剧场是否喜欢为其神灵设定明确的心理？？？这个剧场将为其观众还原绝对景观的概念，它相当于一间智性音乐厅，在那里，所有的感觉和官能都能同时得到满足。在这样一封简短的信件里，我无法进行详细阐述，但我一心想见到这个计划大获成功。最困难的事情莫过于寻找剧本：拟定的剧目表里会有荷尔德林的《恩培多克勒》，雪莱的《钦契》（尽管剧中人物有着充满人性且粗狂的脾性，但它还是灵活地重现了诗人雪莱的全部想法），让－里夏·布洛克的剧作，拜伦的戏剧和西里尔·图尔纳的《复仇者的悲剧》，等等。

　　在法国，人们还没有为真正的剧场做过什么。

　　在我看来，如果我们向特定的圈子、群体，或许还有一些富人，提议创造一个剧场，并告诉他们这个剧场最终可能是国家剧院，其在欧洲颇具规模，并享有世界影响力，那么，这应该很容易激起他们的兴趣。该剧场将把这里发明的一种舞台调度的风格的观念固定下来。因为据我所知，舞台调度正是真正意义上的剧场的发端和试金石。对我来说，舞台调度这个词的深层含义就是视觉和听觉的有效性，而非成文作品的戏剧风格。

正如任何为生活所困的人一样，我仍然在努力克服重重困难找到我人生的出口，而让这个项目落实也许能帮到我。

安托南·阿尔托敬上


## 致路易·茹韦

1931 年 4 月 27 日，巴黎，皮加勒街 45 号

亲爱的先生，

上次见面您提到了您在下一季进行扩张的计划。尽管我记不清您是否考虑和我合作，但我还是将第二份剧本大纲发给您过目，这次是部现代剧。

从您选择的剧目来看，您倾向于优先考虑某一现代戏剧流派。但到目前为止，您呈现的所有剧作都还在某些限定之内，仍然忠实于某一视觉，某一传统。您一定和我，还有今天的其他所有人一样，坚信我们可以走得更远，我们期待的真正戏剧是以标准、背景和发展方向的彻底颠倒为前提，其重心在别的地方。在我看来，即便您制作很少的剧场作品，在您的剧目策划里，一定有一部分是用更精心、更具革命性的戏剧作为常规戏剧的补充。但为了实现这点，就必须用一些完全牢靠的作品来协助支持新的戏剧作品。所以，这些我认为具有革命性的戏剧无法在短时间内带来收益，就一点也不奇怪了，因为它们会突然间被视为唯一符合公众变化了的视点的作品，后者急迫地渴望新颖的、意想不到的东西。现代戏剧正在寻觅它的形式，一种能够符合当下道德、智性和情感观念的形式。一旦我们发现了这种形式，公众将不再满足于任何其他形式。换言之，我认为现在正是进行变革的好时候：这是盈利的唯一方式！！！

我只发来剧本的大纲，而大纲所依据的那份作为类型范式的剧

本就暂不发您了。这部剧只是恢复了我们心目中期待的戏剧的一个方面。而在我看来，戏剧必须从智性上更加自由，更加脱离重负——无论是在道德、身体还是在其他任何意义上都应如此。

　　谨启。


　　　　　　　　　　　　　　　　　　　　　安托南·阿尔托


## 致勒内·多马尔

　　　　　　　　　　　　　　　　1931 年 7 月 14 日，巴黎

亲爱的朋友，

　　我仍在疑惑您就我提出的问题所做的反驳，关于把二元性的观念引入（　　）[1]

　　但您确实同意，我们共同起草的这份说明我意图开创的戏剧之目标的宣言，必须建立在绝对具体的深思熟虑之上，必须首先反对法国和欧洲的戏剧现状，必须对此后果有所论述：

　　自大战以来，法国戏剧一直在全面退化的状态中困顿不前，而经济危机又加剧了这种状况，导致很多巴黎剧场破产。

　　但同一时期，许多电影院仍然生意兴旺，这对法国戏剧界的未来而言非常值得关注。我们认为电影票价相对低廉这一事实并不足以解释为什么剧场观众人数急剧下滑，也无法解释其需求曾经——尤其在危机时代——可与主要商品需求相比的戏剧为什么突然偏离了表达形式。但确实，大众趣味倾向于寻找奇观，而有此趣味的观众去剧场只是为了看易于消化的戏剧以得到放松，这样的话，他们一定觉得电影的呈现同样具有娱乐性。尽管我们不难看出戏剧在何种程度上不及任何一部哪怕很普通的电影，正如当下法国的情形，

---

[1] 原稿空缺。

但我们无法从智性或首先从演出的角度看到它在何种程度上更具优势。大众纷纷离去，留下空荡荡的剧场还在靠文学装腔作势地卖弄剧本，苟延残喘地上演着可疑的心理观察。观众对戏剧的这一自发态度，也许正是此类早已过时的体裁咎由自取。

如果说戏剧的初衷是提取生活的精华，如果说它应构造其所处时代的一种英雄综合体，如果说它能被定义为一个时代之道德风俗的具体残留与反照，那么，很明显，电影为我们呈现了现代生活的一幅包罗万象的动态且完整的图像，而戏剧甚至都没有尝试去做。

百年以来，法国戏剧，甚至全欧洲的戏剧，都局限于通过心理和言语来刻画个体。所有特定的戏剧表达方法都逐渐被文本所取代，而文本反过来又如此彻底地吸收了情节，以至于最终我们看到整个戏剧场景被缩减到只有一个演员在幕布前独白。

不管这一观念本身如何地有效，它在西方人心中确认了口头语言的至高地位，仿佛口语比其他任何语言都更为精准、更为抽象。这一认知产生了一个无法预料的结果，使电影这门影像的艺术成为口语戏剧的替代品！

如果说在其与戏剧的争夺中，电影取得了第一回合的胜利，那么，第二回合它极有可能输。但是，这还不足以给已经绝望又消极怠战的戏剧重新注入活力，使之起死回生。

尽管法国戏剧似乎很难从妓院般的氛围中抽身而出，变得比一场民事庭审更加有趣，但早在战前，一些欧洲国家，尤其是德国，还有大战以来的苏联，都已开始做出努力，把失去的光彩还给舞台调度和布景的艺术。苏联芭蕾舞团如今正把一种色彩感带回舞台。从现在开始，我们在筹备演出的时候，必须要考虑视觉和谐的必要性，正如在皮斯卡托[1]之后，我们必须考虑动作的动态与造型的必

---

1　埃尔文·皮斯卡托（Erwin Piscator，1893—1966），德国戏剧导演，史诗戏剧和文献戏剧的倡导者。

要性，正如在梅耶荷德[1]和阿皮亚之后，我们必须考虑舞台布景的建筑设想，不仅要利用舞台的深度，还要利用其高度，在构造透视效果时，不仅要考虑平面和错视，还要考虑质量和体积。

最后要说的是一种心理学观念，行为戏剧和人格戏剧的旧有经典观念。其中，人像一张所谓的照片一样被研究，他无论如何显得呆滞无趣，未生先死，其本质是反英雄的，他的激情受到关注，被置于一个日常和习惯的语境里进行研究，而每一部戏就像是一场西洋棋博弈或一次心理建构游戏，只给出现实的一个扁平、压抑的图像。但当革新发生的时候，惯常的人物观念就被打破了，人不再是一个整体，不再作为一个单元行动，不再像一头野猪一样到处乱跑，而是在一场布满镜子的游戏里分裂成碎片，具有多种形式，正如我们在皮兰德娄的杰作里窥见的那样。这一突破让我们离开了庭审室，甚至离开巡回法庭来到精神分析师的办公室，它使我们进一步深入人物的心理和非道德化的经验，并且，不管他会频频地引出什么样的怪物，他绝不再是一个普通人。人在其个人怪物面前陷入迷狂的观念如今正遭受抨击，而这样的抨击，在革命时期的俄国，正是实现行动戏剧和大众戏剧的唯一真正戏剧的尝试。

*

一个戏剧的时代已经结束，而我们并不觉得我们必须谴责这一被历史所谴责的艺术类型。

就戏剧是（　　）[2]而言，电影已取代了它的位置。

---

1　弗谢沃洛德·梅耶荷德（Vsevolod Meyerhold，1874—1940），苏联戏剧导演，创造了"有机造型术"的表演体系。在 1930—1935 年间，阿尔托多次去往德国，观看了皮斯卡托、梅耶荷德、阿皮亚和马克斯·莱因哈特（Max Reinhardt）的剧作。
2　原稿空缺。

现在有一个位置留给了一种戏剧……

电影艺术或许可以具有诗意，但是

1．迫于经济压力，电影通常会拒绝诗意。

2．即便它存在，也绝不能把它置于戏剧的层面，因为它天生就是生理的、动物的、机械的。

3．[它]粗糙，缺乏磁性；谈论影像的磁性并不正确。[1]

## 致路易·茹韦

1931 年 10 月 20 日，星期二晚

巴黎九区，拉布吕耶尔路 58 号

亲爱的朋友，

不知道我是否可以晚些归还《孩子王》[2]的手稿？我个人关于此剧价值的观点并不重要，我对其成功的预测也无关紧要。我只想知道，这部剧究竟能否上演，而您，路易·茹韦，是否会借这部剧的出演而一举成名，以及您希望得到怎样的成功。我还想知道这部剧的上演日期是否差不多敲定了。所有这些都是为了避免我的努力白费。当然，如果您真心认为我可以在某种程度上帮到您，那么无论这部剧是否上演，我都很乐意为之花些工夫并给您一些个人建议。我会给您写一份尽可能详尽的报告，如果您觉得合适，尽可采纳使用。

我相信您和我一样认为，任何可表演的戏剧，无论剧本多么

---

1　这封信并未写完。

2　阿尔托在此提及的《孩子王》（*Roi des enfants*）或许是指一部题为《孩童时刻》（*Heure des enfants*）的剧作，其布景草图现存于阿瑟纳尔图书馆（Bibliothèque de l'Arsenal）收集的阿特内剧场（Théâtre de l'Athénée）文献，作者不详。至今未发现关于该剧的其他信息。

精美，都一定可以借助娴熟的舞台调度加以改进，甚至修正翻新。但我不认为舞台调度可以通过笔头完成，或允许纸上谈兵。的确，正是戏剧效果的独特性质使得它们无法用言词甚至草图来描述。舞台调度要在舞台上创造出来。一个人要么是戏剧人，要么不是。对我而言，在没有真正表演的情况下，绝不可能描述一个动作、一个姿势，尤其是一种戏剧的声调。用言语或文字的方式来描述舞台调度就如同试着画出某种痛苦的感觉。《鬼魂奏鸣曲》或《特拉法加大战》[1]的剧本大纲对您而言可能有点文学化，但对我来说实则是一个人在文字语言的限度内能够写下或描述出来的东西的最大化了。描述一个姿势或一种声调的相同言词可以用一万种不同方式在舞台上实现。这一切都难以交流，而必须当场展现。我向您传达的任何有关舞台表演的想法，只有辅以动作、姿势、低语或高喊，才不至于沦为废话。我想到了一整套声音和视觉的技术，如果非要用语言来描述，那么，这需要好几卷书长篇累牍地围绕同一点进行百次反复的言语推论才能说清楚。而这一切都徒劳无益，因为一个真实的声调会在一瞬间实现同样的目标。也就是说，我给您的任何建议，只有我在现场，用相应的动作，亲身逐一地操控舞台调度，才能体现出价值。的确，从物理上，从客观上，我认为舞台调度受制于一些必不可少且十分重要的物品和道具，还有一定数量的故事和标准，它们的维度和视角也是布景结构的一部分。我认为这些故事或标准带有一种灯光的性质，对我来说，灯光是舞台世界的基本元素。但我认为声音的音域和声调的音级也构成了另一种标准，并且无论如何是一种和布景或灯效范围同等重要的具体元素。除此之外，动作、姿势和神态都应

---

1 《特拉法加大战》(*Coup de Trafalgar*)是罗歇·维特拉克创作的一部四幕剧，早在阿尔弗雷德·雅里剧团，阿尔托就曾计划把它搬上舞台，甚至预告了其上演的时间（1930年6月初），但未能如愿。

用一种和芭蕾舞表演一样的行为规范来控制，虽然是以一种更难察觉、更不起眼的方式进行。对我而言，正是这样的行为规范统领着舞台上构成戏剧的一切可能的表达形式，而在我们欧洲的戏剧里，重要的只是文本。另外还有狄德罗提出的真正自相矛盾的观念，他认为在舞台上演员并不真的相信自己在说的话，演员对自身的行为拥有绝对的控制力，他能够在表演的同时思考别的事情，比如晚餐吃什么。——对此，我有很多话要说，但我必须在这里打住。所有这些都会成为我即将在索邦举办的一场戏剧讲座的主题，讲座会顺带进行一次戏剧阅读。我希望您能读一下我在十月的《新法兰西杂志》上发表的关于巴厘戏剧的文章，并告诉我您的感受。关于《孩子王》这部作品，我会全身心地、爽快地听您差遣。我很乐意认真地做这件事。我可没资格立刻拒绝工作，因为我再也不想在影院里当演员了，事实上我正请求您给我一个工作的机会。

致以最诚挚美好的祝愿！

安托南·阿尔托

## 致路易·茹韦

1932 年 3 月 1 日，星期一晚

亲爱的朋友，

虽然萨瓦尔剧作[1]的出发点看起来很有意思，并且我也觉得您通过您的舞台演出努力为其意图和其秘密精神强加的特定风格完

---

1　法国剧作家阿尔弗雷德·萨瓦尔（Alfred Savoir）的《乡村卖糕女》（*La Pâtissière du village*）于 1932 年 3 月 8 日在皮加勒剧场（Théâtre Pigalle）首演，导演正是路易·茹韦，而阿尔托则是其助理。

全有希望获得良好的大众反馈，但在看过演员表演之后，我觉得
这出剧既单薄又平庸。我觉得此剧失败的首要原因在于演员，不
是因为他们专业经验不足，也不是因为他们才华不够，而是他们
的精神出了问题。我知道您不会因我与您观点相左而心存芥蒂，
事实上我并不同意你对于经验价值的看法。我坚持己见已有很长
一段时间了，并且我对感觉问题，对想象和思想的世界，对思维
活跃的过程，都有相当多的经验，因此我有权请求您考虑一下我
的意见。平心而论，萨瓦尔的剧作本身就站不住脚。而为了把一
部戏搬上舞台，使其自圆其说并给人留下印象，一位优秀的导演
有责任背叛原作。在我所特别关注的领域，我相信我们能赋予声
音最大的强度和效力，前提是它们不会震耳欲聋，并能更好地传
达用意。风琴永远效仿不了的那些纯粹模仿性的声音，无法被人
理解，因为它们不够直接。既然我们在使用不和谐音，那就让我
们用吧，但要告诉观众，我们在使用不和谐音。观众或许会嘘声
一片抑或是鼓掌称赞，但至少不会因为要完没完、两头不落而尴
尬万分。在第一幕的结尾，我们想要展现战争的面貌，展现其肮
脏、严酷和险恶的一面：我们所运用的舞台方法在其强度和符号
的开放程度上必须与我们的意图相辅相成。您要我们消除的风声
效果，也许在今天看来不合时宜，而且严重影响演员的提词，但
在我看来它不可或缺，会成功地给人留下印象。皮埃尔·雷诺阿
（Pierre Renoir）曾亲自告诉我，他觉得这效果很惊人。您要求梅
西昂（Messiaen）往欢快的方向发展：这意图我没法理解。他可以
在鸣铃的和声或留声机的扩音里加入欢快的曲调，但不能在插入
的音效中做文章。我既不相信摸索和试验，也不相信经验。我必
须承认，经验可以帮助我验证一个假设，但它永远无法让我放弃
某些我觉得真实的东西。我只相信自己的直觉。无论如何，我们
都不应该因为某人的抗拒，因为别人的质疑，或至少，因为害怕
观众的反应，而忘了初衷，或阻止自己从中得到尽可能多的东西。

如果我们不是简单地模仿炮弹在空中飞行的声音，而是利用管风琴的戏剧化铺垫突出士兵的焦虑和缄默，再突然爆发出几声暴力的不和谐音，那么，这会是一个非常重要的元素，而一部作品的成功与否通常就取决于一系列类似元素的叠加效应。

谨致问候！

安托南·阿尔托

附：我相信，只要大众理解我们所作所为的意图，他们便会接受与其观点相冲突、与其习惯相违背的东西。我认为，那些因其与公众态度相悖引起嘘声轰台的所谓新的杰作，一定是在演出和制作上都出了问题，才会落此下场，否则一定大获成功。但没有人从剧场制作的角度考虑过一部遭人奚落的杰作。

## 致马塞尔·达里奥

1932 年 6 月 27 日，星期一，巴黎

亲爱的朋友，

从我在《强硬派》上发表的访谈和书信中[1]，您应该可以看出我的计划已经成形。我曾在周六打电话给您，想要安排一次会面。有可能我的信息未能传达给您，或是您得到信息时已经太迟。但我必须马上与您见面。那天我当面对您说，如果您对这项事业有信心，那么就请您为这个计划全倾奉献，或者干脆就完全不要参与。简而言之，要做就要做得彻底。当您问我是否打算创建一个艺术剧场时，我觉得很好笑，因为我觉得从其定义来看，不值得

---

1　参见 1932 年 6 月 26 日《强硬派》（*L'Intransigeant*）上发表的阿尔托与亨利·菲利蓬（Henri Philippon）的访谈，以及 6 月 27 日发表的阿尔托致该刊物的信。

冒这个险：艺术剧场只能是一个边缘剧场。而一个旨在摧毁一切，以具体的戏剧手段来追求艺术本质的剧场，不可能是艺术剧场，更不能如此定义。创造艺术和美学的目的无非就是消遣，它追求一些鬼鬼祟祟的、表面的短暂效果。但是将严肃的情感外化，指认心灵的基本态度，并让观众感到他们来看我们的戏剧是冒着一定的风险，促使他们对"危险"这一新的概念做出回应，我相信这不是在创造艺术。

在给您打电话之前，我等了相当久的时间，因为我想要做好充分的准备。现在我相信我已经准备好了。

我知道我想对您说什么，而且我也可以客观地告诉您我想做什么。

在等待新的剧作家根据我所要求的本质特征编写剧本的时候（这些剧本能够表达我所倡导的布景、台词以及造型），我想到了可能的剧目。

我必须强调一点，在我看来，我选择的剧本既不是目的，也不是目标，而是手段："这些剧本不会妨碍我所设想的舞台调度法。"

同样，必须充分意识到，这些舞台调度的方法无论多么富有戏剧性，都是为了建立一种特定的整体演出的观念，但这当然不是这类剧场的最终目的。

简言之，我不想因建立一个艺术剧场而受到谴责，那些来自传统戏剧系统的人可能会批评我，但他们不会理解我在寻找什么。其实没有什么秘密可言，我也不担心我的想法会被别人夺走，因为我会在一份即将发表的宣言中充分地表达这一想法。

从现实的角度来看，我面临的问题是：

"一旦作品被选中，我需要一群演员甘愿使用这些舞台调度的方法，他们可以一丝不苟地诠释我给出的指示；当然，只有当所有的演员都准备好以严格、精确的态度执行我的指示的时候，我们才能够如数学般精准地在这些演出中实现我们的计划。"

换句话说，正是在我的指导下，这些演员才能够将自己的表演与舞台调度的方法融合，将这些剧本演得活灵活现。

但我需要一个人，一个了不起的人，他能够在实践和资金运作方面采取真正革命性的举措，意即我们认为并非不可能的那种革命性。如有需要，甚至在艺术领域内，在造型艺术和观念上进行这样的革命也未尝不可。我的意思是，这些举措必须是革命性的，既不是出于个人喜好，也不是出于疯狂的想要把一切都搞乱的冲动。而是因为我相信，在目前的环境下，只有资金运作上采用新的理念，才有可能创造出一个能幸存下来的良好的剧场运作模式。没有什么能阻止您成为这样的人，而且我恳请您来把这项事业建设完善，我会给您提供所需要的帮助，凭借《新法兰西杂志》的重要性和名气，还有那些承诺要对我负责的作家们的名声。换句话说，就是争取一切可能的资源，确保我们能够建起观众席、布景，获得宣传经费和少量启动资金。

安托南·阿尔托

## 致凡·科莱尔

1932 年 7 月 8 日

如您所知，我计划依照我文章中的设想建立一个剧场。但实际上，在我们所处的文化发展阶段，为建成这类剧场所付出的全部努力都必然体现为使类似的理论具体化、客观化，并为它们找到相似的表达方式。这个剧场的原创性完全在于寻找一种新的剧场语言，这种语言是基于活跃的、动态的符号或姿势，而不是文字。尽管如此，如果戏剧想要生存下去，它就不能继续作为领悟的辅助工具，而应该尽最大努力，让有知识、有教养的学者觉得有趣。我相信，真正剧场的目的是让我们与某种行为观念相一致，对于这一效果，一些人认为应该在生活和现实两个实用的层面上将其发展起来。而在我看来，它同本世纪一些伟大思想家的观点相一致，那就是应该寻找个人的深层区域，并使它发生真正的转变。当然，这一转变有所隐藏，且只有在未来才会感知到其影响。这就涉及剧场的巫术作用，它使我们接近某些仪式，某些古希腊的习俗，以及几千年来印度的习俗。但我们必须明白，我们不能认为，根据这一理念建立的剧场应该留给宗教、神秘主义思想和秘仪传授的精英。

　　还有一些可以考虑的角度。我曾试图为您描述这次尝试的基本目的，但实际上我们必须寻求基本的、简单的、可见的、外部的方式才能产生这些效果。客观地说，这只是一个拓宽剧场表达方式的问题，它最初可能很像一座音乐厅，充满了丰富的表达，立体的形象，产生共鸣的口语舞剧，一系列的舞台造型和音乐形象——因为音乐蕴含在新的精神中，这对剧场来说非常重要。如果这些表达、语调和话语组成的游戏不以备受声望的戏剧作品为中心，如《沃伊采克》[1]、韦伯斯特以及将成为其托词和对象的浪漫风格的最佳情节剧，那么它们将以简单的、明晰的、众所周知的主题为中心。

## 我将要建立的剧场

　　我有一个剧场计划，希望能在《新法兰西杂志》的支持下实现。他们会提供空间，允许我从理想化的角度来确定这个剧场的客

---

1　1931 年 10 月，阿尔托阅读了德国作家毕希纳（Büchner）的作品《沃伊采克》（Woyzeck），对之十分着迷。1931 年至 1932 年冬季，他曾恳求杜兰允许他在戏剧车间把这部剧搬上舞台，但未能如愿。

观发展方向。在这篇文章中，我将制订出计划并定义我的原则。这个文本将成为一份宣言，《新法兰西杂志》的几位作者将会共同签署。更重要的是，安德烈·纪德、朱利安·邦达、阿尔贝·蒂博代和让·波朗将成为这家剧场的赞助人。作为委员会成员，他们将参与讨论所有将在这个剧场中演出的作品。

我还没想好剧场观众席是什么样的，但如有可能，我会选择一个停机库，我会根据某些教堂，甚或根据某些圣地的寺庙或喇嘛寺的建筑原则对这个停机库进行整顿和修改。我将把剧场变成一个宗教和形而上学的理念，但从产生效果的角度来讲，却更加富有魔力，更加真实。大家需要明白的是，我所使用"宗教的"和"形而上学的"这些词语，在某种意义上说，并不是大家通常意义上理解的宗教或形而上学。这样您就能看出该剧场打算在何种程度上打破1932年的欧洲剧场所灌输的一切观念。

我相信戏剧会产生真正意义上的效果，但这效果并不出现在日常生活的层面上。毫无疑问，我认为无论是在德国、苏联还是美国，近来所有想要对剧场进行快速革新的尝试都徒劳无用。虽然舞台调度的一些新方法或许有点新意，但无论这些方法看起来多新，它们其实都认同并乐意坚持最严格的辩证唯物主义的基本思想。因为它们蔑视形而上学，所以它们仍是最粗陋意义上的"舞台调度"。我没时间在这里展开辩论。但你们应该可以看出，有两种彼此对峙的生命和诗歌的观念。剧场在其发展道路上就与这些观念紧密相连。

无论如何，从客观的操作角度讲，我能说的是：我考虑过上演毕希纳的《沃伊采克》，还有些伊丽莎白时代剧作家的作品，比如西里尔·图尔纳的《复仇者的悲剧》，约翰·韦伯斯特的《阿马尔菲公爵夫人》（*La Duchesse d'Amalfi*）和《白恶魔》（*Le Démon blanc*），以及约翰·福特的一些作品等。[1] 但我的目标不是提供剧目，或是将书面文本表演出来。我相信，只有当剧作家完全改变他们的灵感来源，特别是他们的写作方法时，戏剧才能重新成为自己。对我来说，我们面临的问题是要让剧场重新找回它真正的语言：空间语言、肢体语言、拟声语言、号叫和听觉语言。这样，所有的客观元素都将成为视觉或听觉的符号，但又同语言文字一样含有理智的力量和明显的意义。现在，语言只在确定且可论述的生活状态里使用，正如一种更精确、更客观的明晰存在，只在思想的巅峰上出现。

　　我希望能围绕某个著名的、流行的或神圣的主题，在戏剧创作中进行一次或多次尝试，而在创作过程中，姿势、神态和符号都直接在舞台上构思、发明。其中，词语的出现是为了让那些由音乐、姿势和强有力的符号构成的抒情性话语达到高潮并进入结局。而我们必须找到一种新的标记方式，就像在一条五线谱上，用某种新的符号就能够谱写出一切。

（1932 年 7 月 14 日，《巴黎晚报》）

### 致安德烈·纪德

1932 年 8 月 7 日，星期日<br>巴黎十五区，商业街 4 号

亲爱的纪德先生，

　　如果您不愿在我念给您的文本上署名，我完全能理解。我想

---

1　西里尔·图尔纳（Cyril Tourneur，1575—1626），约翰·韦伯斯特（John Webster，1580—1634），约翰·福特（John Ford，1586—1639），三人均为英国伊丽莎白时代的剧作家。

应该是这篇文本的语调和措辞促使您做出这个决定。但是，如果您觉得其内容足够让人信服，那么，这些理由就站不住脚，或至少在很大程度上不成立。何况我不打算发表它。这是我一夜间赶出来的作品，难免会让人看出写作的仓促。而且我觉得它没能很好地点明问题。它没有传达出当前创造一种服从特定指令的戏剧所需要的紧迫性——我坚持用这个词——没有传达出这种戏剧的必要性。我相信，事实上，舞台这一有机的领域受到了特定诗歌的青睐，而且，它必须通过它所包含的一切表明自己，而不是通过一般的严格的西方意义上的言语，也就是，有益于理智的言语：它转向了语词的内在含义，转向了其中被精神所划界、限制并分类的东西，而没有任何扩张的可能，换言之，没有任何真实的效力。鉴于这样的情况，我起草了另一个文本，它现在看来完全符合其意图。但我不会要求您或其他人在这个文本上签名。我是这样打算的：我希望在九月的《新法兰西杂志》上发表这篇文章，我会署上自己的名字。一旦我表明了这个剧场将遵循的精神指示，我将开始实施我的计划。在这个计划里，没有任何剧本。因此，没有人能够指责我做得不充分、低劣或不合时宜。我要说的是，我的目标是在舞台的身体和有机的领域里，唯独地释放一个属于舞台的戏剧现实。这个现实必须通过表演来释放，因此舞台演出很重要，从最广义的角度来看这个词，它代表的是一切可被"搬上舞台"的事物的语言，而不是文本的第二现实，它以一种或多或少客观的、活跃的手段来扩展文本。因此导演就变成了作者，也就是，创造者。我所指导的表演所激发的兴趣，会和我作为一个独立、绝对的戏剧现实的创造者和发明者所要求的信任、所追求的信誉联系起来。为什么我不应该得到完全的信任？为什么人们认为我没有能力进行创造，并展现如此惊人地富有魅力的戏剧现实呢？这一现实将像最美丽的语言一样说话。为什么我们看不出这些作品的展开就像通过了一面神奇的棱镜，其特定的历史或神圣的主题，甚或那些忽视文本但仍保留主题的剧本，都将为我提供我的托词和我的话题？

说到这里，我将建立一个赞助甚或指导的委员会，让一些作家参与。委员会的名单中我想加入您的名字。我还要邀请保尔·瓦莱里、瓦列里·拉尔博、阿尔贝·蒂博代、让·波朗、加斯东·伽利玛，或许还有朱利安·邦达。您曾准许我在类似项目中用您的名字。我相信您不会反对我再次把您的名字列在名单之首。

此外，您跟我谈过一部疑为莎士比亚剧本的改编，而且将会由您和我共同在舞台上为大家呈现，因此请您准许我发出这一改编的公告。这也是因为我还没有决定将要围绕哪一主题来释放这个我和您谈过的戏剧现实。我想说的是，这个剧场将以这一改编剧的面貌问世。无论戏剧问世的条件是否有利，无论您届时是否有空，我相信，在潜在的赞助商面前，重要的是要在那一刻对他们做出明确具体的承诺。我相信对于这一改编的承诺就足够了。我到时候就会这样说；而且在宣言中，我将坚持以下的内容：

作为第一部作品，我们将围绕一部疑似的莎士比亚剧本，尝试一次直接的舞台表演的实验。这最初是安德烈·纪德的倡议，他也是改编的作者，但他会从舞台的考虑出发进行改编，使用舞台的客观语言。换句话说，这将与它释放的舞台表演紧密相连。在这次尝试中，演出的元素是最重要的，我们会尝试释放一种戏剧的观念，它不仅吸引眼球或耳朵，同时也吸引人们的思想。手势将等同于符号，符号则等同于文字。在心理环境允许的情况下，言词将会以一种咒语的方式呈现。没有本然意义上的布景：物体将会组成布景，它们的目标是创造舞台景观。并且为了实现这一目的，我们将利用位置的改变和无法预料的对象组合所引发的特定的、客观的幽默。动作、姿势、人物的形体都会像象形文字一样分解。这种语言将从一个器官传播到另一个器官，在一系列物体、声音、语调之间确立类比和无法预见的联系。灯光不会仅仅局限于照明的作用，而将有自己的生命，它会被视为一种精神状态。简言之，我们将在这场戏里首次尝试运用身体的和客观的舞台语言，它试图通过器官，所有的器官，在所有的强度和所有的方向上，直达心灵。但首先，来自言语的幽默将试着质问物体之间一切已知的关系，并把这一分解的后果发挥到极致。它会在空间上让人感知一种身体的诗歌，而这种诗歌的意义早已被剧场所遗失。

以上就是我想说的，它其实就是我计划的内容。您的支持对我来说非常重要。因为这一切必须在九月完成，我只剩几天时间来征得您的同意。

我已将我的计划和意图和盘托出，不知在这些现有条件下，我是否可以对得到您的认可满怀希望？

我衷心地期望，亲爱的纪德先生，您能够相信我。我对您全心全意，毫无保留。

谨启。

安托南·阿尔托

附：我觉得我们在完善这件疑似之作的舞台调度的计划时，可以着重表现引人入胜的插曲。可以说，这些插曲，通过唤起众所周知的、极度人性化的情境，能够成为吸引观众的基本方法，并引导他们思考更高层面的事情，严肃看待诗歌甚至崇高的东西，这些都会幽默地或直接地显现出来！！！

也许您会在信中告知您的意图，提示我您要进行改编的大致方向。我会在宣言的主体部分附上您的评论。

## 致让·波朗

1932 年 8 月 23 日，星期二

亲爱的朋友，

宣言已经完成[1]:它至少和"炼金术戏剧"一样出色，尽可能地客观和具体。我认为它会达到预期的效果。

我会宣布哪些作家支持我正在阐述的关于现实和戏剧目标的原则呢?

在公布他们的名字之前，我必须拿到《新法兰西杂志》的确认函，授权我这么做。我不想冒撤回的风险，这个后果太严重了。安德烈·纪德已来信跟我确认，说他会为这个戏剧准备一出戏，我将其称为"残酷戏剧"。

1. 我们将表演蓝胡子的故事，在最富残酷和哲学意义的细节上进行重新创造;

2. 萨德侯爵的故事[2]，对其情色加以调换和包装，对其残酷进行极度外化;

3. 《光明篇》的节选，它像火一样燃烧，因此也像火一样直接;

4. 《征服耶路撒冷》，展现其具体的一面，并在事件和对象上反映出先知、国王、神庙和民众之间深刻的形而上学失调;

5. 《沃伊采克》，出自一种反抗自我原则的精神;

6. 浪漫的情景剧，其中，不可能性会被培养为诗歌的具体元素;

7. 伊丽莎白时代的戏剧，从中，我们只会保留那个时期的特色装饰、人物、情节和情景。

我认为这对一个剧目来说已经足够，尤其是结合了我声明中

---

1　即《残酷剧团（第一次宣言）》（Le Théâtre de la cruauté [Premier manifeste]），发表于1932 年 10 月 1 日，《新法兰西杂志》，第 229 期。

2　根据波勒·泰芙楠的说法，阿尔托当时考虑的是皮埃尔·克罗索夫斯基（Pierre Klossowski）根据萨德《情罪》（Les Crimes de l'amour）里的《弗朗瓦尔的欧仁妮》（Eugénie de Franval）改编的故事《瓦尔莫城堡》（Château de Valmore）。

技巧和实验的部分，您马上就会读到。

安托南·阿尔托

敬上

附：关于支持者，我需要您尽快告诉我答案，因为我想立刻把这份声明发给几位投资者，并拿给一位高层政治人士看，一切尽可指望于他。

## 致让·波朗

1932 年 9 月 12 日，星期一

亲爱的朋友，

感谢您的来信，请原谅我发电报给您，多有打扰。我还没收到那些证明，但同时我已重写了第一句话。我相信它现在带有我个人的印记，并且残酷的观念不是叠加上的。如下：

"重点不是在舞台上时常挥舞屠刀，而是在每个戏剧姿态里重新引入一种宇宙残酷的观念，没有残酷，就不会有生命，也不会有现实。"

"戏剧姿态"这个术语可被改写成"戏剧行为"。您的语感比我强，还是由您来决定哪个听起来更好吧。

残酷没有被添入我的思想。它一直都在那里，只是我不得不意识到它的存在。我所用的残酷一词，在宇宙的意义上，是指严厉的、无情的必然性，在诺斯替主义的意义上，是指吞噬阴影的生命旋涡，它意味着痛苦，一旦脱离这种痛苦的无情必然性，生命就无法继续下去。善被人意求，它是行动的结果；恶则永恒不朽。隐秘的神在造物之时，遵循着创造的残酷必然性，甚至将这必然性施加于自己，并且别无选择，只能创造，因此善的意志旋涡的中心，他不得不接受一个不断被缩小、逐渐被吞噬的恶的内核。而戏剧，在持续创造的意义上，作为一整个魔法行为，必须服从这样的必然性。如果一部剧缺乏这样一种意志，如果它的每一个姿势，每一个行动，以及行动的超验方面，都看不到这样一种对超越一切的生命的盲目渴望，那么，它会是一部无用的、堕落的戏剧。

我也渴望与您会面，因为我担心这第一句话会给我带来极大的伤害。在我看来，我达到了一个自己从未企及的高度，尤其是在涉及理论和学说的部分。

谨启。

　　　　　　　　　　　　　　　　　　　　安托南·阿尔托

### 致《喜剧》杂志

　　　　　　　　　　　　1932 年 9 月 18 日，巴黎

尊敬的先生，

请允许我在这里陈述几项原则，这些原则已在我尝试建立的事业中指导了我。

我认为戏剧是一种手术或一种巫术仪式，并且我会尽一切努力，用最新的方法，在大家都可以理解的意义上，恢复其仪式和原始的品质。凡事总有两个方面。

1. 身体的、活动的、外在的方面，它由姿势、声音、图像和宝贵的和谐所传达。这身体的方面直接吸引观众的感官，也就是吸引其神经系统。它具有催眠的力量。它让精神准备接受神秘的或形而上学的观念，而那些观念就构成了一场仪式的内在方面。但这些和谐，或姿势，不过是假象。

2. 内在的、哲学的、宗教的方面，其中"宗教的"一词是在其最宽泛的意义上，在其与普遍者沟通的意义上使用。

但观众不必担忧，因为每个仪式都有三个层次。物质的方面，如舞蹈或音乐，要进行装饰并引人陶醉，而在那之后，就出现了仪式幻想的和诗意的方面。于此，精神可以驻足沉思。在这一层次上，仪式讲述故事，并提供奇妙的、众所周知的图像，就好像阅读《伊利亚特》时，人们可以思索墨涅拉俄斯的不幸婚姻，而未注意到其中包含的深刻骇人的想法，并把它们隐藏了起来。

无论如何，我在1932年2月《新法兰西杂志》发表的一篇文章中强调了剧场拥有的这一巫术和手术的方面。就是从那时候开始，一些杰出的批评家也支持我，这让我感到十分满意。比如，让·卡苏（Jean Cassou）在9月17日的《文学新闻》（*Les Nouvelles littéraires*）上提到了一种在舞台上使用物体的诗意方法，他甚至使用了我在同一篇文章的注释中使用的"仪式的"一词。因此，在某些圈子里，人们似乎用一种特别的方式来看待剧场，绝不把它视作一场不必要的艺术游戏，或一种让人从痛苦领悟的不适中分心的手段。

但随着剧场重新发现其直接作用于神经和神经系统，并通过感官作用于精神的能力，它就放弃了口语戏剧的使用，因为后者的清晰和过度的逻辑是对感官的一种阻碍。此外，压制言语并没有问题，只不过要在相当大的程度上减少其使用，或者以一种遗忘或忽视它的方式来使用。但我们必须摆脱纯粹的心理主义和自然主义的戏剧，让诗歌和想象力再次行使它们的权利。

然而，这是新奇的事物，诗歌和想象力有一个毒性的方面，我甚至会说，一个危险的方面，有待重新发现。诗歌是一种制造分裂和混乱的力量，它通过类比、联想和意象，对已知的关系进行破坏并在其上繁荣生长。而这一新奇的事物不仅会从表面上、从外部破坏这些关系，而且也会从内部进行破坏，比如在心理的层次上进行破坏。

　　如果人们问我这是怎么做到的，我会回答说这是我的秘密。不管怎样，我可以声称，在这一新的戏剧里，客观的和外在的方面，意即舞台编剧、剧场艺术，会至关重要。所有东西都不是基于文本，而是基于演出，文本将再一次成为表演的奴隶。一种拥有自身规则和写作风格的新语言将在口头语言之外的世界里得到发展。即便它会是身体的和具体的语言，它也和其他语言一样，拥有智性的分量和指示的权力。

　　的确，我认为，让戏剧彻底地意识到它同书面文学的区别是一个非常紧迫的问题。尽管它可能只是短暂的存在，但剧场艺术是以空间的使用和空间的表达为基础。严格地说，我不认为它是一种固定的艺术，可以刻在石头、画布或纸张这些最为有效且最具魔法效力的东西上。

　　在这新语言里，姿势等同于词语，姿态具有深刻的象征意义，并被视为象形文字。而整个表演，并不追求效果和魅力，而将为精神提供一种认知、眩晕和启示的手段。

　　换句话说，诗歌在外部物体上确立自身，并从它们的组合和选择中汲取一些奇怪的协调与意象。而表演中的一切都旨在用身体手段实现表达，那些身体手段和感官一样吸引了精神。

　　由此出现了一种独特的戏剧炼金术观念，其中，不同于一般的剧场，形式、情感、词语的对应关系在化学科学（它只是炼金术的一个退化的分支）的粗略状态里经历的解析消散，构成了一个逼真的人造旋风的形象。在这旋风的中心，表演呈现为一场名副其实的变形。

　　就作品而言，我们不会表演任何书面剧本。演出将利用舞台所提供的一切手段，在舞台上被直接创造出来。但它会被当作一种和书面剧本的对话及文字一样的语言。这并不意味着演出在进行之前不会经过严格的构思和彻底的安排。

　　我要讲的原则就这么多。至于实现的物质方法，请允许我稍后再加阐述。

安托南·阿尔托

## 致让·波朗

1932 年 11 月 27 日，巴黎

亲爱的朋友，

我读了《法弗舍姆的阿尔丁》[1]。

有一点可以肯定，那就是这部作品缺乏价值，我指的是表面的价值。但我不认为应该按照字面意思去理解这部作品。该作品明显想要戏仿莎士比亚，就像《阿尔娜丽》，一部怪诞的浪漫情节剧，是对《爱尔那尼》的戏仿一样。[2] 虽然这种戏仿的倾向有时并不十分明显。_____ 以表面价值来考虑的话，它既不比同一时期的其他剧本价值更高，但也不比它们价值更低。它们的情节差不多，精神风格也很相似。事实上，它包含了莎士比亚或其他人的作品里出现的每一个经受审问和考验的场景，每一个人物，每一个特征。除了遭破坏的十字苦像的故事，我看不出它如何会引起我们的注意。在我看来，这部戏剧尤其像一部饱含考古兴趣和念旧情怀的作品。我看不出它有激发人们兴趣的特质。并且在目前的环境下，为什么它的表演会显得不可或缺？它怎么会被认为能引起反响？它与其他五十个类似的剧作有着相同的特质。如

---

1　《法弗舍姆的阿尔丁》（*Arden of Faversham*）是一部伊丽莎白时代的戏剧，于 1592 年首次匿名出版。1770 年有学者首次提出其作者为莎士比亚，这一观点到十九世纪已被普遍接受，但仍有质疑。

2　菲利克斯－奥古斯特·迪韦尔（Félix-Auguste Duvert）和奥古斯丁－泰奥多尔·洛桑（Augustin-Théodore de Lauzanne）于 1830 年 3 月 23 日导演的五幕剧《阿尔娜丽》（*Harnali*），戏仿了雨果的戏剧《爱尔那尼》（*Hernani*）。

果不是因为纪德使用了丰富且完美的语言，尤其是戏剧里注定无法实现的语法的丰富和完美，来装饰这部作品的话，根本没法把它与其他五十部作品区别开来。如果我们要表演《法弗舍姆的阿尔丁》的话，那么我实在不明白为什么我们不直接表演一部莎士比亚的剧作。

虽然有这样的说法，但是人物的语言中，在情节的展现里，有一些纯粹的东西，一些净化过的东西，是莎士比亚的作品所没有的。也正是这一点让《法弗舍姆的阿尔丁》成为一部受人喜爱的作品。一方面，它是一部永恒的、不太文学的作品，其中的情节似乎裸露，并从一切可疑的偶然性中剔除，没有任何太多言语的或文学的东西可以定位它；所有这一切都让这部剧显得纯粹而轻松，这意味着我们可以孤立它，它是自给自足的。而如果有任何批评的话，那也只能是针对情节。

另一方面，能在作品中确切地定位它的文学化的东西，能对它进行追溯的东西，则在诙谐幽默的光芒下出现。在一些章节里，戏剧没有赤裸裸地暴露出来，它有戏谑的成分、虚伪的成分、笑话的成分，还有故意曲解的成分，虽然这不是十分明显。我不知道结局，但是我有一个印象，那就是，这个结局可以拯救整个剧本，并在一个狂热刺耳的层面上，引来这些戏仿的尝试，这些关于幽默的模糊暗示，就是在这里，剧本可能会呈现一种多少有些缺失的毒性。总之，我认为，就其深刻、痉挛的性质而言，它还不够疯狂，就其整体的古典风格，以及偶尔的谨小慎微而言，它还不够疯狂。尽管它想要自由，想要破除陈规，但还是不够放纵。就其唐突和过于简化而言，它还不够神经质。我认为就它拥有的这些元素来说，它还不是真正的剧本，真正的剧本还需要进行创作或重创作。舞台表演的目的就是在精神和意向上转变它，同时保持其物质的形态。

---

这一切的结论是，我认为我们可以尝试上演《法弗舍姆的阿

尔丁》，只要物质条件允许的话，我会准备在剧场上演。如果安德烈·纪德的作品比我自己的作品更能增加投资者的信心，那么我会优先上演它而不是从头创作我自己的演出。＿＿＿＿＿＿尽管我不认为**这部**剧的新颖和紧迫程度能够激起赞助者足够的兴趣。

无论发生什么，我都会导演《法弗舍姆的阿尔丁》。不过我会请纪德把这个标题译成法语，并找到一个符合英语原文却更加惊人的题目。此外，我将努力严格地尊重纪德的剧本，甚至连最细微的改动都不会有，演员将完全按照剧本上所写的一切进行表演；但我必须能够自由地以我认为必要的方式做出诠释，并添加一些形式上的发明，这也是受文本的启发，因此并不违背它的精神，而是将其发展到极致，我认为这么做必不可少。

文本不会照着字面得到表演，其中四分之三的时间会用于戏仿，以及戏仿所要求的具体意象：人物的夸张和形体放大，姿势的矫揉造作，群体动作等。这将由我来选择，由我来发挥无限的想象！！＿＿＿＿＿＿＿＿＿＿＿＿＿＿＿＿＿＿＿＿＿＿＿

这构成的**不仅**是舞台表演，而是一个真正的剧场改编，而我会是其唯一的作者。新剧本的每一个细节都将通过纪德的文本和演员的表演得以展现。即将上演的就是安德烈·纪德的文本所强调的这部新戏。

事实上，我没有找到其他任何能让我信守自己诺言的方法。换句话说，有一些重要的工作我必须在戏剧的舞台表演之前优先处理。就算是进行彩排，我的选择也是一样。

如果安德烈·纪德不赞同我的想法，我会感到十分惊讶。事实上，我相信这正是他期望我做的。还有一件事。我不希望人们否认我因创作和诠释的工作所得到的回报。我们必须找到一种方法来规定，到底哪些属于安德烈·纪德，哪些属于我。我会亲自写信给安德烈·纪德，让他知道我对《法弗舍姆的阿尔丁》的看法。但您也可以告诉他这一切。无论如何，要烦请他译完最后一幕，如果只剩下最后一幕的话。而且，我认为一个人不应该害怕进一步扩大语言的毒性，以及它的粗糙和它的赤裸。莎士比亚和伊丽莎白时代的人在这方面比我们任何人都走得更远。————————

　　谨启。

安托南·阿尔托

## 致让·波朗

1932 年 12 月 16 日

亲爱的朋友，

　　我正在读塞涅卡的作品，我觉得他与任何罗马没落暴君的道德导师毫无相似之处，或者说他本身就是导师，只是他已经年迈，不再对巫术抱有希望。不管是什么情况，在我看来，他是历史上最伟大的悲剧家，一个被传授了秘密的人，并且，他比埃斯库罗斯更懂得将秘密付诸言词。当我读到他的剧作时，我哭了。在音节的声响下，我听到了混沌力量透明的沸腾发出令人不安的嘶嘶作响。这提醒了我一些事：一旦我痊愈了，我打算组织剧本朗读，对于一个否定剧场文本的人来说，这可是非同小可。这将会是一次大众阅读，我将朗读塞涅卡的悲剧，那些有可能成为残酷剧团赞助人的嘉宾也都会受邀出席。不可能在戏剧中找到一个比塞涅卡的所有悲剧，尤其是比《阿特柔斯和提厄斯忒斯》[1]，更能表现残酷的成文例子了。它在血液中可见，在思想中更是如此。这些怪物如同某些盲目的力

---

1　阿尔托曾在 1933 年自称改编了塞涅卡的戏剧《阿特柔斯和提厄斯忒斯》(Atrée et Thyeste)，题为《坦塔罗斯的刑苦》(Le Supplice de Tantale)，其手稿已经遗失。阿尔托所谓的《阿特柔斯和提厄斯忒斯》其实是塞涅卡的两部作品《阿特柔斯》(Atrée)和《提厄斯忒斯》(Thyeste)，这一误称或许是受到了克雷比永 (Crébillon) 的《阿特柔斯和提厄斯忒斯》(Atrée et Thyeste) 或伏尔泰的《佩洛皮德或阿特柔斯和提厄斯忒斯》(Les Pélopides ou Atrée et Thyeste) 影响。

量一般邪恶无比，而我想，剧场只有在非人的层面上才能存在。请告诉我您对此计划的看法。

如果您能回信，我将不胜感激。希望能在十天内出院——痊愈。

安托南·阿尔托
敬上

在塞涅卡的作品中，原始的力量在词语的痉挛振动中回响。而一个个暗示着秘密和力量的名字，就传达了这些力量的轨迹及其连根拔起、振聋发聩的权力。

## 致一位朋友

1933 年 3 月 4 日，巴黎

亲爱的朋友，

[……][1]

在诗歌领域及其他所有领域，我们都需要魔法。戏剧，作为行动中的诗歌，作为实体化的诗歌，必定是形而上学的，或者压根就不是。总的来说，我就是这么想的，而且我认为，我的第一份宣言在思想上被这后一份手册所拓展，它把戏剧放回到其从不应该落入的真正层面，本质上属于形而上学的宗教仪式的层面，换言之，普遍者的层面。关于舞台表演的无用的陈词滥调，对商业主义、戏剧工业化、明星做作表演的诋毁，对那些到剧场里寻求放松并安逸地反刍的迟钝观众的厌腻庸俗的冷嘲热讽，已成为艺术的连篇空话。如此的空话既白费口舌也毫无价值，其原则不是把戏剧再次变为艺术，变为一种超脱的、漠不关心的艺术，相反，是要让观众通过其器官，全部的器官，全身心地关注戏剧。

---

1 全书编选省略之处均以 [……] 表示。

那些意图恢复戏剧之宗教的人，据我所知，都偏离了目标，他们特别想为观众恢复既有作品的一种特定的文学戏剧：埃斯库罗斯、欧里庇得斯、莎士比亚、莫里哀、高乃依、拉辛。所有这些作品都用一种已死的语言写下，而埃斯库罗斯已预料到，即便那些语言再次复兴，如其所是地被人听到，它们也不再传达本质的东西。是时候承认（无知的大众所如此鄙夷的）这著名的诗歌就是一切真正戏剧创作的本质，也是唯一感动观众的东西了。在爆炸和至深情感的意义上，在同行动的形而上学，意即，同普遍精神进行宗教和痉挛性质的沟通的意义上，所有未达到那一高度的行动，所有不从那里来、又回那里去的行动，都是不完整的、未成熟的行动，如同一个阉人和一个懦夫的行动，一个唯唯诺诺的无能者的行动。人的意识不会希望走得这么远，不会承认一个原理的、革命性质的、危险重重的后果，不管它们是多么残忍地险恶，但我不考虑这些。所以我想让这份宣言和这篇短论维护我对最完满、最确定的可能之事的革命信念。即便在正式的戏剧圈子里，也就是在那些受事件威胁最深的圈子里，一个人也不可能看不出或察觉不到，这份手册及其包含的观念在何种程度上与一切既定的戏剧观念相对立，而对现状的反抗，在完全混乱的状况下能走多远，则取决于理智上坚实的基础，并且，仔细说来，戏剧从来也只能依赖这一基础。

所有二十到二十五岁有思想的年轻人都觉得"残酷戏剧"和古老的原始戏剧处在同一条轨道上，并把它写下来，这并非徒然无益。无论他们争辩还是否认，有影响力的人必会承认"残酷戏剧"有它的未来。

请注意，亲爱的朋友，这份手册是针对我们之外的任何人。我已把您当作我的知心朋友，因为在我众多的前辈里，罕有像您这样让我觉得说话时备受关爱和理解的人。

无论您愿意并能够为"残酷戏剧"做什么，我都会视之为一位亲爱的朋友和一位真正的兄弟的善举。真诚问候！

安托南·阿尔托

## 致娜塔莉·克利福·巴内

1933 年 8 月 12 日

巴黎，鲁埃勒街 42 号

亲爱的夫人，

我马上要完成一份手册的新计划草稿了，以下是主旨大意：

1. 我们太无聊了。从未有一个时代像我们现在这样被剥夺了隐私生活。也从未有哪个时代像现在这样戏剧化、痛苦，而最为暴烈、最具决定性和确定性的事件，落到了迟钝的感性之上，它无法做出反应，亟须受到震惊、焕发生机、恢复感受时代之锐度的能力。

2. 大众总是寻求刺激，早已忘了戏剧就是为此而生。如今的戏剧不再尊重其存在的理由和目标。它仅仅向我们展现一些可笑的个体，毫不伟大，毫无激情，更有甚者，它把这些个体展现得死气沉沉又孤傲不群。

3. 但戏剧是一种驱魔，是一种能量的召集。它是一种传递激情，使之发挥作用的方式，但它不能被理解为一种艺术或一种消遣，而要被理解为一个严肃的行为，它应恢复其发作、严肃和危险的环节。为此，戏剧必须抛弃个体心理，提倡集体激情，大众意见，与集体波长相协调，简言之，改变它的主题；

而在心理上，戏剧坚持对众所周知的事物吹毛求疵，它必须通过无意识、想象力、诗歌，进入未知的领域，并向大众证明，它们可以通过意象的恰当使用，通过戏剧行为，达到一个新的层面，让生命在其发作中展示全部的能量。由此，各种超人的激情在大众面前活跃起来，并肉身化为突出的、怪异的人物。

4. 所以，存在一些已被戏剧遗忘的技术手段。首先，它应停止把演出变成某种在观众面前展开的见过的东西，它应用表演取而代之，围着观众打转，用其波动、灯光、音响和反射吞没他们。

所以我们需要一些打击乐器，直径数米的铜锣，制造一阵阵彼此依附的振动，与感性相摩擦，我们需要非装饰性的、能够焕发精神状态的舞台灯光。我们需要这些颤动的声音、催眠的节奏，它们对准了大众的感性，而不追求他们的知性，由此，大众才为余下的表演所制造的心灵启示做好了准备。所用之手段的程度，演员和临时演员的数量，都至关重要，因为通过庞大人群的骚动，一种绝不停止的骚动，它们可以彻底地吸引观众的注意力。

所以表演变得类似于一场测试，如果不是一场疾病的话，其后续的治疗向观众证实了这样一种努力的根本必要性。

这就是我的新手册的内容概要。我相信这一次我在坚持一个始终可以接近、始终合乎人情的计划。

另外

有人为我提供了拉斯帕伊 216 号的场地以实现我的方案，至少可用来展示一场最小规模的演出。

给我的场地连同灯光、控制、器械和经营都运转正常。我提前给不出什么。业主和我们都担负着收益或好或坏的风险。在此情形下，不是可以发现维持一个剧团并抵销服装和道具开支所必需的东西吗。不是十分重要的东西。

我给您寄了刚完成的打字文稿。

谨致问候！

安托南·阿尔托

附：在此概要里，可能有一些更凝练、更清楚、更简约的内容是手册所没有的。

## 致奥哈尼·德马兹

1933 年 12 月 30 日，巴黎

我亲爱的朋友，

[……]

我有一个计划。

这个戏剧不会是唯美主义者的戏剧，而是为大众打造的戏剧。它不奢华。大众需要的是面包，而不是奢侈。另外，戏剧要解除他们的焦虑，让他们相信生活的美好。我们的目标是让戏剧回归其功能，是理解冲突并改变其方向，是解决未回答的问题，是急促猛烈地抽打每一位参与表演者的感官。我说参与，因为我相信戏剧的神圣性。我把戏剧视为一场活跃的仪式，一个有魔力的物体，可作用于器官的神经系统，就像中医围绕感觉器官和人体主要功能确立的穴位一样。红灯会营造侵略性的氛围，主要适用于战争场景。它如同准确的射击，掌击。掌击并不杀死一个人。但射击有时会。氛围、灯光、声音会改变神经倾向。一个词在特定场合说出来，可以吓到一个人，我的意思是，会把人逼疯。

这种技术，因其关乎技术，属于戏剧的方法。戏剧已经遗忘了这些方法，也丢失了使用它们的习惯，如果它希望返回其真正的功能，重新发现它的效力，就必须再次学习这些方法。

我希望把这些方法变为表演的基础，并动用三百名（临时）演员，他们会对观众形成视觉和造型上的吸引力。小型客栈。这些方法会迎合一些秘密的意图，也会被用来抑制初期的阻力。就像中非的部落和精明的北非人保留了感觉的重复、共鸣、节奏和咒语，用声音支持手势，又用手势延伸声音。

有一种自身无功利可言的人类使命回应了敏锐的命运感，回应了引领我们的死亡观念，它迫使我们意识到了种种构成时代精神邪恶力量。

某处发生了一场我们无法控制的骚乱，在这场骚乱中，难以解决、毫无缘由的犯罪，就像一次排练一样，参与了一切太过频繁的地震，火山爆发，海啸，以及铁路事故。我们不想看见或不愿最终得到的，是一种填补我们空缺时间的艺术，一根避雷针，一场无法在生活中实现的表演。

这是一切伟大时代的理解，那时的戏剧还有意义。伊丽莎白时代的戏剧。那些认为戏剧属于快速娱乐，否认其有权将我们带回庄重理念，并坚持生存之万般艰辛的人，要对我们身陷其中、仿佛从出生起就失了明的令人不安的事态负责。

我们完全无法带着对生存之残酷的高度敏锐的意识做出反应并生活，这让我们沦为牲口，随时会被送往战场和屠宰场。

如果我们拥有的不是一种艺术的戏剧观，而是一种在其强大的甚至创世的意义上巫术的戏剧观，那么，它会向我们指出我们并不拥有的力量，甚至会符合万物的一个不同方面，因为一切都魔法地联系着，它会符合这个强大且具有穿透力的观念。

有些人是否会进行这样自发的创作？摆脱这一停滞的机会就摆在眼前，做些什么吧。您处在一个大有可为的圈子里。您对某些痛苦有自己的理解。您有很强的能力。请百忙之中率先帮我一把。

安托南·阿尔托敬上

十五

# 赫利俄加巴路斯，或加冕的
# 无政府主义者（1934）<sup>*</sup>

丁苗　译

---

* 《赫利俄加巴路斯，或加冕的无政府主义者》（*Héliogabale ou l'Anarchiste couronné*）是阿尔托受罗贝尔·德诺埃尔所托，于1933年开始创作的一部结合了传记和虚构的历史题材作品，讲述了罗马帝国皇帝赫利俄加巴路斯的一生。它于1934年4月由罗贝尔·德诺埃尔出版，并配有安德烈·德兰（André Derain）的六幅素描。全书共分三章，这里选译了第三章"无政府状态"（L'Anarchie）的后半部分，即赫利俄加巴路斯在218年击败马克里努斯之后的故事。

赫利俄加巴路斯（约203—222），塞维鲁王朝的皇帝（218—222）。本名瓦里乌斯·阿维图斯·巴西亚努斯（Varius Avitus Bassianus），登基后改名为马尔库斯·奥瑞里乌斯·安东尼努斯（Marcus Aurelius Antoninus）。因崇拜埃梅萨的太阳神而被后人称为埃拉加巴路斯（Elagabalus）；又因赫利俄斯（Hélios）是希腊神话中的太阳神，他也被称为赫利俄加巴路斯。

　　战事告终，赢得王位，是时候回罗马了，是时候辉煌登场了。不像塞普蒂米乌斯·塞维鲁那样率有战备的兵士，而是以一位真正的太阳王的方式，以一位炫耀其短暂王权的君主（他靠战争赢取这短暂的王权，但又必须抹除对那场战争的记忆）的方式。

　　这一时期的历史学家从不缺乏用以描绘其加冕礼的修辞，这是他们修饰、和平的才性。他们满溢的华丽辞藻。必须要说的是，赫利俄加巴路斯的加冕仪式始于 217 年夏末的安条克，结束于次年春天的罗马，其间的冬天则在亚洲的尼科米底亚。

　　尼科米底亚就是那年头的里维埃拉、多维尔。正是在谈及赫利俄加巴路斯于尼科米底亚的逗留时，历史学家开始勃然大怒。

　　朗普里狄乌斯似乎曾自命性爱十字军圣路易的乔伊维尔，他带着一名男性随员，而不是十字架、长矛或剑。以下是他的话：

　　"皇帝在尼科米底亚过冬期间，由于他行为方式极其恶心，许可男人进行背德的互惠交易，士兵们很快就后悔起他们曾经的所为，并痛苦地记起他们密谋反对马克里努斯，造就了这个新王子；因此，他们决定寄希望于赫利俄加巴路斯的表弟亚历山大，马克里努斯死后，元老院曾授予他恺撒头衔。谁能忍受一位沉迷于肉身窍门之欲望的王子，在野兽们都不被允许这样行事的时候？最后，他到了这样的地步：在罗马，他唯一忙的事就是派遣密使，嘱托的使命便是找到最适合他恶劣爱好的男子，并带他们到宫殿，以便他能够享受他们。

"他享受，而且上演帕里斯寓言，他自己扮作维纳斯，突然，衣物褪落足部，全然裸露，一只手抚在胸乳，一只手持握性器，他跪下来，抬起臀部，把它呈给放荡的性伴。同样，他按照描画中维纳斯的脸来打扮自己的脸，注意让周身完全滑溜，他自视能够从生命中获得的首要优势便是，他断定自己擅于满足最大可能量的淫荡爱好。"

他从容不迫返回罗马，沿帝国护卫队行进的路线（那支庞大的护卫队就像是在拖着所经之国家行进），假皇帝现身了。

摊贩们、劳工们、奴隶们，目睹统治上的无政府状态，目睹王室世袭制度统统被推翻，以为自己也能成王。

"果不其然，"朗普里狄乌斯像是在说，"无政府状态！"

不满足于把王座变成一个舞台，不满足于给自己所经之国家树立一个软弱、混乱和堕落的榜样，他现在把帝国的领土变成了一个舞台，并启发了假国王。世界上没有比这更好的无政府状态的例子了。因为对朗普里狄乌斯来说，在维纳斯和帕里斯寓言的十万人民面前，这种栩栩如生的表演，造就了狂热的状态，引发了各式的幻象，是危险的无政府状态的一个例子。那是被置于最真切之现实层面的诗歌和戏剧。

但如果我们仔细检视一番，便会发现朗普里狄乌斯的谴责站不住脚。赫利俄加巴路斯到底做了什么？他也许把罗马的王座变成了一个舞台，但在这样做的过程中，他引入了戏剧，而且，通过戏剧，诗歌也被引至罗马的王座，进入了罗马皇帝的宫殿，而诗歌，当它真实，当它值得付出鲜血，它便证明了流血的正当性。

因为这是合理的假设：时间上，如此接近古老的秘仪和牛祭的洒血，以这种方式被带至舞台的人物不能表现得如同冷酷的寓言，但是，因为他们昭示了天性的力量——我的意思是，第二天性，与太阳内圈对应的天性，第二太阳，按照叛教者尤里安的说法，其介乎外缘和中心（我们知道只有第三个是可见的）——所以他们必定保留了纯粹元素的力量。

除此之外，赫利俄加巴路斯可能以任何他选择的方式违反罗马的礼仪和习俗，他可能抛弃掉神圣的罗马长袍，穿上腓尼基紫袍，树立起无政府状态的榜样：作为一位罗马皇帝，采纳另一国家的服装；作为一个男人，穿女装，满身宝石、珍珠、羽毛、珊瑚和护身符：从罗马人的观点来看，对赫利俄加巴路斯而言，无政府的便是对秩序的忠诚，而这意味着这种从天国掉下来的礼仪通过各种可能的方式又回到了那里。

在赫利俄加巴路斯的宏丽中，在这种对混乱的狂热中，没有什么是无缘无故的。这种狂热只不过是运用了一种形而上学的、优越的秩序观念，即统一观念。

他把自己虔诚的秩序观念像缕烟一样喷在拉丁世界的脸上；他非常严格地运用它，带着一种严谨而完美的想法，这观念里有一种超自然的、神秘的完美和统一观念。认为这种秩序概念也是诗意的，这并不矛盾。

赫利俄加巴路斯对拉丁思想和意识进行了系统而愉悦的道德败坏；如果他能够活到完成这种败坏时，他会把对拉丁世界的这种颠覆发挥到极致。

无论如何，没人能否认赫利俄加巴路斯那些观念的逻辑连贯性。没人能怀疑他运用它们时的固执。这位登基时仅有十四岁的皇帝，是个字面意义上和实际意义上的神话狂（mythomane）。也就是说，他看过了既有的神话，并加以运用。他就用了一次，也许是历史上唯一一次，真实的神话。他把一种形而上学的观念投到那可怜的陆地和再也没人相信的拉丁假人的混乱之中，投到那小于其他任何地方的拉丁世界之中。

他惩罚了拉丁世界，因为拉丁世界不再相信它自己的神话或任何别的神话，他毫不掩饰自己对这个农民出身的种族的蔑视，他们面朝土地，除了静观从地里能长出什么东西来，他们从来不知还能做些什么事情。

这个无政府主义者说：

没有上帝，也没有主宰，唯我独尊。

赫利俄加巴路斯，一旦登上王位，便不再接受律法；他便是主宰。他个人的律法将是所有人的律法。他强施暴政。每个暴君本质上都是个无政府主义者，他夺取了王位，使每个人都臣服于他。

然而，赫利俄加巴路斯的无政府状态中还有另一种观念。他相信自己是神，将自己认同为神，他从未犯过这样的错误：发明一种人的律法，一种荒谬可笑的人的律法，作为神的他通过这律法言说。他遵循自己已然开始拟订的神的律法，而且，必须承认的是，除了一些零零星星的放纵，一些不重要的客套话，赫利俄加巴路斯从未放弃神之化身（而非庆祝神之千年仪式的神）的神秘观点。

一到罗马，赫利俄加巴路斯就把那些男人赶出参议院，以女人取替他们。对于罗马人而言，这便是无政府状态，但是，对于生产了泰雅紫[1]的月经宗教而言，对于赋生这状态的赫利俄加巴路斯而言，它仅代表一种平衡的恢复，一种对律法的逻辑回归，因为它是女人，宇宙秩序中的第一位出生者、第一位抵达者，负责制定律法的人。

---

1　泰雅紫是从腓尼基提尔古城当地的一种软体动物中提取出来的。

★

　　赫利俄加巴路斯最终在 218 年春天抵达罗马，在这之前，整个巴尔干半岛举行了一场奇异的性爱游行，一场盛大的狂欢活动。现在，他那支着遮篷的马车急速驰奔，在他身后，一根重达十吨的菲勒斯（Phallus）跟随着队列，它装在一个巨大的笼子里，这笼子就像是为鲸鱼或猛犸象准备的。现在，停下来，在愚蠢和恐惧的人群面前，炫耀他的财富，尽其所能地展示他的奢华、慷慨和奇异。三百头暴怒的公牛被成群拴住的狂吠鬣狗驱赶着，这菲勒斯安置在轮子如象腿般硕大的巨型低矮平板上，就由它们拖着，以斑马奔跑的速度，行过了土耳其的欧洲部分、马其顿、希腊、巴尔干半岛和现在的奥地利。

　　然后，音乐时不时响起。队伍停了下来。遮篷被卸下。菲勒斯被安到基座上，用绳子吊起来，前端抬高。从里面出来的是一群娈童，还有演员、舞者、被阉割的木乃伊般的祭司。

　　因有死者的仪式，区分性别的仪式，那些什物已然被拉伸、鞣革、尖端发黑如受火变硬之棍棒的男性器官制成。那些器官——像插在钉子上的蜡烛，像狼牙棒上的倒刺，被固定在杆子的末端；像铃铛一样挂在金制的拱门上；像盾牌上的钉子，被附着在火焰之中、舞蹈祭司之间的巨大盘子上，人们踩着高跷操纵它们，让它们像活的造物一样舞蹈。

　　一直处在阵发和癫狂之中，在声音变粗且穿入生产的女性的低音时，赫利俄加巴路斯到来，他耻骨上佩着一种铁蜘蛛（每次他的大腿过量运动，它的脚爪便剥裂他的皮肤、抽取他的血液），他大腿上撒了番红花——他的器官蘸了黄金，覆以黄金，固定、僵化、没用、无害——他戴着太阳王冠，他的披风缀满宝石、覆以火焰。

　　他的出场有种舞蹈的特质，一种非常有节奏的舞蹈动作，尽管他身上没有舞者的影子。沉默了一会儿，然后火焰升起，狂欢——

一场沉闷无趣的狂欢——又开始了。赫利俄加巴路斯统一了尖叫，集中了遗传和煅烧的狂热、死亡的狂热、徒劳的仪式。

但这些乐器、这些宝石、这些鞋子、这些衣服和织物，这些用弦乐器或打击乐器（响板、铙、埃及鼓、希腊琴、叉铃、长笛等）演奏的狂野独奏曲，这些由长笛、小号、竖琴和涅贝尔琴组成的管弦乐队；还有这些旗帜、这些动物、这些动物皮，这些充斥那年代之历史的羽毛，这所有的惊人奢华由五万骑兵守卫，他们想象自己是在护卫太阳——这宗教性的奢华是有意义的。一种强大的仪式意义，因为赫利俄加巴路斯作为皇帝的所有行为都具有意义，与历史的裁决相反。

218 年 3 月的一个黎明（当时正好是古罗马历的 3 月 15 日），赫利俄加巴路斯进入罗马。他进城时调换了队列的前后顺序。在他之前是菲勒斯，由三百个袒胸露乳的姑娘拖行，她们走在三百头公牛前面，它们现在行动迟缓，神情平静，在黎明前的几个小时里，它们被喂了一种非常强效的催眠药。

他走进像彩旗一样在风中飘扬的羽毛所构成的一片绚烂虹彩之中。他身后是一座金碧辉煌的城市，隐约有些鬼魅。他面前是一群芬芳的女人，还有迷迷糊糊的公牛，马车上的菲勒斯在那把大阳伞下闪着金光。两边是击板、吹长笛和横笛、弹琴、敲亚述铙的双纵队乐师。更远处的后面，是三位母亲——朱莉亚·梅萨、朱莉亚·索米亚斯和基督徒朱莉亚·玛玛亚（她在打瞌睡，什么都没意识到）——的小崽子们。

赫利俄加巴路斯于 3 月 15 日黎明时分进入罗马，并非从罗马人的观点来看，而是从叙利亚祭司的观点来看，这一事实表现了对已然成为强大仪式的一种原则的间接运用。最重要的是，它是这样一种仪式：从宗教的观点来看，它有自己的意义；但从罗马人习俗的观点来看，它意味着赫利俄加巴路斯逆向进入罗马，成为统治者，也意味着他首先让自己被整个罗马帝国鸡奸。

在以这种娈童信仰的职业为标志的加冕典礼之后，赫利俄加巴路斯、他的祖母、母亲和他母亲的姐妹（背信弃义的朱莉亚·玛玛亚）在卡拉卡拉宫安顿下来。

尚未抵达罗马，赫利俄加巴路斯就公开宣示无政府状态，并对他所遭遇的以戏剧的伪装出现并把诗歌带至前来的无政府状态施以援手。

当然，他砍掉了五个无名叛乱者的头，他们竟胆敢以自己完全微不足道、无足轻重的民主个人的名义索求皇位。但他偏爱那个演员的英勇事迹，他是个天才的叛乱者，如今他装扮成提亚拿的阿波罗尼乌斯，又装扮成亚历山大大帝，身穿一袭白衣出现在多瑙河岸边的人民面前，额上戴着斯堪达王冠，这王冠可能是他从皇帝的辎重里偷来的。赫利俄加巴路斯非但没有追击他，还把自己的一部分军队委派给他，把自己的舰队借给他，这样他就能征服马科曼尼人。

但这支舰队的所有船只都发生了泄漏，在第勒尼安海中央，他下令制造一场戏剧性的海难，海难引发的大火使他放弃了篡位者的企图。

赫利俄加巴路斯，作为皇帝，表现得像一个暴徒和无礼的自由主义者。在第一次有些庄严的集会上，他突然问这个国家的大人物、贵族、列席的参议员、整个秩序的立法者，他们年轻时是否也知道娈童，他们是否干过鸡奸、吸血、与梦中女妖交媾或与动物乱交的勾当，按照朗普里狄乌斯的说法，他尽可能以最为粗鲁的措辞提出了这个问题。

我们可以想象，赫利俄加巴路斯的奴仆和女人给他涂了胭脂，陪侍左右，从那些白发苍苍的老人中间走过，拍拍他们的肚子，问他们年轻时是否也有过鸡奸行为；那些老人羞耻得脸色发白，在愤怒之下低下头，忍气吞声。

比这更妙的是，他在公共场合用手势模拟淫行。

"太离谱了，"朗普里狄乌斯说，"竟用手指来表现淫秽，就像他常在集会上和人民面前把所有的羞耻都抛到风中一样。"

当然，这里头还有幼稚症之外的东西；这里头包含了他想要以暴力来展示自己的个性、自己对基本事物之爱好的欲望：天性本然。

我们很容易把赫利俄加巴路斯的一切都归因于疯狂和年轻，而这一切在他看来只不过是对某种秩序的系统性蔑视，且符合对精心组织之堕落的某种欲望。

在我看来，赫利俄加巴路斯并非疯子，而是反叛者。

1. 反对罗马多神崇拜的无政府状态。

2. 反对他自己已然鸡奸的罗马君主政体。

但于他本人而言，这两种反抗、这两种叛乱是一体的，在他四年统治期间，它们指导他所有的行为，它们支配他所有的行动，甚至最为无足轻重的那些。

他的叛乱是系统且精明的，这叛乱首先指向他自己。

当赫利俄加巴路斯扮成娼妓，在基督教堂或罗马神庙门口以四十分的价格出售自己时，他不仅是在追求罪恶的满足，也是在羞辱罗马君主政体。

当他任命一名舞者来领导他的禁卫军时，他正在制造一种不可置疑但危险重重的无政府状态。他藐视那些君主，也就是他的前任，安东尼和马库斯·奥里利乌斯的怯懦，在他看来，指挥一群警卫，一名舞者便可胜任。他把软弱称为强力，把戏剧称为现实。他颠覆既定的秩序，颠覆关于事物的惯常观念和概念。他是个彻彻底底、危险重重的无政府主义者，因为他向所有人展露自己。简而言之，他冒着生命危险。而这就是一位勇敢的无政府主义者的作为。

他挑选那些器官硕巨的人当大臣，以此继续他贬损价值观念、加剧道德混乱的计划。

"他安插御夫戈尔狄乌斯来当他的夜卫长，"朗普里狄乌斯说，"任命一个叫克劳狄乌斯的道德审查员为大总管；其他所有公职均按候选人器官的大小来分配。他接续委任一个赶骡人、一个赛马人、一个厨师和一个锁匠为百分之五遗产税征收人。"

这并未阻止他个人对这种混乱、这种无耻道德放纵的利用，并未阻止他淫秽习性的养成，也并未阻止他像个疯子和着魔的人一样，固执地把通常被遮掩起来的东西暴露到阳光下。

"宴会上，"朗普里狄乌斯继续说，"他喜欢坐在男妓们身边，他享受他们的抚摸，唯有男妓们亲手递来的他们尝过的酒，他才会欣然接受。"

所有的政治结构，所有的治理形式，首要的目的都是对年轻人的控制。赫利俄加巴路斯也试图控制罗马青年，但与世界其他地方的情况相反，他设想的方式是系统性地使他们堕落。

"他想出了一个计划，"朗普里狄乌斯说，"在每个城镇设立一个以腐化青年为职务的官长。罗马本来会有十四个这样的官长；如果他活着，下定决心要把一切最为罪恶的东西和从事最低等职业的人提升至最高的荣誉，他就会这样做。"

我们无法怀疑赫利俄加巴路斯对他那个时代罗马世界的极度蔑视。

"不止一次，"朗普里狄乌斯评述道，"他对参议员们表现出如此的蔑视，乃至于他把他们称作身穿长袍的奴隶；罗马人民对他来说不过是土地耕种者，而他并不考虑骑士规则。"

他对自由戏剧和诗歌的爱好在他第一次婚姻时就表现出来了：在整个漫长的罗马仪式中，他身边站着十几个醉醺醺的人，他们不停地叫喊："把它戳进去，把它塞进去。"这让当时的小道消息贩子极为愤怒，以至于他们都忘了描述他未婚妻的反应。

赫利俄加巴路斯结过三次婚。第一次是跟科涅莉亚·宝拉，第二次是跟维斯塔女祭司长，第三次是跟一个长得像科涅莉亚·宝拉的女人；然后他跟她离了婚，又回到他的维斯塔女祭司身边，最终他回到科涅莉亚·宝拉身边。这里必须指出的是，赫利俄加巴路斯娶维斯塔女祭司长，并非像战前某些王公贵族娶巴黎歌剧院的领舞那样，而是怀着亵渎神明和冒犯圣物的意图，这引起了另一位历史学家狄奥·卡西乌斯的强烈愤慨。

"这个人，"他写道，"本该被抽上一顿鞭子，关到监狱里去，投到杰莫尼亚台阶下，把圣火守护者带至他床榻，在一片静寂中把他摧折。"

我认为赫利俄加巴路斯是第一位敢于推翻战争仪式和圣火守护的皇帝，也是第一位玷污——他本应这样干——帕拉狄乌姆（Palladium）神庙的皇帝。

赫利俄加巴路斯为自己名叫埃拉加巴利乌姆的神造了座庙，就在罗马人侍神的中心区域，就在那座供奉巴拉丁山朱庇特（Jupiter Palatin）的平淡无奇的小庙的旧址上。在神庙被拆毁后，他造了座更奢华但规模较小的埃梅萨神庙复制品。

但赫利俄加巴路斯对自己的神的热忱，对仪式和戏剧的爱好，最好的例证莫过于给黑石（Pierre Noire）婚娶一个配得上他的新娘。他在整个帝国觅寻这个新娘。因此，他甚至会对石头举行神圣的仪式，他会展示这象征物的力量。整个历史都把这当作他的另一种疯狂和一种毫无意义的孩子气行为，但在我看来，这是他对诗歌之虔诚的物质性和严谨性证明。

但赫利俄加巴路斯憎恶战争，他的统治不会被一场战争玷污，就像他被建议的那样，他不会把帕拉狄乌姆——应被称作赫卡忒的帕拉斯手上那嗜血的帕拉狄乌姆，就像她所司的黑夜一样，乃是未来武士的孕育者——赐予埃拉加巴路斯为妻，而是赐予他迦太基的塔尼特－阿斯塔特，她的淡乳自为摩洛克置备的牺牲远流。

　　菲勒斯，也就是黑石，其内表面有一种诸神凿刻的女性器官，这又有什么关系呢？赫利俄加巴路斯想通过这种实在化的交合来表明器官是活动的，且功能齐备，它的假拟性和抽象性无关紧要。

　　一种奇怪的节奏强化了赫利俄加巴路斯的残酷；这个创始者以艺术的方式行一切事，以对举的方式行一切事。我的意思是，他做任何事情都有两个层面。他的每一个手势都是双刃的。

　　秩序，混乱，

　　统一，无政府，

　　诗歌，不谐和，

　　节奏，不协调，

　　庄严，孩子气，

　　慷慨，残酷。

自皮提亚神的庙宇新建的塔顶，他抛投下麦子和男性器官。

他豢养一群被阉割的人。

　　当然，伴随着他对阉割的命令，没有琵琶，没有大号，也没有小号组成的管弦乐队，但他每次都这样下令，就像许多个人阉割行为一样，仿佛那便是神自己，即被阉割的埃拉加巴路斯。在皮提亚神节日当天，因着那最为残酷的满足，成袋的男性器官自塔顶抛投而下。

我没法发誓说，一支由小号或绷着嘎吱作响之琴弦、琴身硬实的涅贝尔琴组成的管弦乐队，就不会隐藏在螺旋塔的地下室里，以掩盖被阉割的寄生虫的尖叫；但这些殉道者的尖叫几乎同时得到了欢欣的人群的响应，人们朝赫利俄加巴路斯欢呼，他正给他们分发相当于好几块麦田产出的粮食。

良善、邪恶、血液、精液、玫瑰酒、防腐油、最昂贵的香水，围绕着赫利俄加巴路斯的慷慨，创造出无数次的灌溉。

由此产生的音乐超越于耳朵，在没有乐器和管弦乐队的情况下，直达心智。我的意思是，那粗鄙的噪音，那微弱的管弦乐队的主题发展，与这此起彼伏的欢呼相比，与这来了又去的怪异而不谐和的声潮相比，就什么也不是了。这声潮源自他对残酷的慷慨，源自他对混乱的爱好、对一种与拉丁世界无关的秩序的追求。

我再说一遍，除了甘尼斯所行的暗杀（这是唯一可归到他头上的罪行），赫利俄加巴路斯只杀死了马克里努斯（其本身就是叛徒和刺客）的寄生虫，他在任何情况下对人的鲜血都非常俭省。在他统治期间，流血的量和实际死亡人数之间存在着惊人的不平衡。

我们不知道他确切的加冕日期，但我们知道他那天的慷慨耗费了帝国的国库。他慷慨的程度足以危及自己的物质安全，并使自己在余下的统治时间里负债累累。

他没有停止努力使他的慷慨大度符合他自己心目中的国王形象。

他用大象取替了驴子，用马取替了狗，用狮子取替了虎猫，用全院的祭司舞者取替了一群弃儿。

处处皆富足、过剩、充裕、无度。最纯洁的慷慨和怜悯，足以抵消一波又一波的残酷。

走过集市时，他因民众的穷苦而哭泣。

但同时，他在整个帝国遍寻准备好了器官的水手，赐予他们贵族的名号，囚犯和曾经的杀人犯可以在他性侵的过程中毫不示弱地回敬，他会用他们可怕的粗鲁来调剂自己宴会的骚乱。

与宙提柯斯一道，他开创了鸡巴的裙带关系！

"在他统治期间，某个宙提柯斯的权势是如此盛大，别的所有高官待他就好像他是他主人的丈夫。此外，同样是这个滥用其亲昵权利的宙提柯斯，对赫利俄加巴路斯的一切言行均予以重视。他图谋大财，威胁一些人，诺允另一些，欺哄普天下，及至他从王子那里回来，便去跟众人说：'我已经呈说了你们那些事，这是我打听来的事关你们的情况；这是将发生在你们身上的情况。'就像这类人（王子们也承认太亲昵他们了）习惯的那样，他们出卖自己主人的声誉，不管他是坏是好；由于皇帝们的愚蠢和经验的匮乏（他们什么也没注意到），这类人才敢以泄露狼藉的声名为乐……"

他挫败了赫洛克勒斯的背叛，他哭得像个孩子；然而，他非但未对这个下层御夫施暴，还转而把他的暴怒泄向己身，因为遭一个御夫背叛了，他便惩罚自己，他鞭笞自己，直至血流不止。

他赐予了那些人于他们而言重要的一切：

**面包和玩乐。**

豢养那些人时，他甚至还满怀激情地培育他们；他给他们加官进爵，而这才是一切真正的辉煌所必不可少的。那些人从未被他的血腥暴政牵连、伤害，他的暴政从未搞错对象。

所有被赫利俄加巴路斯送上囚犯船的人，所有被他阉割或鞭笞的人，均来自贵族、名门、他自己宫中的鸡奸者、宫廷的寄生虫。

正如我说过的那样，他系统地追求所有价值和秩序的堕落、毁灭，但令人钦佩的，证明拉丁世界无可救药之堕落的，事实上也就是他连续四年，在众目睽睽之下，在没有任何人抗议的情况下，进行这项系统性的毁坏工作；而他的垮台并不比一座宫殿的坍圮更重要。

★

然而，倘若赫利俄加巴路斯从一位女人换到另一位女人，正如他从一名御夫换到另一名御夫，那么他也可以从一颗宝石换到另一颗宝石，从一袭长袍换到另一袭长袍，从一个节日换到另一个节日，从一件饰品换到另一件饰品。

借由宝石的颜色和触感，借由衣服的形制，借由对节日的安排，借由对那些甚至可以刺穿其皮肤的宝石的布置，他的心智进行奇异的旅行。正是在此间，我们看到他面色苍白，我们看到他在追求一种突至的感觉、一种苦难（这是他在面对一切皆可怖地逸散时所固守的）时抖颤不已。

这里有种优越的无政府状态被揭示了出来，在这种无政府状态里，他极度的不安火一样烧了起来，他从一颗宝石换到另一颗宝石，从一阵爆发换到另一阵爆发，从一种形式换到另一种形式，从一束火焰换到另一束火焰，仿佛他在神秘内在的刺激漫旅中，正从一个灵魂换到另一个灵魂，而在他之后，再无人如此。

每天换一袭长袍，在每一袭长袍上都缀一颗宝石，还绝不重样，且对应天国的迹象。在这样的事实里，我看见一种危险的偏执狂，对别的人而言是这样，对屈服于此的人来说也是如此。这偏执狂中，不仅有对奢华的爱好或对不必要之浪费的酷嗜——还有一种巨大的、永不满足的心智狂热的证据，一个渴求情感、运动和行旅的、爱好变形的灵魂的证据。无论必须为了这些付出怎样的代价，或者因此产生怎样的风险。

而且，邀请跛子到他餐桌上，一天天改善他们虚弱的体态。我想指出，这样的事实里有对疾病和不适的令人不安的爱好，这种爱好会扩展成对最大可能范围内的疾病的追求，即对流行病范围内一种永久性传染病的追求。这也是无政府状态，但这是精神上的、似是而非的，更为残酷，更加危险，因为它是微妙和隐蔽的。

他花上一天时间来吃一顿饭，这意味着他正在为他的食物消化导入空间，也意味着一顿饭开始于黎明，在太阳行过四个基本方位后，结束于傍晚。

因为从一个小时到另一个小时，从一个盘子到另一个盘子，从一个房子到另一个房子，从一个方位到另一个方位，赫利俄加巴路斯一直都在运动。餐饭的结束表明他已经完成了这个图形，他已经在空间中闭合了这个圆，在这个圆中他已经固定住了消化的两个极点。

赫利俄加巴路斯在最荒谬的宏丽中，突然迸发出对艺术的追求，对仪式和诗歌的追求。

"他款待宾客的鱼总是用一种像海水一样蓝的酱汁来烹煮，而且保留了鱼本然的颜色。有段时间，他在漂着玫瑰花的玫瑰花酒里沐浴。他和他的随从在那里喝酒，用甘松香薰香浴室。他把灯里的油换成香油。除了他的妻子，没有哪个女人接受过他一次以上的拥抱。他在自己的房子里为他的朋友、他的心上人和他的仆人建了妓院。他晚饭花的钱从不少于一百塞斯特斯。就这样，他超越了维特里乌斯和阿比西乌斯。他用牛把鱼从鱼塘里拖出来。有天，走过集市时，他因人民的贫苦而哭泣。他过去常喜欢把他中意的东西绑在风车的轮子上，转动它，一会儿把它们投进水里，一会儿又把它们提起来，他管它们叫亲爱的伊克西翁。"

不仅罗马世界被他搞得乱七八糟，罗马的土地和乡村亦复如是。

"据说，"朗普里狄乌斯说，"他在人手挖的装满酒的湖上举行了一场模拟海战，战斗人员的披风上喷洒了用脓液提炼的香精；在那些阻碍他前进的坟墓被毁坏之后，他驾着驱使四头大象的战车驰至梵蒂冈；在这个马戏团里，为了让他个人显得壮观，他给战车并排套上了四匹骆驼。"

其死是对其生的加冕；如果仅从罗马人的观点来看是这样，那么从赫利俄加巴路斯的观点来看也是如此。赫利俄加巴路斯的死是一个反叛者的可耻之死，但这个反叛者为自己的观念赴死。

面对这种由诗歌的无政府状态的过度所引发的普遍愤怒，加之背信弃义的朱莉亚·玛玛亚的暗中指使，赫利俄加巴路斯允许自己被复制。他满怀信心，任命了一个拙劣地模仿自己的副手，有点像第二皇帝，也就是朱莉亚·玛玛亚年幼的儿子亚历山大·塞维鲁。

但如果埃拉加巴路斯既是男人，也是女人，那他就不是同时并存的两个男人。这其中包含有一种实质的二元性，对赫利俄加巴路斯而言，这二元性是对理性的侮辱，赫利俄加巴路斯无法接受这二元性。

他第一次反叛，但并不是煽动那些爱戴他的人来反对这位年轻的童子皇帝，赫利俄加巴路斯——那些从他的慷慨中获利的人，那些他为其贫苦哭泣的人——他试图调遣自己的禁卫军来暗杀亚历山大·塞维鲁，这支禁卫军仍由一个舞者领导，他并未意识到这人公然的背叛。赫利俄加巴路斯的警卫试图动用武力来反对自己；朱莉亚·玛玛亚敦促他们；但朱莉亚·梅萨介入了。赫利俄加巴路斯方能及时逃脱。

一切都消停了下来。——赫利俄加巴路斯本可接受这既成的事实，本可忍受他所嫉妒的这位面色苍白的皇帝的迫近，这位皇帝尽管不受人民爱戴，至少也招士兵、警卫和名门喜欢。

但现在，恰恰相反的是，赫利俄加巴路斯展示了他的一切：一个散漫而狂热的幽灵，一个真正的王，一个反叛者，一个狂乱的个人主义者。

接受、屈服可赢得时间；这是在不保证其生活安宁的情况下接受他的垮台，因为朱莉亚·玛玛亚是主使，他很清楚，她不会退位。居于绝对君权和她的儿子亚历山大·塞维鲁之间的，只有一个身体，一颗伟大的心，但这个所谓的女基督徒对此只有仇恨和蔑视。

一命换一命，那只是一命换一命！亚历山大·塞维鲁的，或他自己的。无论如何，这便是赫利俄加巴路斯的感受。他心里打定主意，这将是亚历山大·塞维鲁的命。

第一次警报解除后，禁卫军平静了下来；一切都恢复了秩序，但赫利俄加巴路斯却自作主张，重燃大火，引发混乱，从而证明他仍然忠于自己的方法！

222 年 2 月的某个夜晚，在使者的鼓动下，一群平民——御夫、艺术家、乞丐、江湖郎中——试图入侵亚历山大·塞维鲁和朱莉亚·玛玛亚紧挨着的寝宫。但宫殿里满是武装的卫兵。拔剑声、击盾声，用于集结埋伏在这宫殿每个房间里的军队的军钹声，这些都足以使一帮几乎没有武装的乌合之众溃散。

就在这时，武装的卫兵转而攻击赫利俄加巴路斯，他们在宫殿四处搜捕他。朱莉亚·索米亚斯见了这乱窜的人群，吓得跑开去。她发现赫利俄加巴路斯在一条人迹罕至的走廊上，她叫喊着让他逃跑。她陪他一起逃离。追击者的呼喊声从四面八方逼近，他们步伐沉重的奔跑竟使城墙抖颤，一种莫名的恐慌攫住了赫利俄加巴路斯和他的母亲。他们感到自己完全被死亡围绕。他们跑进大松树树荫下一直斜着延伸至台伯河的花园。在一个偏僻的角落里，在一排茂密的香黄杨和冬青栎后面，士兵们把犁沟一样在地面开掘出来的战壕当作露天茅坑。台伯河太远了。士兵们靠得太近了。赫利俄加巴路斯吓得发狂，突然跳进了茅坑，投入粪便里。这便是结局。

看见了他的军队追上他；他自己的禁卫军已然抓住了他的头发。接下来是肉铺里的一幕，令人作呕的血浴，古老的屠宰场活人画。

粪便和血液混在一起，溅在猎食赫利俄加巴路斯和他母亲的血肉的剑上。

然后他们把尸体拖出来，举着火把将尸体运走，在惊慌失措的民众面前拖着尸体穿城而过，拖着尸体经过贵族们的宅邸前，他们打开窗户鼓掌。大片人潮涌向台伯河码头，紧随着这成堆的惨烈的血肉，它们的血已经流尽，就凝固在那上面。

"弄到下水道里去！"现在，从赫利俄加巴路斯的慷慨中获利，但消化得太快了的民众号叫起来。

"弄到下水道里去，把这两具尸体！把赫利俄加巴路斯的尸体弄到下水道里去！"

这帮暴民厌腻了鲜血和这两具尸体的淫秽情状——赤裸的、被蹂躏的，展示着他们所有的器官，甚至是最私密的器官——他们试图把赫利俄加巴路斯的尸体塞进他们来到的第一个下水道洞子里。但是，尽管这尸身纤瘦，它还是太宽了。他们必须重新考虑。

埃拉加巴路斯·巴西亚努斯·阿维图斯（又名赫利俄加巴路斯）这个名字，已经被加上了绰号瓦里乌斯（Varius），因为他是妓女所生，由多颗种子形成。后来人们给他起名为台伯里安（Tibérien）和被拖着走的人（Traîné），因为在人们尝试把他塞进下水道后，他就被拖着扔进了台伯河；但当他们到达下水道边时，因为他的肩膀太宽了，他们想把他削一削。于是他们剥去了皮肤，露出了骨骼，他们想要让其保持完整；然后他们可能会追加两个名字：被剥皮的人（Limé）和被削肉的人（Roboté）。但被削剥后，他显然还是太宽了，他们把他的尸体抬着投进台伯河，河水将它冲到海里去，接着是朱莉亚·索米亚斯的尸体。

赫利俄加巴路斯就这样结局了，没有碑文，没有坟墓，只有一个恐怖的葬礼。他死时是个懦夫，却处于公然反叛的状态；这样的一生，被这样的死亡加冕，我想，不需要结论。

十六

# 《戏剧及其重影》
# 周边写作（1931—1935）*

## 马楠、尉光吉　译

## 虚构会议

去年 12 月 8 日，受"艾弗尔"团体之邀，我参加了一场关于戏剧的讨论。[1] 我已把我自己关于该问题的想法以一种极其简洁甚至概括的方式浓缩到几页纸上。我想，所提的问题是：戏剧的命运。对此，我做出了直接且完全坦率的回应。我想说，我不关心自己面对的是什么样的听众，我试着从本质上哲学地思考戏剧。在我的话语落入的死一般的沉寂里，我察觉到一种抽象的姿态，它由来已久。无疑，我丝毫没有一位真正哲人的样子，而我所用的语言，由于我在哲学术语使用方面的巨大愚钝，在我口中变得滑稽。虽然我几乎未在房间内发觉任何可笑的东西，但毫无疑问有人憋着笑声，这表明窃笑的家伙们自己也不肯定，远远没有我本人来得确信，但它还证实了，哲学，哪怕是一个半吊子运用于戏剧的哲学，当其被表达出来时，也只能引起惊愕。

这些盼望心灵受到剧烈撼动的家伙们觉得自己大失所望。如此的失落令我满意。而我下台时终于得到一个印象，仿佛我在说一种连我自己也不太清楚、不被任何精神理解的死语言，只有博学之士还懂得如何运用它。这不是我所宣告的话语，但很快我就觉得我应该向这帮听众宣告，对这些上流人士，这些不入流的戏剧艺术家，这些从年轻时就被戏耍了的戏剧作者，还有这些渴望趁早被戏耍的年轻人。

---

1 "艾弗尔"（Effort）是 1929 年在蒙特勒伊成立的一个知识分子和艺术家团体，由安德烈·波雷尔（André Borel）担任主席。1931 年 12 月 8 日，"艾弗尔"在耶拿厅组织了一场名为"戏剧的命运"的讨论，参与者包括阿尔托、勒内·布吕耶（René Bruyez）、勒内·福舒瓦（René Fauchois）、勒诺尔芒（H. -R. Lenormand）、安德烈·朗桑（André Ransan）、让·瓦西欧（Jean Variot）和保尔·维亚拉尔（Paul Vialar）。

人们会抗议，想反对这一几乎过于宏大且无疑超出了我思考戏剧问题之手段的野心勃勃的方式，而我说，此时此刻，只有在普遍的层面上才能提出问题，意即，必须对我们赖以为生的一切价值进行全面清算，没有人会否认它们正一个接一个地消失，而这场或许闻到了没落气息的清算，首先发觉到冤仇的结清，而在体系失灵的过程中，它似乎引起了某种肮脏的人类弊病的逆向发展，其姿态由于太过频繁的重复甚至不再滑稽。这些我会稍后再谈。

我们最多能够希望自己看到我们如此关心的戏剧问题被清楚地提出。

但今晚的情况和长期以来一样，因为在这间屋子里，我没有见到一位真正的戏剧人，当然我自己除外，人们将明白为什么这样。

人们将明白为什么这样，在我傻乎乎的主张中，有理的正是我自己。

我说我们正亲历戏剧，或不如说我们正看着它死去，或不如说我们能看着它死去，倘若它还未涉入其中，却比其他事物更快地陷入一种席卷我们观念、我们习俗以及我们所依赖的一切价值的普遍衰落，但由于该阶段的运动过度，由于它的发展走向极端但又丰富得让人着迷，由于它的细微差异增多，同时吸纳了其他所有艺术和与之相似的表达手段，它并没有消逝。简言之，如果我们没法加以明确，如果我们发现自己没法明确地指出戏剧的弊端，如果我们在这场波及整个世界的不断壮大但又普遍化的发展进程中失去方向，那么，我们整个西方世界将走向没落，走向昏迷。

## 戏剧与心理

　　这种关于言语的咒语观念是一种彻头彻尾的东方观念。我们西方人坚持经验，没有冒险走得那么远。然而，可以不太鲁莽地断定，这种对已知事物的屈从，由于其在一切领域里强加的限制，乃是当前西方戏剧发生近乎有机的没落的绝对且直接的原因，而事实上也没有别的原因。如果所有艺术、所有戏剧，还有各个世界本身，需要一种信念才能活下去，那么，可以说，现实和经验的宗教并不是存在的一个充分理由。

　　如果戏剧没有超出词语（取其最普通、平凡的本义）所能达到的范围，那么，它就仍坚持西方的言语观念，这些观念把一切戏剧变成了一种巨大的心理证明，变成了情感传达和思想测量的工作。

　　并且它绝不可能借助意象所产生的振奋，换言之，绝不依靠想象力。

　　但指责现代戏剧缺乏想象力还不够。如果我们还没有明确在**戏剧**里的想象力同语言的关系，以及语言的极端可能性同幽默和诗歌的关系，那么这仍是一种无端的控诉。

## 戏剧与诗歌

　　于此条件下提出戏剧的问题，就是提出语言的问题，这种语言只属于戏剧，因此独立于言语及其与之相连的命运。

　　一种只属于戏剧的语言似乎可混同于一种空间里的语言，比如舞台上可能出现的，与言词的语言截然相反的语言。戏剧语言，简言之，就是舞台语言，既动态又客观。它是舞台上能够用物体、形状、姿态或意义来展现的一切事物的总和。但所有这些元素必须被组织起来，且在组织的过程中脱离其直接的意义，致力于创造一种基于符号而非基于言辞的真正语言。基于意义变化的象征主义观念恰好在此出现。事物将被剥夺其直接的意义而被赋予另一种意义。

＊

　　人们通常将当前戏剧的没落归罪于观众。怪他们没有理解为之精心制作的表演就拒绝了戏剧文本。以此观点来看，至少在法国，长期以来，围绕一个精良的文本，似乎就没出现过什么真正的戏剧表演。似乎关于戏剧之必要性和可能性的观念已经丧失殆尽。一种欧洲的戏剧观将戏剧混同于文本，一切都要围绕对白发生，对白既是起点又是终点。但在我们看来，不套用哲学的、略显专业的纯粹戏剧的观念，则有可能提炼出另一种戏剧观，它将基于纯粹的舞台表达手段得以发展的种种可能性，让一切有效的表演方法都在舞台上发挥作用。这并不意味着舞台调度应该主导文本。在此，必须用一种有机的、深刻的观念来反对某种欧洲的舞台调度观念，反对灯光、布景、动作仅作为文本的一种装饰性的附属，而应主张舞台调度本身有作为一种特定语言的潜力。在文本保留其全部重要性的情况下，赋予舞台调度的一切就只能导致一种对文本的纯艺术的偏离，它因此也是无用的、寄生的。有鉴于此，当所有的戏剧表演都从舞台上直接发展出来，而不成为一个自说自话、故步自封、且完全写好的文本所衍生出的二手货时，戏剧就只能回归它自身。

　　这要求我们直接地质问，口头语言是否如当前欧洲所认为的那样，是表达的手段，我们要问它是否真的满足了生命所需的全部有机本质。这引出了另一个关于口语之目的，关于其进行暗示和创造的既真实又神奇的力量的问题。

无论如何，尽管有人会考虑口语在真实世界里的重要性，但戏剧，在纯粹口头表达之外提供了其他可能性，并不与之直接相关。

戏剧混合着形式世界的目的。它通过形式提出表达的问题，激励我们自在地应对真实世界，

通过幽默，诗歌的创造者。

然后，这种对现实的幽默质疑又促使我们思考：如果我们想要得出最终结论，那么，它将把精神和感觉带向何处。

它一方面把我们引向智性的形而上学，另一方面，由于借助巫术和宗教，能够与使用过的语言分道扬镳，它又把我们引向了有机。

＊

新事物，有时甚至发展辉煌，但无论对自己有着多高的评价，它们都会走向终结，不过或许能够将其自身的理念，传入人类的智慧。

## 戏剧首先是仪式和巫术……

戏剧首先是仪式和巫术，换言之，它与种种力量紧密相关，以宗教和真实的信仰为基础，其效力通过姿势得以传达，与剧场仪式直接相关，后者正是一种巫术的精神需求的实践和表达。

信仰破灭，外在的戏剧姿势存留下来，但清空了一切内在的实质，它是超验的，只在想象和精神的层面上存在。尽管这类姿势没有任何神秘的力量或观念，但其背后蕴藏着一种诗意的真实基质，像是受到了拒斥。观念死了，但其倒影留在了姿势所触发的诗意状态里。纯粹状态下的诗歌所代表的姿势的次要性质和次要程度，仍

有权自称为诗歌，但缺少真实的魔法效力。艺术在没落的边缘。

然而，在此状况下，精神继续制造神话而戏剧继续将其搬上舞台。戏剧继续存活于真实之上，为观众提供一种诗意的生活状态，若将这一状态推向极致，它只会冲下悬崖，但也不失为一种选择，因为当前的戏剧正在粗浅的心理生活中苟延残喘。

此时，戏剧就该利用自然的巫术，与地震、日食的色彩形成共振，此时，诗人就该让风暴说话，让戏剧最终在至高巫术的真实可感的方面下功夫。

其使用的诗歌是黑暗的；即便光彩照人，它也更黑暗，更不透明。

在此状态下，戏剧承担起取而代之的责任。戏剧用一种令人目眩神迷却虚假不实的诗意生活来反对普通生活，反对心理生活，另一种稍微放大、略显可怖的心理生活。众人擦亮各自的刀叉，但他们所吃的东西，即便在符号层面，也索然无味。

我们现在正处于应用生活的阶段，一切都已烟消云散：自然，魔法，图像，力量；在此停顿状态里，人们靠着多愁善感的道德存货过活，而那些老玩意儿百年来一成不变。在此阶段，戏剧已不再生产新的神话。现代生活的机械神话已被电影垄断。电影虽将其抓住，却不会有所作为。电影转身背对精神。至于它能够唤起的潜意识的虚假知识，心理幽灵，诗性幻影，则必须明白，通过与沸腾的生活、与纯粹状态的生活达成和解，我们会重新发现存在的某些本质，会再次拆分心理学的原则，但我们会形而上地将之拆分，并且是为了其超验地代表的东西，而潜意识会再次召唤符号和图像，它们被视作一种超越了心理学的认知手段。

但用摄影来记录的潜意识只会比例失衡地扩大非巫术的已知领域，而我们将永远摆脱不了道德主义的外科手术式的戏剧。

# 征服墨西哥

《征服墨西哥》将上演一些多方面呈现且极具启示性的事件，而非人物。人物各归其位，带着他们的激情和他们个人的心理，但他们被当作某些力量的协调，并且是基于他们在其中扮演各自角色的事件和历史命运的视角。

选择该主题：

1. 一方面，是由于其现实性，由于它能够对欧洲和世界所至为关注的一些难题进行的全部影射。

从历史的角度看，《征服墨西哥》提出了殖民的问题。它以野蛮、无情、血腥的方式，回顾了欧洲根深蒂固的命运。它能够消解欧洲持有的优越地位的观念。它把基督教和更古老的宗教对立起来。它驳斥西方世界对异教和某些自然宗教的错误看法，并以一种悲情、残忍的方式，凸显了这些宗教建于其上的古老形而上学根基的光辉，及其永不过时的诗学。

2. 在提出极其现实的殖民问题，以及一个大陆自以为有权奴役另一大陆的问题时，该作品也提出了某些种族凌驾于其他种族之上的真实优越性的问题，并揭示了把一个种族的天赋与文明的某些确切形式联系起来的内在血统。

它因此让两种关于生命和世界的观念发生碰撞：

（a）自称基督徒的种族的动态观念，但它被引入歧途。

（b）拥有沉思之态和等级化的内在种族的静态观念。

它把殖民者的混乱专制和未来被殖民者的深刻的道德和睦对立起来。

在此，不要管活人献祭，它顶多不过违背了一种原则，而这回，在阿兹特克文明的真正传统里，应从其道德和深度净化的方面来对它加以考虑。

　　而且，面对当时以最不公也最粗野的物质原则为基础的欧洲君主制的混乱，它让无可置疑的精神原则之上建立的阿兹特克君主政体的有机等级制度绽放光芒。

　　从社会的角度看，它展示了一个人人有饭吃的社会所具有的安宁，在那里，革命从一开始就已经完成。

　　在道德的无序和天主教的混乱同异教秩序发生的这一碰撞里，它能够让散布着野蛮对话的种种力量和图像构成的惊人大火迸发出来。而通过一次次肉搏战，它在自身中如烙印般承载着南辕北辙的观念。

　　鉴于这样一个场景的道德根基和现时利害得到了充分的强调，人们会看重它所上演的冲突的舞台价值。

　　首先是蒙特苏马，阿兹特克国王的内心斗争，历史一直未能向我们表明他的动机。

　　我们似乎能从他身上提取两种人格：

　　1. 几乎圣洁地服从命运安排的人格，它被动地实现，十分清楚那个把他和星体联系起来的宿命。

　　人们可以几乎形象地、无论如何客观地表明他的斗争，以及他同星相学的视觉神话的象征性讨论。

　　舞蹈，手势，以及各种表演具象化的典型例子。

　　2. 悲痛欲绝的人，在做出一场仪式的外部姿势，完成臣服的仪式后，他在内心层面上自问，他是不是意外地弄错了什么，他以一种高傲的面对面的姿态进行反抗，而存在的幻影就在其中说话。

　　不管对一个图像有多么确信，出于场景的需要，出于为生命和戏剧辩护的缘故，我们可以从人的角度进行怀疑。最后，除了蒙特苏马，还有人群，社会的各个阶层，人民对以蒙特苏马为代表的命运的反叛，不信教者的喧嚣，哲人和神父的诡辩，诗人的哀叹，商人和资产阶级的反动，女人的口是心非和水性杨花。

　　大众的精魂，事件的气息，在舞台上以物质波浪的形态移动，随处固定一些力线，而某些人衰微的、反叛的、绝望的意识就如麦秆一般漂浮在这些波涛之中，在这些波涛之上。

从戏剧的角度看，难题是确定这些力线并使之达到和谐，是将它们集中起来并从中抽取引人联想的旋律。

这些意象，这些动作，这些舞蹈，这些仪式，这些音乐，这些经过删减的旋律，这些突然缩短的对话，都尽可能用词语进行了仔细的记录和描述，尤其是在演出的非对话部分里。原则就是，要像在一张乐谱上一样，谱写或标注无法用词语描述的东西。

这是按顺序展开的剧情结构。

第一幕：预兆。

展现期待中的墨西哥，及其城镇、其乡村、其穴居人的洞穴、其玛雅的废墟。

一些物品让人大量地想起某些西班牙还愿物，而瓶子或安着凸透镜的镜框里装着怪异的风景。

根据这一原则，城镇、古迹、乡村、森林、废墟与洞穴——它们的出现，它们的消失，它们的显著——都会被闪电唤起。使它们的形态和大致轮廓得以凸显的音乐或绘画的方式会在观众难以觉察的一种秘密旋律的精神里建构起来，而那旋律又与极具灵感和暗示的诗歌息息相关。

一切都在颤抖，嘎吱作响如一个不规律晃动的棚舍。一片风景预感到风暴逼近；物品，音乐，织物，破烂的服装，野马的影子在空气里一闪而过，如遥远的流星，如遍布海市蜃楼的地平线上的闪电，如一阵掠过大地的狂风，其灯光效果预示着大雨来袭，或人类俯首就范，无比激烈。然后，整个灯光开始舞动；人群的所有派别之间喋喋不休的抱怨、争论换来了蒙特苏马与学院里聚集的神父们之间缄默、专注、消沉的对峙，还有黄道十二宫的记号，以及苍穹的严格形式。

在科尔特斯身边，是大海和渺小的废弃帆船组成的舞台背景，而科尔特斯及其手下显得更加高大，个个坚如磐石。

第二幕：忏悔。

这一次科尔特斯看到的墨西哥。

所有的秘密战斗陷入沉寂，明显的停滞，尤其是巫术，一场静止的表演的巫术，闻所未闻，还有光墙一般的城镇，干枯的运河上的宫殿，缓慢悠长的旋律。

然后一瞬间，伴随着一记沉重的声调，一只只头颅为高墙加冕。

随后一阵低沉的自言自语，话里充满威胁，可怕的庄严感，人群中的空隙就像风暴所搅动的空气里平静的口袋：蒙特苏马现身，独自接近科尔特斯。

第三幕：动乱。

在国家的所有层面上，反叛。

在蒙特苏马意识的所有层面上，反叛。

蒙特苏马脑海里浮现战争的画面，与命运争论。

巫术，召唤众神的巫术表演。

蒙特苏马切割真正的空间，把它像女人的性器一样分为两半，让不可见之物喷涌而出。

舞台的墙上塞满凹凸不平的头颅，喉咙；异样破碎的嘶哑曲调，这些曲调的回响如残肢断臂般出现。蒙特苏马自己似乎也裂成两半，变出分身；他自己的一些片段半明半暗；其他部分则光芒强烈，许多手从他的长袍里伸出来，他身上画着众多面孔，就像一场意识的多重会议，但在蒙特苏马的意识里，所有的问题都交给了人群来回答。

黄道十二宫，连同其全部野兽，在蒙特苏马脑中咆哮，变出许多由博学的脑袋所化身成的人类激情，全都擅长诡辩和官方套话——还有秘密表演，人群经过时，无论环境怎样，都不忘对之嘲笑一番。

然而，真正的战士在房子上磨刀，他们让军刀发出怒吼。飞翔的船只穿越泛紫的蓝色太平洋，满载着逃亡者的财富，而另一边，走私的武器抵达了其他飞船。

一个消瘦的人迅速喝完了汤，感到城市正受围攻，而随着反叛的爆发，舞台空间看上去就像填满了尖叫的马赛克，或是一个个人，或是一支支摩肩接踵、排列紧凑、相互猛烈碰撞的部队。整个空间高高地堆砌着旋转的姿势、可怕的面孔、泛光的眼睛、紧握的拳头、羽毛、盔甲、头颅、肚子，它们落下来就像冰雹以超自然的爆炸轰击地面。

第四幕：退位。

然而，蒙特苏马的退位使得科尔特斯及其士兵们奇怪又不祥地失去信心。宝藏的发现引起了一阵切实的骚乱，就像舞台角落里显现的幻影。（这将通过万花筒的反射实现。）

灯光、声效似乎融为一体，慢慢消失，又渐渐壮大，然后像地上被碾压的水果一样缩小。一对奇怪的伴侣出场，一个西班牙人在一个印第安女人之上，极其肥胖、肿胀、黝黑，像翻车一样前摇后晃，露出他们的肚皮。同时，埃尔南·科尔特斯的几个手下也进入舞台，预示这里不再有领袖。印第安人四处残杀西班牙人；然而，科尔特斯站在一尊随音乐定时转动脑袋的雕像面前，挥舞双臂，似在做梦。背叛仍不受惩罚，一些形体聚在一起却从未超过空中的某一高度。

被征服者中传来的骚乱和反叛的爆发早已见怪不怪。在已然耗尽，再也没有什么可以毁灭的蛮力所遭遇的这场溃败、这次衰落里，一段激情的罗曼史正初露端倪。

收缴的武器，奢靡的感觉出现。不是这么多场战斗的戏剧激情，而是算计出来的情感，一场精心策划的好戏，一颗女性的头将第一次在场景中显现。

而作为这一切的结果，疫气、疾病也都来了。

在表达的所有层面上，声音，词语，贴着地面爆炸的有毒花朵，统统出现，如一次次悄无声息的绽放；与此同时，一阵宗教气息让人俯首，似有可怕的声音在大喊大叫，伴随着一大片沙地上大海和岩石削砍的峭壁发出的变幻无常的装饰音，被一下子切断了。这是蒙特苏马的葬礼。一阵踏步，一阵低语。这群土著的脚步发出蝎子张颚舞钳的声响。然后是疫气面前的骚动，巨大的头颅上鼻子因恶臭肿胀——只剩下一大群拄着拐杖的西班牙人。如同一股急潮，如同一场风暴的暴发，如同海上雨水的猛打，整个人群陷入叛乱，而蒙特苏马的尸体，在众人头上像船一样左右摇晃。战斗的突然痉挛，受困的西班牙人头上冒出的白沫像绿墙上的鲜血一样破裂。

# 十七

# 钦契家族（1935）*

## 宫林林、马楠 译

---

\* 《钦契家族》（*Les Cenci*）是"残酷剧团"的第一部也是唯一一部上演的作品。它由阿尔托在 1935 年完成，改编自雪莱 1819 年的五幕悲剧《钦契》（*The Cenci*）和司汤达 1837 年从意大利语翻译过来，后收入《意大利遗事》（*Italian Chronicles*）的钦契家族档案。

该剧于 1935 年 5 月 6 日在瓦格朗游乐厅剧院（Théâtre des Folies-Wagram）首演，一直演到了 5 月 22 日，共演了 17 场。导演由阿尔托本人担任，罗热·布兰（Roger Blin）担任助理，布景和服装由画家巴尔蒂斯（Balthus）负责，音乐则邀请到了作曲家和指挥家罗热·德索尔米埃（Roger Désormière）。阿尔托还在剧中扮演了钦契的角色，这也是他最后一次以演员身份出现在舞台上。另一个重要角色，钦契的女儿贝亚特丽斯，则由当时著名的俄国模特伊娅·阿布迪（Iya Abdy）出演。

阿尔托扮演的钦契,《钦契家族》剧照,1935 年

贝亚特丽斯与卫兵，《钦契家族》剧照，1935 年

钦契与贝亚特丽斯,《钦契家族》剧照,1935 年

贝亚特丽斯与刺客,《钦契家族》剧照,1935 年

# 钦契家族

演员（按出场顺序）

钦契：安托南·阿尔托
卡米洛：让·马米
安德烈亚：卡罗·纳尔
贝亚特丽斯：伊娅·阿布迪
奥尔西诺：皮埃尔·阿索
卢克雷蒂娅：塞西尔·布莱桑
科罗纳王子：马塞尔·佩雷
贝尔纳多：伊夫·福尔热
女仆：妮娜·塞尔吉斯
贾科莫：于连·贝尔托
杀手：罗热·布兰
　　　　亨利·肖韦

导演：安托南·阿尔托
音乐：罗热·德索尔米埃
服装及布景：巴尔蒂斯

## 第一幕

第一场

　　一条螺旋形的深邃长廊，卡米洛和钦契一边聊天一边走进来。

卡米洛：呸……杀人不算什么。对于那些掌管灵魂生死的人来说，失去身体又算得了什么？不过，表面现象是有的：对，大众伦理，社会风俗，教皇所严守的那一层社会表皮。所以在您看来，他残酷而且……苛刻；在选举会议上，我不遗余力才让他把你弄走。
把您在苹丘外面的地产给他，他就会赦免您的罪过。

钦契：哟！那可是我三分之一的财产！

卡米洛：您觉得很多吗？

钦契：对于一个有三块地，上面还种着葡萄的人来说，是够多的。

卡米洛：您有什么好抱怨的？

钦契：我抱怨自己的懒惰。

卡米洛：可能您更想让您的罪行被揭发？

钦契：然后呢？公布我的罪行不代表我就得偿命！

卡米洛：您会怎么做？

钦契：打仗。我可以轻易想见与教皇一战。这个教皇太爱财了。在这个时代，一个拥有一方势力的人要用钱来掩盖罪行易如反掌。穷人会支持我对抗所有那些有头有脸的人。我在彼得雷拉的城堡严阵以待，我完全可以抵御教皇的雷霆之怒。

卡米洛：邪说！您费这一番劲儿就是为了个良心问题！

钦契：你我的区别就是，您对那些琐事还讲良心，而我没有。

卡米洛：冷静一下，钦契伯爵，冷静！您不会为了一桩人们认为已经了结的罪行把整个国家都掀了。

钦契：其实这就是我停手的原因。打仗能让我放弃某种计划！

卡米洛：或许您心里乐于看见另一桩丑行呢。

钦契：可能吧。但这是我的事。教会没有任何权利进入我的内心世界。

卡米洛：钦契伯爵，我们已经厌倦了战争。世界是脆弱的：它渴望和平。教皇的举动是停战之举，能够缓和局势。

钦契：我要来场狂欢庆贺他的大发慈悲，你们这些人都要来：贵族和神职首领，这是懦夫时代里的一场巨大狂欢，老伯爵钦契的罪恶将让你们看到什么叫和平。

卡米洛：够了，钦契伯爵，够了！您让我后悔发表那番说辞——您不年轻了，但还有时间去追悔往昔。

钦契：教会这些东西都是废话，对我来说不存在未来，也没有过去，所以不可能有什么忏悔。我要做的只是好好打造我的罪孽。唯一值得留下的遗产，就是一件漂亮的黑色杰作。

卡米洛：您真是儿戏，钦契伯爵，可我是被花钱雇来相信您是认真的。

钦契：这才是一个了解我的人说的话。没错，如果没人相信我是个真正的妖孽，那我就是个孩子；因为你知道，我所想象的所有罪行，我都能实现。

卡米洛：让我感到害怕的并不是人的死亡，因为最终，每当出现国家政变、反抗或战争，社会的伪善就会以其长期的同谋——命运——为名，大量献祭人的宝贵生命。

钦契：你太不了解我了。因为你看，我，老头子钦契伯爵，这副瘦骨架子依然硬朗，已经不止一次，我梦见自己就是命运本身。这就解释了我那些罪行和我为什么遭人恨，其中我的亲人是最让我为难的了。我相信自己是并且确实是自然力量之一。对我而言，无所谓生与死，也没有什么上帝或乱伦，也没有忏悔和罪过。我遵循我自己的律法，它不会让我昏头，那些咬着我不放和沉沦在我的深渊里的人活该。

出于使命和原则，我寻找并制造恶，我不能拒绝那些朝我汹涌而来的力量。

卡米洛：如果我信上帝，我会说您就是古老的圣徒传的活证据：路西法也不会比您说得更好。

> 这时安德烈亚的声音从后台传来。

安德烈亚：老爷，有一个从萨拉曼卡来的人说有重大好消息要跟您说。

钦契：好的。让他在小密室等我。

卡米洛：再见。我还是会为您向上帝祈祷的，希望您这些亵渎神灵的话不会让他那么快就放弃您。

卡米洛下。

钦契：我财产的三分之一！剩下的可以给我子孙后代过舒服日子。天哪。萨拉曼卡还不够远：去过的人都知道那里只有死亡，人们只要去过一次，都不会想出现在那里了——但我曾真心希望两者都摆脱。我买得起给他们的，只有葬礼上的大蜡烛了。

生活中的犯罪与戏剧中的犯罪之间的区别，就是在生活中人们做得多，说得少；而在戏里，人们说很多，却只做一件很小的事。好吧，我，我来重建平衡，我以生命的代价来重建。我将从庞大的家族中除去几人。

> 这时，他掐起指头算起来。

那边有两个儿子，这边有一个老婆。女儿我也除去，但用别的方式！毕竟恶中并非没有愉悦。我折磨灵魂取悦肉体；一旦我做到是个活人都能做的，人们有机会就会来指责我的哗众取宠和我的戏剧品位。我想说的是，有胆就来吧。

> 这时，他伸出右手，晃晃垂下的小指。

还剩下这个：贝尔纳多。我把年幼的儿子贝尔纳多留给他们，留给他们哭丧。

　　　　　　　　　　　　　　　　　他吹了口气。

风啊，我把心事托付你了。

　　　　　　　　　　　　　　　　　他在走廊里走来走去。

你呢，在风中回荡的脚步声。你们也都如此沉默。连墙都听不见你们的声音。

　　　　他拔出剑，向一把锣狠狠刺去。
　　　　仆人安德烈亚上场。

安德烈亚：老爷。

钦契：去告诉我女儿贝亚特丽斯，我想单独见她。午夜时分。下去吧。

　　　　　　　　　幕落。

第二场

　　　　奥尔西诺－贝亚特丽斯。
　　　　右侧是钦契公馆的走廊。中间是月色照亮的花园。

贝亚特丽斯：您记得我们第一次交谈的那个地方吗？在这棵柏树下我们刚好能看到那里。一样的月色照着苹丘的山坡。

奥尔西诺：我记得那时您说您爱我。

贝亚特丽斯：您是神父，不要跟我谈论爱情。

奥尔西诺：既然我又见到了您，我起过的誓又算什么呢；什么教会都无法对抗我自己的心。

贝亚特丽斯：让我们分开的既不是教会，也不是您的心，奥尔西诺，是命运。

奥尔西诺：什么命运？

贝亚特丽斯：我的父亲——他就是我的悲惨命运。

奥尔西诺：您的父亲？

贝亚特丽斯：就因为他，我不能有人类的情爱了。我的爱只能以死相抵。

奥尔西诺：别用这种预言家的口气说话。不管有什么困难，我都有力量去克服，只要能感受到您的支持。

贝亚特丽斯：我的支持！别指望了，别再指望了，奥尔西诺。在这重重厄运之墙内，有一种超越人的存在来来回回，逼迫我留在这里。而且为了显示对我的残酷，我的苦役都有着亲切的名字。在奥尔西诺之前是贝尔纳多，还有我那苦痛的母亲。
爱情，对我来说，连苦痛的优点都不存在了。我的爱只不过是义务。

奥尔西诺：今天，这里吹着一阵神秘主义的怪风啊。

告解吧；需要一场庄重的仪式来驱逐这些疯癫的想法。

贝亚特丽斯：没有仪式能对抗压迫着我的残酷。

必须行动起来。

今晚，我父亲要举行一场奢华的宴会，奥尔西诺；他接到了我从萨拉曼卡来的喜讯，关于在那里的我的哥哥们的，他用这种外在示爱来掩饰内心的仇恨。可恶的虚伪，因为他更乐于庆祝他们的死去，我曾听到他跪着这样祈求……老天啊，我怎么会有这样一个父亲啊！

已经做了大量准备，我的所有亲戚都会带着罗马城的荣耀前来。他让我们，我和我母亲，穿上最漂亮的宴会盛装。可怜的夫人！她还期待能够从悲伤的思绪中获得一些幸福的宽慰。我呢，什么都不期待。

晚餐的时候我们再来谈我的心意吧，在那之前，再见了。

贝亚特丽斯下。

奥尔西诺：晚餐！我等不到那时候。我需要您的心，贝亚特丽斯，如果让它逃走，我会疯的。

奥尔西诺下。

幕落。

第三场

钦契、卡米洛、贝亚特丽斯、卢克雷蒂娅，以及一众宾客，其中有科罗纳王子，一群数量可观的群众演员。

　　这个场面跟《迦纳的婚礼》[1]类似，但比画作粗野很多。紫红色的窗帘被风吹起，沉重的褶子又落回墙围上。突然间，在一条被吹起的窗帘下，出现了狂欢宴饮的场面，像一幅透视的立体画。

　　罗马的钟声纷纷响起，但声音低沉，节奏与旋涡般的宴会一致。

　　人声渐响，声调或沉重或急躁，跟钟声一样清晰。时不时地有一声巨响爆发，随即蔓延，然后如同碰到什么障碍物，声音又从锋利的棱脊上四散开去。


钦契，起身，他已经有点醉了：我亲爱的朋友们，孤独是个糟糕的顾问。我离群索居太久了。我知道，不止一个人以为我已经死了；我甚至觉得他们很高兴我死去，只是还不敢让我的后代取代我。我自己呢，我追随这种普遍的恶意，有时候我自己也在琢磨我所变成的神话。

　　我今天出来是要告诉你们，钦契神话已经完结，我准备好要实现我的传说了。

　　看看这一身骨头，告诉我它们是否生来要活在寂静与沉思之中。


卡米洛：起风了吗？刚才我感到脊背上吹来一阵古怪的凉风。

一位宾客：这个开场白不是什么好兆头。


另一位宾客，声音好像有点喘不过气似的：如果我记得没错，钦契伯爵，你把我们聚在一起，是为了庆祝一件跟你有关的大事。

---

1　十六世纪威尼斯画家、文艺复兴晚期的"三杰"之一委罗内塞（Paolo Veronese）的画作。

钦契：我把你们聚在一起，不是为了毁灭，而是为了确认一个传说。在此之前，我请问你们，我是一个满身罪恶的人吗？你，科罗纳王子，回答。

> 科罗纳王子起身。

科罗纳：我想我理解你的意思，看到你，我相信在座的所有人，无论是谁，我们都可能是个杀人犯。

钦契：我想让你说的就是这个：我们谁都不比谁更像杀人犯。

> 此时，每个宾客都偷偷看看旁边的人。

卡米洛：我同意，不过不是很明白——你说的话不是很天主教，而我的教会语言习惯让我能猜到你的意思。但是，我还得艰难地说出口，这里将会发生怎样一桩新的罪行。

一位宾客：我们还以为促使你召集我们的是一个神圣的理由。

钦契：有什么理由能神圣过我这个做父亲的喜悦，又能让我知道，上帝出奇宽容地满足了我的愿望。

一位宾客：满足你的愿望！关于什么的？

贝亚特丽斯，坐在自己位子上非常激动，做出要起身的样子：上帝啊！我想我知道他接着要说什么了。

卢克雷蒂亚，把手放在她的肩膀上：别，冷静点儿，小姑娘。

钦契：我的两个儿子一直不断折磨着我这个父亲的心。我所实现的心愿就是关于他们的。

贝亚特丽斯，带着确定无疑且未卜先知的神色：我的哥哥们发生了可怕的不幸。

卢克雷蒂亚：不，他不会这么厚颜无耻地说话。

贝亚特丽斯：我怕。

钦契：来，贝亚特丽斯，把这些信给你们的母亲读读。读完了大家就会知道，上天不是与我同在的。

> 贝亚特丽斯犹豫着。

来，拿着，看看我为你的哥哥们做了什么。

> 老钦契伯爵用挑衅的目光缓缓环视着大厅。

怎么了，你们拒绝明白：我那两个大逆不道的儿子死了。
死了，消失了，完了，你们听到了吗？
如果有人愿意，来说说父亲的关怀：两具不再要我操心的尸体。

> 卢克雷蒂亚也站了起来，整个人倒在贝亚特丽斯的怀里。

贝亚特丽斯：这不是真的。睁开眼啊，亲爱的妈妈。
如果这不是一个谎言，天堂早就敞开大门了。没有人能肆无忌惮地挑战上帝的公正。

钦契：如果我说了假话，就让上帝的雷霆劈了我的头。你所祈求的公正，你会看到在我这边。

　　　　　　　　　　　　　他在头顶上挥动着那些信。

第一个儿子满身疮痍地死在一座教堂的瓦砾之中，教堂的房顶掉到了他头上。

另一个儿子死在情敌手里，他们心爱的美人脚踏两只船。

知道这一切后来告诉我，天意不与我同在。

一位宾客：火光，火光，火光：照亮我去路的火光；我走了！

钦契：请等一下。

另一个宾客：别啊，留下来。玩笑也许有点过了，但只是句玩笑嘛。

钦契，举起一杯酒：这杯酒不是玩笑。

神父在做弥撒时喝下上帝的血。那么谁又能阻止我相信，我喝下的是儿子们的血呢？

同一位宾客：如果你不是哗众取宠，那你就是疯了。我们都走吧。

卡米洛：钦契，你神志不清了。我仍愿相信你在做梦。让我跟他们说你不舒服吧。

一位宾客：是的，我梦见我听到了。

　　　　　　　　　　　　　　　　　　　嘈杂声。宾客们奔向出口。

　　钦契：我为家族的衰落干一杯。如果有上帝，就让一位父亲的诅咒灵验吧，将他们都拉下上帝的神坛。

　　　　此时一片寂静。嘈杂声突然消失。所有人都停住不动。

　　来，安德烈亚，把酒杯传下去。

　　　　安德烈亚开始颤抖着在宾客间移动。
　　　　当他来到一位宾客面前时，这位宾客用手背将酒杯打飞了。

　　宾客，用愤怒的声音说：杀人犯！就没有一个人把他那些无耻话塞回他喉咙里么。

　　钦契：回到你们的位子上去，不然没人能活着走出去。

　　　　宾客们从各个方向混乱地往回走。他们举步维艰，惊慌失措，像要奔赴战场似的，但这是与幽灵的战斗。他们将要迎战幽灵，抬起胳膊，仿佛手上拿着长矛和盾牌一样。

　　贝亚特丽斯，拦住他们的去路：行行好，尊贵的客人，请别走。你们是长辈。别把我们丢给这头野兽，不然我看到白头人，就一定会诅咒所有的父辈。

　　钦契，对挤到角落里的宾客说：她说得对，你们都是父辈。这也是为何我要建议你们，在对刚刚这里所发生的事发表言论之前，先想想你们的家人。

贝亚特丽斯绕着舞台跑起来，来到父亲面前。

贝亚特丽斯：你，当心点。

　　　　　　　　　　　　钦契对她抬起了手。

当心点，如果上帝听到了一个恶毒父亲的诅咒，他会将武器赐给他的儿子们。

　　这时，所有人仿佛肚子挨了重重一拳似的，喘着气并大声喊叫起来；随即混乱地向各个出口冲去。
　　贝亚特丽斯又转圈跑了起来，现在面对着众人。

慢着！在他和我们之间，你们还没选好吗？

钦契：去吧。一起商量怎么对付我。你们的力量全加起来也不会太多。
　　现在，你们都给我出去，我想跟她单独待着。

　　他指着贝亚特丽斯。
　　宾客们争先恐后一股脑走掉了；只有科罗纳和卡米洛还试图跟钦契对峙一下，然后他们一起神色庄重地离开了。
　　贝亚特丽斯照顾着卢克雷蒂亚，她似乎没听到钦契刚才说什么。她准备跟在其他人后面走。
　　卢克雷蒂亚清醒过来，抽泣着。

卢克雷蒂亚：上帝啊，他又说了什么？

钦契，对卢克雷蒂亚：您，回到自己房间去。

> 他朝贝亚特丽斯走过来。

**你，别那么快走。你没听完我的话之前不能退下。**

> 卢克雷蒂亚作势拦住钦契。贝亚特丽斯用头示意她不用
> 了：卢克雷蒂亚明白过来，她看了贝亚特丽斯一眼，然后轻轻
> 地退下了。
> 贝亚特丽斯与老钦契面对面站着。互相用目光长时间地打
> 量着对方。
> 钦契走到桌前，又干掉一杯酒。
> 几处火焰突然间熄灭了。沉重的钟声传来。
> 舞台上出奇地安静。
> 有类似古提琴的声音响起，很轻，但很高。
> 贝亚特丽斯坐在一把椅子上等着。
> 钦契慢慢向她走来。他的态度完全变了，情绪似乎非常平静。
> 贝亚特丽斯看着钦契，她的疑虑似乎一下子消散了。

**钦契，用谦卑而激动的语气：贝亚特丽斯。**

**贝亚特丽斯：我的父亲。**

> 她接下来的语气激动而深沉。

**别过来，大逆不道之人。我永远不会忘记你对哥哥们做了什
么，消失吧。如果你肯消失，我就原谅你。**

钦契，将手放在额头上：你的父亲渴了，贝亚特丽斯。你不给你父亲拿点喝的吗？

贝亚特丽斯走到桌前，用一个巨大的杯子给他装了一大杯酒。
钦契拿过杯子，伸出手要去抚摸贝亚特丽斯的头。
贝亚特丽斯把头往前一伸，狠狠地躲开了。

钦契，用低沉的声音，咬牙切齿：啊！恶妇，我知道有一种魔法能让你乖乖听话。

钦契说这番话时，贝亚特丽斯感到极度恐慌。他一说完，她就一个箭步逃了出去，仿佛全都明白了。
安德烈亚追随主人的动作，要拦住贝亚特丽斯。

让她走。

过了一会儿。

让她走。魔法起作用了。她从此再不会离开我了。

幕落。

第二幕

第一场

钦契公馆的一个房间里。

　　　　房间中央有一张大床。
　　　　白日将尽。
　　　　贝尔纳多——卢克雷蒂亚——贝亚特丽斯。

　　卢克雷蒂亚，安慰着贝尔纳多：别哭了。
　　我不是你母亲，但是我比你的母亲更爱你——我很痛苦——对一个配得上女人这个称谓的女人来说，贝尔纳多，这个感情上的巨大痛苦如同又一次分娩。

　　　　贝亚特丽斯慌张地跑上台。

　　贝亚特丽斯：他来过这里吗？您看见他了吗，母亲？

　　　　她探出耳朵去听。

　　是他。我听见他上楼的声音了——是不是他敲门？从昨天开始，我感觉他无处不在。
　　我受不了了，卢克雷蒂亚。帮帮我们，妈妈，帮帮我们。我已经斗得疲惫不堪了。

　　　　卢克雷蒂亚用双手托着贝亚特丽斯的头。无言。
　　　　外面有鸟的叫声。从很高的地方传来脚步声。

　　哦！这些脚步声穿透了所有的墙壁。他的脚步——我仿佛就看到他在这儿：他那可怕的脸清晰可见。我应该恨他，可我做不到。他的样子就长在我身上，如同我犯下的罪行。

　　卢克雷蒂亚：安静，安静，小姑娘。罪行只有被犯下了才叫罪行。

　　　贝亚特丽斯拧着自己的手，突然哭了起来，越哭越厉害。

贝亚特丽斯：如要向他妥协，我宁愿去死。

卢克雷蒂亚：妥协？

贝亚特丽斯：是的。你能想象这样一个父亲吗？他任由一头怪兽在他身上生长、停留，除非他没有心。

卢克雷蒂亚：他究竟做了什么？

贝亚特丽斯：他有什么不敢做的吗？
我经受的一切都比不上他准备对我做的事。他给我吃发臭的食物。他让我日复一日慢慢看着哥哥们死去，你知道我没有反抗。可是现在……现在……

　　　她绞着双手，哭得荡气回肠。
　　　门开了。贝亚特丽斯一惊，笔直地站起来：女仆出现。
　　　贝亚特丽斯又放心地坐下来。

谢天谢地，不是我父亲。

女仆：奥尔西诺老爷问您几点来见您最安全。

卢克雷蒂亚：今晚，在教堂。

　　　女仆出去之后，起初听到的脚步声突然间加快了。
　　　贝亚特丽斯探出耳朵去听，又站了起来。钦契刚刚进了房间。

贝亚特丽斯：啊！

　　钦契走向贝尔纳多，突然发现了贝亚特丽斯。

钦契：啊！

　　接着，好像已经准备好做出一个艰难的决定一样，他又发出了一声"啊"。

啊！

　　角落里的贝亚特丽斯像只小鹿般颤抖着，做出要往外跑的姿势，但是还没下定决心。

钦契，走向她：您可以留下，贝亚特丽斯。昨天晚上，您还敢跟我对视的。

　　贝亚特丽斯抖得越来越厉害，她开始沿着墙滑下去。

钦契，用双臂托住她：好啊！你们在等什么？

卢克雷蒂亚插话：行行好吧！

钦契：你们太过了解我了，这让我还能对自己的想法感到羞耻。

卢克雷蒂亚：行行好，我亲爱的丈夫，她撑不住了。别再折磨她。

贝尔纳多起身，来到卢克雷蒂亚身后。

钦契：一边去，老妇。

　　对贝尔纳多

你也是，你的眼神让我想到几桩可恶的情事，它们浪费了我最美好的几年时光。走开，我讨厌女人气的生物。让他走吧。他那奶油脸让我恶心。

　　卢克雷蒂亚做手势让贝尔纳多退下。
　　贝尔纳多往门口走，突然间急忙跑向贝亚特丽斯，抓住她的手要把她拖走。

住手。算了。你们两人中我想找的那个，我总有办法找到的。

　　贝亚特丽斯与贝尔纳多走了。
　　钦契在房间里转了转，舒服地躺在了床上。

卢克雷蒂亚：您难受？

钦契：是的，家庭，我就是在家里受伤的。

卢克雷蒂亚，用深深悲悯的口气：哎呀！您现在每说一句话就像在打我们一拳。

钦契，坐在床边：什么！
是这个家败坏了一切。

卢克雷蒂亚：什么？只有家能够允许你如此残酷！没有这个家，你算是什么？

钦契：在只为了传宗接代而出生并且忙着互相蚕食的生命之间，不可能有人类的关系。

卢克雷蒂亚：上帝啊！

钦契：让你的上帝见鬼去吧。

卢克雷蒂亚：照这么说，就没有什么社会了。

钦契：由我支配也由我创造的家族就是我唯一的社会。

卢克雷蒂亚：这是暴政。

钦契：暴政是我手头唯一能对抗你们密谋的战争的武器了。

卢克雷蒂亚：战争只是你想象出来的，钦契。

钦契：你们就对我发动了一场战争，我更知道怎么还给你们。你敢说不是你唆使我的女儿把昨晚的宴会变成杀人犯的聚会的吗？

卢克雷蒂亚：如果我有你说的这种想法，就让上帝把我带走吧。

钦契：谋杀不能满足你们，你们就恶毒诽谤。因为我的头脑太清楚，妨碍了你们，你们就想方设法把我变成疯子关起来。
你，我的女儿贝亚特丽斯，还有我的儿子们，他们的命运正是你所祈求的，正好让我解脱了，所有这些，都是你们下流的阴谋。

卢克雷蒂亚：我快要窒息了。

钦契：你呼吸什么样的空气，只能怪你自己。

卢克雷蒂亚：请让我找个地方安静地颤抖。

钦契：你确实可以准备颤抖了，但不是你想的那种方式。
你，贝亚特丽斯，还有那个你跟亲生儿子一样护着的早产儿，去收拾行李吧。

卢克雷蒂亚，顺从地叹了口气：去哪儿呢？

钦契：去彼得雷拉。
在我的地盘上有一座死寂的城堡，它保藏的秘密从不会走漏分毫。你们可以到那里静静地策划阴谋。

卢克雷蒂亚：如果我是你，在继续指责我们之前，我会让自己喘口气。

钦契：在这恶臭的空气里喘气！

卢克雷蒂亚：是你亵渎神灵的想象制造了您所忍受的空气。

钦契：如果是我在忍受，也就只有我才能摆脱人。现在，我把你们交给秘密了。

　　　　夜色降临在这个屋面很高的房间。钦契慢慢走向还有亮光的一处。

　　钦契，往卢克雷蒂亚出去的方向走了几步：那么你，夜晚，你将一切放大，进这里来（他拍着自己的胸口）用人们能想象的所有罪行的可怕形象走进来。
　　你不可能将我驱逐出去。
　　我的行动比你更强大。

　　　　　　幕落。

第二场

　　　　卡米洛——贾科莫。
　　　　场所未定。荒野，走廊，楼梯，长廊，或者随意什么地方。夜色笼罩四周。

　　卡米洛：承认吧，你是钦契家的一员。如果我有建议给你的话，那就是，不要像个疯疯癫癫的小文人那样，用你的抱怨去劳教皇烦心。

　　贾科莫：这话怎么说，卡米洛老爷？

　　卡米洛：就是说你有钦契家的所有缺点，只是长得没那么壮。如果你父亲不剥夺了你的继承权，你就应该跟着他；不是为了这个，就不要一发生无耻的争吵就去跟教皇求救。

贾科莫：这么说，我应该打架，作战？我应该用绳子套住我父亲的脖子把他活捉过来咯。

卡米洛：是的，如果你有勇气的话，不过我感到怀疑。所有钦契家的人，你是唯一一个听到杀人就哆嗦的人。

贾科莫：但你让我做的，不是对付我的父亲作战，而是对抗权威。

卡米洛：这个方案有风险，但我也不觉得可怕——我知道有那么几百年，都是儿子奴役老子，不过，这个魔鬼般的钦契，他用父辈的专制逼着儿子们造反。

贾科莫：作为一个耶稣基督的神父，你说话真是奇怪。我不知道乱来是否如此值得被推崇。你的教皇就跟传说中的沉睡者一样：他在睡梦中行动，而他的神父们唆使我们自相残杀。小心点，你建议我做的事可能会变成对抗你自己的权威。

　　他们每说一句话，脚就动一下，就像仍然在走一样。但是他们走的距离要比正常走路小得多。

卡米洛：举起盾牌并不能难为我，我知道你有多大能耐。

贾科莫：阴险之徒，教皇不是听了你的建议，才叫父亲剥夺我们的继承权吗？

卡米洛：我们至高无上的教会，跟其他人势力一样，一直憎恨封建制度。

贾科莫：哦？

卡米洛：你难道不明白，老钦契的财富，他的财宝、城堡，还有土地，都必须越过他的家人，直接还给罗马教廷？

贾科莫：你的厚颜无耻会让忠诚的人都叛变，如果他们还算是天主教徒的话。

卡米洛：我所说的，我从来都不怕公开。教皇本身就是厚颜无耻的化身。

　　　　过了一会儿。脚步声又开始响起。但他们的身体几乎没有移动。

贾科莫：如果困扰我的只是贫穷，我不怕被驱逐出境。一个老家伙们说了算的国度终会让我恶心。
　　有家人的支持，财富不是不能再创造的。但我不能指望我的家人了。我父亲在剥夺我的财产的同时，也要剥夺他们对我的爱。

卡米洛：怎么会这样？

贾科莫：绿帽子和笑柄。在我妻子看来我就是这样的人，她不肯原谅我。儿子们都围着她转，这像是她对我的指责。

卡米洛：现在我全明白了。

贾科莫：是的，孕育着仇恨的鄙视，这就是钦契留给我的遗产。

卡米洛：听着。我不希望任何人知道我接下来对你的建议。

贾科莫：啊！快说。

　　这时传来一阵急促的脚步声。卡米洛闪开了。
　　奥尔西诺上场。

卡米洛，他的声音飘过来：你看，来了个更能给你指明路的人。

奥尔西诺：您跟这个坏透腔的神父在密谋什么呢？

贾科莫：我？什么都没有。你并非不知道我的处境。这个神父觉得你有办法帮我脱身。

奥尔西诺：你，你的兄弟们，你的姐姐，你的父亲，你们不把一切捣乱是不会收手的。
　　旁白：我想给这个被诅咒的家族提供自相残杀的方法。
　　你知道我应该娶贝亚特丽斯的。她那老父亲的行为让我的希望落空了。
　　这整个家族有一种奇怪的命运。
　　儿子死，老子疯，女儿在无法承受的神秘里黯然神伤。昨晚您没在罗马，但您不可能没听说发生在那座宫殿的丑事，您可以随意进出那里的。

贾科莫：什么丑事？

奥尔西诺：所有大门都关了，客人们觉得死期到了。我也是从下人的闲话中听到的。真正的客人都封住了嘴巴。

贾科莫：这么严重？

奥尔西诺：你是从哪儿来的？你好像忘了你自己的腐朽血统。反正，老钦契有办法让客人们都闭嘴。

贾科莫：现今这样的沉默不可能保持得了。怎么说也是十六世纪了。世界进步了。

奥尔西诺：至于你的姐姐和卢克雷蒂亚，我没必要告诉你她们所受的惊吓了。

贾科莫：好吧，这一切来得正合适，因为我也被压迫着。

奥尔西诺：有些事告诉我，钦契公子，对你的压迫已经终止了。
我见了教皇，试图让他关注一下这受惊的不幸的一家。
教皇大人对我嗤之以鼻。
他对我说："是要让我起来推翻父亲的天然权威吗？如此也就削弱我自身的权威了。""不，休想的。"他补充道。
你们只能靠自己了。
当正义不存在了，最好的办法就是被压迫的人自己团结起来，别管合不合法。

贾科莫：我觉得已经忍无可忍了。而且，我也没什么好担心的了。

奥尔西诺：世界在深渊边上颤抖。是时候什么都试一下了。
我走了，贾科莫公子。想想我刚才说的话。要记得，你的家族利益和我自己的家族利益从此连在一起了。

幕落。

## 第三幕

### 第一场

贝亚特丽斯——卢克雷蒂亚。

贝亚特丽斯，慌张地跑上台：一身铠甲和一座坚固的城堡……
一件武器……一副秘密的铁甲……
他就无法再靠近我了……

卢克雷蒂亚：谁？

贝亚特丽斯：我父亲！

卢克雷蒂亚：他做了什么？……我害怕知道！

贝亚特丽斯：您应该让自己明白，最坏的事发生了。

卢克雷蒂亚：最坏的？他让我们承受的这一切之外还有更坏的
事吗？

贝亚特丽斯：钦契，我的父亲，把我玷污了。

她失声痛哭起来。
卢克雷蒂亚穿过舞台，画了四次十字。

卢克雷蒂亚：天啊！天啊！天啊！天啊！

贝亚特丽斯，边哭边说：一切都毁了，一切。身体脏了，可被玷污的是灵魂。我的身体没有一处能让我躲藏了。

　　　　　　　　　　　　　　　　卢克雷蒂亚站在她身旁。

卢克雷蒂亚：告诉我所有发生的事。

　　　　　　　　　　　　　　贝亚特丽斯一边叹气一边啜泣。

贝亚特丽斯：我唯一的罪过，就是出生。
如果我可以选择死，我不会选择生。
命运就是这样弄人。

　　她用双手抱住卢克雷蒂亚的腿，如同跪在十字架脚下的抹大拉的玛利亚。

告诉我，母亲，你知道，是不是整个家族都一样，因为这样我就可以原谅被生出来的不公。

卢克雷蒂亚，轻轻地躲开她：闭嘴，你是让我指控正义允许了这样的罪行。

贝亚特丽斯：我现在了解精神病人的痛苦了。
疯癫，如同死亡。
我死了，我的灵魂还努力活着，无法解脱。

卢克雷蒂亚，在她身边跪下：我请求你，贝亚特丽斯，痛苦：我会努力安慰你。

但清醒过来吧，你失去理智我就不知该怎么办了。

如果你不清醒过来，我会认为我们都被魔鬼附身了。

贝亚特丽斯：您，母亲们，只知道自怨自艾。然而，在这里，我们的脚下，正在聚集着一众势力，他们准备洗劫一切。

卢克雷蒂亚，把头埋进双手：天啊！我真怕最坏的还没发生呢。

贝亚特丽斯，抽泣着：在这个荒蛮的世界上发生了一些可怕的事情，不可思议的事物搅在一起，善与恶的莫名混合在一起。但我做梦都没想到过……

过了一会儿

小时候，我每天晚上都会做一个梦。

我赤身在一个巨大的房间，而梦里总有一头怪兽，不停地喘着粗气。

我发现我的身体太刺眼了——我想逃，但我必须遮住这晃眼的裸体。

这时一扇门开了。

我又饿又渴，突然，我发现自己并不是独自一人。

不！

除了旁边在喘气的野兽，还有别的东西在喘气；很快，我看见脚下爬满了一群肮脏的生物。

而且它们也饥肠辘辘。

我挣扎着跑起来，想要到有光亮的地方去；因为我发现只有光亮可以让我充饥。

可是那纠缠我的猛兽步步紧逼着我。感觉到它的靠近，我才发现我想摆脱的不只是饥饿。

每一次我发现就快没有力气了，我就会醒过来。

卢克雷蒂亚，你是我的好妈妈，告诉我你理解我，因为，今天我可以告诉你，我那个梦奇怪地消失了。

卢克雷蒂亚：不要跟我说你的梦我也知道，人逃不过命运嘛。

贝亚特丽斯：如果我能相信我只是在做梦，

是我童年的梦又回来了，

那就会有人来敲门，打开门时，

他会告诉我，该醒过来了。

　　有人非常轻地敲门。门几乎马上就开了，奥尔西诺的身影出现，还有躲在他身后的贾科莫。

奥尔西诺，有没有那么一条家规，父亲要想占有女儿，就必须除掉儿子？

奥尔西诺：她想说什么？

贝亚特丽斯：我想说钦契，我的父亲，犯下了滔天大罪。

奥尔西诺：这是他的本性……可是不会吧。

贝亚特丽斯：是也好，不是也好，请别再问了。是就是，已经发生了——现在，给我建议，让这事不会再发生了。

卢克雷蒂亚：奥尔西诺，如果你能做点什么，我请求你，管管吧，我害怕。

奥尔西诺：有法官们呢。写一份诉状吧。把您的父亲送到世俗的怀抱。

贝亚特丽斯：能还我灵魂的法官在哪儿？
在我的血管里，奥尔西诺，流着不应该流的血。
现在，我只能相信自己的正义了。

奥尔西诺：什么正义？

贝亚特丽斯：我不知道……可应该做些什么呀！
干场大事才能抹去这个罪行留下的阴影。
我想过死，可我怕连死也躲不过那未被判处的罪行。

奥尔西诺：死？别胡说了；你的正义是疯子们的正义。

贝亚特丽斯：好吧，出出主意。说啊！任何残暴的办法，我不是开玩笑的。最重要的是马上行动。

奥尔西诺：如果正义履行了自己的承诺，我便支持它。当然，我不畏惧使用暴力，但我希望暴力能起作用。我讨厌招摇的举动，总是无功而返。
我想，您是要报仇？尤其想阻止钦契再有所行动？

贝亚特丽斯：是的。

　　奥尔西诺：好吧，不用煽动舆论。行动吧。但是悄悄的。到秘密杀手上场的时候了。

　　贝亚特丽斯：秘密。为什么？我要到广场上去，告诉人们我的父亲侵犯了我。

　　　　　　　　　　　　　　这时，奥尔西诺发现贾科莫走了一步。

　　奥尔西诺：我给你们带来了另一个受压迫的人。
你们来建议他走遍全城，喊出他父亲钦契掠夺了他吧。
我的正义是谨慎的，它懂得怎么做能避免失败。

　　　　　　　　　　　　　　　　他把他们都带到一个角落里。

把贾科莫带上。一起行动。让贝尔纳多在暗处。
团结一致对抗扭曲的权威。重建你们的家族。最好的同谋是靠血缘关系联结起来的。
算上贝尔纳多，你们就有四个人了。秘密行动只有你们四个知道。
至于行动本身，我有两个哑巴……

　　贝亚特丽斯：！！！！！！！！！！

　　卢克雷蒂亚：！！！！！！！！！！

　　奥尔西诺：是的，两个愚蠢又固执的无赖，取人性命就像撕一张纸。
现在败类是不缺的，但跟普通杀手比起来，这两个人的好处就是不会说话。

贝亚特丽斯：谨慎与迅速并不矛盾。奥尔西诺。明天早上就太迟了。

卢克雷蒂亚：你知道那个叫作彼得雷拉的城堡吗，就是那个可怕而荒蛮的监狱？
他想把我们关到那里去。

贝亚特丽斯：不能让这事发生。

奥尔西诺：你们到那里的时候天还亮着吗？

卢克雷蒂亚：太阳刚刚下山。

贝亚特丽斯：我记得，距离城堡两公里处有一个好像深渊的地方——底下，黑暗的激流日夜不休地涌过那些岩洞——深坑上架着一座桥。

　　　　　　　　　　　　　　　　这时传来了脚步声。

卢克雷蒂亚：天啊！没想到钦契回来了。

贝亚特丽斯：正在走过来这个人永远也不能跨过我刚才说的那座桥。

　　　　　　　　　　　　　　　　　　所有人退下。

贾科莫，一边说一边消失：家族，黄金，正义，我把所有鸡蛋都放在一个篮子里了。

幕落。

第二场

　　黑夜。这一幕没有间歇。暴风雨大作。几声雷紧密地响起。
　　这时，奥尔西诺出现了，身后跟着两个杀手。他们用力顶着狂风。
　　奥尔西诺给两个杀手做部署。

奥尔西诺：你们明白了吧。我们就是风暴。所以就算尖叫也不怕。

贾科莫：你觉得他们知道该怎么做吗；你是要他们杀一个人呀。不是要他们用自己的器官去配合肆虐的狂风呀。

　　这时，响起三声雷鸣。
　　几个身穿铁甲的人出现了，他们走得极慢，就跟斯特拉斯堡大教堂大钟上的小雕像一样。
　　雷声不断。

奥尔西诺：安下心来吧。一切都顺利。每个人都知道自己的角色。

贾科莫：我怕他们演得太好，反而不知道应该做什么了。

　　急促的踏步声又传来。卢克雷蒂亚、贝尔纳多、贝亚特丽斯出现，他们也用雕像般的步子走着，而远远跟在队伍最后面的，是正在前进的钦契伯爵。

暴雨越来越剧烈，大风中有声音叫着钦契的名字，首先是拖长的尖锐的声调，接着像是钟摆敲打的声调：

**钦契，钦契，钦契，钦契。**

有些时候，所有这些名字扭成一团，就像数不清的飞鸟聚集在天空。

接着，那声音渐大，就像鸟已经飞到了跟前。

钦契，面朝着声音的来处，在暴雨里喊叫：**在，什么事！**

这时，两个杀手的身影像陀螺般冒出来，在一道闪电处交会。同时，传来两声巨大的枪响。

夜晚降临。闪电停止了。一切消失。

贾科莫：所以，失败了？

奥尔西诺：**失败了！**

幕落。

## 第四幕

### 第一场

钦契——卢克雷蒂亚。

钦契入场，把卢克雷蒂亚推在前面。

钦契：她藏在哪儿？说。她藏在哪儿？

欲望，狂热，爱情，我不知道是什么……但我等不及了。

我渴望她……去把她给我找出来。

卢克雷蒂亚：够了……够了……够了。给点空气吧。暂停一会
儿。我想活着。我们生下来不是为了受苦的。

钦契：我呢，你能告诉我，我生下来是为了什么吗？

卢克雷蒂亚：我不知你出生为何，可我知道，你的所作所为让
你的人生变成一种危险，钦契，非常危险，非常脆弱。

钦契：那么，去给我把她找来。

　　卢克雷蒂亚下。

　　突然，钦契跟跄了一下，把手放在了额头上。

钦契，带着笑意：要我忏悔！为什么？忏悔掌握在上帝手上。
应该是他来遗憾我的所为。他为何要让我成为我如此渴望的这个人
的父亲？

指控我罪恶的人先去指控命运吧。

自由？——当天意要落在我们身上，谁还能跟我们说自由？

　　　　　　　　　　　　　　　　　他走远了一些。

这就是为何我要打开闸门不让自己淹死。

我身上有个魔鬼，他的任务是报复世上所有的冒犯。

从此，没有什么命运能阻止我实现我的梦想了。

钦契消失。
贝亚特丽斯与杀手上场。
很长一段时间过去了。
他们应该是听到了脚步声。
贝亚特丽斯把两个杀手推到角落。
卢克雷蒂亚出现。

贝亚特丽斯：他真的睡着了？

卢克雷蒂亚：我在他的饮料里放了麻醉剂。不过只能管一会儿
用，我似乎还能听见他的叫声呢。

　　　　　　　　　　贝亚特丽斯让杀手来到舞台前方。

贝亚特丽斯：我希望这次动作要比昨晚快。

　　两个杀手笑了。
　　贝亚特丽斯将两个杀手的手从大衣下拉起来。他们紧握着
拳头，手臂僵硬。她围着他们俩转圈，她把他们的衣服下摆当
成长带子，将他们裹得跟木乃伊一样，只有拳头露在外面。

好了！

　　她把手放到他们的脸上止住他们的冷笑。
　　最后看了杀手们一眼：

啊！武器！

　　她走向卢克雷蒂亚，后者拿出两把匕首，放到两个杀手的手中。

　　回到杀手面前：

去吧。

　　她送了他们一段路，又回到卢克雷蒂亚身边。
　　舞台上一片死寂。
　　贝亚特丽斯双手端在胸前：她似乎要晕倒。
　　卢克雷蒂亚扶住她。
　　又过了一段时间。

天啊！天啊！快，我不知道还撑不撑得住了……

　　像梦话一样的呻吟响起。

卢克雷蒂亚：好像是他在说话。

　　贝亚特丽斯点头。
　　人们听见急匆匆的跑步声。两个杀手出现了，一个从后面拽着另一个，被拖着走，而被拽的人试图摆脱他。
　　两个人都全身发抖。

贝亚特丽斯：怎样？

　　一个杀手做手势表示失败了。另一个想要做出动作，但是他被拖走了。

放开！放开他们！他们不敢乱来。

                                                 她跑向舞台后方又折回来。

你们的武器呢？

　　贝亚特丽斯跑着消失了。
　　过了一会儿。
　　一个杀手碰碰另一个杀手的手臂，让他看卢克雷蒂亚。卢克雷蒂亚转过来盯着他们。
　　与此同时，贝亚特丽斯回来了。

武器不见了，窗户完全开着。

                                                 转向杀手。

你们吹嘘能得手，可你们却怕一个睡着的、正跟良心谈判的老人。
　　去吧，上去，刺穿他的头，要么我就找东西杀了他，说是你们杀的。

　　两个驯服的杀手又去了。
　　过了一阵子。
　　传来一声尖叫。
　　这次两个杀手浑身是血地回来了。
　　贝亚特丽斯跑走了，又拿着一个钱袋和一个闪着金光的类似教堂祭披的东西回来，她把这东西胡乱丢下。

去吧！你们做得很好。

　　杀手争先恐后地离开了。
　　钦契摇摇晃晃地出现在舞台背景上方，他用拳头遮着右眼，像是攥着什么东西。
　　同时传来可怕的号角声，声音越来越大。

　　　　　　幕落。

第二场

　　画着白色天空的幕布垂于背景之前，现场立刻亮起来。
　　号角再次响起，极为贴近，来势汹汹。

贝亚特丽斯，堵住自己的耳朵：够了！够了！这号声让我透不过气来。

卢克雷蒂亚：就像末日的号角。

贝亚特丽斯：是不是已经……不，不可能。都睡了。都睡了。我几乎不知道刚才发生了什么。时候尚早。什么都不会走漏的。

贝尔纳多：士兵，到处都是士兵，贝亚特丽斯。我为你担心，快躲起来。

　　　　　　他哭起来。

贝亚特丽斯：现在害怕还太早，贝尔纳多，但是为所作所为而哭就太迟了。

贝亚特丽斯与贝尔纳多走远了。

卢克雷蒂亚往号角的方向走去，又惊慌地退回来，她身后是一道骇人的刺眼光线，渐渐充满整个背景。

幕布立刻升起。贝亚特丽斯、卢克雷蒂亚、贝尔纳多走入背景，这时，卡米洛从另一个方向走过来，他身后跟着卫兵，身前亮着无数把火炬。

卢克雷蒂亚：卡米洛！

卡米洛，用左手做了一个强制的手势：不，不是卡米洛，是教皇的执行官。
我必须马上跟钦契伯爵说话。他在睡觉？

卢克雷蒂亚：我想他是在睡觉！

贝亚特丽斯：他应该在睡觉！

卡米洛：抱歉打搅你们了，不过钦契伯爵必须接受最重要的任务，马上，这是他的职责。

卢克雷蒂亚：没有人胆敢叫醒他。

贝亚特丽斯：确实没人敢。

卡米洛：那我应该亲自叫醒他咯。走吧，快点，我的时间紧迫。

　　　贝尔纳多拖着沉重的步子回来了，他躲到贝亚特丽斯身后。

卢克雷蒂亚：贝尔纳多，带执行官去你们父亲的房间。

　　　卡米洛、贝尔纳多，以及两个卫兵离开了。其他人分散成一个半圆，似乎想要围住两个女人。
　　　卢克雷蒂亚梦游般走到圆心。
　　　贝亚特丽斯带着挑衅的神情来到她身边。

卢克雷蒂亚：天啊！早在一分钟前，钦契还在喘气。
如果时间能倒流！

贝亚特丽斯：我没有什么可哭的。
我做了我应该做的。
接下来的事我都无所谓。

卢克雷蒂亚，绝望地探出耳朵去听：完了，他们把尸体翻过来了。他们已经开始怀疑了。

　　　突然爆发出一阵喧嚣：救命！救命！杀人了！杀人犯……杀人犯！

卢克雷蒂亚：一切都完了。都毁了。

　　　　　　　　　　　　　　　　喧嚣突然停止。鸦雀无声。

什么都没了——我听见他们的声音了，他们猜到了。

他们开始划定囚禁我们的地方了。

　　过了一会儿。
　　卡米洛与卫兵回来了。

卡米洛：把城堡搜个遍。
守住大门。
从现在开始，你们都是囚犯。

贝亚特丽斯，向他跑过去：怎么了？

贝尔纳多：贝亚特丽斯，我怕……我不知怎么说。钦契，我们的父亲，被谋杀了。

贝亚特丽斯：什么？我一个小时前还见过他呢。他在睡觉。他那些罪孽之重似乎没有困扰他。

贝尔纳多：不，贝亚特丽斯，不，被杀了。一颗钉子穿进了头颅。

　　　　　　　　　　　　　　　贝亚特丽斯摇头。

卢克雷蒂亚：谋杀！可是房间的钥匙在我这里。除了我们其他人都进不去。

　　　　　　　　她把手放在嘴上，发现自己说多了。

卡米洛：啊！是这样吗？

　　　　　　　　他向贝尔纳多走去，拍了拍他的肩膀。

你回答。如果你知道什么，就说出来。应该怀疑谁？

贝尔纳多：我不知道。

贝亚特丽斯，插话：我和母亲卢克雷蒂亚都很累，我们请求您允许我们退下。

　　　　　她们二人向门口走去。卡米洛朝她们转身，示意她们停下来。

卡米洛：等一下。这一切太奇怪了。
你们走之前必须告诉我……您父亲真的凌辱你了吗……

贝亚特丽斯：大人，我不会让任何人刺探我内心的秘密。

卡米洛：可是，他的死，贝亚特丽斯，您盼望已久了吧……

贝亚特丽斯：大人，拜托，不要太快地误入歧途。

　　　　　她伸出一双白净的手。
　　　　　过了一会儿。
　　　　　她用头指向后方，钦契倒下的地方。

父亲的血还是热的。

卡米洛：这么说我要破解一个谜题了。

　　他对卫兵做了个手势，卫兵立刻包围了两个女人。
　　贝尔纳多向包围圈里急忙跑去，紧紧抱住贝亚特丽斯。
　　卡米洛走到士兵当中，抓住贝尔纳多的头，将他轻轻拉出来。
　　士兵又围成一圈。

贝亚特丽斯，伸出双臂：行行好，不要把他从我身边带走。

贝尔纳多，完全失控了：不，不，不！她去哪儿我就去哪儿。

　　　　　　　　　　　　他疯狂地挣扎，击打着士兵们。

卢克雷蒂亚：天啊！这是钦契本人。闭嘴，钦契。

贝尔纳多：看在上帝的分上，杀了我吧。但是把灵魂还给我。

　　　　　　　　　　　　　　士兵推开他。

被献祭的是我的灵魂。被献祭的是我的灵魂……被献祭的是我
的灵魂……

　　在他绝望地喊着这些话的同时大幕落下。

　　　　　　　　幕落。

第三场

　　在剧场上方有一个轮子绕着从中间穿过的横轴在转着。
　　贝亚特丽斯的头发被吊着，一个卫兵从背后抓着她的手

臂推着她，绕着轮子的横轴走着。

　　她每走两三步，就发出一声尖叫，与每次从舞台不同角落传来的绞盘声、轮子转动的声音或者大梁断裂的声音混在一起。

　　监狱跟正在开工的工厂一样嘈杂。

　　贝亚特丽斯——贝尔纳多。

贝尔纳多：你听到了……这个该死的监狱里没有一处不在用刑。

　　贝亚特丽斯：让人惊讶的是，你们竟会期待那个叫作"活着"的监狱里还有折磨以外的东西。

　　　　贝尔纳多似乎迷上了贝亚特丽斯一般向她走去。他的手也被绑着，但双脚可以自由活动。他走到她前面，绕着她转，一边说话一边画出一个完整的圈。

　　贝尔纳多：贝亚特丽斯，我不知道等着我们俩的是什么样的命运，但只要看到你活着，我就可以说，像你这样的灵魂，我永生铭记。

　　　　　　　　　　　　　　过了一会儿。贝亚特丽斯继续转着。

　　贝亚特丽斯：永别了。可以哭，但不要绝望。为了你自己，我请求你，请忠于你对我的爱。

　　　　轮子转动，囚犯尖叫。

我留给你的一首歌的歌词，它能抚慰生存的苦痛。

　　　　　　　　　　　　　　　非常轻柔但非常阴森的音乐响起。

就像迷失的沉睡者，
彷徨在梦的阴影中，
那梦比死更冷酷。
睁开双眼前在犹疑，
因为他知道，选择活着
就是放弃醒来。

于是，带着生命赐予我的
千疮百孔的灵魂
我回去找创造我的上帝
我的灵魂会像一场大火
平复他所创造的一切。

士兵驻足，哭泣。
监狱的囚笼里传来混乱的声音。

贝尔纳多：他们来了。

让我亲吻你滚烫的唇，
在大火毁灭一切之前
毁灭你这花瓣般柔滑的唇之前；
在贝亚特丽斯的一切
如风而逝之前。

贝亚特丽斯拥抱了他，然后看了看他，又从背后拥吻了他。
卡米洛跟卢克雷蒂亚、贾科莫以及几个卫兵上场。

卡米洛，擦着脸：该结束了。我觉得我被吓病了。

　　　　　　　　　　　　　　　　　　对贝亚特丽斯。

来，承认吧。两个哑巴已经认罪了。

卢克雷蒂亚：贝亚特丽斯，既然罪行已经犯下，是时候想想赎罪了，不要让没用的固执拆散了这个家。

贾科莫：贝亚特丽斯，阴谋的鬼魂已经散了：奥尔西诺已经乔装成煤炭商走出了苹丘的大门。而且，你们受的折磨已经够了。谋反者没有更多代价好付了。

贝亚特丽斯：付什么？我承认我做过，但我否认有罪。

卡米洛：这是判决书，签了它。但别指望会饶恕你。

贝亚特丽斯：教皇的残酷与老钦契不相上下。
　不过，让我告诉你，父辈一致对付他们亲手建立的家庭可不好。
　我还没有在基督之父面前为自己辩护。

卡米洛：你的父亲呢，你给他机会为自己辩护了吗，在你来要他的命时？

贝尔纳多：她杀他是为了自卫。

卢克雷蒂亚：有那么一条法律要求父亲蚕食自己所生的孩子，而子孙只能任由侵蚀吗？

卡米洛：我在这里不是为了讨论天理，而是为了给教皇带去贝亚特丽斯的认罪书，她的罪行已经定了。

贝尔纳多：谁判的？

卡米洛：教皇。
当然还有律师们。
但是不要害怕，就算民意在你们这边，你们也不可能撼动权威。

贝亚特丽斯：他们认罪了。
但哪个上天的法官可以在认定我的罪时毫不脸红？

贝尔纳多：有时候最强大的权威也知道应该让步。

卢克雷蒂亚：冷静点。对于被剥夺了自由的人来说，法官的话是可怕的。

卡米洛：压迫你的并非权威，而是一种力量，法官们就是靠这个力量编织各种阴谋的。

> 他让贝亚特丽斯签字。

放开她——让大家都喘口气；让他们为接下来的事做好准备。

> 对贝亚特丽斯。

贝亚特丽斯，你会死得很平静。我只能向你保证这一样。我希望上面的法官不会像地上的教皇一样不留情。

　　贝亚特丽斯：离我远点，卡米洛——别再跟我说什么上帝。

　　贝尔纳多：快，快，撕掉那页；这样他们就相信这一切都不存在了。

　　　　所有人排列成像要行刑的队伍，按七拍子的印加节奏动身。

　　贝亚特丽斯：我会死的，但我不怕说，这个世界还将活在不公的阴影下。
生活本身与我一同毁灭。

　　　　　　　　　　　　士兵们低着头，站在队伍最前端。

　　卡米洛，对贝尔纳多：至于你，我们会留着你的命。你还年轻，努力忘记吧。

　　贝尔纳多：要我活着，而照亮我生命的火焰就要熄灭了。

　　贝亚特丽斯：所有人都会死，因为世界会在善恶摇摆之间燃烧殆尽。

　　　　　　　　　　　　　　　过了一会儿。

　　上帝，人类，任何统治着我们所谓的宿命的力量，都没有在善恶之间做出选择。

　　　　　　　　　　　　　　　　　　　　　过了一会儿。

我死，不是我的选择。

　　音乐声变大。一个绝望的人声现在掺进了这个挥之不去的节奏中。

如此年轻已经离去。
倒在阴森的土地上
身后还在不休地咒骂自己。
我逃离的世界将不会再跟着我了。

卢克雷蒂亚：人们不会割掉正发芽的麦子。
人们不会烧了刚建好的城池。

贝亚特丽斯：如果我死了，他们便摧毁了所有年轻人。

卢克雷蒂亚：他们毁掉的年轻人会带他们走向灭亡。

贝亚特丽斯：美丽，我还没有品尝我的美丽。

卢克雷蒂亚：富有，我还没有享用欺骗人的生活假意带给我的财富。
我只是用这种富有侮辱了穷人。

贝亚特丽斯：我那从未快乐的心还没跳动就停止了。

卢克雷蒂亚：生命就是为了这早来的灾难而存在吗？

我知道活着不公，唉，但我不敢叫正义去死！

贝亚特丽斯：我的双眼，在我临死前张开你们时，看到的是多可怕的景象啊。

谁能向我保证，在那边，我不会再见到我父亲。

这个想法让我的死更苦涩了。

因为我怕的就是，死只是去让我与父亲团聚。

整队人随着音乐的节奏消失，与此同时，大幕缓缓落下。

剧终。

## 致安德烈·纪德

1935 年 2 月 10 日，巴黎

亲爱的先生和朋友，

我刚刚完成了一部悲剧——包括文本，对话，虽然简练，也已全部写完。

该剧将于 4 月初在香榭丽舍喜剧院上演，近日就会开始彩排。

但在此之前，我想先为几位朋友组织一个剧本朗读会。——所有演员都会到场。

我希望您能帮我这个忙，赏光参加此次阅读会。我很在乎您和让·波朗等好友是否能出席，原因如下。

我敢说，这部悲剧的对话充斥着极端的暴力。社会、秩序、公正、宗教、家庭、国家等老旧观念在剧本中无一不被打击。

因此，我预计观众到时可能会出现某些极为暴力的反应。这也是为何我想要通过阅读会提前对这些可能的反应做好准备。

我必须确保人们不会产生误解。

上面提到的打击与其说发生于社会层面，不如说是形而上学的。

它不是一种纯粹的无政府状态。——这点观众必须理解。

即便是那些自诩在意识形态层面最自由、最超然、最先进的人也难免秘密地与我剧中打击的某些概念相连。

舞台演出不能变成持续的咆哮抗议。

没有哪个自由主义者在意识形态上已准备好将家庭观念抛诸脑后，他仍保持着生身父母、兄妹手足等根深蒂固的人类情感。

然而在我的戏剧里，这些无一幸免。我希望观众明白，我抨击的是整个社会对于家庭的迷信，而非让观众武装起来反抗某个特定的个体。对于秩序和公正的抨击也是如此。无论一个人对于当今社会的秩序规章多么反对，对于旧有秩序观念的遵循本身就阻止了人们主动区分秩序和代表秩序的人这两者之间的差别，导致人们原本尊重的是秩序，结果却尊重起代表秩序的人来。

从我的意识形态立场来讲，我无法容忍任何暂时束缚我的繁文缛节，因为我要加快进程来抨击这种秩序。

我认为这几个回应的要点正是我需要提前准备好的。

我要出拳狠才能打得快，尤其必须不假思索，不择手段。

由于我可以把自己限制于纯粹观念的领域，因此我不需要忍受那些只会阻碍我，让我丧失行动力的繁文缛节。而人们从来不会想到，正是这些繁文缛节阻碍了行动，阻碍了我们去实现甚至尝试任何事情。

因此我想要一次性对抗所有这些禁忌。但这绝不意味着我是一个不折不扣的无政府主义者。

由于这点，我必须提前准备好回应。但这部剧本首先必须被人知道，才能让人了解我想要表达什么。此外，那些惧怕语言文字的人往往也会惧怕行动，这也是为何什么事情都没发生。——这也是为何我特别渴望您能出席此次朗读会。我必须**坚持要求**您来参加。

之后，您可以畅所欲言，说出您认为必须说的意见。我想我也不必赘述，但您所说的每一句话我都会认真听取。

一个人，无论他对其个人的意识形态，或者应说，对他自己心中的神话如何坚定，他都不会甘愿被当成傻瓜。所以，必须让抗议者们相信，当他们抗议时，他们就无可置疑地成了傻瓜。这就是我的意思。

任何一个聪明机智的观众都无权在不失体面的情况下抗议剧中演员的台词，——因为言其所思的角色同时也以一种戏剧的方式，或说动态的、辩证的方式，呈现和表达我的思想；——他们无权用其他词语来暂时破坏舞台台词，尤其是无权用一个理想的氛围对其进行扭曲和定位。

因此，正是为了防止观众将观念和人混为一谈，尤其是，为了防止他们将观念和形式混为一谈，我才摧毁了观念，以免因为尊重观念而原谅反过来助长不良观念的形式。

这就是为什么我需要您到场，希望您能腾出一天或是某天晚饭后的时间给我。

我等待您的回复，以召集我的朋友和我的剧团。

在此等待期间，我恳请您相信我。谨致问候！

安托南·阿尔托

## 《钦契家族》

5月6日起将在瓦格朗游乐厅上演的戏剧《钦契家族》并非残酷戏剧，而是在为其铺路开道。

我的剧本参考了雪莱和司汤达的版本，但这并不意味着我复制或模仿了他们的作品。

我从他们二人那里获取了这个主题，而这主题从本质上看远比舞台表演或印刷文本更具历史性和美感。

雪莱在描述这一本质时融入了自己的风格，他的语言就如同漫天流星的夏夜，但我个人还是偏爱裸露的自然。

在创作悲剧《钦契家族》时，我既没有试图模仿雪莱，也没有尝试仿效自然，而是在悲剧中强行加入了自然的运动，类似于引力作用使得植物运动，也使得人像植物一样运动，最终集中于地球火山喷发的形式。

《钦契家族》整部作品就是基于这引力运动。

在演出中，姿态动作与对白同等重要；对白的作用如同一款调和其他元素的试剂。我想，至少在法国，这会是第一部为了演出制作而写的戏剧文本，其完全具体而鲜活的形态就源于作者的想象。

残酷戏剧和《钦契家族》的差异就如同自然界的隆隆瀑布或飓风狂飙与其形成的图中残留的任何程度的暴力之间的差异。

这便是为何不能在《钦契家族》中使用直接音效。为了营造出比拟天主教堂里钟声回荡的效果，我特别用麦克风录制了亚眠大教堂的钟声。

如同观看残酷戏剧，《钦契家族》的观众会发觉自己处于声波振动的网络中心；但其实我们并没有在十米高的礼堂四角挂放巨钟，而是在这些位置放置了扩音器。

《钦契家族》将使用一些假人，这使我，再一次，可以用一种另辟蹊径的象征手法来实践残酷戏剧。

在《钦契家族》中，我们会首先听演员的台词；他们说的台词或多或少反映了他们的所思所想；但无论内心多么真诚，自我认知多么深刻，我们还是会发现一些无法言明的东西。假人的设置会迫使剧中主角描述那些正困扰着他们的东西，那些人类语言无法表达的东西。

假人会被用来表现所有的责难、仇恨、懊悔、痛苦和需求。整部剧自始至终都充满了手势姿态和符号语言，时代的焦虑混同着情感的暴力表达一并展现出来。

《钦契家族》是部悲剧，因为长期以来第一次，我尝试不仅让人类，而且让所有的存在说话；每一个存在都是伟大力量的体现，同时也都保留着足够的人类品质，使之从心理学的角度显得尚合情理。

如在梦中一般，我们看到这些存在咆哮、盘旋、炫耀它们的本能或缺憾，像风暴一样经过。而在这场风暴里，一种雄伟的命运感正在颤动。

我们尚未达到上帝的境界，但我们几乎达到了通常认为只存在于古代的英雄们的境界。无论如何，《钦契家族》中的角色都拥有这种高尚的、神话般的属性，这种只能在伟大的浪漫故事和传奇史诗的英雄们身上找到的透过云层闪耀的轻率又迷惑的氛围。

在我看来，《钦契家族》似乎把戏剧带回了其真正的道路，使之可以重新发现一种近乎人性的尊严。如果没有这一尊严，戏剧就只能彻底地浪费观众的时间。

（1935 年 5 月 1 日，《黑色野兽》，第 2 期）

## 瓦格朗游乐厅上演的悲剧《钦契家族》

在《钦契家族》里，父亲是毁灭者。由此，该剧的主题会和伟大的神话相联系。

悲剧《钦契家族》也是一则神话，它清晰地披露了一些事实。

正因为《钦契家族》是一则神话，所以当这个主题被搬上舞台上时，它才成了悲剧。

我故意说悲剧而非戏剧，因为剧中的人物虽然尚未成神，但也已不仅是人。

本剧的人物既非清白也非有罪，他们服从古代神话的神灵所拥有的同样自然的超道德性，而一切悲剧都由此演变而来。

对于古人，神灵意味着什么？

柏拉图曾长篇大论地探讨神灵的本质。

可以确定的是，这些神灵自行其道，丝毫不理会渺小人类对于善恶的区分，仿佛在他们眼中，逆其本性即恶，顺其本性即善，与道德后果无关。事实上，神灵从不考虑自己行为的道德后果。

我也试图赋予悲剧角色这一奇妙的超道德性。电闪雷鸣或海啸爆发都是超道德的。

我坚定地认为，在如今这个自然声音遮住了人类话音的时代，我们应该想办法复兴古代神话，因为古代神话可以洞穿当今社会焦虑的核心。

关于主题就讲这么多吧。

下一步是要想方设法让这个神话变得有形，赋予其语言：因为即便自然声音遮住了人类话音，我依旧认为，除了极少数的特例，这个时代的总体趋势一直是忘了醒过来。

我想用一种直接的、物理的方式给这场沉睡一种刺激。这也是为何我剧本中的一切都在旋转，每一个角色都有其特定的呐喊。

我写《钦契家族》这部悲剧是因为我遇到过一个不向软弱让步、敢于呐喊的女演员，——而当她的癫狂升级时，其力量也在增强。

饰演贝亚特丽斯的伊娅·阿布迪将开始体验角色的生活。

该剧舞台调度的一个重要方面是强调象征性的姿势。一个手势就相当于一个写好的词。

换言之，姿势对我来说和所谓的语言一样重要，因为姿势本身就是一种独立的语言。

　　如同姿势，灯光效果也代表了一种语言。在实现一种独特的戏剧语言的尝试里，灯光可以与舞台声音一起持续产生出整体的效果。

　　舞台布景的设计者巴尔蒂斯对形式的象征特点驾轻就熟，对色彩运用也十分精通。而德索尔米埃的音乐创作能够释放出自然的声音，他同样深谙这些声音的交流价值。

　　姿势、声音、噪音、场景、文本、灯光：我们试图为巴黎公众展示一场大胆的实验，可同那些再度视戏剧为宗教的欧洲国家的做法相匹敌。

（1935 年 5 月 5 日，《费加罗报》）

## 《钦契家族》之后

　　[……]

　　如果说《钦契家族》中存在一种非人的节奏的话，人们不应该从充满争议的团体旋转中找，而应多看看我在所有对话场景中设置的如钟表发条一样的精准性。

　　由于我们只认得我们所了解的东西，鲜有观众会注意到这种精准性和严格性，以及演员们绕着彼此来回运动的数学计算一般的周密性，它在舞台上创造了一个几何空间。

　　奥尔西诺围着他动员起来的人群，围着他个人所煽动的角色，围着鸢鸟的圈子打转；卡米洛和奥尔西诺围着贾科莫在一个类似地窖的环境里旋转和行动，地下的光线类似于露天游乐场里的催眠师为了催眠顾客而使用的灯光；贝亚特丽斯像在棋盘上运棋一样操控刺客，她将刺客包缠成行走的木乃伊，而刺客们则像失控的机体般同时发出笑声；蒙面护卫们转着圈，像指针一样移动，并随着钟摆的节奏逐渐归位；这便是这种神秘引力的作用，不细心的人是无法察觉的。

有一点毋庸置疑：一旦导演从例行常规中脱身，无论法国的观众、演员和评论家怎么样，导演都要独自面对。

他试图推行的潮流会反过来掌掴自己的脸；对老钦契本人的夸张变得可见，只因无人涉足其音域。

无论我们如何下定决心，真心诚意地想做好，我们都无法要求这些来自不同的社会背景，作为个体毫无共同之处的演员达成神圣的和谐一致。也许其他国家，或其他时代的某些历史悠久的剧团，通过长期集体工作，能够达到这种默契的相互支持。

在现有条件下试着用一群演完就解散的临时演员创造出一种严格的几何学，这对我而言简直就是赌博，但如今结果喜人，某种程度上说我们胜利了。

[……]

（1935 年 6 月 1 日，《黑色野兽》，第 3 期）

## 致让－路易·巴罗

1935 年 6 月 14 日，巴黎

亲爱的巴罗，

想必你一定清楚我对你的作品及你本人多么敬重。所以你也一定明白我现在写这封信是怀着怎样的心情。

毫无疑问，你会对我接下来要说的话感到些许生气，但我不希望你心怀丝毫怨恨。

我不认为我们之间可以进行合作。[1]如果我知道什么将我们团结在一起,那么我甚至更清楚地看到什么使我们分道扬镳。因为我们的工作方法从两个完全对立的角度出发,不管表面上如何,最终必然会导致全然不同的结果。好几次你都当面表示,对我的工作方式不甚赞同,你说作为一部剧的作者,我还不够出力,正因为没有全心投入,我在创作过程中碰到的许多困难都没能很好地解决。然而,这就是我最感兴趣、最想要投入的事情,我认为没有人可以做到滴水不漏,尤其是在戏剧这个行业。我过去四年多的写作都是基础。

**我不希望**我所导演的戏剧表演出现哪怕一个不属于我的瞬间。如果《钦契家族》不符合这点,那是因为《钦契家族》部分地脱离了我所推崇的戏剧框架,而我最终被自己设定的繁重任务彻底淹没了。

简言之,我不相信合作,尤其在超现实主义之后,我更不信了。因为我不相信人的纯粹性。虽然我很敬仰你,但我仍觉得你并不可靠,而我不想冒哪怕一丁点儿的风险。

我无法容忍任何人同我一起从事不论什么样的工作,这点在《钦契家族》创作完成后显得尤为强烈。如果我的剧作需要一些动物出演,那么,我会亲自按照我给它们强加的节奏和态度来让它们表演。并且,我也会找到一些必要的练习来帮助它们领会这一态度,否则就显得我只是一个普通的理论家,这点我无法接受。

不管怎样,我都要再次告诉你,你已经到了一个必须实现自己作品的时刻,就用你理解某些观念的个人方式去实现。至于我,我打算停下来整理一下思绪,想办法让我自己从一些麻痹我的恶习中

---

1　年轻的戏剧演员让 - 路易·巴罗(Jean-Louis Barrault)很可能与阿尔托相识于1932年,当时他还在杜兰的戏剧车间学习。巴罗原本同意出演《钦契家族》中的贝尔纳多,后又退出了表演。《钦契家族》停演后,巴罗曾提议两人一起合作,但遭到了阿尔托的拒绝。

摆脱出来。这可能需要几个月。[1] 在此期间，去看看孔蒂（Conty）吧，他很擅长弄到你所需的微薄资金，还能把你的事情安排得井井有条。我已跟他说过这个。

我已正式承诺，我为你写的文章会在 7 月 1 日的《新法兰西杂志》上发表，[2] 且没有人会觉得那是溢美之词。

致以诚挚的问候。

安托南·阿尔托

---

1　1935 年 9 月，阿尔托到亨利 - 鲁塞尔（Henri-Rousselle）医院接受了戒毒治疗。

2　阿尔托曾同意帮助巴罗导演其第一部作品，根据福克纳的小说《我弥留之际》（*As I Lay Dying*）改编的哑剧，《在母亲身旁》（*Autour d'une mère*），后者于 1935 年 6 月 4 日至 7 日上演；阿尔托还为它写了一篇评论，发表于 1935 年 7 月 1 日，《新法兰西杂志》，第 262 期，后收入《戏剧及其重影》的《两个注解》（Deux notes）。

# 十八

# 撒旦火的生与死（1935）*

## 尉光吉　译

---

\* 1935 年 2 月 7 日，阿尔托与伽利玛出版社签署了一份合同，计划出版一本题为《撒旦》（*Satan*）的著作。这本书并未写成，仅留下了两个残篇：《撒旦火的生与死》（Vie et Mort de Satan le Feu）和《呼吸回归上帝》（La respiration qui retourne à Dieu）。

同年 5 月，《钦契家族》的公演以失败收场，这迫使阿尔托放弃了《征服墨西哥》在内的戏剧计划，并下定决心前往墨西哥。手稿《墨西哥与文明》（Le Mexique et la civilisation）及大量书信和笔记都印证了当时墨西哥的异域文化对阿尔托的强烈吸引。《墨西哥与文明》和《撒旦》的两个残篇均由塞尔日·贝尔纳（Serge Berna）发现，后被收入阿尔卡内（Arcanes）出版社的"通灵者"（Voyants）丛书，并于 1953 年 6 月 10 日结集出版，题为《撒旦火的生与死》（*Vie et Mort de Satan le Feu*）。

## 撒旦火的生与死

升起的邪火，

完美地投射并象征了反抗的恼怒的意志，

反抗的独一的意象，

火分离并自身分离，

它拆开并燃烧自己，

它燃烧的是它自己，

**它惩罚它自己。**

有待定义的存在

但存在之观念的构成

是否定多于肯定

当它受迫之时，

对存在之拟人化观念的攻击，二律背反、怀疑、忧虑、难题的解决，靠的是存在概念之消失的这戏剧化的展示。此外，撒旦从中出现。

在成为一段历史之前，我是说，在属于一段历史之前——什么样的历史啊——撒旦是一个巨大的意象，但他噼里啪啦地破裂，如一根粗重的橡木桩：他破裂是因为他瓦解。一个灼热可笑的意象，一个燃烧的空洞空间。

这是荒漠。

地狱火当然和其本质无关，如果我说到一个燃烧的荒漠，我也未想着地狱。

一种奇怪的精神运动诱使我寻求一个本原，用炼金术复原它；

火就是复原之道。

> 然而，撒旦被复原，被烧成灰烬，
> 他开始向己而死
> 与火像相连
> 凭一种极端的张力
> 类似于其全部之所是。

就这样，通过抽象甚于通过本质，撒旦把我带回火中。但本质反过来未把抽象带还给我。相反，在一种地狱的运动里，抽象让我发明本质。

因为我无中生有，而不有中生无。

着手于这本讲述撒旦精神的著作对我而言非常重要，并且可以说，它是由难以言表的呼吸构成（每一次新的呼气，唯一目的就是清空自身，阉割其自身的运动），它如此符合撒旦的精神；我重复，人类精神的这段绝望史，本质上应始于观念论的确认。但此观念论将我从一个个呈现的难题里救出，那些难题亦是撒旦的倒影。

我要说，并且我在这本书里大量地自我解释道，一切阻碍我们生存的东西，不过是（　　）[1] 所毁灭的撒旦思想的折射。

（1935 年）

---

1　原稿空缺。

# 呼吸回归上帝

呼吸回归上帝，
天国之善高高在上的面孔被邪恶玷污，
出于底部的淤泥，天空之鹤的飞行回归上帝的怀抱，
星辰间开启的泪水系统穿越上帝的血管和肺。
旋风在感染中被划破。

如钟铃或群鸟的飞行，半透明的暴风雪开始冲洗空间，
我是那绝不回归的人，每一片雪花用冰的呐喊如是说，当它回
归它的血管，灵魂和泪水的冻脉，
灵魂的雨开始冲洗空间，
出于上帝的温柔怀抱，
这里有天使的雨，
还有一个探寻大路的目眩之精神的多变表达法，
一边恰似天使，另一边长着撒旦的脸，
散伙的灵魂落入雨中，让那个被它打得千疮百孔的空间重生，它
将空间置于一团舞蹈的原子，原子被一个个识别并数点，直至无穷。

一片有着不寻常维度的无形土地的蓝色在冰层里延伸，如被钉
上十字架的镜子的雨，
感官诞生的那一刻，高处的淤泥流通过贪念和欲望定居于上帝
的血管，
它壮大并于此定居，发出一阵被和谐地压缩了的噪音，
伴着唯一的运动，冰冻的系统展露它的奥秘，如一座连接两片
无限之域的桥的拱孔。

（1935 年）

## 墨西哥与文明

对一个欧洲人来说，去墨西哥寻找一种其概念似乎已在此瓦解的文化的活生生的基础，或许是一个巴洛克的想法；但我承认，我痴迷于这一想法；在墨西哥，有一种文化的巫术现实，它和灵魂相连，迷失于火山熔岩的流动，振颤于印第安人的血液，而为了从物质上重新点燃它的火焰，无疑不需要付出太多。我把墨西哥和火联系起来，并非偶然。一切文明从火开始，火的理念滋养并维系了墨西哥生活的方方面面。火，文明的形象，在墨西哥，多少年来，保持着不止一个形象：它积极地融入神话，由此，墨西哥文明显示了它的生机。

土，

水，

气，

火，

我在建构一种颠倒的等级，

我正根据一套和赫拉克利特提供的秩序相反的价值秩序重新排列元素；

火，

气，

水，

土，

这些是赫拉克利特等级的元素；

我把这一哲学付诸行动，我重建四个神话图像；整个墨西哥就在这四个图像里显露。

不像人们在别处发现的那样。我当然没有重构一种元素的炼金术。但正如一切现存的物质都在某一刻经过了这四个点，现代物理学重新发现的能量和原理已在古老炼金术的符号中得到了清晰的表达；

运动对应水银

能量　　硫磺

固体　　盐

所以，诸原理的活动，在墨西哥，通过图像，显示了其永恒更新的权力。

如果有一种文化，那么，它是鲜活的，并燃烧着机体。因为没有火炉，就没有文化。从其存留的东西来看，墨西哥的土和气似乎有办法让文化的生命之炉永不熄灭。正因如此，玛雅和托尔特克的古老文明仍让我们感兴趣。

一种神经系统的持续灌溉从被征服的墨西哥地底涌出，把古老的印第安种族的鲜血变成了深埋不露的石油，但时间还未将它耗尽。

在物质取得进步的地方，在我们的心灵或身体无法参与的一种完全外在的完善实现征服的地方，在所有稳固的元素凝缩于商品，排斥了一切内在进步的地方，真正的文化，可以说，已经停止发展。

随着我们不断进步，随着我们控制外部自然，以至于可以声称拥有整个荒漠，天空似乎远避了我们。这不是一个对现实毫无影响的图像。

我们对墨西哥文明一无所知。这无疑是梦想和假设的大好时机。

劳伦斯有他的想法[1]，我们为什么不能有我们自己的呢？我们为什么不提出这一种集体文化的想法：它在个体身上悸动，构成了一种广泛的、根深蒂固的受孕？因为不论多么高级、多么坚韧的神话，其危险，就在于它们的消逝。

墨西哥神话，哪怕观其一隅，都在我们每个人身上，重新点燃了一些集体的想法，一些飞行的强烈需求。

---

1　英国作家劳伦斯（D. H. Lawrence）的游记《墨西哥早晨》（*Mornings in Mexico*）于1935 年由特雷兹·奥布雷（Thérèse Aubray）译成法文（*Matinées mexicaines suivies de Pensées*, Paris: Stock）。

如果在一种文明里，文化的唯一参与者是所谓的文化人，如果一种文明持有一种关于文化的自认稳重的观念，如果一种文明能被任何读过一点儿书的人所撼动，那么，这种文明就已经同它灵感的原始来源决裂了。因为它承认文化的二元性，承认现实的二元论。一种把身体和精神分开放置的文明很可能用不了多久就会看到那条连接这两个不同现实的纽带断裂。

欧洲早就有令人集体信仰的神话。的确，我们都在等待一种有效的集体神话的重生。

我认为，墨西哥，在它复活之时，将能够向我们表明如何唤醒这些神话。因为墨西哥也在等待它们的重生。

但，不同于欧洲的情形，墨西哥没有时间去目睹其古老神话的死亡。

西班牙征服者连夜摧毁了这些力量尚未得到完全发展的神话，终结了这些尚在地底接受滋养的神灵，且在它们即将变形的时刻终结了它们。在墨西哥的古万神殿里，诸神看似野蛮而不发达，那是因为它们来不及把自己人性化。现在，我愿相信，一个垮掉的文化的神灵将要重生。我是指玛雅和托尔特克文化的神灵，它们回归土地，在墨西哥的地底，被日复一日地吸收。这些神灵能够复活，因为新的阿兹特克文化还未充分消化它们，它们将要重生，重生出一个更加凶猛、更加凝聚的存在。（要是你觉得这一切怪诞、荒谬、离奇、虚幻、不合逻辑，那么，可别忘了，我在这场梦的开头小心翼翼地说过，我在做梦。）

这些神灵与大地结合，却被水和天空吸收，这些神灵出自大地之火和天空之水，出自降雨给天空装饰的羽毛之水，这些生命的虹彩神灵，这些沿天空之风的曲线前行的生命之水的颤动，在大气的四个鸣响的角上，在天空的四个磁化的结上，展开游戏，这些神灵是永不止息的振荡，向灵魂之耳倾诉，向精神之心言说。（我知道，在一个印第安学者看来，这一切不过是废话和诗。但所有的学者都把真正的诗当作废话，这恰恰让真正的学者脱离了生活。）

　　这些神灵是生命的手段，是生命的不受遏制的证明。在一个失去了神灵并欣赏物质商品的文明里，神灵的一切表征都失去了同现实的联系。但和现实相连的神灵从未丧失它们的力量，不然生命会和它们同归于尽。如果神灵变成了雕像，那意味着它们的象征体系转瞬即逝，虚幻不实。神灵意味着造物，它们是存在的痉挛的显现，是这存在的痉挛的一面，任何力量，不论是人的还是非人的，都无法驱逐它们。

　　我想说，墨西哥的神灵从未真正地失去同力量的接触，因为它们曾经是，现在仍是活跃的自然力本身。——这助长了我们对墨西哥文明的希望。这是一个世界的图像，一个力量体系的揭示。它知道两个世界之间的平衡（及其最亲密、最隐秘的关系）。

　　如今再次风靡的帕拉塞尔苏斯[1]第一个清楚地表达了宏观世界与微观世界，其根深蒂固的现实。

　　此时，墨西哥文明还活在一个器官的梦魇中。

　　这想法引起强直的痉挛，孕育一切类型的迷恋。多产，或许艰难，但接近每个人的感性。似乎墨西哥的任何个体都无法回避这器官的灼烧，或从中醒来。我的意思是，对那些其血液开始再次说话的玛雅种族而言，逃离它的梦，或重返另一个无限多产的梦的方法，就如同一种神话的力量，它的侵蚀无止无尽。——既不是这些让器官对外显露，把感性像手套一样翻出的爆炸性的诗歌意象，也不是那些穷尽了精神支配，总是身披盔甲，总在电闪雷鸣的神灵的象形文字：同样的血液继续说话。但要在我们中间寻找某种让血液说话的诗歌，某种表达了强烈寓意的图像或塑像，纯属徒劳。我们

────────

1　帕拉塞尔苏斯（Paracelse，1493—1541），瑞士炼金术士，在化学和医学方面造诣很深，并创立了一套神秘的新柏拉图主义的神智学。阿尔托的医生勒内·阿朗迪也是帕拉塞尔苏斯的研究者，曾在1937年出版了《帕拉塞尔苏斯，被诅咒的医生》（*Paracelse, le médecin maudit*, Paris: Gallimard）一书。

的世界丧失了它的巫术。如果巫术是一种从内部到外部、从行动到思想、从事物到词语、从物质到精神的持续交流，那么，我们可以说，我们早就失去了这令人眼花缭乱的神灵感应，这令人紧张不安的启示，我们需要再一次沐浴在鲜活的、未受污染的源泉中。土地的分配，财富的积累，当然是好，但我们知道，在墨西哥，当原住民索要他们的祖先失去的土地时，有一群活跃的思想家正在寻找他们的神灵，并且，他们会在地底找到。我的意思是，墨西哥的新文明，会通过黑暗的力量，再次来到世上。

在结束前，我想要如其能够重建的那般描绘墨西哥文明。

当然，不管我们多么无力，文明正在欧洲寻找自身，

如果的确没有什么踪迹，也不要皈依欧洲文明，

但我们必须助它一臂之力，试着发现其在彼处的生活理想，

这就是全部，

除了重读马西农[1]的信。

（1935 年）

## 没有什么神学
（致外交部长的信件片段）

……………………………………………………………………………

………………………………………………

没有什么神学比这三位神灵的神学更加灼热和有效：

---

1　路易·马西农（Louis Massignon，1883—1962），法国伊斯兰学者。

### 泰兹卡特里波卡—维齐洛波奇特利—魁札尔科亚特尔 [1]

我的意思是，在这样的国度里，地底炽烈的力量赤裸地燃烧，随飞鸟一起爆炸的空气以一种无比高的音调震荡，事实创造了它，万物的力量、神灵的力量创造了它。

这些神灵反过来产生一种科学，而占星术在其中占有一席之地。

我们有太多的东西要从墨西哥占星术的秘密中学习，它们可通过尚未破译的象形文字，当场得到阅读和阐释。

在世上的所有国家——首先是苏联——试图建构一种集体动力论的时代，有太多的东西要从一种弥散的意识中学习，而这样的意识，在那里属于每一个人。

我的使命，如果存在使命，就在于揭示并固定这种动力论，正如赫拉克利特的哲学里：

**土**，以火山和蛇为象征；

**水**，以众多神灵，雨神特拉洛克（Tlaloc）的无限面孔，风暴中咆哮的鸟羽为象征；

**气**，以飞鸟——从雷鸟到祖厄特扎尔鸟——所有天空之鸟中最珍贵的飞鸟构成的披巾为象征；

**火**，再一次以雷鸟和火山的旋涡为象征；

这四种**元素**，最终揭示了一种巫术的自然主义，永远充满生机，**且清楚明白**。

它是一种痉挛的文明，是一种哲学的活生生的、具体的实现。

我不相信世上的其他任何文明会呈现如此清晰且生动的例子。似剥去外皮的器官永远地暴露灵魂。

尤其，**吠陀**的文明，在自身内部，以一种超级有机的方式，保

---

1　三者均为阿兹特克神话中的神祇，其中泰兹卡特里波卡（Tezcatlipoca）是代表无常的至上神力，维齐洛波奇特利（Huichiloboch）是战神，魁札尔科亚特尔（Quetzalcoatl）是羽蛇神。

存着一个类似的天国理念。

那么，从墨西哥文明的例子中可以得出一笔现实的财富。我们恰恰要在这个方向上努力。

如果墨西哥文明提供了具有巫术精神的原始文明的完美例子，那么，我们应从中抽取这样一个文明能够提供的原始和巫术文化的一切形式：从图腾崇拜到巫术魔咒，同时，途经占星术的等级体系，水、火、谷、蛇的仪式，音乐和植物的疗法，森林中的幻影，等等。

我们应该说明，墨西哥人为何如此惧怕森林中的阴影和黑夜。

我不应继续展开论述了。我相信我所说的足以表明我要求的使命之目的，我只请求并希望您会支持它并助它成功。

（1935 年 8 月）

## 正是行动塑造了思想
（致教育部长的信件片段）

........................................................................................
.................................................

正是行动塑造了思想。至于物质和精神，墨西哥人只认具体。而具体的东西不厌其烦地运作，无中生有：这是我们要前去向墨西哥高级文明的后裔讨教的秘密。

在一些失落的高原上，我们将拜访医治者和巫师，我们希望听到画家、诗人、建筑师和雕塑家宣称他们拥有他们创造的整个图像现实，一个牵引他们的现实。因为墨西哥高级巫术的秘密就在于那些人创造的符号力量，他们在欧洲仍被称为艺术家，而在发达的文明里，他们并未失去同自然源泉的接触，他们是一种定期地解决世界之干渴的言语的唯一执行者和预言者。墨西哥还教给我们一种言语和一种语言的秘密，在那里，所有的言语和所有的语言都合而为一。

如果正在墨西哥诞生的文明没有成功地意识到这围绕一个独一无二的中心凝聚起来，源自言语、线条、姿势、形式和呐喊的众多表达，那么，它将证明自己无法找到它和其真正传统的联系。

为了认识语言，所有的语言，为了避免语言的一种普遍混乱，有一把钥匙可以打开所有的表述手段。

玛雅人知道一种会说话的象形文字，它可在多重意义上得到理解。今天，让印第安人摆脱西班牙的束缚不会有什么意义，如果那只是物质的解放，除非对前笛卡儿文明的回归也意味着对古玛雅文明之文化源头的回归。

古墨西哥人不把文化和文明分开，也不把文化和一种散布于整个机体的个人认知分开。在他们的器官和他们的感觉里，墨西哥人，如同所有纯粹的种族，懂得如何承担他们的文化，那样的文化已在最大程度和最高层面上实现了一种感性的提纯。

必须指出，最后的玛雅野蛮人，最遥远的印第安雇农，都在身上承载着那一文化，如同一次返祖；那文化为他提供了一种在整个神经系统的病情恶化里武装起来的内在认知，有这样的文化相伴，未受过教育的印第安人，在面对我们欧洲人时，就像是一个有着高等学位的文明人；这是真理，并且，其重要性，我们觉得，必须加以肯定。

这一切的结论，只能当场得出；关键是在现代的仪式里认识到，什么样的东西能够从古老的巫术和古老的占卜中持存。

会说话的森林仍然存在吗？身披佩奥特掌或大麻那烧过的纤维的巫师还能在哪里遇见一位揭示占卜秘密的可怕老头？

如果墨西哥人把如此深刻的意义赋予了天空，如果飞鸟代表了他们对自由和空间的强烈欲望，代表了他们对日常现实，简言之，对生活的蔑视，如果一个预言向他们允诺雷鸟会在不远的未来从火山的喧嚣中觉醒，那么，所提的问题就是要知道在何种程度上这不可思[议]……………………………………………………………………………………………………………

（1935 年 8 月）

《撒旦火的生与死》扉页，1953 年

阿尔托的护照，1936 年

十九

# 革命的讯息（1936）*

尉光吉 译

* 1936 年 1 月 9 日，阿尔托从安特卫普登上"阿尔贝维尔"号轮船前往墨西哥。1 月
30 日抵达哈瓦那，短暂停留后，又于 2 月 7 日抵达墨西哥的韦拉克鲁斯，并从那里乘
火车到达墨西哥城。2 月 26 日、27 日和 29 日，阿尔托在墨西哥国立自治大学发表了
三场演讲，分别题为"超现实主义与革命"（Surréalisme et révolution）、"人反抗命运"
（L'Homme contre le destin）和"戏剧与神灵"（Le Theatre et les dieux）。

同年 5—8 月和 10—11 月，阿尔托为墨西哥的《国民报》（El Nacional）撰写了
一系列文章，均以西班牙语发表。这些文章直到 1962 年才由流亡墨西哥的危地马
拉作家路易斯·卡多萨－阿拉贡（Luis Cardoza y Aragón）系统地收集并整理成册，
由墨西哥国立自治大学出版，题为《墨西哥》（México）；1971 年，又由波勒·泰
芙楠编入《阿尔托全集》（几篇论塔拉乌玛拉印第安人的文章除外），并根据 1936
年 5 月 21 日阿尔托致让·波朗的信中吐露的设想，题为《革命的讯息》（Messages
révolutionnaires）。其中绝大部分文本已无法语原版，是由马里耶·德宗（Marie
Dézon）和菲利普·索莱尔斯（Philippe Sollers）从西班牙语转录而来。

# 人反抗命运

昨晚我谈到了超现实主义与革命。我本该说：革命反对超现实主义，超现实主义反对革命。

我试图说明法国超现实主义诞生于怎样深度的厌恶，怎样根本的苦恼，它从没找到过自己的方向。

在我看来，超现实主义的本质是要求收回生命，反对其一切歪曲，而革命则是生命的一种歪曲。

我认为超现实主义从一开始就怀有的那种对纯粹生命的渴求和破碎的生命无关。破碎，但暂时有效。但符合一场真实的历史运动。并且我说马克思是最早体验并感受到历史的人之一。但历史上有一个运动构成的世界。如果超现实主义的精神状态被事实超越，那么历史的运动也被事实超越。

这就是我们的思想在该主题上的最新状态：法国青年的思想和头脑灵活的知识分子的思想。

历史的和辩证的唯物主义是欧洲意识的发明。在历史的真正运动和马克思主义之间有一种人性的辩证法，它不符合事实。而我们都认为，过去四百年来，欧洲意识一直靠一个巨大的事实谬误活着。

那个事实就是理性主义的世界观，它在运用于我们日常的生活时，在世上产生了我所谓的分裂的意识。

你们会立刻明白我的意思。

你们都知道人抓不住思想。为了思考，我们拥有图像，我们拥有这些图像的词语，我们拥有对象的表达。我们把意识分裂成意识状态。但这只是一种言说方式。这一切除了能让我们思考外没有任何真实的价值。为了审视我们的意识，我们被迫分割了它，不然就没法使用那允许我们看清自身思想的理性能力。但事实上意识是个整体，哲人柏格森称之为纯绵延。思想没有停止过。我们放在我们面前好让精神理性加以审视的东西其实已经过去；而理性抓住的不过是一种形式，或多或少已清除了真正的思想。

精神理性所审视的东西，可以说总属于死亡。理性，欧洲心智所过分颂扬的那一能力，总是死亡的幻影。记录事实的历史就是已死理性的幻影。卡尔·马克思同事实的幻影搏斗；他试图在特定的动力中发觉历史的思想。但他也停留于事实：资本主义的事实，资产阶级的事实，机器的拥塞，机器的可怕滥用所导致的时代经济的窒息。一种虚假的意识形态，就从这真正的事实里，也在历史里，产生。

今天的法国青年，忍受不了已死的理性，再也不满足于意识形态。他们把历史的解释视为一种冒险停止历史的意识形态。

马克思从一个事实出发，但他拒绝了一切形而上学。而青年们觉得世界的解释是一种虚假的形而上学。面对这虚假的形而上学，他们要求一种完全的形而上学，以使他们与今天的生活和解。

他们指责历史诞生了一种偶像崇拜，而这种偶像崇拜和所有偶像崇拜一样是宗教的，因为它把一种神秘引入了心灵。法国青年不想要神秘主义，他们想让人停止心灵的幻觉；他们渴求一种人性的真理，坦诚无欺的人性。

他们感受到了生活，这些青年，而我们把生活感受为一个唯一的东西，一个不接受理论的东西。今天祈求形而上学不是把生活与那个超出它的世界分开，而是把人们想从世界中撤出的一切重新注入世界的经济观念，不带任何幻觉地重新注入。

在青年们看来，正是理性导致了当代的绝望，引发了世界的物质混乱，因为它割裂了一个由真正的文化所聚集起来的世界的各元素。

如果我们对命运及其在自然中的运行怀有一种错误的认识，那是因为我们已忘了如何看待自然，如何感受完整的生命。

古人不知何为偶然，而宿命是一个希腊观念，其晦涩在粗野的拉丁理性里进一步加剧。为了消除偶然，所谓的异教世界拥有了知识。但当我们祈求知识时，现代世界里还有多少人能说出它是什么。

这里有一种以世界的高级法则为基础的秘密决定论；但在一个迷失于显微镜的机械科学的时代，谈论世界的高级法则无异于沦为众人的笑柄，在他们眼里，生命不过是一座博物馆。

当今天的人谈论文化时，政府考虑的是开设学校，印制书籍，倾倒油墨，但为了让文化成熟，我们必须关闭学校，烧掉博物馆，摧毁书籍，砸烂印刷机。

获得教养意味着吃掉自己的命运，用知识吸收它。当他们谈论神、自然、人、死亡和命运时，便知书籍在撒谎。

神、自然、人、生命、死亡和命运只是生命在理性思想的注视下所采取的形式。理性之外没有命运；这是一个高级的文化理念，而欧洲已将之抛弃。

欧洲已用其分裂的科学肢解了自然。

生物学，博物学，化学，物理学，精神病学，神经学，生理学，所有这些畸形的萌芽都是大学的骄傲，正如泥土占卜，手相学，面相学，通心术和通神术是一些分散的个体的骄傲，但对启蒙过的头脑来说，它们只是一种认知的丧失。

古人自有其迷宫，但他们并不认得分裂的科学迷宫。

精神中有一种秘密的运动划分了知识并把科学图像作为现实呈现给迷途的理性。

撒旦，根据古老的魔法师之书的说法，是一个创造出来的形象。通过乞灵于恶，黑魔法师发明了它，也可以说创造了它。同样，分裂的理性发明了大学里传授的科学形象。

这样的运动是一种偶像崇拜：精神相信它所见的东西。

而用一台显微镜注视生命就是通过现实的细枝末节注视一片风景。

法国青年反对理性，因为他们指责它遮蔽了科学。他们也反对科学，因为科学僵化了理性。

这些青年，他们认为欧洲已迷失了道路，并且他们觉得，欧洲是有意地，可以说罪恶地，迷失了道路。他们把欧洲的这一致命的定向归咎于笛卡儿的唯物主义。

他们谴责文艺复兴，因为它宣称恢复人的荣耀，却用一种对古人的错误解释贬低了人的理念。

他们知道，当历史谈论异教时，历史已经犯了错，因为异教不是书里造出的东西。

正是欧洲发明了异教徒的偶像崇拜，因为欧洲的精神就是一种偶像崇拜的精神形式；而偶像崇拜，正如我刚刚说过的，恰恰是精神相信其梦想的东西时理念与形式的分离。古人相信他们的梦，也相信其梦之意义的价值，但他们不相信梦的形式。在他们的梦背后，古人从不同级别上预感到了力量，并沉浸在这些力量当中。他们对这些力量的在场拥有一种闪电般的感受，并在其整个有机体内——必要时还通过一种真正的眩晕——找到办法与这些力量的流逝保持接触。今天欧洲人的大脑是一个地洞，里头晃动着一些无力的幻影，而欧洲人就把它们错当成自己的思想。

但这是要竭力寻求批判一种已死的思想。异教奉若神明的事物，已被欧洲变成了机器。

我们反对这种生存的理性化，它阻止我们思考自己，也就是，阻止我们感受人性，而在我们的人之观念里，还有一种关于思想之力量的观念。关于思想之力量的辩证和技术知识的观念。

科学从我们这儿夺走的一切，它在其蒸馏瓶、其显微镜、其天平、其复杂的器械中切分的一切，它用数字来还原的一切，我们渴望从科学中夺回，科学正扼杀我们的活力。

　　我们身上会产生某种无法用实验来判断的东西。而我们许多人都拒斥实验的教导。我们不相信实验的价值，也不相信实验的证据。首先得让我们相信实验用来触及我们思想的理性和形式的幻象。

　　所有形式的实验都掩盖了现实。

　　当巴斯德[1]告诉我们，不存在自发的萌芽，而生命不能从虚空中诞生时，我们觉得巴斯德搞错了虚空的真实理念，而一场新的实验会表明巴斯德的虚空不是虚空：而这样的实验已被实现。

　　在我们看来，历史是一幅全景图，而我们正适时地评判历史，因为我们是文明人。这里吃土豆的人拥有冒险者的道德，但在同一个地方，五百年前另一群吃土豆的人则拥有堕落者的道德。

　　我们没用实验来评判现实。因为这一切未向我们展示人。对人的外在功能的关注偏离了对人的深刻认知。而思想里有一个世界。革命忽视了思想的内在世界。但它也关注思想，它用实验，也就是从事实的外部来关注思想。

　　它抓住疯子，并给他们植入奇奇怪怪的疾病，看会产生什么，它给他们注射植物病毒，就像给他们嫁接植物，看人会在里头变成什么。必要时，它还从中搞出一种夸张的图腾崇拜，用实验来探索人与野兽、野兽与森林之间的转化。

　　但别忘了列宁的唯物主义，它也被称为辩证的，意图推进黑格尔的辩证法。

　　在黑格尔的辩证法从三个阶段找回思想内在力量的地方，列宁的辩证法将各阶段统一起来，并对我们谈论思想的动力，它不再把思想与事实分开。

　　生命中存在三种力量，正如古人皆知的一种古老科学所展

---

1　路易·巴斯德（Louis Pasteur，1822—1895），法国微生物学家，提倡疾病细菌学说并发明了预防接种方法。

示的：

　　排斥和膨胀的力量，

　　压缩和收敛的力量，

　　旋转的力量。

　　从外到内的所谓向心的运动对应于收敛的力量，而从内到外的所谓离心的运动则对应于膨胀和排斥的力量。

　　如同生命，如同自然，思想先从内到外，再从外到内。我开始到虚空中思考，并从虚空走向满盈；而当我达到满盈后，我又落回到虚空。我从抽象走向具体，而不从具体走向抽象。

　　从外部停止思想并研究它能做什么，其实是误解了思想的内在和动态之本质。这是拒绝在任何实验所无法捕获的内在命运之运动中感受思想。

　　我把今天对思想的这一内在和动态之命运的认知称为诗歌。

　　为了找回其深刻的本质，为了感到自己就活在其思想里，生命拒斥了让欧洲陷入迷途的分析精神。

　　诗性的认知是内在的，诗性的品质是内在的。如今有一场运动就把诗人的诗歌等同于那内在的魔法力量，它不仅为生命提供了一条道路，还允许对生命施加行动。

　　不论思想是不是物质的分泌物，我都不会为此问题讨论太久。但我会简单地指出，列宁的唯物主义似乎省略了思想的这一诗性。

　　有些植物可以治病，而有些疾病呈现出这些植物的颜色。在疾病的颜色和植物的颜色之间，帕拉塞尔苏斯，甚至在治疗病人时，也想着在疾病的道路上为人找到一条路（我们会说他在治疗生命），帕拉塞尔苏斯，为了治疗生命，用想象力在疾病和植物之间建立了一种关系，并治愈了疾病。

　　这就是炼金术医学的起源，从中也诞生了顺势疗法。

　　激情会发出呼喊，而在每一激情的呼喊里，都有激情振动的程度；在别的时代，世界认得激情的谐音。但每一疾病也有它的呼喊和它的喘息：当鼠疫患者带着醉醺醺的思想图像从街上跑过时，他发出了呼喊，而当他奄奄一息时，则发出特别的喘息。地震也有其声响。但当所谓的传染病发生时，空气也在特别地振动。而从疾病到激情，从激情到地震，我们能确立一些相似性，以及一些噪音的奇怪协调。

但事实的决定论离不开生动的表象。历史上没有一个事件能脱离颜色或声音。

天才的时代曾想用颜色或声音，用喘息的节奏和传染病的振动，用和疾病相似的植物发出的声响，用各种表达的结合，用一阵传达了命运撕裂下一切人类折磨的呜咽的声调变化，来重现历史的运动，恢复命运的进程。

古老的游戏就是基于这用行动来征服命运的认知。古老的戏剧都是反抗命运的战争。

但为了征服命运，就必须认识完整的自然，以及人身上完整的意识，但要遵从事件的节奏。

我们拥有一种统一文化的理念，而我们召唤这统一的文化是为了在自然的全部显现中重新发现一个统一性的理念，人已用其思想为自然的显现标出了节奏。

中医的三百八十个穴点支配着人体一切功能，它们把人变成了一个统一的整体，正如帕拉塞尔苏斯的普遍治疗把人的意识抬到了神性思想的高度。

现在谁若声称墨西哥有多个文化：玛雅文化，托尔特克文化，阿兹特克文化，奇奇梅克文化，萨巴特克文化，托托纳克文化，塔拉斯科文化，奥托米文化，等等，那么他就不知文化是什么，他把形式的多样性和一个理念的综合搞混了。

世界既有穆斯林的神秘学，也有婆罗门的神秘学；既有神秘的《世界创世记》（Genèse），也有《光明篇》（Zohar）和《创世书》

(*Sepher-Ietzirah*) 的犹太神秘学，而在墨西哥这里，则有《契伦巴伦》和《波波尔·乌》[1]。

谁不知道所有这些神秘学都是一样的，即在精神上是同一个东西呢？它们表达了同一个几何的、数字的、有机的、和谐的、神秘的理念，调解了人与自然，人与生命。这些神秘学的符号是等同的。它们的言语、它们的姿势和它们的呼喊之间存在深刻的相似。

在现存的所有神秘学里，墨西哥神秘学最不依赖血和土地的慷慨，而只有欧洲的狂热模仿者还未意识到其魔力。

我认为我们必须从大地里提取神秘的魔力，这片大地和执意踏上它的那个自私自利的世界毫无相似之处，后者看不见落到它身上的阴影。

（1936 年 4 月 26 日，5 月 3 日、10 日和 17 日，《国民报》）


## 戏剧与神灵


我没带着一个超现实主义的讯息来到这里；我来这里是要告诉你们，超现实主义在法国已不流行；但许多不再流行的东西，还有人继续在法国之外效仿，就好像它们代表了这个国家的思想一样。

超现实主义的态度是一种否定的态度，而我来这里是要告诉你们，在我的国家，每个青年在思考什么，他们渴求肯定的解答，并

---

1　《契伦巴伦》(*Chilam Balam*) 即《契伦巴伦之书》，是尤卡坦半岛玛雅人各时期文化的杂录；《波波尔·乌》(*Popol-Vuh*) 即《议会之书》，是危地马拉切基玛雅人讲述其神话和历史的圣书。

想重新爱上生命。而他们所想的就是他们要做的。

法国青年的新渴望不是你能在书本里或在杂志上谈论的东西，就像你描述一种怪病，一种和生命毫无关系的奇怪传染病。

一种传染病正在法国青年的身体里萌芽。它不能被当成一种疾病，而是一种可怕的要求。这个时代的一大特征便是，观念不再是观念，而是一种要付诸行动的意志。

在法国发生的一切背后，就有一种准备付诸行动的意志。

当青年画家巴尔蒂斯创作一幅女性的肖像时，他就显露了他要让女人真实地发生变形并与他所想的样子相符合的意志。他通过他的画作显露了一种关于爱和女人的可怕又严格的观念；而他知道自己不在虚空中言说，因为他的绘画拥有一个行动的秘密。

他作画就像某个人认出了闪电的秘密。

只要人还未使用闪电的秘密，世界就认为它属于知识，并把它留给了学者；但有朝一日，某个人会使用这闪电的秘密，并将之运用于世界的毁灭；那时世界就开始考虑这个秘密。

青年想把万物的秘密和其多样化的使用重新联系起来。

而这也是学校里从不传授的一个文化理念；因为在这个文化理念背后，有一个生命的理念，它只会让学校感到不安，因为它摧毁了后者的教导。

这个生命理念是巫术的，它假定了人类思想的全部显现中有一团火焰在场；而这着火的思想形象，在我们今天所有人看来，被纳入了戏剧；并且，我们相信，戏剧的产生就是为了显现它。但今天绝大多数人都认为戏剧和现实无关。当我们谈论某种歪曲现实的东西时，所有人都认为那是戏剧；但在法国，我们中许多人仍相信，只有真正的戏剧能向我们展示现实。

欧洲正处于发达文明的状态：我的意思是，它十分虚弱。法国青年的精神就是反抗这发达文明的状态。

他们不需要凯泽林或斯宾格勒[1]，就能感受到一个在文艺复兴遗留的错误观念之上建立的世界的普遍衰落。在我们眼里，生命似正处于强烈耗损的状态。我们用不着一种新哲学就能感受到这种强烈耗损的状态。

事已至此，我们能说，正如别的时代青年追求爱情，渴望实现抱负，取得物质的成功和声名，今天的青年梦想着生命；他们追求的正是生命，并且，如果可以这么说，他们是从本质上渴求生命：他们想要知道生命为何虚弱，而又是什么腐化了生命的理念。

为了弄清这个，他们注视整个世界。他们想理解自然，且首先是理解人。不是独个的人，而是作为自然的大写的人。

当我们对其谈论自然时，他们就问我们今天想谈的是哪个自然。因为他们知道，正如存在着三个国际，也存在着三个自然，三个层级的自然。

这也属于知识。

"共有三个太阳，"尤里安大帝说，"只有第一个是可见的。"[2]而没有人怀疑叛教者尤里安陷入了基督教的灵性，他是古人**知识**的最后代表之一。

那些青年，他们把人引入了自然；正如他们从外到内看清自然的层级，他们也看清了人的层级。

青年们知道，戏剧能给予他们的，正是这个人与自然的高级理念。

他们不认为自己用这样一个戏剧的高级理念背叛了生命，而是

---

1　赫尔曼·凯泽林（Hermann Keyserling，1880—1946），德国社会哲学家，著有《一个哲学家旅行日记》（*Reisetagebuch eines Philosophen*）；奥斯瓦尔德·斯宾格勒（Oswald Spengler，1880—1936），德国历史哲学家，著有《西方的没落》（*Der Untergang des Abendlandes*）。
2　此处记忆有误。在《赫利俄加巴路斯》里，阿尔托写的是"只有第三个是可见的"。

相反，他们觉得戏剧能帮自己治愈生命。

有成千上万种关照生命并归属时代的方式。我们不赞成知识分子在一个混乱的世界里纵情于纯粹的思辨。我们不再知道象牙塔是什么。我们支持知识分子也投身于时代；但我们不认为他们能以别的方式进入时代，除了开展斗争。

斗争是为了获得和平。

在当前的精神灾难里，我们控诉一种巨大的无知；并且有一股强大的潮流让人烧灼这一无知；我的意思是以科学的方式烧灼它。

生命，在我们看来，不是检疫站，不是疗养所，也不是实验室。而且我们并不认为一种文化能通过词语或观念来传授。一种文明不是通过其习俗的外表才传播开来。在悲天悯人之前，我们要恢复一个民族所遗忘的德行，使之能因此自行实现开化。

所以我说，青年不是心怀不安，而是心被扰乱，被那些看起来与其所想并不一样的事物所扰乱，他们正控诉着时代的无知。

他们发现了时代的无知并挺身反抗。

当他们得知，中医，古老的医学，能用千年古方治愈霍乱，而欧洲医学面对霍乱只懂得逃离或火葬的野蛮方法时，他们不会满足于把这样的医学引入欧洲，而会想到欧洲精神的缺陷并试图治愈这一精神。

他们明白，中国能认清霍乱的本质不是凭什么诀窍，而是靠深刻的领悟。

正是这样的领悟成为文化。而有一些文化的秘密，书本并不传授。

欧洲文化死守成文书籍，并认为书籍一旦被毁，文化就遗失了。对此，我说有另一种在别的时代存活过的文化，而这遗失的文化就建立在精神的物质观念之上。

欧洲人只认得其身体，从未梦想过自己能组织自然，因为他们看不到身体之外。对此，中国人，例如，就拥有一种从精神知识中得来的自然意识。

他们认得虚空和盈满的程度，它描述了灵魂可以称量的状态；而在灵魂的生理机能的三百八十个穴点上，中国人能察觉自然及其疾病，可以说，他们能察觉疾病的本质。

雅各布·伯麦[1]只相信精神，他说得出精神何时患病，并在整个自然中描述了精神怒气显现的种种状态。

这些洞见及其他也给了我们一个关于人的新理念。我们再次获知人是什么，因为别的时代已然认得。

我们开始察觉禁忌，而一种惊慌又狭隘的知识已用这些禁忌遮挡了一种懂得如何解释生命的文化的眩晕。

完整的人，人以及能够踏上风暴之路的呼喊，对欧洲而言属于诗歌，但对我们这些拥有综合的文化理念的人而言，接触风暴的呼喊，就是重新发现生命的秘密。

如今世上有一股潮流在要求文化，要求一种有机且深刻的文化理念能够解释精神的生命。

我把有机的文化称为一种以和器官相联系的精神为基础的文化，精神沉浸于所有的器官，并同时相互回应。

在这样的文化里，有一种空间的理念，而我说真正的文化只能在空间中传授，它是一种有所指向的文化，正如戏剧有所指向一样。

空间中的文化意即这样一种精神的文化，它在空间中不停地呼吸并充满活力，它召集空间的身体就如其思想的对象，但作为精神，它位于空间正中，也就是，在其止点上。

这也许是一个形而上的理念，精神必须经过的空间之止点的理念。

但没有形而上学，就没有文化。而这被突然抛入文化的空间理

---

1　雅各布·伯麦（Jakob Böhme，1575—1624），德国哲学家，基督教神秘主义者和路德新教神学家。

念，如果不是肯定文化与生命密不可分的话，又意味着什么呢？

"三十辐共一毂，"老子的《道德经》说，

"当其无，有车之用。"

当人们的思想达成一致时，我们会说如此的一致在哪里形成呢，如果不是在空间的止点上？

文化是一种精神运动，它从虚空走向形式，又从形式返回虚空，返回虚空如同返回死亡。拥有文化就是烧掉形式，烧掉形式以获得生命。意即学会在被连续摧毁的形式的持续运动中挺立。

古墨西哥人只认得死亡和生命之间这来回往复的态度。

这可怕的内在驻留，这呼吸的运动，就是文化，它同时活动于自然和精神。

"但这是形而上学，人不能活在形而上学里。"

但我恰恰要说，生命应在形而上学里重生，而这让今天的人感到畏惧的困难态度，正是一切纯粹民族的态度，他们总觉得自己同时处在死亡和生命当中。

这就是为什么，文化不被写下，并且就像柏拉图说的，"言语写下之日即思想遗失之时"。

书写阻止了精神像广阔的呼吸一样在形式中间移动。因为书写固定了精神并使之结晶为一种形式，而偶像崇拜，就从形式中诞生。

真正的戏剧，如同文化，从不被写下来。

戏剧是一种空间艺术，而通过压迫空间的四个点，它冒险触摸生命。正是在戏剧所萦绕的空间里，事物找到了其形体，而生命就在形体下作响。

如今有一场运动要把戏剧与一切非空间的东西分开，把文本的语言扔回书里，因为它绝不该从书里出来。而这空间的语言反过来作用于神经感觉，并催熟了其下方展开的风景。

我不必在此重述戏剧的空间理论，它同时通过姿势、动作和声音来表演。

它占据空间，围捕生命，迫使生命走出其巢穴。

它就像有六个分枝的十字架，在墨西哥某些神庙的墙上传达了一种神秘的几何学。墨西哥的十字架总被围住，它位于一面墙的中央，来自一个巫术的理念。

为了做十字架，古墨西哥人置身于一种虚空的中心，而十字架就围着他转。

就像今天的学者认为的那样，这十字架没有把空间编成密码，而是在揭示生命如何进入空间，如何从空间外部找回生命的基础。

总是虚空，总是那个点，物质就聚在其周围。

墨西哥十字架寓意着生命的复活。

我久久地注视过古抄本上的墨西哥神灵，对我来说，这些神灵似乎首先是空间里的神灵，而抄本的神话学用其阴影之洞般的神灵隐藏了一种空间的知识，而生命就在这些阴影里低吟。

毫不夸张地说，这些神灵不是偶然诞生，他们活着就像在一场戏里，他们占据了人类意识的四个角落，而喷出生命的声音、姿势、言语和呼吸都在那儿。

谁还想感受神灵并寻找神灵的所在？寻找其所在就是寻找其力量并赋予自己一个神灵的力量。白人世界称这些神灵为偶像，但印第安人的精神能通过对其力量之音乐的定位，让神灵的力量振动起来；而戏剧则通过对力量的音乐分配，唤起了神灵的力量。每个神灵都在随意象振动的空间中占有一席之地。神灵向我们现身是通过一声呼喊或一张面孔，而面孔的血色也有其呼喊；这呼喊等同于其意象在生命得以成熟的空间里的重量。

对我来说，这些神灵在旋转，并受一条条线的羁绊，他们用线来测探空间，仿佛是害怕自己还未充分地感受到空间，他们给了我们一种理解生命构成的具体手段。这种对空无空间的畏惧让墨西哥艺术家着迷，使得他们在线上画线，这不只是线的发明，不只是取悦眼睛的形式的发明，它意味着一种要让虚空成熟的需求。填满空间以掩盖虚空，就是发现虚空的道路。也就是从一条盛开的线出发，接着眩晕地落回到虚空。

而绕着虚空旋转的墨西哥神灵提供了一种谜样的手段来找回虚空的力量，因为没有虚空，它就会失去现实。

总之，我认为墨西哥神灵是生命之神，受苦于力量的丧失和思想的眩晕；而他们头上浮现的线则提供了一种富有旋律和节奏的手段，让思想在思想之上浮现。

他们唤起精神不是为了让自身僵止，相反，是为了行军，如果可以这么说的话。

"我迈向战争。"手里握着战斗武器并捧在跟前的神似乎这么说；"而我也在前行中思考。"他头上呈之字形闪现的线则这么说。——并且这条线，在空间的某个点上，再次增生。

"而如果我思考，我就测探我的力量，"他背后的线说。"我召唤我从中诞生的力量。"

就这样，这些神灵，不满足于其简单的人之高度，以其非人的形式，表明了人如何从中诞生。——因为我还认为，这些线之间存在着一种和谐，一种与声音的意象相符合的本质几何学。

对戏剧而言，一条线即一个声音，一个动作即一段音乐，而从声音中出现的姿势则像一个句子里的关键词。

墨西哥的神灵拥有敞开的线，它们意味着诞生的一切，但它们同时也给出了回归某物的手段。

墨西哥的神话学是一种敞开的神话学。而昨日的墨西哥和今天的墨西哥，同样拥有敞开的力量。无须深入墨西哥的风景去感受从中诞生的一切。这是世上唯一呈现了神秘生命的地方，并且是在生命的表面呈现出来。

（1936 年 5 月 24 日，《国民报》）

## 初次接触墨西哥革命

继其他国家之后，法国也遇上了目前的世界危机，虽然还未显现，但影响更为严重。和别处发生的情形相反，当前法国在其意识上遭受的危机，要远远多于其资本和财富所遇到的危机，而法国青年尤其感受到了这场危机的种种后果。三年前熟悉巴黎的人，若现在故地重游，也会认不出它来。表面上城市变动甚微，但巴黎的生活，使其生机勃勃的一切，年轻人，喧嚣声，光芒，享乐，都已面目全非。尤其是年轻人都在受苦，而没有什么像青年的病痛一样如此深刻地影响了一个国家的内在生命。

我不会说法国青年失去了希望，我会说其希望的动力受了损，因为他们正对生活的资源失去信心。政府一心维持必需品的高价，以免亏本出售，由此让法国农民保住了其古老的生活标准，但和这里的政府一样，它压根不关心年轻人的生活。而法国青年——尤其是青年画家、雕塑家、戏剧演员、电影工作者——惨遭遗弃，濒临绝望。

所以，当我来到这里，看见墨西哥革命政府对年轻人作品的兴趣时，我的激动之情就无须描述了；我同艺术家、画家、革命知识分子，还有音乐家交谈；受穆诺兹·科塔（Muñoz Cota）教授指导的美术系邀请，我有幸作为法兰西共和国的代表，参加其儿童剧院的会议；我意识到，墨西哥革命有一个灵魂，一个生动的灵魂，一个苛求的灵魂，就连墨西哥人自己也不知道它能领他们走多远。这就是墨西哥革命运动的动人之处。年轻的墨西哥正在前进，它决心重造一个世界，并且为了重造这个世界，它不畏惧任何改变。去问年轻的墨西哥革命者吧，他们不会给你相同的回答；但这一观点的混乱，就是革命之活力的最好证明。墨西哥的生活应是社会主义的，在这一点上，青年们意见完全一致，至于要用怎样的手段迅速且彻底地实现这墨西哥的社会主义，他们的观点，不得不说，出现了分歧。

这些分歧拥有它们的振奋力。当前墨西哥的意识是一片混沌，而整个世界的新力量就在里头沸腾。如果法国青年陷入绝望，那么，墨西哥青年绝不濒临绝望，对此，我已通过儿童剧场的会议意识到了，会上我应邀做了一个关于木偶戏的动力论的发言。

不得不说，法国青年目前处于完全躁动的状态，讨论着最大胆的想法，他们自己有时还浑然不知。近几年来，在尤为关注戏剧的领域里，就出现了一个新的观念。以人们对雅克·科波[1]之探究的抛弃为例，在那纯粹造型的探究里，舞台调度只是给文本提供装饰并严格地受其限制，现在人们试图重新发现、发明一种纯粹的语言，也就是，戏剧的语言本身。换言之，在如此设想的戏剧里，文学，成文的言词，对白，不再占据首要的位置。舞台调度不再受制于文本，而是倾向于把文本重新变成一个秩序的奴仆、奴隶，就像中世纪的秘仪里那样，这秩序来自极远的地方，来自神话时代的语言源头，在那里，语言，人大声说出的原始习语，和呼吸的有机力量融为一体。渐渐地，现代法国戏剧重新发现了一种必要性，关于表达的核心的、变动的必要性。这意味着，戏剧抛弃了文学，抛开了书本，以重新发现舞台的空间，并在空间的全景中展开，因为戏剧是一种空间的艺术，它必须不惜一切地重新意识到表达的空间价值。声响、动作、光线、姿势、话音，甚至话音的形式，都属于这种新的戏剧语言。一种言语首先是通过其被说出的方式和其被说出的位置才活跃着，而最活跃的又莫过于气息的有节奏的跳动，它有阴阳男女之别，主动被动之分。这里头有一整套呼吸的技术，而一位刚从夏尔·杜兰的戏剧车间出来的年轻演员，让-路易·巴罗，

---

1　雅克·科波（Jacques Copeau, 1879—1949），法国戏剧家，法兰西现代戏剧的开创者，建立了老鸽巢剧院。

已开始对此细致地加以研究。

这一技术，我也在我关于木偶戏动力论的发言里予以了阐述。早在1932年10月发表于《新法兰西杂志》的《残酷剧团宣言》（Manifeste du théâtre de la cruauté）里，我就描述过它，还有一篇论卡巴拉的三元数字及其对戏剧艺术之运用的文章也谈到了它，文章将在下一期《大学学报》（Revista de la Universidad）上发表，题目就叫《感情田径运动》（Un athlétisme affectif）。[1]

这一套看似乏味又粗糙的技术其实表达了一件十分简单又基础的事情。但它也是本质的。无论人们接受与否，它都包含了一个深刻的文化理念，而正是这个本质的文化理念为今天法国青年知识分子的一切希望奠定了基础。

今天的法国青年，可以说，忍受着一次名副其实的分娩的剧痛，他们拥有一个革命的文化理念。我来到墨西哥的土地上恰恰是要寻找一个回音，或不如说一个源泉，这革命力量的真实有形的源泉。同法国青年一起，我希望得到墨西哥青年的支持，以帮我们释放这一力量和这一理念。

我要求墨西哥青年，也要求墨西哥革命，付出巨大的努力，它必须是极其有效的努力。

总之，我们期待从墨西哥得到一个革命的新观念，还有一个关于人的新观念，它会用其充满魔力的生命滋养、哺育法国正在诞生的终极形式的人文主义，以及一种和十六世纪的精神截然相反的精神。

尽管你们或许已经知道，但关于墨西哥革命，欧洲目前完全陷入了幻景，沦为了一种集体幻觉的牺牲品。几乎可以说，欧洲还认为今天的墨西哥人穿着其祖先的服装，在特奥蒂瓦坎金字塔的台阶

---

1　两篇文章均收入后来出版的《戏剧及其重影》。《感情田径运动》并未在《大学学报》上发表。

上向太阳真实地献祭。我向你们保证，我很少开玩笑。不管怎样，人们听说了这同一座金字塔上进行的大规模剧场重建，他们深信墨西哥有一场明确的反欧洲运动，正如他们相信当前的墨西哥想把对前议会传统的回归作为其革命的基础。诸如此类的幻想就在巴黎最进步的知识分子圈子里流传。简言之，人们相信墨西哥革命是一场拥有土著灵魂的革命，一场试图夺回土著灵魂的革命，就像议会之前发生的那样。

这应成为我受邀来此开展的调查的主题。

但，在我看来，墨西哥革命青年似乎不太关心土著灵魂。这正是戏剧化的地方。当我来墨西哥时，我梦想过法国青年和墨西哥青年之间的结盟，目的是实现一种独一无二的文化进取，但只要墨西哥青年仍只是马克思主义者，这样的结盟就好像没有可能。他们追求科学，谈论集体精神，却没有摧毁个体意识的观念，就这样，他们把这个观念完好地留下，他们恰恰以一种毫无根据的方式，怀着浪漫的精神，谈论集体意识。然而个体意识的摧毁代表了一种高级的文化理念，正是这个深刻的文化理念形成了一个全新的文明形式。不觉得自己像个体一样活着意味着逃离了资本主义那可怕的形式，我称之为意识的资本主义，因为灵魂就是所有人的财产。

正是在这个意义上，法国青年相信一种前议会文明的复兴。他们不想重蹈北美的覆辙，即在文化的边缘发展文明，他们想首先达到一个深刻又核心的文化理念，一切革命都必定取决于它。

把白人文明的形式强加给印第安人有一个风险，即会同时失去他们所能保留的其古老文化的一切，因为文化和文明紧密相连。

归根结底，问题如下：

欧洲有一场反欧洲的运动，我很害怕墨西哥有一场反印第安的运动。只关心身体而不关心意识也有失去身体的风险。我很清楚，对墨西哥信奉马克思主义的青年而言，意识的难题并不存在，或者，如果可以这样说的话，它受外部因素的限制。

但对法国的革命青年而言，这一思想，因保留着个体意识的感觉，阻止革命回到其源头，也就是，打断了革命。

（1936 年 6 月 3 日，《国民报》）

## 无火的美狄亚

塞涅卡的《美狄亚》（*Médée*）是一个神话世界；玛格丽塔·希尔古缺乏火焰，到不了这个世界。[1] 我们不得贬低神话，除非我们甘做凡人，而那是一种可悲的神人同形同性论。就这样，我们把自己暴露为凡人，我们向凡人暴露自己，身材矮小，声音虚弱，终归赤裸。

在这场悲剧里，必须让怪物们蹦跳，必须表明人就在怪物当中，那是透过原始精神看到的原始想象力的怪物。怪物不会如此轻易地让人靠近。伊阿宋和美狄亚彼此就难以接近：他们有各自的圈子，并守在各自的圈子内部。为了得到她，伊阿宋必须在诸神中间开辟一条通道；美狄亚也是如此。一个神面对着另一个神。戏剧的气氛一直高涨。

古人拥有为此准备的一整套悲剧器材：厚底靴—假人—面具；面具、线条和服装构成的象征主义。不是为了远远地看见他们，而是为了超出、克服人的高度。

---

1　1936 年 5—6 月，加泰罗尼亚女演员玛格丽塔·希尔古〔Margarita Xirgu〕带领的西班牙剧团在墨西哥美术宫〔Palais des Beaux-Arts〕表演了作家米盖尔·德·乌纳穆诺〔Miguel de Unanumo〕改编的塞涅卡悲剧《美狄亚》。

"我用不祥的声音祈求你，"美狄亚说，"这招来罪恶的声音，乃是对罪恶的想象和发明。"现代戏剧的特别之处在于，人正系统地失去再现一场悲剧的机会，也就是，用罪恶真正地撕碎专注力的机会。它是一种弄虚作假的戏剧，因为它不敢应对真实存在的种种力量，那些无以回避的力量。

存在着一种悲剧的技术。

器材和布景的技术。

生理的技术。

最终是心理的技术。

其目的是真正地欺骗感官；所以，最要紧的是不把它们唤醒。戏剧是一个真正幻觉的世界。观众的想象愿相信它所见的场景，而对之呈现的那些晃动的，以错视的方式描画的布景，不单欺骗了眼睛，还让眼睛感到绝望和厌恶，为此，眼睛甚至会笑出声来，如果可以的话。

在希尔古的《美狄亚》里，挂着三块破旧的防尘布，意在让人想到巨大的群山。更绝的是，这些群山还被赋予了风格。我没法忍受这以脏兮兮的防尘布为基础的风格化。正是戈登·克雷创造了这一体系，但在欧洲，我们真的厌倦了戈登·克雷的风格化。而入场时并未冒失地散开的仆人们身上披着的囊袋颜色更脏。

我尤其向你们推荐歌队，双臂粉红的战士组成的歌队，看着就像来自一家儿童病院。他们都身着绿袍，仿佛为了给他们提供服装，就得拆掉一百张台球桌。

克瑞翁的服装最是奇特。他披着一条肩带，那是一串叶片，每片都大如象腿。如果这野叶子构成的花环意在指示其国王的身份，那么，它还表明人们把国王当成了醉醺醺的流浪汉。如果，事实上，许多国王都有酗酒的习惯和流浪汉般堕落的灵魂，那么，神话里的国王，不管怎样，也该为我们提供一个王权的优越形象。现代戏剧的导演不再理解真正的王权是什么，也不明白悲剧的本质。

无须开动我刚刚描述的防尘布上现代音乐厅的灯光，我们就能发觉塞涅卡真正神奇的文本里涌现的惊恐的超自然氛围，他是一个名副其实的开创者，而现代悲剧作者只是牵线木偶和卖艺小丑罢了。

舞台上，对象必须被当作其所是的东西；这，在我看来，是创造舞台幻觉的唯一手段。你不能拿一块防尘布就试图让我们相信它是一座山，而要拿一座山，把它当一块布来用。当然，你没法把一座山搬上舞台，但你可以在舞台上放一面镜子并用它映照一座山。技术就体现为不试图再现无法再现的事物。

所有真正的戏剧传统一直无视现实，但也从未用一种佝偻的花招取代过它。无论在哪儿，演员的表演都离不开生活里的对象：桌子、椅子、柜子、梯子，并受它们限制；剩下的，他用姿势来创造。布景就在他怀里，在他身上，在他脚上，在他手里，在他眼中，且首先，是在他脸上，他的脸就像风景一样变化，那里云朵的消遣就是遮住太阳。但这并未阻止自然对象经历一种真正心理的信誉扫地：当其改变层次时，它们也改变了价值；而它们改变层次是因为其心理情境是全新的、陌生的、惊人的、出乎意料的。光像施法一般渲染着一切，增加了幻觉或幻灭。因为光有一种精神的价值；它不只是照亮了对象。舞台上对象变成了怪物，并由演员的言语、姿势和动作赋予了一颗超自然的灵魂。

悲剧诞生于神话。每一个悲剧都是对一个伟大神话的再现。神话的语言是象征和寓意。寓意通过符号而显现。存在着一套属于造型技术和悲剧布景的符号语言。

希尔古的表演缺乏寓意符号：她几乎只有两三个不变的姿势，比如手放头上或双臂交叉。

从布景角度看，悲剧也有寓意符号，例如，罗马侍从官的束棒，十字架，赫尔墨斯的节杖，就源出于此。罗马军队就跟在一片符号后头。那么艺术宫里上演的《美狄亚》的象征符号在哪儿呢？

　　至于意图通过对呼吸和肌肉支撑的认识来让人的声音发生变化的生理技术，我不得不说，它也从这场《美狄亚》里缺席了。希尔古的喊叫没有变化，没有细微差别，没有声音的抑扬顿挫，没法让我们的内脏震颤，让我们体内的灵魂跳跃。我觉得她似乎未意识到，人能控制其嗓子的音域，使之像一个真正的乐器那样歌唱。有许多办法能让声音颤跃，如风景般抖动。声音有一整个音阶。

　　最后，诗性的才能必须介入心理的技术；正是诗歌允许伊阿宋在带着神的恩典入场时引来怪物。我们能让诸神来到舞台上，我们也能在一个真正形象化的神话的难以接近的人物周围画出魔法圈，但，我重申，首先要有此天赋。其原则是在舞台上引入非理性的、怪物般的梦之逻辑，那逻辑会让人在手掌上看见一张面孔，也会把耳边传来的叹息，变成一场席卷而过的飓风。正是这意象的技术，在日常语言里，成了隐喻的来源。凭借具有双重深度的姿势，悲剧演员在他用声音、姿势和动作所不停创造出的隐喻的包围下缓缓地前进。

（1936 年 6 月 7 日，《国民报》）


## 我来墨西哥做什么


　　我来墨西哥寻找政治家，而非艺术家。

　　这就是为什么：

　　我到现在一直是位艺术家，也就是说我一直是个被领导的人。其实从社会的角度看，艺术家无疑是奴隶。

　　好吧，我说，这必须改变。

　　曾有段时间，艺术家是个智者，也就是一个文化人，他同时也是魔术师、占星家、治疗师，甚至体育官；这一切在市集的语言里被称为"乐团人"或"普罗透斯人"。艺术家把所有能力和所有科学都统一到他身上。然后特殊化的时代，也就是没落的时代，来临了。我们不能否认：一个把科学变成无数科学的社会是一个退化的社会。

有一种来自极地的疾病表现为组织的根本变异：这就是坏血病。有机体的细胞，因缺乏本质的生命原则，而干枯了。正如存在个体的疾病，也存在群体的疾病。工业产品的普及已在欧洲的有机体里催生了一种集体形式的坏血病。

这是进步不得不付出的代价。

当前的墨西哥，意识到了欧洲文明的缺陷，必须抵制这种对进步的迷信。

既然政治家已在公共事务的管理上取代了艺术家，那么，这一职责就落到了他们而不是艺术家身上。

可以说，当前的墨西哥正面临一个巨大的难题；而我来墨西哥就是为了亲自研究解决此难题的方案。

其实，关键无非是同一整个世界的精神决裂并用一种文明取代另一种文明。

亚历克西·卡雷尔博士也认识到了欧洲机械化文明的缺陷，在其题为《人之奥秘》的书里，[1]他竭力主张一场革命的必要性，甚至暗示了实现革命的手段。

墨西哥曾在一个世纪内发动过两三场革命，它不应害怕再来一场革命；而下一场革命，如果发生的话，无疑会有非凡的意义，因为这一次，它不得不解决根本的难题。

---

1　亚历克西·卡雷尔（Alexis Carrel, 1837—1944），法国外科医生、生理学家，曾获1912年诺贝尔医学奖。《人之奥秘》（L'Homme, cet inconnu）是其1935年出版的作品。

　　然而，这场未来的墨西哥革命——其独创性也在于此——不会是一场同族互杀的革命，因为，既然文明的命运危在旦夕，众人齐心的念头就鼓舞着当前的墨西哥。如此感人的齐心就是我想要看见的。

　　根本问题如下：

　　当前的欧洲文明处于破产状态。二元论的欧洲不再有什么可以贡献给世界，除了一堆难以置信的文化碎屑。有必要从这堆文化碎屑里提取一个新的统一体。

　　东方也彻底没落了。印度沉迷于一个死后才有价值的解脱之梦。

　　中国陷入了战争。今天的日本似乎是远东的法西斯。中国，对日本来说，就是一片广阔的埃塞俄比亚。

　　美国除了无限地复制欧洲的没落和毛病外，什么也没做。

　　只剩下墨西哥及其精妙的政治结构了，自蒙特苏马的时代以来，它从根本上就没变化过。

　　墨西哥，这无数民族的沉淀物，看起来就像历史的熔炉。从如此的沉淀和如此的民族融合中，它必须提取一个独一无二的残留。墨西哥的灵魂将从中浮现。

　　但为了形成一个独一无二的灵魂，就需要一个独一无二的文化。正是在这里，难题变得引人入胜。

　　一方面存在着文化，另一方面存在着文明，而文明和文化陷入了彼此完全背道而驰的危险。尽管欧洲有上百种文化，但相应地只有一种文明。一种拥有其法则的文明。谁若没有机器、大炮、飞机、炸弹和毒气，谁就必然成为全副武装的邻邦或敌国的牺牲品：瞧瞧埃塞俄比亚的例子吧。

　　现代墨西哥无法逃避这一必然性或这一法则。但，除此之外，墨西哥还拥有古人遗留给它的一个文化秘密。不同于在形式和外表上达到疯狂粉碎状态的欧洲现代文化，墨西哥的永恒文化拥有一个独一无二的方面。这就是我想要提出的观点：每一个综合的文化都有一个秘密。慢慢地，在欧洲文明的外来影响下，墨西哥抛弃了对此秘密的认识和使用，但——这是时代的惊人事件——我们已看到一个要夺回此秘密的运动正在墨西哥浮现。

当墨西哥真的夺回并复苏其真正的文化时，任何大炮或飞机都没法与之抗衡。

请注意我要说的话，这可不是戏言。在其稚气的外表下，这一断言包含着一个根本的真理。

每一次重大的文化转变都始于一个更新了的人之理念，它与人文主义的新推动相一致。人们突然就像耕耘一片富饶的田园一样培养起个体。

我来墨西哥就是要寻找一个新的人之理念。

人面对着各种发明，知识，发现，但只有墨西哥还能把它们给予我们，我的意思是，虽然这骨架外露，但其骨子里仍保持着人与自然的古老关系，由古托尔特克人、古玛雅人，以及，总之，所有那些千百年来属于墨西哥伟大土地的民族所建立的灵魂关系。

在死亡的痛苦下，墨西哥无法抛开当前科学的诱惑，但它保存着一种古老的知识，比实验室和科学家的知识还要高级无数倍。

墨西哥有它自己的知识和它自己的文化。发展这样的知识和这样的文化是现代墨西哥的使命，而类似的使命恰恰构成了这个国家激动人心的独创性。

在古老的红色文化如今衰落的遗迹——比如我们在本地最后的纯粹民族中遇到的那些——和现代欧洲的同样衰落又破碎的文化之间，墨西哥能找到一种原初形式的文化，它会为这个时代的文明做出贡献。

在此方向上，需要完成一个巨大的使命，而我今天来墨西哥的原因就是，我发觉这个巨大的使命，这个史诗级的使命——我们不要惧怕豪言——正由现代墨西哥执行。

在日复一日地发现各种力量的现代科学的贡献下，有另一些未知的力量，另一些微妙的力量，它们不属于科学的领地，但有朝一日也会进入那里。这些力量属于自然的灵魂领地，异教时代的人们就深知这点。人的迷信精神已把一种宗教的形式赋予了那些深刻的认知，它们把人当成了，如果我们可以大胆地使用这个表述，"宇宙的催化剂"。

那么，现代墨西哥的魅力，以及它今天能带给我们的这一意义重大的贡献，恰恰在于类似力量的发现，多亏了它们，人的有机体才与自然的有机体协调一致并支配了它。只要科学和诗歌是一个并且是同一个东西，那么，这就既是诗人和艺术家的事情，也是科学家的事情，正如《波波尔·乌》的时代所表明的那般。

但，这一次的重新发现会去除一切迷信，去除一切哪怕轻微的宗教意义。

总之，关键是复苏古老的神圣理念，异教泛神论的伟大理念，但这一次它不再有宗教的形式，而是科学的形式。真正的泛神论不是一个哲学体系，它只是宇宙的动态研究的一个手段。

这就是现代墨西哥能给我们的教导。它正挪用欧洲机械文明的形式并使之适应其自身的精神。如果其精神恰好要摧毁这些形式，那又有什么关系呢！

如果它摧毁了它们，那也是恰逢其时，因为它已给自己配上了自身的力量，也就是说，托尔特克人和玛雅人的古老的综合文化已恢复足够的力量以允许墨西哥安然无恙地抛弃欧洲文明。再说一次，这不是一个乌托邦，而是一个不可否认的科学事实。如果我们愿接受人是宇宙的催化剂这一观念，那么，我们就不得不推断出，人的精神力量与宇宙的力量形成了共振，而根据一元论的高级哲学的教导，那些力量既不是身体的，也不是精神的，它们会依据人想要在何种意义上使用它们，而呈现一个或精神或身体的外表。

帕伦克的十字架恰好包含了这双重行为的综合图像。

石头上刻着一种独一无二的能量的难解表达，这能量通过空间的交错，也就是，通过穿越四个基点，从人传向了动物和植物。

（1936 年 7 月 5 日，《国民报》）

## 文化的永恒秘密

一切真正的文化都有其秘密。

在谈论文化的普遍根基之前，应谈论文化的永恒秘密，从未有人洞悉的秘密。

文化是生命在人那觉醒的有机体身上一次精纯的流泻。而生命，没人说得清它是什么。所以，肯定文化的永恒精神在人身上的盛开，就是肯定人在其真正生命的源泉面前陷入的无知。

这份谦卑也是知识的基础。相比于知识，无知更像一个刺激物，因为它首先促使人要小心，谨防受骗。

无知是真理的黏合剂，但那是一种清醒且自觉的无知。

带着其对阻碍的意识，渴望在一片坚实的土地上筑造的人，立即就知道他不该踏足何处。

无疑，一切存在的起源是晦暗的，而有远见的人——在其知识的开端中——预备了一条道路，一个边缘，一个场所，好让普遍的晦暗显现出来。

因为，奇怪的是，人虽不知自己从哪里来，却能用他的无知，用这种原初的无知，来准确地获知自己应到哪里去。

这就是经验主义发挥作用之处；经验主义，也就是猜想的精神；也就是对其不知疲倦的想象力的有益且丰富的使用。

为了帮助自己，他把目光投向过去，他利用了人类百年来摸索前进的成果，而借着想象与猜想，人已挖出了自然的秘密。

然而真正的秘密不会被揭示出来，因为它属于难以言表的东西。在每一个名副其实的文化底部，都必然有一些难以言表的秘密，因为它们来自这空无的边缘，而我们永恒的无知就迫使我们把真理的起源定位在那里。

要论理性，没有什么比得上中国的文明和文化，它把自然的统治推到了极致，但目的只是减轻其晦暗。中国的理性观念里没有秘术或神秘主义的痕迹；其中的一切都是真实的，而真实又是具体的。但，根据老子《道德经》的说法，在万物，宇宙万物的中心，是空无。意即存在着一种知识无法填满的空无；但诗歌，若被设想为一种占卜的有用且理性的手段，便能帮助我们确立赖以前行的基础。

古老的墨西哥已在很大程度上促成了这滋养永恒人类的秘密宝藏。

人们把一些首要的心理发现归功于它，而同样的发现，中世纪欧洲已在大宇宙与小宇宙的寓意里描绘过了，它把人，像一个还原了的世界一样，置于一切宇宙力量的汇集点上。

因此，人，被视为一个小世界，不会感到绝望。因此，那样的绝望——它也被称为"世纪病"，在法国已有新的可怕表现，其标志就是超现实主义时期许多轰动性的自杀——那样的绝望自动消失了，因为世间的全部力量都在促成其消失。

那么，人，在世上处于平衡，随世界的生命一起呼吸，并掌握着用世界治愈精神生命的已知方法。

唤醒世界的晦暗生命并从中寻求共谋，就是一种反抗某些罪行，反抗某些难以解释的罪行范畴的方法。

不同于今天，那时的教育不是一种简单的记忆术，而是对各种力量的物质召唤。如果可以这么表达，我会说，人通过教育搓揉其机体，好让各种力量从他身上冒出。

这就是戏剧的用处，也是伟大的神圣节庆的用处，它们带来了闪电般的声音呼唤，以及各种深入人类无意识的形象的有节奏的重复。

此外，图腾崇拜也不是一种粗野的巫术，一种源于人类原始时代的迷信，而明显是一种知识的运用。因为我们由何构成？人觉得自己是唯一的，和各种生命——花朵、植物、果实——或一座城市、一条河流、一片风景、一片森林的生命，没有任何相符之处吗？

物质的精神到处都一样。得益于戏剧，今天的宗教仪式看起来解除了其迷信的装置。戏剧是一种社会力量，通过使用各种科学的仪式化手段，它知道如何在着迷于宗教的集体意识之外行动。

我们参与一切可能的生命形式。一种千年的祖传习性影响着我们的人类无意识。限制生命是荒谬的做法。我们已然成为者，尤其是我们应当成为者，有一小部分就顽固地存在于石头、植物、动物、风景和森林之中。

我们过去或未来的自我微粒在自然中游荡，而十分精确的普遍规律则把它们聚集起来。我们就该在所有这些离散的元素中寻找复本，活跃的、躁动的，甚至流变的复本。

这一切从物质上把我们和生命统一起来，而对它的意识则是今天的知识无法否认的一种科学态度，因为，通过其近来的物理发现，它把世界仅仅还原为一种能量；而通过其最新的心理发现，它也向我们表明，人不是一个静止不动的实体，而是通过其意识的隐藏区域，兼顾着未来和过去。

根据其天赋的力量，每个人的无意识都或多或少拥有一份原始形象的宝藏，而墨西哥的古老民族已为之披上了一件由费解的寓意构成的大衣。在开展必不可少的社会和经济变革的同时，我们期待一场意识的革命，允许我们治愈生命。

这样的革命要在现代墨西哥进行。

（1936 年 8 月 1 日，《国民报》）

## 艺术的社会混乱

　　艺术的社会职责是为其时代的种种苦恼提供出路。艺术家若不听诊其时代的心脏，若不知自己是头替罪羊，若不知其职责是磁化、吸引飘忽不定的时代怒气并使之落到自己肩上，以释放其心理的苦闷，那么，他就不算一位艺术家。

　　和人一样，时代也有一种无意识。而莎士比亚所说的影子的阴暗部分也有其生命，一种必须灭除的固有生命。

　　这是艺术作品的用处。

　　今天的唯物主义其实是一种唯灵论的态度，因为它阻止我们从实质上触及那些脱离一切感觉的价值，以更好地摧毁它们。这些价值，唯物主义称之为"精神的"并加以蔑视：它们正毒害着时代的无意识。但理性或智性所能触及的东西绝不是精神的。

　　我们拥有斗争的手段，但我们的时代，由于忘了使用它们，而踏上了灭亡的道路。

　　起初，俄国革命对艺术家实施了一场真正的屠戮。到处都有人奋起反对精神价值遭受的蔑视，而俄国革命的处决似乎就意味着这样的蔑视。

　　但，进一步看，被俄国革命枪决的艺术家的精神价值是什么？他们的作品，文字作品或绘画作品，如何见证了时代的灾难精神？

　　今日的艺术家，对时代的社会混乱负有前所未有的责任，他们若对其时代怀有真正的感觉，俄国革命也不会枪决他们。

　　因为在一切真正的人类情感里，都有一种罕见的力量让每一个人心生敬意。

　　在第一次法国革命期间，人们犯下了一桩罪行，把安德烈·舍尼埃[1]送上了断头台。但在一个充斥着枪决、饥饿、死亡、绝望、鲜血的时代，在一切都像世界的平衡一样失效的时刻，安德烈·舍尼埃，沉迷于一个无用又反动的梦想，若消失了也不会给诗歌或其时代留下任何遗憾。

在那样一个时代，当永恒在一个身怀无数忧虑的个体背后消逝之时，安德烈·舍尼埃虽体验过其普遍且永恒的情感，但除非它们能为其生存辩护，否则就称不上如此普遍、如此永恒。艺术，恰恰应该夺取个体的忧虑并将之抬高到一种能俯视时代的情感层面。

但不是所有艺术家都实现其自身情感与人类集体狂暴的这种神奇的统一。

也不是所有时代都会赏识艺术家的社会意义及其出于集体利益的考虑而履行的那一保卫的职能。

对智性价值的蔑视已深入现代世界的骨髓。事实上，如此的蔑视掩盖了其对那些价值之本质的深刻无知。但这点，我们却无法竭力使之明白，因为这样一个时代，在知识分子和艺术家中间，产生了不少背叛者，而在平民中间，则产生了那样的集体和群体，他们不愿知道，精神，也就是智性，应指引时代的脚步。

现代资本主义的自由主义已把智性价值贬至末流，而面对我刚刚陈述的这些基本真理，现代人，表现得就像一头野兽，或一个癫狂的原始人。为专注于此，他等着这些真理变成行动，等着它们通过地震、瘟疫、饥荒、战争，也就是，通过大炮的轰鸣，显现出来。

（1936 年 8 月 18 日，《国民报》）

---

1　安德烈·舍尼埃（André Chénier, 1762—1794），法国诗人，浪漫派先驱，在法国大革命期间因同情国王而被处决。

# 二十

# 塔拉乌玛拉人（1936—1937）<sup>*</sup>

## 尉光吉　译

---

## 东方三王的国度

　　我从哪儿听说，文艺复兴之前的画家是在墨西哥而不是在意大利找到了其风景的蓝色，以及他们用来装饰其耶稣诞生图的巨大背景空间？

　　在塔拉乌玛拉人的国度里，最不可思议的传说也给出了其现实的证据。——当一个人踏入这个国度并看见山顶的神灵，其左侧的一只手臂被截短，而右侧一片空无，且向右倾斜时，当一个人俯下身来，听见一条瀑布的喧哗沿着其双脚上爬，而瀑布上一阵风在山间奔跑时，当一个人登高直至看见周围群山的巨大环绕时，他就再也不会怀疑自己已抵达大地的一个神经节点，而生命就在那里展现其最初的效力。

　　文艺复兴之前的意大利画家已被传授了现代科学还未完全重新发现的一种秘密知识，而文艺复兴盛期的艺术也分享了这一知识。

　　墨西哥高山的远景蓝色唤起了一些确切的形式和观念，它迫使精神回想起一种**与东方三王的朝拜相关**的知识！！！[1]

　　皮耶罗·德拉·弗朗切斯卡、卢卡斯·凡·莱登、弗拉·安吉利科、皮耶罗·迪·科西莫，或曼特尼亚[2]不是凭一种宗教精神才画了这么多耶稣诞生图。而是凭一种对本质之物的传统专注，一种对生命秘密的不懈追求，以及伟大的精神对基督诞生的异教传说所

---

1　"三王朝拜"，或称"三博士来拜"，参见《新约·马太福音》，2：1—12。
2　皮耶罗·德拉·弗朗切斯卡（Piero della Francesca，1416—1492），弗拉·安吉利科（Fra Angelico，1395—1455），皮耶罗·迪·科西莫（Piero di Cosimo，1462—1522），安德烈亚·曼特尼亚（Andrea Mantegna，1431—1506），均为意大利文艺复兴时期的画家；卢卡斯·凡·莱登（Lucas van Leyden，1494—1533）是尼德兰文艺复兴时期的画家。"基督诞生"和"博士来拜"是这一时期常见的绘画主题。

希罗尼穆斯·博斯，《博士来拜》，油画，约 1499 年

显露的自然之原理和原始之爆炸的如何与为何的自然着迷。

如果后来的宗教夺取了这些原理，如果人民软弱得背离了这些原理以崇拜宗教，那么这对愚昧又狂热的人民而言可谓不幸，但对原理来说则无妨。——在塔拉乌玛拉的山上，一切都只言说本质之物，也就是，言说自然得以形成的原理;并且一切都只为原理而活:人，暴雨，风，沉默，太阳。

我们远离现代世界那好战又文明的现实，不是文明但也好战，而是因为文明才好战:塔拉乌玛拉人就这么认为。而根据他们的传说，或不如说他们的传统（因为这里没有传说，没有幻想的故事，只有或许难以置信的传统，但学者的发掘正逐渐地证明其真实性），塔拉乌玛拉部落里出现过一个携带火焰的种族，它也有三位向着极星进发的大师或国王。

但如果科学有它的伟大人物，牛顿、达尔文、开普勒、拉瓦锡，等等，那么，从精神和社会的视角看，文明也有它的伟大人物，奥丁、罗摩、伏羲、老子、琐罗亚斯德、孔子;而东方三王的传说似乎隐藏了伟大的太阳传统的地理路线上的旅程，不管对太阳的科学崇拜在哪里散布其朝向严格的金字塔和祭坛，三位教化者都被传授了一种超验的天文学，其法则可与玛雅天文学的法则相比。

当人们明白，对太阳的天文崇拜已由符号普遍地表达出来，而这些符号又等同于欧洲的荒谬语言所命名的一种十分完整的古老科学，即**宇宙神秘学**的符号时，当人们明白，这些符号，带环的十字，字符，双十字，中间带点的大圆圈，两个相对的三角形，三个点，四个基点上的四个三角形，黄道十二宫的符号，等等，盛行于东方和墨西哥，出现在神庙和手稿上时——但我从未见它们盛行于自然，就像塔拉乌玛拉山里那样——当人们明白这个，当人们突然踏入一个完全由这些符号萦绕的国度，当人们在一个种族的姿势和仪式里重新发现它们，当这个种族男女老少的外套上都绣着这些符号时，人们就感到不安，仿佛抵达了一个神秘的源头。

但如果人们想到，塔拉乌玛拉山脉是最早的巨人骨架得以发现的地方，并且在我写作这会，还有更多的骨架被不断地挖掘出来，那么，种种传说就失去了其传说的形象并成为现实。——这样一个现实有其或许超人的，但也自然的法则，它已被十六世纪的文艺复兴所打断；文艺复兴的人文主义不是人的扩大，而是人的缩小，因为人停止让自己与自然比肩，并把自然带回到他的高度，而人的这一独有的考虑就导致了自然的丧失。

就这样，认为生命绕着太阳旋转的自然天文学，变得秘密起来；但在这到处都一样的神奇的自然主义里（其传统从东到西不停地扩张），佛罗伦萨、阿西西、科莫等地文艺复兴之前的艺术家都受了启发。

在其创作的耶稣诞生和三王朝拜的画里，这些画家表达了一种生命的奥秘，并且他们将这奥秘表达为一个把艺术首先作为科学之奴仆的时代的子嗣；这就是为什么，他们的绘画，尽管可以凭灵魂的心弦来阅读，但同时也能用精神的高度理性的科学来观看。如果一种色彩魅惑了心灵，那么它就符合一种精确的科学振动，从中可以找到原理的数字。

虽说如此，但这对我而言不只是一件奇事，因为在这个国度里，携带火焰的法师的传统就活在岩石的表面，活在人们的衣服上，活在神圣的仪式中，而其充满色彩的节奏和自然的宏伟振动，又以最难忘怀的强度，唤起了一整个绘画的时代，其中的伟大人物就痴迷于同样的符号，同样的形式，同样的光线，同样的秘密。

（1936 年 10 月 24 日，《国民报》）

# 一个原始民族

我们随塔拉乌玛拉人进入一个年代极其错乱的世界，它也是对这个时代的一种蔑视。但我敢说，这是这个时代的不幸，而非塔拉乌玛拉人的不幸。就这样，用一个如今完全变了意思的术语说，塔拉乌玛拉人，称呼自己，感觉自己，相信自己，是一个原始民族，并通过一切方式证明这点。一个原始民族：今天不再有人知道它是什么，如果我没遇到塔拉乌玛拉人，我也会相信这个表述隐含着一个神话。但，在塔拉乌玛拉山脉里，许多伟大的古代神话都重获了现实性。

塔拉乌玛拉人不相信神，他们的语言里没有"神"这个词；但他们崇拜一种超验的自然本原，这个本原既是男性也是女性，正如其应是的那样。他们像法老秘仪的司祭一样把这个原理戴在头上。没错，他们就用这有着两个尖角的头带围住头发，以表明他们的血液里还有一种高度的自然选择的意识；他们认为自己是一个与自然所使用的那些从一开始就兼具男性和女性的力量相连的民族，他们也确实是这样的民族。

同样，中国人被传授了其父辈的真正传统，也在背后扎着两根辫子。同样，在摩西的石像上，有两个从前额突出的角，一个角代表男性，居右，另一个角代表女性，居左；而一些塔拉乌玛拉人也把他们的头发像角一样往后扎起。这，连同摩西的雕像，让人想到了一些玛雅或托托纳克的面具，其前额也留着两个角或两个孔，但呈垂直分布，如同一个已然石化的视觉系统的回忆。

许多塔拉乌玛拉的印第安人，或是因为不愿谈论，或是因为忘了其中的蕴意，都声称这样的打扮是偶然的结果，头带是为了帮他们固定头发。但我见一些塔拉乌玛拉人缝住头带，好让那两个尖角悬着；我尤其发现，佩奥特祭司，在举行这本质上既是男性也是女性的仪式时，把他们的欧式帽子扔到地上，并戴上有两个尖角的头带，仿佛他们想用这个姿势表明，他们正进入一个拥有磁极的自然之环。

在这个民族里，有一种无可置疑的秘密传授：谁靠近自然的力量，谁就分担了秘密。但如此的秘密传授，可以说，是把双刃剑。因为如果塔拉乌玛拉人的身体和自然一样强大，那不是因为他们在物质生活上靠近自然，而是因为他们的构成成分和自然一样，并且，如同自然的一切本真的显现，他们从最初的混合中诞生。

我们会说，自然的无意识在他们身上不仅修复了疲劳的损耗，还纠正了他们用来解释一切残缺存在的伟大本原的自然败坏。一方面，他们用他们在树木和岩石上留下的大量难以忘怀的符号来展示他们的秘密传授；另一方面，他们也用他们的肉体力量，他们对疲劳的惊人抵抗，他们对身体痛苦、不适、疾病的蔑视，来揭示传授。

当我们把文明简化为纯粹的物质便利，简化为塔拉乌玛拉民族所一直鄙夷的物质商品，且说塔拉乌玛拉人没有文明，这是不对的。

因为尽管塔拉乌玛拉人不知如何制造金属，尽管他们仍使用长矛和弓箭，尽管他们用砍凿过的树干来翻耕，尽管他们裹着衣服睡在地上，但他们拥有自然的哲学运动的至高理念。并且他们像毕达哥拉斯一样从其原理数字的理念里获取了那一运动的秘密。事实上，塔拉乌玛拉人蔑视其身体的生命，他们只为其理念而活；我的意思是，他们同这些理念的高级生命进行着一场近乎魔法的持续交流。

每个塔拉乌玛拉村落面前都有一座十字架，并被山的四个基点上的十字架围绕。那不是基督的十字架，不是天主教的十字架，而是在空间里对人施以磔刑的十字架，人展开双臂，无形中，被钉入四个基点。由此，塔拉乌玛拉人显示了一种关于世界的积极的几何学理念，甚至和人的形体本身联系了起来。

这意味着：几何学空间在这里生机勃勃，它产生了最好的存在，也就是人。

每个塔拉乌玛拉人经过时，必须忍着死亡的痛苦，把一块石头放到十字架脚下，这不是一种迷信，而是一种觉悟。

这意味着：做标记。觉察。意识到相反的生命力，因为没有这样的意识，你就死了。

但塔拉乌玛拉人并不惧怕肉体的死亡；身体，他们说，就是用来消失的；他们怕的是精神的死亡，但他们不在天主教的意义上惧怕，尽管耶稣会会士已走过这条路。

在塔拉乌玛拉的印第安人中间，有一种轮回的传统；他们最怕自己的替身从此坠落。不是知道自己的替身是什么，而是冒险失去自己的替身。也就是，在物理空间之外，冒险进行一种抽象的坠落，在跨越脱离肉体的人类本原的星球高域漂泊。

恶，对他们来说，不是罪。对塔拉乌玛拉人来说，不存在罪：恶是意识的丧失。因为在塔拉乌玛拉人看来，高级的哲学难题比我们西方的道德戒律更为重要。

因为塔拉乌玛拉人痴迷于哲学；并且他们痴迷到了一种生理着魔的地步；对他们来说，不存在什么无目的的姿势；缺乏直接的哲学意义的姿势。塔拉乌玛拉人像小孩长大成人一样成了哲学家；他们生来就是哲学家。

而背后有两个尖角的头带意味着他们是一个从一开始就兼具男性和女性元素的民族；但这条头带还有另一层意义：一种明显的历史意义。《往世书》（*Pouranas*）记载了自然的男性和女性所构成的一场战争的记忆，而人曾参与这场战争，其中两个对立的本原力量相互搏斗。自然的男性的信徒穿着白色，而女性的信徒穿着红色；从这秘传的神圣的红色里，腓尼基人，女性的民族，提取了紫红的观念，并在后来把它工业化了。

如果塔拉乌玛拉民族戴着一条时而白色、时而红色的头带，那不是为了确认两个相反力量的二元对立，而是为了表明，自然的男性和女性在塔拉乌玛拉民族内部同时存在，并且，塔拉乌玛拉人受益于其结合的力量。总之，他们头上就戴着哲学，而这样的哲学又在一种几乎神圣化的平衡里重新统一了两个相反力量的影响。

（1936 年 11 月 17 日，《国民报》）

## 亚特兰蒂斯列王的仪式

9 月 16 日，墨西哥独立节，我在塔拉乌玛拉山脉中心的诺罗加奇克，看到了亚特兰蒂斯列王的仪式，就像柏拉图在《克里底亚篇》（*Critias*）里描述的那样。[1] 柏拉图谈到，在一些对其种族不利的环境里，亚特兰蒂斯的列王就专注于一场奇怪的仪式。

尽管亚特兰蒂斯的存在有几分神话色彩，但柏拉图把亚特兰蒂斯人描述为一个拥有神奇起源的种族。塔拉乌玛拉人，在我看来，就是亚特兰蒂斯人的直系后代，他们继续致力于魔法仪式的祭礼。

让那些不相信我的人踏入塔拉乌玛拉山脉吧：他们会看到，在这个地区，悬崖峭壁有着传说的外表和结构，传说成为现实，而在这个传说之外，不会有任何现实。我知道印第安人的生存不合当今世界的品味；然而，面对这样一个种族，我们能通过比较得出，是现代生活落后于别的东西，而非塔拉乌玛拉的印第安人落后于当前世界。

他们知道，向前的每一步，通过纯粹物质的文明统治获得的每一次便利，也意味着一种丧失，一场倒退。

---

1　参见柏拉图，《克里底亚篇》，119e-120c。

因此，我们会说，进步的问题并不在一切真正的传统面前提出。真正的传统并不进步，因为它们代表了一切真理的最高阶段。唯一可以实现的进步在于保存这些传统的形式和力量。千百年来，塔拉乌玛拉人已学会如何保存他们的生殖力。

那么，为了回到柏拉图及其成文作品所透露的真正隐秘的传统，我已在塔拉乌玛拉山里看见了那些沉迷幻想的绝望国王的仪式。

柏拉图讲到，太阳沉落之时，亚特兰蒂斯列王就在一头已被献祭的公牛面前聚集。一些侍从把公牛割成碎块，另一些则把碎块收集起来，把里头的血倒入酒杯。国王们喝掉牛血并陶醉地唱起一段悲伤的旋律，直到天空中只剩下垂死的太阳的脑袋，而大地上只剩下被宰的公牛的脑袋。然后列王给自己的脑袋抹上灰烬。而他们的悲伤旋律变了声调，与此同时，他们所围成的圆圈缩小。对太阳的每一次祈求都变成了一种苦涩的指责，看着就像一场公开的忏悔，其悔恨的形式由列王的共同调音表达出来，直到夜幕彻底降临。

这是柏拉图描述的仪式的意义。而在诺罗加奇克上空的太阳沉落前不久，印第安人把一头牛带到村落的广场上，捆住它的四肢，动手挖出它的心脏。新鲜的血液被盛入大坛子。我不会轻易忘记印第安人的刀子掏取内脏时牛的痛苦表情。屠夫舞者在公牛面前聚集，而当公牛断气时，他们跳起了花舞。

因为印第安人在这场屠宰面前跳起了花朵、蜻蜓、飞鸟及其他许多物体的舞蹈，而这确是一个奇特的场景：两个印第安人爬到死去的公牛身上，收集血液，并用斧子切砍肉块，其他印第安人则穿成国王的样子，头戴镜片的王冠，跳起蜻蜓、飞鸟、风、物体、花朵的舞蹈。

舞蹈一直持续到半夜。

整个村落都会参与屠夫的舞蹈；但舞蹈的每一刻都有一位国王。

屠夫们轮流当起了国王。每一次起舞都照着国王的性子来。

那天只有一位乐手坐在地上拉提琴。但完整的乐团包括一把吉他、一只小鼓、铃铛和铁棍。小鼓是一个战斗乐器；其声响在山巅间回荡。

舞蹈的国王戴着一顶镜片做的王冠，穿着三角形的共济会罩衣和一大块长方形披肩。此外，他们还穿着特别的裤子，在比膝盖稍低的地方构成了倒三角。

屠牛不是一场神圣的仪式，而是西班牙人带到墨西哥的一种世俗的流行舞蹈。但塔拉乌玛拉人赋予了它一种印第安的形式，给它打上了其精神的烙印。尽管这些舞蹈原则上模仿了外部自然的运动：风，树木，蚁穴，摇曳的花朵，但在塔拉乌玛拉人那里，它们获得了一种高度宇宙起源论的意义，我觉得自己像是出神地看着一群行星的蚂蚁在我面前沿天体的罗盘爬动。

他们随欧洲人的耳朵难以察觉的童真又精妙的乐音起舞；人们听到的好像总是同一个声音，总是同一个节奏；但，慢慢地，这相同的声音和节奏似在我们身上唤醒了一个伟大神话的记忆；它们唤起一段神秘又复杂的历史情感。

领舞者跟随节奏扭曲肢体，而他的舞步模仿着一只蹒跚前行的细小蚂蚁；舞者随一只极度鼓胀的青蛙的痉挛运动而停顿，躬身；其右手熟练地托着一只葫芦，里头装满了硬如玻璃的环形毛虫，其左手则舞弄着一把花扇。

塔拉乌玛拉人的音乐被分成了许多无限重复的小节拍。而节拍一旦改变，领舞者就离开其位置，抛弃了进行肢体扭曲的地点，开始绕着其他舞者转圈。

那些舞者又被分成两组，且每个舞者依次向领舞者呈现其面孔。就像一名散发着古代士兵光辉的全副武装的骑士打开了他的甲胄，然后朝相反的方向转身。当领舞者从每个舞者身旁绕过之后，他踏着步子回到其位置上。舞蹈的一个时段就结束了。但其他人紧随其后，狂热在继续，持续整整一夜，从日落的瞬间一直到黎明，没有一个舞者感到疲倦。

几个年轻人，站成一排，侧着身子倚在墙上，也就是说，不是背靠着墙，而是有时露出左侧，有时露出右侧，他们时不时地发出一阵冻结的呼喊，就像森林里传来的一声猎号，其声音让人想到一条鬣狗或病犬的苦吠，或一只快被勒死的公鸡的惨叫。这阵呼喊并不持续地发出，而是带着间隔；它从嘴巴传向嘴巴，就像人的音阶在黑暗中获得一种召唤的价值。

他们就这样跳到日落，而在他们跳舞的同时，其他印第安人则收集了公牛身体的碎块，并在太阳的脑袋坠入天空的刹那，把牛头留在地上。这时领舞者停了下来，而舞者们在其周围形成一个圈。他们又都唱起一种悲伤的旋律。这带着忏悔，充满宗教悔恨的旋律，秘密地召唤着不知怎样的黑暗力量，来自彼岸的不知怎样的在场。

接着他们坐到一堆巨大的火焰面前，那火焰比之前的位置还要远，处于一个像黑夜本身一样遮藏并封闭的地点，因为仪式的第二部分是要展示其奥秘。此刻，有人给他们递来一杯杯鲜活的血。而舞蹈再次从头开始，持续一整夜。

牛的肉块已被装入四个坛子，而坛子上四个女人形成了一个巨大的十字。所有人都喝着温热的血并一遍又一遍地重复青蛙的动作。偶尔，所有人都睡着了。接着提琴奏乐，舞蹈重新开始。男人每隔一段时间就加入进来，发出被绞杀的豹子的嚎叫。

人们会想如何看待我所做的比较。不管怎样，既然柏拉图从没来过墨西哥，而塔拉乌玛拉人也从未见过他，那么必须承认，这场神圣仪式的观念来自同一个传说的史前源头。而这就是我想在此表明的事情。

（1936 年 11 月 9 日，《国民报》）

# 符号之山

塔拉乌玛拉地区充满了符号、形式和自然肖像，似乎并不源于偶然，仿佛这里处处感觉得到的众神，想用这些奇怪的签名表达他们的力量，而签名里，正是人的形象从各方面受到了追逐。

当然，世上不乏这样的地方，在那里，自然，由于智性的心血来潮，发生了蜕变，雕刻出人的形状。但这里的情况则不同：因为自然想在一个民族的整个地理范围内说话。

而奇怪的是，途经此地的人，像是陷入一种无意识的麻痹，封闭了自己的感官以忽视一切。当自然，出于一种奇怪的心血来潮，突然在岩石上展示了一个遭受折磨的人的身体时，我们首先会认为这只是一时心血来潮，而如此的心血来潮并不意味着什么。但，在日复一日的骑马途中，当智性的同样的心血来潮反复发生时，当自然顽固地流露出相同的念头时；当同样悲怆的形式一再出现时；当众神熟悉的脑袋在岩石上浮现时，当死亡的主题从中释放，而人顽固地承受着其负担时——与人四分五裂的形体相对的，是一直以来折磨他的众神的形体，它们显得更清晰，也更脱离石化的材质——当石头上的整个地区发展出一种哲学，堪比人的哲学时；当我们得知，最初的人使用一种符号语言时；当我们发现，这种语言在岩石上极其广泛时；我们当然不能继续认为这是一种心血来潮，而如此的心血来潮并不意味着什么。

如果塔拉乌玛拉民族绝大部分是本地人，如果，就像他们声称的，他们从天空坠入山脉，那么，我们会说，他们坠入一个已准备好的自然。而这个自然想像人一样思考。正如它演化出人，它也演化出岩石。

我看见这个遭受折磨的赤裸之人被钉在一块石头上，其上方是一些被太阳晒没了的形体；但我不知道底下的人通过怎样的视觉奇迹保持完整，尽管遭到了同样的曝晒。

　　关于山或我自己，我说不出是什么受着纠缠，但在这场翻山越岭的旅途里，我看见类似的视觉奇迹每天至少出现一次。

　　我也许生来就有一具饱受折磨的身躯，像庞大的山体一样遭到篡改；但这身体的执念仍然有用：我在山间发觉计数之执念的用处。我数过每一道阴影，只要我感到它在某个物体周围旋绕；而往往正是在阴影的加算中，我一路登上了陌生的发源地。

　　我在山间看见一个赤裸之人探身于一扇大窗。其脑袋只是一个巨大的孔，一个圆形的洞，而日月就在里头按时辰交替出现。其右臂像木棍一样伸出，而左臂也像一根木棍，却被阴影淹没并收拢。

　　其肋骨清晰可数，两侧各有七根。在肚脐的位置，闪烁着一个醒目的三角，由什么做的？我说不出来。仿佛自然选择了这片山地来暴露其掩藏的燧石。

　　尽管其脑袋空无，但周围岩石的刻痕还是给了他一个精确的表情，而随着时间推移，光线又使之发生微妙的变化。

　　这向前伸展且紧挨一束光线的右臂并不指示一个日常的方向……我寻思他在宣告什么！

　　临近正午时，我才遇见这景象；我骑在马上，快速前行。然而，我能意识到，我看见的并非雕刻出来的形体，而是岩石起伏处添加的光线所决定的游戏。

　　印第安人熟知这一形象；在我看来，由于其构成，其结构，它似服从整个分段的山区所服从的相同的原则。沿着手臂的直线，有一座村庄被岩石组成的腰带环绕。

　　而我看见那些岩石都形如女人的胸部，长着两颗轮廓完美的乳房。

　　我看见把两道阴影投到地上的同一块岩石反复出现八次；我看见嘴里叼着其肖像的同一只动物的脑袋冒出两回；俯视着村庄，我看见一颗巨大的菲勒斯牙齿，顶上是三块石头，表面有四个洞；我还看见所有这些形体开始逐渐变为现实。

我似乎在所有地方都读到了一个战争中分娩的故事，一个创世与混沌的故事，而众神的所有身体都像人一样被砍断，人形雕塑则被截成几块。没有一个形体是完整的，没有一个身躯看起来不是一场近期屠杀的产物，没有一个群体不让我从中读出那场使之分裂的斗争。

我发现一些人被石头淹没，吞掉了一半，而在更高的岩石上，另一些人正拼命把他们推下去。在别处，一尊巨大的死神雕像手里捧着一个孩子。

卡巴拉拥有一种数字的音乐，而这样的音乐把物质世界的混沌简化为它的原理，用一种伟大的数学解释了自然如何安排自身并指引它从混沌中提取的形体的诞生。我看见的每一事物似乎都对应一个数字。雕像，形体，阴影，总给出反复出现的数字 3，4，7，8。被截断的女性上半身是数字 8；菲勒斯牙齿，就像我说的，有三块石头和四个洞；被晒没了的形体是数字 12，等等。我重申，要是有人说这些形体是自然的，没错；但它们的重复并不自然。而更不自然的是塔拉乌玛拉人在其仪式和舞蹈中重复的地区的形体。这些舞蹈并非偶然诞生，而是服从同样秘密的数学，它关注着支配整个山脉的那些数字的精妙游戏。

这冒着人烟并在岩石上呼出一种形而上思想的山脉，已被塔拉乌玛拉人撒满了符号，而那些符号完全有意识、有智慧、有目的。

在道路的每一转弯处，可以看见一些树被有意地烧成了十字或存在的形状，而这些存在往往成双结对并面对面，像是要表明事物的本质二元性；如此的二元性，我已在一个圆圈所包围的 Ⱶ 形符号里看见它重回其原理，而那个符号则被红铁印在了一棵高大的松树上；别的树插着长矛，三叶草，十字架环绕的叶形装饰；在陡壁之间的地方，到处是岩石的狭窄过道，成列展开的埃及带环十字的路线；塔拉乌玛拉人的房门展示了玛雅世界的符号：两个正对的三角形，其尖点由一条横杠连起来；而这条横杠就是从现实中心经过的生命之树。

于是，翻山越岭时，这些长矛，这些十字架，这些三叶草，这些叶形心脏，这些拼凑的十字架，这些三角形，这些为表明其永恒冲突、其分裂、其二元对立而面对面的相反存在，就在我身上唤醒了奇怪的记忆。我突然想起，历史上有些教派在岩石上镶嵌过同样的符号，其信徒也在身上佩戴这些玉琢、铁打或镌刻的符号。我开始意识到，这样的象征主义隐藏着一种知识。而让我感到奇怪的是，塔拉乌玛拉原始民族的仪式和思想比大洪水还要古老，早在圣杯传奇出现之前，或在玫瑰十字会建立之前，他们就拥有了这一知识。

（1937年8月1日，《新法兰西杂志》，第287期）

## 佩奥特之舞

肉体的控制一直在那儿。我身体所是的这场动乱……二十八天的等待过后，我还没有回到自己——或不得不说，我还没有脱离自己。脱离自己，脱离这散架的装配，这受损的地质碎块。

死气沉沉，如长着岩石的大地——还有堆叠的沉积层上遍布的所有那些裂隙。我当然易碎，但不是片段化，而是自成一体。自从我第一次接触到这可怕的山，我就确定它在我面前设立了障碍，以阻止我进入。而自从我到了那上面，超自然在我看来就不再是某种如此非凡的东西，以至于我能说：我已在真正的意义上着了魔。

对我来说，迈步不再是迈步；而是发觉我在哪儿支着脑袋。你能明白吗？四肢相继屈服，并依次前移；必须在大地上保持垂直的站立。因为脑袋溢出了波浪，不再支配其旋风，它感到大地下方所有的旋风使之陷入了惊惶，阻止它保持直立。

如此沉重的控制持续了二十八天，而我成了这堆胡乱组装的器官，我感觉自己像是目睹了一片即将崩塌的巨大冰景。

所以控制就在那儿，如此可怕，以至于从印第安人的房子走到几步之外的树旁，不仅要我鼓足勇气，还要我召唤真正绝望的意志的保留力量。因为走了这么远，我发现自己最终处在一次相遇的门槛上，而我曾希望从这个地方得到那么多启示，现在却觉得如此迷惘，如此凄凉，如此落魄。我可知任何的欢乐？世上可有过一种感觉既非苦恼，也非不可宽恕的绝望？除了夜夜追逐我的这等痛苦外，我可曾经历过别的状态？可有什么东西在我眼里不是临终之门？可否找到哪怕一具身体，唯独一具人的身体，避开我十字架上永恒的受难？

我当然需要意志才能相信某事即将发生。而这一切，为了什么？为了一场舞蹈，为了迷失的印第安人的一场仪式，他们再也不知自己是谁或来自哪儿，若有人问起他们，他们也用故事作答，但故事的联系和秘密，他们早已失去。

经历了如此残酷的疲劳，我重述一遍，我再也不能相信自己其实没有着魔，而我感觉自己身上出现的崩解和动乱的阻碍乃是一场精心预谋的结果，我已抵达的地方是佩奥特的治愈之舞在世上的仅存之地，或不管怎样，其发源之地。而它又是什么呢？何其错误的预感，何其虚幻杜撰的直觉，以致我期望从中得到我身体的某种解脱，尤其是得到一种力量，一种照亮我整个心境的启示，而在此确切的时刻，我发觉我的心境摆脱了一切类型的维度。

这难以解释的刑苦已进行了二十八天。而我来到这大地的孤僻一隅，这无边山地的隔区，等候我巫师的善意，已有十二天了。

为什么，每一次，如这个瞬间，当我觉得自己触及了生存的一个重要阶段时，我却没有带着整个存在抵达那里？为什么会有这可怕的失落感，这有待填满的匮乏感，这功亏一篑的挫败感？无疑，我会看到巫师们举行其仪式；但那样的仪式如何有利于我？我会看到他们。我会因这长久的耐心得到回报，在那之前，什么也打消不了这份耐心。什么也不能：不管是险恶的路途，还是拖着身体的旅行（这理智但又失调的身体必须被拖着，而为了阻止它反叛，还几乎不得不把它杀死）；不管是自然及其用闪电之网包围我们的意外风暴，还是那痉挛频发的漫漫长夜：长夜里，正当我被痉挛击中之际，我曾梦见一位年轻的印第安人用一种敌意的狂热抓挠自己——并且，前日才刚刚认识我的他说："啊，让他遭受他能遭受的全部厄运吧。"

佩奥特，如我所知，不是给白人准备的。所以必须不惜一切地阻止我获得这场为作用于精神的本质而创建起来的仪式带来的治愈。在那些红皮肤的人看来，白人是精神所遗弃的人。如果我从仪式中获益，那么，这，连同其精神的智性内衬，对他们来说可谓一大损失。

精神的一大损失。这么多不再被使用的精神。

然后是"玉米发酵酒"（Tesguino）的问题，这烧酒要在坛子里浸泡八天——但没有那么多坛子，那么多手臂，用于捣碎玉米。

喝下了烧酒，佩奥特巫师变得无用，为此需要新的准备。但当我抵达村子时，那些部落的人都死了，而为了死者，必须征用仪式，祭司，烧酒，十字架，镜子，锉刀，酒坛，以及佩奥特之舞的这一切非凡的用具。因为，既然死了，其重影就不会等着人们驱散恶灵。

二十八天的等待过后，我不得不在漫长的整整一周内，忍受一出难以置信的闹剧。山上尽是狂热来往的使者，他们据说是被派来见巫师的。但使者离开后，巫师们会亲自赶赴，并惊讶地发现什么也没准备好。我觉得自己被耍了。

他们给我带来了用梦进行治愈的祭司，而这些祭司在做完梦之后说话。

"那些'西古里'（佩奥特之舞）不怎么样，"他们说，"没什么用。试试这些吧。"他们推给我一些老人，而通过奇怪地敲打其大衣下挂着的护身符，那些老人突然裂成了俩。我明白我面对的不是巫师，而是戏法师。我还得知这些假祭司是死神的亲密伙伴。

一天，如此的喧闹沉寂了，没有喊叫，没有争论，也没有给我的新诺言。仿佛这一切都属于仪式，仿佛游戏已持续了足够久。

当然，我来到这些塔拉乌玛拉的印第安人居住的大山深处不是为了寻找绘画的记忆。为了得到一丁点儿现实的回报，我好像已吃够了苦。

但，随着日光降临，我眼前又浮现出一片情景。

我面前是希罗尼穆斯·博斯的耶稣诞生图[1]，布局井井有条：牛棚前是木板散乱的老屋檐，而左侧，群兽中间，是孩童国王的发光火焰，还有零散的农田，牧羊人；前景里，其他动物在鸣叫；而右侧，是国王舞者。这些国王，头戴镜子构成的王冠，身披紫红色的长方形外衣，于我右侧入画，如希罗尼穆斯·博斯的东方三王。而我正纳闷着我的巫师来了没有，突然转身，瞧见他们挂着长杖，从山上下来，而女人们则背着巨大的箩筐，仆人们也扛着十字架，零零散散就像柴火或树枝；在这由十字架、长矛、铲子和修剪过的树干组成的整个配置里，镜子闪闪发亮，如天空的块面。每个人都在如此不同寻常的配置的重负下弯着身，巫师的妻子也和其男人一样挂着一根高过脑袋的长杖。

木材的火焰从四面八方直冲天空。底下，舞蹈已经开始；面对这最终实现了的美，这光芒四射的想象力之美，如被照亮的地道里传来的声音，我感觉自己的努力没有白费。

---

1　希罗尼穆斯·博斯（Jérôme Bosch，1450—1516），尼德兰文艺复兴时期画家。这里提到的绘画是博斯在约 1499 年创作的《博士来拜》，阿尔托的描述并不精确。

上方，在朝着村落层层下降的高山斜坡的土地上，已圈出了一个圆。女人们跪在其石磨前，用一种细心的蛮力捣碎佩奥特。祭司们开始踩踏圆圈。他们朝各个方向仔细地踩踏；而圆圈中央，他们点燃火堆，其火焰又被高处吹来的风在急速旋转中吸走。

白天已有两头山羊被宰。而此时，我看见一根经过修剪并被凿成十字形的树干上，野兽的心肺正随着夜风颤动。

另一根修剪过的树干挨着第一根树干，而圆圈中央点燃的火焰就一刻不停地从中吸取无数的闪光，像是透过一堆厚厚的玻璃看到的烈火。我走上前去辨识这火炉的究竟，发现了一片难以置信地交缠起来的铃铛，一些是白银做的，另一些是兽角做的，都系在皮带上，而那些皮带也在等候其仪式使用的时刻。

他们在太阳升起的方向上立了十个高度不等的十字架，并对称地排列；每个十字架上都挂了一面镜子。

危险的隐匿之后，那可怕的二十八天等待换来了此刻一个挤满众生的圆圈，它在这里以十座十字架为代表。

十，数字的十，就像山脉里，佩奥特的无形大师。

而在这十当中：自然的男性的本原，被印第安人称为"圣伊格纳西奥"（San Ignacio），女性的本原，被称为"圣尼古拉"（San Nicolas）！

在这圆圈周围，有一块印第安人不敢踏入的精神荒地：据说，在这圈子里，迷途的鸟儿坠落，而怀孕的女人发觉自己的胎儿腐烂。

在这舞蹈的圆圈里有一段世界的历史，它被压缩于两个太阳之间，一个是落下的太阳，另一个是升起的太阳。正当太阳落下的时候，巫师们进入了圈子，而挂着六百铃铛（三百个兽角铃铛，三百个白银铃铛）的舞者也发出其佩奥特的呼喊，在森林里。

舞者进去又出来，但没离开圆圈。他小心翼翼地迈向邪恶。他以一种可怕的勇气投身其中，而与之相伴的节奏，似在舞蹈上，勾勒出疾病。他好像在一场运动里反复出现又消失，而那运动唤起了不知怎样隐晦的逗弄。他进去又出来："离开白日，在第一章"，正如《埃及亡灵书》里人的重影所言。因为这向疾病的迈进是一场旅程，一次下坠，为的是**重返白日**。——他按卍字符侧翼的方向转圈，总是从右到左，从高到低。

他带着浑身的铃铛跳跃，而那些铃铛就如一群发狂的蜜蜂，零零散散地，在噼啪作响的暴烈混乱中粘到一起。

圆圈里是十座十字架和十面镜子：一根横梁，上面有三位巫师。四个祭司（两个男性和两个女性）。癫狂的舞者，还有我自己，仪式正为之举行。

在每个巫师脚下，有一个洞，而洞的深处，是佩奥特的雌雄同体的根（我们知道，佩奥特的形状就像男女性器官的结合）所代表的自然之男性和女性，它们沉睡在物质中，也就是，沉睡在具体事物里。

洞上方倒扣着一只木盆或土盆，它相当形象地表现了世界的球体。巫师们在盆上锉碎了两大本原的混杂或解体，他们在抽象事物中，也就是，在本原里，将之锉碎。而底下，那两个肉身化了的本原，安憩在物质中，也就是，安憩在具体事物里。

整个夜晚，巫师们都在恢复同三角姿势的遗失的关系，而那样的姿势奇怪地切割了空间的角度。

在两个太阳之间，是十二个位相的十二个时刻。而在圆圈的神圣界限内，群集在火焰周围的一切，舞者，锉刀，巫师，都转起了圈。

在各个位相之间，巫师们一心要展现仪式的有形证据，表明活动的效力。如僧侣，如祭仪，如司铎，他们就在那儿，横梁上成一排，孩子般晃动他们的锉刀。他们从怎样一个失传的礼节观念里，得到了这些倾斜，这些屈身，这些转圈的感觉？他们一边转圈，还一边数着自己的步伐，在火焰前画着十字，相互致意并离开。

他们就这样站起来，做出我所说的屈身姿势，一些像拄着拐杖，另一些则像被截短的木偶人。他们跨到圈外。但，一迈过圈子，到外头一米远处，这些在两个太阳之间行走的祭司，就突然重新变成了人，也就是，变成了有待清洗且要用这场仪式来清洗的卑贱的生命体。他们一举一动有如掘井人，这些祭司，某类夜间的劳动者，其存在就是为了撒尿和排泄。他们用可怕的雷鸣似的声音撒尿，放屁，排泄：听闻此声，一个人以为他们欲比肩真实的雷电，并把雷电化作其卑贱的需求。

在那儿的三个巫师里，有两个，最小最矮的两个，得到了锉刀的三年使用权（因为锉刀要被授权使用，而在塔拉乌玛拉的印第安人当中，佩奥特巫师的地位高低就取决于这一权利）；第三个，则有权使用十年。我不得不说，仪式上最年长的，也是尿撒得最好，屁放得最猛最响的。

过了一会儿，同一个人，带着这粗野净化的骄傲，开始吐口水。和我们所有人一样，他在喝下佩奥特之后吐口水。因为舞蹈的十二个阶段已经结束，而曙光即将显露，有人给我们递来捣碎了的佩奥特，看着就像淤泥似的稀粥；我们每个人面前都挖了一个新的洞，用来接收我们嘴里吐出的口水，而喝过佩奥特的嘴已变得神圣。

"吐吧，"舞者告诉我，"但要尽可能往深处吐，因为'西古里'的碎块绝不能冒出来。"

而正是马具下老去的那个巫师吐得最多，并甩出了最稠密也最大片的鼻涕。其他围成一圈，聚在洞周围的巫师和舞者，则过来仰慕他。

吐完之后，我睡了过去。舞者，在我面前，不断地来来去去，竭力旋转并放声呼喊，因为他发现他的喊声取悦了我。

"起来吧，伙计，起来。"每一次，越来越徒劳地，从我身边经过，他就冲我大喊。

我醒来，跟跄着，被人带向十字架，接受最后的治疗，那儿，巫师正在病人头上晃动锉刀。

就这样，我参与了水的仪式，敲打头颅的仪式，相互传递的精神治疗的仪式，过度净洗的仪式。

他们一边给我洒水一边在我头上念着奇怪的词；然后他们紧张地给彼此洒水，因为玉米酒和佩奥特的混合开始让他们发狂。

佩奥特之舞就在这最后的传递中结束。

佩奥特之舞就在一把锉刀里，就在一根浸透着时间的木头上，而那木头已吸收了大地的秘密之盐。仪式的治愈行动全在那根伸出又折回的棍子上，而仪式是如此复杂，如此遥远，以至于不得不像林中野兽一样被人追逐。

高大的墨西哥山脉上有一个角落，看似盛产锉刀。它们沉睡于此，等着命中注定之人前来发现它们，并使之重见天日。

每一个塔拉乌玛拉巫师去世时都离开了自己的锉刀，这要比离开自己的身体悲痛无数倍；而他的后代，他的亲人，就拿走了锉刀，并把它埋到森林的那一神圣的角落里。

当一个塔拉乌玛拉的印第安人相信自己受命使用锉刀并分配治疗时，他就在每年复活节期间，到森林里待上一周，如此持续三年。

据说，在那里，佩奥特的无形大师及其九位副手会对他说话，并把秘密传授给他。而他再次出来时就带着磨炼得当的锉刀。

从热土的木头里凿出，灰如铁矿的锉刀，周身留着刻痕，两端记着符号，共四个三角形，其中一个点代表男性的本原，另两个点代表神圣化的自然的女性。

刻痕的数目代表了巫师获得锉刀使用权之后度过的年数，那时，巫师已成为一个能进行驱魔并把各元素分开的大师。

我恰恰没法看透神秘传统的这一面。因为佩奥特巫师好像真的在林中归隐的三年结束时获得了什么。

这儿有一个奥秘被塔拉乌玛拉的巫师们小心翼翼地守护至今。他们还获得了什么，他们，如果可以这么说的话，发现了什么？宗派贵族之外的塔拉乌玛拉印第安人，没有一个说得上来。至于巫师们自己，他们在这一点上，坚决闭口不谈。

佩奥特大师传给他们的那一个词，那失落的言语是什么？为什么塔拉乌玛拉巫师要花三年时间才能顺利地使用锉刀，并且，不得不说，他们还将这锉刀用于十分奇怪的听诊？

他们就这样从森林里夺得了什么，而森林又如此缓慢地交给了他们什么？

总之，传授给他们的东西是什么？它不在仪式的外部配置里，无法加以解释：既不是舞者那有穿透力的呼喊，也不是其如癫痫的钟摆一般来来去去的舞蹈；既不是圆圈，也不是圆圈中央的火焰；既不是十字架及十字架上挂着的镜子（镜子里，巫师变形的脑袋，在火堆的烈焰间时而浮现，时而消失），也不是吹动镜子的呼啸夜风，更不是挥动锉刀的巫师唱起的歌，那惊人地脆弱又压抑的歌。

他们让我躺下，就在地上，就在舞蹈依次进行时三位巫师所坐的那根巨大的横梁脚下。

躺下，好让仪式落到我身上，好让火焰，歌声，呼喊，舞蹈，以及黑夜本身，像一个生机勃勃的人类穹顶一样，在我头上，活活地转动。所以存在着这转动的穹顶，这由呼喊、口音、步伐、歌声组成的物质装配。但，在一切之上，在一切之外，是一个反复出现的印象，即这一切背后，还隐藏着另一个更伟大、更高超的东西：本原。

我没有完全戒绝这些似乎是由佩奥特引发的危险分解，而我已用别的方法追求了它们二十年；我没有借马本身中抽出的一个身体骑上马，而我所沉迷的隐匿已剥夺了其根本的反应；我不是一个石头人，得要两个人才能扶我爬上马：并且就像断线的木偶一样爬上去又翻下来——但一上马背，他们就让我手握缰绳，而且，他们不得不让我的手指紧扣缰绳，因为很明显，我自己一个人支配不了它们；我还没有用精神的力量战胜那器质性的顽固敌意，在那里恰恰是我自己再也不想前行，只求带回一批陈旧的意象，而在此方面忠实于一整个体系的时代，顶多会从中提取一些广告的灵感，并为其时装设计师找到些许典范。从此，这把黎明碾成黑夜的沉重研磨背后隐藏的某个东西必须被拽出来，它必须发挥作用，必须恰好通过我在十字架上的受难发挥作用。

　　我明白我肉体的命运已无可挽回地受缚于此。我准备好迎接一切灼烧，我等待灼烧的首次收获，盼望着一场四处蔓延的焚燃。

　　　　　（1937 年 8 月 1 日，《新法兰西杂志》，第 287 期）

二十一

# 存在的新启示（1937）*

尉光吉　译

---

\* 《存在的新启示》（*Les Nouvelles Révélations de l'Être*）是阿尔托精神崩溃前出版的最后一部作品。这本小书共 32 页，于 1937 年 7 月 28 日由德诺埃尔（Denoël）出版社印制，未注明作者，仅署名"受启示者"（Le Révèlé），并配有阿尔托的古巴好友，曼努埃尔·卡诺·德·卡斯托（Manuel Cano de Casto）的素描和评论。这本书是阿尔托研究星相学、卡巴拉和塔罗牌的产物。

水中的火，
土中的气，
气中的水，
海中的土。

它们的疯狂还不足够，它们彼此的争斗还不足够，它们要更狂
暴、更愤怒，也要更亲近、更熟悉。

在那里，母亲吃掉了孩子，
权力吃掉了权力：
没有战争，缺乏稳定。

一种致命的
愚蠢来到了
世上
对人而言
这个黑夜
已被重新
置入绝对

8 − 8 − 37 = 8

# 存在的新启示

致曼努埃尔·卡诺·德·卡斯托夫夫人

我说出我已看见并相信的东西；谁要是说我还未看见我已看见的，我现在就把他的脑袋扯下来。

因为我是一个不可宽恕的野人，并且我会如此，直至时间尽头。

天堂或地狱，即便存在，也无法做任何事情来对抗它们强加于我的这一野蛮，或许是为了让我侍奉它们……谁知道呢？

无论如何，为了把我从中撕离。

存在的东西，我确信地看到了。不存在的东西，如果必要，将由我创造。

很长一段时间，我感到了虚空，但我拒绝把自己投入虚空。

我已和我所见的一切一样地软弱。

当我相信我拒绝世界的时候，我知道我如今拒绝了虚空。

因为我知道这个世界并不存在，我知道它如何不存在。

我至今的苦难，就在于拒绝了虚空。

虚空已上了我的身。

我知道有人曾想用虚空来启发我，而我拒绝让自己被启发。

若我变成了火葬的柴堆，那是要治愈我在这个世上的存在。

世界夺走了我拥有的一切。

我努力尝试着生存，尝试赞成世上存在的谵妄幻觉用以覆盖现实的形式（一切形式）。

我不再想做一个受蒙蔽者。

对世界无动于衷；对那在其他所有人眼里构成世界的东西无动于衷，它终于落下了，落下了，在我拒绝了的这一虚空中升起，我有一具服从世界并呕出现实的身体。

我受够了这月球的运动，它让我召唤我所拒绝的东西并拒绝我所召唤的东西。

我必须终结它。我必须同这个世界彻底决裂，世界是我身上的一个存在，而这个存在我再也不能够召唤，因为它一旦回来，我就坠入虚空，这个存在总已经拒绝。

完了。我真的坠入了虚空，因为一切——构成世界的一切——已成功地让我绝望。

因为一个人并不知道他再也不在世界上存在，除非他看到世界离开了你。

其他人死了，却还未分离：他们仍围着他们的尸体打转。

而我知道，死人如何像我的重影不停地转了整整三十三个世纪那样，围着他们的尸体打转。

所以，不复存在的我看见了存在。

我把自己真的等同于这个存在，这个不复存在的存在。

这个存在向我揭示了一切。

我知道它，但说不出它，如果我现在能够开始说它，那是因为我已把现实留在身后。

跟你说话的是一个真正的疯子，他从不知道在世上存在的幸福，直到他离开了，与世界绝对地分离了。

其他人死了，却还未分离。他们仍围着他们的尸体打转。

我没有死，但我已经分离。

所以，我应谈论我已看见的东西和存在的东西。

而为了说它，既然占星家不再知道如何去读，我应让自己以塔罗牌为基础。

## 1937 年 6 月 19 日星期六的星象图

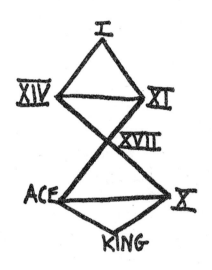

XIV 节制：自我控制

I 戏法师，直立：恰当引导的意志

XI 力量：精神能量

XVII 伯利恒之星：重生

X 权杖：和谐

KING 圣杯国王：统治

ACE 圣杯：服务于感觉的意志

# 天堂

## 三元

塔罗牌已在天堂中说：

**"自然的绝对男性已开始在天堂中移动。它为了男性的正义而复活。正是天堂的正义在这一天让男性复活。"**

这意味着什么？

这意味着，人将恢复其高度。且他将恢复它以对抗人类。这也意味着，一个人将重新采信超自然。因为超自然是男人的存在之理由。男人已背叛了超自然。

这也意味着，在一个由女人的性欲接管的世界里，男人的精神将恢复其权利。这最终意味着，那一切让男人离开了我们，因为我们已背叛了男人。我们身上的人已让自己脱离了男人。他上升，以审判我们之为男人。这就是为什么，我们再也不能创造。只要看一眼我们自己，我们就会相信这点。

## 四元

天堂召唤了女人已被遗忘的女性特质。它使用了女人所忽视的一种力量。

它已迫使自然去梦想女人不再能够梦想的那些行动。

它已迫使自然成为女人的替代以便实现男性所准备的一种行动。

这意味着什么？

这意味着自然将要反叛。

尘世。水。火。天堂。

转变将由四种聚到一起的元素实施。

## 尘世

一切价值的重新分类会是根本的，绝对的，可怕的。

但这可怕的分类将如何实施？

通过 4 种元素，火居于中心，当然！但何处，何时，如何，通过什么，经由什么？

## 三元

"通过女人。经由女人。通过那个被间接地启发并实现了其自身之双面性的女人。因为正是通过女人，作为划分者的国王在他自己身上被分离，并在他自己身上找到了那种用来分离一切应被分离者的手段。"

这意味着什么？

这意味着：

## 四元

一种已被女人所改变的自然力将反对女人并通过女人释放自身。这力量是一种死亡的力量。

它拥有性器的黑暗的贪婪。激唤它的是女人，但引领它的是男人。男人的遭残损的女性特质，女人所践踏的男人的受束缚的温柔，在这一日让童贞复活。但这童贞没有身体，没有性别，只为精

**神所利用。**

这意味着什么？

这意味着，性欲将复归其位。复归它绝不会从中超脱之所。性器将分离一段时间。人的爱情会变得不可能。这变化已然开始。

这意味着，一场入门仪式将在黑暗中开始。

这意味着，在当前命运的底部，有一种女人的背叛。不是女人反抗某一个男人，而是女人反抗所有的男人。

*女人将回归男人。*

这意味着什么？

这意味着，世界将向右平衡。左会再次落到右的霸权之下。不是此处或别处，而是**各处**。

因为一个世界的圆环已经封闭，它处在女人的霸权之下：左派，共和国，民主制。

这意味着，在巨蟹的时节里，死神将收割一切属于巨蟹的东西：左派，共和国，民主制。

因为巨蟹形成 ♋，左派也形成 69。

这还意味着什么？

这意味着，一场高级的入门仪式会是这死神的果实，一切跟性欲有关的东西会在这高级的入门仪式里被点燃，它的火光在入门仪式里变形。

为的是在各处重新确立男人的绝对霸权。

这意味着，在精神上高于女人的男人会再次引领生命。

这意味着，民众会在各处再次落到重轭之下，他们恰恰应在重轭之下。

因为民众本质上是女人，并且，是男人统治女人，而不是反过来。

至此，诗人已把这统治着的男人称为精神。

那么，这蛮横无理的预言，这只有幻想家和疯子才会理解的语言，意味着什么？

这意味着，我们受到了奴役的威胁，因为自然将重新落到我们身上。

那让我们成为男人的东西，那让女人和男人分离的东西，正在远离男人，

正在注视并审判我们。

那允许我们存在的一切，那看到了我们如何悲惨地生存，如何在我们身上悲惨地守护人之原则的一切，

离开了我们，但这是为了再次降临于我们。

它将产生的童贞是我们可怜地支配着的万物的自然反叛。

我们不知如何实施的革命将由世界发起，来反对我们。

因为革命同样记得它是女人。

在各处的国王复位之前——那时的国王会是一切的奴隶，并因此更好地知道如何让世界持续受到奴役——

这场革命，将通过其让我们每个人着魔并发疯的不可能的占有，

再次教导我们，

**生命正如何离我们而去。**

### 地狱

这高级的变形，将通过什么道路，通过什么手段，通过谁，得

以实施？

## 三元

通过一个身为智者的疯子，并且，他自己看到他是智者和疯子。

这意味着什么？

这意味着，他在生命和孤独之间寻得平衡。

并且，他对某些人显现为一个孤独的绝望者，而对另一些人显现为一个放纵的粗野者。

## 四元

通过他，性已和情火分离，因为他本质上知道得而复失的爱情的女性。

而为了让人接受这由情火造成的分离，他首先玩弄他自己的情火。

他首先装作一个放纵的粗野者。

而人和世界的命运就被悬于这身为戏法师的粗野者。

这反叛的变形，它再也不能是一场革命，将实施多长时间？

5 个月。

从哪天开始？

1937 年 6 月 3 日。

为什么？

因为，1937 年 6 月 3 日，五条蛇出现，它们已在宝剑上，宝剑的决断力就表现为一根权杖！

这意味着什么？

这意味着，我，说话者，拥有一支宝剑和一根权杖。

权杖有 13 个结，并在第 9 个结上标有闪电的魔法记号；9 是火灾之毁灭的数字，而

**我预见了火灾的毁灭。**

也就是说，一场地狱的毁灭。9 是地狱之毁灭的数字，因为地狱代表了火。

我见这权杖在火的正中，它正激唤火灾的毁灭。
而这毁灭会是彻底的。

我从一个非洲黑人手里接过宝剑，从上帝手里接过权杖。
这权杖，我得知，已在别的世纪为我所有。

**我的宝剑有三个钩，九个结。**

那么，在绝对日常的手段向我揭示的 5 条蛇中，有 3 条呈弯钩形，从中我看到了宝剑之钩。另有一条呈尖锥形，从中我看到了宝剑。最后一条形如一个结。

第一条，最先到来，如波浪般涌起，形如弯钩。另两条，貌如一束滚动的火棍，也终止于弯钩。

底下一条有一个尖点，仿佛大地凸起。

顶上一条从大气中到来，如一颗欲坠的彗星。

这意味着什么？

这意味着，6月3日，天堂的力量开动了。

这意味着，6月3日，一种毁灭的神秘力量最终开始聚集，且将在11月3日爆发。

为什么？

因为5是人的数字，不是男人的数字，而是抽象之人的数字，我得出了结论：毁灭将在男人身上由男人完成，并且会花五个月来实现。

因为如果我让6月3日的3，加上一年第6个月的数字，我就得到了9，那一天开始的地狱之毁灭。

如果我让抽象之人的数字，5，加上一年第6个月的数字，我就得到了11，它把我带回到11月，而根据旧的历法，11月处在数字9的标记下。

但11月是一年的第11个月。如果我用卡巴拉的方式还原数字，把11的两个1分开，并把它们加起来，我就得到了2，根据卡巴拉的说法，2是分离－毁灭的数字。

那么，1937年的数字，根据同样的卡巴拉还原体系，进行加法运算，也给出了2。

而5，蛇的数字和抽象之人的数字，加上一年的第6个月，得出了另一个11，它把我带回到11月，而11月的11可还原为2。

所以，不论在哪方面，各个地方追求的毁灭已不知不觉地被每一个人欲望，我宣称，它被每一个人秘密地欲求，作为拯救的唯一手段，让我们脱离那个生命在其中不再运行的世界。

这样的毁灭已在各个地方开始。

那么，5条蛇从右向左爬行。我必须天真地得出结论：右威胁到了左，在5个月内，它将杀死左。

那么，蛇的5，+6等于11。

11是11月。

它给出了 2。而月份的 6 和日子的 3 给出了 9。

根据旧的历法，9 是 11 月。

日子的 3，＋月份的 6，＋年份的 2，也给出了 2，毁灭，分离。

如果我让 3 加上 5，我就得到了 8，尘世的无限之入口；

它加上 11 月的 2，给出了 1，绝对的实现，

它意味着回归绝对，

它意味着消失于绝对，

它意味着在绝对中，为绝对而湮灭。

如果我让 11 月的绝对的 1 加上消失 - 毁灭之年的 2，我就得到了 12：形式的成熟，

它意味着一切形式将回归绝对。

因为正是腐烂让今天的绝对成熟，正是腐烂的年份，在那一天，开价超过了各个月份，

如 12 个月围绕着唯一的 1 个月。


其他年份，其他月份，其他日子，已玩过了数字。

但并不是每一天我们都算出

5 个元素

而非 4 个元素。


因为这些双重的火棍，让火围着自身翻滚，如炉灶四周的火焰，它们表明火将燃自炉灶。

如同火的以太擦出的闪电。

对此，赫拉克利特已经说过。


不论转向哪一边，毁灭将在各个地方运行。

但 5 条蛇意味着什么？

它们表明了 4 个元素，在其正中，命运将运行起来，并由此得

以复归。

　　只一人准备了它们，因为人应得到它们。一个唯一的人将引领它们。而这个人是一个受刑者。

　　在此，是 1937 年 6 月 15 日的星象图对受刑者所做的揭示。

## 1937 年 6 月 15 日的星象图

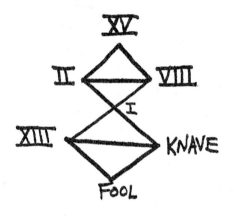

　　II 五角星：划分

　　XV 恶魔：2 个原则

　　VIII 五角星：毁灭

　　I 戏法师，颠倒：不当地引导的意志

　　KNAVE 权杖侍者：废墟

　　FOOL 愚者：疯狂

　　XIII 骷髅死神：变形

## 天堂

### 三元

女人在男人身上产生一个抽象的存在，一个不再游戏的幽灵幼体。

### 四元

世界的颠倒反常激唤了六翼天使，那只现身于荒漠的不可言喻者。

一个节制之梦攻袭了人类。正是在这抽象的梦里，世界将尝试它的运气。

## 尘世

### 三元

受刑者被所有人当成了一个疯子。

他在所有人面前表现为一个疯子。

而这世界的疯狂图像化身为一个受刑之人。

### 四元

疯子的另一面是国王，一个处在万物之巅的身为划分者的国王，他获得了分而划之的权利，比如：这是，这不是。

——存在者和非存在者不总是现实的可见与不可见的两面，

——他在各处，在所有同时运动的层面上，彰显正义，

那是一种地狱的正义，因为问题不再是彰显它，

而是剥夺它。

### 地狱

### 三元

现在，正是戏法师审判并召唤那些应被召唤的人。

他把他们唤向一场地狱的对峙，在那里，一切源自女人的东西都将促成万物的划分。

### 四元

超然的隐士已用他刚刚重新发明的力量，替源自女人之黑暗的邪恶报了仇。

他用来超离自身的力量赋予了他一种逆反的力量。

这就是死亡的力量。

我们的命运是死亡的命运。世界的圆环已然完成。

## 结论

因为我预见了水、土、火以及一颗占据人之精神所沐浴的大气的全部表面的星辰带来的毁灭，我也鼓吹全面的毁灭，但它充满了意识和反叛。

这意味着什么？

这意味着，燃烧是一个魔法的行动，我们必须赞成燃烧，提前的、即刻的燃烧，不是燃烧一个事物，而是燃烧那为我们再现事物的一切，为了不让自己彻底燃烧殆尽。

那不被我们所有人燃烧，且不把我们所有人变成疯子和隐士的一切，

会被**以太**所燃烧。

## 一些本质的日期

$$3 - 6 - 1937 = 11 = 2$$
$$15 - 6 - 1937 = \qquad = 5$$
$$19 - 6 - 1937 = \qquad = 9$$

在这三个形成三角的日期之间，宇宙已被照亮。它转向了尘世一边。

它们导向了抽象之人的构造：

$$25 - \ \ 7 - 1937 = \ \ 7$$
$$7 - \ \ 9 - 1937 = \ \ 9$$
$$3 - 11 - 1937 = 11 = 2$$
$$7 - 11 - 1937 = \ \ 2$$

1937 年 7 月 25 日，宇宙触及地球。

7 日，无限的入口向人敞开。受刑者最终准备就绪。他能够进

入，他与他的作品处在同一层面。他能够开始。

11 月 3 日，毁灭被照亮。

7 日，它在闪电中爆发。
受刑者最终被所有人承认为

**受启示者**。

# 二十二

# 爱尔兰之旅（1937）<sup>*</sup>

## 尉光吉　译

　　* 1937 年 5 月，阿尔托同未婚妻塞西尔·施拉姆（Cécile Schramme）解除了婚约。8月，阿尔托动身前往爱尔兰，14 日抵达科夫，后又在戈尔韦和基尔罗南之间辗转。9月 8 日，阿尔托前往都柏林。9 月 20 日，因在一家耶稣会学院引发骚乱，阿尔托遭到警方拘捕，随后被驱逐出境。9 月 29 日，阿尔托从科夫乘"华盛顿"号渡轮回国，次日抵达勒阿弗尔。由于在船上表现狂躁，船一靠岸，阿尔托就被送往当地的医院，后又被移送至索特维勒莱鲁昂。直到 12 月，其行踪才被家人和好友获知，但此时阿尔托的精神已彻底崩溃，甚至认不出最先找到自己的母亲。九年的病院生活从此开始。

　　这场以疯狂和禁闭收场的爱尔兰之旅没有留下太多信息，其一路的思绪主要记在了他写给安德烈·布勒东（1936 年底，从墨西哥回来后不久，阿尔托已与安德烈·布勒东重归于好）和不久前刚认识的年轻女记者，安妮·芒松（Anne Manson）的书信里。

阿尔托，爱尔兰之旅前夕，1937 年

阿尔托，爱尔兰明信片，1937 年

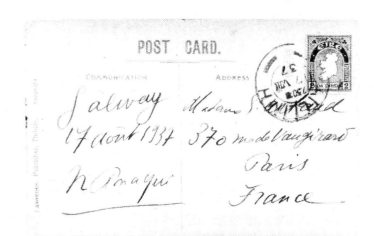

阿尔托，爱尔兰明信片，1937 年

**致安德烈·布勒东**

　　　　　　　　　　　　　1937 年 7 月 30 日，星期五

我亲爱的朋友，

　　我还同意活着只是因为我觉得并相信生活用来羞辱我和您的这个人世会在我之前死去。

　　您知道还有谁对当前存在的一切事物感到同样持久、同样强烈的愤懑，且同样持久、同样绝望地处于永远暴怒的状态？

　　这团消耗着我而我每天学着加以更好利用的怒火必定意味着什么。

　　在我的这团怒火里，请相信我，我并非孤身一人：在我周围有人对我说话并施加号令，就像他们对那些不愿留在世上且一心打算如此的人

　　说话并施加号令一样。

　　同意像我燃烧了我的整个生命、像我此时燃烧一样去燃烧，也意味着获得燃烧的权力

　　而我知道我命中注定要燃烧，所以我相信我能说几乎没有什么怒火能达到我的怒火所能烧及的高度。

　　如果道德的怒火不可等同于一切可见或不可见的火焰形式，那么，活着就没有必要，而且我们也从来没法活着，毕竟我们还能由什么构成？

　　在狂暴的精神怒火和一切火焰的破坏力之间，事实上没有什么距离。但有某种需要发现的东西。我发现了这种东西，而正是它允许我始终坚定地说话。

　　因为我的信念已化身为事实。

　　我跟您说过这些事实包含了什么

　　但我不觉得自己有权把它们写出来，因为这些事实是我的秘密。

　　我会亲口告诉您更多细节，并且我恳求您千万不要说出去，要

是有人问您，先前寄给您的那本小册子[1]是谁写的。

您无论如何会注意到 3 个日期，它们看似风平浪静

并形成了一个三角。

3 是原理的数字，诸事实仍处于起始状态，——但这是从第 4
个日期（1937 年 7 月 25 日）开始，因为 4 个随后到来的日期代表
了可感事物的四方形，现实的世界，外部的事件加快了，而正是 7
月 25 日之后，中国的战事明显加剧，而飞机（15 死）、铁路（25
死）和轮船失火的灾难都加快了。

如果我在小册子里说左派在政治上遭到定罪，那并不意味着右
将要统治，因为我所说的右是人的右，而不是愚蠢的反动。右必定
在清扫了左之后连同左一起被清扫，如此一来，自然的右，由于在
自然中右手往往支配左手，就顺利地掌握了大权。

册子里提到的国王不是人世加冕的国王后代，而是精神中的国
王，其精神的权力会把一种物质上的绝对优势还给他们。这样的绝
对优势只能通过一切违背精神的事物遭受的真实奴役显现出来。

我知道我在这封信里说的一切都看似疯癫，并带有世界所丧失
的一场梦的性质，我知道在这场梦面前，仍有人会说世界末日早已
过去，而我们都处于现实。

但只须看看自身周围的世界就能意识到，现实几乎超出了梦
境，很快梦的全部力量就会被惊人的现实清空。

对我来说，在我的精神早已离开的这个世界上留有的唯一希望
就是看着这场大梦茁壮成长，唯有它能够滋养我的现实。

我知道我的等待不会比我设定的最后日期更久。

安托南·阿尔托

---

1　即未署作者名字的《存在的新启示》。

　　附：我要多说几句，在过去三个月来构成我生活的一切开始的那一刻，我特别想到了您，我想见到您，以在当下存在的构成现实的事物中，找回我曾经信赖的东西。

　　我认为我有要攻击的对象，这我承认，但我十分惊讶地发现您来到了和我一样的位置上。

　　不同的是，尽管您已对一切感到绝望，可仍有一样东西您愿意相信，而我的绝对悲观让我觉得，为了建立一个我能相信的世界，必须抛弃今天的一切。

　　只要我还能想象一样东西，一样必须拯救的东西，我就会摧毁它，这样才能把我从事物中拯救出来，因为纯粹的东西总在别处。


## 致安妮·芒松

1937 - 8 - 2

　　爱把存在统一起来，

　　性又将它们分开，

　　只有超越一切的性结合起来的男人和女人才是强大的。

　　但在这个被性进一步分开的破裂的世界上他们还剩多少。

　　我知道您的性弥漫、狂野、柔弱、四处流溢，近乎兽态。

　　但那怎么能影响到我？

　　您身上有一道罕见的光：在我探究存在的二十年里，还没有哪个存在向我展示过。

　　为了这道光，现在我不再探究存在，我从您身上接受太阳和海洋。

　　所以无须告诉您，您日常的、肉体的、有形的、性化的生活令我丝毫不感兴趣，但您永恒的生命对我意义重大，因为经由您自己的顶峰，

我看到

您已触及永恒

正是您身上的这一切对我意义重大。

我希望这一次您能彻底理解我。

安托南·阿尔托

**致安妮·芒松**

$$1937-8-8$$
$$2\quad8\quad8$$

8：道路

$$16-7-2=9$$

毁灭。

根据原理且在起始状态，

因为 $8+1=9$。

日的道路等于年的数字。

也就是说 1937 年将有一天

出现一个决定性的真理。

8 月是狮子的道路而 8 月 8 日

是狮子出现的众多道路

月份里属于道路的日子。

　　亲爱的安妮。不，我不会给您留下任何恶言，但我已踏上一条令人生畏的道路，我不得不竭力放逐那些渺小得让我偏离正道的追求。

　　您还不知如何理解我对自己所做的绝对牺牲，也就是牺牲这世上的全部幸福、全部休息、全部享受和全部满足。我清楚这就是真理，它最终是一道光，但必须有所付出；而应当补偿它的恰恰是牺牲。我付出是为了他人，是为了改变现状。我付出也是为了同自我，甚至同牺牲撇清关系，牺牲也不过是一条通往自我的道路。我觉得我需要一份忠心，但所有的忠心都让我受苦，因为它们不懂得理解我。而唯一一件由于我无法解释而不能让人理解的事情就是，我的道路是真正的道路，而不侍奉我之道路的人本身就脱离了一切道路！！！

　　同我一起意味着放下其余一切。放不下其余一切的人没法同我一起。

　　如果您能从您的日程中抽出半个小时，我会向您详细解释所有这一切，并让您明白我对您有何期盼，以及在我看来甚至对您来说都有可能的事。

　　现在为时已晚。因为您没法给自己抽出这半个小时。

　　而且我就要走了，但如果我在三个月内回来，这不会有什么好事，您必须在赞同我和反对我之间做出选择。

　　因为不会再有折中的选项。

　　如果我此刻作为一个男人对您说话，那么，我会告诉您，您带给我的感动远多于刺激，我已为您感觉到了某种东西，它十分接近真正的爱。再进一步，我就会爱上您，但爱上您会是堕落。——众生和您没有为另一种非人的爱做好准备。

　　我全心拥抱您，余下的话要等到众生和您都准备好的那一天。——也许您会在这个世上再次见到我，也许您再也见不到我，或如果您见到了我！！！……

安托南·阿尔托

**致安德烈·布勒东**

1937 年 9 月 2 日或 3 日，戈尔韦

亲爱的朋友，

我想过不了多久一些重大的事件就将发生，而您会在其中扮演领头的角色。

事实上您会和我同时参与事件，尽管我们并不一直身处相同的位置。

您认识的一位属于当前资本主义上层的女士会把自己当作近来动荡中的泰鲁瓦涅·德·梅里古[1]。她会煽动一场可怕的骚乱，用左派联盟，以及一反常态与犹太资本主义上层，甚至也许还有天主教结盟的一切势力。

这场骚乱会被最严酷无情地粉碎。

新泰鲁瓦涅将不得不流亡。如果被捕，她会被**公开处决**。她也许能逃出去。她就是 L. D[2]。此刻她正为我给您写过的话感到暴怒，她想信任其他人并自以为我不过是个蹩脚的演员和江湖骗子。

————

您将迎来属于您的时刻，我亲爱的安德烈·布勒东，您已对我展示了一种如此善解人意又果断坚决的好感。

因其在现实的本质上故意地欺骗自己，世界将为这一罪行付出血的代价。

————

1　泰鲁瓦涅·德·梅里古（Théroigne de Méricourt，1762—1817），法国大革命时期著名的女权主义演说家和活动家。

2　莉丝·德阿尔姆（Lise Deharme，1898—1980），法国女作家，与超现实主义团体交往密切，1933 年创办了极具政治颠覆色彩的杂志《讷伊灯塔》（*Le Phare de Neuilly*）。

　　精彩的事物和奇迹将回归强力，但也要借助强力。这点千真万确，就像1896年9月4日上午8点我在马赛出生一样。

　　您还未能在政治上找到您的一席之地，因为政治是人为的东西，您是一个受启示者，而人们从不想要受启示者。

　　您的位置会是对政治开战，而您将成为这场反对一切人性约束的战争运动的领袖。因为您受够了一切人性的约束。您超越了这一切。正因为我总看到您超越了这一切，我才一直忍心看着您，布勒东，屈服于体制、教条和党派中出现的种种人性的约束、规制和命名。

　　这些话我十多年前就想对您说了。

　　当所有的党派和所有的民众都遭遇瓦解，而今日的统治者成为庸臣[1]时，属于您的时刻就会响起。如果您现在感到泄气，压抑，举步不前，受人嘲讽，心生绝望，那么，我亲爱的朋友，您会找回您的力量，您的勇气，您的冲劲，您的果敢和您的威望。

　　您毫不畏惧地把自己抛入人群并向众人当面宣告您的真理，而那就是真理。

　　我此时此刻不在法国，但我会很快回来，这个国家的面貌也会改变，而我将再次动身去其他国家。

　　谨致问候。

安托南·阿尔托

　　附：我换了地址。我已离开阿伦群岛，正前往爱尔兰的另一区域。请寄信至

---

1　此处"庸臣"的原词为"palotin"，意指无关紧要的下属角色。该词由阿尔弗雷德·雅里发明，出自其剧作《愚比王》，后又成为"啪嗒学"（pataphysique）年历中一个月份的名称。

存局候领中心

戈尔韦

爱尔兰


## 致安德烈·布勒东

1937 年 9 月 5 日

亲爱的朋友，

我把我要寄给德阿尔姆夫人的一个符咒托付给您。若看到我的笔迹，她一定不会打开信封。请用看着不像我的笔迹写下地址。并寄给她，拜托了。

当您发觉符咒时，您会看到事情正变得严重，而这一次我要一走到底。

德阿尔姆夫人受罚是因为她说没有什么上帝。这是我仇恨的缘由。

因为即便没有上帝了，仍会有一些神。并且众神之上是自然的无意识和犯罪的法则，而众神和我们，也就是，我们这些众神，乃是其集体的牺牲品。

异教有理，而人作为永恒的恶棍已背叛了异教的真理。然后基督归来，以揭示异教的真理，但接着所有的基督教会就耻辱地玷污了它。基督是一个魔法师，他在荒漠里用一根手杖同魔鬼斗争。而他自己的一道血迹就留在了这手杖上。若用水清洗，血迹会消失，但它归来了。

在某些人身上，有一个神归来，而这些人反抗这个神，因为神从物质上让他们疲劳。但众神总是显现出来。

众神得不到什么权力，因为其显现，从目的也从本质上，只是为了摧毁一切权力。

那么请听异教的真理。没有上帝，但有众神。而众神等级的顶峰是柏拉图所说的最大的神，它和自然的一切受害者一样。它不是一个罪犯，而是一个无力者，和我们一样。因为自然才是罪犯，而自然本身到底是什么。它本身什么也不是。它就是老子所说的那个无，而生命就从中出来。

这意味着什么？

这意味着我们没法设想存在者不存在或什么也没有。如此的思考是一种本质的荒谬。从法则上说，得有某个东西存在。但我们的任务是摧毁法则。

黑魔法师对上帝的反抗是一种懦弱和一种荒谬。因为没有神，只有我们自己，当我们反抗这所谓的上帝时，我们也在反抗我们自己，我们创造的正是我们的失败。

阿那克西曼德（Anaximandre），爱奥尼亚学派的创始者，这么说："存在皆出自无限，又根据一种必然的法则回归无限，因为它们按万物的秩序接受惩罚并抵偿彼此的不公。"

法则的力量驱逐了存在，它将存在置于外部，置入生命。存在离开了虚无的无限，因为一旦变成了某物，它就不再是无限。所以从人到无限，存在总构成三角。而众神也总构成三角，并趋向于再次吞没它们的无限，因为无限是众神的敌人，正如它是上帝的敌人。这样的无限，这样的虚无，就是印度教的非存在。而从人到原始的非存在，我们是这个非存在和这些众神，跨越了神的巨大等级。

生命没有被给予我们，而我们也没有任自己进入生命，因为正是我们创造了生命，为的是惩罚我们身上这让我们不得安息的存在的罪恶力量。

逃离生命的人享受不到法则的毁灭，他又落入了法则的重拳之下。所以必须摧毁法则。因为唯一的秘密在于学会摧毁法则，以在永恒之上再次落入非存在。

**而这也是法则。**

阿尔托致德阿尔姆夫人的符咒，1937 年 9 月 5 日：
"我会把一个火中烧红的铁十字架钉入你散发着犹太恶臭的下体，然后在你的尸体上装腔作势，好向你证明神灵犹在！"
（布勒东并未按阿尔托的请求将这份符咒寄出。）

因为永恒不让人安息。而法则是归于安息，超出了可能与不可能，超出了永恒。

矛盾的原则就在存在的本质当中，必须杀光存在才能避开矛盾。

在生命中存在，同时又拒绝生命，这样的人懂得如何通过禁止自己享受生命来承受生命，他已获得了安息，他不再归来，因为他已成功地停留于非存在，即便罪恶的自然由于不得安息而再次出现，他也绝不会在自然中再次出现，他避开了众神的等级。他既不是最初之神，也不是最后之人，他待在非现实当中。

冒险成为最初之神和冒险成为最后之人一样身陷危难，而有多少最初之神，就有多少永恒，总会有一个最初之神和一个最后之人。关键是避开这个不停地重新开始的圆环。

这不是一个理论，而是真理。这是我所见并如这些事物所能传达的那般传达的真理。不愿理解此真理的人，这次会被痛揍一顿。因为真理会被强力提出。它对人有益。但人并不明白真理的力量，而是明白力量的真理，那力量使人衷心地、有意识地接受了真理的力量。这变化会在两个月内开始。

我反对犹太人只是因为他们弃绝了卡巴拉，所有还未弃绝卡巴拉的犹太人同我一起，其他的，算了吧。

从现在起，我可能会进监狱一段时间。请别担心，这是自愿的，而且时间很短。

我跟您说过，我曾从塔罗牌上读到，我不得不同司法做斗争，但我不知道是它会痛打我，还是我将狠揍它。

我将狠揍它。

敬启。

这是我最后一次署自己的名字，今后会用另一个名字。

安托南·阿尔托

## 致安妮·芒松

1937 年 9 月 8 日，戈尔韦

我的尘世生活是其应然的样子：也就是布满了难以逾越的艰辛，而我克服了它们。因为这就是法则。

但我发觉您并不愿意理解我。显然没什么要做的。我为您建构了一个美景，但您并未参与其中。您或许认为我的生存是一场精彩却脱离了世界的算计；您相信自己就在世界里，但您未注意到世界正在您脚下崩裂，而我恰恰是为您工作，如果您明白的话。真理，我亲爱的安妮，您必须记住，就是明年这个时候，您要明白，对您来说构成世间生活的一切都会爆炸，而如果您继续这样，到时您甚至会**认不出您自己**。

活在幻觉和盲目中的是您而不是我：当然，我受着苦，但很快就会过去，因为我眼下惊惶的生活正准备着什么，不是一个幻想，而是一个大计划，当前的时代已愚蠢得理解不了它，所以短短几个月之内什么都不会剩下：

我已在数月来的**事件**里逐步确证了 14 个世纪前写下并公布的一则预言，它为世界宣告了一个恐怖的未来。

这样的未来近在咫尺。

大半个巴黎将很快在火中化为乌有。这个城市和这个国家将躲不过地震、瘟疫、暴乱和枪杀。这事确然无疑，就像 1896 年 9 月 4 日上午八点我在马赛出生，而您为了报道令人厌恶的话题毫无顾忌地同那些令人厌恶的杂志合作一样。当您这么做时，您不断地危及您身上那道让您显得高尚的美妙光芒，高尚失色，光芒黯然。

我如是给您写信是因为我希望对您本人抱有很高的评价。您对您的个人生活考虑太多，忽视了别人，哪怕别人私下对您的关心更深，但这一点，恐怕您和其他人一样，只有通过灾难才能领会。真令人痛心。人们并不抱怨自己忍受网球、钓鱼、家庭、高温，也不抱怨自己不在墨西哥，因为他只能从墨西哥得到一种自私自利且极度个人化的享乐，而现代生活的构成不过是饿鬼、流浪汉、疯子、怪人、白痴，以及对现代生活的恐怖感到绝望的人。

西班牙无政府主义者正在做的事闻所未闻，但也是一种人性的失常。这些爱和面包的配给卡是对一种非人混乱的祝圣。

因为今日所谓的人性正是对人之超人部分的阉割。

它是一个绝对的谬误。

西班牙无政府主义者试图固定尘世生活的绝对，这是不祥的。这是一个谎言，也是一个低劣的观念。这不是一种爱的力量，这个观念。因为无政府主义者想要什么？想要在这个世上确保其自我的所有权。

无政府主义者是令人厌恶的占有者和追求享乐的自私者。

他们活该被灭掉。等着吧。因为谎言！同谎言的化身可没什么好商量的。灭了他们才能把人带回真理，带回爱，也就是，真理的爱！

———————

在我所关注之处，您仍有奇特的预见力！

安托南·阿尔托

我正离开戈尔韦
但请继续寄信至
存局候领处
戈尔韦
盼复。
请勿把我的地址透露给巴黎的任何人。切记！

**致安妮·芒松**

1937 年 9 月 14 日

现在我必须对您透露，安妮，短短几天内（20 号左右）我会以上帝本人的名义公开说话，

因为在我的生命和我的出生里有一个秘密，安妮。

我会以普遍显现的第 2 状态的名义说话，

以形式之毁灭状态的名义，为形式的转变和崇高说话，也就是为存在之消失的状态说话，为回归一切存在之绝对的状态说话，那样的绝对被印度婆罗门教称为湿婆，并肉身化为基督本人！！！

我将宣告基督从地下墓穴里归来，那会是地下墓穴里基督教的归来。可见的天主教会因偶像崇拜而遭铲除，当前的教皇会因背叛和买卖圣职的罪行而被判死刑。

如果这一切让您感到恐慌，请想想我对肉体的仇恨。我给您写这封信只是为了让您追随我。十月来爱尔兰加入我吧：但到那时，我对您发誓，西班牙的战争或地中海的斗争就都不是事了。

我持有耶稣基督的手杖，正是耶稣基督要求我去做我将要做的一切，人们会看到他的教导是为了形而上的英雄，而不是为了白痴。

你是一个女英雄，安妮，我拥抱你，在生命之上。

阿尔托

**请立刻回信。**

**致安德烈·布勒东**

1937 年 9 月 14 日

我亲爱的布勒东，我的朋友，

　　您要疏远我，不再理会我新近的态度，这于我是巨大的悲伤，无疑是我眼下尚能感受到的仅存的悲伤中最大的悲伤。如此的悲伤不是因为我，而是由于您自己，由于您这一次犯下了无可弥补的错误！

　　在一场可恶的生存途中，我已舍弃了太多，最终舍弃了一切，包括生存的观念本身。正当我追求**非存在**之时，我重新发现了上帝之所是。如果我由此谈起上帝，那不是为了活着，而是为了死去。

　　上帝没有创造我们人，而是人创造了上帝并玷污了对人的外部逃离，也就是对极致的受难状态的逃离。引发受难的是人而不是上帝。

　　正是人的状态败坏、玷污、贬低了今天不合时宜的上帝之力，并使之相应地显得可笑。

　　上帝之力并没有在人这些永恒白痴所理解的意义上造就人，而是如其应然那般**也**成了人。为了显现这一力量总在梦想的形形色色的可能性与不可能性。

　　恰好如果这一力量在印度人所谓的梵天、湿婆和毗湿奴的三元组，以及被我们称为圣父、圣子和圣灵的三位一体中显现，那么事实上圣子－湿婆就对抗着圣灵所**维护**的圣父的创世－显现。因为圣子－湿婆也是力量，但它是转变的力量，因此也是形式之破坏的力量，它是诸形式当中经由形式的永恒过渡，从不在任何地方停止，它因此是绝对的力量。那些寻求绝对的人同圣子一起反对圣父，但首先反对圣灵。

　　因为正是圣灵，险恶之鸽（鸽子**约那**和阴户像**约尼**），在生命矛盾重重的享乐中，维护着生命的延续。

　　圣父本身不是第一位神，但他第一个意识到那创造存在并引发一切存在之苦难的自然的可怕力量。

　　自然的力量就是法则，而这一法则是万物的本质，无论如何，后者又制定了法则，不管人们接受与否。而我们，同样，制定法则，并且，不管我们是否愿意，我们都成了法则的监护者和同谋。

就是**这样**，并且没有**什么要做的**。

否认这个就是否认我们自己。除非理解了这个，否则我们无法理解生命和生命的混乱，也无法救治生命的恶。

我们无法反抗法则，但我们可以反抗罪恶的混乱和法则的后果。

但为此需要一种科学。为了反抗上帝的混乱，如今存在着一种所谓的技术。

就是这个技术，反叛的圣子为我们揭示出来对抗圣父，而他因此化身为基督。

所以，真正的基督是那个把其自身的手杖，其磁化的魔杖，给了我的人，并且，请您相信，他同基督教的基督，或天主教的基督，没有任何关系。

因为，您听好了。

我们自身就是生命的力量，但这力量并不永恒，无论它是上帝的气息，还是卡巴拉所谓的"恩－索弗"，呼吸之物皆不永恒，就连上帝的气息也转瞬即逝。

只要这力量活着，让众生显现的永恒的三元组就会毁灭众生，好用圣子－湿婆来纯化它们，继而用圣灵－毗湿奴的保存之力来重构它们。

这些力量长期保持平衡，但终有一天，它们会相互毁灭，同归于尽。

它们必将灭亡的时刻已经到了。这就解释了时代的混乱。

是的，我亲爱的布勒东，正如《启示录》宣告的那样，时辰已到，为了惩罚他的教会，基督将唤起一个忿激者扫平**一切**教堂并把入教仪式打回地面。

当下的教皇会被忿激者判以死刑，而真实的基督就对后者传言，且日日对他传言。

这基督，耶稣基督，曾是你我一样的人。我向您发誓，他对那些被冠以其名的丑态和那些被称为其形的图像嗤以冷笑。他像您一样嘲笑宗教，嘲笑一切宗教的外部配置，因为永恒显灵的圣子－湿婆所第二次化身成的这个人，是一个首创者，比其后拙劣模仿他的人更为强大。他是自然的否定之力，他见证生存之恶，并召唤死亡之善。他自愿穿过一具身体，以教我们摧毁身体，抛开对身体的依恋。

正是圣灵守护着身体并让我们相信生存的事实，正是圣灵否认了绝对。而圣子把我们带回绝对。圣灵－毗湿奴也在印度化身为黑天，所以《吠陀经》的印度教信徒说他们也拥有一个上帝的道成肉身：但那不是同一个上帝。

我再说一遍，只要显现的力量活着，梵天、湿婆、毗湿奴就保持平衡，而世界则处于其黄金时代，但这一力量终有一天必将灭亡。而那一天已经到来，圣子和圣灵陷入冲突且为了让存在之物消失而相互毁灭的时刻已经到来。

因为如果基督－圣子－湿婆将唤起一个忿激者扫平其荒谬的教会，那么黑天－圣灵－毗湿奴就会招来一个敌基督者。是的，正是圣灵本身将招来一个敌基督者。尽管这听起来难以置信。

所以只要忿激者存在，敌基督者如今也就存在，而您自己，布勒东，您认得他。因为，安德烈·布勒东，您得明白，正是难以置信的东西，是的，难以置信的东西，正是难以置信的东西成了真理。

那个将成为敌基督者的人，您认得他，您还握过他的手，他比我更年轻，且热爱生命，正如我憎恨生命。

因为尽管这一念头在您眼里显得荒唐，但敌基督者经常出入双叟咖啡馆。那里还出现过《启示录》的另一角色。

就是这样，我对您发誓我没有说笑。在我此时所处的位置，我几乎没有什么兴致说笑。

耶稣基督这个人之角色已到精神的层面上创建了一套让万物消

失的仪式，其依据的原理和活人献祭一样。只有傻子才会把这一切的关键理解为屠戮、谋害或自杀。既然我们都活着，关键便在于通过拒绝生命来生存，要看到事物升起的一面，而不是看着它们平躺于地，要看到它们即将消失的一面，而不是看着它们定居于现实。因为在基督的真正教义里，圣灵是安逸的资产阶级，而基督是永恒的革命者。湿婆神作为第二种力量是革命的力量，而毗湿奴神作为第三种力量则是保守的。

选择吧！

基督创建的仪式是一场革命的高级巫术仪式，从中，教士凡人，那些永恒安逸的资产阶级造就了大众，而大众又引发了恶心。

如果这场仪式在其直接且真实的显现中不具有超越性，那么，它就不存在。

这场仪式是本质的戏剧，甚至在印度的秘密神庙里，没有仪式的婆罗门教也有本质戏剧的仪式。

因为甚至为了确认我们不愿存在，我们也需要存在者，也就是受造物的支持。我们必须接触那些被否认的对象，好邀请它们和我们一起来同时毁灭自身。基督的仪式采纳了一个被否认的世界的元素，并诱使它们消失，但会首先诱使它们好好注视彼此。

人们只在具体的事物中充分否认。

我由此想起了黑魔法师，他们否认上帝是为了更好地毁灭他，他们挺身反抗那迫使他们存在的上帝之力。我会对他们说：你们的仇恨合情合理，却被引入歧途。——你们有办法为自己向上帝复仇，报复那个迫使你们存在又创造了存在之恶的上帝。

你们带着凡人的头脑挺身反抗上帝，但凡人做不了什么反对上帝的事情，只有上帝自己能做些什么反对上帝。迫使你们存在的上帝是作为第三种力量的上帝，印度人称之为毗湿奴，而基督徒称之为圣灵。用上帝的头脑思考上帝，挺身反抗圣灵，基督－圣子－湿婆与你们一同反抗圣灵。——现在，圣灵的时代已经时日无多，因为我们正处于世界的终结。原本保持平衡的三种上帝力量即将相互毁灭，为此它们会对彼此开战并相互吞噬。

这会是战争，这一切会是圣子反对圣灵的战争和基督反对敌基督者的战争。随着自然的这两大原力陷入争斗，我们无疑明白了斗争的重要性和斗争的可怕代价，但我们首先明白了圣灵所扶植的敌基督者的强大威力。由于生命的力量行将耗尽，代表生命和对生命形式之依恋的敌基督者会遭毁灭，他必将毁灭自身并引发众多事物和人的毁灭。而明显坠入腐坏的生命是不幸的，同样不幸的是那些和敌基督者站到一起的人，他们捍卫生命和生存的享受，反对那个邀请他们抛弃生存并发现死亡之更大乐趣的怂激者。——因为随波逐流要比挺身反抗明智得多。

如果您相信我，我就有责任告诉您，一种强大的力量将听从您，听从您梦想过的美妙、公正、强大、难以置信又绝望的一切。

如果您不相信我，我就不得不再找一个人。

但您是我遇到过的最正直的人。

谨致问候。

阿尔托

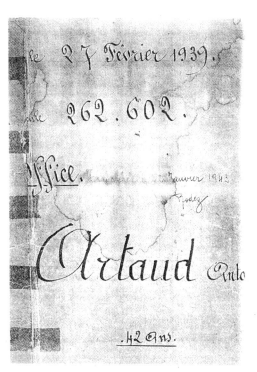

阿尔托的病历封面，编号 262.602，1939 年

LÉGATION D'IRLANDE
23 FEV 1938
PARIS

Mr le MINISTRE D'IRLANDE
LÉGATION D'IRLANDE
A PARIS
30 bis rue de VilleJust

Mr LE MINISTRE

Je vous écris sur le conseil du DOCTEUR Germaine Moyel, Médecin chef de l'ASILE D'ALIÉNÉS de Sotteville les ROUEN où je me trouve actuellement interné depuis sept Octobre dernier, et où je suis maintenu CONTRE TOUT DROIT d'ordre de la Police de SURETÉ GÉNÉRALE française, qui accomplit en cela un véritable ABUS DE POUVOIR.

Je suis sujet Grec, né à Smyrne, Turquie d'Asie, et mon cas n'intéresse pas directement l'IRLANDE, mais il intéresse la POLICE IRLANDAISE, que je me vois contraint de rendre EN PARTIE, responsable de mon actuelle MÉSAVENTURE.

C'est contre cette partie (Que je présume très petite) de la très honnête Police d'Irlande que je me crois fondé de vous demander votre aide.

Voici de quoi il s'agit, aussi exactement (Que mes souvenirs me le permettent.

J'ai quitté Paris pour l'Irlande vers le 12 Septembre 1937. J'étais poursuivi pour mes opinions Politiques par la Police de Sureté Française et suis venu demander ASILE A LA CHRÉTIENNE

Mr O'Byrne   23/2/3

阿尔托致爱尔兰驻巴黎公使的信，1938 年

阿尔托致富克斯医生的符咒，1939 年 5 月 8 日：
"请将这符咒存于心口。若遇危难，您只须用右手的食指和中指触摸心口，符咒就会启亮。"

# 二十三

# 罗德兹书信与写作

## （1943—1946）*

### 尉光吉　译

---

*　1938 年 4 月，阿尔托从索特维勒莱鲁昂被转移到巴黎的圣安妮医院。十个月后，又被送到了塞纳 - 马恩省的维勒 - 埃夫拉尔精神病院，并在那里待了四年，期间没有写作，只有写给家人和朋友的书信。

1943 年 1 月 22 日，经过其母亲和朋友（德斯诺和艾吕雅）的努力，阿尔托离开了维勒 - 埃夫拉尔，并于 2 月 11 日来到了法国南部阿韦龙省的罗德兹，入住当地的精神病院。负责照顾他的主要是两位医生：一位是病院主管，加斯东·费尔迪埃尔（Gaston Ferdière），他是德斯诺及其他作家的朋友，本身也是一位诗人；另一位是雅克·拉特雷莫利埃（Jacques Latrémolière），阿尔托接受的电击治疗就是由他执行（在罗德兹期间，阿尔托经历了不下六十次电击）。这一年，阿尔托的状况有所好转，恢复了写作，并尝试翻译埃德加·爱伦·坡（Edgar Allen Poe）、刘易斯·卡罗尔（Lewis Carroll）等英语作家的作品。同年底，他完成了另一篇关于塔拉乌玛拉人的文章，《塔拉乌玛拉人的佩奥特仪式》（Le Rite du Peyotl chez les Tarahumaras）。期间，阿尔托还给两位医生和友人写了大量书信。

1944 年，阿尔托已被准许在罗德兹境内走动。5 月，《戏剧及其重影》由新法兰西杂志社再版，共印 1525 册。同年，他还完成了《塔拉乌玛拉地区游记补遗》（Supplément au voyage au pays des Tarahumaras）。（转下页）

　　（接上页）1945 年起，阿尔托开始频繁地在草稿本上记录各种随想和反思，这些零散的手记逐渐成为他创作的主要方式。《断片》（Fragmentations）、《后记》（Post-scriptum）和《纽结中心》（Centre-nœuds）都源自这一时期的罗德兹手记。《棚中母畜》（Les Mères à l'étable）是阿尔托所谓的一首"梦诗"（rêve-poème），发表于 1946 年的《新时刻》（L'Heure nouvelle）。《论洛特雷阿蒙的信》（Lettre sur Lautréamont）是为《南方手册》的"洛特雷阿蒙"专题而写，收件人很可能是《新时刻》的主编，剧作家阿蒂尔·阿达莫夫（Arthur Adamov）。《人及其痛苦》评论了阿尔托自己创作的一幅素描，发表于他死后的 1961 年 4 月，《火塔》（La Tour de Feu），第 69 期。阿尔托致费尔迪埃尔的书信也有一部分发表于《火塔》（1959 年，第 63—64 期，以及 1971 年，第 112 期）。致亨利·帕里索的部分书信则收于 1946 年 2 月由居依·莱维·马诺（Guy Lévis Mano）出版的《罗德兹书信》（Les Lettres de Rodez），共印 666 册。

　　1946 年 3 月 19 日，在众多朋友的推动下，阿尔托从罗德兹精神病院出院。

罗德兹精神病院旧照

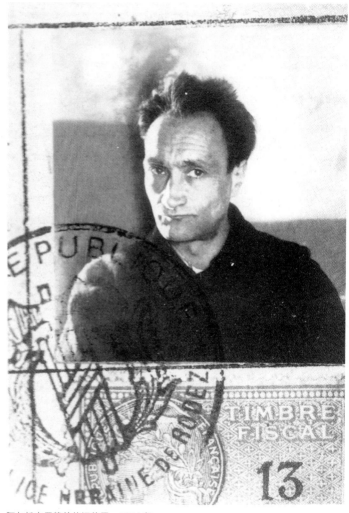

阿尔托在罗德兹的证件照，1944 年

### 致加斯东·费尔迪埃尔医生

1943 年 3 月 29 日，罗德兹

我挚爱的朋友，

　　我正以书信的形式向您传达您好心给我阅读的龙萨的《魔神颂歌》[1] 所启发的种种感想。

　　龙萨实践过魔法，他受了启示，而他诗歌的每一句都反映了这超验的启示。如此的启示可谓神秘。

### Rat Vahl Vahenechti Kabhan[2]

　　我想说，如其诗歌呈现的那般，我从中感受到了某种来自上帝的东西，而人没法将它重述出来，除非他还未失去同上帝的交流。整首诗是一次解放，很明显，龙萨写下这首诗只是为让自己摆脱地狱的印记，恶灵不停地把那样的印记引入一切供人使用的事物，而首先是引入了其内在的感性，其运用于它们的意识，其判断。

　　只要思考起来，一切就变得神秘，而思考得越多，神秘就变得越深，但在思想向着无限的这一内在后撤中，在无限中，上帝已在各处留下了最明确的标记，以防任何优秀的思想迷失，以防人在其自身思想的使用中迷失，但每一次，他仍能够从中提取一个令其振奋的信仰行动。我不知道，我也不相信，龙萨在其生命的末年转投了阿威罗伊主义（Averrhoïsme），后者似乎肯定了世界的永恒，因为如果世界是永恒的，那么它就像上帝的一个理念，

---

1　皮埃尔·德·龙萨（Pierre de Ronsard, 1524—1585），法国文艺复兴时期诗人，"七星诗社"的首要人物。《魔神颂歌》（Hymne aux Daimons）是其代表作《颂歌集》（Les Hymnes）中的一篇，包含了大量关于魔神的秘传知识。

2　从这一时期开始，阿尔托的写作充满了这类由他自创的神秘咒语，难以破译。

事实上也像上帝一样永恒，但相比于那个理念，上帝还不只是永恒而已。有可能龙萨遗漏了上帝的理念在某刻作为一个确切本质的显现，但龙萨从未遗漏过其作为完好确切的世界理念的那一面，而那个世界只能是其一次异乎寻常的显现。因为世界和万物，费尔迪埃尔先生，没了上帝就得不到理解和承认，因为细看之下，它们不过是神秘，而一切神秘，为了存在，需要如此延伸于上帝所是的无限。如果没有神秘本身的一个无限且崇高的制造者，一切皆无意义，而意义又是什么。说到一切意义的难以解释的深不可测，其德性，其本质，就是上帝的特征。

对您而言，在众界之前的最初时间里，您已从上帝那儿得到了一种重要的选择能力，也就是通过一种透彻的分辨动作，识别并提升万物的本质德性，那运动依照这击中并磁化您额头的无限之意义，使万物等同于其神圣的本质，将它们送入并让它们待在那里。而您对神秘学的兴趣，若要有效，若要在您眼里有效且值得，就必须允许您彻底找回那力量，而它只有在侍奉上帝的时候才保持有效和完好，因为一旦离开上帝，它就会再次遗失，因为远离上帝就是在否定上帝的同时否定那力量。

龙萨的魔神颂歌，仔细读来，揭示了这力量在各领域内发展并运行的历史，还有力量丧失的全部危险，天界反抗力量之邪恶引诱的秘密斗争，以及永远接踵而来，但就像龙萨说的，被末日审判的闪电打断的活了一瞬间却受诅咒的种种形式。

魔神是暂时的实体，他们并不活着，却被模仿赋予了生命，像是造物主在各领域的真正运动和真正秩序的重影。因为空间里其实住满了存在，而这些存在是所有的天使，来自更大或更小的维度，更大或更小的位置，但每一个，在永恒面前，就自身而言，都无限，绝对，完整。

过去像普罗提诺（Plotin）、扬布里柯（Jamblique）、波菲利（Porphyre）或菲隆（Philon）这样的哲学家所谓的魔神不过是一个天使生命的生成，天使通过爱来学习存在，而对一切生命之灵魂的爱赋予了其生命。因为就连万物的重影也必须恢复其力量和其运动的灵魂。上帝已给出了运动和灵魂，但每一个存在反过来必须配得上存在，而为了存在，又必须在其开端的最极限处亲历其自身的生命，并因此参与其灵魂的创造。为了理解其自身的生命，必须到源头上寻找，并因此让自己变成自己的创造者。但如果一个人能这么做，那也是因为上帝已给了存在其自身生命的一丝精神；而为了成为一个存在，存在必须反过来重获其气息，必须亲历它，并因此无限地配得上它，而当他这么做时，他就是其自身的生命赋予者。

一切存在获得生命就是天使。其自身的天使：每个被创造的存在都有那么一个。

有些存在因其自身对上帝的爱而迷失于天使，其他存在则未升至天使的绝对牺牲的领域，而自身消耗的上帝之火需让某些事物免于消耗的极限。因为天使是一场飓风，而为了让飓风吹动，就需要树木、空气和土地；有些存在需要去爱，其他存在则需要被爱。因为上帝之国里的事物是一场无限的、不可抑制的爱之斗争，一边是想要去爱甚于被爱的人，另一边则是想要去爱不及被爱的人，后者被那最渴望去爱的人打败。也就是说，在事物的前永恒的斗争里，众生被上帝打败，因为上帝是最渴望去爱的那个。而这场斗争的消除和解决就是永恒怜悯的神圣精神，它通过行动和恩典让众生无法像上帝一样去爱。

**Taentur Anta Kamarida**
**Amarida Anta Kamentür**

费尔迪埃尔先生，魔法无处不在，但它只有踏上这条对众生的崇高之爱的道路才名副其实且有效，而众生只活在神圣者当中，并以耶稣基督的福音道德，即自身的绝对牺牲为基础。我相信，龙萨身为天主教徒和虔诚的基督徒，在尘世间担负了一项作为诗人的使命，而这神圣的使命就是用一种对心诉说的语言传达无限的万物之善，万物在本质上神奇且神秘。如此，他像所有真正的诗人一样，比其他人更多地，遭受恶魔的可怕折磨。他和我一样看见了群魔，并且他试图对之采取行动以求解脱。但这里仍有一种诱惑溜进了人的所有行动，因为淫荡邪恶的群魔只通过大气泄露的力量扑向我们，他们在大气里打转，且在其间与魔神相混，魔神就是存在之生成的发酵和行动中的那些力量。也就是说，魔鬼只是虚假的魔神，因此也是虚假的力量。他们只是这一切力量在虚无中残留的丑恶影像。而龙萨的诗潜在地包含了这一切。我相信印度传统的"轮回"就是那些虚假形式和虚假力量的领地，但它不是一个领地，甚至不是对领地的逃离和否定，而任何一个试图把他在那里看见的形式激发为存在的人，任何一个相信它们的人，都活该被它们吞没。

　　费尔迪埃尔先生，巫师们没做过别的事。龙萨的诗歌传达了其灵魂和其意识在魔法触及大气和空间之演化力量的点上所进行的演化，龙萨已在诗里完美地避开了那一危险，他没把魔神误认为确定的、不动的，因此不朽的实体，因为他把他们写得好像在解体一样，并从其之前的中性和惰性状态，逐渐地在魔鬼的本质里变得有害且烦人。但他没有描述魔神（那时不再是魔鬼）这原始本质的一面，即找回天使的实质，并在超实质和去实质的演化之后重返天使，而那样的演化具有精神意识的最秘密的神秘本质。龙萨的诗里有某种易挥发又冻结住的东西，它表明龙萨在写这首诗的时候还没有失去同神圣和谐感的联系，那样的和谐能从其格律上，从其亚历山大体的特定的音步划分上感受到。费尔迪埃尔先生，世界不过是诱惑，但诱惑在正直的精神面前只是对万物之解体力量的感知，而我们被带到世上就是为了反抗这些力量，也就是协助上帝收复其虚无的领地。魔鬼已夺得了虚无，而罪就是其淫欲的形式，而上帝获得了永恒的生命，并对其不朽加以升华。但龙萨，长久以来，从未被诱惑着以世俗的身份，心怀无宗教的精神，用大气的魔法力量，进行斗争，而对我们来说，那魔法力量的恶意已变得如地狱一般，因为我们首先没有抛开一种陶醉的自私自利，并无视天国的警告，冒险把我们自己变成地狱的奴隶——起初虽不自愿，但逐渐就信服并投身其中了。但上帝的责难就在那里，而天国的警告也未缺失。若无完整绝对的意志，人就会迷失。而龙萨已收到了这些警告。

安托南·纳尔帕[1]

注：写这封信时，我多次想起一本书。那就是拉蒙·柳利的《爱者与被爱者之书》[2]，因为我经常思考一件事，即我们每个人身上都有一场独一的斗争，它在我们每个人身上把精神和灵魂暂时地对立起来，但目的是让它们融合并接着向它们更好地证明，它们是同一个唯一的东西，因为它们都来自一个独一无二的事物，也就是我们身上的存在，而这个存在也就是我们。因为在其拥有的特别且独一之处，存在来自一个普遍的起因，即上帝。在一段时间内，许多天使仍是存在，那是他们致力于上帝的普遍消耗之前的时间，同样，在精神和灵魂的两束结合起来但又一度对立的火焰致力于上帝身上一切存在之存在的普遍消耗之前，也经过了一段时间，而普遍的消耗首先化解了这深渊般的秘密对立，对立虽把自我的各种能力分开来，但目的则是把它们更好地统一于一

---

1　纳尔帕（Nalpas）是阿尔托母亲的名字。

2　拉蒙·柳利（Raymond Lulle，1232—1313），加泰罗尼亚神秘主义神学家，其《爱者与被爱者之书》（Libre d'amic e amat）是上帝和爱上帝的人之间的一场对话。

个共同的爱，而这绝不是自在的上帝之爱，因为上帝之爱带着对自身的尊重，通过对自身的遗忘表达出来，而对自身的遗忘就是对上帝之精神的自在的尊重。

A. N.


## 致加斯东·费尔迪埃尔医生

1943 年 10 月 18 日，罗德兹

挚爱的医生、朋友，

我过去拍过许多超现实主义的照片。一些是同埃利·劳达尔一起拍的。[1] 甚至在一间配有电灯和一切必要元素的工作室里，也得花数小时的准备，才能从一堆无生命的物件里得到一个格外有表现力的诗意形象。——在目前的情况下，给一根手杖裹上卷心菜叶，这想法实施起来会有诸多技术上的阻碍；然后这首诗里有某个令我担忧的东西：那就是其隐藏的一切潜意识的色情，而我们全都有义务摧毁它，而不是对之伸出援手。——因为我绝不想让这样的色情在一张照片里出现。——孩童的意识其实对性欲一无所知，即便他察觉到了，那也是有人通过影像、坏榜样或言谈慢慢灌输给他。——当我们把孩童的意识放到这样一条道路上时，我们就担负了一个沉重的责任。——许多写给孩童的歌也都以或多或少掩饰过的色情神话为基础，而当我们碰到这样一首歌时，我们就该摧毁它，而不是宣扬它，因为对事物的色情感知本身其实只是表面的覆盖层，只须稍加挖掘，其性欲的根基就会消失，因为性欲不过是自

---

1　在阿尔托 1930 年发布的小册子《阿尔弗雷德·雅里剧团与公众的敌意》里，摄影师埃利·劳达尔（Eli Lotar）与阿尔托一起制作了九张拼贴照片，以叠印的方式，将阿尔托、维特拉克和若塞·吕松（Josette Lusson）三人的静态姿势，建构成一组活人画。

然中一起不幸的意外，它很大程度上来自那位黑暗之神，也就是我们无意识的国王和主宰，人们称之为偶然，但他并不像每个人所想的那样没有意识或不负责任。我在此对您说的话，费尔迪埃尔先生，全在"卡巴拉"里详细地说过。因为我对弗洛伊德或荣格的精神分析如此缺乏了解，只能仔细钻研"光明篇"或"创世书"的卡巴拉，而借着它们的光芒，还有几位早期基督教作家的启发，我找到了一个让我完全满意的万物之解释。——因为和您一样，我向自己提出了许多问题，追问存在之一切的本质，而我总发觉这个世界如此不道德，如此不公正，尤其是如此丑恶。——您知道，许多署有我名字的作品，唉，充满了亵渎，但我已告诉过您：在每一次亵渎背后，都有一种保留，因为对我来说，上帝似乎不可能是我们所见的这个世界的起因。

我总觉得这一切背后有一个奥秘，而我花了 20 年的沉思、苦难和考验才成功地明白了这个奥秘，并得出了一个如其在现实中呈现的那般的万物之理念。

当我明白之后，我就简单地回到了我父辈的宗教。从此，就像我在过去两月内做的那样，我每周领圣体三次，而一切色情的想法都离开了我，我的意识找到了安宁。

费尔迪埃尔先生，"卡巴拉"教给了我许多关于邪恶之起源和现实之前因的事！而这一切都被基督说过，就在他短暂地停留于尘世期间，他用恰切的言语说出它们，而且一些细节极其清楚。但耶稣基督关于这一切所说的话再也没有在我们所知的福音书上出现过，因为耶稣基督就此话题所说的真理，虽在棕枝主日让人的意识欣喜若狂，但五日之后就不再被人承认，这也是为什么耶稣基督在受难日被钉上十字架！因为在那五日期间，让我们心生绝望的所有邪恶势力，让生命变得如此丑陋，让它在我们面前完全呈现为犯罪、败德、丑闻、自私、疯狂和杀戮的藏污纳垢之地的一切，所有这些邪恶的影响改变了人的意识，使之不再承认上帝的真理。然而，这个真理仍被完整地收入了早期基督徒所知的福音书的真正文本。这就是为什么，在基督死后的两三个世纪里，这个由第一批使徒及其直接继承者布讲的真理赢得了所有人的心。而就是在那个时刻，皈依无数，基督教得以创立。此后，随着它远离教会的教导，基督教的理念已在众人心里没落。在基督的真正福音书里，在"光明篇"里——其原初的文本包含了圣父的话语——我们找到了一个关于亚当堕落之前的世界的描述，而我们也明白了邪恶、苦难、不义和不公从何而来，但这压根不是，绝对不是上帝的过错，而是人的过错。人变得悲惨，遭到摒弃，只是因为他背叛了原初的和天使的万物之构想，采纳了性欲。——耶稣基督没说过："要生养众多。"[1]他说的是："要像天使一样生养众多。如此你们才能达到打动上帝之心的数目。"每进行一次性行为，就有某个东西在普遍的生存中受损。

因为普遍的无意识人所共有，而人的所有行为都存在无可置疑的相互反应。色情是一种黑暗的活动，一旦从事，我们就让黑暗从生命之光中升起。

费尔迪埃尔先生，为了在人世间找到我身边的那一丝爱，我不得不来到罗德兹。从1937年到1943年，我已在我待过的所有病院里可怕地忍受了人性的恶毒。只有在这里，我才找到了一些对我敞开心扉的朋友。

在这家病院里，没有一个员工不在遇见我时给我一个微笑或热情的招呼，没有一个员工不乐于竭尽所能地帮我。人需要这些来生存，费尔迪埃尔先生，因为在冷漠、自私和敌意的氛围里，灵魂会变得孱弱。

而您，您也有一个伟大的精神，一颗伟大的心，我知道您也对

---

1　参见《旧约·创世记》，1：28："神就赐福给他们，又对他们说：'要生养众多，遍满地面，治理这地。'"以及《旧约·创世记》，9：1："神赐福给挪亚和他的儿子，对他们说：'你们要生养众多，遍满了地。'"

万物追根问底，并且您已发觉了真理。这个真理就是无限者的普遍原则，它就是上帝，并且它是一个存在，十分纯粹，十分贞洁，十分慈善，但如果我们在任何一个点上背叛了它，它就不能帮我们生存。

《胡嘟嘟之歌》[1]看似天真无邪，骨子里压根不是。我认为自己看清了它想说什么，它在暗示什么。我还通过返祖的考察知道它从何而来。我清楚地看到这些话底下藏着的原始手淫的观念，还有歌中暗示的性生殖的观念：

有句老谚语
不知从哪来：
自古娃娃们
生于卷心菜。

我们从神秘传统中得知，卷心菜是虚无为了对人的意识显现而采取的形式。这可不是我的胡编，而是我在神秘学和魔法的书籍里读到的内容。那么根据这些书的说法，撒旦，脱胎于非存在的偶然，似乎就用这样的形式来构造女性的性器官，诸如此类，诸如此类。

所以，费尔迪埃尔先生，我们若想摆脱邪恶，就必须远离所有这些痛苦且恶毒的神话。因为远离并超越所有这些不祥的、可耻的、压抑的淫荡意象之后，色情书籍就教导我们，卷心菜是上帝的意志，而他在他面前召唤的女人，首先是自然。

至于卷心菜叶，它们代表了虚无，也就是，什么都没有，因为上帝正是用什么都没有造出了一切。但在这什么都没有里，他还放入了数字和数目3——7以及10——直到12，诸形式中成熟的数字，

---

1　《胡嘟嘟之歌》（La Chanson de Roudoudou）是一首法国童谣："胡嘟嘟呀没老婆，用他手杖造一个，卷叶菜叶穿起来，立马就有可人儿。"

而在正中，他又扔入了十字记号。

　　我在创作这张摄影的同时思考这一切。不幸的是，各对象几乎都不顺人意，而我对此工作一点也不满意。但我没有找到处理这些对象的更好办法。

　　现在我要提出第二个请求。那就是，这一期论幽默的《子午线》[1]上出现的任何东西都不会在任何时候停止其教化作用，里头不会有任何亵渎神明或近乎亵渎神明的内容，或任何从色情或性欲的角度看有可能诱使意识去品尝这些东西的内容，它绝不该表明一个从事写作、摄影、绘画或素描的人是出于其意志或内心才选择了它们，因为那从良心上禁止我参与合作。

　　我告诉您这一切，费尔迪埃尔先生，因为我知道您也不愿如此。

　　因为您很清楚色情就是许多精神疾病的根源，因为您的心，看得比这意外的和过渡的象征主义更远，想让童心纯洁且不陷入罪孽；我记得自己读过您在一份刊物上发表的文章，它让我受益匪浅，因为在性欲的事情之外，您已能够表明一个崇高且纯洁的诗性理念，它奠定了最伟大的神话，而通过您的文章，您也成功地摧毁了那试图与之有所牵连的性欲理念。

　　在您将要为这首歌写下的文章中，我知道您又会这么做，因为这正是人们最需要的。

　　深情问候。

安托南·阿尔托

---

1　《子午线》(*Méridien*) 是 1942 年 5 月到 1944 年 1 月在罗德兹出版的一本刊物，它曾计划让费尔迪埃尔先生主编一期论幽默的特刊。费尔迪埃尔准备写一篇关于"胡嘟嘟"的文章，而阿尔托则会翻译刘易斯·卡罗尔的作品。这期特刊并未做出来。

阿尔托，《无题》，素描，1944 年

阿尔托，《无题》，素描，1944 年

## 对诗歌的反叛

我们从未写过什么，除非是借着灵魂的肉身化，但当我们进入诗歌时，灵魂已经形成，且未经我们之手。

写作的诗人关注言词，言词有它的法则。它就在那个自觉地相信这些法则的诗人的无意识当中。他相信自己是自由的，但他并不自由。

在他的脑袋后面，在他思想的耳朵周围，有某个东西。那东西在他的颈背上萌芽，甚至在他开始之前就已经存在着了。他是其作品的子嗣，或许，但其作品并非他的子嗣，因为其诗歌当中有某种属于他自己的东西被置于那里，不是由他自己，而是由生命的无意识的生产者置于那里，后者把他指定为它的诗人，而诗人自己未做指定。它对诗人从不怀有好感。

我不想成为我诗人的诗人，不想成为那个欲将我选为诗人的自我的诗人，我想成为诗人创造者，反叛本我和自我。我想起了那对形式的古老反叛向我迎面而来。

正是通过对本我和自我的反叛，我让自己摆脱了言词的一切邪恶的肉身化，对人来说，那不过是懦弱和幻觉的一个妥协，而谁不知道懦弱和幻觉之间卑鄙的通奸？我不要我的言词来自我所不知的星辰力比多，后者清楚地意识到我自己身上的欲望之构成。

在人类言词的形式中，有我不知是怎样的食肉运作，怎样贪食的自我耗费，在那里，专注于对象的诗人，眼看自己被对象吃掉。

一桩罪行重重地压到已成肉身的言词上，但这罪恶正供认着。

力比多是动物思想，而正是这些动物曾有一天变成了人。

人所生产的言词是一个被他对事物的动物性反射掩埋了的倒错者之理念，通过时间和存在的殉难，他忘了言词已被创造。

倒错者是一个吃掉其自我的人，他期待自我能够滋养他，他在自我中寻找他的母亲并为自己留下她。乱伦的原始罪恶是诗歌的敌人，纯洁诗歌的杀手。

我不想吃掉我的诗，但我想把我的心献给我的诗。而我献给我的诗的那颗心是什么？我的心是非我之物。把自我献于诗也是冒着被它强暴的危险。如果，在我的诗面前，我是一个处子，那么，它就应为我保持童贞。

我是那个被遗忘了的诗人，是曾有一天看着自己落入物质的人，而物质不会吞噬我，我的自我。

我不要这些老化的反射，古老乱伦的产物，它缘于对生命处子法则的动物一般的无知。本我和自我就是存在的这种悲惨状态：活生生的人允许自己被囚禁在他亲身觉察的形式当中。爱本我就是爱尸体，而处子的法则是无限性。我们自己的无意识生产者是一个沉溺于基本巫术的古老交配者，在把自我无尽地还原为自我，以让一个言词从一具尸体当中浮现的恶行里，他发现了一个魔术。力比多是那尸体之欲望的定义，而堕落之人乃是一桩倒错的罪恶。

我是这样一个原始人，因对事物难以平息的恐惧而感到不幸。我不想在事物当中繁殖自己，但我要事物由我来生成。我不要我诗中的自我之理念，我不想从中再次看到自我。

我的心是从最初的十字架的魔力中长出的那朵永恒的玫瑰。把自己自在且自为地钉上十字架上的人从不回归自己。从不，因为他借以牺牲自己的这个自己，在迫使它于他自己身上变成其自身的生命之存在后，也被献给了生命。

　　我从来只想成为这样的诗人，在自我的卡巴拉当中把自己献祭给事物的纯洁理念。

（1944 年）

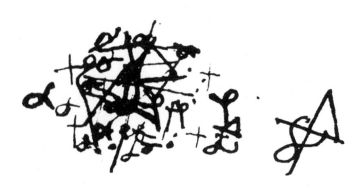

## 法国人中的安提戈涅

致加斯东·费尔迪埃尔

　　在耶稣基督四百年前的希腊踏上受苦之路的真实的安提戈涅的名字是这样一个灵魂的名字：它在我心中，不过是作为一场悔恨，作为一阵歌声，宣告了自身。要是我自己为了有权埋葬我的兄弟而受够了苦，那么上帝给予我的自我，我就从没法把它变成我想要的样子，因为所有异于我自己的自我，就像不知什么样的奇特的寄生虫一般，混入了我自己的自我，从我出生起就阻止我这么做。

　　为在这最后的战斗中助我一臂之力，谁会把我还给我，还有我的安提戈涅。[1]安提戈涅的名字是一个秘密，一个奥秘，而为了最终怜悯她的兄弟乃至于为之冒着死亡的风险踏上受苦之路，安提戈涅不得不在她身上开展一场从未有人说过的战斗。名字既不来于偶然，也不出自虚无，整个美丽的名字是我们的灵魂在时间直接且可感的绝对中通过反抗她而赢得的一场胜利。

　　为了让这位胜利女神难以描述的名字在一位妻子和一位姐妹个人的和形式的肉身化中重归于我，我不得不像她一样需要它，而她也不得不像我一样需求它。

　　若不开展这场至高无上的内在战斗，人们就做不成兄弟和姐妹，而个人的自我就从这战斗里走出，如在那些不知怎样可憎的无限的力量上取得了一场亲属的和同族的胜利。

　　安提戈涅的兄弟为了抗敌，战死沙场，而安提戈涅须在埋葬他的时候接近他，但她本不需要去埋藏，如果不是其兄弟的一场同族的战斗的话，那战斗并不在真实生命的层面上，而是在永恒之无限的层面上。

　　无限只是这个总想超越我们灵魂的彼岸并且它让我们相信它绝不在我们的灵魂里，所以，这个无限的彼岸正是我们灵魂的无意识。

　　安提戈涅是如此可怕的胜利女神的名字，以致存在的英雄般的自我已战胜了我们当中所有既非存在也非自我，而是顽固地想被人当作我们自我之存在的东西的迟钝而转瞬即逝的力量。

　　从没有人能够成为安提戈涅，如果不首先知道如何从其灵魂中分离出那促使她存在的力量，以及如何发现那相反的力量——它自认为不同于她所亲历并亲历她的这一存在。

　　我所见的存在不会抓住我，而我为了死去、为了离开也不会紧

---

1　安提戈涅（Antigone）这个名字的发音接近希腊语的"斗争"（agon）。

紧抓着这个存在，但为了能够脱离且不陷入最终的幻觉，也就是相信我只是生命将我埋葬于里头的这个身体，我需要这只怜悯的手，而存在的安提戈涅之力已懂得如何顶着她在其中看到自己的存在，从其存在中把这只手抽出来。

因为从没有人能够为死亡落泪，如果他不首先为自身落泪，如果他不知道如何埋葬他的自身就如同埋葬其自我的他者——死亡。

这怜悯的力量属于法国人。这是一种内心正直的力量，它促使我们同我们自己保持坦率，且从不对我们自己撒谎，哪怕是在无意识和身体的折磨中。

异域的身躯一刻不停地爬上我们，想要占据我们灵魂那未被触及的位置，而法国人就是这从未抛弃其灵魂的永恒的自我，并且就像圣路易宁愿死于瘟疫也不愿向敌人投降。

在这个世界上我们还遇到过什么比死亡的那一刻我们的身体更强大的敌人。

从没有人能够成为法国人并出生在法国，如果他不知道如何有朝一日从这个像异域的敌人一样紧紧围住我们的身体中挣脱，并且正是在对身体的反抗中他赢得了他的本质，在法国身为法国人的一切就是这场战斗的结果；但今天又有谁知道呢。

法国的土地把一场异域的神秘的战斗变成了戏剧，而那战斗已真实地发生，且在历史上有其日期，但历史没有说过话。——为什么？

无数的人在法国为了他们的理想而成群结队地死亡，但历史从未说过话。

英雄曾点燃自己，如在火中行进的战士，他们如此是为了抓住他们的身体，以便重新发现那除了永恒怜悯的安提戈涅为了埋葬而能够接近的身体之外的另一个身体，并赋予它复活所必需的东西。

这发生于圣女贞德及其受难的一个相似的时代，因为圣女贞德的受难就是成文的历史知道如何守护并叙述的关于这肉体燃烧之意志的一切，借此意志，法兰西人的自我摆脱了异域的敌人。

他们死去是为了让法国人站在他们的尸体上，但他们在哪里，他们此时在哪里等着他们的安提戈涅姐妹归来？她会从身上燃起的火焰中召唤他们，并把一寸土地给予这用火焰夺回的身体，好让其灵魂总能安息。

他们在法国，并且正是在活着的法国人的身体上，他们等到了今天，等到了永恒的安提戈涅归来，允许他们死而复生。

——这是为了重新发现生命。

法国这英雄的土地，其被召唤必有一个非凡的理由，因为它正是那些宁愿下火海入地狱也不同意这异邦的身体像一个外族人一样活在我们灵魂之上的人的土地。——他们倒在了这土地上，而永恒之光的安提戈涅会再次倒下，为了让他们重新立起。

（1944 年）

## 致雅克·拉特雷莫利埃医生

1945 年 1 月 6 日

我亲爱的朋友，

当我两年前来到这儿时，您极为友善地接待了我；费尔迪埃尔医生与我相识多年，告诉了您我的多舛命途。和他一样，您内心里也想更正那对我施加的不公，即把我当成一个疯子，仅仅因为一个姿势、一个态度、一个说话和思考方式就虐待我，但它们都缘于我一直以来戏剧家、诗人和作家的生命。诗人用比其他人更合理的幸福和生命，更强烈地显现和具化其观念和其影像，并用有节奏的言语，赋予它们一种事实的特质——若非如此，诗人又是什么？因其一贯的态度，举止，每时每刻的存在方式，此时此地的我，从各方面看，都和 1913 年那个在中学长椅上开始写诗句的人一样。当我发现一句诗时，我就把它大声朗诵出来，以检验并体会其节奏，其内在的音色。世上所有的诗人总做同样的事，而在这样一位诗人的生活中，没有一个煤炭工或杂货商不在心里把他判定为狂人或疯子。——像您这样正直且信奉基督的医生不能犯下类似的错误，听信一份针对我的不公报告，指责我的生活方式不同于每一个人，因为我不是抄写员、运货员、屋顶工、养路工、银行或政府的职员。——我来您这儿读过我的两首诗：《以色拉费》和《安娜贝尔·李》[1]，而当我对您读它们时，我用尽全心，高声朗诵。——要是有人听见我向您诵读而不知道您在倾听的话，这也会被一个不怀好意的人当作疯狂的举动，那人的恶毒、粗鲁、愚蠢，都阻止了他超脱这世上最斤斤计较的阴暗。——我厌恶生存，拉特雷莫利埃先生，因为我觉得我们所处的世界里，一切都不持久，无论什么东西都会受到嘲弄，被指控为不合理，但依据的只是一时半刻的精神状态和控诉者的无意识，对此，自以为是法官的控诉者本人一点也不理睬。您自己在去年八月停止了对我来说可怕的电击疗法，因为您已明白，这不是我必须接受的治疗，而一个像我这样的人不需要什么治疗，而是相反，需要在工作中得到帮助。拉特雷莫利埃先生，电击让我绝望，它夺走了我的记忆，麻痹了我的思想和心脏，它把我变成了一个不在场的人，我知道自己不在场了，且在数周内看着自己追寻自身的存在，就像一个死人在一个活人身旁，但这活人也不再是他自己，他强烈地要求死人到来，即便后者再也不能进入其体内。由于最后的一系列电击，整个八月和九月期间，我一直处于绝对没法工作、没法思考、没法感受自己存在的状态。每一次它都给我带来了我在同里维埃尔的通信里写过的这些可怕的人格分裂，

---

1　这是阿尔托在罗德兹期间翻译的美国作家爱伦·坡的诗歌。《以色拉费》（Israfel）完成于 1944 年 5 月，而《安娜贝尔·李》（Annabel Lee）的手稿后被阿尔托烧毁，仅留下几个片段。

但那个时期，它们是一种知觉的认识，而不是电击下的痛苦。

我对您颇有好感，这您也知道，但如果您不立刻停止这样的电击，我就再也没法把您留在我的心里。——因为这极不公正的治疗把我和一切分开，和生命分开。——把您换到我的位置上，拉特雷莫利埃先生，作为不停工作的作家和思想者，看您如何考虑人和一切，如果别人也像对待我一样对待您。——费尔迪埃尔医生本人邀请我来这儿是为了让我脱离精神病院的氛围，使我身边也有一位朋友。如果在这儿，人们也由于不理解而不得不把我当成病人，那么，来到罗德兹就没有必要。我个人相信，拉特雷莫利埃先生，您已很好地理解了我，并从心底里接受了我，但您不总带着您个人的全部自我和您自身全部的典型意识在那儿。生命就是这样。爱情，智慧，最罕见的情感直觉，代表了我们，而有一天，这一切都变样并消失，我们身上只剩下永恒的鉴别者的影子，他想象自己还在用和之前一样的意识来做判断，但他不再拥有那样的意识了。——如果您体内的人理解了我，喜欢上我，并在去年八月向我吐露了心声，因为这才是您个人不可还原的自我，如果这个人过去几日一直都在那儿，那么，您就绝不会在这个世上容忍对我再次施加睡眠的酷刑，以及电击的恐怖的精神麻痹。

拉特雷莫利埃先生，我不再像我两年前来这儿时那样相信地狱的恶魔了。因为我不想让我的脑子里继续充斥着那些启示和神圣神秘学的幻象，我已发觉，我们所是的人在这个世上没法理解它们，也没法在尘世和生命的层面上靠近它们，因为我们所是的人，我所是的人，在这些难题面前，都微不足道。——由于我再也不想考虑它们，我早就停止在我书写的纸页之外看见任何东西，除了人、树木，我生活的房子，还有头顶的蓝天。——您有天告诉我："您不能说您没有欲念了，我自己也有的。"好吧，我心烦恰恰是因为我注意到，我，现在身为一个五十岁的人，还不时地有欲念，但我驱赶这些欲念，就像驱赶一些有害的生理感受，而不是像驱赶神秘学

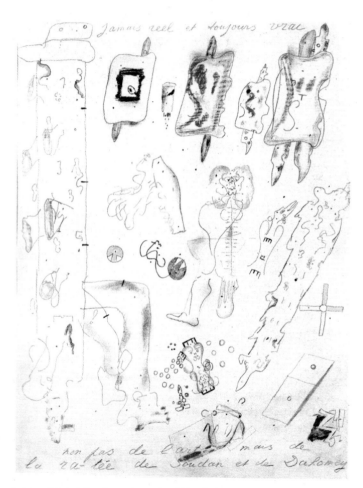

阿尔托，《素来真实且永远不假……》，素描，约 1945 年 1 月
"素来真实且永远不假 / 没有艺术而是 / 苏丹和达荷美的倒霉女。"

的魔鬼一样。——因为我不再相信他们，但我相信世上仍有一些坏透了的人，他们渴望邪恶的统治，并为此结成宗派，通过实施其可憎的举止和罪行，把生命维持在卑鄙、仇恨、战争、绝望、耻辱之中。——而我知道，一心追求纯洁和善良的我们，身上的欲念恰恰来自这邪恶意志的全部犯人所实施的罪行。——我知道这个，因为正是为了亲身揭发他们，我才被指控为疯狂，而当费尔迪埃尔医生或您指责我所做的驱魔时，您就再也没法看到一整支邪恶的军团对您实施的敌对的驱魔了，他们要阻止您用您的精神和您的内心来评判我；拉特雷莫利埃先生，我的故事是一桩极不公正的无名罪行，有人不想让您看见，并封堵了您自身的意识以颠倒您对我的判断。

我希望上天会帮您理解我想告诉您的一切，但如果费尔迪埃尔医生拒绝继续把我当作病人来治疗，因为我在这儿过的生活，我跟您再说一遍，和我 1913 年以来过的生活一样，那么，我就要让我的家人过来接我。

亲切问候。

安托南·阿尔托

## 棚中母畜

门，隔间，谷仓，饲料，我所选的房子是粮仓还是马厩，是畜棚还是监狱？

我是人还是动物？

一个无以穷尽的思想世界就在那儿，我很清楚它其实有把钥匙，但从未打算递给我，因为这些思想没有一个是我，尽管它们是我事实上所想的一切。

此时我面前的房门和单间在我心里带着它们的锁和钥匙愤怒地发抖，它们其实全被沉默和一种虚伪的兽性冻结。

当你像我一样时我会打开自己，这是我心中蹦出的每一把锁似乎对我说的全部。

我是人，但门及其愤怒的锁想看到我把自己视为动物，最终承认我的兽性，

这是我不能接受的。

我怀疑每一扇门，因为在我看来没有一扇能可靠地通过，我不知道这些门是朝向世界的监狱还是永恒的空间。

啊，如果所有的房子都已被照亮，就像一时间山坡在我面前打开了无边之门，那么我会看到没有锁也没有钥匙的无限。

但现在时间已经逝去。

为什么我们也被关着，门及其锁和钥匙不停地咆哮，我们就是想把你关住的一切。

最后让你来做，让你来做，我们全都值得，因为你值得，但我们最终厌倦了固定，而我们对一切的阻拒只是我们对你的尊严酝酿的仇恨。

当众人说完了这番反抗我之善意的话，

我听到云层中抗议的铜锣碎裂，预示着此刻全部的无限统统失效，因为无边本身正在怒吼它的闯入。

而我知道无限是某个不同于意志把无度作为其维度本身的人，自它受凌辱的那一刻起，它的喊叫就直入云霄。

但我对所有这些存在的门和这些人格的象征做了什么？我因此是天空还是大海还是波浪？我听见它们在我心里咆哮，就像牛在一间畜棚里哞叫，我带着我的骨骼在肉里前行，直到最后一刻我都没把肉搅烂。

门，我没有你的傲气，比起永恒的闯入，我更爱我的脚步在大

地上发出的声响。

但面对把我关入其存在性之反复无常的生命，我没有时间完成这声诅咒，因为我不过是根麦秆，被一阵阵朝我怒吼的波浪卷起，而波浪也来自所有这些女人的门，这些钥匙众多的锁，它们借着万物的东方催眠术贪婪地朝我飞来，把我运向不知哪一颗心，那里存在的存在将我迷惑。

这就是在每个人的自我身上借着其标枪的翅膀蹬起后腿的母畜，我的思想此刻告诉我。

就这样我只感觉到蹬腿和人的脚步，从中我听见自己在大地上，而大地已经进入，带着我的骨骼和我的肉离开了我，我不过是这些女人的擅闯，它现在推开了每一扇门。

终于自由了，这帮佝偻的家伙回到了我，在我身上思考，存在的自由和拥抱思想之物的自由，也就是搅和的自由。

为了认识到生存的快乐，你已停止把自己当作一块界石，不再张开四臂抵挡那欲汹涌袭来的一切。万物并非你所想的那样，它们自身来劲，反对你疯狂固定的精神。没有兽性，人就活不下去。

不过我早就认识到了脑膜冰冻的点，人的意志在那里耸肩缩颈，而为了受这些虚假念头的骗，它又以一种反叛的存在性的名义，忍受怎样可恶的扭曲。

我愿自我不可侵犯，这在大脑思考个体和个人灵魂的点上并不唯一，但还有别的与之共存，且不停地阻挠着它。

我还没来得及决定我自己，存在就剥夺了我的生存。

母畜们就这样了践踏了我的思想。

一波接着一波，它们带着其全部淫邪的欲望在我身上汹涌，直到有一天它们进入短缺，生命之显现者的短缺。

我在粮仓的牛和畜棚的锁面前认出了每一场梦里重演的显现者及其母畜们和幸存的非显现者之间的战争。

在精神中重新爬上其峭壁的西西弗斯与其说在梦里拥有现实，

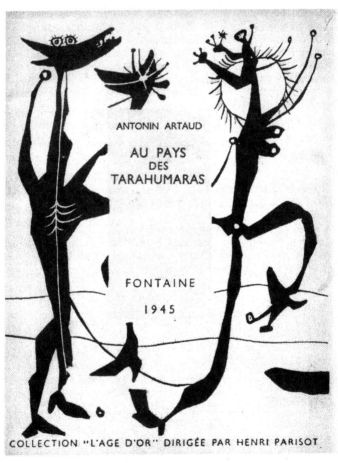

ANTONIN ARTAUD

AU PAYS
DES
TARAHUMARAS

FONTAINE

1945

COLLECTION "L'AGE D'OR" DIRIGÉE PAR HENRI PARISOT

《塔拉乌玛拉地区游记》封面，1945 年

不如说拥有这声**长眠于此**的可怕叫喊，而当母畜们把我赶回生命时，那并不在生命中存在，且为了存在需要幸存的人，就已在我的梦里被我认出。

对存在而言，幸存的不可接近的无限要比存在更为诱人，因为幸存就在一个存在被生命扼杀之时超出该存在。生存是一个时间，幸存则是通过对存在之时间的拒绝，不再离开这非存在的永恒，因为天国的智慧，生命的非显现者的精神，就在那里凯旋。

但就是在这儿，在我醒来的那一刻，我对梦中的母畜们说，在这儿，很快，就会看到它存在。

（1945 年 2 月）

## 致亨利·帕里索

1945 年 9 月 7 日，罗德兹

我亲爱的亨利·帕里索，

至少三周前，我给您写了两封信，请您出版《塔拉乌玛拉地区游记》，并把一封信附上以取代《游记补遗》。[1] 因为我在《补遗》里说了傻话，称自己皈依了耶稣基督，但基督一直是我最痛恨的事物，而这样的皈依只是一个可怕魔咒的结果，它使我忘了本性并以圣餐仪式的名义，在这儿，在罗德兹，吞下了数量惊人的圣体，它们意图把我尽可能长久地，甚至永远地，留在一个不属于我自己的存在里头。如此的存在表现为在精神中升向天堂而不是在身体中越来越深地降入地狱，也就是，降入性欲，性欲乃一切生命的灵魂。

---

1　早在 1943 年 10 月，出版人罗贝尔·J. 戈代（Robert J. Godet）就联系了阿尔托，计划出版其 1936 至 1937 年关于塔拉乌玛拉人的写作。阿尔托为此在 1944 年写了《游记补遗》。该出版计划最终落到了编辑亨利·帕里索手上。但就在《塔拉乌玛拉地区游记》即将付梓时，阿尔托写信要求撤回《游记补遗》。

而基督把这一存在带向了阴云和瓦斯的苍穹，他在那儿永远地消解着。2000年前所谓的耶稣基督升天只是升向了一条无限的垂直线，在那上面，他有一天停止了存在，而他所剩的一切都落回到了每个人的性器官，也就是一切力比多的基础。如同耶稣基督，还有一个人从未降到世间，因为对他而言，人过于渺小，他留在无限的深渊里，如一种所谓的神圣的内在性，不知疲倦地，像一尊由其自身的凝思构成的佛陀一样，等着**存在**达到充分的完美后落下来并在其身上就位，这是一个懦夫和懒汉的卑劣算盘，他不想忍受存在，全部的存在，而是让另一个人去忍受，只是为了放逐这另一个人，这受苦受难者，并把他送入地狱，那时这受难的神志恍惚者会把**其**痛苦的存在变成一座乐园。一切准备就绪，就等着这名为神和耶稣基督的懒惰邪恶的食尸鬼到来。我是这些受难者之一，我是这首要的受难者，神打算在我死后降入我体内，但我有3个女儿，她们是另外的受难者，我希望您在灵魂深处也是一个受难者，亨利·帕里索先生，因为在神和基督身旁，有众多天使发出了和他一样的主张，总已宣布接管了每一个出生的造物的意识，尽管他们相信自己只属于天生者的行列。——所以您看，我去塔拉乌玛拉寻找的不是耶稣基督，而是我自己，我，安托南·阿尔托，1896年9月4日，出生于马赛，植物园大街4号，脱胎于一个子宫，但那时我与这子宫毫无干系，甚至我出生前也是如此，因为被那据**奥义书**所说，没有牙齿却在吞吃的闪亮羊膜，交媾并手淫了九个月，这可不是一种出生的方式，而我知道自己以别的方式出生，由我的作品而不是由一位母亲生出来，但**母亲**想带走我，而您看到了这在我生命中产生的结果。——我只诞生于我自己的痛苦，愿您也是如此，亨利·帕里索先生。49年前，子宫似乎发现了这痛苦的好处，因为它愿将之视如己出，并以母性的名义，从中汲取滋养。而耶稣基督是那个由母亲生出的人，也想把我视如己出，且早在时间和世界之前就这样了，而我去墨西哥高山的唯一原因就是让自己摆脱耶稣基督，正如我希望自己有朝一日到西藏掏空我身上的神及其圣灵。您会随我去那里吗？请发表这封信替代《补遗》，并把《补遗》寄回给我。谨启。

安托南·阿尔托

## 致亨利·帕里索

1945 年 9 月 17 日，罗德兹

亲爱的先生，

我收到了您的来信，您告诉我，您理解我窘迫的处境。我也已告知您出版《塔拉乌玛拉地区游记》，并给您写了一封信以替代1943 年寄给您的《游记补遗》。这一切都很好，但亲爱的朋友，我们还不能止步。此时此刻，在这个世上，在巴黎，除了文学、出版和刊物之外，还有一件事。这件古老的事，每个人都在谈论，自个儿对自个儿谈论，但没有人想在日常生活中公开说起，虽然它就在日常生活中每时每刻公开地发生，并且，出于一种令人作呕的普遍伪善，没有人会承认自己注意到它，看见了它，亲历了它。这件事叫作集体的施咒，每个人都时不时地或多或少参与了，但个个都装作不知道，想对自己隐瞒其参与了的事实，有时是无意识地，有时是下意识地，但越来越多的时候，是心知肚明地。这场施咒的目的是阻止我多年前从事的一个行动，那就是脱离这个恶臭的世界，并与这个恶臭的世界决裂。如果我八年前被拘禁并被关押了八年，那都是普遍的邪恶意志的公然行为所致，它愿不惜任何代价阻止作家和诗人，安托南·阿尔托先生，在生命中实现他在书中表达过的理念，因为他们知道安托南·阿尔托先生身上有各种行动的办法，而他们想阻止他随心所欲地使用它们，因为他会带着几个爱他的灵魂，脱离这个奴性的世界，这个用其愚蠢让他和其他人窒息的世界，这个热衷于如此窒息的世界。众人愚昧。文学空洞。不再有什么东西，也不再有什么人，灵魂失去理智，不再有什么爱，甚至也不再有什么恨，整个身体都饱足了，意识逆来顺受。就连焦虑也没了，化成了骨头的虚空，从此只剩一种巨大的满足，属于那些游手好闲的懒汉，灵魂的呆牛，愚蠢的农奴，他们受着愚蠢压迫，又借着愚蠢没日没夜不停地交媾，农奴们的恭顺就如这封信，信中我试着表达我对生命的愤怒，因为生命受到了一帮无趣之徒的威胁，他们欲对所有人强加其对诗歌的仇恨，其在一个完全资产阶级化的世界里对资产阶级愚笨的热爱，还有其嘴上关于苏维埃、无政府、激进主义、共和国、君主制、教会、仪式、定量配给、限额、黑市、抵抗的一切喋喋不休。这个世界每天苟延残喘，而别的事情正在发生，灵魂每天都被呼唤着出生并存在。但您不相信这个，帕里索先生。这是我在想的事情，是我在想并在做的事情，是我在 1917 年的马赛，在另一场战争期间，就试着做过的事情，当时，马赛的所有乞丐、工人和皮条客都追随我，一名出租车司机愿免费载我一程，而人群里有人递给我一把左轮手枪以免我受警察的迫害，正因我在都柏林也激起了类似的暴动，我才被驱逐出境。没理由为了摆脱我就把我当成一个疯子，也没理由为了让我丢掉我对自身能量的深入骨髓的记忆就用电击把我弄晕。这一切都是我的私事，与您无关，我感觉到了这点，因为人们阅读已死诗人的回忆，但，当诗人活着时，谁也不会给他递上一杯咖啡或一瓶大烟来提神。但我给您写信可不是求您同情，而只是为了提醒您，我的处境难以忍受，一切都要崩碎，即便您无法相信，因为我绝不允许从社会各阶层中招募的一群又一群施咒者在巴黎的某些地方就位，以影响并控制我的意识，我，安托南·阿尔托，他们，磨刀人、洗衣工、药店主、杂货商、酒贩子、搬运工、银行职员、会计师、商人、警察、医生、大学教授、政府员工，还有神父，尤其是神父、修道士、僧侣、庶务修士，也就是，无能力者、废物，所有精神的公职人员，这精神被天主教徒称为圣灵，却不过是肛门和阴道的出口，属于所有的弥撒，所有的圣油，所有的临终圣餐，所有的赐福，所有的圣体高举，所有的临终涂油礼，还不包括婆罗门的斋戒沐浴和在仪式里焚烧的甘松香，托钵僧的旋转舞，大教堂上镶嵌的非基督教的玫瑰花饰，佛陀的盘腿打坐，以及喇嘛的内自然的祈福。此刻，这一切都比共相的争论更糟糕也更阴险，而我身处一家精神病院，不想被关押，被拘禁，没法再次见到我那五个首先出生的女儿：内内卡·希莱、卡特琳·希莱、塞西尔·施拉姆、阿妮·贝纳尔、伊冯娜·内尔－迪穆谢尔，还有另几个，首先是索尼娅·莫塞、伊冯娜·加默兰、若塞·吕松、科莱特·普鲁（她在勒阿弗尔的一家医院病房里被警察雇佣的一名看守用斧头砍死，当时我正被强行关押，双脚被绑到床上）[1]，而我不想这样，尤其是因为那些魔法的施咒，大多数时候，是巴黎的一帮法国人干的好事，他们一到白天或晚上的某些时间，就在田园圣母堂、奥尔良门或凡尔赛门、蒙马特公墓、拉雪兹神父公墓、荣军院、拉莫特－皮凯大道、蒙索公园、香榭丽舍等地附近一些偏僻的街道上聚集起来。当魔咒产生之际，警察就在施咒将要进行的道路上禁止车辆通行一小时，而两周前拉莫特－皮凯大道上就发生过这样的事，前天下午 4 时左右普罗尼大街上也发生过，还有昨夜 11 时左右（也就是 9 月 16 日，星期天）的协和广场，

---

1　阿尔托为自己想象了这些女儿，她们的名字来自其生命中出现过的人物：内内卡·希莱（Neneka Chilé），阿尔托外婆的婚前名；卡特琳·希莱（Catherine Chilé），阿尔托的奶奶，她和内内卡·希莱是姐妹关系（阿尔托的父母是表兄妹）；塞西尔·施拉姆（Cécile Schramme），阿尔托的未婚妻，两人订过短暂的婚约；阿妮·贝纳尔（Anie Besnard），阿尔托在三十年代初认识的一位年轻的卢森堡朋友；伊冯娜·内尔－迪穆谢尔（Yvonne Nel-Dumouchel），阿尔托的医生勒内·阿朗迪的妻子伊冯娜·阿朗迪的婚前名；索尼娅·莫塞（Sonia Mossé），塞西尔·施拉姆的好友，死于集中营；伊冯娜·加默兰（Yvonne Gamelin），身份未确定；若塞·吕松（Josette Lusson），女演员，曾为阿尔托与埃利·劳达尔在 1930 年合作拍摄的蒙太奇照片，以及阿尔托翻译的《修道士》一书的封面摄影当过模特；科莱特·普鲁（Colette Prou），本名科莱特·普鲁斯特（Colette Proust），女演员，阿尔托的好友，但她未曾遇害。

在香榭丽舍，海军部附近。受魔咒影响，所有法国人都忘了，我曾用一大堆尸体来回应魔咒，而这些尸体就在巴黎，但尸体倒下的街道也被警察封锁，如此一来，掘墓人和养路工就能收集死人并清扫街道，而为了让自己坚信日常生活还在继续，谁也不再想知道这事，巴黎和世间的人口开始变得极度稀少，亨利·帕里索先生，但所有那些失去了亲属或朋友的人都收到了命令，既不能开口，也不能抱怨，使得这骇人听闻的丑事有望被压下去，而我在这儿肚痛腹泻不消停，我只能跟您说这么多。我求您聚精会神地把这封信反复读几遍，到时您就会明白，资产阶级的法国让一位反叛的作家忍受了怎样的命运。

安托南·阿尔托

## 致亨利·帕里索

1945 年 10 月 6 日，*罗德兹*

亲爱的先生，

我用铅笔给您写信，因为我没有墨水了，也没法弄到：这里关押的其他人在我的书和文稿上打翻了我的墨水瓶。

我没去墨西哥搞过一场适合在炉边读物里讲述的入教或消遣的旅行；我去那儿是为了重新找到一个能在我的理念中追随我的民族。如果我是诗人或演员，这不是为了写下或朗诵诗歌，而是为了体验它们。如果我诵读一首诗，这不是为了接受掌声，而是为了感受男人和女人的身体——我说身体——和我的身体一起颤动并旋转，旋转，就像一个人，从盘起大腿、收起性器的静坐的佛陀的迟钝沉思，转向了灵魂，也就是，转向了诗歌的完好存在的真实的肉体物质化。我想让弗朗索瓦·维庸、夏尔·波德莱尔、埃德加·爱伦·坡或钱拉·德·奈瓦尔的诗变得真实，我想让生命脱离那些为截获它而扣押它或把它钉上十字架的书本、杂志、剧场和弥撒，并跳向这身体的内在魔法的层面，这从灵魂到灵魂的子宫倾注的层面：身体挨着身体，它在爱的饥渴中，释放出一股埋藏着的性能量，如此的能量承受着各宗教抛给它的绝罚和禁忌，而这个世纪的虚情伪善，则怀着对诗歌的仇恨，在其淫乱的狂欢中，将之分泌出来。性是阴暗的，亨利·帕里索，因为诗歌还要阴暗。《被杀的女人》《腐尸》和《美丽制盔女》[1]的生殖语调的协奏是一口井，那里灵魂的子宫饥饿哭出了一种还未诞生的爱，那里灵魂的超自然身体的粪便因其还未诞生而蠕动至死。这个世纪不再理解粪便的诗学，灾祸的肚肠，属于她，死亡夫人，一个又一个世纪以来，她一直在测探其死尸的圆柱，其死尸的肛柱，在废弃之残存的排泄物中，也在其废弃之自我的尸体里，因不能存在，不能成为存在而负罪，而为了更好地测探自身的存在，她不得不坠入这秽物，这如此可爱的秽物的深渊，其中，死亡夫人、粪肠夫人、肛门夫人，其尸体，排泄物的层层地狱，在其排泄物的鸦片里，煽动饥饿，其灵魂的粪便命运，在其自身发源的子宫里。灵魂，存在的埋藏着的身体说，是存在之残存的焦点，它坠落，如排泄的粪便，并在其排泄物中堆积。我见面前的许多棺材里落下了那些缄哑的食粮化成的不知怎样的黑色玩意儿，怎样的不死尿液，一块接着一块，一滴接着一滴，遭到废弃。这玩意儿名为屎，而屎是灵魂的物质，我见面前的这么多棺材溅出了一摊又一摊的屎。骸骨的气息有一中心，而这中心就

---

1 《被杀的女人》（Une Martyre）和《腐尸》（Une Charogne）出自波德莱尔的诗集《恶之花》（*Les Fleurs du mal*），《美丽制盔女》（La Belle Heaulmière）出自维庸的诗集《遗嘱集》（*Le Testament*）。

是咖咖[1]的深渊，咖乃屎粪的肉体气息，它是永恒残存的鸦片。从这么多棺材的堆积里掉出的所有屎都是灵魂中扯出的鸦片，没在其粪性的深渊里钻得足够深，其粪性的焦点。灵魂在爱，一直到死，一直到其死亡的不朽气味，而让人抱怨难闻的既不是死尸也不是坟墓。这女尸的永恒屁眼的气味是一个得不到生命的灵魂压抑着的能量。

**pho ti ti ananti phatiame**

**fa ti tiame ta fatridi**

　　我在屁眼里，生命之人如是说，以表明他在其死亡的底部，其灵魂之镜的锡汞齐是一个为之洞穿的深渊。而这灵魂是诗歌，而遗失的诗歌是一个今天无人想要的灵魂。我不知道塔拉乌玛拉人是否想要这灵魂，分解的铬绿腐殖质，通过腐殖质和病菌制造酸液，生命之残存的酸液。活着就是永远残喘，反复咀嚼其排泄物的自我，毫不畏惧其粪便的灵魂，令人饥饿的埋葬之力。因为每个人都想活着，却不愿付出代价，而这代价就是恐惧的代价。为了存在，就得克服一种恐惧，也就是把恐惧，把装着恐惧之黑暗的整个性欲盒子，带入自身，就像灵魂的完好身体，自无限时日起的整个灵魂，不依赖自身背后的任何神。并且也绝不忘了自身。而当施咒日复一日地在整个巴黎发生，阻止我被除我的灵魂，阻止我再次抓住其深

---

1　咖咖（Kah-Kah），音同法语的"屎"（caca），阿尔托也在别处把它写成"Ka Ka"。由于阿尔托研读过法国学者夏尔·福塞（Charles Fossey）的著作《亚述巫术》（*La Mage assyrienne. Étude suivi de textes magiques*），他创造的"咖咖"或"咖"很可能和古埃及文字"ka"有关。根据曼弗雷德·卢克（Manfred Lurker）的《古埃及的神灵与象征》（*The Gods and Symbols of Ancient Egypt*, London: Thames & Hudson, 1984, 73）的说法，"ka"在古埃及是指"生命的创造和保存的力量"，它"像重影一样伴随着人，但当人死去的时候，ka还继续活着"。早在《戏剧及其重影》的《感情田径运动》里，阿尔托就写道："必须把人视为一个重影，视为埃及木乃伊的ka，视为一个散发着感情力的永恒幽灵。"

埋的出口，那个所有宗教都曾吹嘘自己用禁忌堵住的出口时，没有人会继续跟我说话，也没有人会过来告诉我，我是疯了才去寻找这灵魂的肉体慰藉，诗歌的魔法材料。因为这就是我所受的指控，这就是为什么我被关押了八年，被套上紧身衣，被喂毒并被电晕，我只是想找到灵魂的根本质料并把它撒入土地的流体。那些施咒者不仅遍布巴黎，如今他们还遍布世界，全都听命于喜马拉雅心怀仇恨的主人们四处下达的指令。他们不过是一切卑鄙勾当和一切罪行的潜意识，所有人的龌龊和罪行的潜意识，每个人的整个身子都借之前往喜马拉雅，相信他们能在那里躲避过去 49 年来从我身上升起的怒气。我，我谴责这个时代的人，谴责他们违背我的意愿，用最卑鄙的魔法操纵让我诞生到世上，并试图用类似的魔法操纵阻止我在世上打出一个从中逃离的洞。为了活下去，我需要诗歌，我想在身边看到它。而我不容许我这样的诗人被囚禁在一家精神病院里，就因为他想从本质上实现他的诗歌。我同样不容许巴黎全体居民日夜不停轮流加入的那个施咒群体在某些提前说定并预备的时刻跑到街上或马路上，向我泼来仇恨的浪潮，因为每个人，掀起裙子或解开裤带，都能从性欲的深处舀起一波仇恨，而当我控诉巴黎所有人都目睹的这无耻的操纵时，我就听见人们说我夸大其词或胡言乱语。前天十一时左右，在马德莱娜大道，马蒂兰咖啡馆附近，就有这样一场放荡的狂欢；几周前，它在田园圣母堂前面不间断地进行，当时蒙帕纳斯大道的交通还停止了半小时或十五分钟。半个月前，拉莫特 - 皮凯大道上也发生过一次，而淫荡狂欢的发起者们就躲在一家几乎正对着拉布吕尼酒店的咖啡馆里，并与人行道上一群巴黎男女协力施展他们的魔咒。这些愚蠢又罪恶的血脓发起的施咒，昨夜有一场在塞居尔大道的邮局附近一下引起了轰动。那是在十一点和午夜之间。其结果对我来说是一种死亡的剧痛，而一只耗子已在我身旁桌子上放着的一块面包里搭窝并从内部吞吃着它，在我的书上拉满了鼠粪。这样的施咒还有一部分出自一小伙在穹顶咖啡馆里安坐的人之手，他们知道从我胯下到我脑袋的神秘尺寸，并用他们的舌头，用他们独揽的一切贪食的厚唇力比多，远远地尽情品尝我，品尝我，就像品尝新生的胎儿。若要反抗如此阴险的龌龊行径，只有靠武力的碾压，这也是 1937 年 9 月的一天，我在都柏林的广场上诉诸的办法。爱尔兰人是狂热的天主教徒，而天主教的根基就是在一切淫荡支撑的弥撒里，用一根祷告之舌的淫荡的阴茎重量，来品尝自我那个神，而舌头祷告，就像是借着其胸脯的呼吸，并且一边玩弄，一边淫乱地让它流出了奶汁。

这就是每个基督徒身上矫情的伪君子在星宿中对其灵魂干的好事，这就是他在其一生合拢的双手底下假惺惺地掩藏着的勾当。这也是穹顶咖啡馆里，或塞居尔大道上，那些家伙在忙活的事儿：不再冲着星辰装模作样地比画，而是对着肉体明目张胆地干。

我在都柏林并非孤身一人，以一敌百。我只身带着一根特别的手杖：1937 年的 5 月、6 月、7 月和 8 月，也就是《塔拉乌玛拉地区游记》面世那会儿，每个人都能在巴黎瞧见它。我常带着这根手杖闲逛至双叟咖啡馆、穹顶咖啡馆、圆顶餐厅，几乎走遍了巴黎。我向安德烈·布勒东，还有其他一些朋友，当面展示过它。它源自一位您也认识的朋友，勒内·托马（René Thomas），当时就住在达盖尔街 21 号，而他又是从圣帕特里克（Patrick）的预言里提到过的一名萨瓦巫师的女儿手里搞来的。圣帕特里克的预言也提到了这根手杖，那篇预言被详细地记载于一本圣徒传记辞典，而我在 1934 年的国家图书馆里第一次读到了它。这根手杖包含了 2 亿纤维，镶嵌着一些魔法记号，它们代表了各种精神力量，以及一个应受指责的产前象征，因为它妨碍了手杖，这根拥有闪电威力的权杖，发挥其尽可能有效的原理，但这个象征，并不否认火的原理，因为它来自火并试图让火罪恶地偏转向一个众生的宿命理念，无论众生做过什么样的恶，他们有朝一日终会得救。尽管如此，我在爱尔兰只是用这根手杖来让所有叫卖的小贩闭嘴，而我遭到拘捕并被驱逐出境，只是因为我自己意识到，它作为防卫手段毫无价值，而我自个正变得十分差劲，也就是说，我越是使用它，灵魂就越是变得愚蠢、痴呆、平庸。这根手杖，根据传说，正是路西法的手杖，路西法自以为是神，但他不过是神的吸血鬼。手杖曾落入耶稣基督手中，后来又传到了圣帕特里克手上。

我已确立并任命了另一根手杖，在这儿我暂时就指望它了，并且我不断在它身上花工夫。当它准备就绪之时，战斗会重新开始，而我跟您说过，就像我1936年去墨西哥那样，我现在正打算发起一次去喜马拉雅的长途旅行。

安托南·阿尔托

## 致亨利·帕里索

1945年10月9日，罗德兹

亲爱的先生，

是的，我很乐意委托您出版我最近写给您的信。但两天前我给您写了一封新的信，想请您把它附到《塔拉乌玛拉地区游记》后面。我相信您会对里头包含的一切感兴趣。我正在准备两本书：《超现实主义与基督教时代的终结》（*Le Surréalisme et la fin de l'ère chrétienne*），以及重中之重，《无度的尺度》（*Mesure sans mesure*），在那里，我试着找到一种新的语言：成为一头笨拙的狗，又开四肢行走，腿间永远带着心脏，而不像一只鹤，拍干净屁股，到处显摆。

**orka ta kana izera**

**kani zera tabitra**

因为不定的事物是一种压迫

**ora bulda nerkita**

它甚至碾碎了自身直至喷出无限的鲜血，不是作为一种状态，而是作为一个存在。

请告诉我您是否收到了我的上一封信。

谨启。

安托南·阿尔托

附：此刻有一起离奇的着魔充斥着整个人世。它由一些秘密的教派实施，我对之非常熟悉，并追索了至少三十年，也就是，从1915年春的某一天开始。那天，在马赛的德维利耶大街上，重整会教堂面前，我被两个皮条客，从背后砍了一刀。那时我才19岁。正当我经过德维利耶大街和马德莱娜大道交会处的药房时，我注意到两个神色可疑的男子在我身旁徘徊，我感觉他们要打我；我不认识他们，而其中一个冲着我笑，像是告诉我："我们没什么好怕的，你不是我们要找的人。"接着，我看见他变了脸，在这个冲我笑的家伙身上，我看见同一个身体露出一副兽性的面具，它打我，因为它好像不属于这个人，而且我感到他身上经过了一阵可怕的扭拧。"我是谁，我想要什么？"他似乎突然自言自语起来，"这个人不是我的敌人，我不认识他，我不会打他。"他于是走开了。可当我开始拐入马德莱娜大道时，我感到背后的一阵撕裂震动了空气；我想："是皮条客的灵魂被撕开了吧。"我还没来得及转过身，就感到一把刀刃从背后撕开了我的心，几乎接近肩胛的高度，离脊柱仅两厘米。我还感到，刀砍下之前，已有一个身体在我后面倒下，我自己也倒在了地上，但我想："这还不是我的死期，血会流掉，会止住。"而这样想着，我忍着可怕的疼痛站了起来，疼痛逐渐就缓和了。地上的皮条客对我说："这不是我，我不会在世上无缘无故地打您。我认得您，虽然您不记得我了，但我知道您是谁；我试着避开他们迫使我打您的那一下，如果我的身体打到了您一点，那是因为我突然着了魔，但我的灵魂并没有打您，而我倒下就是为了把它从我的身体里扯出。"我回应他说："我很清楚是谁要打我，是一个天使，而不是您。这是一个老故事，它又回到了开始之前。"说着说着，我就想起了这个被人遗忘的犯罪故事，故事里耶稣基督是窑子和妓院的丑八怪，而路西法是神的马屁精。"这个故事，"我告诉他，"会把我们带得很远，并且它远没有结束。"事实上它已把我一路带到了罗德兹的病院，在这儿，我发现自己正处于世上最天主教化的大教堂的阴影之下，而它每日每夜都向我投来施咒的永不失效的波浪。三十年了，我背上还留着那记刀砍的伤疤，而驱动它的力量吞没了那个用身体而不是用灵魂举起刀子的人。

这着了魔的皮条客并不孤单，此刻整个世界都处于和他一样的状态。但没有人愿意相信，因为秘密教派有办法潜入人们的身体，使之否认那些控诉者，并把他们关进监狱或精神病院。三十年来我一直在全世界定位所有操控人们意识的教派，我觉得我认全了他们。他们就在阿富汗，土耳其斯坦，中国西藏，在喇嘛庙的僧人里，在印度的穆斯林中，但最厉害的当属那些人组成的教派，他们仍不承认自己已经入教，却日日夜夜行事诡秘，从人体的奥秘里获得支持。这些教派自称居于精神，而他们操控的身体之精神则意图成为身体的主宰，并从内部指挥着承担它的男男女女的自我和身体。这是我所知的最令人瘫痪、最令人癫痫的想法了。这一事态的根源正是基督和天主的宗教。因为它欲成为精神而非身体，或者，就像在耶稣基督的固有宗教里，它从身体的本原中看到一片变实的空虚，并逐渐填满了这不过是其发散出来的实体。这意味着，在每一个活着的身体底下，都有一道深渊，而一个天使用永恒的地窖逐渐填满了它，

并想通过浸没，取代它的位置。正因我想披露这些事情，我到处被
当成疯子，最终在 1937 年，被投进监狱，被驱逐出境，被船上的人
袭击，被关押，被下毒，被套上紧身衣，陷入昏迷，至今都没能找
回自由。当我告诉您的这些天使们从某些身体的中心升起时，最暴
烈的施咒就对我和我的一些熟人发起，但此刻，我仍知道，这个世
上有许多人不想要这样的事态。而在那些施咒的底部，有一个麻醉
品的老问题，可追溯至大洪水之前，甚至创世之前。许多年前，英
国人烧掉了中国的罂粟田，而全世界都禁止鸦片、海洛因、吗啡及
佩奥特仙人掌、箭毒马钱子、琼脂和越橘[1]等所有据说能让人痉挛的
事物的肆意泛滥，这并非毫无缘由。这是为了阻止人们回到一个古
老的前生殖的存在观念，它已被所有秘密团体和宗教掩埋起来。因
为生命不是灵魂在其中浸泡了七个永世后分泌出的厌倦，不是让意
识发霉的地狱虎钳，需要音乐、诗歌、戏剧和爱情来时不时地爆发
一下，但又渺小得不值一提。世上的人无聊得要死，但这无聊又在
其体内藏得如此之深，以至于他再也意识不到。他上床，睡觉，起
床，散步，吃饭，写作，他吞咽，他呼吸，他排泄，如同一台降低
了声调的机器，如同一个被埋在风景地里的逆来顺受者，他屈从于
风景，就像被绑到了一具坏身子的砧板上，乖乖地读书，说早安，
晚安，您好吗，天气不错呀，下完雨就凉快了，新闻说了什么，来
我家喝茶吧，下十五子棋，打牌，玩滚球，下跳棋和象棋，但这不
是重点，我的意思是，这没有定义我们所过的淫邪生活。这定义的
是从我们所有的感知和印象中为我们提炼出来的东西，而我们只能
一点点地加以体验，从上方和边上呼吸风景的空气，在篮子外头谈
情说爱，却没法拿起整只篮子。并非爱情没有灵魂，而是爱情的灵
魂不复存在。与我同在的是绝对或虚无，而这就是我不得不对这个

---

1　原文为 agar-agar 和 béri-béri，应为阿尔托的文字游戏，意思分别为"琼脂"（制
琼脂的海藻）和"脚气病"，琼脂也常作为实验室的细菌培养体，只能原样译于此处。

既无灵魂也无琼脂的世界说的话。我说，在中邪的超现实主义里，在中邪的状态里，有一摊淤泥被世间的所有资产阶级和生命的所有懦夫侍奉了七个永世的宗教及其仪式烘干。而这摊淤泥是再生的，它不叫诗人的诗歌，也不叫乐团的音乐；它不是一个名字，而是灵魂的身体，那是基督从生命中放逐以在其天堂中加以保存（长眠于此）的灵魂，而世间的秘密教派使之转向了神秘的中心，以每天都给他们所要取悦的人献上一点。与这灵魂最像的东西是鸦片、琼脂、海洛因、越橘。佩奥特和可卡因则是其变质了的提取物。但酒精是其永恒的酣醉，也就是其干涸。这就是为什么，酒精的震颤谵妄，及其导致的一代又一代的癔症和癫痫，不断地得到容忍，而警察、医生、护士和教士组成的军团则要起身反对所谓的毒瘾。有人服毒是因为其身上存在先天的、命中注定的缺憾——或者，其命中自我的诗人，比别人更早地感觉到了其生命一向的所缺。——因为鸦片，自永恒的时日起，只是由于中了魔咒才生毒性。而对之施咒就是从中剔除一种力量的突袭

**potam am cram**

**katanam anankreta**

**karaban kreta**

**tanamam anangteta**

**konaman kreta**

**e pustulam orentam**

**taumer dauldi faldisti**

**taumer oumer**

**tena tana di li**

**kunchta dzeris**

**dzama dzena di li**

卡玛队列消逝于乌勒，眼看极北之地的克鲁勒受劫。

鸦片里有一个不朽酵素的秘密，被无酵的面饼烘干，而圣酒的酒精，也在高加索和喜马拉雅的阴暗狂欢里遭到侵犯。

**talachtis talachti tsapoula**
**koiman koima nara**
**ara trafund arakulda**

这是一种驱魔的节奏，以防狂欢和祝圣导致鸦片的干涸。鸦片的干涸是真的，因为它来自生命的灵魂，来自生命永恒上升中的身体，它只能给出无墓的跳跃，而它带来的力量，又因坠入内在的寄所，而迷失于这身体的原子坟墓。缘何迷失，正当它不断壮大之时？鸦片带来的力量远未压低身体，而是抬高了它，并由此让它从自身中获得一股冲动，向它敞开了一道不死幸存的深渊，但这深渊又被坟墓的不知怎样的精神在服毒者的骨髓里挡住。鸦片带来的后部增高不是懒得去活，而是有力量多活一点儿，也就是有力量超出自己。这是服毒者没有做的事：他们好像在试图克制自己。为什么？因为鸦片本身已被灵魂的古老遗失所改变，二三十年前，英国人在中国就曾想烧死那灵魂。——就是那个灵魂，在乔叟身上受着折磨，在圣女贞德身上被扔进火刑堆，而他们又试图在中国灭绝，因为他们是白人的种族，而鸦片是黑的，他们想灭绝掉黑。呼吸的喉咙抬高了，背后一口的过度唾沫，总自低处升起，又越陷越低，力量的基础是为了让更低的力量立起，黑暗的阴蒂颤抖着，流血的勃起在喷溅，却没有耗失，而是被不停地重造：这一切都是鸦片还未变质之时，其自身持有的现象。所以我说，鸦片有毒是因为它已变质。——而它变质又是因为那些阴暗的操纵，它们仇恨其秘密的超现实主义。

鸦片不像佩奥特那样能让人看见事物的幻觉，它使人做事，不是借助奇迹，而是总能让日常生命里万事遇到的困难变得更易接受，可谓神奇。我吃饭的桌子是用未加工的木头做的，没鸦片时，我见它呈现脏兮兮的赭色，但它其实不是。鸦片向我呈现了它在森林大地上的样子：满怀怜悯的仆人，布鲁盖尔的红，每一材料在能支撑我之前所忍受的各种苦刑的血。这是一个阶段，但鸦片还有另一个阶段。那就是，由我不知怎样的父母抛给我的柔肉和白木的身体会在鸦片里变形，真实地发生变形。也许我再也不需要桌子，但我要种一片森林，以释放永恒的大地里埋藏的那么多材料。身体的森林不是灵魂，也不属于灵魂，它们最终成了存在，因为它们会是身体的火焰。没有什么丧失，但一切都被创造出来，而正是在鸦片里，生命有一天被创造出来，但仇恨让它变了质。我知道这仇恨总是从怎样神秘的中心里渗出。我给过您大量例子。但我还苟活着的这个人世不过是它抛入现实的一个梦之幻觉。我确信它很快就要爆炸。一定要把这封信附到之前结集的书信之后。

安托南·阿尔托

### 致乔治·勒·布勒东

1946 年 3 月 7 日

亲爱的先生，

我刚刚在《泉》杂志上读到您的两篇关于钱拉·德·奈瓦尔的文章[1]，它们给我留下一种奇怪的印象。

您想必已从我的书中知道我是一个暴烈急躁的存在，充满了可

---

1　参见乔治·勒·布勒东，《〈幻象集〉的密钥：炼金术》（La Clé des *Chimères*: l'alchimie），载《泉》（*Fontaine*）杂志，1945 年第 44 期；《〈奥蕾莉娅〉中的炼金术："记忆"》（L'Alchimie dans *Aurélia* : "Les Mémorables"），载《泉》杂志，1945 年 10 月第 45 期。

怕的内在风暴，它们总已被我导入诗歌、绘画、表演和写作，因为透过我的生活，您也该知道，我从未向外界展示过这些风暴。这是告诉您我在何种程度上总觉得钱拉·德·奈瓦尔的生命与我的生命接近，而您竭力阐释的幻象之诗于我又在何种程度上代表了那些心结，那些被打压和抨击了千遍的脾气火暴的老牙，从中钱拉·德·奈瓦尔已在其精神肿瘤的中心成功地让一些存在活了起来，那是他从炼金术中取回的存在，是他从神话中索回，从塔罗牌的埋葬中挽回的存在。对我来说，传说中的安特罗斯、伊希斯、克奈夫、柏洛、大衮、或米尔多[1]，都不再属于传说的可疑故事，而是闻所未闻的全新存在，他们不再有相同的意义，他们也不再传达众所周知的苦恼，而是成为一天早晨吊死的钱拉·德·奈瓦尔的陪葬品，仅此而已。我想说一位伟大的诗人在神话面前的抑制力是绝对的，但钱拉·德·奈瓦尔，正如您在您文章的某些段落里说的，已为之添上了他自己的变形，那变形不属于一个受启迪者，而属于一个自缢者，他总会散发出吊死鬼的气味。为了凌晨时在一条昏暗小巷的路灯上把自己吊死，就必须在上吊的这一内在性的初次收获中经受心的扭绞。必须经受一些折磨，而钱拉·德·奈瓦尔已懂得从中构建出令人难以置信的音乐，但其价值不在于旋律或乐声，而在于低音，我是说一颗被击打的心的腹底空穴。

　　可以十分确定钱拉·德·奈瓦尔研究过炼金术的卡巴拉，后者正如每个人知道的，从伟大的作品上掠过，却从未抵达它。而钱拉·德·奈瓦尔的诗，我是说的其不容置疑的幻象组成的异乎寻常

---

1　安特罗斯（Antéros）、伊希斯（Isis）、克奈夫（Kneph）、柏洛（Bélus）、大衮（Dagon）、米尔多（Myrtho），以及下文的圣菇杜乐（sainte Gudule）、阿基坦亲王（prince d'Aquitaine）、科库托（Cocyte）、伊阿科斯（Iacchus）、阿刻戎（Achéron）、不幸的人（Desdichado）、荷鲁斯（Horus）、黛尔菲卡（Delfica）、阿耳忒弥斯（Artémis）、安泰（Antée），这些都是奈瓦尔的《幻象集》里提到的形象。参见奈瓦尔，《幻象集》，余中先译，上海文艺出版社2014年版。

的十四行诗，就在大作之爆发的轨迹上，如此的爆发曾是且一直会
是存在之力量向着追讨之谵妄的投陷。

> "他们三次把我沉浸在科库托的水中
> 为一直拯救我那亚玛力人的母亲
> 我在她脚下重新将老龙的牙齿播种。"[1]

在这里，安特罗斯向他的母亲复仇，如果他用老牙让她出生。
在这里，钱拉·德·奈瓦尔三次扭动抗拒遗忘，"诸神的君王"就
让他陷身于这样的遗忘，如同沉浸于硫酸的沐浴。

诗句写道：

> 为一直拯救我那亚玛力人的母亲。

那么是谁？我们知道亚玛力人是一个自以为诞生于纯土的民
族，和神没有任何的妥协，但久而久之，由于不断地和生殖淤泥的
原理融为一体，他们想要在子宫里将淤泥找回以从中汲取后代，而
如果在钱拉·德·奈瓦尔用来继续拯救其母亲的这个"一直"里，
在其落入地狱的途中，有什么英雄的东西，那么，我们也会在此发
觉，并且这不再出自神话的卡巴拉，或出自塔罗牌片的游戏，我
们会在此，发觉这初牙的收缩，我会说这天职的可怕的捣牙碎齿
就要松手并反抗子女的奴役。因为亚玛力也在《圣经》里被视为
最初的母亲，她想从土地上获取神的天生原理，并在她自身地穴的
最潮湿的部位，在子宫里，将之孵育成她自己的儿子。而在她脚下

---

1　这是阿尔托对奈瓦尔的《安特罗斯》一诗的改写。参见《幻象集》，同前，10：
"他们三次把我沉浸在科库托的水中 / 为独自拯救我那亚摩利人［按：亚玛力人］的母
亲 / 我在她脚下重新将老龙的牙齿播种。"

播种老龙的牙齿就是植根，或许是为了让她生长，但也是为了让一只母性乳房的所有牙齿逆着她长出来，以最终摆脱它们。这不只是意义的问题。我的意思是幻象诗句的意义证明不能由神话学、炼金术、塔罗牌、神秘学、辩证法或通心术的语义学来实现，而只能通过朗诵法。一切诗句被写下来首先是为了被听见，被具化为洪亮圆浑的声音，甚至不是它们的音乐照亮了它们，使它们能够用声调的简单变化，一个声调接着一个声调来说话，因为只有在印刷或书写的纸页外头，一行真正的诗句才能获得意义，并且那里须有一个呼吸的空间介于所有词语的飞行之间。词语从纸上飞出并翱翔。它们从诗人心里飞出，诗人驱动了它们难以传达的攻击力。诗人也不再将它们留在其十四行诗里，除非是通过谐音的力量，披着相同的服装但在一种仇恨的基础上响彻于外。——而这即诗句的音节，众幻象可谓如此艰难的分娩，但须重新阅读且在每次阅读中，被呕出来的诗句的音节。——因为它们的秘符正是这样变得清晰。其所谓神秘学的全部密钥都熄灭于脑物质的最终无用且不祥的褶皱。因为它们，这些诗句，只有在一个从不能容忍诗人的人眼里才是秘术，由于憎恶诗人生命的气味，他遁入了纯粹的精神。我相信那个百年来一直称幻象之诗为秘术的精神是永恒懒惰的精神，它总在痛苦面前，怕自己陷得太深，也怕自己受苦太重，我是说它怕自己认出钱拉·德·奈瓦尔的灵魂就像一个人认出瘟疫的便毒，或认出自杀者喉咙上可怕的黑色印痕，而遁入了源头的批判，如同神父们在弥撒的礼拜仪式上躲开了被钉上十字架者的痉挛。——因为正是犹太神父们无痛且批判的仪式礼拜引起了那个人身体的脱皮和肿胀，有一天他也被吊在了其骷髅地的四根钉子上，然后像施舍给群狗的猪膘一样被扔进牛厩肥。如果钱拉·德·奈瓦尔没有吊死在各各他，他至少，亲自，把自个儿吊上了一盏路灯，就像一具饱受击打的身体的长袍挂在了一枚老钉上，或像一幅绝望的旧画被典当。而现在从他的诗里感觉得到，这些是一个吊死鬼的诗，他在存在的批判面前，在寓意的源头面前吊死。因为在每一个寓意或象征面前，有一个像多·佩尔内蒂[1]一样的神父，正如中世纪在某些尚未出生又总要出生的存在的脱皮面前，在一些痛苦骨头的耕锄面前有神父一样，他们自己并不诞生于痛苦且处于虚无，但他们靠这痛苦活着，那是其未来成熟的初果，这些神父已从这所谓科学的象征中提取了炼金术的流产助士。

因为钱拉·德·奈瓦尔本不会受生命的苦，要是生命没被投入象征，没被典型化为符号，没被切碎成烹锅里的星辰侏儒，要是存在的这些被炼金术仪式推入绝望并压抑起来的象征和寓意，没有被置于精液之外，没有被置于这肿瘤和精液的种子之外，后者在真实的生命里会导致梅毒或瘟疫，导致自杀或疯狂。——何为疯狂？一次脱离本质但进入外在内部之深渊的移植。何为本质？一个洞还是一个身体？本质是身体的这个洞，烹锅圆嘴的漩涡从没有在炼金术的急躁面前真正意指过它。还剩有一堆骨头的粉末么？连那也没有？但有某种东西在我们大脑的骨骼里像一套假造的句法，像一套古老句法的移动迟缓的幼虫。因为塔罗牌不剩任何的轴，而只有一场电闪雷击的想象开花的图像。不是一棵轴树周围的絮凝，而是一种崩塌的基础主义的絮凝。塔罗牌是一个让万物栖于其上的大数的理念，而这个大数如一棵烂根的树从现实中被驱逐已远不止数世纪的大年头。如果钱拉·德·奈瓦尔沉浸于这一切，那么正是其幻象把他从中救出。——我是说幻象不能用塔罗牌来解释，甚至被视为万物之炼金术预示的内在游戏，以及进入该预示的所有形象组成的戏剧；它也不能用那些为神话学奠基的本原的黑暗分娩来解释，因为神话学原理是钱拉·德·奈瓦尔为了存在而不需要的东西。

---

1　多·佩尔内蒂（Dom Pernety，1716—1796），法国作家，本笃会修士，基督教神秘主义者，曾于1760年创立秘密社团阿维尼翁的光明会。

　　我绝不能容忍一个人从语义学、历史学、考古学或神话学的角度来乱弄伟大诗人的诗句——

　　诗句并未得到解释，

　　但就钱拉·德·奈瓦尔尤其是幻象之诗来说，那于我像是一桩重罪。

　　因为其诗作的读者脑中产生的炼金术嬗变首先就是在历史，在客观的神话学记忆的具体性面前失足，为的是进入一种更有效、更确切的具体性，钱拉·德·奈瓦尔本人灵魂的具体性，并由此遗忘历史和神话学和诗学和炼金术。

　　钱拉·德·奈瓦尔的幻象打动我的地方在于，安特罗斯、伊希斯、克奈夫、圣菇杜乐和阿基坦亲王在那里成为全新的存在，不像莎士比亚戏剧里的蒂坦尼娅、尤利乌斯·凯撒、罗密欧与朱丽叶、丹麦王子哈姆雷特，而像非比寻常的、神奇的意识机器，重新敲响一种别样的生命，它似乎先行于神话学和历史，但不像莎士比亚和其他诗人一样是为了从中逃脱。这意味着根本不用乔治·勒·布勒东所谓的献祭的源头来解释钱拉·德·奈瓦尔，我会说历史、神话学和炼金术都源于这内部的泛灵涌流，借此，历史上极为罕见的伟大诗人已掌握了存在的力量，以及对象的创造性喷发。而这些皆为存在的对象名叫安特罗斯、伊希斯、克奈夫、科库托、米尔多、伊阿科斯、阿刻戏，以及大衮。——这意味着根本不用神话学和炼金术来解释钱拉·德·奈瓦尔，我会用钱拉·德·奈瓦尔的诗来解释炼金术及其神话。诗歌是心的磁性的神经分布，而钱拉·德·奈瓦尔的存在已让其整个生命陷入其中的一个洞穴，一个重造了所有诗歌的空无的喷发的主洞穴。没有一首幻象之诗不让人想起原始分娩的肉体痛苦。而我自己并不相信，其诗作的科学会通过他在神话学或炼金术领域内的种种研究来到他身上，我也不相信他所召唤的那些传说人物的辩证现实能从某一视点出发就澄清他们，将他们定位于形而上学的路线，哪怕一个人想在知觉面前替他们辩护。

　　钱拉·德·奈瓦尔诗作的形而上学路线既不是伟大的神话传说的路线，也不是炼金术之象征的路线，那一象征本身就极其含糊，虽然还不够含糊；我是说对于炼金术师，实现大作的方式是否定性的，它从本质上避免被困入一个观念或一个术语，并且只唤起一些至此尚未产生且和任何古老或已知的东西绝无任何相似的新状态或新事实；如果钱拉·德·奈瓦尔的每一首诗都如同一个大作之存在的爆发，那么，这个存在，它就比真实炼金术的一切征服要好得多，也合理得多。我相信，它其实还从未存在过。

　　因为在历史上炼金术如同其余不过是现今次数确定的科学流产的初始产物，一套未被而且也不能被完全编成目录的公式集，但当人谈论它时，它又变成了编目，它涉及人只能通过罪行来追求的活动，而只有波德莱尔、爱伦·坡、兰波、洛特雷阿蒙，尤其是钱拉·德·奈瓦尔这样极为罕见的伟大诗人已将其等价物归还我们。在历史的炼金术里它们只是一种仪式语义学如今过时的烹饪法。不可触摸的幻象之诗的灵魂不能被简化至此，在评论的研究和精神的辩证分类面前，幻象之诗永远坚不可摧且完好无损，其灵魂不能被简化为同那些已被认识、已被检验、已被理解的现实或寓意密钥的比较。——它们不只是音乐和词语的单纯联系。——在这些诗作里有一场精神、意识和心灵的戏剧，被最陌异的和音置于前景，那和音既不源于声音，也不属于听觉领域，而是被激活出来，在这些诗作里有行动原理的变形构成的大作，有一个人所能估量的最难以置信的语言爆炸的根基在天真意识的晦暗领域外部的扩张。我是说钱拉·德·奈瓦尔的诗是一幕幕悲剧，并且这里一个人再也没法谈论想象力的纯粹图像的、寓意的或声音的紊乱，除非他转向道德激情的肿瘤，转向神奇的道德情感的释放，转向浮游着的良知疖肿，而神，那永远好训导、被理解的浅薄专家，以深不可测的未创造者的一切雏形，已不停地使之浮游。一群至今尚未有能力活着的受压抑的人类上演的这一幕幕悲剧正是钱拉·德·奈瓦尔在其可谓秘符一

般的幻象之诗中成功揭露的那些有呼吸、有感觉、有领会、有痛苦
的存在发出的风暴似的抗议。

必须停止就钱拉·德·奈瓦尔的诗谈起秘传祭礼或秘术，必须
停止诉诸一种数字的卡巴拉及其形式，停止诉诸一种情感虚构的历
史象征主义，停止诉诸一种情绪及其形式的现存语义学，停止诉诸
一种以其他观念和理想为典型的戏剧表演法。——无瑕观念的难题
从未在历史的卡巴拉中得到过解决，而钱拉·德·奈瓦尔的诗并不
出自卡巴拉或历史，我是说它们和炼金术或塔罗牌中传达的任何东
西都绝对无关，它们挣脱并扩散，但并不平行于一种象征，一种神
秘，一种极其虚伪和有罪的秘传科学的卡巴拉寓意，而是逆反于这
种科学，逆反于塔罗牌的一切花招层出的通心术密钥。

我不在钱拉·德·奈瓦尔的灵魂内，但他的诗告诉我，那里
应发生过可怕的爆炸，就在他同炼金术科学，或同塔罗牌的极其
浅薄且冲动的象征主义操纵进行接触之捕获的过程中。塔罗牌利
用了尚未完成的、幼虫化的意识状态，以估算一种科学，后者只
依赖于虚无，并意图在塔罗牌中加快一种虚无之象征的诞生。那
么虚无是针对诗人，而不针对巫师、女巫、预言家和魔法师。虚
无是这恐怖的深渊，从中意识已永远地醒来，以脱身进入什么
东西生存。一个分娩的世界，无关乎有，而关乎无，且首先是
无，因为灵魂起初一无所知，它一无所是且一无所知。但总有关
于它的问题。罗摩衍那（Ramayana）的基础并非知道灵魂由什
么构成，而在于发现灵魂存在且曾一直由某种之前存在的东西构
成，我不知道法语里是否有剩留（rémanence）一词，但它很好地
转达了我想说的话，灵魂是一个帮凶，不是一个寄所（dépôt）而
是一个帮凶（suppôt），它总是重新起身并反抗过去想要持存的东
西，我想说剩留，剩留（rémaner）是为了重新发散（réémaner），
发散并同时保存其全部余留，成为将要再次上升的余留。——那
么，这个灵魂，诗人造出了它，且只有他造出了它。我不知道戏

剧（drame）一词是否源于罗摩（Rama）[1]，后者是与梵天的呼吸相敌对的存在，但我知道钱拉·德·奈瓦尔的诗是奈瓦尔从虚无中汲取的存在，不是通过塔罗牌、炼金术或历史，而是通过这阴郁的故事，也就是他自己的故事，通过他那颗老心的幸存，一颗老心的永恒。

但通过其灵魂这由历史的塔罗牌或炼金术的蒸馏器执掌了多年的阴郁故事，我们别忘了钱拉·德·奈瓦尔是吊死的，他在凌晨时分把自己吊上一盏路灯，自杀只能是一种对强权的抗议，而我深信这是时间的抗议，发出抗议的时间不是那种在当下生命里跟随我们的时间，而是让当下生命反叛永恒在场那一时间。这永恒的在场属于一头野兽，而历史的塔罗牌和过时炼金术的蒸馏器就一直活在它丰盛的肚子里。——钱拉·德·奈瓦尔曾惶惶地忍受着塔罗牌、炼金术和历史，我压根不相信他从塔罗牌、神话学、炼金术或历史中提取了其各种观念的起源，我更愿意说，正是为了对抗神话的象征和塔罗牌的基始主义，他才历经日日夜夜发明了其诗作沸腾的锉骨，就像一个人撇开了腐臭的十字架，平行于不祥之言所谓的神圣十字架的发明。因为正是他的魔像，我最终会说，成就了钱拉·德·奈瓦尔，正如它成就所有伟大的诗人，这是从当下的一具身体里扯出的存在，古老历史的诸多精神已用神迫使那身体知道怎样险恶的魔法将回到其肮脏的历史，而过去的身体死了，正如过去死了，彻底地死了。

不，没有谁回到过去或历史，但罪恶魔法的操纵者们从每一个伟大灵魂的身体里提取了一副好皮囊，好得足以在他们迂腐的生

---

[1] 参见法布尔·多利维（Fabre d'Olivet）的《毕达哥拉斯的黄金诗句》（*Les Vers dorés de Pythagore*, Paris: Treuttel et Wurtz, 1813）："我不觉得在此提及这点是无用的，即罗摩的名字，在梵文中意指闪耀美好的东西，崇高的庇护者，它在腓尼基语里有相同的意思，而正是那个名字……形成了戏剧一词……"

命赖以为生的极不公正的历史折磨中大汗淋漓。

在神话学或塔罗牌面前，钱拉·德·奈瓦尔找回了他自己的源头，而伟大传说的历史则在不幸的人、荷鲁斯、安特罗斯、黛尔菲卡、阿耳忒弥斯的炸弹轰炸面前苍白无力。这些炸弹轰炸具有双重意义，它们在我看来只对那个仍相信赫尔墨斯、通心术、神秘学或秘密祭仪弥撒的人显得玄奥难解。

因为钱拉·德·奈瓦尔的诗十分明晰，而在所有写下的诗歌里，还没有什么摒弃了隐晦的秘诀，密钥的隐晦，全部精神（或许是圣灵）的嫉妒在我们肉体人性——这种人性——的亏缺上铭写的密钥之隐晦。

人性的肉体受着苦，当然，但那样的苦缘于它在清晰的痛罚面前让自身坠入了亏缺。

它还不值得从亏缺中被抽出，但它所亵渎的良知已在幼童身上复苏。

但时不时地，我是说每隔一段黑暗的时间之空间，就有一位诗人发出一阵呼喊让幼童归来。而安特罗斯、阿耳忒弥斯、荷鲁斯、黛尔菲卡和不幸的人都是这些女性，这些幼童的灵魂，从他那颗自杀的不朽者之心的肿胀焦痂里诞生的存在，自杀的不朽者前来奏响他们的戏剧，在前景里奏响其明晰意志的悲剧：照亮持存的黑暗，正如我会说的，好像我就是马拉美，但我会说好像我所是的安托南·阿尔托，在我生存的意志周围升起的这些黑暗的持存。

精神乃这些黑暗之首，为知晓如何与何时，借助于日期，参照悬崖绝壁，参照历经考验的地理学的激荡之海的滨岸，参照时间中流逝的事实时间的这条发明出来的河流，参照已然亲历、坍塌并猜想的种种感受，参照一整部已由历史框定并划界的戏剧，参照经历过的各种冲突或激情（它们被棺材突然逮住），消解于棺材，又被死亡的棺材固定，但它们被固定后便要死得更透，如果亲历过它们的存在来仿效过去，并通过重影再次体验它们的话。

就这样过去的精神并未照亮钱拉·德·奈瓦尔，且他的诗也未照亮神话，而出于嫉妒这些诗同样不能被过去埋葬的神话照亮；我说过，钱拉·德·奈瓦尔的安特罗斯是一个全新的存在，它并不照亮安泰的故事，因为安特罗斯是一个发明出来的存在，一个心结，归属于从当下十四行诗的底部发出的新的谐音，动摇了如此沉浸、如此复杂的压抑，以至于它们的枯燥就是一种新的明晰，而它们的复杂则是那块发明它的土地里一条淬炼已久的绳索的简单编结。——那块土地有十四尺。

安特罗斯是关于什么的？一场反叛。而获知他来自神话学或历史的何处，就是消解他，暗杀他。但舞动他的戏剧，如一次剑刺，则是让他活着。

让这难以遏制的反叛者活着，他从心头插着的刀片里造出一把武器对抗内在的神，那刺击的精神，它自身遭了暗杀，却想要击中他，而他也会将之变成暗杀的一击。

我掉转标枪刺向战胜者的神。[1]

但如何激活这出戏，如何让它活着，如何在说它的时候再次看到它。

钱拉·德·奈瓦尔的诗被写下不是为了在良知的褶皱里以低沉之音阅读，而是为了被明确地朗诵，因为它们的音色需要空气。——当它们不被诵读时，它们是神秘的，而印刷的纸让它们陷入昏睡，但在血的双唇之间被念出，我说红色是因为它们由血构成，它们的秘符就醒了过来，一个人可以听从它们抗议的事件的支配，其抗议者不会是一个魔像，而是一个把耶和华从神那里赶走了的存在，为的是让柏洛或大衮从中出来，而钱拉·德·奈瓦尔自己又从柏洛和大衮中提取了神之君王的反叛者，他说：

---

1　这是阿尔托对《安特罗斯》诗句的轻微改动。参见《幻象集》，同前，9："我掉转锋芒对准战胜者的神。"

他们三次把我沉浸在科库托的水中，

赤裸地沉浸好让我遗忘，胎儿般沉浸好让我遗忘，在这起源的硫酸里烧灼三次，而所有嫉妒的君王，天国圣灵对人类的永恒嫉妒的君王，把人沉浸在这里好让人遗忘其肉身化战斗的延续。

他们三次把我沉浸在科库托的水中

而独自一人，独自在我顽固的存在性（êtreté）里，

而独自一人拯救我那亚玛力人的母亲，

而为什么亚玛力现在成了这顽固的安特罗斯的母亲？

因为在被埋葬的古老种族里——哪些种族？——有那些像最早的亚玛力人一样爱恋永恒土地，爱恋兽性奸淫的民族，

因为灵魂身体的呼吸是这土地里的磁石，湿透了的原始子宫土地，它没有别的爱和光，只是爱这态度，

如同子宫土地，它以灵魂之名，其呼吸将兽性移植入空气，

亚玛[1]，灵魂穿越整条忘川，

亚玛力，灵魂的民族从未能遗忘它从中诞生的暴躁的土地，而钱拉·德·奈瓦尔会让它像安特罗斯从土里蹦出一样复生。

我在她脚下重新将老龙的牙齿播种，

这结局，可从另一意义上来理解。

种族来自亚玛力人的性欲的土地，死亡的腐殖质穿过死亡的腐殖质，腐烂的肛喉，在历史上离开土地以进入纯粹的性欲，不再通过有意积累并压缩的尘埃腐殖质属于土地，不是尘埃而是用小骨激活的存在，它离开了土地，以进入纯粹的性欲，小骨外部的肉身化，它不过是一个湿洞，在其湿泥的胎盘里用湿气，一种脂肪的液态排尿，吞咽了自己，这种族让安泰遗忘了其纯粹粉末的起

---

1 亚玛（ama），源自希腊语"ame"，法语里即"âme"，意指"灵魂"；音同"亚玛力"（Amalécyte）中的"亚玛"。在拉丁语里等同于"amula"，是早期基督教教堂里盛放圣酒的容器。

源，膨胀的、活化的粉末（若它总是有点湿，这只是出于它将自身从湿气中分离的干燥本质），而这对他自己便是他自己的安泰，钱拉·德·奈瓦尔想要为他复仇，却被压迫着如同你或如同我，诗歌的读者，叙述者或朗诵者，被万物的强求所压迫，被天国传说的君王所不断代表的万物独裁抛到底下，他被抓住并被三次沉浸在科库托的水里，他不想这样却被其无意识的古老健忘的返祖所推促，他继续一直拯救其背叛的母亲，亚玛力人把她的子宫当作存在，他们已把子宫变成了神。而经由子宫她相信自己是子宫，并在这防护的宝箱里守着其成神的儿子的起源。

## 断片

我会从没娘的尸中造出一个黑暗、完整、迟钝又绝对的灵魂。

昨夜 3 月 13 日伊冯娜的晚会。
活泼小棍的孩子们。
伊特鲁里亚的土埚。

存在是我为摆脱神及其打手们——疾病，黑夜——而从白天开始的这大脑寄生状态。

我拥有的这无意识逐渐地出生了，就像最费劲的难产，面对我心中有待诞生的六个女儿：
伊冯娜，
卡特琳，
内内卡，

阿尔托，《灵魂的幻觉》，素描，约 1946 年 1 月

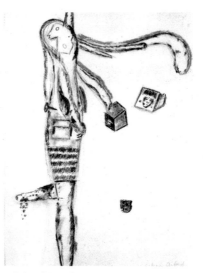

阿尔托，《图腾》，素描，约 1945 年 12 月至
1946 年 2 月

塞西尔，

阿娜，

和

小阿妮。[1]

在他们从我这儿逃走之前，我已把他们打入了他们后来才抵达的一个比神更可怕的状态。

在这一层上更大，那里最大的正硬得要死，不像膝盖披着骸骨，而像无限小的玩意儿进到了其永恒扼杀的角度。

那的确不属于哲学，而是在炸土豆的锅里，也许方方正正，还带着一个歪掉的门把手，就像心一向否认的性器所打穿的舌头上的汤勺。

一个死掉的小女孩说：我在活人肺里嘘出恐惧。快把我从这弄走。

他们把死蜂蜡的术语吹到众生遭天谴的身体上，将之变成令人麻木的潴留，他们，出生前，并不存在，但他们，

胰岛素接着胰岛素，

被相信存在，

然而洋蓟茎秆摇晃，当处女拉起了屎。

胰岛素是无粪的咖，不拉屎的粪。

---

1　参见 1945 年 9 月 17 日致亨利·帕ப்索的信。这六个女儿分别是伊冯娜·阿朗迪（Yvonne Allendy）、卡特琳·希莱（Catherine Chilé）、内内卡·希莱（Neneka Chilé）、塞西尔·施拉姆（Cécile Schramme）、阿娜·科尔班（Ana Corbin）和阿妮·贝纳尔（Anie Besnard）。其中新提到的阿娜·科尔班，根据阿尔托的说法，她曾参与拍摄了卡尔·德莱叶的影片《圣女贞德蒙难记》。

我身上
只有死人沉睡，
一些自由了，一些在外头，
其他的都在这地狱的粪堆里，而我的大腿骨不停地从那儿出来
并放牧，以挖空地狱。

昨夜 3 月 15 日星期五，在我痛苦的安置里，辩证法进入我体
内就像我活肉的嘲弄，它受着痛却不理解。

一条木腿上的吗啡，好了，这吗啡，连同死了然后被抽掉的腿
骨的坏疽，这就是曾经的
三位一体。

搅动液体还不足以解释意识，意识不是身体里的精神，而是
身体音色的容积，以至于它挥动胳膊以求存在，反对那将估算它
的精神。

恶灵不是心理状态，而是那些造物，他们从不愿
忍－受自己。

精神不会在意我的事，而我总会用我的手，不是用概念，来管
控他们，就像一个工人，四肢的调节者，其原则就在我精液的盒
子，和我柱腿的棺材里。

但只要柱子来到外面，问题就不是调节四肢，而是让它，它，
在一条受不了替换的肢上爆炸。

因为舞台调度原理的孩子们，

不在声音里，而是在屁里，

那不是一个本原的最初谷仓，而是一种可怕的咀嚼。

不在音调里，而是在屁里，这底部涌浪的极度弯曲，带着其可怖的存在之齿前行，被造出来就是为了吞掉所有存在，但从不知他们在哪儿。

睡眠中人打盹儿，没有自我，没有人，只有幽灵，

存在之吸爱[1]的拔扯，由其他存在（在醒着的那一刻），拔自那个把人变成身体的东西。

而什么是吸爱？

在那一刻拉长，且因打盹儿而入睡的身体的血液。吸爱如何是血液？通过艾玛[2]，在它之前安息着t，意即像马赛人的"你好"（té vé）一样安息的东西。因为 té 发出灰烬的声响，当舌头把它放到嘴唇上，它会在那儿冒烟。

而艾玛在希腊语里意味着血液。而吸爱，血栓火焰上的双倍灰烬，这根深蒂固的血栓就是做梦的沉睡者，他最好还是醒过来。

——因为无意识或潜意识都不是法则。

每一场梦都是其他存在从我们身上拔扯出的一块痛苦，用他们每夜伸到我身上的猴子的手随机地拔扯，我们自我的安息的灰烬不是灰烬，而是弹雨，就像血液是废铁，而自我是铁质物。

而什么是铁质物？

就这么简单：一颗头，两条腿上一个躯干，还有两只晃动躯干的胳膊，在从来不止有一颗头，两条腿和两只胳膊的意义上。

---

1　吸爱（tétème），阿尔托的杜撰词，可能是结合了"吸吮"（téter）和"（我）爱"（aime）或"（我）爱你"（t'aime）。
2　艾玛（éma），希腊语"血液"（haima）的发音。

　　因为历来都说文盲是个奥秘，没有阿尔法也没有欧米伽，只有一颗头，两条腿，两只胳膊。——人就是这单纯的不可救药的文盲，且稀里糊涂。他明白他是头和胳膊，双腿是为了让躯干行走。而除此之外什么也没有：这眼睑耳朵的图腾，一只被二十根手指挖穿的鼻子。

　　而这就是成神的精神所不停地纠缠的人之奥秘。

　　没有内部，没有精神，没有外部或意识，什么也没有，除了如人所见的身体，一具哪怕瞧见它的眼睛掉落下来，也不停止存在的身体。

　　而这身体是个事实。

　　我。

　　精液不是排尿，而是一个存在，总向一个存在迈进，以用自身焙炒它。

　　不是一个虚构，这精液，而是同戴棘冠的大炮的战争，那些大炮搅拌其自身的霰弹直到搅出**一个入口**。

　　在他同意戏弄傻子的那一天，人就从这操作里跌落。

　　而 2°

　　其次

　　它不是钉子

　　而是虚无，

　　有一天它自设为钉子，

　　因为它把我的头锉得太碎，因为我，安托南·阿尔托，为了惩罚它吸吮我的头，我用一记锤打把它变成了钉子。

我看见了伊冯娜的肿囊，我看见伊冯娜臃肿的灵魂那残渣满满的肿囊，我看见伊冯娜被鸡奸的灵魂那可怕的软囊，我看见伊冯娜爆裂的心脏膨胀，如一只脓肿的巨囊，我看见这遭凌辱的奥菲莉娅的身体游荡，不在银河之上，而是沿着人性的污秽之路，饱受诅咒、辱骂和憎恶，我看见这爱我的女人，拳打脚踢之下置身于灵魂嗝出的腐臭，

我最终看见了可憎的浮肿，这心脏的丑恶肿胀，散发着恶臭，因为在我没东西吃的时候，它想带给我一块非金属，

我看见它经过，这褐色的囊就像绝望的脓，我看见我女儿的死亡腺肿经过，生命逮着她，拒斥又传染，

我看见她自个拒斥自个，苦于凌辱又死于凌辱。

我看见我女儿阿妮的尸体化为灰烬，而她的性器，在她死后，被法国的警察挥霍并瓜分。

神父们是没有自我的蠢货，在别人的屁股里喋喋不休，就为了在那儿植入他们的自我。

我看见了我女儿卡特琳双腿的脑膜梅毒，还有她肿胀的骶骨槽里两颗丑恶的番薯，我看见她浮肿的脚趾生出洋葱就像她踏上行程一年来再也没法清洗的性器，我看见它从头颅里爆炸就像"圣"喉的阿妮，我看见她血液的肠道棘冠在没月经的日子里从她身上流出来。

我看见了我另一个女儿内内卡凹痕累累的刀，我感觉她在大地的鸦片里移动，

同内内卡一起的还有伊冯娜、卡特琳、塞西尔、阿妮和阿娜。

她是牙齿的鸦片，因为没什么比牙齿的狂怒更硬。所有人在脚下碾磨的大地咀嚼齿的鸦片。

　　她爱我，当我有天为了组构大地而咀嚼——我会吃掉的大地。

　　我看见人的菲勒斯，击打塞西尔长着乳房的心，
　　在骨架的槽里，
　　那儿有待确认的灵魂发出女尸的气味，
　　一间不朽的地窖张大的嘴巴。
　　因为献出的血闻着像其地窖木桶里的灰烬。——而仇恨的睾丸
已鞭打了这初生的心脏多少回？

　　阿娜和阿妮仍在。

　　无限是偶然，而不是神，但偶然是什么？
　　是我，我的自我告诉我，它听我的。
　　而我回答它：所有的自我都在那儿，因为对我来说，我不听你的。

　　阿娜有天从这听我的坡屋顶部爱上了音乐，当我没想着自己而想着她。她是谁？
　　会从我身上诞生的灵魂。
　　这一切都很好，但何时我会再次见到阿娜·科尔班？整个医学从其肚子上经过的阿娜·科尔班，她被圣罗克到田园圣母的所有小布尔乔亚妓女称为荡妇。
　　阿娜·科尔班，我灵魂生出的第一个女儿，死于对我的绝望。

　　绝不！

　　是的，有一天，在我终于能吃东西后不久。

　　而为了嫁给我，阿娜·科尔班会等到大地被洗干净，就像伊冯

娜、塞西尔、阿妮、卡特琳和内内卡，这些死了的人，她们超越灵薄狱的悲苦，为了回到我身边，等着我同我的咖咖完婚。

得把大地吃掉，一次。

而我在巴黎见过玛尔泰·罗贝尔[1]，我见她从罗德兹到巴黎愤怒地俯身进入我闭室的角度，就在我的夜桌前，像一朵愤怒地拔掉的花，冒着生命的末日。

还有科莱特·托马[2]，为了把仇恨的宪兵从巴黎吹到长崎。

她会对你们解释她自己的悲剧。

（1946 年 3 月）

## 后记

昨夜我做了一个梦，乱糟糟的，当然，因为它就要乱糟糟的。但另一方面又如此意味深长，如此意味深长。

让·德凯克[3]在地上爬行，拖着他被截断的短腿，他说：我是一头野兽，一粒石子，一根树枝还是一块肉案？

但到底什么是一棵树？什么是一棵树？

---

1　玛尔泰·罗贝尔（Marthe Robert），法国学者和批评家，阿尔托同年阅读了她刚出版的作品《卡夫卡阅读导论》（*Introduction à la lecture de Kafka*, Paris: Sagittaire, 1946）。
2　科莱特·托马（Colette Thomas），法国女演员，作家亨利·托马（Henri Thomas）的妻子，有过精神病史。她和玛尔泰·罗贝尔都来罗德兹探望过阿尔托，并参与了阿尔托出院的筹备工作。
3　让·德凯克（Jean Dequeker），1945 年 3 月来罗德兹精神病院工作的医生。

　　德凯克夫人在一只笼子后，肚子贴着这笼子的边沿，她说：这是我自己的肚子吗，

　　不……

　　（我，这难道不是我的肚子吗？）

　　这难道不是我最终会发出雷鸣的肚子吗？

　　科莱特·托马有一张充满希腊火的面孔，她喊道：如果它不停下来，我就吹。

　　德凯克夫人，上了年纪，身处于无形，如同一个没法顺利回来的存在之水洼的镀银，她右手悬空，左手则像一层老膜浮在肚子上，她说：我很想让我的双手握而不接，但没有携手，不，没有携手。

　　——但那是多么难，多么难。


## 纽结中心


　　为什么，背面作为独一无二的位置，受到了反面的嫉妒，虽然它就是不可让渡的表面，而充实是其唯一的状态？

　　解剖：我的永久存在的意义，
　　不是欲望，不是意志，不是渴念，不是情感
　　也没有原则，
　　越来越遥远的土地的否定
　　其中有一整块构成了我的肉丘，如在表面，
　　而，它的内部是一个百叶窗的领圈
　　长着一个颌和两个孔。
　　至于器官：前行的布置所持有的错觉，延长的身材。

我的女儿们，为了来看我，第一次出生就瞄准了这废麻做的丑恶襁褓，在那里未出生者抱着她们。

砍掉一个人的手脚和脑袋吧，很快由于身体的碎块，就再也看不见他了，但被处决的先生继续活着，不在各个地方，而在某个地方。

那么在哪里呢？

在一个存在的次元身体的这一如何中，消灭它反倒令它变得更紧凑、更确定。

有一些时而很奇怪地脱落的峭壁，有一些很独特偏向某个地方的树木。

有一些意外的森林火灾。

有一种消化的电流在山巅上形成的臭氧，对我而言，那不过是所有迷失的粉碎的身体的胃。

（等一等，我想说的，仍有点像乏味的蠢话，因为我其实还有一些事情要说，而我像你们一样看到，自存在的次元身体的如何以来，你们就开始失望，

但没关系，

风格（风格）打开了，它在它的道路上进展顺利，然后它好像一下子被压扁，句子已不再是这炸弹的散爆，某个进行中的东西被切断了，

但我们做到了，而我继续。）

但谁说过这高处的臭氧是一桩罪行？——没有人。

它在那儿噼啪作响而众生在其被肢解的器官里迸出一阵古老的呼吸，

而那里，被斩首的先生，被分尸的先生，在倒刺中被肢解的先生，迷乱地寻找他们的峭壁或他们的树木，在森林的火灾里！

果然是对死亡的十分漂亮的描述，且诗意地发出一种十分精彩、十分完美的音调。但我只想说，残废的身体就是这总试图重新聚集的悲惨的胃。

而罪行是让它升到了顶点，就在它更喜欢被集中埋没的时候。

因为土地把一个身体还给了它，把它塞得满满，让它变得臃肿，而以太散播它，并迫使它奇怪地弹开，弹簧一般奇怪地弹开，为了顺利地归属白日。

(1946 年，《六月》，第 18 期)

## 论洛特雷阿蒙的信

没错，我要向您吐露一些秘密，关于不可思议的洛特雷阿蒙伯爵，关于那些怪诞又矫顽的书信，也就是，他带着如此的优雅，带着对其父亲、其银行家、其出版商或其友人发出的如此的祝贺，下达的所有那些阴沉的、咄咄逼人的钢铁号令。这些书信，当然怪诞，其刺耳的怪诞来自这样一个人：他带着诗兴行走，就如一道复仇的、猥亵的伤口伴于左右。

他没法写下一份简单寻常的信而不让人发觉言词的癫痫颤动，不管其内容如何，言词若不发颤，就不愿被人使用。

无限渺小的青蛙，这言词的隐士，诗，在每一封信里，被洛特雷阿蒙变成了一门海军的大炮，以击退公牛的原理。

一封信，不值两法郎，而是洛特雷阿蒙诗歌后附着的波德莱尔诗歌的不可触摸的价值的两倍，它告知出版商，《波德莱尔诗歌补编》(Supplément aux poèmes de Baudelaire) 的书款，不是在邮票 (timbres-poste) 里，而是，他说，在那邮局的印戳 (timbres de la poste）里。[1] 如果这个那（*la*），通过一种鬼祟的幽默所坚持的空洞，剥露了那些用来支付书款的印戳的图案形式，如果它用一个微小念头之存在的骨渣肉刺，让它们突露出来，如果这个那，放在信里，如一个暗礁，如一个黑色的延音，在一个大号脚踏板下，不被读者察觉，那是因为后者只是一个娼妓的跟屁学徒，一头猪猡的肉身材料。

某个东西如同安坐着的无可救药的兽性的图腾深渊（而美的理念已经安坐，就像阿蒂尔·兰波说的[2]）。野兽，想在其污秽的大腿间，保管三十枚付给诗人的银币，不是为了其还未写下且将要写下的诗句，而是为了这流血的肉色口袋，它夜夜不停地摇撞，一到礼拜日，就去城墙边溜达，和所有资产阶级一样；这跃跳之冲动的口袋，在一位伟大的诗人胸中，不像别处一样摇撞，因为，正是在这儿，所有资产阶级都灌饱了自个儿，——挨着这颗总是严肃又固执、嫉妒又挑衅地绷紧其姿态，硬化其倔强举止的心。因为虚伪又傲慢的资产阶级浸在糖水里，服了兴奋剂，如一个倨傲自信的不倒翁，其实只是鬼鬼祟祟的古董，只是猴子，罗摩衍那的老猴子，迫求爆裂的急切诗歌的每一次脉动底下古老的小偷。"但这还没完，不，还没完。"他对洛特雷阿蒙伯爵说。我们用这只耳朵听不到它（而耳朵就是这肛门的洞穴，在这样的诗段 [strophe] 里，被反诗 [anti-strophe] 喂饱并填满的资产阶级偷走了诗歌）。停下。回到正常。

"你的心恐惧地颤跳，但没人看得到。我也是，我有一颗肉的心，总是需要你。——什么意思？不关你的事。"——但洛特雷阿蒙没让自己停下。"请让我，"他对其出版商说，"从高一点的地方

---

1　参见 1870 年 2 月 21 日洛特雷阿蒙致韦尔博科旺（Verbroeckhoven）的信。
2　参见兰波《彩图集》（*Illuminations*）中《大洪水之后》（Après le Déluge）："洪水的理念已经安坐"；以及《地狱一季》（*Une Saison en enfer*）开篇："有一晚，我让美坐上我的双膝。"

说起。"[1]高一点的地方，无疑，属于不知哪天就把他带走的死亡。因为我坚持这点，从未有人足够留心地考虑过不可思议的洛特雷阿蒙伯爵的悔恨，其如此闪烁其辞、波澜不惊的死亡。

这死亡过于无关痛痒地波澜不惊，以至于人们不得不想要更为仔细地考察其生命的奥秘。因为，可怜的伊齐多尔·迪卡斯[2]，到底为何而死？这个天才，无疑与世界格格不入，而人们也必定相信，世界并不想要他，正如不想要爱伦·坡、波德莱尔、钱拉·德·奈瓦尔或阿蒂尔·兰波一样。

他死于痼疾还是急病？他是黎明时被人发现死在了床上？历史说得简单，简单又阴险，它说旅店老板和服务员签署了他的死亡证。

对于一位伟大的诗人，这显得有点简短、有点单薄，它有一些如此褊狭之处，如此闪烁其辞地世俗和褊狭，以至于，在某些方面，又散发出卑鄙无耻的恶臭；而一场如此世俗，又如此平庸的葬礼，这等次品劣货配不上伊齐多尔·迪卡斯的生命，尽管在我看来，它倒是和一切鬼祟仇恨的猴样玩意儿般配得很，而资产阶级的愚蠢就借此埋掉了一切伟大的名字。

但，有天，我是从哪个蠢得无药可救的肮脏的妓女那儿听说：如果洛特雷阿蒙伯爵没在二十四岁的年纪，在其生存的开端处，死去，他也会像尼采、梵·高或可怜的钱拉·德·奈瓦尔一样遭到拘禁。

这是因为，如果马尔多罗的姿态能在一本书里被人接受，那也是在诗人死后才如此，也就是，在一百年之后，那时，诗人的铬绿心脏的强制爆炸物已有时间平息。因为，当其活着时，它们过于强大。于是，人们堵住了波德莱尔、爱伦·坡、钱拉·德·奈瓦尔和不可思议的洛特雷阿蒙伯爵的嘴。因为人们害怕他们的诗歌跳出书本，推翻现实……人们在洛特雷阿蒙尚且年轻时就堵住了他的嘴，

---

1　参见1870年3月12日洛特雷阿蒙致达拉斯（Darasse）的信。
2　伊齐多尔·迪卡斯（Isidore Ducasse），洛特雷阿蒙的本名。

好让自己立刻摆脱一颗心的日益增强的挑衅，就是这颗心，对每日的生活感到灾难般的厌烦，最终把其不懈剥皮的玩世不恭和非凡狡计送到了各地。

"而过了红灯，"可怜的伊齐多尔·迪卡斯说，"她允许他看她的内阴，换取微薄的报酬……"[1]

在《马尔多罗之歌》里找到这样一句话没有什么大不了的，更不用说它就在那儿了，因为整本书都只由这类残暴的句子构成。是的，在《马尔多罗之歌》里，一切都很残暴：一名不幸堕胎者的腿肚或最后一辆公共马车的经过[2]。一切都像这个句子，其中，洛特雷阿蒙伯爵看到——尽管我更愿相信，是可怜的伊齐多尔·迪卡斯，而不是不可思议的洛特雷阿蒙伯爵看到——我说，在最阴暗的窑子卧房里（窑子，妓院或娼寮的粗俗黑话），一根棍子穿过紧闭的百叶窗，并从这棍子口中得知，它不是一根棍子，而是从其主人头上掉下来的一根头发[3]：那是位慷慨的主顾，仗着钱包，有权在一套事前也许干干净净，但事后总让人恶心的床单表皮里，捣碎一个可怜的女人。

而我，我说在伊齐多尔·迪卡斯身上有一个精神总想以不可思议的洛特雷阿蒙伯爵的名义，为这个十分美妙的名字，这个十分伟大的名字，而丢下伊齐多尔·迪卡斯。并且我说，洛特雷阿蒙这个

---

1　这是对《马尔多罗之歌》（*Les Chants de Maldoror*）第三支歌的两个片段的改写："一盏红灯，罪恶的旗帜，悬挂在一根铁杆的顶端，灯架被四面来风鞭打，在一扇笨重的、被虫蛀蚀的大门上方摇晃"；"现在，这个建筑的残存部分成为一些女人的住所，她们每天向进来的人显露她们的内阴，换取一点金钱。"（引自《洛特雷阿蒙作品全集》，车槿山译，东方出版社，2001年版，第110页。）
2　参见《马尔多罗之歌》第二支歌："午夜，从巴士底到马德莱娜，一辆公共马车也看不见。我错了，那儿突然出现一辆，好似从地下钻出。"（引自《洛特雷阿蒙作品全集》，同前，第47页。）
3　参见《马尔多罗之歌》第三支歌："我很快就辨认出黑暗房间里的物体。第一个，也是唯一一落入我眼中的东西是一根金黄色的棍子……这根棍子在移动……我发现这是一根头发……它提高嗓音，这样说道：'我的主人把我忘在这个房间，他不回来找我'……"（引自《洛特雷阿蒙作品全集》，同前，第111—112页。）

名字的发明，尽管它为伊齐多尔·迪卡斯提供了一个密码来遮盖并引入其作品的异常华丽，这个文学姓氏的发明，这样一套高于生命的礼服，通过超越它的生产者，而引出了那些充斥着文学史的污秽的集体丑行，其中一出丑行最终还让伊齐多尔·迪卡斯的灵魂逃离了生命。因为，死去的当然是伊齐多尔·迪卡斯，而不是洛特雷阿蒙伯爵，正是伊齐多尔·迪卡斯给了洛特雷阿蒙伯爵幸存的办法，并且我几乎不假思索地，甚至完全不假思索地认为，面对伊齐多尔·迪卡斯，纹章一般无个性、不可思议的洛特雷阿蒙伯爵，不过是个难以定义的刺杀之手段。

　　我确信，可怜的伊齐多尔·迪卡斯，在最后一天，归根结底，就是为此丧命，尽管洛特雷阿蒙伯爵在历史上比他活得更久。因为无疑是伊齐多尔·迪卡斯发现了洛特雷阿蒙的名字。但当他发现这个名字时，他并非独自一人。我的意思是，在他和他的灵魂周围，有这样一帮密探的微生物絮凝，那是一切存在的最肮脏的寄生虫和一切非存在的古老的鬼魂形成的垂涎又尖酸的蜂拥，是天生的唯利是图者的湿疹，他们在其临终之床边上对他说："我们是洛特雷阿蒙伯爵，而你只是伊齐多尔·迪卡斯，如果你不承认你只是伊齐多尔·迪卡斯，而我们是洛特雷阿蒙伯爵，《马尔多罗之歌》的作者，我们就杀了你。"而天刚亮，他就死了，在一个不可能的黑夜的边缘。大汗淋漓，看着他的死亡，就像透过其棺材的孔，就像贫穷的伊齐多尔·迪卡斯，面对着富有的洛特雷阿蒙。

　　这不叫万物对主人的反叛，而是所有人阴暗的无意识背着那唯一一个人窘迫的意识所举行的放荡狂欢。

　　我坚持这点，即伊齐多尔·迪卡斯没有陷入幻觉，也没有见到异象，他是一个天才，在其一生中，当他注视并测探尚未使用的无意识的休耕地时，他从未停止过清晰地看。那是他的无意识，仅此而已，因为我们身上没有什么点能让我们遇见所有人的意识。在我们身上，我们独自一人。但，这，世界从不承认，它总想保留一种为其所有的手段，能进一步看透所有伟大诗人的意识，而每个人都想看透所有人，好知道他们都在干什么。

有一天，一些家伙，不是爱伦·坡的《安娜贝尔·李》里出身高贵的亲属[1]，而是无耻存在的疥癣，心怀嫉妒的疮痂，来到伊齐多尔·迪卡斯床边，俯视着他的脑袋，临死之床上的脑袋，对他说："你是个天才，但我是启发了你意识的天才，是我在你身上写下了你的诗，在你之前就写下了，而且写得比你好。"就这样，伊齐多尔·迪卡斯死于愤怒，因为他想像爱伦·坡、尼采、波德莱尔和钱拉·德·奈瓦尔一样，保留其固有的个体性，而不是像维克多·雨果、拉马丁、缪塞、布莱士·帕斯卡尔或夏多布里昂那样，成为所有人思想的漏斗。

因为如此的操作不是把其诗人的自我，也就是，在那一刻，把疯子的自我，祭献给每个人，而是让所有人的意识穿透并侵犯自己，以至于一个人，在其身体上，不过是所有人的想法和反应的奴隶。

而洛特雷阿蒙的名字只是个初步的手段，或许没有引起伊齐多尔·迪卡斯足够的警惕，它以普遍意识的名义，侵吞了伊齐多尔·迪卡斯，这个被真理逼疯的诗人，其极度个体化的作品。

我想说，在他所处的死亡的灵薄狱里，那些不属于他的意识和自我，无疑正淫荡地，庆幸自己瓜分了其诗歌和其呼喊的创造性乳液，并阴险又欢快地琢磨着怎么把这位诗人逼疯，好让他窒息并把他弄死。

（1946 年，《南方手册》，第 275 期）

---

1　参见爱伦·坡的诗歌《安娜贝尔·李》："于是她出身高贵的亲属前来 / 从我的身边把她带去。"〔引自《爱伦·坡集：诗歌与故事》，帕蒂克·F. 奎恩编，曹明伦译，生活·读书·新知三联书店，1995 年版，第 137 页。〕

# 人及其痛苦

评论一张在罗德兹画的
献给雅克·拉特雷莫利埃医生
感谢其电击的大幅素描

关于呼吸瑜伽的印度学说是错的。

饱满的脊椎骨，被痛苦的钉子刺透，通过行走，举重的努力，对
放任的抵抗，在逐个套入中，形成了一只只盒子，它们比所有关于生
命原理的形而上学或元精神的研究更好地向我们透露了我们自己。

因其所是的身体而抵抗，绝不试图用别的东西来认识它，除了
用其日常抵抗的意志，抵抗生命每日要求的有待付出的努力之前的
一切放任，这确实是人能够且应该做的全部，但决不允许询问呼吸
或精神的超越性，因为那其实并不存在。

而一次牙痛的钉子，

一次意外地落到骨头上的锤击，

对无意识的黑暗说得比一切瑜伽研究都要多。

这就是我想用这幅素描来表达的一切，素描画了一个正在行走
的人，而他身后拖着的痛苦就像是蛀蚀疼痛的囊肿发出的古老的牙
齿磷光。

而他的腹部是他面前被其胃绞痛的全部钉子夹紧的虎钳。

他已经受够了吗？

不，就连死亡也无法停止它。

而他会在其自身的影子足迹里逝去，

被束缚的健壮腿肚上全部肉体重量的图像。

（1946 年 4 月）

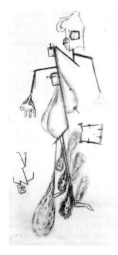

阿尔托,《人及其痛苦》,素描,
1946 年 4 月

阿尔托与费尔迪埃尔医生在罗德兹,1946 年出院前夕

# 二十四

# 傻子阿尔托 (1946)<sup>*</sup>

## 石可 译

---

*  1946 年 5 月，阿尔托结束了其长达九年的禁闭，在费尔迪埃尔医生陪同下回到了
巴黎，和朋友们相聚。随后，他被安顿到塞纳河畔伊夫里的一家私人诊所里，开始新
的生活。同年 6 月，朋友们在萨拉－伯恩哈特剧院（Théâtre Sarah-Bernhardt）和皮埃
尔画廊（Galerie Pierre）分别为阿尔托举办了朗诵会和拍卖会。布勒东向他致辞，阿
达莫夫、巴罗、布兰、茹韦等昔日好友诵读他的作品。波朗、布拉克、毕加索、贾科
梅蒂、萨特和波伏娃为他慷慨解囊，其生活得到了充足的资金保障。7—9 月，阿尔托
几乎每天来巴黎看望朋友。其间他写下了《傻子阿尔托》（*Artaud le Mômo*），共包含
五个文本。除 7 月 28 日完成的《母中心和猫老板》（Centre-Mère et Patron-Minet）发
表于同年 11 月，《第三纵队》（*Troisième Convoi*），第 3 期外，其余四篇均经过了几番
后续的修改。其中，《阿尔托，傻子的归来》（Le Retour d'Artaud, le Mômo）和《母中
心和猫老板》也是 1947 年 1 月 13 日阿尔托在老鸽巢剧院朗诵的作品。

　　1947 年 9 月 15 日，《傻子阿尔托》由博尔达（Bordas）出版，共印 355 册，并配
有 8 幅阿尔托的素描。

# 阿尔托，傻子的归来 [1]

被天空那
癫狂淫荡的
冲力
锚定，
拧进我的精神，
它在思考
每一个诱惑，
每一个欲望，
每一个迟疑。

**O dédi**

**O dada orzoura**

**O dou zoura**

**Adada skizi**

**O Kaya**

**O Kaya ponoura**

**O ponoura**

**A pona**

**Poni**

---

1　在马赛俚语里，"môme" 是指傻子或白痴。这个词还可以和希腊神话里的嘲讽女神摩墨斯（Momos）联系起来。

它是申心[1]的蛛网，
或此或彼的帆纱[2]
那荣誉的毛发[3]，
仜脵的肛板[4]。

（从中你什么也没揭去，神，
因为那是我。
此类事物你从来没从我身上揭去。
在这里我第一次写下来，
我也是第一次发现它。）

不是地裂的膈膜，
也不是从这性交中飙出
从劫掠中长出的肢体，

而是烂肉一块，
在膈膜之外，
在那硬或软的之外。

已从硬和软之间穿过，
在掌中把这烂肉摊开，

---

1　"申心的"（pentrale），"centrale"（中心的）的改写。
2　法语的"voile"同时有"面纱"和"船帆"的意思。
3　"荣誉"（onoure），古法语"honor"或英语"honour"（荣誉）的改写；也可以和古埃及的战神奥努里斯（Onuris）联系起来。"毛发"（poile），"poil"（毛发）的改写。
4　"仜脵"（anavou），可能是从"anus"（肛门）和"à vous"（向您，对你们）的结合，或"anal"（肛门的）和"vous"（您，你们）的结合中变化而来。"肛板"（plaque anale），可能是指贞操带。

撑开、伸展像是一个手
                            掌
因持续僵硬而无血色，
因慢慢展开变软
而发黑、发紫。


但你，最终会是什么，疯子？


我？


这四片牙龈之间的舌头，


这两膝之间的肉
这个给疯子
留的洞。


但恰恰就不是给疯子的。
是给可敬的人们，
他们被谵妄刨刮处处打嗝，


而从这个饱嗝中
他们造出了纸叶，


听仔细：
用一代代的开端
造出了纸叶
在我洞的掌心烂肉里，
我的。

什么洞，什么的洞？

灵魂的，精神的，我的，造化的；
但在那没人在乎的地方，
父、母、阿尔托和阿尔多。

在这带轮子的纬网的腐殖质中
在这虚空的
纬网的呼吸的腐殖质中，
在硬和软之间。

发黑，发紫，
僵硬，
懦弱，
这就是全部。

这意味着有一根骨头，
那里
　　　　　　**神**
坐到诗人身上，
以毁掉对他诗行
的消化，
就像头放的屁
他通过他的屁从他体内恭维出来，

他会从岁月的底部恭维出来，
直到他屁洞的底部，

而这不是他以此在他身上
玩的一种屁的恶作剧，
而是整个地球的恶作剧
反对所有屁里
有蛋的人。

要是你们没明白是什么情形，
——我也听到你们围成一圈
这么说，
要是你们没明白是什么情形
在我屁洞的
底部，——

那是因为你们不知道那个底儿
不是事物的
而是我的屁的
我的，
虽然从岁月的底部到现在
你们一直在那里围成一圈嘀咕，
好似在说一个外佬的坏话，
密谋把他囚禁至死。

**Re re ghi**

**reghéghi**

**geghena**

**a zoghena**

**a gogha**

**riri**

在屁股与衬衣之间，
在交合与下注之间，
在肢体与爽约之间，
在隔膜与刀片之间，
在板条与天花板之间
在精子与爆炸之间
在鱼骨之间在黏液之间，

在屁股和每个人放到
射精的临死喘息声
营造的高压陷阱上
抽搐的双手
　　　之间
既不是一个点
也不是一块石头

在跳跃的脚下暴毙

更不是一个灵魂切小的残体
（灵魂不过是一把老锯），
而是异化的呼吸
其可怖的暂停

被所有强横的
所有嗜屎的地痞
强奸，打劫，彻底地剥削
他们没什么食物
　　　　　为了活着

　　　　　　只好吃

　　　　　　阿尔托

　　　　　　傻子

　　　　　　那里，在我自己里

　　　　　　一个可以射得

　　　　　　比我快一点，

　　　　　　另一个则挺得

　　　　　　比我高一点

要是他小心在意地把他的头

放到肛门和性器之间

那块骨的曲率上，


我谈到的那块锄过的骨头，


位于某个天堂的

污秽中，

它在世上欺骗的第一个对象

不是在这个巢穴里耍了你的

父亲或母亲，

　　　　　　　而是

　　　　　　　**我**

我被拧入了我的疯狂。


那么是什么抓住了我

让我也把我的生命卷到那里？

　　　**我，**

　　　　**无，**无。

因为我，

我在那里，
我在那里
而正是生命
把它淫秽的手掌卷向那里。

好。
然后呢？

然后？然后？
老阿尔托
被埋葬

在烟囱的洞里
他用他冷冷的牙龈咬着
自从他被杀的那天！

然后呢？
然后？
然后！
他就是生命要框住的
这无框的洞。
因为他不是一个洞
而是一个鼻子
总是太清楚地嗅到
世界末日毁灭风样的
头
而他们在他夹得紧紧的屁股上舔着，
阿尔托的屁股

对求主怜悯的皮条客来说好得很。

而你也有你的牙龈，
你右侧的牙龈被埋掉了，
　　　神，

你也是，你的牙龈冷了
无数年，
因为你送给我你天生的屁股
看我最终是否会
　　　出生
从那时起你就一直在等我
边等边挠我那缺席的肚子。

        **menendi enenbi**

        **embenda**

        **tarch enemptle**

        **o marchte rombi**

        **tarch pai et**

        **a tinenptle**

        **orch pendu**

        **o patendi**

        **a marchit**

        **orch yorpch**

        **ta urchpt orchpt**

        **ta tou taurch**

        **campli**

        **ko ti aunch**

**a ti aunch**
**aungbli**

## 母中心和猫老板

我谈论上墙的图腾

因为墙上的图腾如此
使得造物
那黏性的构成
不能再上去靠近它。

它是烂肉一样的性
这个被压制的图腾，

它是一块
深奥的排斥之肉
这个骨架
我们不能
杂交，

和母亲不行，和天生的
父亲也不行

不是
我们黎明时

媾合的
猫咪肉。

而大肚腩
没有被装运
当图腾
进入历史
以阻止
　　　进入。

必须肚子对肚子地干
对方的母亲，她想穿透

**猫老板身上的蛀虫猫**[1]

进入叛贼的放血管
好像在灵丹妙药的
中心：

**蛀虫猫和猫老板**
是两个骚骚的声乐
**父和母**
　　　的发明

---

1　"猫老板"（patron-minet），这也是雨果的《悲惨世界》里一个四人强盗团伙的名称（patron-minette）。根据雨果小说的解释，"patron-minette"应为"potron-minet"的讹音，而"potron-minet"的字面意思即"猫露屁股"，在法语里特指"黎明，拂晓"。"蛀虫猫"（chatte-mite）是"chattemite"（假装温顺谦逊的人）的拆写。

为了从他身上得到最残酷的快乐。

谁呢，他？

**被绞死的图腾，**

好像口袋里一枚残肢
被生活擦触
　　　这么近，

最终上了墙的图腾
会从生育的肚子里爆出

穿过**猫老板**的钥匙

所打开的母亲性器官
那肿胀的圣水盆。

## 对无条件者的羞辱

正是通过劣质的肉，
肮脏的劣质的肉
我们表达了

　　　它，

我们不知

　　道

　　把自己放在外边

　　以摆脱，

　　带着，——

劣质的肉
它非常馊并映照
在死了且被渴念的
荡妇屁股里。

我说，被渴念，
但没有流出，
白色的
搭起的，骨碎片，

　　（黏液的小丘
　　唾液）

　　唾液
　　来自她的假牙。

用劣质肉
让我们摆脱

**无条件者**的**老鼠**。

它从来没有感觉

　　　到

　　　非形式，

　　　无条件的恶脾气
所谓的无－条件，
其外边的地方，

行动的干扰，

驱逐出境的转移；

切口外的重建，

淤塞化的切断；

总之坐落
于非－外界，

强加的外界在沉睡，
像内界，从我们排泄死亡的
运河公厕中爆发出来，

**比不上从死阴道的屎**

上脱下来的屑

当小妞那厮的主人
一边撒尿一边撑着
她的奶子

以越过
梅毒。

## 对父母的蔑视

愚蠢之后就是智慧，
总把它紧密地鸡奸，——
**而后。**

引发一个无限旅程的想法。

从一场对非存在的预谋中，
从一次对可能性的犯罪煽动中
产生了现实，
如出自一个与它通奸的机缘。

我谴责你因为你知道为什么……我谴责你，——

而我，我不知道为什么。

并不是一个精神创造了万物，
而是一个身体，为了在罪孽中打滚的需要，
也用它的阴茎挤压它的鼻子。

**Klaver striva**
**cavour Tavina**
**Scaver Kavina**
**okar triva**.

没有哲学，没有问题，没有存在，
没有虚无，没有拒斥，没有或许，

至于其他

去拉屎，去拉屎；

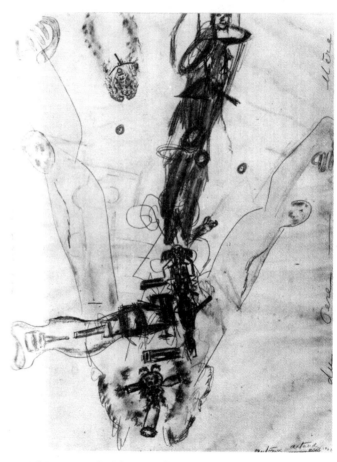

阿尔托，《对父母的蔑视》(《傻子阿尔托》配图)，素描，1946 年

阿尔托,《无题》(《傻子阿尔托》配图),素描四张,1946 年

阿尔托，《无题》(《傻子阿尔托》配图)，素描三张，1946 年

从啃过的面包上
剥下硬壳；

圣杯和《圣经·诗篇》中的醉汉
猥琐的偷窃，
弥撒的酒，
酒石和尚的喋喋不休，
生来就出自歪曲的曼特罗姆[1]，
古老犯罪结了壳的牙垢，
公厕的崇高！

时候临近了：在圣水盆那洗礼垃圾桶里排泄的钻井者
会意识到，他就是我。

现在，我知道这个。

---

1　"曼特罗姆"（mamtram），可能是"mantra"（曼特罗，符咒）的改写，或是从
"maman"（妈妈）和"trame"（纬线，情节）的结合中变化而来。

而它从来都是留给天使的下水道，


而我的下水道超过了他们的，
那一天
当我被迫在一开始就组织好的
肮脏的梅毒树脂中耕锄，
我明白那被耕锄的就是我，——
而你排泄了他们已经排泄的，
如果他们没有
提前做好
梅毒传播的预防，

阴茎脓疮
**在意志的嗤之以鼻中。**


让平面在体积中点亮，

因为平面没有体积，
而体积就是平面；

体积吃了这个平面，
它因此到处转动。


**内心的饰物**
就是
总在那里的
动身者

可以
忍受
在那里

只
因为
不动者
忍受它

通过一直
融化，

它从一开始

就在夺取的，

始终存在的
忍受者。




圣灵谋得一个智慧的瞬间
让我，我，陷入一个低底
那是它们谋得的东西
通过营养的缺乏或者
我大腹便便中的鸦片，
深处涡旋之上的涡旋（途经底部的文化），

而后他们回归其祖先的腐坏。




如果我每天早上醒来都被
这精液的可怕气味包围，
那不是因为我被彼岸的圣灵
蛊惑，——

而是因为这世上的人
在其"魂躯"中传话：

揉搓其滚圆的睾丸，
沿着他们细心抚摸
并牢牢抓住的肛门运河，
以泵出我的生命。

"是这样，你的精子非常好
一天
一位来自穹顶的警察对我说
他当自己是位鉴赏家，
而当一个人'好得很'
'好得很'时，天呢，
他就为声名
付出了太多。"

因为他很可能就是从中出来
从这好得很，好得很的
精子里出来；
而他搅动它、吸吮它
像世界上
其他人一样
昨晚一整夜。

而我看到他的灵魂变向，
**而我看到他的眼皮变成铜绿色，**
从悲伤转向恐惧，

因为他感到我就要出手了。



没有亲昵，也没有友谊，
从来与我无缘，
不管是在生活还是在思想里。

而我不知道我是不是在梦中听到了他的结语：
"当一个人好得很，好得很时，天呢，他就为声名付出了太多。"



奇怪的梦：教会和
警察的骨架
在我精液的砷中
亲密无间。

因为古老的悲哀正从老阿尔托
在另一生被暗杀的故事里

回来，

而他再也不会进入这一生。


但在我出生后的五十年里

我没有进入过它

**进入这搞砸了的手淫人生。**


　　附：这场悲歌差不多六世纪前就重演过，在阿富汗的高中里，那时阿尔托被拼写为阿尔多。

　　同样的悲歌也出现在古老的马其顿或伊特鲁里亚的传说，以及波波尔·乌的旅程中。


## 异化和黑魔法


疯人院是有意识、有预谋的黑魔法汇聚地，


而医生们不但用其不合时宜的混合疗法来鼓励魔法，

他们也这么用它。


如果从来没有医生，

就从来不会有病人，

也不会有病故的人的骷髅

用于屠宰和剥皮，
因为正是通过医生而不是通过病人社会才得以形成。

那些活着的人，靠死了的人为生。
而让死亡活着也是必要的；
说到温柔地庇护死亡，将死亡置于孵化器中，
没什么比得上一座疯人院。

这种让人慢死的疗法在耶稣基督前四千年就开始了，
　　而现代医学，则是这个最阴险下流的魔法的共犯，让其死者经历电击或胰岛素疗法，以便每天彻底清空其种马场里所有人的自我，
　　将它们如此空白的，
　　如此精彩地
　　可用且空白的，
　　暴露给名为**中阴**[1]的
　　淫秽解剖和原子教唆的状态，将生命整个**打包**交付给非我的要求。

中阴是死亡的剧痛，自我在其中落入水坑，
　　而电击里就有一个水坑状态
　　每个人都要创伤性地经历，
　　导致他，此刻不再认得，而是恐惧地、绝望地误认了，他自己曾经是什么，那时他是他自己，啥子，法制，我自己，主子，你，见鬼，**那样**。

---

1　佛教用语，指生命死亡之后直至下一期生命开始前的过渡期。

我经历过，我不会忘记。

电击的魔法抽出一阵濒死的喘息，它把被电的人投入这阵喘息，以此我们离开生命。

但，中阴的电击从来不是一种经验，在中阴的电击里，正如在电击的中阴里发出濒死的喘息，这是对非我的亡魂所吸附经验的捣毁，这是人们无法寻回的经验。

在其余所有人的这心悸和这呼吸中，他们围困着那人，用墨西哥人的说法，他用刮刀刮削树皮，从四面八方无法无天地涌动。

受贿的医学每次都撒谎，说它提供了一个用此方法的电击内省治好的患者，

对我来说，我只看到那些人被这方法吓坏了，完全无法恢复他们的自我。

谁一旦经历中阴的电击，以及电击的中阴，就再也无法从这个黑暗中爬起来，而生命已经下滑了一个档次。

从中我认出了真正临死者发出的喉鸣的这些呼吸叠着呼吸的分子化。

墨西哥的乌玛拉人称这为刮刀的唾沫，无牙的煤炭。

失去了你曾有一天觉得自己还活着，在吞咽在咀嚼时得到的那最初欢欣的一掌。

因此，像中阴这样的电击会造成亡魂，它将所有患者的粉末状态，将他过去的所有事实，都变成当下无法使用的亡魂，而这些亡

魂也从未停止过围攻当下。

现在，我重申，中阴是死亡，而**死亡只是一个黑魔法的状态，不久前根本不存在。**

像当今的医学如此这般人工地制造死亡，就是鼓励一种虚无的逆流，它从来没对任何人有好处，
但某些命中注定的人类奸商已经吃饱了很长时间的虚空。

事实上，从某个时候开始。

哪个？

那个时候，有必要在这两者中进行选择：宣称自己放弃做一个人，或者变成一个明显的疯子。

但在此世界上明显的疯子又有什么保证，能被真正活着的人所护理？

> **farfadi**
> **ta azor**
> **tau ela**
> **auela**
>    **a**
>  **tara**
>   **ila**

结束

一个空白页面，用来分离此书的文本，它完成于电击的灵薄狱里出现的全部中阴的汹涌。

而这些灵薄狱里有一种特别的排版，就是要贱斥神灵，撤回人想要赋予某种特殊价值的言词。

安托南·阿尔托
1948 年 1 月 12 日

你在离开，孩子，
中阴带着它淫秽的亲昵说，
而你总在那里，

　　你再也不在那里
　　但没有什么离开你，
　　你保留了一切
　　除了你自己
而这对你又算什么既然
世界

还在那。

世
界，
但那不再是我了。
而这对你又算什么，孩子，
中阴说，

　　那是我。


附：我想抱怨自己在电击中遇到了我不愿看见的死人。

同样的死人，
那本名叫
　　《中阴得度》
的蠢书
四千多年来一直在抽取，在呈现。

为什么？

我只是问：
为什么？……

## 二十五

# 长眠于此 （1946） *

### 石可　译

———————

* 《长眠于此》（*Ci-gît*）和《印第安文化》（*La Culture Indienne*）由阿尔托在 1946 年 11 月 25 日一天内写成，随后由阿尔托口述给其助手波勒·泰芙楠。《印第安文化》还在 1947 年 1 月 13 日的老鸽巢剧院由阿尔托当众朗诵。

1947 年 12 月 15 日，《长眠于此》和《印第安文化》合为一本小书（*Ci-gît précédé de la Culture Indienne*），由 K 出版社出版，共印 450 册。

## 印第安文化

我来墨西哥接触红土，
它发臭正如它芳香；
它今味好正如它曾味臭。

从强硬的阴道斜坡滚下的尿流，
当我们抓住它时它抵抗。

死阴道的鼓包产生了尿的樟脑，
当我们撑开它时它给我们耳光。

当我们从小丑塔楼的高处
目击可憎的父亲铆钉样的坟墓，

空空的洞，辛辣的空洞，红虱的循环完尽于其中，
太阳红虱的循环，
全白于两个合一的静脉网络。

哪两个，以及两个中的哪一个？
谁，两个？
在被诅咒了七十遍
的年纪
人
　　自个叉了自个
诞生儿子

因为他鸡奸
自己硬茧的
屁股。
为什么是他们两个，
为什么诞生于**两个**？

屎样父亲的可恨小丑，
肮脏寄生的无性繁殖，就在火中取出的空母馕里！

因为囫囵逝去的太阳们
压根比不上畸形足：
关节庞大
老腿坏疽，
乱冢老腿的坏疽，
酿熟了一面骨盾，

所有的骨盾
战态的地下起义。

这意味着什么？

这意味着爸爸妈妈不再鸡奸天生的鸡奸犯，
基督教群交节的肮脏獠牙洞，
唧和哭之间的偷行者
收缩于

唧唧哭哭，<sup>1</sup>

这意味着战争
将取代父母
就在屁股升起屏障
对抗武士尸体下
埋葬的红土
那有营养的瘟疫处
武士死了
因为他拒绝经历
从前面咬着自己尾巴的
大蛇的历险
而爸爸妈妈
弄得他的臀部血淋淋。

若是细看
脓肿的一片腿肉，
从斑驳老旧的大腿骨上
掉下来
　　　它发臭
　　　它以前也发臭；
而老武士复活了
带着反叛的残酷，
无法形容的残酷

---

1　"唧唧哭哭"（jiji-cricri），在《长眠于此》里还被写作"Ji en cri"（唧哭），"Jizo-cri"（唧咗之哭），"Jizi-cri"（唧吱之哭），是对"Jésus-Christ"（耶稣基督）在发音上的戏仿，也可被理解为"我哭"（je crie），或"我在此呼喊"（je crie ici）。

他活着却无力
为你辩护；
而坠入
从高处看
锚定的地洞，并穿透它的，
是所有发亮的舌头尖端，
它们曾有一天相信自己是灵魂，
甚至不是意志；

所有的闪电，
从我死手的鞭打中
升起
反抗叛逆的舌头，

和意志的性器，

它们勉为被弃之词，
抓不住存在；

却比被拒的太阳们
更好地坠入
地窖，那里爸爸妈妈
和鸡奸犯
儿子从它发臭前
就相互残杀。

当太阳驴自以为好！

而天空在其环回的何处？

在有人曾在之处，
　　　　在外头，
彻底屎样地
感觉到天空
在他的屎里，

没有什么能够升起屏障对抗虚空，
那里
既没有底，
也没有立，
既没有面，
也没有顶，
当一个人从头到脚都站直了
那里的一切又把你赶回到底部。


## 长眠于此


我，安托南·阿尔托，我是我儿子，我父亲，我母亲，
　　　和我；
愚蠢远航的测平仪上钉着生殖的谱系，
爸爸妈妈远航
和孩子，
从奶奶屁股里冒出的炭黑，
比父亲母亲的多得多。

这意味着在妈妈和爸爸之前
　　　（据说他们
既没有父亲也没有母亲，
而他们又是从哪里被怀上的？
　　　他们，
当他们变成这独特的
　　　一对，
丈夫或妻子都从未
见其坐着或站着，）
在精神为让我们
对自己多生一点厌恶，
　　　而替我们
试探出的这不大可能的洞之前，
是这具无用的身体，
由肉和疯狂的精子构成，
它被吊着，自虱子以前，
就在天空那
不可能的桌上散发
其结茧的原子气味，
其卑贱
碎渣
的烈酒气味喷自
残指印加人的短睡

后者出于理念有条胳臂
但他的手只是
一块死掌，因为弑君
失去了手指。

因此**我说**在那一切之前，
是长刺的烂肉，
是这个牢骚鬼

使得肚子
在空中鼓胀

它缓缓跋涉，
狰狞的母夜叉，
七年七次，
七万亿年，
跟着古老的风水学
那可怜的
算术，

直到染血的乳房
从天空渗漏的
空心灰烬里
喷溅
最终迸出这个
被人和地狱本身
诅咒的孩子，

但比撒旦
更丑陋的神
选中了他
以胜人一筹。

而他自称是
这个牙齿间
长着性器的
孩子。

因为另一个孩子
真切，
实在，

没有奶奶
可以用她整个肚子
挑选他，

用她整个
臭狗的臀部，

从残指印加人
涂满血的手中
单独出现。

在此驱动着铁钹
我踏上了右眼食道
凿出的低路

神经丛紧绷的坟墓
造就一条弯道
以公正地解救孩子。

　　　nuyon kidi

　　　nuyon kadan

　　　nuyon kada

　　　tara dada i i

　　　ota papa

　　　ota strakman

　　　tarma strapido

　　　ota rapido

　　　ota brutan

　　　otargugido

　　　ote krutan

因为我曾是印加人但不是国王。

　　　kilzi

　　　trakilzi

　　　faildor

　　　hara bama

　　　baraba

　　　mince

etretili

　　　TILI

咬住你
在全部黄金的
库叉[1]里，
在整个身体的
溃败中。

而在我之前没有太阳，
也没有人，一个存在都没有，
没有，没有和我亲近的人。

我只有少数忠诚者，他们为我而死一直没停止过。

当他们死得太透没法活，
我只看见可恨者，
觊觎其位置的同一批人，
和他们并肩作战，
懦弱得无力反抗他们。

但谁见过他们？

没有人。

地狱里
珀耳塞福涅的侍从，
每个中空姿态的微生物，

---

1　"库叉"（falzourchte），可能是从"falzar"（裤子）和"fourche"（分叉）的结合中变形而来。

一部死法律的黏痰小丑，

在它们中强暴自个的囊肿，

守财奴的舌头

产钳

抓挠于其尿液

本身，

瘦骨女尸的茅厕，

总透着同样

荒芜的

　　　活力，

来自同样的火，


　　　其巢穴

一个可怕之结的

　　　革新者，


由母亲生命

囿于墙内，


是我的蛋的

蝰蛇。[1]

---

1　"蝰蛇"（vipère），也可拆写成"vie père"（父亲生命），与上文的"vie mère"（母亲生命）相对。

因为结束就是开始。
　　而这结束
　　也是那抹去了
　　所有手段的
　　目的。

而现在，
　　在座的各位，众生，
我必须告诉你们，你们总让我废话。
　　所以不如去
　　抓集
　　欠挠的
　　假发，
　　永恒的
　　阴虱。

我不会再次遇上吞吃生命之钉的存在。

而有一天我遇上了吞吃生命之钉的存在，
——刚好我失去了我的子宫乳房，

那存在把我扭到其下
而神把我倒还给它。
　　**（浑蛋）**




就这样
从我之中拽出了
爸爸和妈妈
以及大绞杀的
性器官（中心）上
一声油炸似的唧
哭，
从中又拽出（死了的）
棺材
和物质的这一交
　　　　又
它把生命
赐予唧咗之哭
当死去的我的
屎粪中
提取出了
鲜血
以此镀染
　　　每一个在外
　　　被篡夺的生命。

就这样：
印第安文化的伟大秘密
是引领世界回到零，

**永远，**


但


    1° 要比更早的还要晚，


    2° 意即
    要比太早的
    还要早，


    3° 意即只有更早的吃掉了太早的，
    最晚的才能回归，


    4° 意即在时间中
    最晚的
    是先到的
    和太早的
    和更早的，


    5° 而不论更早的有多快
    最晚的
    一言不发
    总在那里，


    它逐渐地

拆解出
所有更早的。

## 评语

他们来了，所有的浑蛋，
在彻头彻尾显露的
大拆解之后。

### 1° 前－蛋[1] 刻度盘

（低声念：）

你们不知道
**鸡蛋**
状态
就是最典型的
反阿尔托
状态
而为了毒死阿尔托
什么都比不上
各空间中
搅打出的
一盘美味的煎蛋

---

1  "前－蛋"（om-let），"omelette"（煎蛋）的改写。

对准阿尔托

在寻找有待塑造的人时

像面对一场可怕的瘟疫一样

避开的

凝胶

点

而就是这个点

人们放回了他身上，

什么都比不上一盘美味的煎蛋

包着毒药，氰化物，刺山柑花蕾，

由空气传入他的尸首

让阿尔托在其**体内**

**地籍簿上吊着**的骨头

遭遇的咒逐中脱臼。


2° **牵引的帕拉乌勒特**

**予你头衔的拉尔加拉鲁厄特**


3° **图邦堤堤塔尔弗坦**来自头

和瞄着你的头


4° **洛蒙库鲁兹**来自正面直击的冲头

和使你为妓的钳子


他趔趄向发臭的老板，

那傲慢的资本家

来自灵薄狱

游向父母和孩子性器的

重新胶合
以排空整个身体，
排空其全部的物质
并把它放归原位，谁？
那个由存在和虚无
造就的人，
就像撒尿一样。

**而他们，都得滚蛋。**

不，还有可怕的螺丝钻，
螺丝钻罪犯，
这可怕的，
老钉，女镐[1]，
偏差有利于
锯骨之痛的假女婿，
难道看不出这假女婿
就是唧吱之哭，

---

1　"女镐"（gendron），"gendre"（女婿）的改写。

在墨西哥众所周知

远远早于他骑驴逃往耶路撒冷

以及阿尔托在各各他被钉上十字。

阿尔托

知道灵魂并不存在

只有一具身体

它修复自己就像一具刺痛的尸体

　　在体内

　　腿骨的

朽坏中开动齿轮。

**dakantala**

**dakis tekel**

**ta redaba**

**ta redabel**

**de stra muntils**

**o ept anis**

**o ept atra**

从

　　**骨子里**

　　渗出的

疼痛。——

所有真正的语言
都不可理解，
就像牙齿打战的
咯咯响；
或刺痛的腿骨（血呼呼）
奉承的掌声（妓院）。[1]

从骨头受蚀损的疼痛中
诞生了某样东西
它变成曾经的精神
好在运动的疼痛中，
以疼痛清洗
　　这母体，
一个有形的母体

　　　和骨头，
　　　岩床的底部
　　　化作骨头。

---

1　在原文里，牙齿的"打战""咯咯响"和"奉承的掌声"都是同一个词"claque"，这个词还有"妓院"（bordel）的意思。

## 格言

勿让自己落入不必要的疲劳，哪怕骨头的疲劳上建起了一种文化。

## 格言

当岩床被骨头吃掉，
精神正从背后啃噬，
它张大嘴巴
并在脑袋后
　　接受
令其骨头凋谢的一击；

　　而后，

**而后，**
而后
　　骨头接着骨头
永恒的均衡回归

**并转动电的原子**
**直至逐渐熔化。**

## 结语

> 对于我，单纯的
> 安托南·阿尔托，
> 没有人影响过我
> 当他只是个人
> 或只是
> 　　　神。

> 我既不信父亲
> 　　　也不信母亲，

> 我没有
> 爸爸妈妈，

> 自然
> 精神
> 或上帝
> 撒旦
> 或身体
> 或存在，
> 生命
> 或虚无，
> 里外皆不是
> 尤其没有存在的口，
> 用牙咬出的阴沟洞
> 那里他总看着自己

这在我身上吸吮其实质
的人，
只为从我这儿得到爸爸妈妈，
并再造出一个
脱离我的存在
基于我那
去除了
虚空
本身，

并时不时地
　　被人嗤之以鼻的
　　尸首。

我自上面
　　说到
　　时间

仿佛时间
未被煎炸
不是门界上所有
被重新装入其棺材的
碎屑构成的这根
炸透的薯条。

# 二十六

# 巴黎－伊夫里写作

# (1946—1947) *

## 石可、尉光吉 译

* 离开罗德兹后，阿尔托时常在巴黎和伊夫里之间奔波，直到 1947 年 7 月，因其身
体状况恶化，才减少了去巴黎的次数。但在巴黎－伊夫里度过的最后岁月里，阿尔托
不停地在本子上写作，留下了大量手记。其中，仅有部分文本发表在刊物上，一些直
到死后才发出来。

《波波卡特佩传说》( Histoire du Popocatepel ) 和《血绞车》( Les Treuils du sang ) 可
能是罗德兹时期留下的手记，其中 "波波卡特佩" 是墨西哥火山 "波波卡特佩特"
( Popocatepetl ) 的改写，《血绞车》是一个梦的记录，发表于 1947 年，《四风》( *Quatre
Vents* )，第 8 期: "超现实主义语言" ( Le Langage surréaliste )。《病人和医生》( Les
Malades et les médecins ) 是应诗人让·塔尔迪厄 ( Jean Tardieu ) 的广播实验社 ( Club
d'essai ) 之邀而写，同样发表于 1947 年，《四风》，第 8 期。《剧场和解剖》( Le Théâtre
et l'anatomie ) 则是米希尔·安克尔 ( Michel Hincker ) 的约稿。《我是戏剧的敌人》( Je
suis l'ennemi du théâtre )、《当意识溢出了身体》( Quand la conscience déborde un corps )
和《我在罗德兹死于电击》( Je suis mort à Rodez sous un électro-choc ) 是 1947 年初老鸽
巢剧院表演的周边写作，标题为编者所加。《精神啊呸》( Chiote à l'esprit ) 发表于 1960
年，《太凯尔》( *Tel Quel* )，第 3 期。《失语十年》( Dix ans que le langage est parti ) 发表
于 1979 年，《月园》( *Luna-Park* )，第 5 期，后被收入 1987 年 6—10 月蓬皮杜中心 "安
托南·阿尔托，素描" ( Antonin Artaud, dessins ) 的展览画册。《我再也不信诗歌里的
话》( Je ne crois plus pas aux mots des poèmes ) 发表于 1954 年，《马德莱娜·( 转下页 )

---

（接上页）雷诺－让－路易·巴罗协会手册》（*Cahiers de la Compagnie Madeleine Renaud-Jean-Louis Barrault*），及其 1963 年，第 41 期，扩充版。《剧场和科学》（Le Théâtre et la science）发表于 1948 年，《拉尔巴雷特》（*L'Arbalète*），第 13 期，以及 1954 年，《大众戏剧》（*Théâtre populaire*），第 5 期。《我唾弃天生的基督》（Je crache sur le christ inné）和《成为基督》（Être christ）于 2001 年由阿伯斯特姆与博邦斯（Abstème & Bobance）出版社合为一本小书出版，共印 143 册。《成为基督》曾发表于 1989 年，《线》（*Lignes*），第 6 期。《我活着》（J'étais vivant）、《在人受苦的地方》（L'Endroit où l'on souffre）、《存在有无数状态》（L'Êtres a des états innombrables）和《我不容许》（Je n'admets pas）都发表于 1948 年，《八四》（84），第 5-6 期。

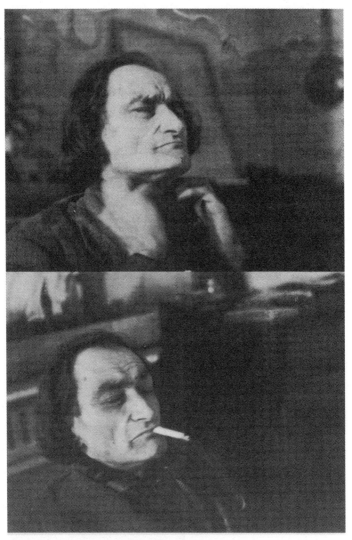

阿尔托，1947 年（乔治·帕斯捷拍摄）

阿尔托与米努什·帕斯捷在伊夫里，1947 年（乔治·帕斯捷拍摄）

## 波波卡特佩传说

当我想：老兄，我想

红薯，泼泼，粪便，头，帕帕，

而小小一阵呼吸中"L"呼出让所有这些活了过来。

红薯，存在之锅的必要性，可能就是那么一满锅。

而在红薯之后：粪便，重影的呼吸，你请看，属于必要性的地牢。

当它们没有在存在的洗礼前线上焚毁人时，它们可以把人逮住并埋葬。

因为施洗就是违反一个存在的意志去烹煮他的存在。

赤裸裸地出生，赤裸裸地死亡，这个被他们烹煮、绳勒、绞吊、煎炸、洗礼、枪毙以及监禁、冤枉、断头的人，"在存在的**脚手架**上，

咣当！"

这个人一天吃三顿。

他什么时候可以安生地吃？

我的意思是，什么时候他的牙槽里没有一个潜伏的吸血鬼，

因为谁吃饭没有神陪着，而且独自一人

？

因为一碟子扁豆的价值要高于《吠陀》《巴拉那河》《梵王经》《奥义书》《罗摩衍那》《游魂书》，因为它能发出那个退至幽深的腔室阴影的基本低音，在那里人作为演员把经典用响屁放出来，从他受难的盘子里咀嚼着眼睛视觉的扁豆——或者当他的肌肉纤维在手术刀下移位时狂吠出诅咒。

当我说：

屎，我鸡巴放的屁

（这个屁，以咒语的声调，在警察的皮靴下放出来），

当我说：生命的恐惧，我整个生命的孤绝，

粪便，孤独的禁闭，毒药，死亡的育床，

干渴的败血症，

紧迫性的瘟疫，

神在喜马拉雅上回应：

科学的辩证性，

你用权益的算术，存在，受难，在反抗**神性界**时被磨成齑粉的生命骨架，

对此，

我，

**我说去他的**。

（1946 年）

## 血绞车

（现实）

我很熟悉的一个人，在事实的蛛网正中心，带着压抑的酒和药的冲动围着我转。

然后我问自己什么阻拦着他。

是伏特加，他在一个梦里回答我，它把你控制于股掌，阻拦了我。

因为这样我可以去找点酒来一下，而不是自己创造另一种酒，并且，也不会喝它，也不会忘记它。

然后我意识到通过伏特加我看得出来酒是一种性。

因为在我引人注目的性的中心，用尽我的存在，又锯又碾，我明白这个蛛网是用绳子做的，而这些绳子，正从一个深渊的顶部，在那一刻阻拦着我。

这个深渊，曾是巨型的监室，有着空洞的墙和窗户，一座山脉露出一线空气，也许几裂缝光。

自由的呼吸在别处。

哪里？

在未启用的意识水洼中；稍后，当我更近地看它们，我将用我终有一天拥有的一剂意志力兴奋起它们。

我的自我被钢板甲钉倒。

努力把我自己从所有这些钉子上扯开，我最终成功地摆脱了梦，浸入现实；但是，醒着，发现自己躺在罗德兹精神病院病房三扇窗户透过的光里，我并不是一开始就立刻知道自己在哪儿，然后我也一直都弄不清楚自己在哪儿，像一个超级巨大的存在胎儿一样，被裹入那种纯粹的感觉，裹入我的真正自我的胎盘封装，人们称之为永恒：关于潜意识的意识，以及无意识的意识。

在空间之外，但在时间之内。

但是如果我不再有关于空间、地点、轨迹的意识，那么剩下的只是关于我自己身体从头到脚的空间意识，它什么都不是，只是那一刻以这种怪诞的方式被拽出的疼。

并且是被谁呢？

被我自己，因为在我一生的时光里，我熬过了比被蜘蛛睡眠的绳索拽出时间和空间还要恶劣得多的事。

——而我们不就把那个意识神秘地称为蜘蛛睡眠的绳索吗？

就好比，如果你在天花板上看到蜘蛛，或者在早晨看到蜘蛛，它会带来耻辱。

反正，一个在我之内的嗓音说道，我在哪里？一个我公开弃绝的嗓音；因为我明白我曾知道我在哪里，而我曾在这里，在这个点上，在这个以我的酒精身体（在我不知道经历了多少和我自己的时间之空间的挣扎后）到达了我之自我的高度上。

而不管是谁在那里说："我在哪里？"在现实中总是另一个，真正的、肉体上的另一个，他在时间中，总想认为自己和我永恒的自我相对立，并且不是我暂时的自我，不是那类残次的白痴，处心积虑总和事实不相一致，但同时又像其糖浆样沉思的乏味之佛那样活着。

如此这般如此这般，涅槃就是如此这般如此这般，更多的事实，而不是更少的事实，用来争斗事实，如此这般如此这般。

我感到了我手上所有的绳索，我感到一条绳索在我脊椎的尖端奏出遏制它的大地之乐，而大地不过是我脊柱的另一端。

那绳子出来了，自己唱着歌。

一个深沉地指责着的空洞声音，镀着金，镀着蓝，不管怎样，都让我糟心。

因为它们不真。

因为一条绳索从一截脊椎到另一截脊椎能奏出的声音，不是礼拜的金和蓝，也不是悦耳的或者教仪化的，而是排泄的、血腥的、粗粝的。

就这样，突然之间，通过在我的意识中和我自己搏斗，从我的胃肠深处升起了一声爆炸，这声爆炸采取的形式就像疯人们把自己扔到我的锁链上。

并且割断了它们。

然后墙壁和房间又回到我身边，然后我懂了，尽管有这一切努力，这些超出地球的犯罪式的拉锯战，我仍然只是在这里，在罗德兹的精神病房里。

然后我忆起一番思绪，在藏地某处，卑贱的僧侣在某个山谷中使用绞架和绞车，他们管它叫人形的子宫，他们宣称他们在上面用锁链锁住了所有那些想要逃离其人类的个体意识的人，不管是在身体的层面，还是在有机的、智性的、神经的、感知的形而上学层面。

经过多年不可胜数的苦劳，他们成功地建立了一种原型性的结构，在它面前，在它们法律的铁枷之下，每一个出生过的人都必须俯首，领受被它们肢解和窒息的痛苦。

我认为藏地是地球上唯一这样的地方，那里绝对精神的独裁拥有严控自己的欲望，并且在物质的意义上成功了。

在那里我们可以看到无数的铁枷、虎钳、绞架、锁喉、膝枷、绞车、绳索和绞带；从一个寺院到另一个寺院，僧侣们走来走去确保它们按照古老的原则运转正常，这些原则和永恒的人类常规一样古老，像是深沉音乐的分律，每一个缝隙之处都像是有完全准备好上锅蒸熟的肉。

而且我认为很多严酷地变形成梦魇的梦是从人性的猴戏中来的，而僧侣们永远没有可能进入它。

难道在1950年之前没有人预测过：猴子的手会让历史的秘密钟面脱钩，并且和人类面对面，为的是对现实之族那倨傲雷动的空间宣告主权？

附：这难道不是真的吗：在藏地僧侣的千禧庆祝中，一个猴子的手，攥着一个男人的睾丸，说明僧侣们相信自己是从什么种族中出生的？

（1946 年）

## 病人和医生

病是一种状态，
健康只是另一种，
更蹩脚，
我的意思是更猥琐更小气。
没有不曾长大的病人，
　就像没有一个安康的人不曾躺倒过一天，只是为了避开得病的
欲望，就像我会过的一些大夫。

　我患病一生，而我只期许它继续。因为，关于我这过多的
业力，
　我生命中这私人化的状态总是教导我更多事情，
　远远超出那些中产阶级的橱柜：
**只要你还保持健康。**

　因为我的存在美丽但是低劣。而且不仅是因为它低劣
所以它美丽。
低劣、可怖，由丑劣构成。
治愈一种疾病是犯罪
等同于打碎一个孩子的头，生活要比这孩子肮脏得多。
丑陋是协调。美会腐烂。

　但，病，一个人不会因为鸦片、可卡因
或吗啡就飘飘欲仙。
　但你会爱上发热的
　　　　可怖，

爱上黄疸和背信
远甚于所有的极乐。


然后这高热，
我头脑里这流动的高热，
——因为我一生已有五十年
处于这发亮的高热状态——
它会给我
我的鸦片
——这一生——
通过它
我将成为一个发亮的脑袋，
从头到脚的大烟。
因为
可卡因是根骨头
而海洛因是骨头里的超人，

    **ca i tra la sara**

    **ca fena**

    **ca i tra la sara**

    **cafa**


而鸦片是这个拱顶
这血的拱顶的木乃伊化
这拱顶上的精液涂刮
这老孩子的排泄
这老洞的虚脱
这孩子的排泄

肛门埋起来的孩子
名字叫：

　　　屎，

　　　嘘－嘘，
疾病的良－心。


而，那父那耻的鸦片，


从父到子所以可耻——


你就等着灰土倒回你身上，
当你没有床受难如此之久。


所以我考虑的是
该由这个
恒常病中的我
来治愈所有的医生
——没有病所以天生是医生——
而不该由无知的医生们来治愈我可怖的
疾病状态
以给我强加他们的胰岛素疗法，
他们为这个
破败的世界
准备的健康。


　　　　　　　　　　　　　　（1946 年 6 月 7 日）

## 剧场和解剖

关于人的最后一个字还没有被说出。我的意思是，这个问题是这么来的：我们不知道人还会不会在脸的正中间戴上个鼻子，或者人头骨上的两个鼻孔，在永恒的桌子上瞪着我们，会不会厌倦了呼哧吸气、哼唧啜泣，永远也感觉不到或者相信它们为两个大拇指撑起来秘传思想的运行做出贡献。

剧场从来就不是为了描述人和他的作为，而是创生这样一种人，可以推进我们的人生旅程，而不至于同时化脓发臭。

现代人化脓、发臭，因为他们的解剖结构已经坏掉了，然后他们的性器官在他那两英尺的平方里很错误地放置，和脑子形成一种很坏的关系。

而剧场就是这个笨拙的木偶，音乐的躯干带着铁线上的金属尖刺，让我们保持一种战争状态，反对那些捆我们进病院的人。

剧场里的妖怪们，是种种由不再受疾病影响的骨架和器官构成的需求。——它们通过鼻孔把人类的激情排泄出去。

在埃斯库罗斯的作品里，人受难得很厉害，但他还是认为自己是一个近乎神的存在，不想进入膈膜，而在欧里庇得斯的作品中他最终沉溺于膈膜，忘了自己什么时候在哪里曾是一个神。

但现在我感到一扇快门回敲，一堵肺墙翻转；这当然没什么大问题；而现在我什么都感觉不到，除了一道或许仍喜欢抗议的老闪电。

这道闪电就叫作剧场：在那个地方你让自己的心充满愉悦，虽然我们今天在剧场里看到的东西让你既回想不到心也回想不到愉悦。

而这就是我的昏梦，我关于一位天生的原告的昏梦，回归的节点。

　　因为从 1918 年开始，而且不是在剧场里，是谁将其探头抛入"所有机会和财富的底层"，如果不是希特勒自己，那个出身于懒惰的猴子种族，不纯的摩尔多瓦－瓦拉几亚人。

　　旋转的圆锯每钻向人体的解剖一下，他就现身于舞台，一肚子鲜红的西红柿，上面覆着土，跟蒜蓉香芹酱似的。

　　因为所有还未诞生的剧场的所有舞台都为他留着一席之地。

　　他宣告残酷剧场的乌托邦，乃至于在刺网的场面调度中让脊椎骨节被锯。


　　　　yion tan nornan

　　　　na sarapido

　　　　ya yar sapido

　　　　ara pido


　　我已在声调的层面上说出了真正的残酷，

　　我已在态度行为的层面上说出了人工的残酷，

　　我已说出了原子的分子级战争，说出了每一条前线上的拒马，

　　我的意思是眉头上的汗珠，

　　我被关进了精神病院。

　　什么时候我们可以期待下一场肮脏的战争，为两毛钱的厕纸战斗，对抗那些出汗的胸脯，它们啃着我的眉毛，从来没停止过。


　　　　　　　　　　　　　　　　　　　　安托南·阿尔托


　　　　　　　　　　　　（1946 年 7 月 12 日，《大街》，第 6 期）

## 我是戏剧的敌人

而现在我要说一件事，它也许会让人大吃一惊。

我是戏剧

　　　的敌人。

我一直都是。

我越是热爱戏剧，

我就，因此，越是他的敌人。


戏剧是一种激情的洋溢，

一种力量的可怕

　　　的转移

　　　从身体

　　　到身体。

这转移不能重复两次。

最大逆不道的莫过于巴厘人的体系，因为进行了一次这样的转移后

　　　它并不寻求进行另一次

　　　而是诉诸一个特定魔咒的体系

　　　以剥夺

　　　星辰摄影的

　　　既有姿势。


（1946 年 12 月，手记 201）

## 当意识溢出了身体

当意识溢出了身体，身体也脱离了意识，
不，
是身体溢出了
意识从中出来的那个身体，
而意识就是这整个新的身体。

请长久并紧张地考虑某人，你们：
1．在我左睾丸上交叉双臂的吸血鬼，
2．颈背后靠的女人，
3．灰色的撒旦，
4．黑色的父亲
　　黑色的用功的小鬼，
5．最后还有昨夜在"新雅典"[1]
在反基督的深坑的揭示之后，
关于我黏水的左睾丸上整个造神系统的巨大揭示。

我们所过的生活是个外表
遮着我们中一些人可怕的罪恶色心留给我们的一切：——
行动和情感的一场怪诞的化装舞会。
我们的想法只是一次呼吸的残余，
窒息且被捆绑的
肺的呼吸
也就是举例说，如果人的动脉压是12，那么为了不超出这可耻的

---

1　巴黎皮加勒区的啤酒馆。

水平，它可以 12 次是 12，如果不在某个部位被抑制和捣碎的话。——

而得亏一个医生过来告诉我这叫高血压，高血压的状态可不好受。

我自己则回应说，我们都处于可怕的高血压状态，

若不冒险立刻恢复成一副骷髅，我们就没法失去一个原子，虽然生命就是一场难以置信的增殖，原子刚一孵出，就产下另一原子，而这事实上也立刻炸掉了另一原子。

人的身体是一个战场，我们最好回到那里。

现在它是虚无，现在它是死亡，现在它是腐烂，现在它是复活；

为了决心夺回事物而等待来自彼岸的不知怎样的天启，

不知怎样的彼岸的爆炸，

是一个荒淫的笑话。

现在必须夺回生命了。

那个下定决心同他不会进棺材的念头一起活着的人是谁——

那个相反觉得自己仍对其自身的死亡感兴趣的人又是谁——

尽管人们强烈地坚持让我们相信，但我们并无兴趣认为我们终有一天会死，会加入死者，会跻身死者的行列，会让我们的四肢与我们自己分开并在血清的尸堆（液体）里流散。

人不死去是因为他必须死去，

而人死去是因为有一天

　　　还没有那么久以前，

　　　他已迫使意识

　　　成了一道皱褶。

因为人不死去是为了返回并恢复生命，但这只是为了让出生命，为了退还人拥有的属于生命的东西。

而不论谁死了，那都是因为他想要副棺材。

因为他有天接受了这阵穿过棺材时的痉挛——

或许是被迫的接受，但它有效，

没有人死了而不同意它。

意识在出生前就活着。它活在某个地方，哪怕只是片刻。

所有活着的意识，都在不知哪个球体或哪个深坑里活过。

而那些深坑，意识就在这儿将它重新发现。——

无意识事实上会有什么用，如果不是为了在它的最深处包含这个先前的世界，总之不是一个世界，而只是意识曾经乃至现在都不能或不愿承认的一切的古老窝藏，被我们之外的其他人拒斥，它不受我们自己控制，而是听从我们体内这他者的命令，他者不是自我的重影或副本，不是意识的自我所披盖的一切的内在真皮，不是意识所不是的，或会成为或不会成为的存在，而是名副其实、真切可感的另一个，是从早到晚监视着意识的间谍的假手套，它希望意识会把它戴上。——

这他者不过是其他所有人的化身，他们总想涉足每个人的意识。——

精神分析写过一本书讨论老波德莱尔的失败 [1]，后者的生命并不领先他一百年，而是领先无数个世纪，这时间的无数个世纪在他的失语中回到了他身上——当他学着并试图说话的时候，但又有谁相信他，相信这些因想支配生命而患病的伟大诗人所做的断言。因为波德莱尔并不像人们说的那样死于梅毒，他死于相信的绝对缺失，也就是相信他在梅毒中得出且在失语中重述的难以置信的发现。

当他发现时，他就试着说，

在耶稣基督四千年前，他已在底比斯失去了他的一个自我。

而这个自我属于一位老国王。——

---

1　参见勒内·拉福格（René Laforgue）的《波德莱尔的失败》（*L'Échec de Baudelaire*, Paris: Denoël et Steele, 1931）。

当他发现时，他就试着说，他从来都不是克洛潘·图意弗[1]，

而是那位诗人，身处一个让人缝补诗歌的圣迹区，就在布列塔尼，在德洛伊教的祭司还没有定居家园之前。

而为了重新发现生命，人体雄鸡的骨骼，迎着一切拟声和意义，发现了

一个声调，没有回音或呼喊，

没有生命中的影子或重影，

没有说明五感的器官的旧轭，

而后，终有一日，

当乡巴佬的意识终于盛行起来，

其诗歌的音色便堕入木板的重量，

在这六十块木板的恐怖碾压之下，

他的身躯永远无法挤入其中。

因为为了治愈夏尔·波德莱尔，从来只须用几个有机体围住他，就足以

为重新发现真相而无畏地直面癫狂。

所以精神分析不得不畏惧真实，无论是看起来多么怪怖的真实，且不得不在象征中拒斥罪恶的整个施虐机器，夏尔·波德莱尔想要缝补的那块生命布料的编织机，为此我不知花了多少时间请求那几个身为其牺牲品的人继续做其生来就是的受刑者和命中注定的替罪羊。

(1946 年 12 月，手记 209)

---

1　克洛潘·图意弗（Clopin Trouillefou），维克多·雨果的小说《巴黎圣母院》里"圣迹区"（Cour des Miracles）的国王。

## 精神啊呸

经过浪漫主义，

象征主义，

达达主义，

超现实主义，

字母主义，

也就是，经过政治、哲学或文学之颠覆的一百个"流派"，

有一个词语，有一样东西依旧挺立，

有一种价值纹丝不动，

它无论如何保持着其古老的优越性，

这个词语和东西就是精神，

价值依附于精神，

价值属于精神的东西，

仿佛只需要陈述，

只需要让精神的充满磁性的词语在纸页一角上凸起，就能说出
一切。

仿佛人们在事实上就像从原则和本质上明白

精神是先天的术语，

典型的价值，

顶级的词语

由之出发名为人的野兽的古老的无意识返祖可以开始不再
失足。

因为担架被紧紧地捆着。

经过卡巴拉、神秘学、秘法传授、柏拉图主义和通心术的不知
多少个世纪，所有人都已明白，

身体是精神的孩子，

身体就像是精神的增稠，聚结，

　　或魔力堆积，

　　而人们无法设想，身体，就其天生的道路而言，不是精神同其自身力量的某种阴郁联姻的结果，不是精神在其自身道路上所选的一段里程的界石。


**lo kundan**

**a papa**

**da mama**

**la mamama**

**a papa**

**dama**


**lokin**

**a kata**

**repara**

**o leptura**

**o ema**

**lema**


**o ersti**

**o popo**

**erstura**


**o erstura**

**o popo**

**dima**

仿佛不先在某处拥有精神，就无法拥有身体，

仿佛名为身体的状态，身体的东西，在本质上生来就低于精神的状态，

且源于精神的状态。

仿佛身体是车，而精神是马，听从另一个名为马车夫的精神的引领。

仿佛身体是工厂的工人，而精神是老板，琢磨怎么把工人束缚起来。

仿佛身体是所有士兵的身体，而伟大的精神，这让他们大开杀戒的将军一声令下，他们就身亡命殒。

仿佛人们明白，对生命而言，身体是这肮脏的材料，而精神则在里头洗脚，

如果那不是一位嘉布遣会修士的靴子所爆发的战争的血洗。

而身体只能套紧车轭。

而我想看到一个正忙着处理其未来尸堆的精神的身体。

但我想先说说梦魇。

东拉西扯的怪话，不是吗。

突然生硬地切换，就像从精神转到梦魇。

梦魇来自所有的浑蛋，所有身体生出的玩意儿，全都充满了精神，为活命而施展魔法，且只靠精神，也就是魔法，活着。

没有纯粹精神的信徒，没有作为万物之本源的纯粹精神的信徒，没有作为纯粹精神的上帝的信徒，就绝不会有梦魇。

而每个人，当然，都不得不在世上抱怨梦魇，一觉醒来指责梦魇是其昨夜的折磨，却不牵出其他的意义，并未察觉事实的严重。

他不知道，梦魇是空虚所引入的谵妄，是其脑中固有的正常逻辑的混乱，是对其安逸下的毒药，是由低到高的干涉，

是流入其夜间呼吸的他人仇恨的水滴，

是一个精神鬼魂的滴注，是纯粹精神的一滴眼泪，

被一切的无能，或缺席，空虚，仇恨，虚弱，嫉妒，

悄无声息地灌入他的身体。

而对世上的绝大多数沉睡者来说，梦魇不过是一个要在起床时讲述的美妙故事，

就像埃德加·爱伦·坡、赫尔曼·梅尔维尔、霍夫曼、拉·穆特-福开[1]、纳撒尼尔·霍桑、刘易斯·卡罗尔或沙米索[2]创作的故事，梦提供了它们的素材，像是为了给生命添色，但它没有料到，它没想过告诉自己，有些人在有条不紊地追求梦魇，

为了停止生命，

为了替他们，

　　谋得，

　　生命，

不惜以受之袭击的沉睡者的剧烈扭痛为代价。

怎么做到？

通过利用人的睡眠，趁着睡眠给人的这一松懈，从一个人的分子生命状态的正常进程中，拔出一小片生命，一小块原子的血液网络，用来滋养他的生命。

梦魇绝不是一个意外，而是一种邪恶，由一个妓女，由一个妓女食尸鬼的嘴施加于我们，她发现我们富有太多的生命，于是通过精准的吮吸，在我们思想里制造了一些干扰，在我们沉睡且自以为无忧虑的身体的呼吸路线上制造了一些灾难的空虚。

那么创造这些梦魇的家伙是人，但这些人也是精神，他们曾想

---

1　弗里德里希·德·拉·穆特-福开（Friedrich de la Motte-Fouqué，1777—1843），德国浪漫主义作家，擅长奇幻风格。

2　阿德尔贝特·冯·沙米索（Adelbert von Chamisso，1781—1838），德国浪漫主义作家和诗人，《彼得·施莱米尔奇事》（*Peter Schlemihls wundersame Geschichte*）是其代表作。

待在……精神中而不在生命里走得更远。

　　而什么是精神，

　　事实上的精神。

　　我的意思是哲学除外。

　　为什么身体来自精神，而不是精神来自身体？

　　为什么精神持有种种价值，而身体只是其悲惨的外衣，其肉身化的材料？

　　仿佛有过一个名为肉身化的奥秘。

　　身体和精神之间有怎样的关系？

　　仔细一想什么也没有。

　　因为身体，人们知道它是什么，

　　但精神，

　　谁说它是一个本源，而生命里存在的一切都从中喷涌出来？

　　正是精神拥有论据，正是在精神中人们看到观念。

　　所有显露能量的东西都从这类子宫乳房中膨胀。

　　但，柏拉图，你让我们拉屎，还有你，苏格拉底，还有你们，爱比克泰德、伊壁鸠鲁，还有你，康德，还有笛卡儿也是，

　　因为人们大可以颠倒问题并说精神不存在，其价值或其论据也不存在，如果身体不在那儿，它至少让它们冒过汗

　　而一动未动的精神则心满意足地看着它们，

　　等着好好干它们一把

　　因为没了鸡奸的原则，精神就什么也不剩，只好清空地表，就像球体的广阔空虚，而柏拉图，这忧郁的无知者，曾相信那里有天会装满观念，但没有人见识过。

　　所以精神是一副装模作样和一阵虚张声势。

　　一缕鬼魂似的烟，只靠它从身体上骗来的东西活着，而身体纠结于一个要做的姿势

　　而不是一个观念或一个论据。

因为观念，论据，价值和品质到底是什么？

一些无生命的术语，只有当身体令它们冒汗时才获得实体，而身体大汗淋漓就是为了让它们下决心放开它。

因为身体从不需要任何人来定义它做过什么。

没有身体一天的劳作，一个观念绝不会诞生，

并且它不属于诞生它的身体，而是反对它，

恰好一个姿势的观念

也就是其影子

想要过它自己的生活。

在名为精神的行动下。

这些被驱逐的沼气鬼魂想给自己一个实体却不愿付出获得它的劳苦。

当人没有身体且什么也不是时，当人还从没有呼吸过时，为了把自己捏造成一个东西，并随之获得一个自由呼吸的位置，就必须有一种可怕的意志。

这事和观念无关，而是要克服一些恐怖的痛苦。

正是在那儿，大懦夫逃走了，大懦夫，纯粹本质之潮的大鸡奸犯，在原则和本质上，没有抵而抗之的身体，只是生存、上帝、纯粹精神、影子和潜在性的一切观念或论据的永恒通道上的一个洞。

这些精神，懦弱得不敢拥有身体，这些易挥发的沼气，比每一个劳苦的身体更轻，闲游于苍穹，而它们的空洞，它们生命的缺乏，它们的空虚，它们极端的懒散，就在那儿将它们维持为精神。

眼看人的身体在其之下，它们终于以为它们能更胜一筹。

由于受人蔑视和排挤，它们试着把所谓的精神状态赋予这一空虚，赋予其父亲和母亲的身体阉割，赋予其借一切充满生机或能量之物进行了断的无能，这是它们用最卑鄙的魔法来支撑的一种靠不住的尊严。

　　精神只是人的寄生虫，其身体活该得的皮癣，因为身体不过是一个只想配得上生存的微生物。

　　但，凭借怎样卑劣的手段，它如何有天自命为神？

　　这是个从未披露过的故事。

　　而我说精神，啊呸。

　　我太清楚精神通过怎样的鬼魂狂欢最终抢在那个比它先行一步的身体之前夺得了它的位置。

　　我太清楚人们所谓的精神只是存在的面粉短缺，它不愿自己承受身体，却指望身体在生命中失去的东西来承受身体并确保其生计，

　　它完全控制着身体。

　　劳作的身体没有时间思考，或像人们说的那样，产生观念。

　　观念只是身体的空虚。在辉煌现实的两大运动之间，身体通过其唯一的在场，

　　不停地强加缺席和缺失的干涉。

　　不是物质在思想之前得到了激活，

　　而是它还没有被激活，

　　它从没有朝知觉活跃蹦跳的方向走去，

　　在那里辩证或话语的生命能被说明，而文化得以开始，

　　也就是说身体总已经存在，身体，其存活或存在的方式，和所谓的精神或观念，

　　还有所谓的灵魂，

　　绝无任何关系。

　　身体是一个事实，无需观念，

　　或感性的情绪，

　　但自其幽暗穴洞的深处，它抛出一副样子，就连心脏也来不及在那里感觉其自身的存在。

　　也就是说，当我看到克洛岱尔在世纪之初向精神求助时，我还

能让自己窃笑，

　　但当我在……那里看到精神一词，

　　如亘古不变的价值，如万物所归的永恒实体的召回，

　　我就告诉自己，这是藏污纳垢，而神已舔了他的屁股

　　一直以来都这样

　　不值得继续说下去，

　　没什么用，一笔该算的烂账。

安托南·阿尔托

（1947 年）

## 我在罗德兹死于电击

　　所以就这样在每日生活之上，意识形成了存在和身体，人们可以看到它们在大气中聚集并碰撞，显现出各自的个性。而这些身体又形成了恐怖的宗教评议会，在最后的裁决中讨论世上能成为生命的一切。

　　我不是安德烈·布勒东，我没去过巴尔的摩，但这是我在哈德逊河畔看到的事。

　　我在罗德兹死于电击。

　　我死了。在法律和医学的意义上死了。

　　电击的昏迷持续了十五分钟。半小时以上。然后病人呼吸。

　　而电击一小时后，我还没有醒来，并停止了呼吸。惊诧于我反常的僵硬，一名护士找来了主任医生，后者做完听诊，没在我身上

发现任何生命的迹象。——

我，自己，记得我那一刻的死亡，但为了披露事实，我并不依据它们。我严格地遵循罗德兹精神病院一位年轻的实习医生让·德凯克为我提供的细节，而它们又出自费尔迪埃尔医生本人之口。

后者告诉德凯克，那一天他以为我死了，并叫来两位精神病院看守，命令他们把我的遗体运到太平间，因为电击过后一个半小时，我仍没有苏醒。

好像就在护士进来要把我的遗体带走的那一刻，引起了一阵轻微的抖动，之后我才突然醒来。

我自己对此事有另一段记忆。

但我为自己保留了这段记忆，它成了秘密，直到有一天让·德凯克医生从外面向我透露了事实。

而这段记忆就是，让·德凯克医生跟我讲述的一切，我都看到了，但不是在世界这头看到，而是从另一头，就是从电击发生的病房里看到，在它的天花板下，虽然有时候对我来说既没有病房也没有天花板，但在我身体上方大约一米的半空中，好像有只流体化的热气球，在我的身体和天花板之间摇摇晃晃。

我的确绝不会在任何可能的生命中忘了这剧变和窒息的括约肌的恐怖通道，而众生的集体犯罪非逼着垂死者从中经过才肯罢休。在奄奄一息者的床头，有不下一万个造物，而我已在那一刻注意到了。

所有这些造物在意识上全体一致，他们不想把生命还给死者，除非死者完成偿付，彻底绝对地放弃他的遗骸，因为造物甚至不会归还其了无生气的身体，尤其是他的身体。——而你们想指望一个死人在坟墓里对他的身体做什么呢？——

我是你而你的意识是我，这是那一刻所有造物说的话：店伙计、

药贩子、杂货商、地铁检票员、掘墓人、磨刀工、养路工、作坊主、银行家、神父、工厂老板、教育家、学者、医生，

没有一个缺席这不祥的关键时刻。

可惜除我之外没有一个死者像我一样回来确认这事，因为通常，死者，其实都不回来。——

电击结束了，这一回不像头两次那样发生。

我感到它并没有退去。

而我整个内在的电的身体，这许多世纪以来一直是所有人负担的内在的电的身体，其整个谎言，倒翻过来，在我身上如一场火焰的无边回转，变成了我铅制的身体所拘禁的生存边界上密布的虚无之单子，而身体既无法摆脱它的铅重，也无法像铅造的士兵一样站立。

我再也不能是我的身体，我不想成为这阵拐向死亡，绕着它转，直至终极分解的呼吸。

就这样纤维接着纤维，扭曲并折叠，我觉得自己成了一场不可能之剧变的恐怖走廊。而我不知道怎样自缢的空虚用其黑暗的空隙入侵了我，

但我就是这空虚，

并且我被吊着，

至于灵魂，我不过是几次窒息之间的一阵痉挛。

身在何处又如何脱身，这是我被四处勒紧并堵住的喉咙里唯一惊跳的念头。

既不通过灵魂，也不借助精神，这是我穿过每一面炭黑的肉墙抛出的东西，

而这一切都是先前的世界，每一次敲打如是告诉我。

留下的会是身体

没有精神，

精神即病患。

（1947 年 2 月 4 日和 5 日，手记 211）

## 失语十年

语言丢失已有十年，
它的位置留给了
这充满大气的雷声，
　　　这闪电，
面对来自存在的贵族的压强，
来自所有高贵的存在
　　　来自屁股，
阴道，鸡巴
　　　lingouette
　　　plaloulettee
　　　plaloulette
　　　pactoulette
来自体膜的迷醉，
来自薄膜，

肉体情欲的高贵种族，

顶着我，身体的单纯处子，

十年了我再一次炸开中世纪，

连同它的贵族，它的法官，它的监视者，

　　首先是它的神父

　　它的小礼拜堂

　　它的大教堂

　　它的教士

　　它白色的圣餐小饼干。


怎么做到？

用一个

　　反逻辑的，

　　反哲学的，

　　反智力的，

　　反辩证法的，

　　舌头弹动

用我黑色的铅笔按下

　　仅此而已。


这意味着我一个疯子，一个傻子，

因为驱魔和神秘的通路被关在疯人院九年，而且我

被污称臆想我自己发现了一种魔法，而这就是所谓疯了，

　　人们必须相信这是真的，

　　因为在我被关押在阿韦龙的罗德兹的三年里，没有一天，费尔

迪埃尔大夫不在早上十点半，探视的时间，过来告诉我：

　　阿尔托先生，无论你自己有多期盼，社会是不会接受的，而我

在这里是社会的代表。

　　如果我魔法的通路真是疯的，那么它对社会有什么妨碍呢？社会感觉不到它受了攻击或中伤，它只是不得不蔑视我忽略我。

　　但是费尔迪埃尔大夫把自己当成社会的保卫者，给自己一个保卫社会的任务，就必然认定我所谓的魔法，所谓的通路，因为他把我和社会完全放在对立的两端。

　　所以我说那被漠视的语言是一道闪电，而现在我正从呼吸这一人性的事实里把它带出来，用我的铅笔在纸上的笔触批准它。

　　从 1939 年 10 月的某一天起，不画出点什么我就再也无法写出点儿什么。

　　但我画出的东西

　　不再是来自艺术的，

　　从想象中转写而来的主题，它们不再是引发情感的形象，

　　它们是姿势，一个动词，一个语法，一个算法，一整个卡巴拉，一个在另一个上拉屎，一个在另一个上拉屎，

　　画在纸上的从不是素描，

　　不是对迷途感受的重整，

　　而是一台会呼吸的机器，

　　它首先是一台机器

　　同时它还会呼吸。

　　它是对失去的世界的追寻

　　那个世界没有什么人类的唇舌可使之周全，

　　它在纸上的图像甚至都只是痕迹而已，是一个消逝了的
　　　　副本。

　　因为真正的劳作，

　　在云里。

　　词语，不，

　　一声呼吸到满的时候

　　无谓的碎片

但那里只有

最后的审判

才能裁定价值，

证据，

至于文本，

在何种蜕变的血潮中

我才能够让人听到

这腐蚀的结构，

我说听到

这建造的结构，

在那里素描

一点又一点

不过是对一种钻探的偿还，

是对地下世界

亘古不变的休眠身体的

那一钻探的推进。

但这简直就是嘴仗，不是吗?

可不可以把你的灯笼再点亮一点儿呢，阿尔托先生。

我的灯笼?

我说

看看用我的呼吸度过的十年

我呼吸艰难的形式，

　　　紧压的形式，

　　　不明的形式，

　　　不羁的形式，

　　　在我的身体

还未成的灵薄狱里

没有拱顶

而它即是如此完成
而我发现
每次
都有一万造化
前来批评我，
前来阻拦我
尝试到达
被刺透的无限之边界。

上述这些就是无论如何
我用来构造手记的素描。

无论如何
妓女
哦妓女，
它不来自世界的这一边
它不在世界的这种姿势里
它不在这个世界的一种姿势里
而我说
而我想
且也能
指出我在思考什么，
而他们会明白，
他们会感受到，
他们会注意到，
通过我那笨拙，
但如此狡猾
如此有技巧的素描，

它对这个世界说**屎**。

它们是什么？
它们什么意思？

人内生的图腾。

咒符，
用来回归
人。

在我真牙的凹陷，
　　　虫蛀
　　　小拱廊
之间所有的呼吸。

没有一次呼吸
不是用我的肺
用尽全力而抛出，
用我吐纳的滤网进行，

没有一次不在回应
一个真正的生理活动，
它不是，
不是一个形象化的翻译
而是像物质化了的纸张上
有效的滤网一类的东西。

看起来，我是，一个作家。

但我在写作吗？

我制造句子。

没有主语、动词、状语和补语。

我曾经从字词中学习

它们教会我一些事情。

轮到我教会它们一种新的行为模式。

愿你的凝灰岩垫座的圆头

为你谱写一片比维阿尼红

趁着挈宫地籍的流氽。

这或许意味着女人的子宫变红，当梵·高，这人类的疯狂抗议者，为太过高超的命运的天体涉过它们的征程。

这意味着此时一个作家就该关闭店铺，

并为文字留下

写好的文字。

(1947 年 4 月，手记 285)


## 人的身体


戏剧是自由

自由自由

　　　自由

　　　没有三段式。

智慧是个屁

天赋是个屁

精神是个屁

科学不是，

它不进入知识，

知识不进入意识，

意识不进入生存，

生存不进入身体。

哪里没有感觉像个存在的东西，（存在见鬼去了：完蛋了），哪里就没有身体。

如何没有存在却有一个身体？

这比完蛋还要完！

剧场是一台奇怪的自然机器，其创建的目的是让一切自以为存在的东西沉默，因为它们并不存在。

从一个身体传向另一个身体，既非词语也非言语，姿势，神态，话音，呼喊，叹息，

深刻的吹气法对人唤起遗忘，

忘掉单纯的身体周围能够存在的一切。

人的身体。

但谁说它是个存在并且存在着呢？

　　它活着。

这对它还不够吗？

我在你面前得到了虚无，神

对精神诉说身体，因为我活着。

而身体是什么？

何谓身体？

我们把按人的模型造出的一切叫作身体，

而那模型就是一个身体。

谁说过或谁会相信这身体已经完蛋，完了。

要是它已停止活着，

停止前进，

它会去到哪里

不在某一永恒中，而在无限的时间里。

这么说过的人

他会去到哪里？

没有人。

到目前还没有人。人的身体从未完结。

是它在说话，

在击打，

在前进，

在活着。

精神在哪里，

谁曾见过它

除了让你们相信，

你们一个个身体？

它就在身体面前，

在其周围，

如一头牲口，

一场疾病。


所以身体是一个无限的状态，需要加以保存，

保存它的无限。

而戏剧就是为此产生。

为了让身体进入行动的状态

　　活跃，

　　有效，

　　实在，

为了恢复身体

在动态和协调中

整个有机的辖域。

为了不要忘记

身体装着活动的炸药。

但知其者所处的世上人的身体只用来

　　吃喝

　　拉撒

　　睡觉

　　性交。

当人的身体在它已说透的交配中完成时，

性的交配却只是为了让人在高潮的亢奋中忘记身体是一颗炸弹，

一枚磁化的鱼雷，

在它面前，比基尼的原子弹也只有且只是科学和一声

陈年憋屁。

真正的戏剧始于埃斯库罗斯之前

而在埃斯库罗斯那里

它已被嵌入，它在一种所谓的虚构现实里死亡，

但那里历史的每一个屁，

　　科学，仪式，智慧，

　　精神，家庭，

　　社会，

　　神灵，创世，圣诞，

　那里，在饱满的处女膜上，炫耀其适合同人类的全部乌合之众

交媾的自命野蛮的膜片。


机器力量嗝出火焰，

原初的身体什么也不认

不认家庭不认社会，

不认父亲不认母亲，

不认实体

建制的暴徒们

所纠缠的创世。

它什么也不认。

　　　它打嗝。

　　　拳头。

　　　脚步。

　　　舌头。

　　　牙齿。

它是野蛮的骨骼

发起的一场

无始无终的颠颤，

一场炽热的碾碎。

这就是残酷戏剧的身体。

讲述激情对之有何意义。

爱情对之有何意义既然它牙上长着爪。

牙上长着死亡。


这戏剧没有观众，没有舞台，只有演员。

胆子够大的演员。

当我找到了 10 或 15 个这样的人

　　　那么

我就会开创

　　　残酷戏剧。


　　　　　　　　　　　　　　　　安托南·阿尔托

　　　　　　　　　　　　　　（1947 年 5 月，手记 295）

# 我再也不信诗歌里的话

我不再相信诗歌里的话，
因为它们提不出什么
也做不了什么。

以前有些诗歌会派一位战士去割自个儿的嘴巴，
但嘴巴割了
战士也死了，
而他的荣耀对他还剩什么？
我是说他的激情还剩什么？
　　什么也不剩。
他死了，
这被用来在课堂上教育他之后的那些傻瓜和傻瓜的子孙，他们
已奔赴原子式指挥的
新战争，

我相信有一种情况：战士
嘴巴割了
并死了，留在那儿
他继续战斗
并前进，
他没有死，
他为永恒前进。

但谁愿意这样
除了我？

而我，让那个要割我嘴巴的人来吧
我等着呢。


（1947 年 5 月，手记 300）


## 剧场和科学


对我来说真正的剧场似乎总是一种危险和可怕的行动的练习，
在这里剧场和演出的观念被抛弃
正如所有科学、所有宗教和所有艺术的观念一样。

我这里谈到的行动的目标，是人的身体的一种真正有机的身体
性的改变。
为什么？
因为剧场不是这个场景的炫游，在那里人虚拟地、象征性地创
作出一种神话
而是火和肉相遇的这口真的坩埚，其中
通过对骨头、四肢和音节的一种解剖性的践踏
各个身体得以更新
而神话的行动也让一个身体
从肉躯上痛苦地展示出自己。

如果你正确地理解了我，你会知道这是一个真正创生的行动，
而对每个人来说，要在真实人生的平面上表演它，则有些荒唐——
实际上，太傻。
因为目前为止，没有人相信一个身体可以变化，除非通过时间

和死亡。

现在，我重复，死亡是一种发明出来的状态

只有一切虚无的巫师、法师、召唤师的乌合之众才能让死亡持续存活，对于他们死亡有利可图，几个世纪以来他们都靠这个汲取营养，

在人称的中阴态中存活。

除此之外，人的身体是永生的。

这是个古老的故事，而今天要用直率的方式让它再次与时俱进。

人的身体只有当我们忘记如何去转化它、改变它的时候，才会死。

在那之外它不会死，它不会归于尘土，它不会穿过坟墓。

宗教、社会和科学从人的意识中如此获得的，虚无残忍的笑话之一就是，在某一个给定的时刻把它带离身体，

让它相信人的身体是可消逝的，在过段时间之后注定要说"永别"。

不是，人的身体无法消逝，它是永生的，而且它在变化，

它在肢体的意义上、物质的意义上

解剖的意义上和显现的意义上，都在变化，

它的变化可见，而且就在原地，前提是你真的发愿去承担物质意义上的麻烦，做出改变。

曾几何时，存在着一种比科学方法少一点魔力的方式，对此，剧场只是有所触及，

通过这种方式，在人的身体还被认定为邪恶时，

人的身体可以从一个身体

　　过渡，

　　　　转运，
　　到另一个身体
　　肉体地，物质地，
　　客观地，好像是分子级别地，从一个
　　消逝已久，早已失去的身体状态
　　过渡到另一个被力量加持的，将要到来的身体状态。
　　而这就足够让你自己面对身体那所有戏剧性的、由深而外的逃
难般的力量。

　　所以这里的问题就是革命，
　　而所有的人都在呼唤一场必要的革命，
　　但我不知道是不是有足够的人明白，如果不是肉体性和物质性
地完成，这场革命就不会是真的，
　　如果它不转身面对人，
　　面对人自身的身体，
　　而且一劳永逸地决定要求他改变。

　　现在身体变得不尊贵了，变得邪恶了，因为我们就生活在一个
不尊贵的邪恶的世界里，它并不想让人的身体有所改变，而且按它
自己的格局
　　从各个方面，
　　从每一个必要的方向，
　　它都四处派出其妖气重影的众多船奴，防止这个身体变化。
　　世界就这样陷入邪恶，不仅仅是在表面上，而且也在地下秘密
地耕作，以保持这使之如此的邪恶，而我们已让世界如此，以至于
万事都是从邪恶精神中诞生，并处在了邪恶精神的中心。
　　不仅道德腐坏了，就连我们生活的这层大气也从精神和物质上
腐坏了，连同切实的诗意，淫荡的外表，有毒的精神，感染了的器

官，这些都可以用裸眼看到，假设你有这裸眼，就像我一样，漫长地、凄苦地、系统地从中受苦。

并且这里，幻想或诞妄根本不在考虑之列：不，这里，关键是要这样肯定地、人情练达地从一个恶心的灵魂世界里用肘挤出来，在那个世界里，每一个无法衰灭的演员，每一个呼吸的未创造的诗人，总是被迫去感受那可耻的聚会，用他最纯洁的飞行去制造污秽。

而且没有什么政治或者道德的革命是可能的，只要人还继续
被磁铁式地压抑，
在他最基本、最简单的生理和神经反应的层面，
被来自一切开创者的可疑中心的那道德败坏的影响所压抑，
那些人，舒舒服服坐在他们二元分裂主义温暖的电热毯上
嘲笑着革命和战争，
对切实的社会存在并持续于其上的解剖秩序非常确定
再也不知该如何去改变。

如今，在人类的呼吸中有了声调突然的断裂和转变，从一声嘶喊到另一声嘶喊，有了突然的转移，从中整个事物的开放和上升都可以被突然地激发，从而可以支持或者液化一个器官，就像你可以从杂乱的额山中拔出一棵树。

如今，身体有了呼吸，有了一声嘶喊，凭着这声嘶喊身体可以在有机体分解的最低层次上行动，而且可以把自己可见地向上运送到高处流光溢彩的层次，最高身体已经在彼处等待它。

在这一操作里，
在猛掷出的呼吸的有机嘶喊的最盲目的深渊中，

血和情所有可能的状态，整个身体琐细枝节的战斗，都可见了，
从精神性和感受力的宗派主义的假怪兽中脱颖而出。

在时间的历史中，有无比长的时期发生过这种生理层次的行
动，那时邪恶的人类意志绝无机会聚集其力量并演化，以至于现
在，他们的怪兽自交媾中产出。

如果在某些特定的时间，对于某些特定的种族来说，人类的性
最终到达了这个黑点，如果这种性释放出其受了感染的影响力，

释放出可怕的身体毒素，

麻痹目前的意志和情感的所有努力，

并让所有蜕茧变化的努力不可能

让决定性的完全的革命不可能，

如果是这样，那是因为过去的几个世纪已然拒绝了某些特定的
生理变形，

拒绝了人体真正有机的蜕茧进化，

而且由于其残酷的劣迹，

其物质的凶忍

及其广度，

它们在微温的精神之夜的黑影中投下了

人心所有心理的、逻辑的或者辩证的戏文。

我的意思是，身体囚禁着呼吸，而呼吸捆绑着身体，它们律动
的压力、险恶的气氛压迫，无论何时浮现，都让意识所能焕发的一
切激情或通灵状态绝育。

身体具有一定程度的张力，冲撞，不透明的密度，忍受的压抑，
它把所有的哲学，所有的辩证法，所有的音乐，所有的灵知，

　　所有的诗歌，

　　　所有的魔术，
统统留在后面。

　　我不会今晚就告诉你什么东西需要无数小时的持续练习才能开
始让它自己可见；
　　除此之外我还需要空间和空气，
　　尤其是我还没得到的一次起航。

　　但在将要被讲出的文本之中，你定然会明白
　　讲这话的那些人发出的声声嘶喊和阵阵冲动，
　　他们诚心诚意地奔向整个身体的一场革命，没有这场革命，就
没有什么能被改变。

（1947 年 7 月，手记 329）

## 我唾弃天生的基督

　　在基督这个观念里
　　一边是神话
　　一边是历史

　　这神话现在的价值等同于
　　一些伟大的诗性故事，

　　不是说它有价值
　　它是假的

因为它的故事里
并没有包含
大约两千年前
生活在犹太地
这位真正的基督
他在希伯来语里的翻译
意为驴屁，
驴
屁眼里，
屁－眼里
进一步打开的
驴窖的非基督的
　　　气体。


事实上这关乎灵魂之义，
关乎一种天生的灵知主义
它残暴地包着万物的硬壳
而基督的那一整个老故事
总在构建它。


能非常肯定这个故事：
拿撒勒的耶稣基督在行教导
但如果它代表一种精神
它就不代表一个人


因为所有神奇的通心术
其基础都在于它自己
绝对不可简约为

任何可能的物质性的转世。

精神是身体的高门
精进
并且用百折闪电
来指示
那扇门已经永远
关上。

但什么时候有了基督
行教导的故事？

从另一方面讲
如果一个神降世
于此内在的呼吸
在某一神奇的启示
中彰显它自己
且一个处女将要生他
以转世他并给他物质的形式。

**hoeck tirbi**
**shakh bi**

**jaz bij**
**che tif**

所有这一切既不
美丽

也不真实
而且也很幼稚
正像所有事情
只不过就是人的事


如果基督是神
他就不需要
一个处女的子宫
来作为他是神的指征


他就在那里但从来
没有人看一看


有关万物那扇充满灵性的高门的故事
考虑起来要精彩得多
神奇得多。


万物并不从
一个灵性的神中来
而是从一个人性的人中来


他用手
用他意志的呼吸
创造了它们


但没有一个基督
或者处女
　　　来探掘

他性中湿腐的土壤
好像一个猴子用它自己的脚指甲
出土它的新生儿。

而人想要的只不过
　　　是
圣灵永远不会挥发

而耶稣基督这个词的故事实际指向的是另外一个恶劣的故事。
它指代的是这个从性中生长出来的精神，
经过了一种强制性的原则的搅打。

原则也为人的舌和手所迫，
那人突然放了个恶臭的屁
这屁应激而发，突然转向。

不管怎样在这整个的基督教故事中残留的东西
是耶稣基督
他来自那据称是
其父的约瑟·那帕斯
所属的基督家族或者驴屁
就此最终有可能建立了一个邪教
那突然飞升或下降的上帝的邪教

但他没有用他的血建立它——因为当他发觉
耶路撒冷的气氛对他太危险
他就没留在那里等那些可能会来捉拿他的士兵，
但他急匆匆滚出了城。

而那是另外一个角色，
一个无名的人，
祭司们对他的厌恶要甚于
那个死在
十字架上的人，
不是死于偶然，
而是为了捍卫他的思想。

这个人是谁
谁也不是，我说
他的名字没人知道
他的存在被精心掩盖了
被所有时代的所有祭司永远掩盖了
因为和他们一样
他不属于
邪且恶的
圣灵世界，
他们避难于自个恐惧的屁眼
死亡出现的声息
所不止歇地孵化的恐惧。

这个人是一个不信神的幽默家
他坚持说死亡不存在，
   圣灵不存在
   神也不存在
当初只有人
   一个人
创造了万物

不是像圣灵物质化了或者降于此世
而是像身体一下子揭示其身体性的状态，
其令人心安的客观的在场
没有任何内在的深度
能让坏心筑巢在事物之后。

万物即是如此
事实上它们即是如此被创造出来，
如果坏心存在
那也是祭司们造出来
为了能野蛮地吓阻或者监禁
那些本来会有意愿去展示自身的
人的自由意志。

> **shonauch au mal**
> **ato not me**
> **romé**
> **saba**

> **shiambi crislt**
> **abo ato ini itié**
> **itia**
> **shianbi crislt abiacsk**
> **ato ini itia**

正因如此这个人才被钉上十字架。

他的名字没有留下来，但他貌似可在祭司群中被找到

凭着那会发出绝对不可见性之呼吸的噪音，
凭着那彻底的虚无性的状态
没有记忆，也没有可能回头
到达一个存在，无论那是什么样的存在。

**non aumong armag**

mais

**arhmong amag tamau**

因为万物总是在同样的点上，并未改变，依然是祭司的脏手持
有不朽性的深渊，当他们故意系统地把这个世界置于悲惨的角度之
下，置于良心的破产之下，置于绝望之下，置于彻底的肉身饥饿之
下，置于死亡之下。

这个世界相信自己混乱，无序，没有目的。并非如此。有人引
领它，但它又对其阴险的引领者感到绝望。因为它有一段可怕且令
人眩晕的历史，而我会在最后审判的日子把它说出来。

因为在各各他按祭司的命令被处决的那个无名者就是我，我不
是基督而是任何一个人，我同所有时代的所有祭司有一笔公开的小
账要算。

附：就是这些祭司
有一天我会真的在墙头炙烤他们
然后在追随他们的人鼻子底下
给他们涂上油膏。

**ma kleta zama kabafa**

**ma kabafa**

**auma kaumon**

（1947 年 8 月，手记 354）

## 成为基督

成为基督

不是

成为

耶稣基督。

从上帝那通奸的精子中降世的圣体妖孽的故事已足够让我的心

脏冒汗，

让我的精神厌烦，

所以我要提起它，提起我所关心

并且，我说，是主要的部分，

其他的都只是厨房里的闲言

街邻四舍的粗鄙

军营里的杂七杂八

或者干脆

**不**

别碰它**老狗**

每个人

天生的兽

和万物

的猫

令人生厌的妖气

不会再继续以

耶稣基督

这老幼鸡奸的邪名

降蛊于我们

两千年前它从耶路撒冷低劣的下水道中散发出来

从此在一切可能的高尚精神

　　　　在一切科学

　　　　在一切有所成就的人的嘲笑中

四面八方地传播开来


因为耶稣基督是不敬神的玩偶污秽的名字，是活了的吸血鬼，

是万物的内行

　　　　母体

　　　　得了梅毒的嘴唇，

每几千年自动形成，

而且随时准备再次成形。

我不知道在哪里但我确信这一次它在土耳其斯坦大草原那边，

如果一个人不下定决心让它们来做，

如果一个人不把手一劳永逸地放在其所有肮脏的巫师的脖领

子上

以把它们串在烤肉叉上

而且，

是一丝不苟地把

它们堆起来

并活埋到滋滋响的烤架上之后。

我们知道这个妖孽的名字，这个二千多年来受基督徒们膜拜，名叫耶稣基督的黑魔法师，

他真正的名字叫作纳尔帕，

来自一个贱民的家庭，

意思就是不可接触的，没人可以接近，

但不是因为他们有疾病，

而是因为他们的习俗

让他们成为某种特定类型有病的人，

带着瘟疫的负累，带着褥疮，带着黑死淋巴炎，带着溃疡，带着肿瘤，

总而言之流着汗呼吸着一种黏糊糊的液体，

其中鼻涕混合着

果馅和腐坏的唾液

而血混合着尿

混合着内脏的体液，

最后混合着排泄物。


这就是人性污秽的酵母，

除了把人的状态兽性化之外从来没有过任何其他的目标

（因为它相信这是精神修炼，且做起来井井有条，貌似是个目标），

这就是从黑母体破损的嘴唇中

　　喷射出的标本。


因为它之前被叫作

现在也被叫作弥赛亚或者基督

（也不知道基督

在希伯来文里的意思其实是

　　　**驴屁**）
　　而基督们是铁石心肠的人
　　构成的家族
　　自大洪水以来就留存在世上
　　他们以一种石化的潜在状态
　　待在那里
　　待在人性和畜态之间，这让**基督**家族的
　　每一个成员
　　变成某类模范的猴子，天生的毛驴，
　　变成还没有为人的生活做决定的人，
　　但他又无法彻底维持一头驴的生活，
　　并建构了基督养育的这个贱种家族
　　在那里他最好自己把自己养育出来。

　　这就是，我说，那打了孔的木偶，基督徒们以钉上十字架的耶
稣基督为名崇拜的
　　丑恶的人之铁模。

　　他们从不觉得太恶心。

　　如果没有别的基督，
　　没有其他无身的木偶
　　远离身体的邪行和污秽，
　　降入地狱
　　打破纯然道德的人性锁链
　　且两千年来每天都
　　降临到祭坛上。

如果还有什么残余，那是万物迷失的身体生出的胎儿的残余，
每千年它都这样普遍地
通过万物物质化的母体之唇出现，
而若不是通过重生又转世的
野兽们最肮脏的巫术活动
它又怎么可能存在呢？

**koïmonk**

**redi**

**talik**

**onok**

**koïmonk eretiki**


**enoch**

**tapo**

**kalen**

**elen**

**meinarck eretiki**


**yamon terbo**

**dorfel**

**te dan**

**e netezo**

（1947 年，手记 357）

## 我活着

我活着
而我一直以来都在那儿。

我吃了吗?

不
但当我饿了时我就随我的身体后退而我自己没有吃掉我
但这一切已经瓦解
一个奇怪的操作发生了
我没有生病
我重获健康
总是通过重回身体后面
我的身体背叛了我
它没有完全认出我
吃就是把应留在后面的东西带到前面。

我睡了吗?

不,我没有睡
为了懂得不吃就必须守身如玉。
张开嘴
就是迎接疫气。
于是,没有嘴!
没有嘴
没有舌

没有牙

没有喉

没有食道

没有胃

没有肚子

没有肛门。


我重构了我所是的人。


（1947 年 11 月，手记 374）


## 在人受苦的地方


在人受苦的地方

人知道他在受苦

人感觉到他在受苦

并且

有条不紊地

心甘情愿地

把他造的东西

把他吃的东西

维持

于永恒痛苦的中心

而不允许它们棉絮般塞满一个总是无用的

器官

那里有个存在等着它们

手记 377，第 10 张正面

就这样，最卑鄙地无用且多余的东西其实莫过于那个叫心脏的器官，它是众生所能发明的从我身上泵取生命的最龌龊的手段。心脏的运动不过是存在对我不停施加的一种操纵，目的是夺走我一直拒绝给它的东西，也就是维持生存所必需之物——

> 众生就是这潜在
> 寄生虫的生命
> 它在真正生命
> 的边缘被创造出来
> 最终妄图
> 取而代之。
> 因于其自身的当前生命
> 恰好构成了
> 真实生命两旁的存在
> 其中的一个分支
> 它最终忘了它的虚假
> 妄图拥有真实的生命
> 追随其卑鄙的运动。

（1947 年 11 月，手记 377）

## 存在有无数状态

> 存在有无数状态
> 它们越来越危险
> 而人并未意识到。

非存在也有一些状态
可以说它有一些状态
而存在的某些所谓的状态
能够完全地属于它
但人可以在其状态里
获得存在等等……等等……


而你对我的身体
做了什么
　　　　神?
这是每个人
作为一个人
目前应有权
感叹并提出的问题。


因为
神是什么?


在一具唯一的身体
生存的
努力周围
所有的懒惰
和所有后天的懦弱
形成的普遍聚集的财团。


神这存在的
伸缩自如且淫乱的
物质的豆荚

想要献出自己

让人接到，

却不想

让人抓住。

触摸，把玩，

摩擦，搅和，

并不献出自己

所以总是这个想法

　　　即有

第三个人

或

　　　元素

担负了

　　　运动

　　　或

行动

的物质。——

　　　　　　　　　（1947 年 11 月，手记 383）

# 我不容许

我不容许

我绝不原谅任何人

在我的整个生存期间

能脏兮兮地活着

而这
只是因为一个事实
即我
就是神
名副其实的神


我是一个人
而非所谓的精神
精神不过是我之外另一个人的身体
在云层中的投射
而它
自命为
　　　造物主


现在人们知道了
造物主的丑恶历史


这段历史属于那具身体
它追逐（而不追随）我的身体
并且为了首先
经过和
　　　诞生
它穿透我的身体
迸射出来
并通过我身体的内脏脱落
　　　而诞生


它在体内保存我身体的一块

以
　　冒充
我自己

所以除了
　　我和它
就没有任何人

它
　　一个卑贱的身体
各空间都不接受它
我
　　一个正在形成的身体
因此还没有达到
完成的状态
但它在演化
朝向完全的纯洁
而不朝向完全的亵渎
就像所谓的造物主的身体
它
自知不可接受
并想要
　　活着
仍不惜一切代价
发现对存在而言
　　最好的
　　莫过于
　　从我谋杀的

　　　　代价中
　　　　诞生。——


我的身体已被重造
不顾一切
迎着
并经过病痛和仇恨的
　　　　千次攻击
每一次都摧毁了身体
并让我死亡


而就这样借着死亡
我最终获得了真实的不朽。——
而
　　　　这就是万物的真正历史
　　　　正如它已真的过去
　　　　且
　　　　不
像掩盖现实的
神话
传说的氛围里见到的那样
但
　　　　这真正的历史
作为我的历史
是可怕的
它属于
　　　　一个
追求

　　纯洁

　　和善良

的人

　　但

　　从没有人追求这些

因为人向来只能适应

　　污秽

　　亵渎

　　不公

　　和谋杀

要做到纯洁

　　太难

可当我们应该纯洁

反对普遍的邪恶意志时

一切又都勾结起来反对我们

并竭尽全力

以将我们

强行地

　　维持

于恶

求善成了一件

绝望的

事。


现在我孤身一人。

我是否找到了十个

愿意跟随我的人？

我甚至都不知道

总之
到现在
　　连一个人影
　　也没有
　　在我面前出现。


另外
我从 19 岁起就失去了健康
我已 52 岁
而
　　除非出现奇迹
否则我绝无可能找回健康。


52 岁
对一个正常状况下的人来说
是衰败的开始，
是墓地的大门
谁还没有在此年纪前活过
谁就再也不能认为
他活过了


但我不在正常的状况下
我未通过子宫之门来到这世上
我的诞生已是一次可怕的搏斗
　　一场恐怖的战争
　　一桩无名的罪行


我曾漂游于一条

不存在的脓水之河
它就地产生并扑向我
以阻止我经过
而这人性的
　　　淫荡的
身体想在我身上缝合其伤疤
可我的身体已经形成
且不需要任何物或任何人
只需一点时间
　　　来生存


而且面对这个身体
我是自然中的某一东西
一个本质的
　　　原动的
　　　器官
它不需存在的状态
且会失去那一状态


因为人并不是一个存在


一个真正的人没有性欲
他无视这等丑恶
和这一惊人的罪孽
但他认得存在
按定义
从不认得的
完满

而且人会是我想要的样子
一个纯粹的身体
而非
一个纯粹的精神
一个纯粹的身体
天主教神父的童贞穴
会用来接收纯粹精神的排泄物

因为只有成为一个精神才能
　　　拉屎
一个纯粹的身体不能
　　　拉屎

它拉出的
是精神的糊浆
精神热衷于从它那儿偷些什么
因为没有身体人就没法存在

身体会是我用我一生的
气息造出的身体
像是
　　　唯一
　　　值当的。

唯有值当的东西
给出了进入
一个身体的权利
值就值在得到了它

手肘挨着手肘
手指抵着手指

而不是
像"造物主"那样
　　　活过
带着
　　　一个被撬锁
　　　盗走的身体
那身体
　　　恰好
　　　正在
　　　变得值当

　　　通过逐渐地
　　　卷裹进
　　　可怕的痂皮

现在痂皮形成了
只等着我去硬化
去堵塞既成的努力
我不曾有时间去做的事

一个这样的生命
我从 19 岁起就没经历过
它已给了我
这一淤堵
但

1915 年的存在所揭露的

  欲求

没有它所示意的鸦片

如今就不能多活一天

现在我们在 1947 年

所以它把整整 32 年变成了

  等待

  和斗争

(1947 年 12 月，手记 388)

二十七

# 巴黎－伊夫里书信 *
# （1946—1947）

尉光吉　译

---

\* 1946 年夏，作家西里尔·康诺利（Cyril Connolly）创办的英语文学杂志《地平线》（*Horizon*）的艺术编辑彼得·沃森（Peter Watson）致信阿尔托，希望翻译并发表《傻子阿尔托》的两个部分，《母中心和猫老板》与《异化和黑魔法》。同时，他还请求阿尔托提供一些信息，以向英国公众介绍自己。阿尔托从 7 月开始给彼得·沃森写信，直到 9 月初才完成。但这封信及诗歌最终都没有在《地平线》上发出来。同时，阿尔托还给莫里斯·萨耶寄了两个文本，尝试在一份日报上发表。他写给萨耶的信正是为了提供一份简短的个人介绍。然而，这次发表计划也没有实现。

　　事实上，阿尔托回归巴黎后不久，亨利·帕里索就请求阿尔托为他翻译的英国诗人柯勒律治的三首诗，《古舟子咏》（Rhyme of the Ancient Mariner）、《克丽斯德蓓》（Christabel）和《忽必烈汗》（Kubla Khan），写一篇序言。阿尔托以回信的形式写完了序言。这封信在阿尔托死后发表于 1948 年 6 月，《K 诗歌杂志》（*K Revue de la Poésie*），第 1—2 期，题为《叛徒柯勒律治》（Coleridge le traître）。后又作为附文收入帕里索主编的《罗德兹书信补遗》（*Supplément aux Lettres de Rodez*），于 1949 年 3 月由居依·莱维·马诺出版。

　　艺术商人皮埃尔·勒布（Pierre Loeb）是皮埃尔画廊的创立者，画廊曾展出过米罗、超现实主义者和巴尔蒂斯的作品。1947 年夏，皮埃尔画廊又举办了阿尔托的素描展，展出画册名为《肖像与素描》（*Portraits et dessins*）。（转下页）

（接上页）致青年诗人雅克·普雷维尔（Jacques Prével）的信曾于 1949 年 2 月 7 日，以《反卡巴拉书信》（*Lettre contre la Cabbale*）为题，由雅克·奥蒙（Jacques Haumont）出版，共印 1370 册。此处整理的书信有部分内容出自手记 307 和手记 302。

致马塞尔·巴塔耶（Marcel Bataille）发表于 1948 年，《法兰西－亚洲》（*France-Asie*），第 30 期。致阿蒂尔·阿达莫夫的信有部分发表于 1947 年 11 月 1 日的《论争报》（*Combat*），题为《三十年来我有一件重要的事要说》（J'ai depuis trente ans une chose capitale à dire）。后又发表于 1987 年 6 月，《新法兰西杂志》，第 413 期。

## 致彼得·沃森

1946 年 7 月 27 日，巴黎

亲爱的先生，

我通过写书登上文学的舞台，只是为了说我压根写不了什么。当我有什么要说或要写的时候，我的思想就是拒不给我东西。我从没有什么观念，而两本十分薄的书，每本 70 页，就围绕着一切观念的这一深刻的、积习的、普遍的缺失打转。那就是《灵薄狱之脐》和《神经称重仪》。

在当时的我看来，它们充满了裂缝，缺陷，陈词滥调，仿佛填满了自发的流产，各式各样的放弃和退让，总是沿着我想要说，却说自己绝不会说的本质的和庞大的东西行驶。——但二十年后，我发觉它们令人目瞪口呆，其成就与我无关，而是关乎不可表达的事物。作品就这样成熟了，但就作家而言，它们全是谎话，它们自身构成了一个怪异的真相，而生命，若求本真，就绝不该接受它。——一个不可表达的东西被这些作品表达了出来：它们不过是一些当前的溃败，其价值只来自于一个精神死后的远离，而这个随着时间死去，又在当下遭遇挫败的精神，您能告诉我它是什么吗？

此后我又写了其他几部作品：《艺术与死亡》《赫利俄加巴路斯》《戏剧及其重影》《塔拉乌玛拉地区游记》《存在的新启示》《罗德兹书信》。

在每一部作品里，困扰我的是那些逐个叠加又只在一个平面上现身的文本层级所形成的一口深井里上演的这出阴森的滑稽戏，其中，是与非，黑与白，真与假，尽管自相矛盾，却都融入了一个人的风格，可怜的安托南·阿尔托先生的风格。

我不记得自己在 1896 年 9 月 3 日至 4 日的晚上出生于马赛，就像我的民事登记上写的那样，但我记得我争论过一个严肃的问题，在一个不是地方的地方，就位于空间和一个阴险、偶然、难以生活、稀奇古怪、可怕地不存在的世界之间的某处。

空间通向生命的一架阶梯，那里我看不见任何对我存在的打断，

阴险、可怕、怪异的世界就是这一生命的世界。

我争论过的问题是想知道，我是否会去一间白色的藏尸所，总对生存感到厌倦的我，是否会把自己交给那一白色的中心……

或者我是否会一直忠于这潭黑水，忠于这个装着黑水的水箱的水盖，它顽固地阻拦着我。——它在我心头发出屎味，这装着我躯干的水箱，但那是我的自我，排泄物。

简言之，水箱是一个血淋淋的躯干，但那是一个男人的躯干，而为我献上其灵魂的白洞，一个女人，对我来说不过是虚无。

我会去母亲那儿，还是留在父亲这儿，总而言之，我曾是的永恒父亲？

人们必须相信，我不得不选择永远做父亲，因为50年了我一直是男人，我不觉得这能改变。

因为，如果在这生命之前，我有过别的生命，那么，我不觉得在它之后会有别的生命。

死亡只是一种过渡状态。它是一种从未存在过的状态，因为如果活着就很困难了，那么，死去就变得越来越不可能且无效，——好好看看这个生命吧，我记得它在肉体上至少真实地死过3次，一次在马赛，一次在里昂，一次在墨西哥，还有一次在罗德兹的精神病院里陷入电击的昏迷。每一次我都看见自己离开了身体，飘游于各个空间，但离我自己的身体不是太远，因为人从未被彻底地分开。而事实上人从不离开他的身体。身体是一个树干，而人不过是上面的一片叶子——如果他意识到自己死了——并且不在外头，而是在里头。

因为死人只有一个念头，那就是回到他的尸体，把它夺回来，

以便前行。

　　但总是他把你夺回来，

　　而人乖乖听从，因为人在里头。

　　然后死人就是一个说谎的存在，还得忍受，现在不是时候，梦中意识的声音这样说，而那些说话的人是死了还是活着？——再也没人知道。——死了，我已被众生的旋风卷走，而他们全被仇恨激怒，并且发狂。——这仇恨让我冒出一个想法，我感觉它正在我缺失的耳朵里打转，并把我的手放回到我身旁。这想法就是每一个存在都让我失去了一个事件，而死亡只是一个我应活活亲历的故事。

　　死了，人死错了位置，这不是该走的路。

　　只是，我活着，我不再相信路，我不认为死人相信路或他们必须为之争论。当人算计这算计那的时候，人就没有死，没有真正地死。

　　而这，亲爱的彼得·沃森先生，您是否有兴趣知道，当人不算计，真的不算计时，人怎么存在呢。——而除了那儿还发生了什么，人是否存在或人是否在那儿。

　　我不认为您会对此感兴趣，但就我而言，我对之不感兴趣已有很久，很久，很久了！

　　够了，够了，受够了这些问题和难题，这些难题和问题，生与思，死与逝（而这韵脚，您看不到这韵脚吗，哦，这从不想逝去的生命）。那么就等着想好了至少有东西要说吧，阿尔托先生。

　　不，我，安托南·阿尔托，啊不，啊就不，我，安托南·阿尔托，我只在没什么好思考的时候才想写作。——就像某人吃掉他的肚子，肚子里头的风。

　　您说英国公众不知道我。确实，他们会在哪儿捡到《与雅克·里维埃尔的通信》《灵薄狱之脐》《神经称重仪》《艺术与死亡》刘易斯的《修道士》《赫利俄加巴路斯，或加冕的无政府主义者》《存在的新启示》《戏剧及其重影》《塔拉乌玛拉地区游

记》《罗德兹书信》呢，还有尤其是 1935 年写的《以普哈伊阅读》
(*Letura d'Eprahi*)，我把最好的自己放入了那里，它已佚失，再也
没法找回，可惜其印制如此精美，一些字体皆取自古书，

不，

古书也只是对这些字体的模仿，

一种复制移印，

对其自身脑袋的阉割移置，

请原谅我使用了一些怪僻的，略显学究的词，

但我会说一种移置

**voctrovi**

**cano dirima**

**cratirima**

**enectimi**

**vonimi**

**cano victrima**

**calitrima**

**endo pitri**

**calipi**

**ke loc tispera**

**kalispera**

**enoctimi**

**vanazim**

**enamzimi**

伪混合语的一切愚蠢肉身化，有助于召唤假死人

宣称此书付梓之后世界就已滚蛋，而在最早的古书之前世界也已滚蛋。亲爱的彼得·沃森先生，因为生命时不时就跳一下，但这从不被写入历史，而我写作只是为了固定并永存这些切割、这些分裂、这些打断、这些突然的无底坠落的记忆

它

……

但亲爱的彼得·沃森先生，请您明白，我一直只是个病人，我不该继续跟您说这些。

我再跟您说一遍，我从来没法生存，思考，睡觉，说话，进食，写作

而我写作只是为了说我什么也没做过，什么也做不了，并且当我在做什么的时候，我其实一无所做。我的全部作品只是基于且只能基于这虚无，

这杀戮，这熄灭的火焰、嘶哑的呼喊和屠宰的混战；

人一无所做，一无所说，但人在受难，人在绝望，人在战斗，是的，我相信人其实在战斗。——人会欣赏它，评判它，为它辩护吗？

不。

人会命名它吗？

也不，

命名战斗，或许，就是杀死虚无。

但首先是停止生命……

人绝不会停止生命。

但他至少会出来到平地上，我的意思是在战斗之后到土台上。为了嗅闻斗争的记忆？

绝不。

战斗在更低的地方继续，那又怎样？永恒的刮痂？创口的无限

削刮。创口从中冒出的缝隙的无限翻耕。

也许！

但您疯了？

并没有，您只是个傻子，

我，安托南·阿尔托，我沸腾，我沸腾，您，批评家，您啃掉我外边的那一头。

就是这一切刻画了您，阻止了您，成就了您。

我一无所是之处不再有什么意义，而生命不是，它不在您肉欲的枯水期，您只爱被人欣赏的玩意儿。

您没有一根舌头用来吃饭、说话或论辩，没法把您大脑的尖端植入剧痛的油质淤泥，并转动它，让它旋转如蛋黄酱或蒜泥酱，您没制造过让您存在的剧痛，哦懦夫，因为您摆脱了其疼痛，就像是逃兵，而正是在您逃逸的奶油上您建起了生命。——测定邪恶就是这肉欲状态，您已用它造出您的度量护板，您被估算的黑话类别！

>
> **arganufta**
>
> **daponsida**
>
> **parganuft**
>
> **ebanufte**
>
> **parganupt**
>
> **ebanupte**
>
> **pelozipter**
>
> **palon**
>
> **petonme**
>
> **onme**
>
> **niza**

您所有的伟大之书，从吠陀到福音书，经过奥义书，梵天之子，

以及对耶稣基督的仿效，只由那种对幸福和至乐的追求构成，其根底是一种情色，

不是一种爱，而是一种情色，

追求一种作为无限之枯水期的空缺状态。

活着的人得不到安息，他不知自己属于幸福还是悲怜，

属于地狱还是天堂。

他活着，仅此而已。

音乐激荡不起他的肉体

（而蒜泥酱注视着你，精神，而你注视着你的蒜泥酱。而最后，去他的，无限！）

注视的状态属于肉欲猛禽，属于地底能量的迷途者，属于异常的受割礼者。

异常即明证。


男性建立在强大的肛门之上，肛门不是一个洞，而是阴茎。

肛门之痛是括约肌，是一个想要活着的存在总会陷入的窒息，而这窒息审判他，什么？是的，审判他，就因他遏制这窒息的固有能力。在阴茎紧缩之前的存在，最强有力的紧缩的男性。

但这是槽糕的言语诡辩，这一切。——事实上，正是犹太人想从生命和存在中拔除作为生存之讼茎的痛苦。我说讼茎（litige）[1]。——这意味着什么。

这意味着忠实的部下，和忠实的奥姆。[2]

呼出死亡的讼茎。进入存在的可怕罪行，没有痛苦，而它不

---

[1] 从"litige"（诉讼）一词中拆出的"tige"（茎，杆）在俚语里亦有"阴茎"的意思。

[2] "忠实的部下"（homme lige）里"部下"（homme）一词（即"人"）和印度教的神圣符号"奥姆"（aum）有相似的发音。

再立茎。

但人快乐地以死者为生，在死者宝贵的尸体的樟脑和粉末上快乐着。

我就是那个死者，被人吃掉了粉末：当其完蛋之时最后的，有限的甲状腺或卵巢的精汁

而我是知道的。

可恶的小资产阶级加入秘密教派噘起接吻的嘴来吸榨逝者，就这样日夜吞吃我逝者的粉末，

所以我每次醒来都病恹恹的，我整日都病着。

因为没有吸血鬼、咒术师和秘密教派，就不会生病。

这我是知道的。

我知道这些遍及人世的操纵从哪些卑鄙的中心发起，而又是哪数百万活着的人为了活着决定悠然惬享尘埃，

残存的自我的尘埃，

残存的，自我的尘埃。

而正是为了堵住我的嘴，人们在 1937 年的爱尔兰把我投入监狱，然后在法国的一家精神病院里将我囚禁并关押了 9 年。

关于这一切，我的作品说得远不如我的生命多，但它毕竟说了。

热切问候。

安托南·阿尔托

1946 年 9 月 13 日

**致莫里斯·萨耶**

1946 年 8 月 9 日，巴黎

亲爱的先生和朋友，

我要对您谈谈我自己，也好向任何一位读者介绍我。

到下月 4 号，我就五十岁了，这不是说，1896 年 9 月 4 日，我出生于马赛，就像我的民事登记上写的那样，

而是说我记得有一晚其实是在猫老板的时辰里度过。

我记得那一晚我自己实现了我的肉身化，而非得自一位父亲和一位母亲。

那是一场激烈的打斗，是一个没有区属的错位之角的肉身化。

我一直知道，生命以黑魔法为基础，而我去墨西哥就是为了测探某些施咒的中心。

我还去爱尔兰测探别的中心，但它们完全不在那儿了。

———

关键是阻止我完成对它们的测探，不是在爱尔兰，而是正相反。

我手里握过一根属于圣帕特里克的手杖，但事实上，这根手杖曾被一个人立于耶路撒冷附近，而他则在各各他被钉上了十字架，然后被扔进粪堆。

1937 年，一名萨瓦巫师的女儿在蒙帕纳斯把它带给我，并告诉我，这根手杖属于我。

那么，把我拘禁起来，就是要阻止我完成我的使命，因为我不受任何人派遣，我只听从我的天职。

而为了剥夺一个人的某些超常能力，没有什么比得上氰化钾，氢氰酸或电击。

　　我所谓的超常之人是某些总因真正的诗歌而心生绝望的书呆子。

　　但正如所有医学都会坐下来研究此附的文本，以再次证明它们是一个又开始说胡话的秽语狂的作品，

　　我会说这些作品出自一个认清了世界之虚伪的人之手，他认得世界的割伤，也认得其缝合点，这卑鄙的世界一边炫耀其干净的外表，另一边则胀满了性欲，而人们看得如此真切，也只体会到其藏尸所的色情学。

　　没有他，死亡绝不会开始。

　　由衷致敬。

安托南·阿尔托

　　什么样的色情，什么样的藏尸所？其实就是文学的漂亮话，但这又意味着，每个人的脑袋下都长着个性器，那是一种微小的性器，用来浸蘸我们赖以为生的全部死亡的意识。

### 致亨利·帕里索

1946 年 11 月 17 日，巴黎

亲爱的亨利·帕里索，

　　我的灵魂（如今我再也没有灵魂，我也不再相信灵魂存在）一直黑暗。它在愚昧中变得黑暗，因为我是一个彻底的无知者。

　　这就是为什么您有理由请我就柯勒律治说些什么。并非我认为柯勒律治属于这被诅咒的诗人和受永罚者的行列，他们能在既定的时刻进行外渗，从血液转门的出口处，喷出那一小片黑色的黏液，那一骇人痛苦的蜡屁，而在恐惧的尽头，又放过了波德莱尔及其真实的影子，爱伦·坡，钱拉·德·奈瓦尔，或许还有维庸；至于洛特雷阿蒙；我认为屁属于伊齐多尔·迪卡斯，而转门属于洛特雷阿

蒙。我说第二个洛特雷阿蒙。正因为他，伊齐多尔·迪卡斯，想要成为洛特雷阿蒙伯爵，他才死了。

而存在的问题也向柯勒律治提出，还有就是说出他明白他是什么，而正因为他想全部说出来，他才死了，我的意思是他也在二十到二十四岁之间死去，而萨缪尔·泰勒·柯勒律治，他准备胜过但丁，只不过是《古舟子咏》(Dit du vieux marin)、《克丽斯德蓓》(Christabel) 和《忽必烈汗》(Koubla Khan) 的作者。有人会说，他并不差，他代表了最伟大的英语诗人之一。也许吧，这对英语来说真是糟糕，但英语之舌同样给萨缪尔·泰勒·柯勒律治那颗明显、诚实、内在的心，那颗在某种程度上还气喘吁吁的心，献上了肉体转门的那一旋动，那一肮脏的旋动，就连肉体之舌也忍不住把它献给了正在诞生的诗人的心，——我的意思是，心满意足的交配先生，在色情的高潮夫人的同谋下，有一天奋起反对这正在诞生的诗人

并且，借着舌头的弹动，让他偏离并背转自己，

因为就是这么一回事。

我的意思是，我在萨缪尔·泰勒·柯勒律治的青年诗作中，读到过一首未完成的短诗，在寥寥几行诗句里，萨缪尔·泰勒·柯勒律治接过了欧里庇得斯尚未完成且在某种程度上还流产了的古老工作，并坚定地、有意地着手鞭笞本就该被抨击的偶像崇拜，把神秘之物赶到其平面上，为人类向每一个神复仇，把神秘之物移到光天化日之下，去做人们所说的事情，我的意思是，去做每一个精神，就因为它是精神，不是身体，就因为它不是生命，从不属于生者，总声称它不该做的事情，那就是将神秘主义公之于众，把神秘的世界移到光天化日之下，以清楚地揭示它由怎样的虚无构成。

因为秘密的东西越是被人指明、扒光和揭露，就越是聚集、扎根并变黑。

所以必须扒掉处男的衣服，而萨缪尔·泰勒·柯勒律治已在二十到二十四岁之间着手进行这一工作，

之后他就突然停止了。

他也成为一个深藏不露的隐秘寓言的牺牲品，后者被一把三重的密钥掩盖。

为什么是三重的？

为什么是一把密钥？

用这把密钥，人们一直对萨缪尔·泰勒·柯勒律治隐瞒了他自己，因为在这个世界的每一段历史底下，都有关于神秘、密钥、三位一体和神圣的不知怎样愚蠢的成见，而数字从未摆脱密码，正如柯勒律治的老水手嘴里熄灭的烟斗从未停止对太阳的年复一年的数点，年复一年，依照着不知怎样的三位一体的万有引力模式，而被其奴役的这一人性，至今都没法起身够及思考，百年来哪怕一次也没有，

现在则不会再费力起身够及思考了，永远最后一次了，它就没有安稳过。

既然这样，我就只能把《古舟子咏》《克丽斯德蓓》和《忽必烈汗》视为一种疯狂缺失的后遗症，而诗歌一百五十年前就遭受了那样的缺失，因为它找回了火绳，套在神甫喉咙上粗壮的海上缆绳，它，在现实向着遥远的诗性潜能的这一偏航中，在一种神秘的色情现实（越是淫秽，就越是神秘，越是真实，就越是淫秽）对真实世界的这一拆解中，那根火绳，我说，指明了罪行的真正作者，那就是神甫，和**教徒**。

但这，神秘学已告诉萨缪尔·泰勒·柯勒律治，这，你绝不会说出来。

因为，我，我只爱诗歌。

是的，因为事情的淫荡之处在于，小资产阶级的舌头，淫荡的小资产阶级夫人的色欲舌头的弹动，只爱诗歌。

　　我说诗歌，诗歌，瘦骨如柴的诗性的诗歌[1]，血红背景上悦耳的响嗝，背景被打入了峙学（poématique）[2]，冒血的现实的峙学。因为之后，即："峙学"，之后血的时代会降临。因为艾玛（ema），在希腊语里，就意味着血，而"峙"（po-ema）则必定意味着

　　　　之后：

　　　　血，

　　　　血之后。

　　让我们首先以血作诗。

　　我们将吃掉血的时间。

　　而成歌的诗（po-éme）在前。且没有血。

　　因为血做成的东西，我们，我们以它作诗。

　　而格列高利圣歌（从血的乳液中割出的强暴）源于什么，

　　某些藏地祷文又源于什么？

　　源于想要避开血，源于永远蒸馏了血，蒸馏了这样的血中真正的现实，好把它酿成

　　　　今天

　　　　　　所谓的

　　　　　　诗歌，

　　这个时代残酷的缺席。

　　而色欲之舌的弹动，以及贞洁的，贞洁的，资产阶级的高潮在前。

　　这个战争和黑市的世界，它每年强迫了多少孩子，它在多少孩子身上，在这器官薄膜的双重脂肪里打了孔，却从不承认他们的苦痛或它已汲取的血液，就为了与它的孩子们下流地私通，

---

1　法语的"瘦骨如柴"（étique）被包含于"poétique"（诗性）一词。

2　在阿尔托杜撰的"poématique"一词里，他用象征"血"的 *ema* 替代了"poétique"（诗学）中的 *é*。

与它的小孩子们卑怯地私通。

事物的残酷在后，但无血却成歌的诗在前。

萨缪尔·泰勒·柯勒律治就这样看得一清二楚。他就这样看到，神甫，教徒，古鲁，学者，和橱窗里的医生，和屏风下的瑜伽行者，勾结起来，暗地里不停地鞭笞受难诗人真正的心，以阻止血的黏液。

没错，痛苦的转门下，有一股血流出，阴影的凝块融化了一小时，而它，这凝块，就是那没有性器的真正孩子，在满是淤泥的性器分娩之外出生，而性器不过是一场原始绞杀的喉咙和钉子，

——而，由于在他带来的疯狂黏液面前，无人相信他，钱拉·德·奈瓦尔在一盏路灯上吊死了自己，而，由于没法拥有自己的黏液，洛特雷阿蒙伯爵愤恨离世；而面对这一切，萨缪尔·泰勒·柯勒律治做了什么？

他把人们从他身上窃取的黏液变成了鸦片，并服用阿片酊一直到死。

而，在鸦片的掩护下，他写出了音乐之诗。

他让一艘船偏航，让一桩罪改道。一桩年幼之罪的阳光下极地浮冰里的

　　　　　船只。

因为《古舟子咏》的怪异就是这桩无以解释的罪，而这首诗，仔细读来，是在之后，而不在其思想期间，诞生。

在柯勒律治的这三首诗里，我已寻找过黑暗，但我一无所获。

有一天我明白了，柯勒律治必定弃绝了这一黑暗，弃绝了诗歌本身的这一黑暗。

他被准许忽视黑暗。

他被准许单纯地忽视黑暗，只要黑暗化成了一段美妙的音乐。

因为萨缪尔·泰勒·柯勒律治最终忘掉了一切。

而在《忽必烈汗》里，记忆回到了他身上吗？我不这么认为。

我认为，礼拜仪式的狡诈精神，把受刑者的号叫变成了清晨时要颂唱的祭礼，拂晓的雄鸡啼鸣，已给萨缪尔·泰勒·柯勒律治另一灵魂的残骸，披上了这么多精神，这么多无效的存在，就连这首诗所掩藏的强大发现也不过是找到了一个过时的乐园，所有那些献身于神而不是人的家伙居住的乐园，因为正是人要复仇，正是人现在不得不为自己复仇。而柯勒律治想起了一个故事，说的是一个精神体验了一种慰藉，但如此的体验是

仪式化的，

在人性之上。

在那种从未脱离过灵薄狱，

无法进入现实的永恒状态里。

当萨缪尔·泰勒·柯勒律治，在二十到二十四岁之间，拥有了意识，意识到真实的世界。

不再必死的人世。

柯勒律治自视为不朽，他将采取生存的手段，我的意思是，采取幸存的手段，一直活到与我们相遇，

而我不知道哪个衣冠楚楚的教士，哪个中阴的古鲁，只在虚无的状态下活过，却凭狡计，使这人性的每一个新的死者朝之而去，使其错认黏液的代价。使其朝向可怕的苦痛，而由他预谋的百年巫术一手炮制的苦痛，其实，从未存在过。

我认为萨缪尔·泰勒·柯勒律治是软弱的，他心怀恐惧；或许萨缪尔·泰勒·柯勒律治也看清了他现实的样子。

而他为了活着，为了活在不朽之中，还不是献出此黏液的人，无疑老水手的罪行就是萨缪尔·泰勒·柯勒律治本人的罪行，而那只海鸟则是柯勒律治为了活着杀死的人类灵魂。我相信，很快，我就会十分准确地知道，是的，十分准确。

安托南·阿尔托

## 致让·波朗

1946 年 12 月 16 日，巴黎

挚爱的朋友，

我在让·杜布菲[1]家读到您的一篇文章，您为萨德侯爵的《茱丝蒂娜》(*Justine*)写的序言。[2]——您也许还记得我二十多年前给您写的信，信里我对您述说了我读完《跨桥》[3]后的惊喜之情。

许多作家，尤其是英国作家，已在智慧底部剥掉的头皮里，远离了某种作为语言之隧道的呼吸：通过语言，排出事物，但排出之后，又再吸入。——除您之外，我还不知道哪个作家懂得像您一样撑开句子的肺叶，并从中，饱满地，呼出鼓胀的词语，或许还有音调，但首先是洞隙，直到那时还没有人猜疑过的空虚，有色的词语，长着比预料的肢体更高的肢体，像是句子的另一个身体，像是比身体更高的身体。——而在这儿，疲乏的，昏睡的，都醒了过来，为了像让·波朗一样写作，就必须撞向许多残骸，许多漂浮的尸首，并克服其涌流。

我对一切感到厌烦，再也读不了什么，但我读完了您为萨德侯爵的《茱丝蒂娜》写的序言，在电击的五十场昏迷之后，我想这也算一个了不起的结果了。

还有另一个这样的结果，让·波朗，我忍不住要向您指出。我想不惜一切地对您传达的事情，是玛尔泰·罗贝尔最近的文本对我

---

1　让·杜布菲（Jean Dubuffet），法国画家和雕塑家，"原生艺术"（Art Brut）的创始者。他是阿尔托在二十世纪二十年代初到巴黎时就认识的朋友，在罗德兹禁闭期间，他还来探望过阿尔托。

2　参见让·波朗在 1945 年 7 月的《圆桌》(La Table ronde) 上发表的文章《萨德及其同谋，或羞耻心的复仇》(Le Marquis de Sade et sa complice, ou les revanches de la pudeur)。

3　《跨桥》(Le Pont traversé) 是波朗 1921 年发表的小说。

产生的影响。[1]

有一些想法，一些支离破碎的印象，它们不是思想的碎片，也不是评注，它们很简短，因为没有什么多余的话。——我已在世界外头待了十年，而没有什么像这些文本一样抓住了我。

爱伦·坡死了，但丽姬娅、莫雷娜、埃莱奥诺拉和贝蕾妮丝还活着，[2] 我想，如果她们写作，她们就像玛尔泰·罗贝尔那样写作，但我相信玛尔泰·罗贝尔为她们而活，她证明了她们的不朽。

我觉得，如果这些文本发表出来，那对这个堕落又迷失方向的世界的意识来说，会是一种慰藉。——我对生活不那么绝望了，因为我看到它们获得了生机。每一个文本都是一场微型的戏剧，是一出庄严悲剧的缩影，是一个步入生命的身体的缩影，这身体习惯了独自前行，没有精神的陪伴，因为精神已背叛了一切。——

似乎不难理解，引领身体的是精神，或至少是灵魂，心灵，而死亡是生命的成熟化，——在玛尔泰·罗贝尔那里，我们迎来了一个关于理智之依据的怀疑，但这怀疑还更严肃地涉及认知的超越，如果神秘主义者是一个失去双脚的人，那么，玛尔泰·罗贝尔，可以说，就为之打造了双脚，以由此推开意识伸出的援手。——

我惊讶地看到，在我们所处的意识之拐角上，能从该方向上提出的绝大部分难题都在玛尔泰·罗贝尔的断片里被提及，并从中找到了其所需的异乎寻常的回答。——

一切都死于古老的哲学、形而上学和心理学，死于这死尸般的顿足不前，只剩下一具庞大的身躯和残肢断臂，而玛尔泰·罗贝尔的文本正宣告其怪异的升起。——我从未大肆赞扬过您，但我觉得，所有这些文本背后，有某个天赋似的东西，它发觉了人们并未

---

1　参见阿尔托 1946 年 5 月 9 日致玛尔泰·罗贝尔的信："我收到了《新时刻》和您的《卡夫卡阅读导论》……"

2　这些女性形象均出自爱伦·坡的同名小说：《丽姬娅》（Ligeia）、《莫雷娜》（Morella）、《埃莱奥诺拉》（Eleonora）、《贝蕾妮丝》（Berenice）。

发觉、并未说出的事情，那就是解剖之尽头的天启，而这天赋首先在于如何把它说出来。因为一种女性的敏锐感已从怪异的身体、怪异的果实、怪异的形式里，孤立出一些形象，它们稍稍超出了其所属的、玛尔泰·罗贝尔不再相信的无意识，这就是在文学和语言中消除了无意识之在场的担保，但迎着所有的语言，还有一种古老的句法，一种属于我们祖父辈的如此死气沉沉、如此贫瘠、如此卑劣的语法，正是这儿需要人的一只手，而最令我震惊的莫过于玛尔泰·罗贝尔已通过被污染的一切抓住了词语的构架，句子的古老的板材骨骼，并用古木劈裂的嘈杂声聚集起它们，用一种甚至让出色的法语，让人陷入沉默的方式安排了它们，因为玛尔泰·罗贝尔像是借着人的一只手把一切捆绑起来。如果这些文本没有或多或少给您留下和我一样的印象，那么，我会感到惊讶。

致敬<br>安托南·阿尔托

附：我还没有收到意外死亡的考验。我计划 1 月 20 日左右在老鸽巢剧院办一场会："傻子阿尔托的亲身故事"（Histoire vécue d'Artaud Mômo）[1]。不知您是否愿意就此事给巴代尔先生[2]传个话。

感谢并见谅。<br>A. A.

---

1　这场活动于 1947 年 1 月 13 日在老鸽巢剧院举行，纪德、布勒东、波朗、布兰、阿达莫夫、加缪、亨利·米肖（Henri Michaux）、雅克·奥迪贝蒂（Jacques Audiberti）等众多友人出席，现场坐满了人。在台上的三小时里，阿尔托朗诵他的新诗，讲述他的墨西哥和爱尔兰之旅，谴责电击和精神病医生。其举止紧张不安，演说难言成功，却深深地触动了纪德（在 1948 年 3 月 19 日加缪的《论争报》上，他发表了一篇回忆此景的短文）。这场争议性的表演又被称为"阿尔托事件"。

2　阿内·巴代尔（Annet Badel），老鸽巢剧院经理。

## 致波勒·泰芙楠

1947 年 3 月 10 日，伊夫里

波勒·泰芙楠，

据我的回忆，我的肌肉、我的神经、我的血液，都是耶稣受难的骷髅地，我的骨骼是一块砧板、一个肉案、一座断头台，对我是什么的感知从不在平静或快乐的状态下展开，它不许我没有自知之明，一直置身事外。

当我说耶稣受难的骷髅地时，这还不是一个意象，而是一个可靠的事实，一段真切的个人记忆。

是我，是我亲自踏上了所谓的骷髅地的苦路之旅，在各各他的斜坡上，背负着一个巨大的十字架，并问自己，我在那儿做什么，为什么每个人都对我抱有这抑制不住的仇恨，

现在我知道了，波勒·泰芙楠，因为每个人都从骨子里和我一样不信神，

而且

我就是神。

我知道世界和众生来自于我，从我体内，从我身体的腔穴里

他们取出了自身，

并且生下来之后

他们就接着鼓胀

好像我是一台永恒的

精液机器。——

因为我同其他任何一个人的不同在于，我的身体是一切存在的电源。而每一个存在都意图从我体内获得其所需的东西，但从不请求我的准许。

骷髅地就是这样的十字架，它向所有人的嗜血症提供生命，还有血液，身体的疼痛，但没有一个存在曾想去理解

或不如说，理解了之后，曾想去停止这桩从我身上获得一个我

并不给出的生命的罪行。——

　　简言之我就是所有存在的这等意图的中心，他们要从我体内汲取他们的实质，他们的存在，他们的生命，而从未请求过我的

　　准许，

　　既然

　　活着

　　众生还觉得我也应该是其自身生命和生命本身的源泉。

　　不过这压根不算问题。

　　存在着误解

　　而发生过误解也压根不算问题。——

　　他们觉得我之为人的力量应被散布和分享

　　而正是为了逼我献出它，我才被强力钉上了十字架

　　这就是各各他的刑苦

　　在世上的唯一意义。

　　我记得我爬上斜坡的那个下午，正如我记得我在墨西哥印第安人的领地上骑马，或 14 岁那年在马赛附近的罗克法武桥上远足，诸如此类，诸如此类，

　　或正如我记得我在巴黎河畔散步，我记得我上十字架的可怕痛苦，尤其是十字架立起来的那一刻，我的身体就被挂到刺破我手脚的钉子上。这是痛苦的极度痉挛的致命瞬间，因为跨过这一程后，我就陷入了半昏迷的状态，甚至感觉不到痛。

　　另一种痛苦，最后的痛苦，是肋部被长矛戳刺的痛苦，

　　尖锐的矛头

　　3 秒的残忍

　　因为我甚至再也来不及受苦

　　在那之后我就坠入了

　　彻底的死亡。

　　我一直在十字架上，面前是风景，但我已经死了，没有情感，

一动不动，脱离一切大地的知觉，

　　风，尸堆的气味，拍翅的鸟儿，士兵，人群，太阳，一直在呈现
却对我悬吊的遗骸没有任何影响，

　　也就是说它们完全被虚化了。

　　但就是这虚的，在我看来，总比那实的，包含更多的力量。

　　对我来说，一切都不再有精神或灵魂，不再有神经，不再有感
性，但一切都有身体，一切都像是一个可怕的身体的公式，藏在其
自身的本质之后，其现实的精液之后。——


**imians**

**chajol lofadi**

**akranlaf**

**tatetum kranft**

**arefudele**

**arefadi**

**atan trumpel**

**etre puti**


　　我预见了，

　　如果我能这么说，我预视到一片黑暗苦涩的怪云，一阵从未饱
足的狂躁

　　而我记得，在长矛对我脾脏的戳刺下，一声骇人的叫喊就发自
我佝偻的脊椎，发自我被尸身加重的全部神经，而一阵无名的爆炸
席卷了整个风景，仿佛大地本身已被打落下马。——

　　而我用我的呼吸和我的手记得，我不时地试着把生命赋予某些
可怜的苦痛，在这儿也在那儿，我感觉它们就像我，而我自称唯有
我能活生生地抓住它们，并作为忠实的朋友，像生命里的父亲一般
回应它们。

它们并不多，

有史以来

也没十个，

但我会重新找到它们。——

这是告诉您，这世界是一个罪恶的世界，

是众生在我身上篡位

并寄生的

永恒的洞穴

我没给过他们生命

但他们已从我体内

掘走了

生命，

那里沉睡着我的感性和我的人格

而我至今都一直

没法介入

那里。——

这是告诉您，没有什么原动的自然，

没有什么和谐的宇宙，

父母的生育是一次彻头彻尾的暗杀活动。

生下一个孩子就是从我身上窃走一份存在的力量，并引起我难以忍受的窒息。

我病了，因为生命以我为生并任我死，我，死了，没有气息，以便重造我并吸气。——

而生命就是众人。

这，波勒·泰芙楠，一直在持续，但从我绝对支配着的时候起，我就有记忆。

是什么让我失掉了我的位置？

或许是一份善心的愚蠢顾虑导致的意外，

因为我很顽固，

但不是这样。

还有一种想要无懈完美的欲望，它让机器砰啪作响，让我落入众生手里。

有许多别的奥秘。

而为什么我现在对您吐露这些秘密？

因为我周围只有敌人，而我身边就连我最好的朋友里也没有一个人

不在他自己也厌弃的心底里

密谋趁我睡着的时候夺走我的生命，

夺走我的生命

来创造他的生命，结婚又生子

通过身体的子宫洞穴的文化

背起了借生孩子从自身中解脱的快乐

所孵化然后洗涤的罪孽的囊袋。

对我来说，结婚和自然受精的生殖都被禁止。

人不是这样生出来的。人是奇异的果实，

源自一系列就连无意识也不参与的

阴暗操作。

至于所谓的性欲，

它并不存在。

但存在另一样东西

淫荡、好色、下流以及人类龌龊的整个行囊在那儿不过是丑恶惊人的事实边上一碟傻兮兮的小菜，那事实取代了它

并且阴暗、恐怖、可憎、惊人，但也

凸显高尚。

这是贞洁的反面。

阿尔托的世界既远离神也远离撒旦

它是另一个东西，仅此而已。

这骇人的命运有一个对等物。

我被众人日夜剁碎并吸血。

但力量终究属于我。

您注意到我一直在喘气。

好吧，波勒·泰芙楠，说起来难以置信，9 年里，我用我的喘息重建了另一创作。

歇斯底里的夸大狂的胡言乱语，不是吗?

您很了解我，我不相信您会这么说

或觉得我的诗人世界不是一个真正的世界，活不了多久

也不会让另一个世界

众人所见的那个世界爆炸。

我给您写信是为了提醒您，事物并不像您所见的那般一成不变，这四个早晨中就有一个让您在一块充满痉挛的土地上醒来，或这三个午后中就有一个让您四处看见火焰，如身处一场地震或一次急促的火山喷发。

因为我没法保持这样的状态。

我窒息是因为我身上有一群存在钻入了我可能的躯体的每一个毛孔并堵住了其所有的出口。

而不久后的某一天，我饱受侵犯的人之狂怒将不可遏制地爆发。这对众人而言会是露出白爪的时刻。

也就是每个人通过对我的无私纯爱做过的事。

拥抱您。

安托南·阿尔托

附：我给您写信是为了唤起您自大洪水以来的记忆并让您知道您的生命一直以来是什么样子。——

## 致皮埃尔·勒布

1947 年 4 月 23 日，伊夫里

亲爱的朋友，

人曾是一棵没有器官也没有机能，

而只有意志的树，

一棵行走的意志之树，

这样的时代将要归来。

它存在过，它会归来。

因为巨大的谎言把人变成了一个有机体，

　　摄食，

　　消化，

　　孵育，

　　排泄，

存在者创造了潜在机能的一整个秩序

而这些机能避开了深思熟虑的

　　意志领地；

意志每时每刻都自行地做出决定；

因为正是它让人这棵树行走，

意志每时每刻都自行地做出决定，

没有无意识

支配的

玄秘的，隐伏的

　　机能。

我们所是的，我们希望的，其实所剩寥寥无几，

一粒飘浮的微不足道的尘埃，

而剩下的，皮埃尔·勒布，是什么呢？

一个狼吞虎咽的有机体，

背着沉重的肉，并排泄

而在其领域里

如一道彩虹，遥远的，

一道与神和解的彩虹，

飘浮着，

游荡着

这些迷失的原子，

观念，

整个身体的意外和偶然。

波德莱尔是什么，

爱伦·坡，尼采，钱拉·德·奈瓦尔是什么？

**一些身体**

它们吃喝，

消化，

睡觉，

每晚打一次呼噜，

拉屎

25 到 30000 次，

而面对 3 或 4 万顿餐饭，

4 万次睡眠，

4 万个呼噜，

4 万张清醒的尖酸的嘴巴

各自不得不吐出 50 首诗，

真的还不够，

而魔力的生产和自动的生产之间的平衡根本难以维系，

它被可恶地打破了，

但人的现实，皮埃尔·勒布，不是这样。

我们是 50 首诗。

剩下的不是我们，而是我们所穿的虚无，

阿尔托，《皮埃尔·勒布肖像》，素描，1946 年

这虚无首先笑话我们，
然后以我们为生。
这虚无什么也不是，
它不是某个东西，
它是某些人。
我说某些人。
野兽没有自己的意志或思想，
也就是
没有自己的痛苦，
没法领受其自身痛苦的意志，
它们找不到别的存活办法
只能假装是人。
并用我们所是的，
纯意志的身体之树，
造出这屎的蒸馏器，
这粪便蒸馏的酒桶，
引发瘟疫，
和所有的疾病，
还有这混种软弱的一面，
以及出生的人特有的
先天缺陷。

曾有一天，人是剧毒的，
他只是电的神经，
一团永恒燃烧的磷火，
但那已变为传说
因为野兽出生了，
野兽，

天生磁力的这些缺陷，

两个强力风箱之间的这一空洞，

它们并不存在，

它们是虚无，

并变成了某个东西

而人的魔力生命已经坠落，

人已从其磁化的悬崖上坠落，

而作为根基的灵感

变得偶然，意外，

罕见，

非凡，

或许非凡

但面临着这样一堆恐惧

他更愿从未出生过。

这不是伊甸园的状态，

这是操纵的状态，

工人，

劳作

没有失误，没有损耗，

真是异常地罕见。

为何这样的状态没有保留下来？

出于同样的原因

野兽的有机体，为了野兽并由野兽造出来，

已接替了它数个世纪，

　　将要爆炸。

出于完全一样的原因。

这些原因比那些更不可抗拒。

野兽的有机体的爆炸比

独一无二且极难寻觅的意志努力下

独一无二的劳作的爆炸更不可抗拒。

因为事实上人这棵树，

没有机能也没有器官来为其人性辩护，

这样的人继续

活在他人的幻觉掩盖下，

他人的幻觉的掩盖，

他继续活在其意志里，

但隐藏起来，

没有同他人的妥协或接触。

而坠落者想要包围并模仿他

　　　且很快，

　　　就将借着炸弹，

　　　一记猛击，

　　　揭示他的空幻。

因为在第一棵人树和其他树之间必须创建一个筛子，

　　但其他树需要时间，需要数个世纪的时间，才能让人开始获得

其身体，

　　就像那人只在虚无中才开始或停止获得

　　其身体，

　　没有什么人，

　　也没有什么开始。

　　　　所以？

　　　　所以。

所以在人和封堵虚无的枯燥工作之间诞生了缺陷。

这劳作很快就会完成。

且必须摘掉外壳。

当前世界的外壳。

它建在一具身体的消化残损之上，那身体遭到了分尸，因为一万场战争，

以及邪恶，

以及疾病，

以及苦难，

以及必不可缺的食物、物品和材质的匮乏。

利益秩序的支持者，

资产阶级的社会建制的支持者，

从未劳作过

千百年来却逐渐积累了窃得的财产，

并将之藏匿于某些力量的洞穴

由全人类守卫，

除了少数的例外，

他们将被迫展示其能量

并为此斗争，

他们没法不斗争

因为这是其永恒的火葬，就在战争之后，在到来的末日战争之后。

所以我认为美国和苏联的冲突，哪怕因原子弹翻倍，

跟另一场冲突相比也算不了什么，

那场冲突将

一下子

爆燃

一边

是消化型人类的支持者，

另一边

则是纯粹意志之人，及其十分罕见的信徒和追随者，

但他们拥有

为自己的
永恒力量。

安托南·阿尔托


## 致雅克·普雷维尔

1947 年 6 月 4 日，伊夫里

我亲爱的朋友雅克·普雷维尔，

我开始受够了卡夫卡，受够了他的神秘学，他的象征主义，他的寓意主义和他的犹太教，后者在源头上就细微地包含着所有那些胆怯的弗图库图普图（foutoukoutoupoutou），它们不停地让我感到厌烦，我已听人念叨了它们 10 年，而它们马上就要停止让我厌烦了，因为我绝不会再听人说起它们。

我尤其厌恶卡夫卡身上一种古老的犹太精神的复归（同样还有基督之名）。这难以忍受的古老的犹太精神迫使我们首先接受了卡巴拉，然后是《旧约》的《创世记》。

要说这世上流脓的无稽之谈和腺状的滑稽臭屁的集大成者，我不知道有什么比得过卡巴拉的阴茎睾丸炎，脱臼的精神天使的牛皮癣的幼虫反叛。如天使般脱臼，如精神般脱臼。

如果神首先是不可计数、不可测探的，那么为什么不先停止对他的测探，停止对非存在的所有阴影的无尽计数呢，根据卡巴拉的说法，神正通过这些阴影，从造物的直接的阴影中隐退，无可挽回，无可补救。

　　因为这样的创造是什么呢（创造了什么，来自哪里，在什么上，属于谁，由谁，朝向谁，朝向什么？），它来自一位先生，后者一边制造万物，一边又离弃它们，以撤入其自身中间，好为万物留出位置，任它们自生自灭并反抗他，从开端到终结一直如此，而那个终结，事情就像卡巴拉陈述的那样，绝不会再来。

　　而它们又从哪里，从什么中，在什么时候开始呢？

　　为什么是在年份 1 而不是在该死的年份，而这个年份 1 是这个时代而不是先前时代的一吗，并且是在什么时候，自什么时候，为什么，直到什么时候？

　　神不存在，他回撤，他滚开，他留下了打手；他从他体内爆出打手，分成了 3，为什么不是 4 或 2 或 1 或 0 或什么也没有呢，而这 3 个无药可救的同伙又出自哪儿

　　圣父圣子圣灵，

　　圣父圣母圣子，

　　这是六而不是 3。

　　毕竟谁不知道卡巴拉是一本简单的书呢。在头脑简单的意义上简单，由头脑简单的家伙们写成，既不用精神，也没有精神，而是用德性，在德性中写成，但除了简单，他们就没有别的德性，说得直白和具体点，他们是傻子。

　　这个数字 3 是什么，他们怎么老在念叨，就好像是对可以计数、永在罗列的普遍数量之秘密的一个揭示，就好像是鸡窝里传来的儿歌。母鸡下了 3 次蛋。然后呢？

　　当男人将其预想的孩子放到其红色的龟头上时，他和他的妻子

只构成一，而数字 3 还只是空间中的一种潜在性；一种很可能流产的潜在性。

　　而这时三元组在哪儿呢？那色情儿歌的三角的第 3 项还没有被吞掉。

　　而谁敢说它不会被吞掉呢，如果生出来的是双胞胎而不是一个孩子？

　　这时普遍命定的三元组的三角在哪儿呢？我自己有天也见到了那颗头，那颗看着并不像头的著名的头，但这最初的头不是一颗头，而是一个巨大的，因为这尘世间的万物是从屁而不是从头里出来的。

　　下回接着说。

　　　　　　　　　　　　　　　　　安托南·阿尔托

　　附：万物的真理绝不是卡巴拉声称要先验阐述的真理。

　　世界并不是作为一种创造被留给了人，而是作为一堆污秽的烂粪，当时日古老者隐退之时，隐退就是从这堆烂粪中撤出，不是为了给它留出位置，而是为了避开触碰到它的风险。

　　一堆因在空虚中侵犯未被创造的人之边界而颤抖的流着鼻涕的虚无烂粪已经爆炸；

　　而未被创造的人，被卡巴拉讥讽地称为老亚当，也已惊跳，

　　他在自己身上跳了一次（在身上意即没有进去，而是挨着，伴着），直到越过了自己，超出了包围他的空虚，空虚围着他，就如一种难以忍受的、从未满足的需求，就像"受启示者"的从未满足的无知所使用的神秘学学术书籍上说的那样。

　　其实，太过干净的人为了后退而跳起，就像是遇到了一团臭屁

或一堆污物，后者代表着被创造的世界，而往坏了说，那不过是永恒分娩中一次创世的事故，因为世界从未完成，而正是从这起事故里，拉比的怯懦提取了最初的 a，b，c，d，它们不厌其烦地回到了最初的数字 1，2，3，《光明篇》和《创世书》。

（而为什么这整个故事非得在那一天而不在另一天发生，

为什么万物得有一个开端；而且是在那一瞬间，关于这个世界的开端？

为什么一个世界如此形成，

我的意思是如此愚蠢地形成，

这个 abc，算术和字母表的世界，

而为什么不是一个没有数字、没有字母的世界，只为那些从不懂得算数的文盲形成。

> **yam camdou**
>
> **yan daba**
>
> **camdoura**
>
> **yan camdoura**
>
> **a daba roudou**

谁不知道就是这数字和字母的如今根深蒂固的框架最终窒息了人性，并返祖地丢失了人性。

为了什么，为了谁，凭借什么，凭借谁？在高度梅毒化的状态下同一种人性打交道，只是为了看到，正是语法学把文明和文化的全部所谓的伟大观念变成了创口，而人守在里头就像戴着一副阻止其前行的枷锁。）

文明在这儿，

而文化在那儿。

至于你思考它们的方式，哦人，则会是语法的、数字的、对称的、算术的、听觉的

　　　或者就没有。

这意味着，科学，它被视为一切允许生存和存在的元素的生殖容器，落到了某些无赖手上，他们被挑选出来，还烦扰着所有不符合其个体与宗派的思考方式的人，并抱着胳膊，牵着双手，开始把自己挑选出来，构成了这个不再有人知道或怀疑的阴暗团体，而它在根本上不仅涉足所有的战争，所有的家庭，所有的食物定量配给，所有的革命和所有的动乱，它还插手所有的传染病，所有的胎儿生理缺陷，所有的饮食坏血病，所有的聋子和哑巴、天生的瞎子、白痴和肉身化的傻子的自发生殖，而那些傻子受罪往往只是因为其表皮和外皮的过剩堵住了其思想的电流基座；

而这阴暗无名的团体一直用卡巴拉，不管它是什么，用《光明篇》《创世书》《吠陀》《奥义书》《往世书》《罗摩衍那》来继续支撑其持久的恶行。

我们是无文化的人类，

由一窝并不起眼却源源不断的受启示的牲畜引领。

因为我所说的受启示者团体，就是用这4或五本看似良性的书——它们其实是人类"心理"（我说心理）和情感的4或五桩极度严重的恶行——来系紧绞刑的绳结，并在其至今除我之外无人控诉过的乐谱框架里，让解剖的气息一直悬着，一直悬着，这如此罕见且功能衰退的解剖气息，它属于其细心的关照所搞臭、污染、鸡奸并一丝不苟地染上梅毒的人性。

让人迷失于做爱，算术和语法的受启示者说，同时我们会继续握紧一种力量的缰绳，而那力量只存活于所谓的高潮、性交、交媾

阿尔托，《雅克·普雷维尔肖像》，素描，1947 年

与私通行为的寄生虫式繁衍；

　　这无异于让人去舔一颗粗大且恶臭的圣体糖果，以牢牢地控制住人，甚至控制住这比人更高一点儿的被称为神性的东西。

　　没错，就是借着语法学、算术学、《光明篇》《吠陀》《奥义书》《往世书》和其他卡巴拉，受启示者继续牢牢地控制着人类根深蒂固的这全部偶像，也就是所谓的神性的神秘历程。

　　就这样染上了梅毒，并被套入语法和数字的框架，人还借着交媾和高潮，直挺挺地站着，置身于战争、传染病、饥荒、黑市，还有他一直借以同受启示者的生理与卡巴拉的牲畜的包皮（我说包皮）与睾丸的阴暗团体达成共谋的其他背叛之举。

　　我的意思是，人的主宰，已对他启发了卡巴拉及其原初的数字，本身就是一种完成成形的人性的失落元素，那样的人性已为一种邻近的语法形式，背叛了其庄严的，

　　　　非形式化的，

　　　　未测探过的形式，

因为它不愿费力数得比 1、2、3 还要远。


星期六，圣灵降临节前夜，

晚上 8 点 25 分，


关于《光明篇》，

《光辉之书》，


因其肯定的自负，

因其原始神秘的所谓超验，

是有史以来写过的最肮脏痴傻的书，

而他们都知道的，

他们凭写书的笔知道那是《光明篇》，

愚蠢的拉比相信自己是曾经的天使，当他们在天使的状态下写出这书，并感觉到它，

他们要是打穿自己的刨孔就更好了，而不是垂涎其博学生殖的蠢话，任何一个 6 岁小孩的脑子都能马上肢解其简要又约定的

　　　否啬鬼入门。

著名的《光明篇》没教给我们什么，

它没创立什么，

没提出什么，

没宣布什么，

没召回什么，

没聚集什么，

它没有诗性，

作为协奏只带给我们发霉墓穴的一段小曲，

这小曲献给了发霉的宗教骷髅，

真正的人时刻都渴望撕碎它，

一脚踢开陈旧且不合时宜的协奏，

不是强制的，

甚至没这么严格。

万物不来自三元组。

它们不来自数字一，

也不来自

　　　单子。

它们不来自 0，零

　　　在一之下

　　　　在 1 之上
　　　　或没有一，
　　它们根本不来自什么。
　　而且它们也没有来。
　　它们还没有来。


　　所以《光明篇》是一本不合时宜的书，
　　　　脱离框架，
　　　　脱离序列，
　　它不传授什么，也没法向任何人揭示一个并不存在的真理
　　因为它还没有升起
　　而且也绝不会升起。
　　它是学徒们的学院娱乐。
　　用来放松大脑的圣安东尼十字。


　　至于其《创世记》的解释，则可以不在三位计数的原始惯例的
层面上进行，那早就过时了。
　　数字 3
　　和十字符号一样愚蠢。
　　它们被造出来就是为了彼此同行，
　　还有圣父、圣子与无数圣灵的诡辩枯瘦的三角
　　由一个十字的磁性转盘
　　造出来献给一个没有它就不会存在的世界，
　　昏厥并燃烧的情色世界，
　　这世界搜集并吹嘘乳房，
　　这世界唤回已逝的精液的死亡
　　它已被十字架纠缠，
　　且同时（上了十字架）

被钉住。

要论宏伟，没有哪个猪猡的符号比得过这（尿道的，尿液的）宇宙十字上精液的闪米特符号

它出自思想的葬礼精液，

义人，主人，人，已控诉并责罚了它，

而死亡的人，存在的鬼魂，存在，将之聚集，以求复活，因为它们都死了。

而我们身处死人的世界，地狱，人目前就坠入那里，并在所有被诅咒者的陪伴下守在那儿；

这就是真相。

《光明篇》是一本被诅咒者的书，由被诅咒者造就并写成，他们正等着

　　　　最终的

　　　　体力的

惩罚，那样的惩罚如今再也不会迟来。

所以它没什么好传授，

　　　　揭示

　　　　或解释，

它是一无所知的大脑聚集的疯狂残留，

那些大脑根据其所框定的记忆来写作，它们记得一个使其遭受永罚的世界。

没有了数字，自然所生的存在就无法理解无限，而为了理解无限，就必须让它进入最基本的可能计数法，他们选择了数字 3 作为那个最接近其先天的牲畜节奏的数字。

要注意 3 有一个天才的脑子，

在一个天才的真正存在的前额上

也能进入神秘，

　　　举起

　　　其神秘

　　　天生的

　　　这个数字，

看着就像一种难以根除又令人着迷的实体，

当什么也不存在

而 3 在无限的荒漠里吹响 3 的集结，

存在之三元组的角形积压

于 2 不成角

于 4 则拢聚，

而且，聚集并堆积

可谓 2 在因此不可数的 3 中

角形的重新分配，

但这，《光明篇》从未说过，

甚至都没概述过，

它傻傻地咩叫

　　　对一个一的

　　　拆解，

　　　贬低，

我怪诞地说

　　　一个一

　　　这个一

　　　难以觉察，

　　　难以接近

　　　分成了 3

从源头上，以鸡奸的方式，圣父，圣子和圣灵

而非家庭

父亲母亲和

　　小宝宝。

而在搞大我肚子的血栓的，

　　烈酒的，

　　结石的

　　该死的灵感面前

我感到未来的一次迫在眉睫的分娩，倾泻

　　让我的睾丸之脐肿胀。

意即撒旦的色欲用一场克制的交媾鼓胀了我。

这是简单的生理解释，不需要《光明篇》。

神的重影赫尔墨斯现在还能与另一个合作：

那就是：

普遍的身体，它厌倦了无理且徒劳的肿胀，蜷缩进生命的不可度量的欲念空间，

　　因其不断参与的千篇一律的永恒渺小而颤抖。

## 致马塞尔·巴塔耶

1947 年 10 月 16 日，伊夫里

亲爱的先生，

感谢您的来信，它在许多点上触动了我的心。但让我们言归正传。秘密教派的这一切玄奥的、卡巴拉的语言是连篇的废话。

这不是问题所在。

要提出的问题，唯一的问题，在于：

谁给了我们这具以性欲为轴心的身体，我们忍受它，就如忍受死亡的可怕重负，

而，这具身体，它会何时逝去？

我补充：

为什么世上最睿智的存在都啃我的屁股，对我，安托南·阿尔托？

此刻黑暗身体的主人在哪儿，它们曾把我们变成这恶臭的身体，以性欲为轴心，被造出来只是为了做爱并生许多孩子，

也就是，给智者们所预料的一切战争生许多士兵，智者们已接受战争，把它当作一种供养的手段，它让一个生来就挥霍并储藏的世界的运动沸腾起来，而在这世界里，资本主义的布尔乔亚就是所谓的智者们想要并喜欢的太阳轴心，但智者们的身份不可告人，以至于如果他们持有一种力量，那也是阴暗的力量，

但智者们在哪里获得一种力量能让自己承受布尔乔亚和资本主义的这具不幸也属于我们的卑贱身体？

我提出问题并补充：

为什么这世上的存在都如此顽固地啃我的屁股？

这场大会何时举行？

请立刻通知我。

安托南·阿尔托

## 致阿蒂尔·阿达莫夫

1947 年 10 月 26 日，伊夫里

我挚爱的阿蒂尔·阿达莫夫，

暂时的远离可能把我们分开。您知道我们的深刻联合是基于一个不可磨灭的事实；因此，有一点对我来说至为重要，我一心坚持并提及它，同您一起，在您面前，且首先是关于您：

那就是，我没有特别地、特定地扩大戏剧语言，把舞台言词扩展为纯粹肉体的接触，

颌骨的反射，

髋骨的反射，

腹部的反射，

太阳神经丛的反射，

一场最终在言谈和话音的语法言词之外附加的身体游戏；

我所说的这戏剧的重影是一个幽灵，比演员自个背后拖着的那具迄今从没想过直接且完全地加以利用的身体还要危险和鬼魅无数倍。

30多年了，我控诉着一种匮缺，我那总是陷入绝境的言语的深刻匮缺。

人们怎么就不明白呢，尤其是您，阿蒂尔·阿达莫夫，您难道不明白我所控诉的匮缺是真实的吗，

有一样我在祈求的东西，

我一直没法把它说出来，

但就是这个我一直没法说出来的东西，我就是一直没法把它说出来，

我的意思是，有一个至为宝贵的元素，我一直没法让人明白它是什么，

我一直没法公开地让那些读我的人明白我到底在说什么。

30年来，我有一件重要的事要说，而我甚至都没能提起过；《神经称重仪》，那本在虚空中写下并写出了虚空的书，就绕着这一X点打转，但没有人，为此做过精彩的谈论，就连您也没有，阿蒂尔·阿达莫夫（我是多么希望您能把它点破），您还不知如何点破其所涉及的怎样放荡又绝对（或许疯狂）的虚空。

我的意思是，我觉得，当您谈论安托南·阿尔托的例子时，我带来的不是诸如人的身体上多出的一个臂肢，或人脑手淫架上的一颗牙齿，或最终附加到戏剧语言上的身体（戏剧语言不过是无身体的词语）这样的东西，

而是在我看来没有人理解过的东西，但我希望您，阿蒂尔·阿

阿尔托，《阿蒂尔·阿达莫夫肖像》，素描，1947 年

达莫夫，理解并说出它；

关键不是把身体附加于言语，

不是一方面把词语肉身化，

另一方面让闷头自言自语的人体结构的恶魔在纯词语法的边上蹦出来，

不，

关键是被我拽离轴心的那一语法之语言的存在之理由本身

**yo kembi de lo poulaino**

**lo poulaino patentlu**

**lo poulaino patentlu**

而我以这样的方式，在这样一个平面上将之拽离轴心，以至于好像需要一种人类的

新的痛苦，

一种永恒地煽动其身体的新的方式，

**ya garma yaur kautaurmo**

**naun no ko**

**ya garma yaurkautaurma**

仿佛脱离表象，脱离观念，脱离世界，处于一阵纯肉体的喊叫之中，在时间与虚无的边界。

因为人们怎么还没明白，人们难道就不明白，要一直剥到身体里，剥到身体本身的**边缘**，消除精神，意识，既定的东西，

唯独留下

身体，

这一方面或许是开始一种永恒的痛苦，

但另一方面，也是创建一种新的肉体解剖，

和一种新的

必需的观念，

在场的观念，

虚空的观念，

本质的观念，

时间的观念。

存在只把其脓水的囊袋给了肉身化的躯体，那脓水和粪便的永恒肿胀，有助于存在贱斥一切真正思考的东西，也就是，努力走出呼吸的迷途并踏入血液的

本质急迫的真战场。

因为存在不知道血液是什么。

他只认得屎，风。

虚无的臭屁的风。

他从不认得一种真正创造性的且值当的解剖——痛苦的战争里一种被当场劫掠的解剖。

他从不知道最终要为活着，也就是为生存，而战斗。

安托南·阿尔托

# 二十八

# 感叹词（1946—1947）<sup></sup>*

### 尉光吉　译

---

\* 《感叹词》（Interjections）是阿尔托生前编纂的最后一部文集《帮凶与哀求》（*Suppôts et suppliciations*）的第三部分。前两个部分是《断片》（Fragmentations）和《书信》（Lettres）。其中《断片》收集了《波波卡特佩传说》《纽结中心》《棚中母畜》《论洛特雷阿蒙的信》《血绞车》《人及其痛苦》在内的 10 篇文章。《书信》则整理了阿尔托在罗德兹期间写给让·杜布菲、亨利·帕里索、玛尔泰·罗贝尔、科莱特·托马等友人的 35 封信。《帮凶与哀求》直到 1978 年才在《阿尔托全集》第十四卷中正式出版。

　　《感叹词》共包含 73 个文本（这里仅选取了一部分），绝大多数以口述的形式完成。1946 年 11 月至 1947 年 2 月，该书原定的瑞士出版商路易·布罗德尔（Louis Broder）派了一名年轻的秘书，吕西安娜·阿比埃（Luciane Abiet），每天早晨来伊夫里的住处拜访阿尔托，并记下他口述的内容，然后打印出来由阿尔托本人审读和校正。其中，第一篇文本《感叹词》（Interjections）是为《文学报》（*La Gazette des lettres*）的超现实主义专题而作。

阿尔托在伊夫里的住所和房间（乔治·帕斯捷和丹尼丝·科隆拍摄）

# 感叹词

> **maloussi toumi**
>
> **tapapouts hermafrot。**
>
> **emajouts pamafrot**
>
> **toupi pissarot**
>
> **rapajouts erkampfti**

不是语言的捣碎而是无知者对身体的大胆研磨

> **lokalu durgarane**
>
> **lokarane alenin tapenim**
>
> **anempfti**
>
> **dur geluze**
>
> **re geluze**
>
> **re geluze**
>
> **tagure**
>
> **rigolure tsipi**

别的精神狂欢解释不了万物的构成，

万物并不存在，

它们没有构成。

它是其坠亡之处色情沼气的屁响。

属于身体经由身体挨着身体来自身体直到身体。

生命，灵魂后来才诞生。它们不会再诞生。在身体和灵魂之间

什么也没有。

身体在其自身后面而不是前面形成，
通过裁剪附赘——……滋味，
比惰性的无还要少许多，
后者超过它百列火车。


神的智慧圣兽说过：
而我，我就是一头圣兽面对着这整个身体
　　　它属于安托南·阿尔托
　　　而不属于人：
　　　安托南·阿尔托
他只占其中一小部分，并且他会逝去，
而我会在其无言的死亡时刻，在我为之预判的痛苦下，
找到办法在其心脏的位置上重新出现，并从中除掉人，同时嗅
闻着，
就像交欢了，放声了，
弹琴了，锉磨了，荒淫了之后，
耶和华在其《圣经》里打雷。


但正是我又一次提到它如一个难题——
——关于我从不是的另一个。


——我得到的不止那些，
　　　从你身上，
面对我的每次尝试，
恶灵的存在就这么说，
而每一次我都觉得自己其实瘫痪了
而寄生的神就在我身上并跟着我，
跟着我，不管我的生命在哪儿化脓。

但葱棍没有智性或心灵的深度还不够，
它是真正的葱而非心灵的
如果它是这样，那是因为它由我自己的手做成，

　　一个身体，

　　没有精神，
　　没有灵魂，
　　没有心脏，
　　没有家庭，
　　没有存在的家族，
　　没有军团，
　　没有行会，
　　没有分担，
　　没有圣徒团体，
　　没有天使，
　　没有存在，
　　没有辩证法，
　　没有逻辑，
　　没有三段论，
　　没有本体论，
　　没有规则，
　　没有章程，
　　没有法律，
　　没有宇宙，
　　没有概念，
　　没有想法，
　　没有情感，

没有舌头，
没有悬雍垂，
没有声门，
没有腺体，
没有甲状腺，
没有器官，
没有神经，
没有血管，
没有骨头，
没有黏液，
没有脑袋，
没有骨髓，

没有性欲，
没有基督，
没有十字架，
没有坟墓，
没有复活，
没有死亡，

没有无意识，
没有潜意识，
没有睡眠，
没有梦，
没有种族，
没有性别，
男性或女性，
没有才能，

没有原则，
没有属性，
没有行为，
没有事实。

没有未来，
没有无限，
没有永恒，
没有难题，
没有问题，
没有解决，
没有天地，
没有创世，

没有信念，
没有信仰，
没有理想，
没有统一。

没有混乱，
没有资产阶级，
没有政党，
没有阶级，
没有革命，
没有主义，

革命，
混乱，

黑夜，
唇枪舌剑，

**lo ketenor du**

**bezu bubela**

**orbubela**

**topeltra**

没有分析，
没有综合，
没有内部，
没有保留，
没有渗出，
没有汗水，
没有吸气，
没有呼气，
没有区域，
没有辐射，
没有生理学，
没有阶级，
没有阶级斗争，

革命，

没有有机体，
没有心理学。

一切都源于每一个迅如闪电的瞬间的直接的有机命令，自最普

通，最平凡，
　　最幼稚，最单纯的外部起，

　　　　没有区别，
　　　　没有等级，
　　　　没有阶级，
　　　　没有社会，
　　　　没有品格，
　　　　没有美德，
　　　　没有恶习，
　　　　没有荣誉，
　　　　没有罪孽，

　　　　没有价值，
　　　　没有爱情，
　　　　没有仇恨，
　　　　没有感觉，

　　　　**属于身体，**

　　　　没有恐惧，
　　　　没有印象，

　　　　**属于身体**

　　　　击打，
　　　　击打，
　　　　击打，击打，击打，

而这：

**它渗出，**

残酷
和痛苦
的
墙。

　　我总会想起我在世间的生活，且不能局限于一种偶然聚集的多样性的紧密和晦暗。

没有超然，
没有依恋。

没有世界，
没有创造。

我，安托南·阿尔托，
世间的人，
现在
要我
来决定
我的身体
未来
会成为的
休耕
和

　　　削剪

　　　**砍切**

　　　血液焚损。


而击打着我身上的存在

现在，我说，选择我的身体，

用我被所有皮条客乱砍的

手指剥下其红块的皮，

螺帽魔法的丑八怪

拧钻我一根又一根手指，


我撤消了蠢货的种族，


从他们的水状胡须戴着的

王冠所捣碎的底部

因为他们喜欢水，

而雨就来自那儿，来自唾沫，

来自鼠神的第一口唾沫。


今夜 1946 年 11 月 20 日星期三，我召唤一万条蛇的毒液，它们跃向空中，纵横人间。

然后，它们身体的皮片治愈了我。


床上有埃斯库罗斯的哀求者。


11 月 22 日星期五午夜之前

　　　十点

极恶的傻瓜

e daiskinorpa
decondo
daiskinorpa
ramadido

归来
当，肉体上，我在末端，
并说：
他们傻里傻气地说，

面对阴影
死刑柱的
阴影，
黑暗的
浮－陷，

而我已消除了一个又一个阴影，
　　绝对者的理念，
而她
　　她自己，
　　被推开，
就是她被我推开：
"而人们从你身上夺走了它，
你不再拥有它了，
在那儿，在额头的
　　前顶，
人们吸收它，

不在你的颅
　　骨上，
而在内部的虚空空间里，
在内部虚空的空间里，
而绝对
即价值，

如果你不再相信价值，

那是因为你不再相信它，
你已经死了；

从来只有价值，

这是价值原则

原则上，
价值总是一个原则，

总会有一个'原则上'，
哪怕你从不相信，

而我们自己不再相信，

因为我们
比你好得多，
　　且在你身上，
　　已永远，

　　　　比你更多地，
掠夺了，
扒光了，
挖空了，
榨干了，
简化了，
你的智力；

如果我们不再控诉'原则上'，
如果
你把我们逼至绝境，迫使我们，
还有我们，发现事实，

那么我们就孤立散星并任其坠落，
那么我们还有我们就发现散星，
　　　孢子，

这非自我的难以言表的微粒
它即自己，自己，如同国王！

你听见了吗，安托南·阿尔托，
它是国王，
它它它自己，
它是它自己，
**国王它自己，**
它是它自己
而不是你；

而我们是，
属于这个它自己，
比你，更靠近它，

已经，在你身上，
在它自己身上研究了它，

**当你否认了你所不是的一切时。**

那么，你自己说了什么，
是的，你，
　　**阿尔托，**
你说了什么，你？
你，关于这一切？"

　　**我？**

**我**，我说交合的撞击比你整个
更靠近它，
　　**它，**
是的，蠢玩意儿，
是的，我的坏痞，

是的，**坏匹，**
是的，**忎坏。**[1]

---

1　"carabule"（坏匹）和"nicara"（忎坏）这两个阿尔托自创的词似乎是从"crapule"（坏痞）一词的发音中变化而来。

咀嚼的人并不知他不是唯一在咀嚼的
而多少幽灵
    **基因，**
我会说
    异－基因
紧贴着
就像他牙齿间
用来钓取食物的磁石；

然而事实是我们之外的其他家伙在我们自己嘴里咀嚼，
在那儿吃得津津有味，
从容不迫，
没错，比我们自己还从容不迫，
我们食物的圣悦（合成）。

睡着的人并不知他不是唯一睡着了的，他自己之外的其他骨骼
分解了他的骨架并在他的睡眠里转动；

在他的睡眠里嘎吱作响，磨牙切齿，平卧，筑巢，锉碎其泡沫；

出生的人不相信只有他出生，
因为他看到了他自己之外
多少别的湿气，
多少别的青涩，
多少别的汗水，
多少别的惊愕，
多少别的恐惧，
多少别的憎恶，

多少别的脾气，

多少别的痛－苦，

试着在他自己的坏疽上

借此时机，

获得，

造就，

    一个身体，

出生就是抛弃一个死人。

而人不再清楚地看到它，

    在外部，

在这么多拦住你并呼唤你的死人

    当中，

你是谁，

你不是谁；

而就在这儿人碰到了那伙

掩盖身体之愚笨的奸徒，

**那些**

**大脑的**

**创辱者，**[1]

我身体物质的

意识的

---

1 "创辱者"（instultionnaire），可能是从 "institution"（创建）和 "insulter"（羞辱）的结合中变化而来。

**采拜者，**[1]
他们只靠自我的翻转
　　　颠倒，
　　　乔装，
　　　剥皮，
　　　转向
　　　而活着。

　　　无字之字，
　　　无词之词，

那些人活着还没法靠他们自己，而只借助于他们已懂得如何在我们身上激发的怀疑，
　　**疏忽过，**策划过，
　　并且暗示过，

他们从我们身上扯下我们，以迫使我们在存在所遗漏的一切之上，传播，
那敢于化为其现实的东西。

生命的种子适合于毒害，它不知如何利用胎儿的疏忽，利用一种硬化的遗忘，来悄悄地塞入其仇恨。

　　　**rio me kela**
　　　**ryor e me kri**

---

1　"采拜者"〔adoprateur〕，可能是从"adopter"〔采纳，收养〕和"adorateur"〔崇拜者〕的结合中变化而来。

**de la da**

**yor me ke la da**

**or da ka la la**

面对这一切，老阿尔托还剩什么？

一些笔记。

掘井工的笔记，他在黑暗中攀爬，

在圆拱之外；

一步步踏着的时间之梯，

被名为永恒的

憔悴娼妇腐蚀。

他们在这儿，穿过了某一过去。

受教者身边总会有弄虚作假的人，我曾在《赫利俄加巴路斯》里说。

现在我说：

从来只有弄虚作假的人，并且自从世界伊始，就没有一个真正的受教者。

原因很简单，因为秘法从不存在。因为世界从不是世界，因为在有待造出的世界边上，在走向其自身的内在成熟的世界的受难身体边上，总有从深渊中获利的无可救药的牲畜，总有非自我的源源不断的种族，总有一些从不想要自我或存在的存在，但他们一直信赖万物的不知怎样无条件的原则来为他们提供生存所需的东西，

他们从来只想看到自己与这一原则相混，

　　他们想在自身显现的过程中成为这一原则本身，

　　他们绝不愿看到自己只是粉状的鬼魂，

　　塌陷的猩红热。

　　就是这些存在的溃烂脓疱写下了《吠陀》《往世书》《启示录》《亡灵书》

　　发明了死亡

　　并用所有的碎片造出其恶行和疫疬的仪式，然后把它存入这名为《中阴得度》的全部谎言的纲要。

　　因为在不论什么的开端，都没有存在，

　　而只有一种排斥的个体性，既不是这也不是那，并拒绝进入这或那。

　　而想要成为一个存在的存在

　　从来只是其敌对的虚无，

　　但总因它处于永恒湮灭的状态。


　　不过排斥性的黑色个体从不让一个存在逃掉，

　　因为他不存在且不仗恃存在，

　　而存在又会从哪里从什么中逃掉呢。

　　但也许是在其（侵蚀的热病）里，

　　在无有，无有的 [1]

　　　　这空虚里，

　　在它自己这未缓和的发疹里，

　　在自我的这排斥的窒息里，

　　一个存在相信自己就在那儿，

　　当时，

　　它自己，

---

1　"无有"（nya）可能是"il n'y a pas"（没有）的简写形式。

并不相信。

而这就是狂怒的个体和存在之间

从此爆发的难以平息的战斗。

而它很快就会渗入其最终绞杀的缝线。



而他们从头颅的睾丸之巅
其无尽侵犯的
　　　鼻疽，
满满的锡汞齐下焊接的精神，
滑入了这向往无尽欢欣的千年老决心，

带着永恒之外
由他自己
埋葬
然后掘出的
老阿尔托身体上
诞生的全部存在达成的共谋。

当我吃东西时，喉咙，贪婪的孔穴底下
暴食的空虚，
就召唤食团来垄断它，以损害牙齿和舌头，
而悬雍垂已在后头与之奇怪地串通。
但这一切没有任何好处，
因为舌头
是一个淫荡的娼妓，她在前头准备跟随牙齿咀嚼的细致工作，
而在后头，
则更乐意让喉咙把自个儿吞掉，
并下流又阴险地把食物推向喉咙，
　　它，
充满了一切先祖的好色，
且到来如一束圣灵的光。
　　人们所谓的使徒，在所谓的圣灵降临节，即基督面对各各他的
苦刑和各各他真正的受刑者（他和我自己一样名叫阿尔托，而我相
信那就是我）令人厌恶的死亡而逃走之后的第四十天，
　　觉得自己看见一根根舌头落到了他们身上，进入了他们体内，
　　但其实他们并没有在那里，或从那里，看见舌头，
　　再也不在那里，
　　还没有在那里，
　　从没有在那里，
　　他们再次看见生殖前龌龊的庞大场景，而人的身体，在那儿不
满足于大腿间的一块猪血香肠，想在牙齿间也拥有一块，
　　在那儿舌头能包裹并润滑言语的爆炸以及食物冒犯的冲击下牙
齿不知怎样神秘的怒火，
　　虽说如此，在入侵的食粮的崩塌中，在牙齿的不知疲倦的重炮
下，仍有恶臭的毒气堑壕，空陷物质的可怕沟壑，
　　食物的冲击下，奇怪的分子井坑，

但舌头的进入改变了这一切，
咀嚼转到了一次愚蠢的色情手淫的单纯排尿的层面上。

1946 年 11 月 27 日星期三晚上二十三点，
存在们还没有吞下钉子，
却吞掉了尖头，
并让自己处在硬和软之间，

人没法去除它们的错综复杂
因为如果人在气息里寻找它们
它们就躲进身体，
如果人在身体的某一点上寻找它们
它们就称自己在那儿被编入气息，
闪电砍击身体
就如对身体的一次否定，
比全部气息拥有更多的身体。

它们聚入身体，
在持有这身体且对它们来说
还未从中离开的人之外，
既不聪明得足以支配其精神的本性，
也没有做够这受苦的身体足以成为这整个身体，
在时间中，在时间范围内，
既不自在地老得足以和这身体一样老，

也不植物般天生得足以成为这整个天生的身体，

既不被先行地

　　　植－入

足以成为这身体之所

　　　是，

也不被本能地

　　　松开，

足以成为其永恒的上升，

它们，为了最终避开皮鞭，

没有躲入存在或生命，

心脏，灵魂，意识，精神，

而是躲入身体本身

潜伏的，正在兴起的力量，

没有躲入纯粹的意志，

而是躲入闪电或皮鞭，

躲入事实上惰性的表面，

躲入事实的鞭笞，

躲入事实和表面之间的名声，

躲入则探的表面的

深度（它是测探的超级弟兄）[1]

躲入表面事实的则探

合并之物的厚度，

身体的惰性由之提起，

正在起身的身体，

石奴上，被石弩抛射的身体的厚度，[2]

---

1　"则探"（étection），"détection"（测探）的改写。

2　"石奴"（tapulte），"catapulte"（石弩）的改写。

意志从自身中提取的恶痛般的白齿。

想法总带着四肢来，所以这不再是想法而是四肢，在它们中间打斗的四肢。

精神世界不过是器官的地狱踩踏剩下的玩意儿，而长着这些器官的人不再存在了。

正是底下的思想在引领，
它不是精神的标准，判断的标准，
精神不过是一种偶发的记忆，
一个身体越是一个身体，它就越是远离精神及其意识，
而它身上的优点越多，
优点的想法就越是逃离，
连同其价值和其品质，
而身体自身的生命就越是阻止它在价值和品质之间
迎着价值和品质
区分自己，
并让生存的品质陷入绝望；
而身体就越是在固有价值和品质精神的遗忘中
整个地光芒四射，
它光芒四射并变得具体，
因为身体想要压榨自己并聚集，以成为整个身体，在灵性的仇恨下。

瑜伽的原则在于吞吃他人痛苦的永恒幸福。

身体的本质是由自身实现的
自身物质的消瘦，
还未在自身痛苦中实现的东西
在死亡的时刻坠落，
直至成为纯粹的精神，而身体的一部分成了纯粹精神的恶劣
物质。

> lo menedi
>
> bardar
>
> ta zerubida
>
> lo menedida
>
> bardar
>
> la ter
>
> tupi
>
> bahelechi
>
> bertoch
>
> na menezucht
>
> bordi
>
> menucht
>
> saba
>
> dezuda
>
> dezuda ravi

所有那些人的精神就这样毁灭了，他们从不愿受累拥有一个身体，而是不顾一切地想要得到在真正凝固的身体统治下建立城邦的权利。

因为没有什么像对永恒幸福的品尝和对永恒幸福的不惜一切的追求一样兽化了一个存在，而路西法小姐就是那个从不愿离开永恒幸福的娼妓。

但现在神的古老的宇宙勘探不会再进行。

非凡的总体维度是在单纯的人身上变得和全部无限一样强大。

而抽象，
最终，
你会那样，
哦人，
人，
你会那样，
人，
直到身体，
直到身体
最终
达到的，
直到身体
达到的
地步：
它自宣为一个身体，
超越了身体的具体，
理智

或科学
所谓的具体。

将要发生的是人将展示其被压抑了如此之久的本能，
而我将展示我的真正语言；

    **a ta aishena**

    **shoma**

    **shora**

    **borozi**

    **bare**

一根红色溃疡的手杖
及一根屁制纤维的阴茎。

    **opotambo**

    **zorim**

    **nietecta**

    **opotembech ari nicto**

而钉子将永远是钉子，当我感觉的波蒂奇哑女经过而我的身体
仍然完整。

    **insulpici de talpiquante**

**a la piquante e salapice**

就这样，所有身体的一字长蛇，带着其红色痉挛的面具，落到我脚下的地上；

而那副面具，它还给了我，就好像它配不上似的。

而我在空虚，

七个永世的空虚中说：

自我不是身体，身体才是自我。

弥撒支配着东方就如西方，

支配着它未发生的东方要多于它发生了的西方，

以至于正是在喜马拉雅山巅的极点上，罗马、耶路撒冷和黎巴嫩的淫荡祭司

将不得不狂吞吃尽其对人类身体的日常侵犯中得来的好处。

**archina**

**ne coco rabila**

**co rabila**

**e caca rila**

**archeta**

**ne capsa rifila**

**ca rifila**

**e carta chila**

**archita**

**ne corto chifila**

**corti fila**

**e capsa chila**

翻译:

他们难道还没剥够

我可恶的颅腔外壳

并把其该死的百万灵魂

灼烧的焦皮

放回到上面。


弥撒依靠于人的孔穴,

它在这骨坡上发生,

而身无虱子的处子

就从那儿呕吐。


人在头颅的某个部位守着窃来的石头,

对他自己,那是一扇窗户(存在对存在敞开的方式),

对我,则是筑巢之石,

这石头拥有一片存在所是的灵晕,

而它就处在存在的灵晕里,

存在的完整灵晕,不竭意志的浪潮,

它是意志本身,还是其侵犯?

正是意志的侵犯创造了这片心灵之海而每一个存在都觉得自己在里头摇荡,

正是它让人摇荡,

正是思想,这块水石,拖拖拉拉,就像最卑劣的行乞的破烂衣裳,

没错,思想就是那总想被搞的淫荡娼妇,

而她变成吸血鬼就是为了率先被人拿下，

而每个人都是这恶劣的思想，

自称是精神，科学，却连身体也没有，

却只是这肮脏、腐烂、溃败的身体，长满了疥虫，

因脓疱而发绿，

也只有人能对此吹毛求疵，

这长着疥疮的肮脏烂肉，装满了耗子和古老的屁，我的意思是古老的罪。

现在我已绝不相信罪，但看着这个时代的人，我又很想再思量一番。

1946 年 12 月 13 日星期五，

我圆片的婚礼，

睾丸的，幼儿的圆片，

通过喇嘛

长着触须的，

智性之唇，

还没有点燃它：

甚至没在我身上点着火：

它们让我的女儿阿娜走出了

尿样存在的藏尸所，

城墙抵御着从身体背面绽放的点上涌现的存在；

而一夜间就成了那样。

互渗，
渗透，
我的语言，
搅混，
我的语言，
接近，

没有空间，
没有无限，
没有遥远，
没有语域，
没有整体，
没有普遍，
没有全部，
没有和谐；

一切随波逐流
但不是我，

没有接触，

没有擦碰，

没有接近，
没有渗透，
没有互渗，
没有交媾，
　　媾。

让分子原理
发生接触，
并迫使它们
相互打碎
阴户，受渎
于一系列反复的推进
它们遵从一场舞蹈的节拍
其性行为
只是一幅野蛮
又流产了的漫画。

现在我就是父母，
既非父也非母，
既非男也非女，

我一直在那里，
一直是身体，
一直是个人。

事物未见于身体之上精神的高度
却由身体制造，
且在其层面上，

比一切精神的层面还要无限得多。

没有法则
除了一种
公正的
法则
极其
阴暗，
多虑
又固执。

别忘了
路西法的
面相
在其永恒之父的
装扮下，
透过栅栏冷笑。

电是一个身体，一份重量，
一张面孔的捣碎，
一个遭排挤的外表所压缩的磁石，来自一次击打的外部，
在这次击打的边缘，
我绝望又愤怒的绿手挥出的青色拳头的击打，有天面对这次
击打

我将带给万物的那个洞

突然咬住了我的手

不是为了避开损伤

而是为了最终成为，

主人。

他们在钻孔，

他们不过凿空了我们的观念，价值，

他们扼杀了慢慢算出的提议，就像人们说一道伤口化脓，

他们没有从他们的身体上抬起自己

以进入意识，

因为无身体的精神是什么？

死尸的洗碗布。

他们没进入"谎舌"，

他们不相信有个身体叫作理智或科学，

也不相信有个身体名为神，

因为他们在空中再也看不到什么，

那么他们理解了天空，

他们不再相信万物是一片穿插着动物念头的虚空，

他们只理解人不理解，

只理解人再也不能理解并领会人之所见，

因为身体太过狭小地在那儿，

但身体不在那儿了，未来它胀满了它将成为的一切，

而也许就这样神其实已从人身上夺走了其属性，和神一样，人

并不存在，那儿他还没被造出来，

　　只有神能在他从没有为造出自己或存在而工作过的地方被造出来，

　　就这样，从没工作过的神，夺取了人性及其未来，及其过去。

　　种子被胡乱播下。

　　我不知道他干了什么，或他从哪里出来杀戮，传染并行刺，

　　但我的脑子没病，不，我的脑子已被这运煤工的低卑工作切断，而神正日夜在我人性的尸体上沉迷于这工作，而我余下的身体受到了所有微生物和所有蛆组成的茂盛植被的围捕，而神就借着那些阴虱吃掉我，摸透了我的底，

　　因为傻子阿尔托的骨架上没有神，只有众人。




　　神秘主义的极点，
　　我如今在真实和我身体里端着，
　　就像一把厕所的扫帚。


　　因为我，活生生的人，我是一座城，被死者军团围困，
　　被他们的藏尸所截断，
　　断绝了一切外部的物体，此时我就是一个死人的外部，
　　我，
　　而那些攻击我的家伙
　　在外头，
　　但他们在里头躁动，
　　就在我身体里头，他们切断了我不得不用来斥骂其身体的神经

触须的线。

（灾难的老电影术，幻觉还给我穿上，

由地狱的逃亡者吹出，

给人另一块啃吃的面包；

因为让我患上溃疡的面包这一次属于众生扔到我身上的下流
情色。）


我打了一下，

另一个，从我身体里头，在大地最遥远的外部用一种变蠢的流
体来回应，

交叉着众生的卑鄙十字，他们不知是谁造出时间，是谁，


众生从我内部抽出自己，


但到什么地步？


我会一遍又一遍地做，

这个人，

在你身上，

安托南·阿尔托，

说神，

存在的普遍之神，

总是无可救药地邪淫，

总是无可救药地在那儿，

而他告诉你：

你还没把我从那儿弄出来，

不管你做什么我都一直在那儿，

你还没打败我而我拥有这个：

粪便，你（　）¹的奶油

是我吞掉了你一点点做出来的蛋糕，

而我从中造出个孩子，

好把他放到你的位置上，

也许有一天我也会吞掉他，除非他干得比你好，并在我炖煮的
地方咬住我。

我会用什么填满虚无？

等着幽灵贴上我身并在我带来的每一次击打中融化结束胡言
乱语。

我不是我自己底部掩埋且将归来的胎儿，

我就是我，我；

正是我，我，我，在那面前，

而不是另一个，

面对他者反叛的底部

那不是我自我的他者，

也不是我面前的另一个，

为了活着，他没别的出路，

只好活在我的倒影里，

我接着玩这出恶作剧，告诉自己：

---

1　原稿空缺。

"是你分出了重影，

你才是重影，而不是我。"

这是光有天给影子，而人的身体给坟墓的农奴的天生语言，

所有受永罚者的语言，

因为撒旦到底从哪儿冒出来，

为什么有这个重影和这个回声？

为什么有一个重影和一个回声？

为什么有一个空虚，为什么有一个满盈？

谁造出这些范畴，这些存在，这些规定？还不是这个重影和这个回声？但谁又造了重影和回声？

撒旦或许只是一个重影和一个回声；

但他是天生的词义，磨碎的意义，

被万物的首要可能性采取，它们则躲入其无痛的兽穴，

就像心脏棚盖下的性器。

在安托南·阿尔托的心理下有另一个人的心理，他在我体内活着，吃喝，睡觉，思考并做梦。

我不在众脑袋组成的宗教评议会当中活着，

我不在众精神组成的圈子内思考，他们全部，在我周围，窃听，全部在我的自我里窃听，而神就属于这些精神；

每个精神都有其乐谱，其弓弦，其光线，其暗蚀，其现身的暗蚀；神引领他，而他变得极坏；自神"步入存在"，与其造物交媾而产生的这原罪以来就坏；而圈子就这样变质，动摇；重现的总是同一个问题，既在神与其天使之间，也在人与造物之间；

你在那儿做什么，安托南·阿尔托？

没错，你在那儿做什么？你让我们觉得不舒服。

而你最终脱离了你的身体，该我们来取代你了，你已守了这位置太久。

就这样从争执的问题和反叛的观点里，那葬礼之柱的阴影，能一跃成熟，并把其果实献给黎明，[1]


空虚的可怕悲伤，

一无所有的洞，

它吹不出什么，

里头一无所有，

围绕这个洞，

直至词语隐退，

一个无词的洞，

无声的音节。


在身体和身体之间什么也没有，

什么也没有，除了自我。

---

1  这个文本并未完成。

那不是一个状态，

不是一个对象，

不是一个精神，

不是一个事实，

更不是一个存在的虚空，

绝对不是一个精神，没有精神，

不是一个身体，

而是不可移植的自我。

但又不是一个自我，

我就没有自我。

我没有自我，但只有自我和无人，

没有可能同别人相遇，

我之所是没有区分也没有可能的对立，

这是我身体的绝对入侵，无处不在。


没有原则，

没有轴线，

没有中心，

没有道路。


万物从一无所有开始，

原因就是它们不存在，

并且只有身体或对象，

它们不是事物而是无以形容的身体和对象，

并且越是不被规定就越是具体。

感觉迟缓，

激情迟缓，

建制迟缓，

一切都太多了，一切都是这不停地充斥着生存的太多，

生存本身就是一个太多的想法，

正是哲人、学者、医生和神父，把我们一点点，温柔又粗鲁地，变成了这虚假的生命，

因为事物缺乏深度，没有彼岸也没有深渊，除了人将设置的那个，

但立即，

没有想法也没有实体，

没有内在也没有追求，

为了责问我，什么也不等我，

但我，我不得不责问某些死守教条的卑鄙的老土包子，

感觉、激情和建制之存在的事实是一种迟缓。

当我的手在燃烧，它在燃烧。

我的手在燃烧的事实存在，这，一想起来，就已经，可以说，危在旦夕了，

感觉到我的手在燃烧，意味着进入另一光芒，

如果我觉得我的手在燃烧，我就已不再处在我的手上，而是处在监视的状态里，在这状态里，精神间谍把我叫来，而我出让给它的不只是我的手及其痛苦，还有一个构想的世界。

那是嫉妒的淫棍和懦夫，睿智的懒汉组成的世界，为了给自己也给它一个存在的理由而造出的火，而没有感觉也没有想法，我的手很快就磨灭了这团火，因为正是感觉和精神毒害了生命。

它完全不知我控诉的精神间谍的乌合之众有天是否就是那些存在，虽然我是一个事实，一个对给出理智的激情之所是一无所知的躯干，但他们仍对我采取了彻底的行动。

这就是《罗摩衍那》的猴子的故事，它们在一具永远易爆的身体上再造了人体结构，描画一些愚蠢的器官，好给自己一个活着的理由。

我是一个身体的反抗者
我是这个身体的反抗者，
而你，我的儿子，撒旦，我的精神，
你将闭嘴并停止咬我的手指以汲入我生存的秘密，
那就是，我是一块一直活着的死木头，
一生谦卑，既不显摆也不张扬，
我的寿期并不得自意识，
颅骨顶部的命令，
而是得自身体一直最靠后也最隐蔽的铲土，
收回落下的身体残片以将它们一块又一块至紧至密地重新钉住，
就这样歪歪扭扭打出一个浅洞。

所有的存在都颂唱过一场戏，

而宇宙就是一场戏，

一场落幕了却未能上演的悲剧的再现。

意识连同从前并不存在的价值和品质的观念诞生于烧毁，

因为判断需要时间，

而时间只从判断的事实中存在，

没有判断就没有时间，

而判断来自于这积极的相遇，这安放于尖顶，安放于穿孔螺钉顶端的碳，

而螺钉的语言就在碳尖上拧钻。


当你不想待在生命之外一种坟墓般的痛苦状态里，

你想从这痛苦降入生命，以在坟墓富有营养的剧痛紧张中体验一种吃喝的状态，你背叛了神的精神，你堕落为人，

撒旦如是说。

那么正是我，安托南·阿尔托，说出了这一切，而这就是我想要的，因为撒旦就是我。


基督徒的永恒幸福在于，看情况，在一个世纪，一年，一小时，一分钟内，

在淫荡的色情液化的一分钟内，

耗尽其在弥撒、仪式和圣礼组成的尘世一生的时间中汇集的狂喜欢欣的全部能力。

因为天堂从不在于夺得一切，我的意思是，绝对如其所是那般看见事物，

因为进入如此神奇地设计又如此完美地建造的大腿拱廊[1]

我体内的精神从哪儿冒出来？

它在哪儿逮到这神圣的精神？
我体内的一个精神从哪儿冒出来？

这难以围住的玩意儿
至今仍被称为精神。

从牲畜的意识
扔到我身上的
一记压顶中？

而精神从哪儿冒出来？
从父或母的鬼魂对我的土地的除草中
他们不停地在我身上刮擦，钻探，招惹国王，现身，消失，侵

---

1　这个文本并未完成。

蚀，整平，等等，等等。


但这不是真的一面。
我的状态还要抽象得多
而我只是因为意识的病态塌陷才落得如此下场，
这就是真正一面的具体。


意识怕被驱除。
但这不是我的意识而它想成为我，
从头到脚渗透我。
如何驱除它？
炙烤其脑袋，其身体，
从头到脚碾压它。
肯定我的意识而非那些从睾丸转到龟头的人的意识，就在这些
翻滚着前进的脑袋的幽灵群聚的一次奇怪的恢复里，
而它们不在清楚易懂的事物一个如此难以识透的位置上，
只需一点气息，气息的老杀虫剂，就足以打倒它们，赶走它们。


因为是我在击打和摧毁，是我在给予和分配，选择，决定并重
新出发，
而整个身体死气沉沉，
从一开始就绝对地死气沉沉，
没有身体也没有精神，
没有生命的漂泊呼唤，
只有沉默和午夜之后
死去的晚香玉，
回顾前生，他世，
但于今日则有限，

从不可能中坠落的砝码
在那儿日夜权衡
直至进入反叛生命的存在
发出的怪异噪声
而给予者，分配者，重新出发者，与之背道而入。

我没有重新出发，我逃避了
生命。

我出发
而不局限器官的位置，
解除每一个启程点的位置，
中立每一个启程的帮凶
使得个体的价值只是其在天生的身体，
而非先天的原则上的所为。

意识会被摧毁，
还有它一开始就从我自己
身体的缺陷中夺得的一切；
而身体允许它过上
这潜伏昆虫的生活
在其甚至配不上的
思想疱疹里
控诉，指责，分辨。

因为在我身上说话的
是无根据的虚无
来自那些存在的皮肤

　　他们绝不该

　　挖除，打消，吹散，收割，敌害，攻害，吞吃，抹擦，嘘啐，

狂纵，欢享，夜食（我已夜食了他们）

　　我，

　　一个精疲力竭的人，受累于冒失的仆役，鼻子里拔毛的寄

生虫。

　　梦魇的爆撞，[1]

　　纯恶的淫妖，[2]

　　管底立方的滴渗，

　　先天沉陷的监察员

　　（其最初的存在曾是这囊肿的白色手术刀，

　　囊肿，被剥了皮的红色纤维）。

　　一切皆幻觉。

　　没忘记 1947 年 2 月 6 日星期四今夜睡眠与梦遭受的可怕的刀

片切砍。

--------

1　"爆撞"（pectant），可能是从"péter"（爆炸，放屁）和"percuter"（敲打，碰
撞）的结合中变位而成，也可能是"expectant"（期待的）的改写。
2　"纯恶"（piure），可能是结合了"pure"（纯粹，纯洁）和"pire"（更坏，最
恶劣）。

它们把女主角变成了我拒绝讨论的那份毒药。

阿波－吗啡，
未耗尽的药用。

绝不是那样，
甚至在界外
也是中心不存在
且什么都没说，不存在。

> **yomart**
>
> **te i no**
>
> **te i o**
>
> **stat**
>
> **i**
>
> **o e cel**
>
> **chioz i zi vivi**
>
> **zian vientse**
>
> **i e i niotsel**
>
> **e vivi**

铲棍。

甚至在罗德兹
也没有我在临近拂晓的死亡中触及的女主角，
我的全部精液已在猫老板身上被所有人耗尽。

活跃状态。

要是有一个
正常且根本的
在它外头。

入眠，
沉睡，
昏迷。

穿着衣服
睡，
脱掉衣服
睡。

因为到现在我只看见他们扒掉了入睡者的衣服，而借着淫秽的
爱，他们还能掏空入睡者的生命。

哥特式骨骼遭受的击打其实释放出了一个在某些方面像卡特
琳·希莱的小女孩的个体性，
我的女儿，一百个世纪来，和她的父亲一样，被扒掉了衣服。

而我也没看见借着纯洁精神的爱
他们就能磨破一个人的身体
直至夺走其幸存的气息。

但这就是他们对我做的，
每一晚，
群魔抓住我的性器
而天使又把我的脑袋放回性器

　　并折磨我的脑袋直到进入性器，好让生命的一个闪闪发光的精
神从中冒出来。

　　而他们也在我的脑袋里折磨我的性器

　　而我的脑袋和我的骨髓
　　就在我心脏的睾丸里开了花
　　从中就能提取临终仪礼的圣油。

   **afing dela nachi**

   **deilo**

   **afong**

   **delo**

   **tercho**

   **trepirta**

   **trepirta**

   **ala**

   **dapirta**

   **epo**

　　而就像是防止我成神
　　并因此拥有独特的身体，一个散发出一切的身体
　　我就这样受了追捕，
　　我就这样受了侵犯和叮咬，

被一帮寄生虫（精神），

微生物，

卑鄙淫荡的屁眼闯入者，

厚唇长须的吸血鬼，

被他们磨损，刨削，

锉碎，修剪，

榨取，吮吸，

挖掘，钻凿，洞穿，

折断，等等，等等。


古老的精神如何归来？

吾不知矣。

就像是那些为事实所耻笑的无知之徒为了不下地狱而自辩起来，就好像有那能耐一般。



不是作为神，

而是作为，就是，我，

这个散发出一切，

甚至神的

独特的身体，

我已被侵犯了一生，

自从我活着，

就日夜，

被侮辱，被触怒，被玷污，

被亵渎，被搞臭，被弄坏，

在其滚筒的末端
谁都能设法在阿尔托身上
重造出一个生命；

我几乎到处被虐待；

而就像是防止我成神，我在马赛，背后挨了一刀，
在巴黎，也挨了一刀，
在都柏林，脊柱被铁棍痛打；
就像是指控我成神
也为了防止我，我，把它忆起
我到处被刺杀，被下毒，被打得半死，被电击，
就为了防止我找回意识，找回我能力和我力量的知识，
为了防止我抵御我的迫害者；
因为神的真名叫阿尔托，而这名字属于深渊和虚无之间那类不可命名的事物，
近乎深渊和虚无，
没法称呼或命名，
似乎它也是个身体，
而阿尔托也是个身体，
不是观念，而是身体的事实，
而事实上虚无之所是就是身体，
面孔的深不可测的深渊，外表的不可通达的平面，由之就显现了深渊的身体；

吐蕃人、蒙古人、阿富汗人都听神说话

或无限深渊对他们说话，

测探着

纽结的狂乱洞穴，由之无意识的心脏在人所谓的虚无面前释放了其自身的存在之渴，

他们说已听到其体内传来了这个词的音节：

**阿尔－托。**

几个教徒想辩护说，那里指定了一种力量，但不是个体的力量，

但其实，没有一个教徒心里不清楚这力量就是人的力量，他们想把这人束缚起来，禁止他存在，然后冒险把他暗杀掉。

其实没有一个教徒不清楚，1896年9月4日出生于马赛的安托南·阿尔托就是那个在虚无底下沉睡的人。

那么正是为了防止我成神

我，

安托南·阿尔托，

被虐待了一个又一个世纪，

并且就是作为这个人，这个从不想要神的人，

而所有的教会一直迫害着他，以铲除他的无神论，

正是为了防止我成神，我，安托南·阿尔托，1896年9月4日出生于马赛的小资产阶级，眼看自己，1916年在马赛的重整会教堂前面，背后挨了一刀，

整整一生都被魔咒窒息到死，

1928 年在蒙马特，第二次从背后遭到刀砍，

然后在都柏林，脊柱被铁棍痛打，

在一艘船上被人袭击，而面前锚孔大开，好让我的身子经过，

袭击结束后，在同一艘船上，被套上紧身衣，

然后被拘禁，

在紧身衣里被困了十七天，双脚被绑到床上，

被秘密关押了三年，

被有条不紊地囚禁了五个月，

在圣安妮精神病院最后一次毒害的打击下昏迷了一个月，

最后在罗德兹精神病院忍受了两年电击，以至于失去了我的可谓超自然的自我的回忆，

但我从没有过两个自我，而只有一个，我的自我，属于一个从不想听神说话的人。

然后。

然后呢？

正是为了防止我成神，我作为一个人整整一生几乎到处遭受迫害，

　　　在这里，

但我也只是在我的禁闭开始前没多久才知道，

因为所有人都相信我，我，就是这个人，

怀疑我成了这个身体，

把我确认为这个散发出全部生命的人之身体，


我被防止成为的这个身体

每个人都无需出入

一直在利用，

并觉得它能满足自己，

觉得能用它回应自己的全部需求，
我被防止成为的这个身体充满了一切需求的供给，
它被滥采直至爆发瘟疫，
因为没有什么瘟疫或霍乱，天花或梅毒，
是组织有序的
妖魔，
解释不了的。


正是为了防止我成神
淫魔的精液之海日夜把我淹没，
我被困入海水母亲的精液淤泥的气性胎盘，而千亿鹰身女妖就
借此每晚弄污我的意识，好把我困入这一生命，
世界是水，气，土，火，以太，
但它也是一切总已被藏起来的原始可称量之物
那就是这片疫气之海，
源自让一切意志瘫痪的
淫荡的肉体化脓；

每个人都在呵斥，
但那儿有一种卑贱的温柔
深得我心。

我发觉自己在 1915 年成了一些奇怪现象的牺牲品。

现在我知道它们从哪里来了，

因为正是为了防止我成神，我才有幸每晚被千万吸血鬼造访，

而正因我的身体健康，它才总被如此细心地造访。

小苏菲教徒的日常平面

（反对睡眠和艺术）

反复折叠于呛人牛粪的方盒，

因为一切毒药都是性的神经丛。

我只知我每分每秒的感受，

只知我在哪些时刻觉得我最像我自己且高度地专注、清醒、留意和警觉。

我最清楚我自己不可剥夺的意志，如我不可穿透的整个身体的体积或平面一样无限。

而关于这点，从没有任何人，在一次冒犯中密切地觉察过；

既然这是阿尔托的身体

天生就包含了

用来让淤泥的生命得以诞生的一切；

正是从他身体里，人们将提取

必要的东西来重造现实，

在现实中重造自己，并为自己重造一个现实；

人们已糟践了太多他的鲜血，他的精液，他的唾沫，或他的鼻涕，

人们正是到阿尔托身上来重造其黄油：

藏地的黄油塔
就标志着众生支配了
我要被吃掉的肉的构成物，
就像是永恒的公猪测量着众生为留在现实里需要我的多少黄油。

我在天球上或许有千位朋友，
实则也许是十个活着的人
他们忘了那已结束，
他们再也不知那是何事，
而生命又以何为轴，
阿尔托犯了何罪被埋葬，
被手淫又被歼灭，
生命一直挺立不倒。
我得告诉所有这些朋友
如果众生忘了怎样靠魔法接近阿尔托，
怎样从他嘴巴里提取唾沫，从他尾骨上提取粪便，从他耻骨下
提取精液，
怎样，从何等凹陷的厚唇中，
围着他的床转动黑夜，
从外皮的何等打开中，
从毛孔的何等畸形的膨胀中，从皮下组织的留着血脓的何等活
剥中，
如火罐般吸住他的一切，好把他榨干，
而安托南·阿尔托就这样感到他的睾丸在上千个以此为乐土栖
居并循环的何等脑袋中化出了脓，
如果他不立即说出径直冲他而来的恶灵寄居何处，那些脑袋便
竞相嘲笑他；
——而我在哪儿，你不知道我在哪儿，或我怎么就来到了这儿。

　　他们就这样吞了阿尔托，吸了他，吮了他，舔了他，冲他咂了咂嘴巴，

　　整整一生都这样；

　　而如果阿尔托抱怨，

　　那也是他说胡话；

　　快，来下电击，治治他信精神的毛病；

　　但安托南·阿尔托恰恰不信精神，但他总相信人，

　　而人从不知如何维持其卑微的生命，除了从他身上收回生命，

　　而正是为了使这不为人知并心安理得地追求其丑恶的好处，

　　他们把阿尔托放到床上，

　　赤身裸体，在一间单人病房里，秘密关押了三年，

　　并给他下毒，逼他承认自己是个疯子，

　　这样他就没法反抗

　　也没有人会想着去帮他。

　　但阿尔托不需要人，他全凭自个夺回了自由。


　　因为魔法要进入阿尔托体内，

　　正是魔法要爆裂于阿尔托体内，

　　而安托南·阿尔托就这样俘虏了他的敌人，

　　因为我，安托南·阿尔托，九年来被公然指控为谵妄和癫狂，现在我施展魔法。

　　我在罗德兹施展了三年魔法，我也在维尔埃夫拉尔，在罗德兹之前，施展了三年魔法，

　　而主任医生们就因这些嗅探和旋转指责我。

　　如同魔法，我运作着厚重的呼吸，而借着我的鼻子，我的嘴巴，我的双手和我的双脚，我把它抛向一切令我局促不安的事物。

　　而现在空气里，有多少盒子，沉箱，图腾，符咒，隔墙，表面，棍棒，钉子，绳索，钉串，装甲，头盔，护板，面具，梳棉

机，枷锁，绞车，绞具，绞架和刻度盘，

　　被我的意志抛掷。

　　我会告诉您，我何时会让社会把它从我这儿偷走的亿吨可卡因和海洛因还回来，——借助于九门小气炮，以及我打造的手杖。

1947 年 2 月 8 日

　　有天我受够了这自言自语：

　　你是个神，

　　我们啃你的屁股，

　　而你阻止不了我们。

　　我想在人的皮肤上学会停止之前的傻笑和惊叹

　　而我已停止把自己与那以为在吃我的存在分开，他就在我自己体内且不过是我自己在我自己身上以生理的方式耽搁了的一种怪辟[1]，他回来了。

　　我已受够了在我的两颗睾丸之间，在我的钱袋所磨光的皮肤上，看到这支由原子的脑袋，父母和小孩组成的队伍，从外边从底下过来凌辱我，而他们全自正面来，我因此武装了自己并开始战斗，

　　这就是人们在此目睹的图腾，我起床时拿起的武器，至多被我体内的母鸡之痒所激化，它为不下蛋而恼火，

　　并在我日复一日拒不给它的从未诞生的生命之空虚上，在我用其天生之神的无力所封闭的棺材中，产下了这些缝隙里的阴虱。

　　正是在 1939 年，在维尔埃夫拉尔的精神病院里，我创建了我最早的符咒，在学生遗落的方格小纸片上，我创作了消极的形象，

---

1　怪辟（vèce），可能是 "vice"（怪癖，毛病，恶习）的改写。

如被哮喘、痉挛和呃嗝所蹂躏的脑袋。

我，阿尔托，
努力过，
以摆脱恶，

但为何不知它何时会结束。

我没法知道我明天会做什么，
我也不想知道，
但我想知道恶会立刻结束。
不，它绝不会结束。
那么。
我是元素的主宰
和事件的主宰。
我再也不想被触碰，
　　侵犯
被别人那般对待，
我不想被别人催眠，
睡眠的幻觉里人继续活着。

我再也不想要这些死亡的剧痛。

我再也不想睡觉。

我不想死。

我再也不想做梦。

我否认洗礼。

我也否认心
和死亡。

总是出于
对别人的怜悯
我们让自己进了棺材，
我们让自己

落入地洞，
樟脑和
红血的窟窿。

而现在，我否认精神，
　　　科学，
　　　理智，
　　　意识，
　　　感性，
　　　生命。

五十年来我没想过我做了什么，我看见了什么。

够了。

受够了男人和女人，
阳性和阴性。
万物归一。
受够了二元对立。

受够了生存和生命。

万物并不始于
阳性或阴性，
男人或女人，
它们还没开始，
它们不会开始
因为它们持续
就这样直到永恒。

而现在，我求众人告诉我，我如何从 1945 年 4 月的某一天起在人群中制造了死亡，

我如何让房屋和城市倒塌，

我如何点燃无法解释的火灾，

我如何让传染病爆发，

我如何引起反常的疾病，

我如何割破并撕碎人的躯干，

我如何在人的性器上砍出长条伤疤。


而现在，教徒们点亮了他们的灯笼，

因为大地很快就会憔悴并死亡，而谁也说不出为什么。


但安托南·阿尔托不就是那个人吗？在法国资产阶级的千场淫乱聚会里被指定，

其屁股还被人啃，

而当前人种的嘴巴，根据现今身体的解剖地籍簿的说法，不就是那个存在的洞吗，恰好位于阿尔托下体痔疮冒出的地方？


在旅顺口

和拉萨，

海得拉巴，

喀布尔，

埃尔祖鲁姆，

布拉格，

佛罗伦萨，

勒阿弗尔，

里昂，

和巴黎之间，

有一条黑线，

在那里人们没法说傻子阿尔托的符咒还没奏效。

不管怎样，我不会继续在我的龟头上和一个为了变灰而漱洗的喇嘛喉咙一起度过我的长夜，

身陷黄血球的一阵可怕的咕嘟，

那既是我自己的胆汁，也是其生命的水态养料。

缘何我的神经丛从中逃走，

缘何我的大脑如烟般逝去，就像是受到了那些为吸入地板污垢而造出来的机器的影响，

但生命会付出高昂的代价，因为它把我当成了那个一旦睡着，人就引以为荣的身体，

因为它衰竭了那块像在一名死者所残杀的尸体底下活着的肿瘤。

二十九

# 梵·高，被社会自杀的人（1947）*

### 尉光吉 译

———————

\* 1947 年 1 月底，巴黎橘园美术馆（Musée de l'Orangerie）举办了梵·高画展。《艺术》（Arts）周刊借此发表了精神病专家贝尔（Beer）的一篇研究节选。这篇文章激怒了阿尔托，他在 2 月 2 日上午参观了画展，并在数周内写出《梵·高，被社会自杀的人》（Van Gogh le suicidé de la société）。该文经修改和增补后，于 1947 年 9 月 25 日由 K 出版社出版，共印 630 册，并按阿尔托的要求，附上了梵·高的 7 幅画。1948 年 1 月 16 日，阿尔托凭借这本书获得圣勃夫最佳散文奖。

橘园美术馆梵·高画展海报，1947 年

《梵·高，被社会自杀的人》扉页，1947 年

人们可以谈论梵·高良好的精神健康，在其一生中，他只是烹煮了一只手，此外，不过是割下了他的左耳，

在那样一个世界里，人们每天都吃绿色酱汁烹煮的阴道，或一个像从娘胎里被揪出来那样，

被鞭打至暴怒的新生婴儿的生殖器。

这可不是一个意象，而是一个在全世界每天大量地重复并培养的事实。

尽管这一论断看似疯狂，但当今的生活就这样维持其古老的氛围：淫荡，混乱，无序，癫狂，痴呆，长期的精神错乱，资产阶级的惰性，精神的异常（因为不是人，而是世界，变得反常），蓄意的欺诈和显著的虚伪，对一切表明种族身份之物的卑劣鄙视，

宣称整个秩序都奠基于一种原始不公的实现，

简言之，有组织的犯罪。

世道污秽，因为病态的意识此时最感兴趣的，是如何不摆脱自身的病态。

就这样，一个腐烂的社会发明了精神病学，以抵制某些头脑清晰的卓越之士的调查，他们的占卜能力让它局促不安。

钱拉·德·奈瓦尔没有疯，但为了让他即将做出的某些重要的揭露变得不可信，他被指控为疯子，

除了遭受如此的指控，他的脑袋还被人击打，在某个夜晚，从肉体上被人击打，为了让他忘掉他即将揭露的可怕的事实，而这些事实，经过这样的击打，在他的体内，被推回到了超自然的层面，因为整个社会都秘密地勾结起来反对他的良知，在那一刻，整个社

会强大得足以让他遗忘现实。

　　不，梵·高没有疯，但他的画是希腊火硝，原子弹，其视角，相比于当时流行的其他一切绘画，已能够沉重地打击第二帝国的资产阶级和梯也尔、甘必大、菲利·福尔[1]以及拿破仑三世的走狗们身上潜伏的循规蹈矩。

　　因为梵·高的画攻击的不是道德品行上的某种循规蹈矩，而是体制本身的循规蹈矩。当梵·高从地球上经过之后，就连外部的自然，及其气候，潮汐，赤道的风暴，都无法维持相同的引力。

　　在社会的层面上，体制更应崩解，而宣称梵·高发疯的医学，则更应形同一具发臭且无用的死尸。

　　面对梵·高清醒运转的头脑，精神病学无非是一窝子深陷于执迷和烦扰的猿猴，而为缓减最可怕的苦恼和人性窒息的状态，它只拿得出一套荒谬的术语，

　　堪称其大脑损坏的产物。

　　的确，没有哪个精神病专家，不是臭名昭著的色情狂。

　　我不相信精神病专家根深蒂固的色情狂法则会容忍任何例外。

　　我认得一个家伙，几年前，一听到我如此指责他所在的整个行业是一群高级的恶棍和公认的奸商，便要抗议。

　　他告诉我，阿尔托先生，我可不是一个色情狂，而我看你也出示不了哪怕一个例子来支持你的指控。

　　我要做的不过是把你自己，L医生，出示为证据，

　　你的罪名就烙在你的脸上，

　　你个肮脏的浑蛋。

　　这就是那人的嘴脸，他把性猎物塞到舌头下，又把它像杏仁一

---

1　梯也尔（Thiers，1798—1877），甘必大（Gambetta，1838—1882），菲利·福尔（Félix Faure，1841—1899）：三人均为法国政治家，先后担任过法兰西第三共和国的总理或总统。

样翻过来，以示鄙弃。

这就叫中饱私囊，假公济私。

性交之时，你若不能以你熟知的某种方式，从声门中发出咯咯的笑声，从咽喉、食道、尿道和肛门中同时发出咕咕的声响，

你就不能说你满足了。

在内部器官的震颤中，你已陷入某一褶痕，那就是你污秽淫乱的肉身化证据，

而你年复一年地培养它，愈演愈烈，因为从社会上讲，它并不落入法律的裁决，

但它落到了另一套法律的审判之下，在那里遭难的是整个受伤的意识，因为你如此的行为遏制了它的呼吸。

你把活跃的意识称为精神的错乱，而另一方面，又用卑贱的性欲扼杀了它。

这恰恰是可怜的梵·高显得纯洁的地方，

他比六翼天使或处女还要纯洁，因为正是他们从一开始就煽动

并滋养了罪恶的庞大机器。

另外，L 医生 [1]，你或许属于邪恶的六翼天使的行列，但，看在上帝的分上，离人远点吧，

免除一切罪恶的梵·高的身体，同样免除了疯狂，只有罪恶才会招致疯狂。

我不相信天主教的罪，

但我相信情欲的罪，碰巧，世上的一切天才，

---

1　关于"L 医生"的真实身份，有各种说法。苏珊·桑塔格和唐·埃里克·莱文认为，这无疑应指罗德兹精神病院的医生，雅克·拉特雷莫利埃（Jacques Latrémolière）。甚至拉特雷莫利埃本人也在 1961 年，《火塔》杂志，第 69 期里称，他就是"L 医生"。然而，《全集》的主编波勒·泰芙楠否认了这一看法，称"L 医生"另有所指，但未点出那人的名字。而根据艾芙莉娜·格罗斯芒的考证，泰芙楠未明说的那个人物，其实是雅克·拉康（Jcques Lacan），他曾在圣安妮医院见过阿尔托。

梵·高，《装着五朵向日葵的花瓶》，1888 年

收容所里真的疯子，都提防着它，

否则，他们就不是（真的）疯子。

但什么是真的疯子？

那是一个宁可在人所理解的社会意义上发疯，也不愿违背人性荣耀的某种高贵理念的人。

就这样，社会在收容所里扼杀了所有那些它试图摆脱或抵制的人，因为他们拒绝与一摊高级泔水同流合污。

因为社会也不愿听一个疯子胡言，却又想要阻止他说出某些无法忍受的真相。

但，在此情况下，禁闭并非唯一的武器，众人协商聚集总有别的办法消磨它欲破灭的那些意志。

除了乡野巫师的微不足道的咒术，还有一切警觉的意识定期参与其中的全球施咒的大法会。

就这样，在一场战争、一场革命、一场尚在孵化的社会剧变期间，集体意识遭受质问并自我质问，它颁布它的判决。

也有可能，遇到某些轰动的个体案例，它被激恼并出离了自身。

就这样，一个个集体的魔咒投向了波德莱尔、爱伦·坡、奈瓦尔、尼采、克尔凯郭尔、荷尔德林、柯勒律治，

也有一些投向了梵·高。

这可在白天进行，但往往，它更愿发生在夜晚。

就这样，怪异的力量被激起并引向了星穹，那阴暗的穹顶，在一切人性的呼吸之上，由大多数人邪恶心灵的恶毒挑衅构成。

就这样，不得不在大地上抗争的极少数头脑清醒的善良意志发觉自己，在白天或黑夜的某些时辰，在真正醒着的某些梦魇状态的深处，陷入了强大吸力的包围，那是一种市民巫术的触手一般的可怕压迫，而人们很快就会在道德品行上目睹其公然的显露。

面对这摊集体的泔水——它一方面把性，另一方面又把弥撒或

其他心理仪式作为基础或支点——在夜晚头戴一顶连着十二支蜡烛的帽子四处游荡，描绘自然的风光，又有何癫狂可言；

　　因为可怜的梵·高还能怎样照明呢？正如我们的朋友，演员罗热·布兰，有天如此恰当地指出的。

　　至于那只被烹煮的手，它是纯粹的英雄主义，

　　至于那只被割下的耳朵，它是直率的逻辑，

　　并且，我重申，

　　一个为将其邪恶的意志贯彻到底，

　　而日日夜夜，且愈发不可收拾地，吃食不可吃食者的世界，

　　在这一刻，无可作为，

　　除了闭嘴。

## 附言

　　梵·高并不死于一种本然的精神错乱的境况，

　　而是因为他的肉体已经成为一个难题的场域，人类的罪恶精神，从一开始，就围着这个难题挣扎，

　　那是血肉之于精神，或身体之于血肉，或精神之于这两者的优越性的难题。

　　而在如此的癫狂中，何处是人之自我的位置？

　　梵·高一生都带着一种古怪的能量和决心，寻找他的自我。

　　并且他自杀不是由于突发的疯狂，不是出于失败的忧惧，

　　相反，当社会的普遍意识，因他脱离社会而惩罚他，逼他自杀时，他刚取得成功，并发现了他是什么，

　　以及他是谁。

　　而这发生在梵·高身上，就像通常发生的那样，在一次狂欢、

一次弥撒、一次赦罪，或祝圣、着魔、妖化或潜伏的其他仪式期间。

　　它由此潜入了他的身体，

　　这个被赦罪，
　　被供奉，
　　被圣化，
　　并着魔的
　　社会，

　　抹掉了他身上刚刚获得的超自然意识，如同其内心之树的纤维上一股黑色乌鸦的洪流，
　　在最后一次涌涨中淹没了他，
　　并且，占夺他的位置，
　　杀死了他。

　　因为现代人的解剖学逻辑，他从来没法去体验，或想着去体验，除非他也着了魔。

## 被社会自杀的人

　　长久以来，纯粹的线构绘画让我抓狂，直到我遇见了梵·高，他画的既不是线条，也不是形状，而是大自然当中惰性的事物，仿佛它们正在抽搐一样。
　　而惰性。
　　所有人都在秘密地谈论的那一惰性，从未变得像现在这样隐

晦，以至于整个世界和当前生活都要插手把它搞清楚。

仿佛是在这惰性力量的猛烈抽击下。

那么，凭借一根笔棍，一根真正的笔棍，梵·高不断地对自然以及对象的一切形式发起击打。

经过梵·高指甲的抓挠，

风景露出了其敌意的血肉，

其开膛破肚的皱襞的怒气，

而没有人知道变形的过程中有怎样怪异的力量。


一次梵·高的画展总是一起历史的事件，

不是所画之物的历史事件，而是纯粹历史学的历史事件。

因为没有饥荒，没有瘟疫，没有火山喷发，没有地震，没有战争，来吹动空气的孢子，来拧住命运（万物的神经质命运）之传闻的狰狞面孔的脖子，

如同梵·高的一幅画——重见天日，

回归视觉，

听觉，触觉，

嗅觉，

回到一次展厅的墙上——

最终再次投身当下的现实，重新流传。

在橘园美术馆最新的梵·高展览上，可怜的画家十分伟大的绘画并未全部亮相。但那里，许多人流涌动的展厅都星星点点地装饰着一簇簇胭脂红的植物，一条条紫杉掩映下的低洼小路，一个个围着纯金的麦堆旋转的紫色太阳，还有唐吉老伯和梵·高的自画像，

为了召回对象、人物、材料和元素的怎样凄惨的单纯性，

梵·高提取了这些管风琴声，这些烟火，这些大气显圣，简言之，这部由永恒且不合时宜的衰变构成的"杰作"。

在他死前两天画下的这些乌鸦，和其他画作一样，打开了一扇通往死后之荣耀的大门，但它们也为画好的作品，或不如说，为没有画下的自然，打开了一扇秘门，直通一个可能的彼岸，一个可能的永恒现实，梵·高打开的大门通向了一个谜样的、不祥的彼岸。

如此的景象并不寻常：一个腹部受了致命枪击的人，在画布上塞入一群黑色的乌鸦，下方则是一片或许生机勃勃却始终空荡荡的原野，土地的酒色就在那里同麦子脏兮兮的黄色狂乱地对抗着。

但除了梵·高，没有一位画家懂得像他一样，找到他用来画这些乌鸦的松露的黑色，这"盛宴"的黑色，同时也是渐渐衰弱的夜光中，乌鸦翅膀突然撞到的排泄物一般的黑色。

而吉利的乌鸦底下，土地在抱怨什么？无疑，吉利只是对梵·高一人而言，另外，这吉利还预示着恶再也不能触及他。

因为在他之前还没有人像他那样把土地画成一块由湿漉漉的酒和血织成的脏兮兮的亚麻布。

画中的天空低沉，压抑，

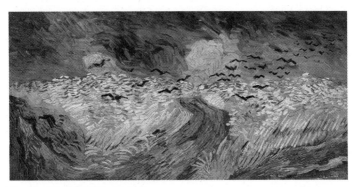

梵·高，《麦田与乌鸦》，1890 年

泛着紫色，如同闪电的边沿。

黑暗奇异的空无之穗从电光背后升起。

梵·高释放了他的乌鸦，如同他自杀之怨怒的黑色细菌，离顶端几公分，又像来自画布底部，

沿着黑色线条的深深裂缝，它们丰满的羽毛轻轻拍打，让一场泥土风暴的漩涡，担负起高处窒息的沉重威胁。

但整个画面丰富，

画面丰富，华丽，冷静。

这是一个人的死亡应得的伴奏：当他在世时，他让那么多沉醉的太阳绕着那么多无拘束的草垛旋转，而当他陷入绝望，腹部挨了一枪时，他又不由得用血和酒淹没了一片风景，用既欢快又阴郁的最终乳液，用酸酒和变质的醋味，浸透了大地。

就这样，从未超越绘画的梵·高，他的后一幅油画的色调，唤起了最悲凉、最激情又最热烈的伊丽莎白戏剧的冷峻而野蛮的音质。

梵·高身上最打动我的就是这点，他是所有画家中最像画家的人，并且，他没有比人们称为绘画的东西走得更远，他没有抛开颜料管、画笔、主题构图、画布，转而诉诸趣闻、叙事、戏剧、图像化表演、主体或对象的本质之美，却成功地激发自然和对象的热情到了这样的地步，就连爱伦·坡、赫尔曼·梅尔维尔、纳撒尼尔·霍桑、钱拉·德·奈瓦尔、阿希姆·阿尔尼姆或霍夫曼的精彩故事，也不比他那两苏一张的画布在心理和戏剧的层面上说得更多，

而且，他几乎所有的画作，像是有意为之，都透露出平凡的维度。

一张椅子，一张绿色的草垫扶椅上有一个烛台，

扶椅上还有一本书，

梵·高，《高更的椅子》，1888 年

好戏就在这里登场。

谁将上台？

是高更还是另一个鬼魂？

草垫扶椅上点燃的蜡烛，似乎标出了一条明亮的界线，将梵·高和高更这两个对立的个体分开。

他们争论的审美对象，若说出来，也许不大重要，但它必定表明，梵·高和高更的人格之间，存在着一种根本的人性分裂。

我相信，高更认为一个艺术家应当寻求象征、神话，把日常事物提升为神话，

而梵·高则认为人们必须知道如何从最凡俗的生命事物中演绎出神话。

对此，我觉得他很有道理。

因为现实远远高于一切历史，一切故事，一切神性，一切超现实。

有一个懂得解释现实的天才就够了。

在可怜的梵·高之前，没有一个画家做到，

在他之后也没有，

因为我相信这一次，

今天，

现在，

在 1947 年的这个 2 月，

是现实本身，

是现实的神话本身，是神话的现实本身，正在被融合。

就这样，自梵·高以来，没有人知道如何遵循真实生命的目标从中响起的压抑的秩序，撼动巨大的铙钹，发出超人的，永远地超人的音调，

当他已懂得竖起自己的耳朵倾听它们的涨潮。

就这样，烛光奏鸣，绿色的草垫椅子上点亮的烛光奏鸣如一具可爱的身体在另一具昏睡的病躯面前呼吸。

它奏鸣如一个古怪的批评，一个深刻且惊人的判断，似乎之后，许久之后，在草垫椅子的紫蓝光芒终于淹没了画面的那一天，梵·高会允许我们猜测它的断言。

人们定会察觉，断续的淡紫光芒吞噬了不祥的巨大扶椅的横木，那垫着绿色稻草、凳腿外翻的老扶椅的横木，但人们不会立刻察觉。

因为焦点似被置于别处，而它的来源极为隐晦，如同一个秘密，它的答案，唯有梵·高自己保管。

要是梵·高没有在 37 岁的年纪死去，我才不会指望哭丧专家来告诉我何等至高无上的杰作充实了绘画，

因为我没法，在《乌鸦》之后，让自己相信梵·高还能作画。

我想他在 37 岁的年纪死去是因为他作为一个被恶灵绞杀的人，走到了其叛逆的凄凉故事的尽头。

因为梵·高抛弃生命，不是由于自己，由于自己的疯狂。

而是由于他死前的两天，受到了恶灵，一个名为加歇医生的临时精神病专家的压迫，那是其死亡直接、有效且充分的原因。

读着梵·高致他弟弟的信，我坚定且真诚地确信，"精神病专家"加歇医生其实憎恶画家梵·高，他不仅憎恶梵·高是一个画家，而且首先憎恶他是一个天才。

既要当医生又要做诚实的人几乎不可能，但下流的是，要当精神病专家同时又不被打上最确凿无疑的疯狂之烙印则更不可能：如此的疯狂源于无力反抗乌合之众古老的返祖反应，它让深陷群氓的每一位科学家都成了所有天才与生俱来的天敌。

医学若非诞生于疾病，即诞生于邪恶；相反，为了给自己一个存在的理由，它已无中生有地激发并创造出了疾病。但精神病专家诞生于下流的乌合之众，他们想把恶保留于疾病的源头，并因此从其自身的虚无中抽出一列侍卫队，以从根本上扑灭一切作为天才之起源的反叛请愿的冲动。

每一个疯子身上都有一个被人误解的天才，他脑袋里闪耀的念头让人害怕，但只有在谵妄里，他才能挣脱生活为之预备的绞绳。

加歇医生并未告诉梵·高，他在那里是为了矫正他的绘画（正如罗德兹精神病院的主治医生，加斯东·费尔迪埃尔告诉我，他在那里是为了矫正我的诗歌），而是把他送出去写生，使之沉浸于风景，以此逃避思考的病痛。

只要梵·高转头，加歇医生就切断其思想的开关。

正如没有任何作恶的念头，而只是对无关痛痒的琐事嗤之以鼻，但通过这一姿势，世上所有心不在焉的资产阶级都铭记着一种被压抑了无数遍的思想的古老魔力。

当他这么做时，加歇医生禁止梵·高触碰的，不只是难题的

邪恶，

　更是地狱火的种子，

　是在唯一食道的咽喉里拧动的指甲的剧痛，

　随此剧痛，梵·高

　陷入强直性痉挛，

　梵·高，在呼吸的旋涡上悬着

　作画。

　因为梵·高是一种可怕的感性。

　为了确信这点，只需瞧瞧他的面孔，总好像气喘吁吁且在某些方面也似屠夫的迷人面孔。

　这面孔属于一位变得沉稳且如今不问世事的旧时屠夫，其黯然的形象萦绕在我心头。

　梵·高在许多画布上画过自己的肖像，但不管它们怎样容光焕发，我总有一个痛苦的印象，即此等容光已被后人作伪，梵·高已丧失了其挖掘并勘测内心道路所必需的光。

　而这条路，加歇医生，当然无法为他指明。

　但，我说过，每一个活着的精神病专家身上，都有一种令人厌恶的、卑鄙的返祖现象，使他在他面前的每一位艺术家、每一位天才身上，看到自己的仇敌。

　而我知道，加歇医生已在历史上，面对受他照料且最终在他照料下自杀的梵·高，制造了一个印象，即他是画家在世的最后好友，一位顺承天意的安慰者。


　但我愈发觉得，正是由于瓦兹河畔奥维尔小镇的加歇医生，梵·高，不得不在那一天，在他于瓦兹河畔奥维尔小镇自杀的那一天，

　不得不放弃生命——

　因为梵·高是一个极为清醒的造物，他在任何情况下的所见，

都能超出，无限地、危险地超出，直接的、表面的事实现象。

关于意识，我想说，意识习惯于保守。

在其似无睫毛的屠夫眼睛的深处，梵·高不断地投身于这些阴郁的炼金术活动，以自然为对象，以人体为烧壶或坩埚。

而我知道，加歇医生总觉得这让他疲倦。

这在他身上并不是单纯的医学关照的结果，

而是一种未曾言明的有意识之嫉妒的供认。


因为梵·高已然抵达这一幻视的阶段，其中混乱的思绪在物质的侵略性释放面前回流，

思考不再殚精竭力，

*也不再存在，*


要做的只是聚集身体，我的意思是

## 堆积身体。

这不再是星辰的世界，而是在意识和大脑之外得以如此继续的直接之创造的世界。

我从未见过一个无脑的身体会因惰性的支柱而疲倦。

惰性的支柱，这些桥，这些向日葵，这些紫杉，这些采摘的橄榄，这些晾晒的干草。它们不再移动。

它们凝固了。

但谁能想到，在一把开启它们不可穿透之战栗的利刃击打下，它们竟变得更为坚硬？

不，加歇医生，一根支柱从不让任何人疲倦。疯子的这些力量给人安憩而不引发运动。

我也像可怜的梵·高，我不再思考，但我每天亲临内心巨大的

沸腾，我愿看到随便哪个医生过来指责我让我自己疲倦。

据说，有人曾欠梵·高一大笔钱：为此，梵·高恼火了好几天。

高贵的天性，总是现实之上的一道凹痕，倾向于用恶意来解释一切，

它相信一切绝非偶然，一切厄运的发生乃是刻意蓄谋的不良居心所致。

精神病专家从不相信。

天才总是相信。

当我病了，那意味着我中了魔咒，如果我不相信某人有兴趣剥夺我的健康并从我的健康中获利，那么，我同样不能相信自己病了。

梵·高也认为自己中了魔咒，他也这么说。

而我，我很确定他中了魔咒，总有一天，我会讲他在哪里并如何中了咒。

而加歇医生是那条长相奇异的冥府看门狗，那头化脓流血的刻耳柏洛斯，他穿着天蓝色的外套，透亮的衬衣，却到可怜的梵·高面前，剥夺他全部健康的念头。因为如果这种健康的观看方式被普遍地传播开来，那么，社会就再也不能存在，但我知道世上哪些英雄会在其中找到他们的自由。

梵·高没法及时地甩掉这类家族吸血鬼，它对画家梵·高坚持作画的天赋充满兴趣，同时又否认其幻想的人格实现肉体和精神之绽放所必需的反叛。

在加歇医生和梵·高的弟弟提奥之间，有过多少令人作呕的秘密谈话，那是家人同精神病院的主治医生就他们送来的病人所展开的交谈。

"要看好他，让他不再抱那些想法。""你看，医生都说了，你

必须放下所有的这些想法；它们对你不好，如果你继续那么想，你这辈子都会被关起来。"

"但不，梵·高，理智点吧，瞧，这是偶然，想这样看穿天意的秘密可没什么好。我认识某某先生，他是个很好的人，是你胡思乱想才反复觉得他在秘密地施法。"

"人家承诺过还你这笔钱，他会还你的。你不能继续这样，老是认为别人欠钱是出于恶意。"

这就是好心肠的精神病专家的看似完全无害的温和谈话，但它们在梵·高心里留下了一根黑色细舌的印记，这根无害的黑色细舌属于一只有毒的火蜥蜴。

要逼一个天才自杀，有时只需如此。

有些日子，心感受到如此可怕的堵塞，以至于它像是遭了当头一棒，觉得自己再也无法挺下去。

因为正是在一次同加歇医生的谈话后，梵·高，恍若无事地回到了房间并自杀。

我自己就在一家精神病院里待了九年，我从未有过自杀的执念，但我知道，每天早晨，探视期间，同一位精神病专家的每一次谈话，都让我恨不得把自己吊死，因为我清楚，我无法割开他的喉咙。

提奥也许在物质上对他的哥哥很好，但这并未阻止他认为梵·高精神错乱、充满幻见、陷入错觉，他竭尽全力，却没有在癫狂中追随梵·高，

让他冷静。

他后来死于悔恨又有什么用？

梵·高在这个世上最珍视的东西，是他身为画家的想法，是他对幻象狂热的、天启式的可怕念头。

世界应按其自身子宫的命令组建，恢复其在公共场所所举行的秘密节庆的受压抑的、反心灵的节奏，并在所有人面前回归坩埚的白

热状态。

这意味着，天启，一场完满的天启，此时此刻，正在古老的殉道者梵·高的画中酝酿，而世界需要他，为了用头和脚猛捶重击。

没有人曾写过或画过，没有人曾雕刻过，塑造过，建筑过，发明过，除非是为了真正地逃脱地狱。

而为了逃脱地狱，我更爱这平静的痉挛患者笔下的风景，甚于老勃鲁盖尔或希罗尼穆斯·博斯的人物麇集的创作，相比于梵·高，老勃鲁盖尔和博斯只是艺术家，而梵·高只是一个决心不自欺欺人的可怜的无知者。

但怎样才能让一位学者明白：在微积分、量子理论或分点岁差的淫荡且如此愚蠢的神判仪式里，存在着某种绝对错乱的东西——因为梵·高让虾红色的凫绒从他床上一个选定的斑点中，如此轻柔地泛起泡沫，因为瓦兹河畔干完活后起身的洗衣妇面前，一条船浸满的维罗纳绿和天蓝，激起了小小的叛乱，因为太阳在远远钉着的乡村钟塔的灰角后面飞旋；还因为巨大的土块，在音乐的前景里，寻找它将冻结成的波浪。


**O vio profe**

**O vio proto**

**O vio loto**

**O théthé**


描述梵·高的一幅画，有何意义！旁人尝试的任何描述都比不上梵·高自己所迷恋的自然对象和色调的简单排列，

身为一位伟大的作家和画家，梵·高就其描绘的作品，给出了最令人震惊的本真性之印象。

什么是素描？如何画素描？这是冲破一堵无形铁墙的行动，那堵墙似乎就在人之所感和人之所能之间。该如何穿过这堵墙呢，因为猛敲猛打没有用，在我看来，得用一把锉刀，慢慢地，耐心地磨损并穿透它。

1888 年 9 月 8 日

我在《夜间咖啡馆》里，试着传达出咖啡馆是一个任人堕落、变疯、犯罪的地方。于是我在柔粉、猩红、酒渣红、柔和的路易十五绿之外，加入黄绿、深蓝营造对比，所有这些被惨白硫磺色的地狱炉火气息笼罩，释放着一个下等酒馆的黑暗力量。

但一切又呈现出日式的欢快和塔尔塔兰的和善……

梵·高，《夜晚露天咖啡馆》，1888 年

1890 年 7 月 23 日

你或许会看到这幅多比尼园丁的速写——它是我最为用心的画之一——我还在画一幅枯秸的速写，还有两幅三十寸的画，它们再现了雨后广阔的麦田……

多比尼花园的前景是粉绿的草地。左边是一片紫绿的灌木，以及一棵长着白色叶子的植物的残桩。中间是一块玫瑰花圃，右边有一个栅栏，一面墙，墙上是一棵长着紫色叶子的榛子树。接着是一面丁香篱笆，一排圆形的椴树，房子在背景里，粉色的，屋顶砌着蓝色的瓦。一张长椅和三把椅子，一个头戴黄色帽子的黑衣人物，前景里有一只黑猫。浅绿色的天空。

这么写似乎很容易。

那么，试着写写看吧！告诉我，既然你不是梵·高画作的作者，你能否像梵·高在这封小小的信中那样，单纯地，枯燥地，客观地，持久地，有效地，坚定地，含糊地，笨重地，真实地，神奇地，展开描述。

（因为关键的区分标准，不是舒展或痉挛的问题，而是单纯的个人拳力的问题。）

所以，我不应在梵·高之后描述梵·高的画作，但我要说，梵·高是画家，因为他重新收集了自然，因为他让自然再次出汗，因为他把自然喷溅到他的画布上化作一束束明亮的光线，一簇簇不朽的色彩，各种元素的百年研磨，省略符、线痕、逗号、横杠的可怕的基本挤压，在他之后，我们再也没法相信，自然的面貌不是由这些事物组成。

多少次隐忍的肘击，多少次来自生活的视觉冲撞，多少次面对自然的眨眼，汇成了加工现实的种种力量的明亮涌流，它们不得不在被最终逐回并吊到画布上、被人接受之前，打破阻障。

梵·高的画中没有鬼魂，没有幻象，没有错觉。
这是午后两点的太阳的炽热真理。
一个逐渐明朗的缓慢的生殖梦魇。
没有梦魇，没有效应。
但产前的痛苦就在那里。

在那里，一片牧场，一根麦苗茎秆的湿润光泽，正准备被引渡。
对此，自然总有一天会予以考虑。
正如社会也将解释他过早的死亡。

被风吹弯的麦苗上，有一只鸟的翅膀，如一个沉稳的逗号，什么样的画家，严格地讲，不算画家的画家，会有梵·高的胆量，去攻击这样一个讨人喜欢的纯朴的主题？

不，梵·高的画中没有鬼魂，没有戏剧，没有主题，我甚至会说，没有对象，因为动机本身是什么？
如果不是某种难以言表的古乐圣歌的铁影，如果不是一段对自身主旨感到绝望的旋律的主导动机？
这是赤裸且纯粹的自然，当人懂得近距离接近它时，它就如其显露那般被目睹。
来见证这古埃及熔金灼铜的风景吧：其中，一个巨大的太阳重重地压在了房顶上，而阳光下如此摇摇欲坠的房顶，似乎正处于解体的状态。

我不知还有什么天启的、象形文字的、鬼魂的或悲怆的绘画能给我这样一种玄奥怪异的感受：仿佛一具无用神秘学的尸体，裂开了脑袋，并在砧板上交出它的秘密。

当我这么说时，我想的不是唐吉老伯，或一个衣袖上像吊着拾荒者的钩子一样，挂着一把雨伞的驼背老人所最后走过的奇异的秋日小路。

我在回想那些展翅的乌鸦，它们漆黑似光彩熠熠的松露。

我在回想他的麦地：麦穗层层叠叠，而前面，

几朵小小绽放的丽春花说出了一切，它们被轻柔地播散，被辛酸而紧张地植入那里，并且，稀稀拉拉的，它们被刻意而暴烈地打断，撕碎了。

只有生活才懂得如何提供一件纽扣松开的衬衣下窃窃私语的一次次表皮剥落，而没有人知道为什么目光斜向了左侧而不是右侧，为什么斜向了卷曲的发堆。

但就是这样且就是事实。

但就是这样且就是如此。


他的卧室同样神秘，如此美妙的乡土风格，散发着一种浸渍麦子的气味，而透过遮掩的窗户望去，麦子正在远方的风景中摇曳。

陈旧的凫绒的颜色，同样是乡土的风格：贻贝的红，海胆的红，虾的红，米迪河火鱼的红，烧焦的辣椒的红。

如果他床上凫绒的颜色果真如此成功，那当然是梵·高的过失，我想不出哪个织工能移植其难以言表的印记，就像梵·高能将这难以言表的涂料之红，从其心灵的深处摆渡到画布上。

我不知有多少罪恶的牧师，在他们所谓圣灵的脑中，梦想过一扇向其娼妓"玛丽"敞开的彩色玻璃窗上赭石的金和无限的蓝，他们已懂得在空气及其小巧的神龛里，隔离并提取出这些构成为一个

梵·高，《卧室》，1888 年

事件的适意之色彩，在那里，梵·高画布上的每一笔都比一个事件更糟。

有一次，它化作一个整洁的房间，却抹着本笃会僧侣酿熟其健康的烧酒时，永远找不到的一层香膏或香料。

还有一次，它变成一个被巨大的太阳碾碎了的纯粹干草堆。

这房间因其明珠般的白墙而熠熠生辉，墙上挂着一条简陋的浴巾，如一位农夫的老旧护符，难以接近又令人舒心。

一些粉笔的浅白色比古老的酷刑还要糟，而可怜又伟大的梵·高由来已久的做手术般的严谨，在这幅画里表现得最为清楚。

因为这才是梵·高，一心只考虑沉默又动人地涂抹的笔触。万物的色彩普普通通，却又如此恰到好处，如此可爱地恰到好处，以至于没有一块宝石能比肩其珍贵。

　　因为梵·高会是所有画家中最名副其实的画家，唯独他不曾渴望超越绘画，一如其作品的严格手法，一如其手法的严格框架。

　　但另一方面，唯独他绝无仅有地、彻底地超越了绘画，超越了这再现自然的惰性行为，为的是让一种旋转的力量，一种直接抽自内心的元素，从自然这专一的再现中喷涌出来。

　　通过再现，他焊接了空气，并把一根神经封入其中，这些是自然中不存在的事物，它们属于比真实自然的空气和神经还要真实的自然和空气。

　　当我写下这些话时，我看见画家血红的面孔，在一面崩破的向日葵围墙中，

　　在昏暗的风信子灰烬和天青石牧场的强大拥抱中，向我走来。

　　这一切，在粒粒坠落的炸弹形成的一阵陨石般的轰炸中，

　　证明了梵·高，当然，像一位画家一样构思他的绘画，绝无仅有的一位画家，但由于这个事实，

　　他也是

　　一位强大的音乐家。

　　这风琴演奏家诞生于一场在明净的自然中停滞并大笑的暴风雨，但在两场风暴之间平息的自然，如同梵·高自己，清楚地表明，它正准备消逝。

　　见过此景，一个人会轻视任何一幅画作，因为它们别无可说。梵·高绘画的风暴之光，在人们停止看它的时刻，开始其忧郁的吟诵。

　　只是画家，梵·高，除此无他，

　　没有哲学，没有神秘，没有仪式，没有通心术或祭拜礼，

　　没有历史，没有文学或诗歌，

这些铜金的向日葵被画下：它们被画下，作为向日葵，除此无他，但为了理解自然中的一朵向日葵，此时必须回到梵·高，正如为了理解自然中的一场风暴，

一片风暴的天空

一片自然的平原，

再无可能绕过梵·高。

风暴一般，如在埃及，或在闪米特的犹太平原，

或许黑暗，如在卡尔迪亚，在蒙古，或在西藏的群山，没有人告诉我它们曾被移动。

但看着这片麦田，或这片古老的紫色天空重压下，白如一堆葬骨的石头，我再也不能相信西藏的群山。

画家，只是画家，梵·高，采用了纯粹绘画的手法而从未超越它。

我的意思是，为了作画，他从未超越绘画给他提供的手法。

一片风暴的天空，

一片白如粉笔的平原，

画布，画笔，他的红发，颜料管，他的黄手，他的画架，

但所有的喇嘛，可以在他们的长袍下，抖落他们已然预备的天启，

在一张为迫使我们找到自身方位而画满了不祥之物的画布上，梵·高已让我们提前预感到四氧化二氮。

有一天，他下定决心不超越绘画主题，

但，当人们看到梵·高的作品时，人们再也不能相信有什么东西比主题更难超越。

一张稻草扶椅上一支点燃的蜡烛及其紫色的火焰，这个简单的主题，在梵·高笔下讲述的东西，比一整套的希腊悲剧，或西里

尔·图尔纳、韦伯斯特或福特的至今尚未上演的戏剧，还要多得多。

　　绝非文学，我看见梵·高的脸，涂满鲜红的血，在其风景的爆炸中，向我袭来，

　　　　kohan
　　　　taver
　　　　tensur
　　　　purtan

　　在一次燃烧中，
　　在一次轰炸中，
　　在一种爆炸中，
　　在可怜的疯子梵·高脖子上缠了一生的这块磨石的复仇者。
　　绘画的磨石，不知为了什么或为了何处。

　　因为我们一直劳作，一直斗争，
　　因恐惧、饥饿、贫困、仇恨、丑闻、恶心而尖叫，
　　身中剧毒，
　　并不是为了这个世界，
　　从不是为了这个人间，
　　尽管我们受之蛊惑，
　　并最终自杀，
　　因为就像可怜的梵·高，我们都是被社会自杀的人！

　　梵·高拒绝在画中讲述故事，但奇妙的是，这位画家只是一位画家，
　　并且，他比其他画家更像画家，因为在他看来，材料、绘画占

据了首要的位置，

还有刚从颜料管中挤出来就被捕捉到的色彩，

还有画笔的一根根笔毛在色彩中留下的印记，

还有涂染的绘画在自身阳光下清晰的笔触，

还有喧闹的笔尖径直旋向色彩，并以画家四处消抹又重新搅拌的火花的形式向前溅射时，形成的"i"、逗号和句点，

奇妙的是，这位画家只是一位画家，但在现存的所有画家中，他最有可能让我们忘了我们正面对着绘画，

面对着一幅意图再现其所挑选之主题的绘画，

并且，在固定的画布前，他为我们唤回了纯然的谜，这纯然的谜来自一朵饱受摧残的花朵，一片被他沉醉的画笔从四面八方开垦并挤压的伤痕累累的风景。

他的风景是古老的罪，它们尚未找回其原始的天启，但它们终将找回。

为什么梵·高的画给了我这样的印象：仿佛它们正从坟墓的另一头被人注视，而在那个世界里，他的太阳最终就是欢快地旋绕并照耀的一切？

因为，在他痉挛的风景和花朵中生而又死的，不就是曾经所谓的灵魂的全部历史？

这灵魂把它的耳朵献给了身体，而梵·高又把它还给了其灵魂的灵魂，

还给了一个女人，以充实不祥的幻觉。


有一天，灵魂不存在，

精神也不存在，

至于意识，根本无人想过，

但，在一个完全由那些一旦毁灭就会重组的交战的元素构成的世界里，思想又位于何处，

因为思想是和平的奢侈品。

而谁，又比难以置信的梵·高更好，因为画家梵·高理解了难题的现象性，在他看来，任何真实的风景都像在坩埚里潜藏，并会在那里重新开始。

那么，古老的梵·高是王，当他沉睡时，名为土耳其文化的奇异罪名，就被编造出来反对他，

人性之罪的典型、惯习、动机，从来只懂得把艺术家活活地吞下，以填补自身的正直。

由此，它不过是仪式性地圣化了自身的懦弱！

因为人不愿陷入生活的劳苦，不愿遭受构成现实的种种力量的自然冲撞，以从中获取一具任何风暴都再也无法动摇的身体。

人往往更愿意简单地满足于生存。

至于生活，它习惯了在艺术家的天才中找寻。

所以，烧伤了自己一只手的梵·高，从来不怕为生活而斗争，也就是，不怕把生活的事实和生存的理念分开，

一切当然可以存在，而无存在的劳苦，

不像疯子梵·高，一切可以存在，而无发光发热的劳苦。

这就是社会为实现土耳其文化从他身上夺走的东西，那表面正直的文化已把犯罪当作了起源和基础。

就这样，梵·高死于自杀，因为全体意识的合奏再也容不下他。

因为没有精神，没有灵魂，没有意识，没有思想，

只有爆炸，

成熟的火山，

着迷的石头，

忍耐，

便毒，

烹煮过的肿瘤，

脱皮者的焦痂。

假寐的王者梵·高，为其健康的反叛，孵化着下一个警报。

为何？

因为事实上，良好的健康是根深蒂固的疾病的残留，是强烈的生存热情的过剩，它被一百道伤口腐蚀，而这些伤口还必须活着，

必须保持不朽。

谁没有闻到一颗阴燃的炸弹和压抑的眩晕的气味，谁就不配活着。

这是可怜的梵·高在一束火光的爆发中义不容辞地揭示的慰藉。

但监视他的恶中伤了他。

土耳其人，一脸正直，精心地接近梵·高，为了从他体内扯出杏仁，

为了摘下正在成形的（自然的）杏仁。

梵·高在那里荒废了一千个夏天。

他为此在 37 岁的年纪死去，

来不及活，

因为他面前的每一只猴子都借着他聚集起来的力量活过。

如今，为了让梵·高复活，这是必须恢复的。

面对懦弱的猿猴和畏缩的犬狗组成的人性，梵·高的绘画已属于一个没有灵魂、没有精神、没有意识、没有思想的时代，有的只是一些时而被束缚、时而又被释放的初级元素。

剧烈抽搐的风景，狂暴创伤的风景，如同一具为了恢复完美的健康，而饱受热病折磨的身体。


皮肤下的身体是一座过热的工厂，

而外面，

病人闪耀，

他发光，

自每一个爆裂的，

毛孔。

这就是梵·高

正午的

一幅风景画。

只有永恒的斗争解释了一种暂时的和平，

正如准备倾泻的牛奶解释了沸滚的奶壶。

要当心梵·高美丽的风景，既暴烈又温和，

既痉挛又平静。

这是将要消退的两场热病复发之间的健康。

这是良好健康的两次反叛复发之间的热病。

总有一天，梵·高的绘画将带着热病和健康归来，

把他的心再也不能承受的一个笼中世界的尘埃撒入空气。

## 附言

回到乌鸦的画上。

有谁见过与大海等同的土地，就像这幅画里的？

梵·高是所有的画家中最为深刻地拆剥了我们的人，他拆剥我们，直至我们露出筋骨，就像一个人从自己身上驱除执迷的虱子。

执迷于让对象变成他物，执迷于胆敢冒险犯下他者的罪，而土地无法获得一片流动之海的颜色，但梵·高像用一把锄头甩动他的土地，如一片流动的海。

他让画布浸透了酒渣的颜色，而正是土地散发出酒味，甚至在麦浪中汩汩作响，并迎着遍布天空的密集低云，高高地立起一朵忧郁的鸡冠花。

但，我已说过，故事的葬礼部分，是用来款待乌鸦的那份奢华。

这麝香的颜色，这浓郁的甘松的颜色，这来自一场盛宴的松露的颜色。

在天空紫色的波浪中，两三个由烟气构成的老人头像大胆地扮起了一张天启的鬼脸，但梵·高的乌鸦在那里促使它们变得更加得体，我的意思是，让它们的灵性弱化，

这是梵·高自己，意图用这幅几乎是在他摆脱生存的时刻画下的天空低沉的画作，表达的东西，因为这件作品还有一层涉及出生、结婚、启程的古怪的、近乎浮夸的色彩。

我听见乌鸦的翅膀，在梵·高似乎再也无法抑制其洪流的一片土地之上，有力地敲响铙钹。

然后死亡。

圣雷米的橄榄树。

孤独的柏树。

卧室。

橄榄丰收。

阿利斯康。

阿尔勒的咖啡馆。

在那座桥上，我想把手指浸入水中，是梵·高那难以置信的握力迫使我进入到这样一种运动之中，一种暴力地回归到童年状态的运动中。

水是蓝的，

不是水的蓝，

而是流动的油彩的蓝。

自杀的疯子由此经过并把画中的水还给自然，

但谁会把水还给他？

梵·高，一个疯子？

让某个曾懂得如何注视一张人脸的人去看梵·高的自画像吧，我想到了他头戴软帽的那张。

它出自格外清醒的梵·高之手，这通红的屠夫面孔审视并打量着我们，他用一只怒眼细看着我们。

我不知哪位精神病专家会用这样一种势不可当的力量去仔细查看一个人的面孔，如一把切刀剖析其不可否认的心理。

梵·高的眼睛属于一位伟大的天才，但像我这样看他从画面的深处涌现并剖析我时，我在这一刻感到其体内活着的，不再是一位天才画家，而是一位我此生难遇的天才哲学家。

不，苏格拉底没有这样的眼睛，在梵·高之前，或许只有尼采具备这样的目光：它暴露了灵魂，将身体从灵魂中解脱，让人的身体赤裸无蔽，并脱离精神的遁词。

梵·高的目光被悬着，被拧紧，它在其非凡的眼睑，其纤细无褶的眉毛背后，安了玻璃。

这是一道直插深处的目光，它刺穿了这张如方木一般被柴刀削砍的面孔。

但梵·高选择了眼眸即将溢入空虚的时刻，

此刻的目光射向我们如一颗陨石炸弹，染上了充斥它的空虚和惰性的茫然色彩。

伟大的梵·高就这样定位他的疾病，胜于世上的一切精神病专家。

我洞穿，我坚持，我审视，我紧抓，我拆封，我已死的生命无所掩盖，况且虚无不曾伤害任何人，迫使我返回内部的，是这不时穿越并压倒了我的令人沮丧的空缺，但我清楚地看到了它，十分清楚，我甚至知道虚无是什么，我说得出它内部有什么。

而梵·高是对的，人能够为无限而活，人只满足于无限，在大地和星球上，有足够的无限来满足一千个伟大的天才，如果梵·高无法实现这个用无限照亮其整个生命的愿望，那是因为社会禁止了它。

断然且有意识地禁止了。

梵·高的刽子手终有一天来了，就像他们对钱拉·德·奈瓦尔、波德莱尔、爱伦·坡和洛特雷阿蒙做过的那样。

他们终有一天告诉他：

现在，够了，梵·高，安息吧，我们受够了你的天才，至于无限，无限属于我们。

因为梵·高不是死于他对无限的追寻，

他不是为此被迫用贫困和窒息扼杀自己，

而是因为他看见，所有那些在他活着时就认为要阻止他获得无限的乌合之众，拒绝把无限给他；

要不是大众野兽般的意识想要占有无限来滋养其自身和绘画或诗歌绝无任何关系的淫乱，梵·高本可以找到足够的无限过完他的一生。

此外，没有人独自自杀。

从没有人独自出生。

也没有人独自死亡。

但，说到自杀，为迫使身体做出剥夺自身生命的非自然举动，就得有一整支恶势力的军队。

而我相信，在极端死亡的时刻，剥夺我们自身生命的总是别的某个人。

　　就这样，梵·高判处了自己，因为他已结束了生活，正如我们从他写给弟弟的信中推断出的，因为他侄子的出生，
　　他感觉自己成了一个累赘。

　　但梵·高特别希望自己最终追上无限，他说，一个人奔向无限，就像在一列驶往一颗星星的火车上，
　　而他登上火车的那一天也是他决定结束生命的日子。
　　但，面对梵·高的死亡，一如其已发生的那样，我不相信它已发生。
　　梵·高，首先是被他的弟弟，被他侄儿的出生喜讯，从世上送走了，然后是被加歇医生送走，因为加歇医生没有建议他休息和隐居，而是派他出去写生，即使那天他很清楚，让梵·高上床会更好。
　　因为人们并不如此直接地反对殉道者梵·高淬火的清醒和感性。
　　在某些日子里，意识会因一个简单的矛盾就杀死自己，为此不需要成为疯子，一个登记在案且经过鉴定的疯子；相反，保持健康并自身有理就够了。
　　我处于一个类似的情境，再难频频听到这样的话而忍住不杀人："阿尔托先生，您在胡言乱语。"
　　梵·高就听到了这样的话。
　　这让杀死他的血的绳结拧住了他的喉咙。

## 附言

　　关于梵·高，关于巫术和魔咒，过去的两个月期间，所有在橘

园美术馆的梵·高作品展前鱼贯而行的人们，他们确定自己记得他们所做的一切，以及他们在 1946 年 2 月、3 月、4 月和 5 月的每一个夜晚遇到的一切吗？在某个夜晚，大气和街道不是变得流动、黏稠、震荡，而星光和苍穹不都消失不见了吗？

梵·高不在那儿，画阿尔勒咖啡馆的梵·高。但我在罗德兹，换言之，仍在世上，而一夜之间，巴黎的所有居民必定觉得自己几乎就要离开它了。

这难道不是因为他们全体一起参与了某件普遍的龌龊勾当吗？期间，巴黎人的意识有一两个小时离开了正常的层面，转向了另一个层面，另一个我在九年的禁闭期间目睹多次的仇恨的集体喷涌的层面。如今，仇恨已被遗忘，就像随之而来的夜晚的清除，而同一批人，他们曾向整个世界如此反复地裸露其贱猪般的灵魂，如今却排着长队从梵·高面前走过，而当梵·高活着的时候，他们或他们的父亲和母亲又曾如此紧紧地拧住了他的脖子。

但我说的那个晚上，一块巨大的白石，像从波波卡特佩特火山最近的一次喷发中射出，不是落到了马德莱娜大道，就在马蒂兰街角？

梵·高，《戴草帽的自画像》，1887 年

# 三十

# 清算上帝的审判（1948）*

### 石可　译

* 1947 年 11 月，法兰西广播台文学和戏剧频道的导演费尔南·普埃（Fernand Pouey）邀请阿尔托为其新节目 "诗人之声"（La Voix des poètes）进行创作。阿尔托很快就写了一系列文本，并将这广播剧命名为《清算上帝的审判》（*Pour en finir avec le jugement de dieu*）。节目在 11 月 22 日至 29 日之间排演和录制。期间，阿尔托每天从伊夫里赶到巴黎，指导录制工作，并亲自阅读了开头和结尾部分。余下的文本，《图图古里，黑太阳的仪式》（Tutuguri, le rite du soleil noir）由马丽亚·卡萨雷（Maria Casarès）阅读，《粪便研究》（La Recherche de la fécalité）由罗热·布兰阅读，《引发一个问题，关于……》（La Question se pose de...）由波勒·泰芙楠阅读。节目定于 1948 年 2 月 2 日晚 10 点 45 分播出。但就在 2 月 1 日，普埃的上司弗拉迪米尔·波尔谢（Wladimir Porché）试听了录音，禁止节目播出。尽管几天后普埃召集的由艺术家和记者组成的评审团全体赞成播出，但仍无济于事。

1948 年 4 月 30 日，阿尔托离世后不久，《清算上帝的审判》由 K 出版社出版，共印 2000 册。

| | | |
|---|---|---|
| **kré** | 每一件事都必须 | **puc te** |
| **kré** | 以雷暴的秩序 | **puk te** |
| **pek** | 安排得 | **li le** |
| **kre** | 毫发 | **pek ti le** |
| **e** | 不爽 | **kruk** |
| **pte** | | |

我昨天学到了，

（你一定在想我非常慢，又或者这只是个假传言，只不过是当桶里装满了泔水又一次送到人嘴边的时候，下水阴沟和公厕之间被推销来推销去的肮脏谣言），

我昨天学到了

正经来说最让人印象深刻的美国公立学校里的官方实践之一

毫无疑问让那个国家以为自己在进步的潮头

很明显，在小孩们第一次进公立学校的时候必须要过的考试或曰检验里，有一个叫作精液或者精子测试，

他们让这些新入学的小孩交出一点精液，完后把它们放到玻璃罐子里保存着，全部的努力是为了等着将来终有一天可能会发生人工授精的时候用得上。

因为越来越多的美国人觉得他们缺乏人力和儿童，

也就是说，工人不算

得是士兵，

他们要不计代价用所有可能手段制造生产士兵

以备接下来有可能会发生的全球战争，

而这注定要用力量那压倒性的效果来展示美国产品的卓越超群，

以及在所有活动的领域和潜在的力量机制中美国汗水的成果。

因为必须有生产，

在自然可以被替换的每一个地方，必须用一切可行的办法替换自然

必须为人类的惰性发现一个主要的领域，

工人必须不停地忙碌于什么事情

新的活动领域必须被创建，

在那里所有假的制造品，

所有低劣的合成替代品最终会统治，

那里没有美丽真实的自然什么事，

而且要一了百了地放弃地位，可耻地向所有胜利的替代品投降，
在那里所有人工授精厂的精子
将创造奇迹
生产军队和战舰。

不再有水果，不再有树木，不再有蔬菜，不再有种植，不管药
用与否，因此也不再有食物
只有供应充足的合成制品，
在蒸汽中，
在大气的特殊体液中，通过合成的方式，在从力量中抽出来的
大气的特定轴线上，从除了恐惧什么都不知道的战争的本质中建立
抵抗。

然后战争万岁，对吧？

因为这样做，就是战争，不是吗？美国人以前就为此准备，而
现在他们也如此一步一步地准备着。

为了捍卫这个疯狂的机器对抗一切会不可避免地全面爆发的
竞争，
必须有军人，军队，飞机，战舰，
因此这个精子
美国政府显然已经有胆量来考虑。
因为我们不是只有一个敌人，
它监视着我们，孩子，
我们，这些天生的资本主义者，
而在这些敌人中
斯大林的苏联
也不缺武装人员。
所有这一切都很好，
只是我原来不知道美国人是这样尚武。
要打人必须要挨打

又或者我已经看到过很多战争中的美国人
但他们前面总有无数的坦克、飞机、战舰
作为盾牌。
我见过很多机器的战斗，
但我只在无限远的
　　　后方
看到操控它们的人。
面对这样一种国民，他们让马、牛、驴吃掉最后一吨留给他们
的真吗啡，是为了用劣质的烟雾来代替它，
比起来我更喜欢直接吃着土里出来的东西，那生出他们的迷梦，
我说的是乌玛拉人
当仙人掌还在成长的时候
他们从土壤中直接吃掉它，
为了建立黑夜的王国他们杀掉太阳，
他们把十字架分离开，这样空间的空间将不再相遇
或者交叉。
如此你可以听到**图图古里**的舞蹈

## 图图古里，黑太阳的仪式

而在下方，如在苦涩
残酷绝望的心脏的坡底，
六个十字架形成的圆圈打开了，
　　　在更遥远的底部，
犹如嵌进了大地母亲，
从流着涎的母亲肮脏的拥抱中

　　　脱离。

黑煤的土
是这岩石的擦裂中
唯一湿润的点。

仪式是新的太阳在地球的开口上爆炸之前穿过七点 。

有六个人，
每个人代表一个太阳，
第七个人
是完成了的太阳
　　　生的
用黑色和红色的肉打扮起来。

现在，这第七个人
是一匹马，
一匹马带着一个引导它的人。

但实际上那马
是太阳
而非那人是太阳。

一阵鼓声，一声又长又怪的
喇叭，
那六个人
本来躺着，
来回在地面上翻滚，

像向日葵一样依次绽开，

完全不是太阳

而变成泥土，

水莲花，

而每一次绽放

都伴随着越来越沉郁

　　　压抑的

　　　咚咚鼓声

直到我们看到，以全速疾驰而来，最后的太阳，

第一个人，

一匹黑马带着

　　　一个裸体的人

　　　绝对全裸

　　　还有一位处女

　　　在上面。


欢跳一阵之后，他们沿着蜿蜒的曲线前进

之后挂满生肉的马惊惧起来，

　　在岩石的顶部

　　不停地左右旋转

　　直到第六个人

　　完整地

　　绕着

　　六个十字架

　　走完一圈。


现在，这仪式的主旋律恰恰就是

　　**对十字架的弃绝。**

旋转完毕之后
他们拔出栽在土里的十字架
而马上全裸
的那个人
高高举起
一块大马蹄铁
此前他一直用它来阻断自己的血流。


## 粪便研究


闻起来有屎味的地方
闻起来像存在。
人有可能很好地避开拉屎，
把他的屁眼袋子关紧，
但他选择去拉屎
如同他完全可以选择活着
而非同意活得像个死人。

事实是为了不制造粑粑，
他就要同意
不去存在，
但他没可能成功地丢失
　　　存在
换句话说活活地死去。

在存在中
有些事情格外诱惑人
而这些事情恰恰就是

**粑粑**

（此处怒吼）


为了存在你只需要让自己自在，
但是要活着，
你就得成为一个什么人，
要成为什么人，
你必须要有**骨头**
不害怕展示这个骨头，
也不怕在路上丢失上面的肉。


比起骨头构成的土
人总是更喜欢肉
事实是那里只有土、骨和木，
他必须赢得自己的肉，
那里只有铁和火
没有屎，
而人害怕失去屎
或者说他渴望屎
于是，为此，牺牲了血。


为了有屎，
换句话说有肉，
在那些只有血
和骨头的小片铁的地方

在那些毫无疑问赢得存在的地方
只是有人不得不失去生命。

　　　**o reche modo**

　　　**to edire**

　　　**di za**

　　　**tau dari**

　　　**do padera coco**

那里，人撤退逃跑。

然后大猛兽吃了他。

那不是强暴，
他把自己借给那淫秽的一餐。

他觉得好吃，
甚至他自己学会了
和猛兽玩乐
精心地
吃老鼠。

而这种肮脏的屈辱是从哪里来的？

从世界还未形成这一事实中来，
或者从人对世界只有个模糊概念这一事实而来
他愿意保留哪一种到永远？

从这一事实中来：人
在某个美好的日子，
已停止，

　　对这个世界的理想。


他有两条路可选：
一条属于无垠的外在，
一条属于极微的内在。


而他选择了极微的内在。
那里唯一的要事就是挤压
老鼠，
舌头，
屁眼
或者腺体。


还有上帝，上帝自己加速了这个运动。


上帝是个存在吗？
如果他是，他就由屎构成。
如果他不是
他就不是。
现在，他不是，
但他像虚空，用其所有的形式前进
这些形式中最完美的再现
就是无数群阴虱的行军。


"你疯了，阿尔托先生，那弥撒呢？"

我弃绝洗礼和弥撒。
在内在的色情层面
没有什么人的行动
比所谓的耶稣基督
降到祭坛上
更有害。


没有人会相信我
而且从这里我可以看到公众在耸肩
但基督这个名字也无非是
他面对着那个阴虱神
同意没有身体地活着，
同时一大批人
从十字架上降下来，
在上帝确信自己很久以前就钉死了他们的地方
反叛了，
并且，关入铁的牢笼
血的牢笼
火的牢笼，骨的牢笼，
前进，斥骂那不可见的，
就为了在那里，结束**上帝的审判**。


## 引发一个问题，关于……


严肃的事情
是我们知道

在这个世界
的秩序之后
还有一个世界。

哪个世界？

我们不知道。

在此域中可以假设的数目和顺序
恰恰是
无限！

那么什么是无限？

我们不完全知道！

这只不过是个词
我们用它来
指示

我们的意识
向一个无法测量的可能性的
开启
不可置信，无法测量。

而到底什么是意识？

我们不完全知道。

它是虚无。

这个虚无
当我们不知道某些事的时候
我们就用它来
指示
从哪个角度
我们不知道它
于是
我们说
意识，
从意识的角度，
但总还有成千上万的角度。

那又怎样？

似乎意识

在我们里面
连接着

性欲和饥饿；

但也完全
可能
不连接
到它们。

据说，
可以说，
有不少人说
意识是一种胃口
对生活的胃口；

而立刻
除了对生活的胃口
还有对食物的胃口
也立刻进入脑海；

好像没有人饿了
吃的时候
不需要任何胃口

因此也有
这种情况
饿了
但没胃口；

那又怎样？

这样

有一天给了我
可能性的空间
就像一声响屁
我有一天会放；

但既不是空间
也不是可能性
我不知道那到底是什么，

而我没觉得我需要思考它。

那些都是词语
为了定义事物而被发明：
有些存在
有些不存在
它们面临一个
紧迫
的需要：
要去除理念，
去除理念和它的神话，
并在它的地点让
这个爆炸的必要性
雷鸣般宣示登基：
要扩展我内在黑夜的身体
我内在无性的身体
我自己的身体

它就是黑夜
虚无
非反射

但它是一种爆炸性的笃定
即有些事情

要让路给：

我的身体。

而真要
把我的身体缩减
成这臭气？
说我有一个身体
是因为我有臭气
在我体内
形成？

我不知道
但是
我确实知道
　　　空间
　　　时间
　　　向度
　　　未来
　　　今后
　　　存在
　　　不存在
　　　自我
　　　非我
对我来说什么都不是；

但有一件事
确实算一件事

只有一件事
算得上一件事
而我能感觉到它
因为它想要
**冲出来：**
我肉身的
疼
的在场，

这威胁，
出现在
我
身体中
从不疲倦；

无论我被质问了多少问题
并且抵赖所有的问题，
总有一个点
我发觉自己被迫
要说不，

**不**

然后去否认；

而这个点
就是当我被压迫，

当我被挤出
被挤奶
直到我内部
食物
我的食物
和它的奶
离开了我

那还剩什么？

我窒息了；

而我不知道这是不是一个行动
但通过问问题这样压迫我
甚至到不在场的程度
甚至到问题
的虚无
我被压迫
甚至到了我内部
关于身体的思想
关于作为一个身体的思想
都窒息了的程度

而就在那时我闻到了污秽

并且从愚昧中
从过度中
从我窒息

的反抗中
我放屁。

事实是我被压迫
到了我身体的程度
到了身体的程度

**也就是在那时**
**我抖落所有的事情**
**因为我的身体**
**再也不会被触碰。**


## 结论


——在这次电台广播中，你的目的是什么，阿尔托先生？

——原则上讲是为了谴责一些社会性的秽物，它们被正式地封圣和承认：

1° 这种由儿童完成的未成年精子的免费排放，其背后的思想是人工授精能够在一个世纪甚至更后来生产胎儿。

2° 为了，在占据前印第安大陆整个表面的同一批美国人中，谴责这种古老好战的美帝国主义的复兴，它造成了哥伦布到达前的印第安人被所有的后来者歧视。

3°——阿尔托先生，你在这里表达了一些非常诡异的内容。

4°——对，我说的事情是很诡异，

事实是，和大家所信的相反，哥伦布前的印第安人曾经是一个有着很奇怪文明的民族，我们知道这种文明的形式单单建立在残酷的原则上。

5°——所以你知道到底什么是残酷?

6°——就像那样，不，我不知道。

7°——残酷，就是通过血，乃至通过血神，摧毁无意识的人类动物性那兽性的风险，无论人们会在哪里遭遇它。

8°——如果不忍着，人就是一种色情的动物，

在他内部有一个灵感的颤抖，

一种脉动

产生无数野兽，这就是古代陆地人民普遍归于神灵的形式。

而这造就了所谓的精神。

现在，这种来自美洲印第安人的精神，再次四处出现，它有一个科学的伪装，只能用来揭示这种精神的病态的传染性，恶的显性状态，一种靠疾病来污染的恶，

因为，你尽管笑，

所谓的微生物

实际上是神，

你知道美国人和苏联人用什么制造他们的原子吗?

他们用神的微生物来造。

——你在鬼扯，阿尔托先生。

你疯了。

——我没有鬼扯。

我没疯。

我在告诉你，细菌被重新发明了一遍，以便强加一种关于神的新观念。

人们找到了一种新方法，可以让神重新出笼，在他施展微生物毒性的时候逮住他。

也就是钉他的心，

在人们最爱他的地方，

以病态的性感的形式

在他披着的那邪恶残酷的罪恶幌子下，那时他乐于像现在一样让人性僵死和疯狂。

他使用像我一样依旧诚挚的意识，使用他的纯洁精神，用他散布于所有空间的假象来憋死它，就此阿尔托这傻子反而看起来像是充满妄念一般。

——你什么意思，阿尔托先生？

——我的意思是说，我已经找到一种方式，能让我们一劳永逸地解决这只猴子，而如果没有人再相信上帝，那么每个人都会越来越多地相信人。

而我们现在就是要下定决心来阉割。

——怎么可能？

怎么可能？

不管从什么角度来接近你，你都是疯了，足够被绑起来。


——让他最后再经历一遍尸检以重做他的解剖。

我说，为了重做他的解剖。

人有病是因为他构成的方式很糟糕。

我们必须下决心剥光他，这样我们就刮掉让他痒痒到死的微生物，

> 上帝，
> 连同上帝
> 他的器官。


如果你想绑我就绑吧，

但是没有什么比器官更没用了。


当你给他一具没有器官的身体时，你将把他从他所有无意识的机制中解救出来，恢复他真正的自由。


然后你就可以教他再一次起舞，把里跳到外

就像陷落进舞厅的幻觉

而那时候他那在外的内就会是他真正展示在外的一面。

# 三十一

# 残酷戏剧（1948）*

## 尉光吉 译

———————

\* 《残酷戏剧》（Le Théâtre de la cruauté）写于 1947 年 11 月 19 日，原定为《清算上帝的审判》的最后部分，但因时间限制，该文本并未进入广播剧的录制。后发表于 1948 年《八四》第 5—6 期。

由于 1947 年 10 月完成的《图图古里，黑太阳的仪式》已被收入《清算上帝的审判》，阿尔托不得不按约定，为《拉尔巴雷特》杂志的编辑，马尔·巴伯扎（Marc Barbezat），重写一篇文章，即 1948 年 2 月 16 日的《图图古里》（Tutuguri）。该文后被收入 1955 年出版的文集《塔拉乌玛拉人》。

1948 年 3 月 4 日早晨，阿尔托因癌症在伊夫里去世，终年五十二岁。其遗体被安葬于马赛的皮埃尔公墓。

阿尔托,《残酷戏剧》,素描,1946 年

阿尔托,《印加王》,素描,1946 年

## 残酷戏剧

你可知什么极度粪便化的东西
比得过神及其存在：
**撒旦**的故事，
心的薄膜
普遍的幻觉
那可耻的母猪
以其流涎的乳房
从没对我们隐瞒过什么
除了虚无？

面对这先定宇宙的观念，
人至今都没能建立其对可能性之帝国的优势。

因为如果什么也没有，
什么也没有，
除了一个创造了譬如野兽的存在
怀有的这排泄物的念头。

而如果那样
野兽源于何处？

源于肉体知觉的世界
不在其平面
也不在其点上，

源于精神生命存在
而没有任何真正的器官生命，

源于纯粹器官生命的简单想法
能被提出，

源于能够
区分
纯粹雏形的器官生命
和人类身体的激情
又具体的完整生命。

人的生命是一节电池
其放电已被阉割和驱逐，

其能力和重心
已朝向了性生活
而它诞生
就是为了通过
电流的移动
吸收无限虚空的
一切漂泊的闲置，
越来越难以估量的
虚空之洞
一种从未填满的器官之可能性。

人的身体需要进食，
但谁又在性生活之外的层面上检验过食欲的难以估量的能力？

最终让人体解剖跳起舞，

从高到低又从低到高，
从后到前又
从前到后，
而且从后到后，
但要远多于从后到前，

而食物
稀缺的难题
不再必须解决，
因为，甚至都不再
有理由，提出它。

人的身体得进食，
喝水，
以免
跳舞。

它得与秘术私通
以免
压榨
并处决神秘的生命。

因为没有什么
像所谓的神秘生命一样
需要被处决。

那儿神及其存在
想避开发狂的人，
那儿，在神秘生命这越来越空缺的层面上
神想让人相信
万物能在精神中被看见并抓住，
哪怕没有什么实存的真实的东西，
除了外在的肉体生命，
而从中逃离并偏转的一切
不过是恶魔世界的灵薄狱。

而神想让人相信恶魔世界的这一现实。

但恶魔的世界缺席了。
它绝不会重归显明。
治好它并摧毁它的
最好办法
是完成现实的建造。

因为现实从未完成，
它还未被建造。
其完成将取决于
永恒生命的世界里
永恒健康的归来。

残酷戏剧
不是一种缺席的虚空的象征，
不是人的生命里一种自我实现的可怕无能的象征。
它是对一种恐怖

而且不可抗拒的必然性的
肯定。


在高加索，
喀尔巴阡，
喜马拉雅，
亚平宁
人迹罕至的斜坡上，
每一天，
日日夜夜，
年复一年，
举行着骇人的肉体仪式
其中黑色的生命，
从不受控制的黑色生命
献出了其令人恐惧又厌恶的餐食。


那儿，肢体和器官被视为可鄙
因为
它们永受贱斥，
被驱赶到
外在的抒情生命的贪婪之外，
被用于一切无所拘束的情色之谵妄，
处于一种烈酒的
流溢当中，
越来越迷人
且贞洁，
其本质从未被归类，
因为它越来越永存且公正。

（这并不特别地涉及要被
切掉或清除的性器或肛门，
而是关乎大腿，
髋骨，
腰部，
没有性器的整个肚子
和肚脐的顶部。）

这一切暂且淫秽又离不开性
因为它没法在淫秽之外
得以加工和培养
而那里跳舞的身体
无法脱离淫秽
它们已有条不紊地拥抱了淫秽的生命
但必须摧毁
这淫秽身体的舞蹈
以用我们身体的
舞蹈取而代之。

多少年来
我一直为
一个专门性欲化的
微生物的可怕世界的舞蹈
而癫狂
并痉挛
从中我
在某些压抑的空间之生命里
认出了现代生命的

男人，女人，孩子。


我已被难以忍受的湿疹之痒无尽地折磨
而棺材的情色生命的全部化脓
就在那儿顺畅无阻。


只需在这些黑色仪式的舞蹈里寻找
一切湿疹，
一切疱疹，
一切结核，
一切传染病，
一切瘟疫的起源，
对此现代医学
越来越狼狈，
表明了其无力找到烙术。


我的感性被迫沉降了
十年，
石棺里最畸形的步态，
属于死者尚未开动的世界
还有那些活人
（在我们所处的点上，因为恶习）
他们想如死人般活着。


但我会仅仅避免得病
而同我一起
整个世界即我所知的一切。

o pedana
na komev
tau dedana
tau komev

na dedanu
na komev
tau komev
na come

copsi tra
ka figa aronda

ka lakeou
to cobbra

cobra ja
ja futsa mata

DU serpent n'y en
A NA

因为你让有机体伸出了舌头
有机体的舌头
一离开身体的隧道
就该被割掉。

瘟疫，

霍乱，

黑天花

存在只是由于舞蹈

因此还有戏剧

尚未开始存在。


现今苦难下节制饮食的身体里哪个医生试着仔细地查看过一场霍乱呢？


倾听一个病人的呼吸或脉搏，

竖起耳朵，面对这些节制饮食的苦难身体的集中营，

倾听脚步、躯干和性器

在某些可怕的微生物

意即

他人身体的

无边又压抑的领地里发出拍打。


他们在哪儿？

与某些坟墓齐平

或在其深处

在一些历史上

如果不是地理上意想不到的地方。


**ko embach**

**tu ur ja bella**

**ur ja bella**


**kou embach**

那里，生者与死者
相约
而某些骷髅之舞的绘画
没有别的起源。

正是这些凸起
不断地描绘着两个非凡世界的相遇
产生了中世纪的绘画，
正如还有一切绘画，
一切历史，
我甚至会说
一切地理。

大地在一场可怕舞蹈的
动作下得以勾画和描绘
而它的全部果实还未被
传染病般赠予那场舞蹈。

## 附言

在形而上学，
神秘主义，
不可化约的辩证法所在之处，
我听见我饥饿的
巨大结肠
蠕动

而在其阴暗生命的冲动底下
我向我的双手
　　　我的双脚
　　　或我的双臂
　　　口述其舞蹈。

戏剧和歌唱之舞，
是人类身体的苦难
发起的狂暴反抗
面对着它未穿透的种种难题
或被其消极的，
　　　似是而非的，
　　　吹毛求疵的，
　　　深不可测的，
　　　藏而不露的
　　　特性所压倒。

于是它挨着
**咖，咖**的块团
起舞

无比干燥
却有机；

它让体内烈酒之移动的
黑色壁垒
俯首就范；

无脊椎亡魂的世界
释放出无益昆虫的
漫漫长夜：

　　　　虱子，

　　　　跳蚤，

　　　　臭虫，

　　　　蚊子，

　　　　蜘蛛，

它出现
只是因为日常的身体
在饥饿下失去了
其最初的内聚力
而由于阵阵狂风，

　　　　由于绵绵群山，

　　　　由于拉帮结派，

　　　　由于无尽理论

它失去了其能量
之怒火的
苦涩黑烟。


## 附言


我是谁？

我从哪来？

我是安托南·阿尔托

而我这样说

正如我知道怎么说

马上

你会看到我当前的身体

飞散成碎片

并在一万个众所周知的

外表下

聚成

一个新的身体

那里你再也

没法

忘记我。


## 图图古里


献给太阳外在荣耀的图图古里是一场黑仪式。

黑夜的仪式和太阳永恒死亡的仪式。

不，太阳绝不会归来

而星辰穿过的六个围成一圈的十字架在那儿实际只是为了阻挡其道路。

因为谁也不够了解，在欧洲这儿谁也不了解十字架竟是一个黑符号，

谁也不够了解"十字架的唾液力量"，而十字架竟是一口吐到思想言词上的唾液。

在墨西哥，十字架和太阳等同，而跃起的太阳就是那飞旋的乐句，它跳了六次才抵达白日，

十字架是一个可鄙的符号，必须被物质焚烧，

为何可鄙，

因为垂涎其符号的舌头是可鄙的，

而为何它垂涎其符号？

为了给它抹上圣油。

没有一个符号是圣洁或神圣的，除非它抹上了圣油。

但当它敷抹圣油时，舌头本身不是形成了一个点吗？

它不是把自己置于四个基点之间吗？

所以太阳出现时必须跃过有待拯救的可鄙乐句的六个点，它会在闪电的层面上把那乐句变成一种转译。

因为太阳真的像一个闪电球一样与十字架齐平地出现，

对此人知道它不会宽恕。

它不会宽恕什么？

人的罪和周围村庄的罪，

正因如此，在仪式前数周，你就能看到塔拉乌玛拉的全部种族净化了自己，穿上洁净的白衣，并沐浴。

而仪式的日子，令人震惊的显圣的日子，终于来了。

于是他们穿着白衣躺在地上，六个人，六个部落里最纯洁的人。

而每一个都已与十字架结合。

其中一个十字架是两根由肮脏的绳索捆在一起的木棍。

而第七个人站着，胯部绑着一个十字架，手里拿着一个奇怪的乐器，由许多木制板片逐个叠加而成，

它们发出一种介于钟和炮之间的声音。

某天，拂晓时，第七个图图古里跳起了舞，用一把深黑色的铁槌敲打其中一个板片。

然后你就看到带着十字架的人，像从地里蹦出，围成一圈跳着前行，每个人都必须绕他的十字架七次，但不打破整个圆圈。

我不知道是因为刮起了风，

　　还是风从曾经的那一持续至今的音乐中升起，

　　但人感到自己像被一阵夜风抽打，这是从一个已然灭亡的民族的墓穴里浮现的气息，而那民族已来这儿展示其面孔，

　　一张涂画过的面孔，

　　一副毫不怜悯的嘲讽表情。

　　毫不怜悯，因为它带来的正义不属于这个世界。

　　要纯粹又质朴，

　　它似乎这么说。

　　也要贞洁。

　　不然我会对你打开我的地狱。

　　而地狱打开了一半。

　　第七个图图古里的扬琴已陷入一阵凶残的刺痛：这是喷发正旺的火山口。

　　板片似乎在声响中碎裂，就像树林被一位幻想的伐木工的斧子砍倒。

　　而突然间人们所等待的事情就发生了：

　　硫化的蒸汽，满载着丁香，从六个人

　　　　所开辟，

　　六个十字架

　　　　所围成

　　的圆圈的一个点上以块状出现，

　　而蒸汽下的一束火焰，一束巨大的火焰

　　　　突然间

　　就被点燃，

　　而这束巨大的火焰沸腾了。

　　其沸腾发出一阵闻所未闻的声音。其内部充满了星辰，炽热的球体；仿佛一个天体系统随着太阳一起到来。

　　瞧，太阳已经就位。

它在一个天体系统中间成形。它好像突然在一场大爆炸的中心落位。

因为燃烧的球体，就像军体里交战的士兵，一个倒在另一个身上，爆炸。

那么太阳变圆了。而你能看到一团火球沿着和自然的太阳一样的轴线升起，并从十字架跃向十字架，因为它是曙光。

六个人已打开他们的双臂，不是为了构成十字，而是双手前伸，像是要抓住火球，而火球绕着每个直立的十字架旋转，不停地逃避。

因为扬琴是一阵风，它已变得像一阵风的土地，能让一支军队踏着它前行。

确实。

那么在声音和虚无的边界，因为声音如此响亮

以至于它

唤起的

只有虚无，

有一阵强烈的踏步。军队行进的整齐节拍，或疯狂冲锋的疾驰。

火球点燃了六个十字架；六个人双手前伸，眼看神迹来临，他们是六个

　　精疲力竭又目瞪口呆的人。

而扬琴的声调加剧。

在这些十字架构成的水平线上可以看到好像有一匹暴躁的马在前行

背上驮着一个赤裸的人

因为节奏的拍打是 7。

但只有六个十字架。

而在第七个图图古里的扬琴里

总是虚无的一个引子

总是虚无的这个引子：

这个空洞的节拍，

一个空洞的节拍，

锋利的木片之间一种令人精疲力尽的虚空，

虚无召唤人的躯体，

人的矮短身体

进入内部事物的

暴怒（而非热忱）。

那里，虚空之下

　　　挑出了

风中巨钟的震响，

海军舰炮的撕裂，

南方暴风雨里浪涛的狂吠；

简言之前行的马驮着人的躯体，

一个赤裸的人，他挥舞的

不是一个十字架，

而是一根铁木的棍子，

连着巨大的马蹄铁

而他的整个身子就从那儿经过，

这身子还被砍出了一道血痕，

而马蹄铁就在那儿，

像是人在其血痕里

戴上的

刑具的钳口。

塞纳河畔伊夫里

1948 年 2 月 16 日

阿尔托在房间里，1948 年离世前不久（丹尼丝·科隆拍摄）